HEYNE

Dietmar Dath

Pulsarnacht

Roman

WILHELM HEYNE VERLAG
MÜNCHEN

Penguin Random House Verlagsgruppe FSC® N001967

3. Auflage

Copyright © 2012 by Dietmar Dath
Copyright © 2012 dieser Ausgabe by
Wilhelm Heyne Verlag, München,
in der Penguin Random House Verlagsgruppe GmbH,
Neumarkter Straße 28, 81673 München
Redaktion: Sven-Eric Wehmeyer
Umschlaggestaltung: Nele Schütz Design, München
Satz: Schaber Datentechnik, Austria
Druck und Bindung: GGP Media GmbH, Pößneck
Printed in Germany

ISBN 978-3-453-31406-1

www.heyne.de

Die Ältesten in Rom wurden gefragt: Wenn Er an den Götzen keinen Gefallen hat, warum vernichtet Er sie nicht? Sie sagten zu ihnen: Wenn sie einer Sache dienen würden, deren die Welt nicht bedarf, so würde Er sie vernichten. Doch siehe, sie dienen der Sonne und dem Mond, den Fixsternen und den Wandelsternen. Soll Er denn der Narren wegen Seine Welt zugrunde richten?

Talmud: Mischna Awoda Sara IV, 7

I think about a world to come
Where the books were found by the golden ones

David Bowie

Für Georg Fülberth

Erster Teil

Gesetzlose Dunkelheit

1 Hitze brannte in der elektrisierten Atemluft. Flimmernd waberte sie über kalter, scharf riechender, metallisch schmeckender Flüssigkeit. Die Soldatin versuchte, nicht unterzugehen. Erstmals seit Beginn der Mission fürchtete sie um ihr Leben. Nahebei rührten sich Schatten, Flecken, vor ihr, hinter ihr, auch unter ihr. Das konnten Nachbilder der Angriffe von eben sein, Effekte der Memristorkatastrophe, die in der ersten Kammer die Waffenmeisterin getötet hatte, andererseits auch Überlebende aus der Crew, genauso gut unsichtbare Feinde. Oder etwas wirklich Schlimmes.

Hitze, Kälte: Das erste schien flirrende Restwärme auf der Haut, von Flammenspießen in dem Raum, aus dem sie eben mit Armand und Sylvia geflohen war. Das zweite konnte Täuschung sein: Vielleicht war das nasse, schwappende Zeug in Wirklichkeit eher lauwarm und kam denen, die hineingesprungen waren, nur eisig vor, weil sie gerade beinahe verbrannt wären. Lauwarm – aber wahrscheinlich giftig, strahlend oder anders tödlich, etwa von Biomarcha durchwimmelt. Wenn Valentina daran dachte, kam es ihr vor, als könnte sie Geißelchen und Pseudopodien überall auf der Haut spüren.

Woher wollte sie überhaupt wissen, dass es sich bei der Flüssigkeit nicht um ein Lebewesen handelte, ein intelligentes womöglich? Sie befand sich ja nicht auf einem gewöhnlichen, trägen Himmelskörper. War die Suppe ein extremophiler Raumbewohner, eine Art besonders hässlicher Medea?

Zwei Stunden nachdem sie sich zusammen mit den anderen Bewaffneten Zugang zu der künstlichen, abgeschlossenen Welt verschafft hatte, in der das letzte gesuchte physische Attribut der flüchtigen Admiralin versteckt war, schwamm Valentina Elisabeta Bahareth ohne Schutzanzug im eisigen Schwappen.

Sie suchte nach einem Ausweg, einem Durchgang, bevor Arme und Beine zu müde wurden und sie sich aufgeben musste, versinken, ertrinken. Sie kam sich nackt vor, mit nichts als der hautengen goldenen Thermowäsche und ein paar Gurten am Leib.

Natürlich wusste sie, dass das eine alberne Panikattacke war. Genauso gut, wie man denken konnte: »Nackt – außer der Thermowäsche und den paar Gurten«, konnte man denken: »Tot – außer Herzschlag, Blutkreislauf und Atem.«

Valentina hatte die alten Lektionen nicht vergessen.

Was sie als Soldatin wusste, vom Drill bis zu den Parolen (»Wir fürchten nichts, schon gar nicht die Armeen aus dem Norden«), war jedoch bloßes Oberflächenwissen, etwas Andressiertes. Deshalb aktivierte sie auch ihre twiSicht nicht, auf die sie doch hätte setzen können, wenn ihr das Dunkel wirklich eine Last gewesen wäre und sie die Schatten naher bewegter Körper hätte durchschauen wollen.

Für den Verzicht auf die twiSicht gab es indes vernünftige Gründe: Nicht ausschließen konnte sie, dass es hier Sensoren gab, die auf die twiSignatur angesprochen und Valentina so als Zielscheibe erkannt hätten.

Keine technischen Hilfsmittel, dachte die Soldatin, solange Muskelkraft und Verstand reichen. So rief sie nichts auf, das vom Tlalok, der wertvollsten Marcha in ihr, versiegelt an der bestgeschützten Stelle tief im Schädel, gesteuert wurde.

Ähnlich hatte sie es schon auf der Akademie gehalten.

Dafür zog sie sich damals lange Erklärungen, Geschrei, harte Exerzierstrafen und Prügel zu.

»Typisch für Leute aus der Szewczyklinie!«, hatte ihr erster Marchatrainer ihr offen rassistisch ins Gesicht gebrüllt. »Dreckige, liederliche Bauern! Bei meinem Arsch, ich weiß nicht, wer euch Seuchenträger auf die Schulen lässt!«

Ein konzilianterer Kollege riet ihr: »Du lernst jetzt, wie du deinen Tlalok taktisch nutzt, oder ich verkaufe dich stückchenweise, Knochen für Knochen, Organ für Organ, an die Custai, dass sie wenigstens ein paar Läufer und Schlepper aus dir züchten!«

Valentinas immergleiche Erwiderung auf solche Vorhaltungen und Zurechtweisungen hatte gelautet: »Ich will meine Arbeit selber machen. Wenn der Tlalok alles regelt, ist er der Soldat, nicht ich.« Eine verhältnismäßig einfühlsame Lehrerin, am Ende von Valentinas Akademiezyklus, im entscheidenden Jahr, als die für den Einsatz in präsidialen Eliteeinheiten Rekrutierten lernen sollten, wie man schiffseigene sTlaloks mit dem eigenen Tlalok durch Ahtotüren und das Ahtomedium steuerte (»Tlalok ohne ›s‹ schlägt Tlalok mit«, hieß die Faustregel), hatte sie bei einem Grillfest am Rand der Föhrenwälder im autonomen Marginstaat auf Tamu ins Gebet genommen: »Mädchen, ich find's ja charmant, dass jemand wie du, die offensichtlich den Tod nicht scheut, sich vor dem fürchtet, was im eigenen Kopf wohnt. Strohdummer Aberglaube ist es trotzdem.«

»Ich gebe einfach nicht gern die Kontrolle ab. An was anderes als mich. Was Fremdes.« Valentina suchte, wie so oft, nach den passenden Worten und fand keine, was nicht nur daran lag, dass der berühmte Margin-Himbeergeist ihre Zunge schwer und unbeweglich machte. Die weißhaarige Ausbilderin hatte mit den Lippen geschmatzt, den knochigen Kopf geschüttelt und leise widersprochen: »Was anderes als du ... was Fremdes ... den Tlalok so zu sehen, das ist, wie wenn man versucht, sich vom eigenen Hirn zu unterscheiden. Spaltungsirresein. Damit wirst du nicht weit kommen.«

Die anderen aus der damaligen dritten Klasse waren wahrscheinlich alle längst in irgendwelchen untergeordneten Sicherheitsjobs auf irgendwelchen Dreckklumpen im kartierten All der VL fett und langsam geworden – von wegen »die Besten der Besten«. Sie aber hatte sich in ehrgeiziger Dauerbereitschaft, auch die gefährlichsten Ausschreibungen mit Freiwilligenmeldung zu beantworten, das Privileg erkämpft, in diesem uneinnehmbaren, hinterhältigen, absolut tödlichen Sud zu ersaufen, erschossen zu werden, oder vom Stromschlag vernichtet.

Verbrannt, gefroren.

Gefressen.

Nicht weit kommen? Dieser Ausbilderin hatte sie es wirklich gezeigt.

Aus welcher Tiefe leuchtete das Silberweiß in der kühlen Brühe? Fünf Meter? Zehn? Sollte man das nicht doch per twi-Sicht messen? Kälte kroch wie eine Drohung mit Sehnenzerrung und Krampf unter die Haut. Valentinas blanker Kopf brannte und juckte eine Handbreit überm linken Ohr. Wahrscheinlich hatte sie einer der Flammenspieße doch berührt.

Es war stickig in der Höhle, dunstig, bedrückt. Bewegte sich da wieder was, dicht unter ihr? Gittertiere, oder jemand von der Crew?

Binturen waren gute Schwimmer, auch Taucher, obwohl sich das Fell eigentlich hätte vollsaugen und sie schwerfälliger machen sollen. Ein Fisch, ein Unterwasserwachhund, ein Raubtier, ein Monster aus lauter Zähnen?

Valentina hatte ihre Pistole in der Kammer oben zurückgelassen.

Sie lag auf irgendeinem Boden der komplizierten Architektur dieses lebensfeindlichen Ortes, wo jeder Boden im nächsten Moment eine Decke, jede Decke im nächsten Moment eine Wand sein konnte.

Die letzte Waffe, die sie bei sich hatte, war ihr Messer, ans linke Bein gebunden mit einem straff gezogenen Ledergurt, der noch ein paar andere Geräte festhielt. Es war ein sehr gutes Messer, Vollstahlkonstruktion, rutschsicherer Griff mit drei Löchern, die das Gesamtgewicht gegenüber herkömmlichen Kampfmessern entscheidend reduzierten, und einer Oberflächenbeschichtung aus diamantartigem Kohlenstoff. In der Ausbildung hatte sie keine Waffe lieber benutzt: robust war sie und gegen Störangriffe elektromagnetischer, chemischer und biologischer Art völlig unempfindlich. Sollte sie danach greifen?

Introspektiver Systemcheck: Der Juckreiz überm Ohr war irritierend, aber nicht bedrohlich, ihr Atem ging etwas zu flach, das Herz schlug einen Tick zu schnell.

Idiotische Reflexe: Sie brauchte eigentlich gar nicht zu atmen. Ein Befehl an den Tlalok genügte, und sie konnte bis zu zweihundertfünfzig Stunden von der C-Feldspeisung leben. Auch die Feuchtigkeit und Kälte hätte sie nicht auf sich einwirken lassen müssen. Im vom Tlalok auf Kommando ausgeworfenen Hautgitter überlebten Soldaten mitunter tagelang ohne irgendeinen Schutz nackt in Eisgräben, im Vakuum oder in Hochofenhitze. Im zweiten Linienkrieg sollten sogar Leute durch äußere Sternatmosphären geschleudert worden sein, deren Schiffe und Schutzanzüge zerstört worden waren, und dort für Sekunden, ja Minuten bis zum Wiederaustritt aus der Plasmahölle den ungeheuerlichsten Temperaturen widerstanden haben.

»Kinder, ich fürchte, jetzt wird gestorben«, sagte sie zu niemand Bestimmten, um noch einmal eine menschliche Stimme zu hören, bevor das Unvermeidliche geschah.

Dieses Kammerwetter, dachte sie, macht mich dumm. Wenn ich nicht bald aus der Suppe steige, vergesse ich, wer ich bin und was ich hier mache.

Schatten, jetzt schlank, paarweise, etwa anderthalb Menschen tief unter ihr. Doch der Bintur? Wie war der hier reingekommen, aus der STENELLA? Warum war er nicht tot? Valentina zog die Beine an, Knie auf die Brust.

Dann stabilisierte sie sich mit vorsichtigen Armruderbewegungen und machte sich bereit, nach dem Messer zu greifen.

»Mistviecher.« Die Stimme war rau, hallte trocken, dünn verzerrt, »bescheuerte Binturen gehören nicht in … unsere … Kommandos«, eine Art Glucksen folgte, zerhacktes Gurgeln.

»Armand?«, rief Valentina, die glaubte, die Stimme erkannt zu haben, und erschrak darüber, wie zaghaft ihre eigene klang. Platschen, Zischen war die Antwort.

»Armand? Comte, bist du das? Antworte, Soldat!« Das letzte Wort, im Befehlston, stärker und strenger als die Frage zuvor, kam ihr anmaßend vor, aber wenn sie nicht völlig falsch lag, war Kuroda tot, was sie selbst zur Ranghöchsten im Restverband machte.

»Antworte! Ich bin deine Vorgesetzte, ist dir das klar? Das ist keine Polizeioperation, das ist Krieg! Soldat!«, wiederholte sie. Es klang nicht mehr autoritär, nur von Schrecken gepresst. Immer noch ließ sie das Messer am Bein, trat jetzt auch wieder gestreckt durch – sie wusste, wenn sie das Werkzeug erst in der Hand hatte, waren ihre Schwimmbewegungen behindert.

Fliehen war meistens gescheiter als Kämpfen, wenn man einen Auftrag hatte.

Armand Mazurier, wenn er's denn gewesen war, antwortete nicht.

Auch vom vermeintlichen Binturenschatten war nichts mehr zu sehen. Rechts von Valentina plumpsten zwei dicke Tropfen in die Flüssigkeit. Die kurze Aufregung verebbte, das Licht unter ihr nahm ab, verschleierte sich. Weil sie außer Wassertreten nichts zu tun hatte, rief Valentina Bahareth sich in Erinnerung, wie sie überhaupt in ihre heikle Lage geraten war.

2   Das Treiben aller Schiffe und Agenten und deren Wege einberechnet, hatte die Suche über vier Yasaka-Zentralzeit-Dekazyklen gedauert, also fast fünfmal so lange, wie die allermeisten Menschen auf den ärmeren kartierten Welten der Vereinigten Linien, vor allem hier draußen in den schwach erschlossenen Spiralarmen, überhaupt lebten.

Das Letzte, was den etwa zweitausend in beweglichen Einheiten organisierten Jägern des Präsidiums fehlte, um die Gesuchte gemäß der strikten Weisung Shavali Castanons wieder zusammenzusetzen und ihr den Auftrag der Präsidentin zuzustellen, war das Gesicht.

Man hatte die Admiralin Stück für Stück in Stürmen, kosmischen Eisschauern, unter der Oberfläche von Ozeanen und in Höhlen gesucht und gefunden. Dass sie den Ort freiwillig preisgeben würde, an dem ihr Gesicht zu finden war, galt als ausgeschlossen.

Das Gehirn und einen Großteil des Körpers hatte man in den ersten anderthalb Dekazyklen der Ermittlungen gefunden.

Weil bis auf das rechte Bein alle Gliedmaßen und bis auf etwas ganz Unnützes auch alle Organe der Verstreuten in der Milchstraße aufgebracht worden waren, konzentrierte sich auch die Gesichtsfahndung zunächst auf die schlecht kartierten Territorien im Skorpion und im Schützen. Als sich keiner der anfänglichen Hinweise erhärtete, stieß man auch ohne Ahtotüren weit in Richtung galaktisches Zentrum vor und trieb aufgrund der verschiedenen Dilatationseffekte und Konikenabstände bei konventioneller Raumfahrt mit Geschwindigkeiten nahe der des Lichts einigen Verrechnungsaufwand beim Koordinieren der Fahndungsrouten.

Die Verluste waren beträchtlich. Allein vierzehn Schiffe gingen in einer sinnlosen Konfrontation mit Festungen, gerüsteten Habitaten, planetaren Kesseln, zwei Dysonsphären und Zerstörern verloren, die zu aus den Linienkriegen verbliebenen, von der Nachricht des Kriegsendes offenbar noch nicht erreichten Siedlungen der Linien Kelemans und Durantaye gehörten.

Zum »Ausputzen«, wie das die Nachrichtenabteilung der CICs der VL nicht besonders feinfühlig nannte, wurde nach Eintreffen der Nachricht von diesem Zwischenfall in der Konik um den Präsidialsitz auf Yasaka eine kleine, aber schlagkräftige Flotte entsandt.

Ihrer sauberen, schnellen und von geschickter Frontspaltungs-Diplomatie flankierten Operationsweise verdankte sich die weitgehende Zerschlagung der Kelemans-Nester und die rasche Unterwerfung (»Friede in Ehre für beide Seiten«) der Durantaye-Relikte.

Mehr oder weniger gleichzeitig (die entsprechenden Lorentz-Transformationen einbegriffen) fand die Suche nach dem Gesicht der Admiralin einen neuen, von Gerüchten und Indizien unterschiedlichster Art nahegelegten Schwerpunkt im – von Yasaka aus durch die Zentralballung der menschlichen Heimatgalaxis gesehen – gegenüberliegenden Halobereich, wo viele Hundert Jägerschiffe weitere anderthalb Dekazyklen damit zubrachten, »so ziemlich jeden braunen Zwerg und jedes interstellare Stäubchen zu schütteln und zu quetschen, ob nicht das Gesicht der Verstreuten rausfallen würde«, wie die respektlose Rekrutin Sylvia Stuiving spottete, die am Custai-Hafen Tetwindsor zum Jägerverband um Kapitän Kuroda gestoßen war.

Stuiving hielt wohl grundsätzlich nicht viel von der Mission: »Die meisten langweilen sich tot bei so was, und dass ausgerechnet wir die Fratze finden, ist statistisch fast unmöglich.« Aussuchen aber konnte sie sich's so wenig wie Valentina. Beide wollten aufsteigen und kamen aus schlechten Linien; für beide gab es zum Militär daher keine Alternative. So hatten sie an Bord schnell Freundschaft geschlossen.

Der einzige Unterschied zwischen ihnen war, dass Sylvia, die junge Spezialistin mit dem wilden roten Haar, der geraden Nase und den unzähligen Sommersprossen aus Erisberg, die ihren mangelnden Respekt vor nahezu allem – außer der Präsidentin – so gerne offen zur Schau stellte, ihre Qualifikation eben erst erworben hatte. Dass der ziemlich humorlose und in jede Art von Befehlskette verliebte Kuroda ausgerechnet ihrer Bewerbung gewogen gewesen war, unter denen aller Soldatinnen und Soldaten in allen Zwischenlandungshäfen, deutete zumindest auf gute Noten; Einblick in deren Charts erlaubte ihr Tlalok den Kameradinnen und Kameraden allerdings nicht.

Ursprünglich, das heißt beim Start vom Stützpunkt Saijo West auf dem waffenstarrenden Yasakamond Pelikan, war man an Bord von Kapitän Masaki Kurodas flinker STENELLA zu acht gewesen. Als ein Großteil des ursprünglichen Jägerschwarms sich im Halobereich auf die Suche machte und die STENELLA ihr Hin und Her auf der Westseite der galaktischen Scheibe, Richtung Zentrum, einstellen sollte, trafen verschlüsselte Auskünfte präsidialer Kundschafter beim Kapitän ein, die besagten, dass es neue, vielversprechende, möglicherweise ortungswissenschaftlich anspruchsvolle Hinweise gab, deren Verfolgung eine größere Späherzahl verlangte. Kuroda nahm deshalb zunächst drei neue menschliche Crewmitglieder auf, ließ dann einen Bintur an Bord kommen und verabschiedete sich, da die neuen Hinweise auch die Sicherheitsinteressen der VL betrafen, von den beiden Custai, die er mitsamt ihren fünf sehr gepflegten und fleißigen Dims an Bord gehabt hatte.

Die Reise sollte ja in einen entlegenen Ausläufer eines fast vollständig von Custai und wenigen Millionen Angehöriger besonders nichtmenschenfreundlicher Linien bevölkerten Milchstraßenspiralarms führen – »Da leben lauter Gerlich-, Degroote-, Vogwill- und Kelemans-Leute, das kann was werden«, hatte Sylvia Stuiving gestöhnt. »Kein Wunder, dass er die Custai laufen lassen muss. Nicht nur wir müssten sie dauernd beargwöhnen, auch sie selber hätten ständig Ärger mit ihren Verwaltungen und Firmenbossen, Anteilseignern, Aufsichtsräten und was weiß ich, was die Echsen sonst für Chefs haben.«

»Wieso Ärger?« Valentina fand die Idee abstrus.

»Na ja, weil es dann doch sicher gleich heißt, das ist Menschenpolitik, haltet euch raus. Die Vogwills und Kelemans sind noch nicht mal richtig rehabilitiert. Linienkriegs-Altlasten, das ist eine völlig verminte Konik da draußen, und wenn dann auch noch Custai reingezogen werden, sehen die das als beleidigende Indienstnahme ihrer Bürger für, ich weiß nicht, Laufburschendienste im Interesse zufällig siegreicher Fraktionen von *Homo sapiens*. Für die ist unsere Politik genauso unübersichtlich wie für uns ihr Handels- und Profitquatsch.«

Die Reptiloiden (»sind ja nicht wirklich Leute mit Echsengenom, erinnern uns nur physisch an den Phänotyp«, pflegte Schiffsarzt Dr. Zhou zu mahnen) wurden also verabschiedet. Auf EPR-Anordnung der Präsidentin hängte Kuroda ihnen noch ein paar »extrem sinnlos dekorative« (Sylvia Stuiving) Orden um die dicken Hälse und erklärte, »dass wir mit unseren beiden Custaifreunden auch ihre Dims verlieren, die uns ans Herz gewachsen sind« – das war's.

»Herz, pfff. Als ob der eins hätte«, maulte Sylvia, »der fand bloß prima, wie die Dims sich rumkommandieren lassen. Ich finde sie eklig. Automaten sollten aus Metall sein, nicht biologisch. Sonst kann ich sie nicht von ernstzunehmenden intelligenten Lebewesen unterscheiden. Und dass sie ausgerechnet aussehen wie wir, jedenfalls sehr ähnlich, ist ja wohl ein ganz widerlicher Witz.«

Valentina mochte Sylvias Offenheit und ihre entschiedenen Meinungen zu allem Möglichen. Ihr zuzuhören war Valentinas Ventil für die Frustration infolge der langen Ergebnislosigkeit der Mission. Sie konnte die Kameradin stellvertretend für sich selbst mosern lassen und dann alles, was die so zischte, im eigenen Kopf wieder ein bisschen relativieren: So schlimm waren die Dinge ja meist doch nicht.

Kuroda hätte Sylvia den Kopf mit dem Schwert vom Rumpf gehauen, wenn er gewusst hätte, wie freimütig sie ihre Unmutsäußerungen überall anbrachte, wo man ihr zuhörte. Valentina hegte den Verdacht, dass viel davon auch Pose war. Sie konnte sich jedenfalls nicht vorstellen, dass man sich auf dem Schiff wirklich unwohl fühlte – sie selbst freute sich im Stillen eigentlich ständig darüber, dass die STENELLA so anders war als die fliegenden Personencontainer, in denen sie zuvor verschickt worden war, auf die üblichen taktischen, Command-Presence-, Boarding-, Antiterror-, Friedensstifter- und sonstigen Infanterie-Einsätze.

Kurodas Boot glich eher einem kleinen Ländchen, ein bisschen sogar dem autonomen Marginstaat ihrer Jugend. Es hatte seinen eigenen Wasserkreislauf mit künstlichen Gletschern am Kopfpunkt, weitestmöglich von den Schwerkraftmulden der Inertialinversionstriebwerke entfernt. Manchmal nieselte, regnete oder schneite es auf den Korridoren und in den größeren Hallen, oft gingen milde Winde.

Durch das ganze Schiff, die zwei echten und die sechsunddreißig eingefaltet virtuellen Kilometer, verlief ein als Wasserfall aus dem Kopfpunkt austretender, dort in einem von der Crew als natürliches Schwimmbad genutzten Becken zusammenfließender, sich dann über Mittellauf, Flussschlingen und Unterläufe schließlich in einer Art Marschlandschaft bei den schweren Maschinen sammelnder Strom.

Der verlief, was Valentina immer wieder entzückte, parallel zu zahlreichen kleinen Rasen-, Wiesen- oder Feldflächen in den Wänden, Decken und langen Röhrengelenkbögen des Schiffes. Der Strom fing, wenn man vom Kopf oder Bug zum Heck ging, immer wieder plötzlich an und hörte ebenso plötzlich wieder auf, weil er in die verborgenen Dimensionen der Innenarchitektur eingedreht war. Hielt man die Hand an einer Drehmannigfaltigkeit ins rauschende Wasser oder streckte die Zehen auf der Wiese etwas zu weit aus, verschwanden diese Gliedmaßen aus dem Hier und Jetzt und waren im Dort und Dann, präzise ausgestanzt, meistens entlang rhombischer Grenzen – wunderbar wie die kleinen Lichtfäden, die durch alle Räume schwebten und die Grundbeleuchtung sicherten, obwohl man sie nie direkt ansehen und auch nicht berühren konnte; eine Photofaktur, die sich mit der Vierdimensionalität menschlicher Körperlichkeit und Sensorik nicht reimte.

Valentina war kein grünes Mädchen.

Sie wusste genug über Luttingerflüssigkeiten, um die hübschen Leuchtwürmchen nicht für etwas Okkultes zu halten. Aber alles Wissen um eindimensionale Quantenzustände, in denen die Ladung und der magnetische Spin der Teilchen sich voneinander trennen und in unterschiedlichen Geschwindigkeiten bewegen ließen, sowie die an der Akademie erworbene Vertrautheit mit optischen Fasern, in denen man Atome zur Herstellung solcher Luttingerflüssigkeiten einfangen konnte, war nur ein Haufen abstrakter Ideen, die beim Anblick der gaukelnden Lichtmagie ins Vergessen fielen wie Regen aus Wolken.

»Man sieht sie aus den Augenwinkeln. Man denkt, man kann die Würmchen greifen, aber sie sind nicht zu fassen«, sagte Valentina zu Sylvia. Die lachte, schüttelte die roten Locken und antwortete: »Wenn ich so staunen könnte wie du, Kleine, wäre ich Wissenschaftlerin geworden, nicht Mörderin.«

Die STENELLA nahm, sobald die Echsen und ihre Dims verabschiedet waren, rasch Fahrt auf zur neuen Zielkonik. Erst wurden vier Ahtotüren durchquert, dann flog man mit 76 % der Lichtgeschwindigkeit durch Custai-Gebiet, danach passierte das Schiff zwei weitere Ahtotüren, und schließlich flog Kurodas Boot, halb lichtschnell, entlang der inneren Grenze eines »gurkenförmigen« (Sylvia Stuiving) Degroote-Sektors zur vergleichsweise sternarmen Region Troycas, einem lückenhaft kartierten Gebiet von abgerundet achtzehn Lichtjahren mittlerem Durchmesser.

Die Crew bestand, als man in Troycas eintraf, aus zehn Personen:

Tommi M. Bucksbaum, jr. war ein pummeliger, leicht maulfauler, allem Anschein nach aber zumeist gut gelaunter Chefnavigator, der während seiner Kernarbeitszeit, an skyphokonstruierten Tastleitungen aus Progma suspendiert, wie eine Spinne im Netz von der Decke der Brücke hing, wo man seinen Gesichtsausdruck hinterm blickdichten Visier des Kunstglashelms nur raten konnte. Arbeitete er gerade nicht, dann lag er selten in seiner Koje.

Stattdessen versuchte er für gewöhnlich, sein überschüssiges Körpergewicht durch vollständig wahnsinnige und aufgrund der Fressorgien, in die er sich hinterher fallen ließ, auch absolut sinnlose Trainingsexzesse zu reduzieren. Dass er bei alledem, einmal aus dem Tastleitungsgewebe gelöst, nicht ständig nach Schweiß roch, lag nur daran, dass er noch ausdauernder duschte, als er auf dem Fahrrad saß.

»Wenn der so weitermacht mit den Süßigkeiten und dem Frittierten«, mutmaßte Valentina, »wird er den Abschluss seines dritten Zyklus nicht mehr feiern können.«

»Und wenn er's doch kann, tötet ihn spätestens die Torte zum Anlass«, ergänzte Sylvia.

Masaki Kuroda gab sich als Kapitän verschlossen und abweisend. »Die langen schwarzen Haare verraten aber, wie sensibel der Junge in Wirklichkeit ist. So seidig!«, schwärmte Sylvia. »Und dieses würdige Botschaftergesicht!«

Kuroda stammte aus einer alten Diplomatenfamilie der Mizuguchilinie, und zwar deren frühester Blütezeit: Der Kapitän war Mi 3++, wohl der einzige Mensch von so unvermischter Linienabkunft, den Valentina je aus der Nähe erleben würde. Seine Marotten sah man ihm nach: Literweise trank er auf der Brücke Tee, alle paar Tage wechselte seine Barttracht – Kinnbärtchen, Vollbart, Koteletten mit Schnauzer, ohne Schnauzer, Backenbart und alles wieder von vorn –, und aus seinen Privaträumen hörte man manchmal seltsame akustische Breven, düster und brummig gesungen von morschen Männerchorstimmen:

Auf Treue unterm windgepeitschten Weltbaum
Keiner kennt die Wurzeln
Gefesselt, durchbohrt von Pfeilen

*Und seinem eigenen Speer
Schwimmt in Schmerzen, schaut in die Tiefe ...*

An Bord ging das Gerücht, Kuroda habe noch in den Linienkriegen gedient. Das hätte bedeutet, dass er sich bereits im letzten Zyklus befand. Sylvia war der Meinung, dass Andeutungen Kurodas und anderer Crewleute, die auf eine Beteiligung des Chefs an jenen Kampfhandlungen schließen ließen, lediglich gezielt vom Kapitän selbst ausgestreute Märchen waren, die seine Aura polieren sollten.

Dazu gehörte auch, dass er sich der Schrift- und Malbrevur mit einer für Beobachter, die ihn dabei in seinem Quartier überraschten, geradezu unheimlichen Geduld hingab. Am liebsten tuschte er, dabei in tiefes, oft halbe Tage anhaltendes Schweigen versunken, Porträts historischer Figuren, die in wenigen Strichen ihre Gegenstände unfehlbar trafen, darunter auffallend oft den Shunkan, der laut Bucksbaum und dem Polizisten Mazurier, aber auch Sylvia und dem Bintur, jedenfalls nicht verdient hatte, dass man sich für ihn interessierte.

»Der vielleicht gefährlichste, grausamste und größenwahnsinnigste Kriegstreiber der Geschichte der Menschheit«, posaunte Mazurier, während Dr. Zhou die Sache etwas gelassener sah: »Immerhin hat die Präsidentin der VL, die ihn damals so vernichtend geschlagen hat, ihn einen großen Menschen genannt.«

»Schon recht«, quengelte Sylvia, »die blöde Rede wieder.«

Gemeint war damit die Regierungserklärung Shavali Castanons ein halbes Jahr nach der entscheidenden Schlacht bei Alpha Lyrae.

»Der Feind, den wir besiegt haben, war kein Verbrecher. Die Gesetze, die er nicht anerkennen wollte, hätten ihm keine Nachteile eingebracht. Er war ohnehin davon ausgenommen. Er wollte sie nicht brechen, sondern abschaffen – nicht für sich, sondern für alle. Das ist ehrenhaft. Die Tugend hat er erst verlassen, als er für diesen Plan keine Mehrheit gewinnen konnte. Er rief zum Aufstand gegen die gesetzliche Ordnung als Ganze – und ist damit gescheitert. Wir sind erleichtert und glücklich über dieses Ergebnis. Aber wir sind nicht rachsüchtig. Wir wollen den Frieden, den wir, wie unsere Gegner, mit gewaltigen Opfern bezahlt haben, allen gewähren, die sich am Wiederaufbau beteiligen werden. Ich rede nicht von einer Amnestie. Davon zu reden, wäre nur sinnvoll, wenn wir uns als eine Art Gericht aufführen wollten. Das haben wir nicht vor, denn, ich wiederhole mich: Der Feind war ein Feind, kein Verbrecher. Vergeltung an diesem Feind ist ein barbarischer Gedanke.

So haben wir uns denn für eine Lösung entschieden, die dem Shunkan und seinen Getreuen ihre Würde nicht raubt – also allen, die nicht eingesehen haben und auch weiterhin nicht einsehen wollen, dass die Ordnung, die sie beseitigen wollten, die beste ist, die wir finden konnten, wenn auch weit entfernt von Vollkommenheit, und ferneren Verbesserungen offensteht. Der Shunkan wird, so hoffen wir, seine Talente und die derer, die ihm beistehen, auf andere als politische und militärische Weise für jene einsetzen, für die er im guten Glauben an seine Sache gestritten hat. Die Armeen aus dem Norden sind nicht mehr. Das war unser einziges Ziel in diesem grausamen Krieg, und wir haben es erreicht.«

Eine vornehmere Art, den Shunkan und seine Vertrautesten ins Exil zu schicken, gab es nicht. Es war wohl diese damals alle Parteien auszeichnende Vornehmheit, eine gewisse Galantarie selbst beim Schlachten und Geschlachtetwerden, nach der sich Masaki Kuroda zurücksehnte. So tuschte er nicht nur oft den in drei Galaxien verhassten Shunkan, sondern manchmal auch die Präsidentin und ihren Stab, die Regierung, der er Treue geschworen hatte.

Aber er tuschte sie seltener als den Besiegten.

Saskia Hammarlund, Bucksbaums Ersatzkraft, weniger massig als er, gedrungen und quirlig, musste fast nie in die Tasterkabel steigen. »Tommi gibt nicht gern ab«, erkannte sie rasch, mit ihrem Los offenbar ganz zufrieden. In ihrer Koje, auf den Gängen des Schiffs oder im Gemeinschaftsraum spielte sie twiSicht-Spiele in allerlei selbstentworfenen Parcours, die angeblich die Sinne schärften, die Reaktionszeiten ihres Tlaloks verbesserten und generell »lehrreich« waren, wie sie meinte.

»Ehrlich gesagt«, verriet sie Valentina, »hoffe ich, wenn wir zurück sind, könnte das, was ich dabei rausgekriegt und erfunden hab, genug Aufmerksamkeit erzeugen, dass niemand über meine Bewerbung als Lehrerin an der Akademie lacht. Ich hab nicht vor, den Rest meiner kurz bemessenen Zeit als Siedlungsvorbereiterin, Jägerin oder Kurierin fürs Präsidium zu verschleudern. Einige der akademischen Welten – sagen wir, Kermaga oder Bäuml, auf jeden Fall aber Tamu – sind ja so schön, dass sie schwarz vom Touristenkrabbeln wären, wenn die VL-Marine sie sich nicht untern Nagel gerissen hätte. Das wird prima.«

In vielem verhielt sich Saskia wie eine Sparversion von Bucksbaum – ausgenommen seine etwas anstößige sexuelle Enthaltsamkeit (selbst der sonst asketische Kapitän ließ sich ja ab und an mit der Waffenmeisterin Norenzayan ein). Saskia, die weniger aß als der Chefnavigator und sich dabei klug auf Krabbenchips beschränkte, wählte ihre Begegnungen während der langen Wachzeiten tolerant und spielerisch.

Man konnte mit ihr auskommen. Zu ihren weniger einnehmenden Charakterzügen gehörte freilich ein Hauch von Speziesismus – nicht wirklich überraschend bei einer Angehörigen der späten Johansenlinie. Ihre Leute hatten während der großen Expansion der Menschheit unangenehme Abenteuer mit anderen Intelligenzen zu bestehen gehabt. Der Speziesismus, der ihr Erbteil war, entlud sich daher in gelegentlichen Beschwerden über »das Geschwirr an Bord«, womit die Speise-Insekten für den Bintur gemeint waren, deren Verhalten genetisch so kalibriert war, dass sie sich zwar in der Messe und einigen der Arbeitsbereiche, aber nur selten in den Gemeinschaftsräumen, an den Sportstätten oder auf der Brücke aufhielten, und überhaupt nie in den Kojen der Menschen. Wenn Valentina sich die Mühe machte, Saskia auf diese Tatsachen hinzuweisen, reagierte die Navigatorin brüsk: »Klar sitzen sie nicht plötzlich auf meinem Bett. Trotzdem: unangenehm. Findet ihr das nicht seltsam, ein Wesen, das aussieht wie eine Kreuzung aus Hund und Mensch, und es isst Käfer? Die er rumsausen lässt, wo sie wollen? Kann er sie nicht einfach in irgendwelchen Vivarien oder Terrarien züchten und da rausschnappen? Ist ja nicht so, dass er biologisch gezwungen wäre, sie fangen zu müssen, damit sie Nährwert haben.«

Dr. Zhou war der Einzige, der eine Antwort wusste: »Ich habe auf Binturenschiffen gedient und bin sogar mit Skypho geflogen. Überall hat man unsere exzentrischeren menschlichen Altertümlichkeiten, die wir längst hätten ablegen können – den Schlafrhythmus, die Paarungsabläufe, das Ernährungsspektrum notorischer Allesfresser –, bis kurz vor den Punkt der Selbstaufgabe respektiert. Wir sollten uns revanchieren. Dass sich, weil sie das selbst scheußlich fänden, die Insekten niemals auf deine Haut setzen, geschweige dich stechen oder sonstwie schädigen könnten, sollte dir genügen, Saskia.«

»Mein ja bloß. Es nervt halt«, grummelte die Belehrte, um das letzte Wort zu haben. Immerhin behielt sie ihren Artdünkel für sich, wenn der Bintur in Hörweite war.

Valentina Elisabeta Bahareth kam, weil sie keine Ansprüche stellte, eigentlich mit allen aus, am besten mit Sylvia. Das hatte eher Temperamentsgründe als sexuelle, auch wenn ihr die Liebe mit Sylvia am besten gefiel. Was deren eigene Vorlieben waren, ließ sich nicht so leicht erkennen. Eine Zeit lang übernachtete Sylvia häufiger beim Polizisten Mazurier, den sie allerdings als Person »vollständig unausstehlich« fand, wie sie Valentina mal nach einem längeren gemischten Tennisdoppel mit Mazurier und dem Kapitän verärgert beim Baden gestand.

»Der ist ein Komplettarsch. Der interessiert sich nur für seine Karriere.« Valentina beendete den Ärger mit einem längeren Kuss, dachte bei sich aber, dass das eigentlich ein ungerechter Vorwurf war, insofern er wahrscheinlich, etwas weniger zugespitzt, auf alle zutraf, die sich gegenwärtig an Bord der STENELLA befanden. Derart einerseits langweilige, andererseits strapaziöse Aufträge nahm man nicht an, wenn zu Hause, wo immer das sein mochte, irgendwer oder irgendetwas Nichtberufliches wartete. Das Thema beschäftigte Valentina bald mehr, als sie zugeben wollte, vor allem sich selbst gegenüber. Um sich nicht gänzlich darin zu verlieren, probierte sie, mit Sylvias großzügiger Hilfe, erstens neue Liebeskünste aus und brachte sich zweitens besser in Form, als sie seit der Qualifikation am Ende ihrer Akademiezeit gewesen war. Sogar längere koordinatorische twiSicht-Sitzungen nahm sie auf sich, bei aller Antipathie dagegen.

Sylvia Stuiving fiel selbst Kuroda als »Springquell der guten Laune« auf, auch wenn er sie, als er das sagte, zugleich ermahnte: »Immer nur sprudeln ist aber auch ein Fehler.«

Ihr Charme, ihre Ungeduld, rasche Auffassungsgabe, ihr lebendiger Geist und ihre beachtliche Schönheit belebten das Schiff, als wäre sie eine bewegliche Ergänzung zu den Wiesen an Wänden und Decken. Sylvia gab sich, als bemerkte sie nicht, dass alle in der Crew sie mochten und die Mehrzahl sie glühend liebte. Das herunterzuspielen gelang ihr vor allem deshalb, weil sie es sowieso gewohnt war. Schon auf der Akademie hatte es bei einer Eifersuchtsgeschichte um sie, einem Vorgang, wie er in dieser Epoche der Zivilisationshistorie im Grunde nicht mehr vorgesehen war, sogar Verletzte gegeben.

»Du bist nicht so perfekt wie die Stars in den Environs«, versuchte Valentina einmal, die Faszination in Worte zu fassen, die von Sylvia ausging, »aber du leuchtest halt. Und tanzt. Wo immer du bist. Was immer du tust.«

»Siehste, und weil ich mir dauernd so 'n Kitsch anhören muss«, erwiderte Sylvia, »bin ich dann wenigstens Mörderin geworden.«

Abhijat Kumaraswani diente auf der STENELLA als Marchandeur. Täglich inspizierte er penibel die Progmafakturen, die Nahrungssynthesizer, den zentralen Server der Tlalokeinschachtelung, die Lebenserhaltungssysteme, den Energiehaushalt, überhaupt alles außer den Waffen. Manchmal sah man ihn im Fluss stehen oder schwimmen und Selbstgespräche führen, während sein Tlalok ihm in twiSicht den inneren Zustand des Schiffes zeigte.

»Er redet mit dem Boot«, erklärte Tommi Bucksbaum. »Ich mach das auch oft, aber ich bin wenigstens nicht verknallt in die Kiste.«

Abhijat eignete nichts Maschinenartiges, Steifes oder Autistisches, wie man es bei Leuten, die hauptsächlich mit Marcha arbeiteten, manchmal fand. Privat war er witzig, aufgeschlossen, voller Anekdoten, lässig, nie nachlässig. Sehr selten zeigte er sich in der für den Aufenthalt an Bord keineswegs vorgeschriebenen, indes durchaus erwünschten und bei Hafengängen obligatorischen Präsidialgardeuniform. Lieber kleidete er sich in waldgrüne oder meerblaue, reinliche, aber immer etwas zerknitterte Stoffe. Sein rechts gescheiteltes, volles dunkles Haar sah stets aus, als wäre gerade eine ungebärdige Brise hindurchgefahren.

»Ich mag Apparate, und sie mögen mich. Aber ohne Menschen, Custai, Binturen, andere Leute würde ich bald durchdrehen, das ist klar« – das sagte er beim Umtrunk in der Sporthalle des Schiffs auf Nachfrage Sylvias, was er »eigentlich für ein Typ« sei.

Über seine Herkunft ließ er sich nicht aus. Er schien einem sehr späten Zweig der Tiltonlinie anzugehören. Das Skurrilste an ihm war sein Hobby: Er fertigte kleine Skulpturen, die sowohl Menschen wie anderen Spezies, intelligenten und trüben, glichen, aus Progma-Metallen, am liebsten synthetischem Damaszenerstahl und Chrom. Auf den Wiesen- und Feldflächen im Schiff stellte er diese Figuren zu kleinen Gruppen zusammen, die manchmal außerdem mit kleinen Lautsprechern versehen waren, aus denen Klangbreven emanierten, die sich mit dem Rauschen oder Pfeifen der sachten Winde zu melancholischer Traummusik verbanden. Wie die meisten Hobbybrevisten, denen Valentina begegnet war, trug Kumaraswani keinerlei Interesse daran, seine Arbeiten diskutiert oder explizit gewürdigt zu sehen. Er machte das, was er da machte, um der Sache selbst willen, und ließ es nie lange stehen.

Ob die Objekte sich selbst zersetzten oder er sie abbaute, bekam die Soldatin nicht mit, ihre Aufmerksamkeit gehörte ja anderen Dingen. Manchmal waren die Arrangements da, manchmal nicht, wie die lila Blütenpracht junger Zistrosen, die Düfte der Rosmarinbüsche, die Vielfalt der Nebenbach-Wasserläufe des Schiffsstroms, die Lavendelwinkelchen und verschlungenen Weinreben an der Außenwand des Motorenraums.

Armand »Comte« Mazurier, Leutnant beim Staatsschutz, sah gut aus und legte Wert darauf. Sein blondes Haar war rasiermesserscharf ausrasiert, seine gereizte Ungeduld trug er wie ein Parfüm. Natürlich missfiel ihm, dass er aus Zuständigkeits- und

Dienstordnungskonfliktgründen nicht Erster Offizier des Schiffes sein konnte, sondern diese Position Valentina überlassen musste. Sie war dazu ohne jeden Ehrgeiz gelangt: Kuroda hatte ursprünglich damit gerechnet, dass man ihm während der ganzen Suche nach dem Gesicht der Admiralin gestatten würde, einen Cust als rechte Hand – und einen zweiten als formell nicht anerkannte linke – mitzunehmen. Die territorialpolitischen Imperative in der neuen Suchkonik schlossen das jedoch aus; so gab er sich mit Valentina zufrieden. Mazurier hätte der Kapitän freilich ohnehin ungern auf dem Posten gesehen; er gab sich nur widerstrebend mit dem Polizisten ab und ertrug mit zwar verhaltener, aber unverkennbarer Wut dessen unerbetene Lektionen in Politik und Verantwortung: »Wenn ich in die Gesetze schaue, ist die Admiralin, indem sie sich zerstreut hat, nicht weit von der Schwerkriminalität entfernt. Wenn ich aber in meine Befehle schaue, ist sie eine Kriegsheldin, die wir freundlich zu behandeln haben, falls wir sie oder irgendein Teil von ihr finden, etwa das Gesicht. Selbstverständlich löschen die Befehle die Gesetze aus. Dies ist eine der wichtigsten Wahrheiten über das, was wir hier tun – eine Wahrheit, die wir den Bürgern auf den gemütlichen kartierten Welten natürlich niemals erzählen dürften, weil sie sonst daran zweifeln könnten, dass die Vereinigten Linien ein Rechtsstaat sind. Das aber sind sie, und zwar der größte und beste und freieste, in dem Menschen jemals gelebt haben. Der Garant dafür sind nicht irgendwelche Gesetze, sondern allein die Klugheit, die Erfahrung und das niemals irrende Rechtsempfinden der Präsidentin.« In Sylvias Paraphrase: »Bla bla bla Arschkriech bla bla bla Buckel bla bla bla ich möchte in die Muschi von Shavali Castanon und dort ein Büro für Strebertum, Rechthaberei und Willkürherrschaft einrichten. Bla.«

Seinen Spitznamen, »der Comte«, hatte der Polizist sich als Environ-Süchtiger erworben. Noch lieber hätte er »der Chevalier« geheißen, was »Reiter« oder »Ritter« bedeutete, aber die Aussprache des alten Wortes glich zu sehr derjenigen des Vornamens der Präsidentin, den man ja, anders als diverse antike Orts- und Personennamen derselben Schreibung, auf dem »i«

am Ende betonte, und »der Shavali« wäre selbst Mazurier zu loyalistisch vorgekommen. Wenn er gerade nicht wegen irgendeines EPR-Nachrichtenverkehrs mit den Organen des Präsidiums an Deck sein musste, trieb er sich nahezu ununterbrochen in einer twiGeschichte herum, die im Uralten spielte: Terra Firma, Frankreich, vor der Revolution gegen die Stände.

Mazurier gehörte im Spielszenario zu den Gegnern jener bürgerlichen Aufstände, weil diese, wie er sagte, »viel mit dem Verhalten der Abtrünnigen in den Linienkriegen gemein haben. Vor allem das Gemeine«. Obwohl er unablässig bei andern darum warb, ihn in diese virtuelle Welt zu begleiten, beließen es die meisten bei ein, zwei Besuchen auf seinem fiktiven Schloss. Die Einzige, die häufiger dort – und fast so häufig in seiner Koje wie Sylvia und Abhijat – herumturnte, Saskia Hammerlund, hatte dafür berufliche, mit der Programmierung von twiSicht-Environs verknüpfte Gründe.

Mazuriers Beitrag zum Gelingen der Mission war in Nebel getaucht. Bei jedem Landgang, in jedem Hafen, auf jeder Werft verschwand er – manchmal tagelang – ins Innere der jeweiligen Habitate oder Städte und traf sich dort mit Gewährsleuten unterschiedlichster sozialer Räume sowie ganz verschiedener Spezies, um Spuren nachzugehen, Gerüchte einzusammeln und zu erhärten – »Mantel und Degen, wie in seinem Environ«, erkannte Sylvia.

Jedes Mal zog er sich nach einem solchen Abstecher mit dem Kapitän und Tommi ins Quartier des Letzteren zurück, wo dann eine zwei- bis fünfstündige Besprechung stattfand, aus der die drei jeweils mit genauen astrogatorischen Daten für die nächste Etappe der Fahndungsroute an Deck zurückkehrten.

Dr. Bin Zhou, der Bordmediziner, war ein drahtiger, starker und geschickter Fechter, Tennisspieler und Boxer. Er bedauerte den Abgang der Custai noch mehr als der Kapitän:

Die beiden Reptiloiden hatten ihm ihre Dims für physiologische und metabolische Tests zur Verfügung gestellt. Dimforschung gehörte zu seinen Freizeitbeschäftigungen, die zweifellos exotischer waren als Abhijats oder Kurodas Brevenhobbies.

»Auf einer bewohnten Welt«, erklärte er Valentina einmal nachdenklich, »egal, wie sehr sich die Custaikultur und unsere auf einigen davon vermischt haben, wären solche biologischen Dimstudien nicht möglich. Erstens aus kulturellen Gründen, zweitens, weil es Gesetze dagegen gibt – man hat in den VL überall große Angst vor den Tätowierungen, es wird viel geraunt darüber, was es mit denen auf sich hat. Rhinovirenschutz, adaptive Immungeschichten, defensive Biomarcha – die Dinger geben angeblich Sporen ab. Die Tabus sind unsere, nicht die der Custai. Man möchte nicht so recht wissen, was diese, na ja, Andro- und Gynoiden, diese ... seltsamen Helfer unserer Freunde wirklich mit uns Menschen zu tun haben, denen sie so verteufelt ähnlich sehen. Ich werde diese Unwissenheit beseitigen, gegen die unvermeidlichen Anfangswiderstände. So geht es allen Aufklärern.«

Dr. Zhou gab sich keine Mühe zu verbergen, dass er überhaupt nur für die Präsidentin reiste, weil ihm das seine Studien ermöglichte. Die entsprechende Monografie war bereits weit gediehen: »Ich arbeite von unten nach oben – also erst mal Anatomie, Physiologie, Stoffwechsel, Neuroapparat und so weiter. Dann Verhalten, soziale und psychologische Eigenschaften, Kultur – lach nicht, die haben so was. Eigene Geschichten. Legenden.«

Valentina schnaubte: »Klar, und was für dumme. Die kapieren nicht mal die Relativität und die Koniken, sonst hätten sie ja nicht dieses Märchen vom großen Zeichen für den Weltuntergang. Die Dunkelheit von ... wie heißt es?«

»Die Pulsarnacht.«

»Richtig. Was war da genau der ... wie ging der Unsinn?«

»Die Pulse aller bekannten Neutronensterne werden aussetzen. Und man wird das an jedem Punkt des Kosmos gleichzeitig beobachten.«

»Was, da sie in unterschiedlich weit voneinander entfernten Koniken zu finden sind, bedeuten würde, dass diese Aussetzer zu ganz verschiedenen Zeiten ...«

»Man darf«, unterbrach Dr. Zhou, »solche Sachen nicht wörtlich nehmen. Es ist wie mit den Regengöttern, von denen Custai und Binturen reden. Ich meine einfach, Spuren einer Art ...

Religion ... bei den Dims entdeckt zu haben. Es geht darin vor allem um eine eigene Kosmogonie und Evolutionslehre. Um Mutmaßungen darüber, woher sie kommen.«

»Wie, woher sie kommen?«, schnauzte Sylvia, die das Gespräch bis dahin stumm verfolgt hatte. »Ist doch einfach: Die Eidechsen haben sie gezüchtet.«

»Aber warum sehen sie dann aus wie wir?«, fragte der Arzt mit leicht spöttischem Gesichtsausdruck.

Sylvia machte ein obszönes Lippengeräusch und spuckte: »Was, die sehen aus wie wir, Quatsch. Die sehen nicht aus wie wir. Die sind viel größer. Anderthalbmal so groß wie ein Mensch, und irgendwie quallig, ich meine, diese Gesichter, da lässt sich gar nichts draus ... lesen und ... nee, die sehen nicht aus wie wir. Vielleicht wie undeutliche Karikaturen.«

»Sie sind eine humanoide Lebensform«, insistierte Bin Zhou ruhig, »die menschenähnlichste jedenfalls, die ich je gesehen habe.«

»Auf der Akademie«, versuchte Valentina zu vermitteln, »hieß es, die wären von den Custai designt worden, um uns ein bisschen zu beleidigen. Am Anfang gab's ja Reibereien, in den drei Metazyklen nach dem ersten Kontakt zwischen den Menschen – ich glaube, Asvanylinie, richtig, ja – und den Custai.«

»Aber das genau ist es doch«, erwiderte Zhou, dessen Stimme jetzt einen verschwörerischen Tonfall annahm, »das ist der springende Punkt. Ich habe für den historischen Teil meiner Studien einige Berichte und Dokumentationen aus dieser frühen Zeit studiert, und alles deutet darauf hin, dass die Custai schon bei der ersten Begegnung Dims mit sich führten. Versteht ihr? Diese Biomarcha in Menschengestalt, die unseren inzwischen ... treuen ... Verbündeten ihrerseits treu ist bis zum Tod, hat schon immer ausgesehen wie ... ungenaue, zu große Kopien von Menschen. Hier liegt ein Rätsel, das ich zu lösen beabsichtige.«

»Viel Spaß dabei«, grummelte Sylvia und sammelte die Spielsteine vom Go-Brett, an dem sie sich eben gegen Zhou hatte geschlagen geben müssen.

»Erstmal gibt's Revanche.«

Emanuelle Dinah Norenzayan war die Waffenmeisterin, kahlköpfig wie Valentina, mit hohen Wangenknochen und kohlschwarzen, großen Augen.

»Die Frau würde mir Angst machen, wenn ich wüsste, was Angst ist«, aus Sylvias Mund das größtmögliche Kompliment Nur der Kapitän, Sylvia, Abhijat und der Bintur durften sich längere Zeit in ihrer Nähe aufhalten. »Mit Kuroda ist sie regelrecht verheiratet«, schwärmte Saskia, die wohl ihrerseits gern entweder Norenzayan oder Kuroda geheiratet hätte.

Was dem Arzt seine Monografie über Dims, der zweiten Navigatorin ihr Lehrbuch, Abhijat seine Skulpturen und Sylvia ihr Gemecker waren, stellten für Norenzayan Arbeiten an der Schiffsaußenhülle dar.

Ständig gab es, geschützt nur vom C-Feld-Hautgitter, irgendetwas auszubessern, Folgen von Mikrometeoritenschäden zu beobachten oder zu beseitigen und Flanken neu zu beschichten. Kroch Norenzayan gerade nicht auf dem Schiff herum, dann widmete sie sich rastlosen Tätigkeiten im Fahrzeugpark – dies oft zusammen mit dem Bintur, wobei etwa Kleingleiter in Amphibienfahrzeuge umgerüstet und anschließend wieder zu atmosphärenflugtauglichen Jets modifiziert wurden. Norenzayan schuf Tanks aus Progma, setzte sie auf Tragflächen oder probierte in der Makrofertigung neues, eigenes Design für ein geschütztes 8X8-Radfahrzeug aus, bastelte drei Monate an der zentralen Reifendruckregelung entsprechend dem erwarteten Zugkraftbedarf, ließ einen neuen Gefechtsturm dran schweißen, spickte das Spielzeug mit Scharfschützengewehren – und nahm schließlich alles wieder auseinander.

Hatte sie zu Schwerstarbeit einmal keine Lust, schliff sie altmodische Messer und Äxte.

»Sie sieht aus, als ob sie Leuten beim Sport den Kopf abreißen könnte. Aber ich glaube, sie ist ganz lieb«, fand Sylvia, deren Perspektive allerdings davon getrübt war, dass Norenzayan ihre Küsse schmeckten.

N"//K'H/'G' hieß der Bintur an Bord. Sein Name bestand aus in seiner Sprache geläufigen, für Menschenmünder eben noch artikulierbaren Konsonanten sowie einigen unaussprechlichen Paravokalen – »Pfeifhusten« nannte Sylvia dieses durch melodische Modulation bedeutungstragende Element der Binturensprache. Die Menschen nannten ihn, wenn sie im Imitieren jener Laute nicht so gut waren wie Bin Zhou, einfach »Naka«.

Naka besaß keinen bestimmten, nur ihm zugewiesenen Aufgabenbereich. Dank seinen binturenüblichen polymarchiden und polyhistorischen Begabungen konnte er einfach helfen, wo er gebraucht wurde. Wie alle Individuen seiner Art schätzte man ihn im Gegensatz zu den in kühlen Zylindern schwebenden Skypho und den massigen Custai als angenehmen Gesellschafter. Saskia sagte es deutlich: »Der Naka ist ziemlich heiß, mit seinen Pinselöhrchen und diesem Schweif, der greifen kann und streicheln.«

»Behalt's für dich«, sagte Tommi säuerlich, weil ihm nicht klar war, was alle andern wussten, nämlich dass Saskia von ihren sehr vereinzelten Begegnungen mit dem Bintur mehr Aufhebens machte, als die verdienten. In Wirklichkeit war N"//K'H/'G' Menschenkörpern nicht sonderlich zugetan, wenn er auch Sylvia so wenig verschmähte wie irgendwer sonst. Nur zu Emanuelle Norenzayan pflegte er ein etwas innigeres Verhältnis, als bloße Kollegialität gerechtfertigt hätte.

»Die Binturen sind uns erotisch überlegen«, erklärte Dr. Zhou Valentina einmal. »Unsere erst etwa sechs Metazyklen alte Sitte der mehrerlei Geschlechter – bei uns sind es, wenn ich das richtig überblicke, derzeit etwa vier bis fünf, bei ihnen acht – samt Wechsel dazwischen haben wir seinerzeit von ihnen übernommen, inklusive der Brechung des Rollenkontexts, der Abschaffung der Definition des eigenen Geschlechts über Vorlieben für andere oder ähnliche. Schön, bei den Custai weiß andererseits überhaupt niemand, wie viele Geschlechter die haben, zumal es weit mehr als zwei Individuen braucht, damit sie sich fortpflanzen können. Aber die Custai sind prüde. Die Binturen dagegen leben liberaler, als wir in absehbarer Zukunft wagen werden, und das schüchtert natürlich ein.«

Valentina erinnerte sich, dass sie in ihrem ersten Zyklus auf der Akademie einmal einige Monate lang versucht hatte, ein

Junge zu sein. Sie rechtfertigte das eher langweilige Experiment, das ihr nicht viel gab, vor sich selbst später damit, sie hätte das Gefühl gehabt, ihren Eltern, die über ihr Verlassen der Heimatwelt und den Eintritt ins präsidiale Militär nicht eben glücklich gewesen waren – »du verschenkst alle Möglichkeiten, die oder der zu sein, die oder der du willst, Kind«, hatte die Mutter geseufzt –, eine Art Dankesschuld abtragen zu müssen. So hatte sie denn versucht, wenigstens eine dieser »Möglichkeiten« wahrzunehmen. Anderthalb Zyklen vor Valentinas Geburt war Valentinas Mutter ja selbst noch ein Mann gewesen. Der Name, den man Valentina gegeben hatte, suggerierte wohl, dass man ihn leicht gegen einen eng verwandten männlichen würde eintauschen können, »Valentin«, wie die Rekrutin als junger Rekrut denn auch ein Weilchen geheißen hatte – »bis es mir einfach zu blöd wurde. Ich kann damit nichts anfangen, tut mir leid. Vielleicht ist mein Horizont zu eng, aber meine Eltern wollen hoffentlich vor allem, dass ich zufrieden bin. Und als Typ wäre ich das nie«, gestand sie Sylvia.

Der Bintur mochte den Arzt; sie schlossen Freundschaft.

Die beiden führten lange und offenbar für beide bereichernde Unterhaltungen über binturische Kosmologie und Theologie. Besonders interessierte sich der Mediziner für Erzählungen und Spekulationen, die mit den großen Driften in den drei nächstgelegenen Galaxien in Epochen zu tun hatten, als Binturen und Custai noch jung, die Menschen nicht einmal vorhanden waren. Vieles davon betraf hypothetische ältere Arten, die einige der größten und rätselhaftesten Ingenieursleistungen in ebendiesen Galaxien hinterlassen hatten.

Dass etwa weder Custai noch Binturen noch die zweifellos älteste sternenfahrende Spezies, die Skypho, als Erbauer der Ahtotüren und erste Vermesser des Ahtomediums gelten konnten, war Konsens unter diesen dreien, den die Menschen nur übernehmen konnten. Dass das Wissen über Existenz und Beschaffenheit des C-Felds zwar von den Skypho weitergegeben, von ihnen aber nicht entdeckt worden war, sagten Letztere selbst.

»Wir verdanken all dies den Meergöttern und dem, was man aus ihrem Erbe lesen kann«, erklärten die Zylinderwesen, »vor allem aber dem, was die Medeen uns erzählt haben.«

Die Medeen gehörten nicht nur zu den zahlreichen Arten großer Nichtatmer, wie man sie in einigen Sternumwelten und auch in den interstellaren Dunkelheiten fand, sondern waren nach übereinstimmender Ansicht verschiedenster Zivilisationen Boten höherer Mächte. In den VL hielt man diese Ansicht für eine bewusst von den Skypho ausgestreute Mystifikation. Die Geschöpfe in den schwebenden Zylindern standen im Verdacht, die wahren Quellen ihrer Wissenschaften und ihrer Marcha nicht preisgeben zu wollen.

Armand Mazurier war überzeugt davon: »Sie halten uns, die Binturen, die Custai und alles, was sonst noch in groben Körpern herumläuft, für so blöde, dass wir uns mit jedem Mist abspeisen lassen. Fabeln, Mythen, Religion. Und sie scheinen recht zu haben.«

Dr. Bin Zhou erfuhr von N"//K'H/'G' eine interessante Einzelheit zu diesem Themenkomplex: »Die ›Meergötter‹ oder ›Meerhände‹ der Skypho kommen auch bei manchen Kulten der Binturen vor, und sogar bei den Custai. Da heißen sie ›Regengötter‹, bei uns Binturen ursprünglich ›die Tiefen‹, seit einigen Dekazyklen haben wir allerdings in vielen Regionen die Rede von den ›Regengöttern‹ übernommen. Es mischt sich. In allen diesen Mythologien gibt es allerdings mehr oder weniger undeutliche Verbindungen zu den Medeen und anderen Extremophilen.«

In langen nächtlichen Sitzungen bei Nachos und Insekten verglichen der Arzt und der Bintur so ihre Kenntnisse in Astroarchäologie sowie Astrobiologie und unterhielten sich darüber, welche der sternfahrenden Spezies wohl genau woher gekommen waren.

An einem dieser Abende hatte Naka beim Nachdenken übers Spurenlesen eine Idee.

3 »Die Idee«, schnurrte der Bintur auf der vollbesetzten Brücke, umgeben von sechs sehr neugierigen und drei bereits unterrichteten Menschen, »ist ein simpler Analogieschluss. Der Doktor und ich, wir plaudern, wie ihr wisst, gern über ganz alte Zeiten. Und da tauchte einmal die Frage auf: Wie haben die das eigentlich gemacht damals, mit ihren primitiven optischen Teleskopen, wie haben die Planeten gefunden, weit draußen, die bewohnbar waren, die sich für die Besiedlung eigneten, weil sie an Shenik, Tliluamen oder ...« Er hatte Schwierigkeiten, auf den Namen zu kommen, Sylvia half aus: »Terra Firma. So hieß der Felsen, wo die Menschen hergekommen sind.«

»Gut«, sagte Naka; die Menschensprache zu gebrauchen fiel ihm etwa so leicht wie einem einigermaßen gescheiten erwachsenen Menschen, das Lallen menschlicher Babys nachzuahmen, sehr leicht also. »Welten, die an diese Heimatplaneten erinnerten, die ihnen hinreichend ähnlich waren, wie haben sie die gefunden? Ich wusste es im Fall von uns Binturen, und mein Freund hier, der wusste es im Falle der Menschen. Das war gar nicht so verschieden, am Anfang: Man suchte mühsam den Sternenhimmel ab, wir hatten zwar die Raumfahrt erst ... also, anders als die Menschen, die zweimal Raumfahrtzeitalter anfingen und wieder aufgeben mussten, hatten wir die Raumfahrt nicht eher, als bis wir wussten, dass es die Ahtotüren gab. Aber unsere nächstgelegene Ahtotür war sogar noch weiter weg als bei euch – eure, na, ein paar Lichtjahre waren es, oder?«

»Etwa acht Parsec von unserer Sonne aus«, sagte Kuroda, »nahe Alpha Lyrae.«

»Aha, genau da«, nickte der Bintur, »wo euer, wie hieß das? Wo eure Linienkriege entschieden wurden. Bei uns sind es sogar zwölf Parsec gewesen. Da musste man erst mal hinkommen.«

Er schüttelte den Kopf so heftig, dass es aussah, als wolle er ihn drehen. Dann fuhr er fort: »Gut, jedenfalls, wie haben sie es gemacht? Simpel: Wenn so ein Planet vor seinem Stern im Durchgang durchs Sichtfeld ist, kann man ihn mitbekommen, und mehr – man kann seinen Radius bestimmen, anhand der Abnahme des Sternenlichts in der Richtung, in die man die Teleskope ausgerichtet hat, die es damals gab, und seine Orbitaldauer weiß man aufgrund der Zeit, die zwischen den Durchgängen vergeht. Wenn der betreffende Stern gleich mehrere Planeten aufweist, kann man vieles durch einfaches Hingucken herauskriegen – wechselseitige gravitationale Interaktionen zum Beispiel verraten Planetenmassen und Formen der Umlaufbahnen, die Planarität des jeweiligen Systems lässt sich auch ermitteln –, man schaut sich Lichtkurven an, periodische Dips, Photometrie, ermittelt Masse-Radius-Beziehungen. Als wir so weit waren, fiel ihm«, der hübsche schmale Kopf mit den Pinselohren nickte in Richtung Bin Zhou, »ein, was der Comte«, das nächste Nicken wies auf diesen, der versuchte, eingeweiht auszusehen, »uns neulich über seinen Informationsstand erzählt hat: Das ... Objekt, auf dem wir, das heißt, der Staatsschutz der VL, das Gesicht von Admiralin Schemura vermuten, ist neuesten Berichten von ...«

»Spitzeln«, sagte Sylvia in einem Ton, als habe sie das Wort gehustet statt gesprochen.

Der Bintur nickte: »Also, die Informanten sagen, es soll sich um einen mit Marcha aller Art gründlich aufgerüsteten Asteroiden handeln. Vielleicht sogar einen kleinen Planeten. Jedenfalls nicht um ein Raumschiff oder ein Lebewesen.«

Sylvias Mund verzog sich zu einem bösen kleinen Lächeln, Valentina dachte: Das hätte ihr gefallen, eine Medea zu entern. Die großen Geschöpfe wurden in letzter Zeit häufiger kolonisiert, man wollte mehr Habitate wie Treue und Schere und Mut, die drei ersten bewohnten Medeen. Vor zwei Dekazyklen war diese Mode aufgekommen, nahe der kamäischen Sternwiege und bei S Monocerotis.

Medeen und deren künstliche, angeblich nach genetischen Plänen der Meerhände geschaffene Varianten sollten nach dem Willen gewisser Politiker im Kolonisationsamt auf Yasaka die Amtssitze der Zukunft für Castanons Regierung sein.

»Ein Asteroid«, fuhr der Bintur fort, »so was findet man in Oortwolken, auf Umlaufbahnen, im Müll um Sternensysteme, im Leerraum ...«

Kuroda sagte: »Sie hatten einen schönen Vergleich.« Er verbeugte sich andeutungsweise und sehr förmlich vor Mazurier, der sich effekthascherisch räusperte und erwiderte: »Es gibt ja dieses uralte Bild von der Nadel im Heuhaufen. Und ich habe gesagt, was ist, wenn man nicht mal genau weiß, welcher Heuhaufen es ist, sondern ungefähr sieben oder acht Heuhaufen vor sich hat und die Nadel kann nicht nur da drin sein, sondern ... auch zwischen den Heuhaufen, weil sie unordentlich aufgeschüttet wurden, liegt immer mal der eine oder andere Strohhalm, in der Nähe der Haufen natürlich mehr als im Zwischenhaufenraum, wo sie dünner gesät sind, aber in einem dieser Strohfragmente steckt vermutlich die Nadel, die man sucht ...«

»Nur dass wir die Magnetsignatur der Nadel finden können«, sagte der Arzt, »das heißt, natürlich nicht die magnetische, aber die Spur im C-Feld und im Ahtomedium, wenn das Objekt, was anzunehmen ist, eine Bahn hat, die intelligent programmiert wurde. Denn dann fand ein Start, ein Abschuss statt. Die seit der Verstreuung der Admiralin verstrichene Zeit reicht nicht, irgendein Artefakt aus den kartierten Gebieten in eine hinreichend entlegene Gegend zu bringen, ohne Ahtotüren zu benutzen, ohne das Ahtomedium zu durchqueren. Es müssen Bewegungen stattgefunden haben. Danach wird wahrscheinlich etwas Stabileres angestrebt, ein ... wie soll ich sagen ...«

»Parkplatz«, half Sylvia.

Der Doktor stimmte zu: »Richtig. Ein orbitaler Parkplatz. Eine sichere Bahn, kreisförmig, elliptisch, irgendwo ... was N"//K'H/'G'« – er sprach das nahezu fehlerfrei aus – »gemerkt hat, ist: Da haben Bewegungen stattgefunden, so wie im Gesichtsfelddurchgang vor Sternen sich Planeten bewegen. Und wenn wir jetzt in einer Progmafaktur ein paar Hunderttausend sTlalok-Sonden bauen ...«

»Eher ein paar Millionen. Wahrscheinlich sogar im zweistelligen Millionenbereich«, berichtigte ihn Bucksbaum, der offenbar schon an der Sache herumgerechnet hatte.

»Wenn wir die«, nahm der Bintur den Faden wieder auf, »analog den Sehzellen oder Linsenkomponenten eines gigantischen optischen Teleskops synchronisiert auf die Konik richten, in der das Artefakt vermutet wird, und ihre Daten im zentralen sTlalok der STENELLA so verrechnen lassen, dass alles rausgefiltert wird, was schon kartiert ist ...«

Der Polizist beendete den Gedanken: »... dann könnten wir schnell sein. Schneller als alle andern. Wie lange wird das dauern, bis der gesamte fragliche Raum ...«

Tommi hatte die Rechnung fertig: »Der gesamte ... na, das wäre fast ein Zyklus.«

Das dämpfte die Stimmung im Raum ein wenig. Dann jedoch sagte Sylvia: »Dass wir die volle Zeit brauchen, setzt voraus, dass wir kein bisschen Glück haben. Rückenwind. Schwein. Und so was mag ich nicht voraussetzen – klug und schön, wie wir sind.«

»Ich denke«, erklärte der Kapitän knapp, »wir müssen das weder diskutieren noch darüber abstimmen. Es ist richtig. Es wird gemacht.«

4   Die Umsetzung des Plans koordinierte der Polizist. Niemand konnte später sagen, wie das gekommen war. Emanuelle Norenzayan, Valentina oder Abhijat wären, aus unterschiedlichsten Gründen, genauso geeignet gewesen. Aber es war der Comte, der sich zusammen mit dem Bintur zu Tommi ins Tastnetz hängte.

»Auf der Brücke sieht es jetzt aus, als ob eine Spinne mit zwei Fliegen kämpft«, spottete Sylvia.

Von dort aus ließ Mazurier die ersten unter seiner Aufsicht von der Waffenmeisterin und dem Marchandeur hergestellten sechshunderttausend sTlaloks Testläufe von Messungen durchführen, wie sie der Bintur vorgeschlagen hatte.

Die anderen Crewmitglieder wurden nicht weiter eingeweiht. Valentina bekam lediglich mit, wie Naka und der Comte über irgendein Geheimwissen des Letzteren unterschiedlicher Meinung waren. Sie trugen diese Auseinandersetzung im halb öffentlichen Raum der Messe, beim Abendessen, miteinander aus.

»Ich sage Ihnen«, erregte sich der Mensch, »ich kann Ihnen vorher eben nicht verraten, was Sie da finden werden. Es genügt – es muss Ihnen genügen –, dass ich es weiß. Streng geheim ist es zwar nicht, sonst würde ich unsere sTlaloks nicht darauf loslassen. Aber darin besteht eben der Test: Falls die sTlaloks wirklich das finden, wovon ich weiß, dass es da ist, werde ich überzeugt sein.«

»Schön«, sagte der Bintur mit schwach vergifteter Liebenswürdigkeit, »ich richte die Schläfer also nach diesem Stern aus. Vespertilio, oder Lisin, oder Qalbu l-'Aqrab, oder Antares.«

»Ihre Spezies kennt ihn als R'''B'KK//R«, konzedierte der Polizist mit aufgesetzter Jovialität in scheußlichem Binturisch.

N''//K'H/'G' ignorierte die Geste. »Schön, da findet irgendein nicht in offiziellen Karten verzeichneter Verkehr von … Frachtgut, haben Sie gesagt …«

»Etwas in der Art.« Der Mensch wirkte jetzt gereizt.

»Und Sie sagen«, ließ der Bintur nicht locker, »wenn ich die Daten finde, von denen Sie erwarten, dass ich sie finden werde, aber nicht deuten kann, dann sind Sie zufrieden. Ich sage Ihnen: Ich mag das Spiel nicht. Es kommt mir vor, als ob mir jemand die Augen verbindet und die Ohren verklebt und mich dann in einen Raum schickt, wo ich gegen einen Hammer laufen soll. Wenn ich mit einer Beule zurückkomme, kriege ich ein Bonbon. So dürfen Erwachsene nicht miteinander umgehen.«

An diesem Punkt der Diskussion lag es für die drei übrigen Anwesenden – Sylvia, Abhijat und die derzeit etwas mürrische Waffenmeisterin – nahe, sich in den Streit auf einer der beiden Seiten einzumischen.

Dass der Marchandeur, der sich seit der Entscheidung für die neue Suchmethode ohnehin am liebsten aus allem heraushielt, stattdessen sein Tablett, halb voll, wie es auf einigen Tellern und in einem Schälchen noch war, zum Entsorgungsfach brachte und hinter irgendeine Wand davonschlich, wo es etwas neu zu verdrahten gab; dass die Waffenmeisterin noch mürrischer weiter aß und den Blick tief in ihr Nudelgewirr senkte; dass Valentina sich mit ihrem Nachtisch ins untere Achsengewächshaus des Schiffs verdrückte, war einigermaßen blamabel. Einem Menschen hätten sie wohl beigestanden.

Dass Mazurier im Unrecht war, ließ sich nicht übersehen.

Valentina, trüber Stimmung, hockte sich in einen lauschig tiefgrünen, vom künstlichen Tau feuchten Alkoven zwischen Palmblättern, verdrückte missmutig ihr Zitroneneis und sann darüber nach, was gerade passiert war.

Menschen sind feige Arschlöcher, dachte sie, was gibt's sonst Neues?

Mit einem leisen Fluch warf sie Schale und Löffelchen auf den krumigen Boden, wo sie sich in dreißig Minuten selbst zersetzen und in den Nahrungskreislauf der STENELLA zurückfinden würden.

Durch diverse Kletterröhren, zwei Fahrstühle und über ein Laufband begab sie sich zum Quartier ihres direkten Vorgesetzten.

»Treten Sie ein, Bahareth«, sagte der Kapitän, dessen runde Tür frei war und der ihr den Rücken zugekehrt hatte. Wie macht er das, woher weiß er, dass ich es bin, ist seine twiSicht aktiv, und das dauernd?, fragte sich die Soldatin.

»Setzen Sie sich. Und nehmen Sie grünen Tee.« Das tat sie, dann sah sie ihm ein Weilchen dabei zu, wie er Sienatusche abwechselnd mit einer Rohrfeder und mit einem Chinapinsel aufs Papier tupfte, drüberzog, lang hinstrich, bis die Umrisse einer ländlichen Szene in den regnerischeren Teilen der Gioca-Präfektur des Kontinents Arock auf Lazarus entstanden waren, stimmiger und stimmungsvoller als auf allen Fotos, die sie kannte: Die bescheidene Hütte, der gekrümmte Flusslauf, die Reisplantagen, die Hügelkämme mit den windgebeugten Großpflanzen.

»Also«, sagte der Mann, dessen aristokratische Gesichtszüge und neueste Barttracht – sehr präzise gestutzt, an die Mode der Händlerdynastien in der frühen Wiegraebe-Linie erinnernd – ihn eher wie einen alten Feudalherrn aussehen ließen als wie einen Raumfahrer, »was haben Sie auf dem Herzen?«

»Muss ich was auf dem Herzen haben, wenn ich Sie besuche?«, fragte Valentina, eine Spur zu defensiv.

Der kerzengerade Dasitzende erwiderte: »Sie seufzen oft, wenn auch kaum hörbar. Und merken es nicht. Erleichtern Sie sich. Reden Sie mit mir. Auch dafür bin ich da.«

Valentina holte tief Luft und gab dann zu: »Die Stimmung ist schlecht. Kumaraswami kramt nur noch in den sTlalokkammern rum und redet mit der Waffenmeisterin kaum drei Worte, wenn sie zusammen eine neue Serie zusammenschmelzen lassen. Wie viele sind es eigentlich inzwischen?«

»Vier Millionen. Und es werden noch mehr werden, wenn Naka mit seiner Idee recht hat. Falls die Sonden die Tests bestehen, fängt die eigentliche Suche an. Die müssen wir breit streuen.«

»Das geht uns doch auch an die Ressourcen, oder?«

»Das lassen Sie meine Sorge sein«, sagte Kuroda, nicht unfreundlich, aber deutlich genug; darüber gab es weiter nichts zu reden.

»Gut, aber ... ist Ihnen nicht aufgefallen, wie unruhig jetzt alle sind? Seit es vielleicht wirklich sein könnte, dass wir was finden? Sylvia zum Beispiel ...« – an die dachte sie, außer an den Polizisten und sein Gehabe, in Wahrheit in erster Linie, wenn sie an die Stimmungsverschlechterung an Bord dachte: Ihre einzige echte Freundin, eigentlich längst ihre Liebste, war zwar immer noch voller Energie, aber in letzter Zeit ruppig, sowohl in sich gekehrter als sonst wie paradoxerweise zugleich aufbrausender, was Valentina dem Kapitän direkt allerdings nicht verraten wollte. Es kam ihr zu persönlich vor.

»Stuiving, meine ich, die hat sich ja nun schon immer gerne gestritten mit Zhou über die Trüben ...«

»Die Dims«, berichtigte der Kapitän. Speziesistische Schimpfwörter duldete er auch dann nicht, wenn sie Wesen bezeichneten, die nicht für sich selber sorgen konnten.

Valentina setzte neu an. »Ja ... also, die beiden haben sich immer schon über die Dims unterhalten und gezankt. Über seine Theorien. Aber in letzter Zeit ist das alles so ... verbissen. Er fängt plötzlich an zu behaupten, ihm wären, das hab ich ihn wirklich sagen hören, die Dims lieber als manche Menschen und er freue sich nach diesen klaustrophobischen Zyklen hier im Schiff schon auf seine nächste stationäre Arbeit mit ... ausrangierten Dims auf Hauxpartilla. Bei den Custai, denen er sich anbieten wird. Da bringt sie dann einen Spruch, der wirklich unter der Gürtellinie ... also einen, den ich gar nicht wiederholen kann. Und das beim Wachdienst, den wir drei neulich zusammen hatten, auf der Brücke, mit Saskia und Tommi und dem Comte über uns im Geflecht ... ich hab mich richtig geschämt. Wie in so einem Klischee-Environ aus dem Krieg, darüber, wie es auf den Schlachtschiffen gewesen sein soll, in den engen Reihen, als es noch keine Geflechte gab, und die Leute wie Vieh dicht an dicht zusammengepfercht ...«

Er legte den Pinsel schneller zur Seite, aufs Tuch, als ihr Blick dem folgen konnte, und hielt ihr seine Rechte hin, Handfläche nach oben, dass sie zunächst nicht wusste, ob er sie damit jetzt ohrfeigen wollte oder sie den Handballen küssen sollte. Dann sagte er, mit rauer, ernster Stimme: »Betrachten Sie diese Hand, Bahareth. Ich hatte sie zunächst absichtlich altern lassen. Altern, über den Punkt hinaus, den die Menschen damals erreichten, den halben Dekazyklus, sodass sie schließlich vierzig alte Jahre alt wurde. Dann fünfzig. Jetzt wäre sie schon fast sechzig. Ja: Ich bin bald am Ende meines Dekazyklus. Diese Mission hier, diese Suche nach dem Gesicht der Admiralin, das ist wahrscheinlich die letzte Arbeit, die ich fürs Präsidium tun kann. Für den Frieden.«

»Für den Frieden, Recht und Ordnung«, wiederholte Valentina, nicht ohne Ehrfurcht, fast automatisch die alte Eidesformel.

Er lachte leise und trocken: »Recht und Ordnung ... die gibt es hier draußen nicht, egal, wie viele Polizisten wir mitnehmen. Hier draußen gibt es nichts als gesetzlose Dunkelheit. Das wahre All. Und so wird es noch lange bleiben, gleichgültig, wie viele Siedlungen man gründet, gleichgültig, ob entlaufene Grenzer von der Zivilisation eingeholt und zur Einhaltung der präsidialen genetischen Gesetze überredet ... oder ... davon überzeugt werden können.« Er zog die Hand zurück, legte sie in den Schoß.

»Diese Hand«, sagte er, »hat Tausende Menschen getötet. Durch Umlegen von Hebeln, Drehen von Steuerrädern, Drücken von Tastfeldern und Knöpfen. Nicht alles, nein: Sehr wenig geschah damals per Tlalok. Sechs Menschen – ich weiß die Zahl genau, und erinnere mich an jedes der Gesichter – habe ich persönlich erschossen, zwei davon Angehörige meiner eigenen Armee, wegen Insubordination. Feigheit, verstehen Sie. Ich wollte die Hand als eine Art Erinnerungsstück so lassen, wie sie aus dem Krieg gekommen war. Nicht mehr auffrischen, verjüngen, gesunden lassen ... aber das Schicksal hatte einen ironischen Einfall. Die Hand bekam Hautkrebs. Zwei Finger mussten zunächst entfernt werden, dann das ganze Ding, und die Hand, die Sie sehen, ist nachgezüchtet oder stammt von jemand Fremdem. Ich habe nie nachgefragt. Ich bin, verstehen Sie, beim Militär, weil ich diese Art Mensch bin. Einer, der nicht nachfragt. Einer, der die stummen Hinweise und ironischen Einfälle des Schicksals liest und annimmt. Einer, der gehorcht und befiehlt. Der glaubt und entscheidet.«

Es war der längste Monolog, den sie jemals aus Kurodas Mund vernommen hatte.

Valentina wusste nicht, wie sie antworten sollte.

Er lächelte, sehr freundlich, und sagte: »Was ich Ihnen als Rat mitgeben möchte, auf Ihre Beschwerde, auf Ihre Besorgnisse hin: Fragen Sie sich, ob Sie auch diese Art Mensch sind. Oder eine andere. Sie sind nicht so alt wie ich. Sie können, wenn das hier vorbei ist, auf neue Missionen aufbrechen oder Ihren Abschied nehmen und sich etwas Besseres suchen. Sie sollten das aber bald entscheiden. Das heißt auch: Sie sollten nicht so sehr darauf achten, wohin ... nun ... beispielsweise Sylvia Stuiving geht, wenn wir hier fertig sind.«

Valentina betrachtete das schöne, halb fertige Bild, dann den, der im Begriff war, es zu malen. Wie um sich zu verteidigen, sagte sie: »Ich bin nicht aus demselben Grund zum Militär, aus dem Sie dabei sind. Es gibt noch andere Gründe als das Gefühl, man wäre die richtige Sorte Mensch dafür.«

»Was war Ihrer?«, fragte er und nahm die Arbeit an der Tuschzeichnung wieder auf.

»Kommt mir ...« Sie zögerte etwas, dann fuhr Valentina fort: »Kommt mir ein bisschen albern vor jetzt, aber es ... es war die Uniform, als Allererstes. Das weiße Käppi. Die weiße lange schöne Jacke. Die schwarze Hose, und wenn man wollte, das schwarze Röckchen. Die gelben Seitenstreifen auf den Ärmeln und in der Mitte, und die lila Manschetten, die lila Täschchen über der Brust … und wenn man sie sich verdienen konnte, auch die goldenen Streifen auf der Schulter und an den Ärmeln.«

Er lächelte, nicht herablassend, sondern einverständig. »Sie werden mindestens zwei goldene Streifen haben, wenn wir das hier erfolgreich zu Ende bringen. Die Uniform. Ja, das kann ich verstehen. Das ist gut.«

»Es ist nur, wissen Sie … auf dem Land … auf dem Hof, da, wo ich herkomme, wir hatten alle … im Dorf, im Gouvernement, ich denke manchmal: Auf dem ganzen Kontinent und dem ganzen Planeten, alle waren so wild und urig und individuell gekleidet, und trotzdem, oder gerade deshalb, weil jede und jeder, wissen Sie … mit bunten Halstüchern und zerrissenen Hosen und bemalten Schuhen … es war viel uniformer als … es sagte nichts, es stand für nichts, die Leute waren so verschieden wie Eier, denn Eier sind ja gar nicht alle gleich, das ist ein Vorurteil von Leuten, die nicht mit Hühnern leben. Eier sind verschieden, aber sie sind, wie soll ich sagen: uninteressant verschieden.«

»Beliebig«, riet Kuroda.

»Ja, beliebig, genau. Egal verschieden. Dagegen die Uniform … und diese ganze Reinheit, die das ausstrahlt … auch dass die Schiffe weiß sind, die Schiffe der Präsidialarmee … alles, diese selbstreinigenden Oberflächen, ob aus Plastik oder Metall, immer dieses Strahlende, Reine … das hat mich angezogen. Diese … Behauptung irgendwie, die mit alledem aufgestellt wurde. Und wird.«

Kuroda erwiderte: »Klug beobachtet. Und es gibt ja verschiedene Arten Weiß. Das Militär hat genaue Abstufungen, für Schiffe, andere Fahrzeuge, Uniformbestandteile: Wann der Zweck eher von Birkenweiß und wann er eher von Isabellefarben bedient wird, wann Lilienweiß und wann Papierweiß sich empfehlen. Es ist, als gäbe es irgendwo, vielleicht in einem geheimen Hochhaus im Castanonencuentro auf Yasaka oder einem der Monde, eine Ästhetische Heeresleitung.«

Sie wusste nicht, ob das ein Scherz war, er sagte es so ernst.

Valentina trank ihren Tee aus und bedankte sich. Er nickte. Sie stand auf und ging und begriff selbst nicht, warum es ihr jetzt sehr viel besser ging als vor der Unterhaltung mit dem Chef.

5 Orange und Rosa leuchteten die Seerosen.

Sylvia hatte keinen Blick dafür. Sie warf mit ungeschälten Nüssen nach Bin Zhou, der aber im Teich unterm Wasserfall abtauchte. Dann schwamm er zwischen den verblüfften Schmuckschildkröten unter Wasser bis ans andere Ufer, schoss dort aus dem See, rollte sich auf schwarzen nassglänzenden Felsen ab und blieb keuchend auf dem Rücken liegen.

»Arsch!«, rief Sylvia und kippte leicht nach vorn, als wollte sie ihm folgen. Valentina hielt sie am rechten Arm fest und zog die nackte Freundin zurück aufs Liegetuch, zum Sonnenbaden. Der Arzt hatte die Wütende beleidigt, mit seiner Besserwisserei, und deshalb brummte sie, als sie sich zurück an Valentinas Seite rollte: »Feigling. Haut ab nach drüben, weil ich nicht laut genug brüllen mag, dass er mich da hört.«

Die Haare der Schönen, ein nasses Kissen, schimmerten dunkelrot wie Wein.

»Was willst du denn von ihm, hm?«, fragte Valentina und spielte in militärischen Formationen mit Fingerkuppentruppen auf Sylvias Bauch rum, in der gefährlichen Nabelgegend.

»Na, dass er's zugibt.« So ging das schon den ganzen Morgen. Der Streitpunkt waren mal wieder »die Trüben«. Es ging um Zhous Theorien, wonach es sich bei den Dims »streng genommen eben nicht um Maschinen oder Sklaven, sondern um eine von uns auch aufgrund der Zurückhaltung der Custai viel zu wenig verstandene intelligente Spezies von potenziellen Verbündeten der Menschheit« handle.

»Ist da nicht zumindest so viel dran, dass wir Menschen vielleicht immer noch nicht reif genug sind zu erkennen, wer und was so alles intelligent ist?«

Valentina spielte auf ein Argument des Arztes an, das ihr gefallen hatte: Dass die Menschen mit Binturen, Custai und Skypho so besonders gut auskamen und deren Zivilisationen mit ihrer weitgehend verflochten, in manchen Koniken sogar amalgamiert hatten, rührte daher, dass diese Geschöpfe »wenn schon nicht immer humanoid, was man gerade von den Skypho ja nicht sagen kann, so doch nach Sprache und Denken den Menschen nicht allzu fremd sind«.

Die Mehrzahl der Intelligenzwesen, die *Homo sapiens* bei seiner territorialen Expansion in die kartierten Galaxien kennengelernt hatte, waren Quellen ernster Lehren gewesen: Die klassisch menschlichen Definitionen von »Intelligenz«, ja bereits die von »Leben« hatten, so war deutlich geworden, viele Zirkel- und Analogieschlüsse enthalten, die sich in Anbetracht dessen, was im All lebte, dachte und kommunizierte, nicht leicht aufrechterhalten ließen. Manches, das Sprache oder Marcha war, hatte man, »als wir bloß durchs Fernrohr gucken konnten«, für Naturphänomene gehalten, »aber die Wahrheit erwies sich als komplexer, nämlich,« so Zhou, »dass der alte Nachthimmel übersät ist von Künstlichem, das planende Geschöpfe verantworten. Nicht jeder Pulsar ist ein Neutronenstern oder ein entsprechendes Binärsystem, nicht jedes schwarze Loch, nicht einmal jeder Quasar ist das, was der Augenschein davon mitteilt. Manche Strukturen auf Planeten und Monden, die der Mensch lange kennt, sind gar nicht bloß Spuren, sondern nach wie vor Behausungen des Lebendigen. Schon auf der alten Heimatwelt gab's die Extremophilen – Wesen, die es in ionisierender Strahlung, in tiefen Vulkanschächten, in polarer Kälte aushalten, da hätten wir es merken müssen. Überall in den kartierten Regionen finden wir barophile oder piezophile Schwarmintelligenzen wie die Nalori oder die Farkes, und dass selbst auf der vertrauten Sonne, die schien, als der erste Mensch nach oben blinzelte, Leben existiert, und zwar ziemlich schönes, edles, wissen wir, seit uns die Skypho gezeigt haben, was eine magnetische ...«

An dieser Stelle hatte Sylvia die Beherrschung verloren: »Bla bla bla, schon recht. Aber aus der ganzen Predigt folgt nicht, dass wir diese schlurfenden Witze da als unsere Schwestern und Brüder sehen müssen. Was mich viel mehr interessiert, und wozu du gar nichts zu sagen hast, ist: Wieso haben die Custai Hilfstrottel, die uns so beleidigend ähnlich sehen?«

Valentina war dazu übergegangen, der sich träge Räkelnden, die eben noch gekeift hatte, den Bauch zu küssen: hier ein bisschen. Da ein bisschen. Ärger weg.

Zhou war inzwischen zurückgeschwommen. Beim Lager der Frauen stieg er aus dem Wasser und hatte ein brandneues Argument dabei: »Wir machen's auch nicht anders. Es gibt Mikroorganismen hier, im ganzen Schiff, die genetisch an Haloarchaea aus Salzstein erinnern, wie man sie auf Terra Firma ganz früh in Evaporiten gefunden hat. In der STENELLA gehören sie zu den Selbstreinigungskräften des Schiffes. Von denen könnten die Nalori ja auch sagen, sie erinnern doch sehr an sie selbst, so wie wir uns in den Dims wiedererkennen, aber wir haben überhaupt keine Skrupel, sie ...«

»Eben«, sagte Sylvia und richtete sich auf, schob aber dabei mit einer Hand Valentinas Kopf sanft zur Seite, dass der jetzt auf ihrem Schoß ruhte und nach oben schauen konnte, zum Kuppeldach überm Schwimmbad, zu den fremden Sternkonstellationen überm Wasserfall. »Wenn's nach mir ginge, hätten wir die auch nicht an Bord. Keine Haloviecher, keine Custai, keine Binturen, keine Dims: Das hier ist eine Menschenmission, oder? Und bevor du sagst, man braucht eben solche Bakterien und anderen Genmarcha-Kram, wenn man ein so großes Schiff hat, sage ich gleich noch mal: Eben, was ist das überhaupt für eine Scheißmode, diese riesigen Schiffe mit wenig Besatzung? Und komm mir nicht soziobiologisch, Doktor, von wegen, wir werden bekloppt, wenn wir kein Territorium haben, keinen Auslauf. Dann hätte man uns das eben fortengineert, genetisch, und fertig. Oder überhaupt eine kleinere Truppe geschickt, wir werden ja keine zehn Leute benötigen, um ...«

»Wie viele Leute wir brauchen«, sagte der Doktor und setzte sich, einen Apfel in der Hand, zu den beiden, »werden wir wissen, wenn wir da sind. Und wenn es nicht Mode wäre, große Schiffe zu benutzen, große Habitate auch für wenige, wäre das, was wir suchen, wesentlich schwerer zu finden, nicht? Zu klein.

Wir hätten nicht die Progamafaktur, so viele sTlaloks herzustellen, wie wir brauchen. Mode, das ist sowieso die falsche Kategorie. Eine gewisse Redundanz der Systeme gehört zu hochentwickelten Maschinen. Zu allen echten Zivilisationserrungenschaften. Schon die ersten Raketen hatten ihre riesigen Treibstofftanks und kleinen Spitzen zum Drinwohnen. Als man noch fast alles elektronisch steuerte, gehörten lange Programme zu einfachsten Handlungsabläufen, wie das heute bei sTlaloks manchmal auch noch ist. Und würden wir noch Breven von größerem Umfang schreiben – sagen wir: *books*«, er betonte das altertümliche Wort mit der Ehrfurcht eines Religiösen für seine Fetische, »dann müssten wir wieder lernen, dass manchmal ein dickes, langes Buch nötig ist, um einen einzigen lebendigen Gedanken ...«

»Pfft«, machte Sylvia, lehnte sich zurück, rollte sich, nicht unelegant, unter Valentina weg und fiel ins Wasser wie ein Vogel, der vom Ast in die Luft stürzt, um davonzufliegen.

6 Die Suche war schließlich erfolgreich.

Mazurier versammelte alle auf der Brücke, die zu diesem Zweck auf Kosten der Zufahrtsrampe zu den unteren Progmafakturfertigungshallen um einen zusätzlichen Vorraum ergänzt wurde. Die ausgefahrene Brücke war leicht schief geschnitten, Saskia hatte den halb automatischen Umbau recht lustlos beaufsichtigt.

Der Comte enthüllte das Suchergebnis in twiSicht: »Wir haben das Netz ausgeworfen«, begann er ölig, und Valentina schenkte Sylvia einen Blick, der sagte: Nachdem der Bintur es geknüpft hat. Sylvia guckte schelmisch. Der Bintur gähnte, man sah lauter spitze kleine Zähne.

Mazurier fuhr fort: »Dann haben wir es enger gezogen, als die ersten siebzehn Sterne der Region keine geeigneten Begleiter hatten. Man hätte einige von vornherein aussortieren können, weil sie entweder zu jung sind oder zu vielversprechend für baldige Besiedlung respektive Nutzung als Stützpunkte auf Linearflügen zwischen Ahtotüren. Das alles bedeutet, dass die Admiralin sich dort nicht ... nun, sie will ja nicht aus Versehen von Bautrupps aufgebracht werden. Wie auch immer«, der Comte wirkte, bei aller Eitelkeit, heute zerstreut, diese angefangenen und nicht beendeten Sätze waren sonst nicht seine Art. Als er zum dritten Mal fahrig anhub: »Ja ... jedenfalls ... wir haben aber auch diese Sterne überprüft, denn wir wollten ja gründlich ...«, schnitt ihm der Kapitän das Wort ab und sortierte, was alle sahen: »Drei Sterne, mit jeweils um die zwanzig infrage kommenden Objekten, blieben übrig. Wir haben das Netz also enger gezogen, die Bahnen untersucht – kreisförmig, ellipsoid, zerlegt in Parabeln, Hyperbeln, die Geschwindigkeiten verglichen, dann photometrisch die Dichte und Schwere der Objekte getastet, die winzigen Tempofluktuationen gesucht, die auf künstliche Antriebe schließen lassen. Endlich blieb nur noch ein einziger Stern mit wenigen Begleitern, dieser hier – er hat noch keinen richtigen Namen, ist aber kartiert als BTmITF 26348. Hier waren es drei Objekte, die wir beachten mussten. Geschwindigkeit, Apogee, Perigee – Sie können das alles sehen, es drehen. So, bitte, Abhijat macht es richtig, folgen Sie ihm. Gut. Da unten. Drei Stück. Aber da, dieser Brocken – der war zu kalt. Eine weitere Fokussierung: Wir haben zwei Meteoritendecoys abgeschossen, dazu einen alten Torpedo aus den Linienkriegen, und zwar in einem Anflugswinkel, einer Bahn – danke, Tommi –, die suggerierten, dass es Trümmerstücke und Kriegsüberbleibsel sind, die von weit draußen, aus dem interstellaren Leerraum kommen, mit hoher Geschwindigkeit, weil sie bis jetzt noch mit nichts kollidiert sind. Wir waren gespannt, weil es Streifschüsse gewesen wären, sehr knappe Berührungen – das heißt, das Ausweichen sollte kein auffälliges Abgehen von der vorgeblichen Orbitalbahn um diese nicht sehr bemerkenswerte Sonne – relativ hell, hohe Metallizität, drei Planeten, viel Müll, in dem sich die beiden Objekte unauffällig genug ausnehmen –, kein halsbrecherisches Manöver sein, sondern etwas, was ein Pilot oder, wahrscheinlicher, ein sTlalok einfach aus ökonomischen und Effizienzerwägungen, Abgleich der zu erwartenden Einschlagsschäden und Reparaturnotwendigkeiten mit der Gefahr der Detektion bei Kurskorrektur, riskieren würde. Wir hatten mehr Glück als Verstand. Wir haben es nämlich törichterweise«, ein Seitenblick auf den Polizisten verriet, wer für diese Torheit verantwortlich war, »nicht gleichzeitig versucht, sondern zuerst bei Objekt A, weil Mazurier der Meinung war, dass wir sTlaloks sparen sollten …«

»Wir sind bei fast zweihundert Millionen«, fiel ihm Mazurier ins Wort, »auch wenn wir keine Custai sind und nicht streng budgetiert, müssen wir den Ressourcenverschleiß am Ende vor den präsidialen Kommissionen begründen können, denn sonst …«

Der Kapitän ließ den unfertigen Satz ein paar effektvolle Sekunden unbeantwortet im Raum hängen, wie um den Comte einzuladen, aus der Defensive den unvorsichtigen Schritt in die Offensive zu gehen. Mazurier ließ den Angriff lieber bleiben. So fuhr Kuroda fort: »Wir haben, wie gesagt, zunächst Objekt A beschossen. Wäre es getroffen worden, dann hätte selbst das bewusstloseste Tlaloksystem an Bord von Objekt B, falls das unser wahres Ziel hätte sein müssen, Zeit gehabt, sich in Ruhe zu überlegen, wie unwahrscheinlich es ist, dass zwei Trümmerschwärmchen aus dem Krieg mit ganz unterschiedlichen Bahnen zur annähernd selben Zeit im selben System eintreffen und beide Male auf knappen Kollisionskurs mit winzigsten Begleitern einer wie gesagt absolut nicht bemerkenswerten Sonne geraten. Zum Glück aber scheint Objekt A tatsächlich das gesuchte Versteck zu sein.«

Die twiSicht zeigte die Trümmer und die Kurskorrektur des bedrohten Objekts – eine mittels iterativer Anpassung der Eigenrotation des kleinen Himmelskörpers fast hinreichend maskierte Bewegung, die so elegant war, dass einige anerkennende Laute der STENELLA-Crew die optisch gesäuberte, raumadäquat herunterskalierte Aufnahme begleiteten.

»Wer immer das ist, fliegen kann sie«, fasste die Waffenmeisterin den allgemeinen Eindruck zusammen. Kühl erwiderte der Kapitän: »Allerdings. Jetzt wollen wir sehen, ob sie sich auch verteidigen kann.«

Ohne weitere Förmlichkeiten stellte Norenzayan ihr Konzept vor. Zusammen mit Abhijat hatte sie es in den letzten acht Stunden mehrfach überarbeitet. »Wir gruppieren die sTlaloks neu, die das Ding im Schweif hat – sie haben sich drangehängt, als die provozierte Kollision nicht stattfand. Wir bringen sie in eine neue Verfolgungskonfiguration, bis auf ein paar Tausend, die als Sensoren fungieren sollen und direkt auf der Oberfläche abgesetzt werden – ihr seht den schwachen Nieselschauer aus rötlichem Glas, das sind sie, maßstabsversetzt, damit ihr's erkennen könnt. Die andern scheren aus, überholen und ...«

»Spannen eine schwache Ahtotür auf«, erklärte Abhijat.

Norenzayan nickte. »Die operiert nur in eine Richtung. Sie öffnet sich, wenn alles gut geht, in etwa einem Sechstel AU Abstand. Wir fallen hindurch, direkt in den Gefechtsraum. Ich nehme an, es gibt Raketen und sonstigen konventionellen Beschuss. Das halten wir etwa eine halbe Stunde aus. Wenn wir heiß fallen, im Rennen sozusagen, wird der Überraschungseffekt eine gewisse Lähmung mit sich bringen.«

»Lähmung? Bei sTlaloks, die das Habitat vermutlich steuern?« Mazurier klang skeptisch. Norenzayan lächelte dünn: »Lähmung, das ist hier kein psychologischer, sondern ein rein rechenzeitbezogener Begriff. Die Heuristik der gegnerischen sTlaloks wird neu kalibrieren müssen. Wir drehen bei, oder zwingen das Artefakt zum Beidrehen. Dann schießen wir das Enterfahrzeug rüber.«

Eine große Grafik zeigte den bulligen Achträderwagen, an dem Emanuelle und Abhijat seit Wochen gearbeitet hatten. »An Bord dieses Fahrzeugs, das mithilfe seiner vorderen, drehbaren Keilschaufel die an der Landungsstelle vermutlich recht dünne Hülle aufbohren wird, wo wir Kammern und Korridore vermuten – die Abtastung durch die sTlaloks mit Bodenkontakt wird das noch abklären, bisherige C-Feld-Spektronomie lässt es jedenfalls mit 98%er Wahrscheinlichkeit erwarten –, also, an Bord dieses Enterpanzers werden Sylvia, Valentina, ich selbst, Mazurier und Naka sein. Unsere Eintrittsstelle bewachen der Kapitän und

Abhijat. Die Lagebildkontrolle, schiffsgestützte Operationsführung und Koordination der gesamten Unternehmung werden von der Brücke der STENELLA aus Tommi und Saskia verwalten. Doktor Zhou bleibt in der Außenschleuse, auf Standby, falls im *battlespace* irgendetwas schiefgeht und er entweder Leute versorgen muss, die zu ihm gebracht werden, oder an die Operationsfront nachrücken. Fragen?«
Es gab keine.

7   »Sehr witzig, Abhijat«, schnupfte Valentina, ohne das Rufzeichen des Marchandeurs aktiviert zu haben, ohne Distanzsynchronschaltung der Tlaloks, einfach als eine Art umgeleitetes Selbstgespräch, während sie in die Röhre zum Hangar stieg und dort von dichtem Schneetreiben überrascht wurde.

Die Flocken fielen wie die Regentropfen bei Schauern an Bord aus keiner Wolke, sondern emanierten direkt aus der Progmabeschichtung der Schiffsinnenwand. Hier und da trafen sie auf Lichtwürmchen und verdampften, ihr dichter Tanz aber verhüllte zum größten Teil auch diese winzigen Funkenblitze.

Vor lauter Gestöber sah man den eigenen Tritt auf der Leiter nicht. Sollte das, soweit es wirklich von Abhijat programmiert war, ein Vorgeschmack auf die rauen Bedingungen sein, die nach dem Entern zu erwarten waren?

Valentina, im schneeweißen Schutzanzug als Progmaverstärkung des tlaloküberwachten Hautgitters, stieg vorsichtig in die Tiefe und dachte: Wozu eigentlich immer dieses Gekletter, man hätte genauso gut einfach die Gravparameter verschieben können? Das Problem mit Leuten wie Tommi, Saskia, Emanuelle und Abhijat: In Habitaten und Schiffen waren sie Götter, die aber keine sein wollten und sich deshalb ihre bescheidene Kunstfertigkeit im Umgang mit den Naturkonstanten und den Variablen der jeweiligen Umwelten stets dadurch beweisen mussten, dass sie es den Menschen an Bord nicht allzu leicht machten – Köche, die Wert darauf legten, dass es nicht nur was zu essen, sondern auch was zu kauen gab, genügend Ballaststoffe, Vitamine und wie der ganze Kleister hieß.

Dicke Flocken, ein Weg der Nichtschatten, das Salz, mit dem Abhijat seine Mahlzeit in ein Wintergedicht verwandelt. Valentina wurde gegen ihren Willen melancholisch, fast glücklich in der magischen Stille, im Schweben der Kristalle. Sie dachte an Rosmarinsalz aus den Minen von Südyera auf Mora, Trüffelsalz von Sarana, es fehlten bloß die schwarzen Körnchen, ah, da sind sie schon, in Wirbeln und Verwehungen. Was konnte das sein? »Punktlicht«, befahl Valentina ihrem Helmscheinwerfer, und »Hol mal ran« ihrer Visierscheibe. Kleines Flattern.

»Oh – wa...?«

Valentina war verblüfft, als sie, inzwischen fast ganz unten, beim Zugang zur Halle angekommen, die etwa einen Meter über ihr schwirrenden Finsterflecken als braunschwarze Harlekinkäfer erkannte. Insekten im Luftschacht? Im Schnee?

»Danke, normal wieder«, gebot sie ihrer Blende. Der Strahler schaltete ebenfalls ab, und sie nahm im letzten Augenblick den sich bereits auf das stählerne Bodengitter senkenden rechten Fuß wieder hoch, als sie nach unten blickte und dort etwas Großes, auffällig Gelbes müde zucken und flattern sah, auf das sie beinahe getreten wäre: Ein Schmetterling, mit langem, zartem Kometenschweif.

Sie stellte sich neben das Tier, auf dessen breiten Flügeln ein Hauch Schnee lag, als hätte man das Wesen gezuckert. Valentina bückte sich schwerfällig. Wenigstens die Hautgitter-Handschuhe waren dünn genug, ihr Fingerspiel nicht zu behindern, sodass sie unter das verkühlte Tierchen greifen, es hochheben und betrachten konnte.

Federchen auf den Antennen. Bibbern. Sterben vielleicht – das war Valentina unangenehm, die doch schon ganz andere Tode gesehen und einmal, bei einer Razzia auf Waffenhändler in tropischen Gegenden auf Nestor, sogar einen Cust erschossen hatte, dessen übelriechende Explosion die größte Schweinerei ihres bisherigen Lebens gewesen war.

»STENELLA, was ist das?«, fragte sie, die es vom Tlalok in ihrem Kopf nicht wissen wollte – die altmodisch elektronischen Computerarchive im Schiff, die das Skurrilste waren, was die präsidiale Armee aus uralten Zeiten mitschleppte, antworteten ihr: »Kometfalter. Genengineert. Lebt nur fünf Tage, in dieser Variante bloß drei.« Wenn ihn vorher kein Bintur frisst, wofür er vermutlich da ist. Valentina deaktivierte den Archivlink und sah, wie zwei der anderen Insekten, gedrungen und bräunlich, in Schneewirbeln nach oben trudelten und taumelten. Einer fiel auf ihren Helm, einer neben ihrem Fuß zu Boden.

Sie trat zur Seite, in die Tür zur Progmafaktur-Halle, den Schmetterling noch immer auf der Hand. Die Membran ließ sie passieren. Der Helm öffnete sich augenblicklich, sein unterer Rand zog sich in den Halsreifen des Anzugs zurück.

Die Szene, die Valentina beim Panzerfahrzeug empfing, war unübersichtlich: Kuroda, in gewöhnlicher Borduniform, stand mit dem noch in seinen körperangepassten Netzkokon gezwängten Tommi, der erschöpft auf einem Klappstuhl zusammengesunken war und den Kopf schüttelte, sowie dem zornigen Comte und Saskia, die betreten zu Boden blickte, bei der Waffenwand. Streng fragte der Kapitän: »Wann zuletzt? Vor einer Stunde, zweien, gestern Nachmittag?«, aber Tommi schüttelte immer wieder nur den Kopf, als wollte er sagen, ich will diese Frage nicht verstehen.

Die Waffenmeisterin kniete mit Abhijat auf dem Dach ihrer Konstruktion, beim Gefechtsturm, beide trugen Anzüge wie Valentina und stritten ungewöhnlich laut, gestikulierten sogar, für zwei sonst so introvertierte Leute sehr ungewöhnlich.

»Agantheansi, ses egestai!«

»Thalenne, meres estan!« – man disputierte auf Kertisch, eine bei Leuten in Marchaberufen beliebte, weil sehr präzise Sprache. Es ging offenbar um die Klimaregulierung – »egestai«: »Schneewolke« – und um die Schwierigkeit, unter simulierten Winterbedingungen eine Spur (das Morphem »ganthe« im Wortgebilde »agantheansi«) von etwas – oder jemandem? – ordentlich zu verfolgen.

»Was klemmt?«, fragte Valentina, etwas aufgesetzt locker, mit einer Wendung, die sie von der stets gutgelaunten Sylvia geklaut hatte.

»Ich sehe«, sagte Kuroda und sah ihr direkt ins Gesicht, »Sie haben auch schon eins seiner Tierchen gefunden. Ihm selbst sind sie nicht begegnet?«

Valentina wusste zunächst keine Antwort; ihr Gesichtsausdruck wirkte überfordert, sodass der Kapitän sie sanft aufklärte: »Unser Gast. Unser Freund. Naka ist verschwunden, und zwar schon seit ...«

»Sieben Stunden, jedenfalls wenn die bisherige Zeugenbefragung ein akkurates Ergebnis erbracht hat«, sagte der Comte wichtigtuerisch und schaute dabei erst Valentina, dann den unbehaglich auf seinem Stuhl das Gewicht verlagernden Tommi so böse an, als hätte er beide, vielleicht auch alle andern an Bord im Verdacht, den Bintur gemeinschaftlich geschlachtet und gekocht zu haben. Valentina versuchte sich zu erinnern, wann sie dem Bintur das letzte Mal begegnet war. »In der ... ich glaube, das war in der, an der Messe, um ... gestern, gestern am ...«

»Um 22 Uhr«, sagte der Comte gereizt.

Saskia nickte, kam aber nicht zu Wort, weil Mazurier, an Kuroda gewandt, wütend bellte: »Prächtig. Drei Aussagen, die sich decken. Hammarlund und Stuiving wollen da ja auch dabei gewesen sein.«

Stuiving, dachte Valentina, richtig, wo steckt eigentlich Sylvia?

»Stuiving«, sagte Kuroda zum Comte, »ist jetzt bei Zhou, richtig?«

»Ja. Letzte Koordinationsbesprechung oder so«, winkte der Polizist ab. Valentina spürte nach ihrem Uhrentakt im Kopf. Es blieben noch vierzig Minuten bis zum Angriff auf das mutmaßliche Versteck des Gesichts der Admiralin.

Unbesonnenerweise sprach sie den nächsten Gedanken, der ihr in den Sinn kam, direkt aus: »Sollten wir die Aktion vielleicht, ich weiß nicht, verschieben oder ...?«

»Na großartig! Was für eine Truppe ist das hier überhaupt? Kanalreinigung?«, platzte der Comte heraus, aber bevor er eine seiner Donnerpredigten anschließen konnte, schnitt ihm Kuroda das Wort ab: »Wir bleiben im Plan. Die Aufstellung von Norenzayan muss korrigiert werden, aber nicht weggeworfen. Der Bintur fehlt beim Entern, aber das ...« Seltsam schief sah er auf Valentinas immer noch erhobene Handfläche mit dem inzwischen reglosen großen Schmetterling darauf, dann verschleierte sich sein Blick, wie das beim Angerufenwerden über eine twiVerbindung typisch war, und er sagte zu niemandem im Raum, also zu jemandem am andern Ende einer Verbindung: »Ja. Wann genau? Und er ist ... ja. Verstehe. Kommen Sie runter. Runter ins Dock, sofort. Lassen Sie alles, wie es ist. Ich habe die Aufnahmen. Wir stellen synchron.«

Das Letztere war ein Befehl, der dadurch, dass er ausgesprochen wurde, auch schon befolgt werden musste. Valentina wurde mit solcher Gewalt in ein offenbar von Sylvia (jedenfalls war dies die Kennung, die sich Valentinas Bewusstsein sofort einprägte) aufgenommenes twiSichtbild geworfen, dass sie beinah zum Ausgleich der vermeintlichen Vorwärts-Ruckbewegung unwillkürlich nach hinten gekippt und umgefallen wäre.

Zum Glück verhinderten ihre auf der Akademie und in zahlreichen Einsätzen erworbenen und gepflegten Reflexe diese Peinlichkeit. Nach einem leichten Aussetzer von etwa einer Sekunde orientierte sie sich schnell – in Dr. Bin Zhous Labor, wo Sylvia eben gestanden und aufgenommen hatte, was jetzt alle im Progmafakturdock sahen: Verwüstung. Zerbrochene Tastschirme. Zerschlagene Arrays. Rauch- und Schmauchspuren am Waschbecken und unter den sTlalokcommoden. Auf dem Fußboden dazwischen lag der verschmorte, verdrehte Körper des Arztes, Kopf und Oberkörper in erstarrtem Lösch-Schaum festgebacken, den Sylvia auf ihn gesprüht hatte, zu spät, um sein Leben zu retten, rechtzeitig, um ein Übergreifen der Flamme, die diese menschliche Fackel gewesen war, auf weitere Objekte im Labor zu verhindern.

»Sie hat den Bintur gesucht und wollte den Doktor fragen, ob der ihn gesehen hat«, sagte Kuroda und setzte dann beiläufig hinzu: »Abbruch.«

Die twiSicht löste sich auf. Valentina sah auf den Gesichtern der andern Verstörtheit, Benommenheit, bei Saskia nackte Angst, und sagte: »Was wird jetzt aus der ...«

»Die Mission wird fortgesetzt, wie geplant«, wiederholte Kuroda seine vorherige Anweisung. Ein kurzer Zeitabgleich verriet der Truppe, dass in einer halben Stunde Feindkontakt stattfand. »Der Standby in der Schleuse fällt aus. Alles andere bleibt«, stellte Kuroda fest.

Der Comte räusperte sich und widersprach: »Wir sollten die Sache jetzt doch verschieben. Eine sorgfältige Untersuchung des Zwischenfalls ist unabdingbar. Wir verstoßen gegen jedes Protokoll, jede Einsatzordnung, wenn wir einfach weitermachen. Wir sollten den Tlalok des Doktors bergen. Wir sollten eine Wiederbelebung vorbereiten oder den Tlalok direkt, also kalt vernehmen, ohne Bewusstsein. Wir sollten ...«

Kuroda spuckte auf den Boden und ging den Comte unerwartet heftig an. »Wenn das kein Unfall war – und zwei Unfälle dieser Sorte auf einmal, einer verschwindet und einer stirbt, in einer so kleinen Gruppe, das glaubt niemand –, dann handelt es sich entweder um Sabotage oder um einen mit mir nicht begreiflichen Mitteln weit hinter die Front getragenen Angriff der Admiralin auf uns. In beiden Fällen ist die Absicht klar: Wir sollen abbrechen. Wir sollen nicht entern, wir sollen unseren Plan aufgeben. Der Angriff ist schlampig, grell, fahrlässig, das heißt: Wer uns so angreift, ist verzweifelt, schützt sich nicht vor Entdeckung, arbeitet ad hoc. Wir sind auf dem richtigen Weg. Wir halten den Kurs.«

Jetzt glaubte Valentina doch, dass dieser Mann die Linienkriege erlebt hatte.

»Wenn es sich um Sabotage handelt ...«, versuchte Mazurier noch einmal etwas Widerspruch. Kuroda brachte ihn mit einem Blick zum Schweigen und richtete den nächsten Satz an alle: »Ein zusätzlicher Missionsparameter. Wenn die Urheberin oder der Urheber der Sabotage sich im Laufe der Operation zu erkennen gibt, wird sie oder er ausgeschaltet. Wir sind kein Ausschuss, wir sind ein Eingreifkommando.«

Die Vorbereitungen waren beschleunigt im Gange, als Sylvia schließlich eintraf.

»Was machst du mit dem Schmetterling?«, fragte die Schöne. Da erst bemerkte Valentina, dass ihr der Arm wehtat, weil sie die feingliedrige Insektenleiche immer noch präsentierte, obwohl niemand hinsah.

Sie ließ die Hand sinken, das fragile Geschöpf glitt zu Boden.

»Der Doktor ...«, sagte Valentina. Sylvia schüttelte traurig den Kopf: »Schlimm. Von Kopf bis Fuß verschmort, und das Irrste ist, ich konnte nicht mal die Quelle der Stichflamme finden.«

»Also kein Unfall.« Valentina dachte an einen Flammenwerfer, den die Mörderin oder der Mörder nach der Tat wieder mitgenommen hatte, ins gesetzlose Dunkel.

»Kein Unfall«, bestätigte Sylvia.

8 Die Operation verlief genau nach dem von Emanuelle und Abhijat ausgearbeiteten, von Kuroda bestätigten Plan. Von Anfang an war sie deshalb ein Desaster.

Zweieinhalb Minuten nach dem Durchqueren der Einbahn-Ahtotür schlugen die ersten Geschosse aus sofort hochgefahrenen Abwehrbatterien des Enterobjekts in Kopf und Unterbauch der STENELLA. Sie zerstörten den künstlichen Gletscher sowie mehrere übers Schiff verteilte Sekundäraggregate der Progmafaktur. Die STENELLA drehte, als wäre das nicht von Belang, präzise bei. Emanuelles Enterfahrzeug wurde in die Außenkruste des Scheinasteroiden geschossen. Kuroda und Abhijat verließen den Bohrpanzer, der den Mantel des Objekts durchbrach und tatsächlich in etwas wie eine Kathedralenkammer vorstieß.

Sofort versagte die Gravometrie der aus der Bohrspitze in den Hohlraum geworfenen sTlalok-Sonden.

»Keine Traversable«, meldete Sylvia, die an der unteren Ausstiegsklappe kauerte und per twiSicht mitverfolgen konnte, was die sTlaloks sahen. Valentina hielt Kontakt mit Abhijat und dem Kapitän; ihr Sichtfenster in der Helminnenscheibe war dreigeteilt (Mitte: Was sie selbst vor sich sah, rechts: Abhijat, links: der

Kapitän), das lenkte sie ab, da auch die beiden Durchbruchsstellenbewacher Schwierigkeiten hatten, eine sichere Stellung aufzubauen – kleine Drohnen, die aus dem Boden aufgestiegen waren und sie jetzt in rasanter Umkreisung unter Feuer nahmen, hielten sie in Atem.

Valentina rief nach unten, während sie sich am Lukenrand festhielt, an den sich auch Emanuelle und Mazurier klammerten: »Was heißt das, keine Traversable?«

»Es gibt da drin keine ... keine Bahnen, die ...« Sylvia fluchte unartikuliert.

Ein schwerer Ruck ließ den Panzer sich aufbäumen und schlug den Polizisten mit dem Helm gegen die Fahrzeugdecke. Bitte keine Gehirnerschütterung, ich brauche hier alle wach, auch den Idioten, dachte Valentina.

Sylvia präzisierte ihre Meldung. »Die Kammer ist von lauter ... gerüstartigen Kurven partiert, die sich irgendwie ... selber durchdringen. Die sTlaloks driften irgendwohin, nach rechts, links, oben, unten, wenn sie den Boden suchen, es sind ... Rippen oder Gräten hier drin. Wie bei einem riesengroßen Fisch oder einer gotischen Kirche. Scheiße.«

Valentina sah, was Sylvia meinte. Sie hatte jetzt kleine Tastpläne der sTlalokpositionen in der geenterten Kammer über ihre Scheibensicht gelegt, die rechte zeigte nur noch grau in graue Störkräusel, Abhijats Helmmonitor schien ausgefallen, wahrscheinlich hatten ihn Projektile der Drohnen getroffen, vielleicht getötet.

Emanuelle schaltete sich dazwischen: »Kapitän? Kapitän Kuroda? Haben Sie Sichtkontakt zu Abhijat? Ist er noch bei Ihnen?«

Das Kurodafeld in Valentinas Helm wirkte schiefgestellt, die Oberfläche des geenterten Objekts schwankte darin schief gegen den Eigenhorizont. Sie selbst rief jetzt: »Tommi, Saskia? Habt ihr Abhijat? Habt ihr den Punkt, Radar oder so was? Ist Abhijat noch am Eintrittsloch?«

Tommis Gesicht erschien in einem weiteren Sichtfenster, kreisrund. Er schwitzte und keuchte: »Wir haben hier ganz andere Probleme.«

»Nämlich?«

»Dreck in den Lebenserhaltungssystemen. Störungen. Die Temperatur steigt wie angeschossen, schon 32° Celsius, und mit jeder Minute ...«

»Ich krieg keinen Boden. Ich krieg hier nichts. Wir können nicht mehr warten«, mischte sich Sylvia ein. »Wir öffnen jetzt die Klappe und entern zu viert, oder wir stoßen zurück. Die sTlaloks ...«

Valentina sah es auf ihrem Schirm: Einige Sonden stießen jetzt zusammen wie betrunkene Bienen, andere sausten zurück zum Loch und wurden vom Bohrer getroffen, zermalmt und zersplittert.

»Schluss«, sagte Emanuelle, die das Kommando übernahm, während Valentina erschrocken erkannte, dass jetzt auch Kurodas Helmsicht sich in Grauschleier auflöste. Der Kapitän war also ebenfalls getroffen, vielleicht tot. »Wir gehen rein«, was das von ihr und Abhijat konstruierte Fahrzeug als Aufforderung auffasste, den Bohrer zu senken und das breite eiserne Maul aufzutun.

Mazurier kauerte unterm Geländer. Valentina griff ihm unter die Arme, er schüttelte sie verärgert ab.

»Das Irrste ist«, sagte Saskia, »wenn ich eure Daten und die der sTlaloks richtig lese, dann gibt's in dieser nichtorientierbaren Kammer atembare Luft, erträgliche Temperatur – jedenfalls habt ihr's da halb so heiß wie wir ... melde mich gleich wieder. Tommi ruft mich, der weiß jetzt wohl, wie wir den Backofen in den Griff kriegen ...«

Sylvia sprang aus dem Bohrpanzer in die Kammer.

Emanuelle, Valentina und der Comte folgten. Fehler, dachte Valentina an den alten Wahlspruch der Ausbildung, sind besser als Zögern. Wenn die sTlaloks nur von Effekten einer Abwehrvorrichtung gestört wurden, würde man die Traversable und den Boden einfach durch Hinunterfallen finden. Gab es aber tatsächlich keinen Boden, dann musste man sich eben mit den Jetpacks helfen.

Alle vier hörten in dem Augenblick, da sie ein ungeheurer Drehschwindel erfasste, eine Explosion, die sämtliche Lautsprecher in ihren Helmen überforderte. Es folgten ein Schaben und

Knacksen, dann Pfeiftriller. Zur Rückfrage blieb keine Zeit, denn zwar stürzten sie nun tatsächlich zu Boden, aber an ganz verschiedenen Stellen des offenbar mit zwischen zehn und fünfzehn Wänden ausgestatten Raums: Valentina rechts neben dem Bohrloch, Sylvia und der Comte ihr schräg gegenüber, Emanuelle um 90° gedreht, vis-à-vis den letzteren beiden.

Der Aufschlag war schlechter gedämpft, als die angeblich luftgepolsterte Montur versprach. Valentina spürte beim Abrollen, wie einige ihrer Rippen hart gestoßen wurden. Zwei Anrufe erreichten sie gleichzeitig: »Es gibt einen Durchgang. Wiederhole, Durchgang zu einer zweiten Kammer, die twiSicht sagt mir, dass da drüben ...« Das war Sylvia, aber Emanuelle fiel ihr ins Wort: »Helme ab! Raus aus den Anzügen. Ich hab eine laufende Diagnostik, die sagt mir, dass ein Rechnervirus über die Memristoren ...« Weiter kam sie nicht.

Valentina legte den Kopf in den Nacken, um nach Emanuelle zu sehen, und erlebte, wie deren Körper sich spannte, als wäre ein großer Stromstoß hindurchgefahren. Emanuelles Helmvisier wurde von innen verschmutzt, von etwas schwärzlich Rotem, das dagegen spritzte. Etwas hat ihren Kopf gesprengt, dachte Valentina, emotional völlig isoliert vom Geschehen. Der Anzug hatte ihr schon beim Sprung aus dem Bohrpanzer entsprechende Drogen injiziert, die Nadeln steckten nicht mehr in den Venen.

Valentina rief: »Ablegen«, sodass die Verschlüsse aufsprangen. War das ein Kriechstrom, ihre Wirbelsäule entlang, den sie eben noch spürte, bevor die Montur von ihr rutschte, die Stiefel sich öffneten und von den Beinen schälten? Hatte es bei Emanuelle, die auf ihrem »Boden« jetzt in Richtung rechte Wand rutschte, auch so angefangen?

Memristoren, richtig – Valentina traute dem antiken, aber, wie Kuroda gern sagte, »bewährten« und auf den kartierten Welten eigentlich nur noch bei Militär und Polizei gebräuchlichen Elektronikzeug grundsätzlich mehr als den Tlaloks und sonstiger neuzeitlicher Marcha. Abhijats Begeisterung für Memristoren hatte ihr daher eingeleuchtet: »Memristor, steht für Memory Resistor, ein Bauteil, das die Elektronik im Gegensatz zu klassi-

schen Resistoren, Kapazitoren und Induktoren wesentlich kleiner zu bauen erlaubt. Natürlich nicht bis an Tlalokgrenzen. Aber für Anzüge und andere mobile Sachen ist das wunderbar.«
Wunderbar: Norenzayan war, wenn das, was sie zuletzt behauptet hatte, stimmte, an diesem Wunder gestorben.

Das hieß nicht zwingend, dass Valentina sie nie wiedersehen würde. Der verbreitete Kitsch über die Todesverachtung von Jägerinnen, Polizisten und anderen direkt der Präsidentin unterstellten Sterblichen – »Wir fürchten nichts, schon gar nicht die Armeen aus dem Norden« – übersah ja gern, dass Tlaloks ein gewaltsam unterbrochenes Leben bis zur vollen Dekazyklengrenze auszukosten erlaubten, durch Wiederbelebung – auch wenn während der Linienkriege viele verlorengegangen waren; theoretisch ließen sich die immer noch finden und zur Auferstehung der Getöteten nutzen. Das geschah auch immer wieder und hatte dann einen gewissen sentimentalen Nachrichtenwert.

Würden sich alle, die in der Explosion der STENELLA gestorben waren, wiederfinden? Valentina sah zur Waffenmeisterin. Sie bewegte sich, wenn auch nicht selbsttätig.
Warum rutscht sie, dachte Valentina, was ist los?
Plötzlich behaupteten ihre Sinne, vom Innenohr bis zum Blick, dass der Ort, an dem sie sich befand, insgesamt nach rechts kippte.
Sie versuchte, auf der gegenüberliegenden Wand die Stelle wiederzufinden, an der Sylvia und der Comte eben begonnen hatten, sich ihrer Anzüge zu entledigen. Aber die Geometrie hatte sich verändert. Es waren jetzt mehr Wabenzellen als vorher. Und hatten die nicht eben sechs Ecken gehabt, waren das jetzt acht? Woher kam hier drin eigentlich das Licht? Ein Blitz antwortete ihr. Mit Mühe hielt sie sich geblendet auf den Beinen, während sie ihre Schwerpunktverlagerung durch einen Schritt auf das, was eben noch Wand rechts von ihr gewesen war, ausglich. Sie sah Mazurier, er war seinen Anzug noch nicht ganz losgeworden, das Ding hatte eine der Schulterrake-

ten abgefeuert, die im Raum rumgezischt war und jetzt detonierte, unter Beschuss genommen von zwei Drohnen, von denen sechs mit eisblau blinkenden Augen in der Höhlung herumschwirrten.

Es war dieselbe Sorte, die draußen den Kapitän und den Marchandeur getötet hatte.

Der Comte fiel auf den Hintern. Sein Schultergeschütz, das von ihm abfiel, konnte noch eine zweite Rakete loswerden. Sie schlug direkt neben Sylvia ein, die schon keinen Anzug mehr trug. Valentina sah sie flink wie ein Wiesel rechts die Wabenstruktur hochklettern, die Handfeuerwaffe in der Rechten. Sylvia wurde von Raketen- und schwärzlich glänzenden Wandungsmaterialsplittern in die Seite getroffen, kippte weg, suchte Halt. Rutschte. Krümmte sich. Nur weil sie sich so erratisch bewegte, wurde sie von den beiden ersten Salven der fliegenden Drohnen verfehlt, die Mazuriers Rakete hatten treffen sollen. Valentina, von ihrer Montur bis auf den Hüftwärmer befreit, an dem ihre eigene Handfeuerwaffe hing, griff sich diese, stolperte diagonal, halb fallend, halb springend, über die unter ihr sich neu konfigurierenden Zellen und Rippen der Kammer, und schoss ungezielt, aber in rascher Feuerfolge auf die Drohnen.

Mazurier hatte seine Haltung stabilisiert, sein Kurzgewehr in der Hand und schoss auch. Er war der Erste, dessen Angriff von den Drohnen direkt erwidert wurde. Ihr Feuer traf ihn nicht – er bewegte sich nicht ungeschickt, musste Valentina anerkennen und schrie: »Sylvia! Sylvia, bist du verletzt?«

Die Antwort, erkennbar unter Schmerzen, aber mit rauem Lachen: »Klar bin ich verletzt, du Depp, die Scheißhüfte ist aufgerissen! Kommt mal beide her, ich hab ...«

Im Lärm des Schusswechsels, verwirrt vom Abplatzen weiteren Wandungsmaterials, abgelenkt von einem Aufschrei Mazuriers, den jetzt doch noch einige der heißen Projektile der Drohnen im Oberschenkel erwischt hatten, verpasste Valentina die zweite Hälfte von Sylvias Satz. Valentina erreichte den Comte. Zusammen schossen sie zwei Drohnen direkt in ihre blauen Leitlichter, sodass die Automaten in Irrflüge gerieten und einander rammten, während die übrigen versuchten, eine neue schwebende Schussstellung zu erreichen.

»Was? Was haste?«, brüllte Valentina, und bedeutete dem Comte mit einer Kopfbewegung, er solle versuchen, sich mit ihr zusammen zu Sylvia vorzuarbeiten, was er mit gepeinigtem Nicken bestätigte.

»Hör halt zu! Scheiße! Die twiSicht sagt, genau unter mir ist die nächste Kammer!«, schrie Sylvia und schoss mit breitem Brennstrahl direkt auf das, was eben noch eine Steilwand gewesen war, an der sie hatte emporkraxeln wollen, und jetzt der Boden wurde, auf dem sie stand.

»Macht ... cha ... macht ihr nur«, hustete der Comte und fing an, auf die neugruppierten Drohnen treffsichere Schüsse abzugeben, während Valentina der schwankenden Sylvia half, ein größeres Loch in den Boden zu brennen. Der Rand dieser gewaltsam hergestellten Öffnung glühte rotweiß. Sofort wurde aus dem ständigen, wirbelartigen Luftzug in der Höhle ein heftiger, eisiger Wind, und Sylvia rief übers wachsende Stürmen und Tosen: »Der Sog! Vom Bohrpanzer! Sitzt nicht mehr fest. Und die Scheißgeometrie ...«

Sie brauchte nichts weiter zu sagen. Valentina und der Comte spürten, dass der Boden unter ihnen sich abermals aus der Horizontalen wegbewegte, diesmal nach links.

Etwas schlug scharf und schneidend in Valentinas linken Arm, sodass ihr beinahe die Waffe entglitten wäre. Der Comte stampfte heftig mit dem Fuß auf die ausgeschnittene Platte. Nichts geschah. Er fluchte. Sylvia setzte den Brennstrahl aus und trat auch auf die Platte. Da gab sie nach, sodass Valentina und Sylvia einbrachen und der Comte, vom Wind gerüttelt, zweimal wankte, bevor er folgte.

Der Aufprall war sanfter, als Valentina gedacht hatte, und fand auf der linken Wand eines rechteckigen Korridors statt, der in diesem Augenblick zum Grund wurde. In der zweiten Kammer herrschte also eine abermals andere Geometrie.

Valentina kam schnell auf die Beine und bemerkte, dass hier drin kein Wind pfiff, dass es in diesem Teil der Architektur wärmer war und das Loch, das über ihr hätte sein sollen, aber rechts von ihr war, offenbar keinen Luftaustausch, ja nicht einmal Lichtkontakt mehr mit diesem Gang erlaubte: schwarz und glutig ausgerissen, man sah die Drohnen nicht, hörte das Brausen nicht mehr. In Fötusposition zusammengekrümmt ächzte der Comte auf dem Boden.

Valentina beugte sich über die Kameradin. Sylvia kauerte, zitterte ein wenig.

»Bist du ... ist alles in Ordnung?«, fragte Valentina und sah, dass Sylvia wie sie selbst und Mazurier in der Eile nicht alle Anzugteile losgeworden war.

Bei Valentina lag noch ein Teil des rechten Hosenbeins und das Hüftpolster an, bei Sylvia waren zwei Ärmel und das linke Hosenbein übrig geblieben. Mazurier trug ein Wärmehemd über dem Hautgitter. Dieselbe Memristorfehlfunktion, die aus den Anzügen Fallen gemacht hatte, war wohl für die unvollständige Befreiung von der Montur verantwortlich. Aber das, was die drei Überlebenden noch trugen, konnte ihnen zumindest nicht gefährlich werden. Sie zogen sich, zur Sicherheit, aus bis auf die Unterwäsche und die Netze. »Warm hier drin, was?« Valentina half Sylvia, die etwas ungelenk war, wegen ihrer Verletzungen – zwei lange Schnittwunden auf der rechten Körperseite bluteten, wenn auch nicht allzu stark.

Gehetzt, aber aufmerksam sahen sie sich den Raum genauer an. Langgestreckt, ein Flur, »ungefähr fünfzehn Meter lang, sehr, sehr hoch – vielleicht zwanzig, fünfundzwanzig Meter? Graugrüner Granit am Boden, tuffsteinverkleidete Wände, unklare Lichtquelle oben«, ließ sich der Polizist hören, und Sylvia, die sich, mit Valentinas sanfter Hilfe, wieder in die Lotrechte stemmte, lachte leise: »Was ... der Tlalok vom Polizisten doch alles weiß«, womit sie sagen wollte, dass es eigentlich überflüssig war, diese Dinge laut auszusprechen, weil sie, mit Mazurier auf synchron gestellt, ihren Tlalok mit seinem längst die twiSicht teilen ließ.

Der Comte widersprach, ohne sich umzudrehen – er ging langsam los zum dem selbstausgeschnittenen Loch entgegengesetzten Ende des Gangs: »Valentina ist nicht synchron.«

»Wie ... wieso nicht?«, fragte Sylvia, und das Schwächeln in ihrer Stimme machte der Angesprochenen Sorgen. Die Drogen sind also resorbiert; ich fange wieder an, wie ein Mensch zu fühlen und zu reagieren, dachte Valentina. Nicht gut – ohne den Anzug komm ich nicht an neue Drogen ran, und meinen ganzen Adrenalinhaushalt instinktgesteuert zu lassen, ist wahrscheinlich keine gute Idee.

»Eine Tür. Hier ist eine Tür«, sagte der Comte. Es klang hoffnungsvoll.

»Könnt ihr mit ... könnt ihr spüren, was dahinter ist? Ich mag meinen Tlalok nicht freischalten, und schon gar nicht synchron. Aberglaube«, sagte Valentina. In Wirklichkeit war's eine taktische Überlegung: Die Idee des Kapitäns, der Saboteur oder die Saboteurin würde sich schon zu erkennen geben, und dann könnte man ihn oder sie immer noch ausschalten, funktionierte nur, wenn die alte Einsatzregel bedacht wurde: Man darf ruhig Fehler machen, man darf dabei sogar sterben, denn dann lernen die andern was dabei, aber nicht, wenn alle miteinander verbunden sind.

Valentina wollte den Saboteur jedenfalls nicht in ihrem Kopf dulden. Sie war sich inzwischen fast sicher, dass es Mazurier sein musste. Nur das Motiv machte ihr noch Kopfzerbrechen. An einen Unfall glaubte sie bei der Rakete, die der Anzug des Comte vorhin auf Sylvia abgefeuert hatte, so wenig wie beim Tod von Dr. Zhou.

Der Polizist grunzte, winkte den beiden, ihm zu folgen, und Sylvia erklärte leise: »Keine normale Tür, Süße. Es ... Er meint eine Ahtotür. Niemand weiß, wohin ... wie ... wie weit ...« Die Geschwächte rutschte ab, Valentina fasste sie fest um die Hüfte.

»Ich bring dich durch«, flüsterte sie ihr zischend ins Ohr. Wieder das herausfordernde kleine Lachen, und die gewisperte Antwort: »Kapitän tot. Schiff zerstört. Kommando ausradiert bis auf ... uns ... drei ...«

»Kapitän tot«, bestätigte Valentina, ebenso leise, »Schiff ziemlich sicher zerstört. Ganzes Kommando ausradiert bis auf uns drei. Und ich bring dich durch.«

Ob das hieß, dass man durch die Ahtotür gehen sollte, darüber war sich Valentina zunächst nicht schlüssig. Drei Sekunden später nahmen ihr Flammenspieße aus den tuffsteinverkleideten Wänden die Entscheidung ab.

9 Die kalte Suppe geriet in Bewegung.

Valentina griff ihr Vollstahlmesser und riss es sich vom Bein, als das Licht von unten endgültig erlosch. Tlalok einschalten, Tlalok nicht einschalten? Irgendwo in der Richtung, in der das schwache Leuchten gestorben war, bildete sich ein Strudel, der mit der ruhigen Sicherheit und unaufhaltsamen Gewalt von Meeresströmungen nach ihr griff.

Valentina nahm den gehärteten Kohlenstoffgriff des Messers zwischen die Zähne und glitt nach einem letzten Zögern in die twiSicht – es war, wie wenn Füße in Schuhe schlüpfen, die man nicht mag, obwohl sie bequem sind.

Sofort erkannte sie, dass die Höhlung, in der sie jetzt etwa drei Stunden durchgehalten hatte, eine Art Abraumhalde war, von zugegossenen Wasserzuführungsstollen und Hauptförderstollen eines Bergwerks flankiert. Die Höhlung war riesig, sie fasste etwa zwanzig Kubikmeter Wasser und war zu vier Fünfteln damit gefüllt gewesen. Das Ganze hatte die Form eines liegenden Hühnereis; der Abfluss saß im spitzen Pol dieser Form. Dahinter befand sich ein freier Stollen, der wiederum mit drei anderen und sechs uralten Erzflözen verbunden war. Eine dieser Röhren, vom Tlalok grün markiert, führte in eine Sandsteinhalle, auf einem Weg, den vor ihr schon zwei andere Körper getaucht waren, die sich unklar bewegten.

Das unheimliche Licht von vorhin war aus den Leitscheinwerfern dreier tauchender Drohnen gekommen, die jetzt durch das Leitungssystem davonsausten, in drei verschiedene Richtungen, denen Valentina mit ihrer Tlalokmarcha nicht folgen wollte – ganz so gut, ganz so sicher wie sonst war die twiSicht in diesem ohne Transceiver und sTlaloks kilometerweit in alle Richtungen ausgebauten System von Schächten und Höhlen nicht.

Valentina hörte auf zu atmen und tauchte in den Wirbel. Was sie unbedingt erreichen wollte, waren die beiden Körper, die sich bewegten. Kämpften sie?
Einer dieser Körper konnte Sylvia sein. Musste es sein.
Ich bring dich durch.

Beim Eintritt in die Röhre schlug sich Valentina Schultern und Kopf so heftig an, dass die twiSicht flackerte und sie beinahe mit unbedachtem Schnappen nach Luft, die sie gar nicht brauchte, das Messer verloren hätte. Aber sie fing sich, spürte nach den Körpern, empfing einen Rest Bewegungsspur. Die beiden hatten das Wasser offenbar im Sandsteinbauch des Labyrinths gerade verlassen und waren deshalb schwerer zu tasten.

Valentina beeilte sich, starkes Durchtreten, kräftiges Armschaufeln, tiefer in die Finsternis, links, nein, Drehung, rechts, zweiter Schacht, Greifen mit den Händen, um die twiSicht zu überprüfen. Hier stachen ihr Reste eines alten Gitters entgegen, vor Ewigkeiten aufgerissen, sie musste langsamer schwimmen, um sich nicht die Haut am rostigen Metallschrott zu verletzen.

Die Geduld, die nötig war, durch diesen Abschnitt zu kommen, fehlte ihr, aber sie musste die Frustration hinnehmen. Ihre Bewegungen wurden unbeherrschter, so holte sie sich einen ziemlich langen, wenn auch nicht sehr tiefen Schnitt an der linken Wade. Schließlich drehte sich die Strömung, die bislang ihr Vorankommen beschleunigt hatte, und sie musste, als sie eine weitere Röhrenkreuzung durchquerte, gegen die Wasserstromrichtung weiterschwimmen, die sie fast unüberwindlich in der Röhre zurückdrücken wollte, zur Kreuzung. Mit Eifer und größter Konzentration gelang es Valentina jedoch, sich weit genug vorzuarbeiten, bis zwei große Propellerfilter links von ihr passiert waren, die offenbar neues Wasser ins Becken, zu dem sie wollte, pumpten, während unter ihr welches aus drei Höhlungen wie der, in die sie vor drei Stunden gefallen war, herausgesaugt wurde.

Jemand versuchte, die ungeladenen Gäste aus jeder der Eihöhlen, in die sie eingedrungen oder durch eine Ahtotür gestürzt sein mochten, zu entfernen und in Sandsteinhöhlen zu zwingen wie die, in der sie jetzt endlich wieder aus der Suppe auftauchte.

Ein rötlich-staubiges Ufer empfing sie, über dem große Lichtpfannen von der Höhlendecke den Wasserspiegel und den schmalen Strand erleuchteten, wo Sylvia mit dem Comte kämpfte, unter Treten, Schlagen, wo sie gewürgt wurde und mit dem Messer angegriffen, das er hob und senkte, hob und senkte.

Valentina spuckte ihres in die Hand, robbte ans Ufer, fiel schreiend nach vorn. Als der Comte, der Sylvias Oberkörper, ihren Hals und beide Oberarme mit zahllosen blutigen Stichwunden so schlimm zugerichtet hatte, als wollte er sie in kleine Stücke häckseln, herumwirbelte und den messerbewehrten Arm hochriss, trat ihm Valentina bereits mit solcher Wucht gegen den Unterkiefer, dass er von der Frau wegfiel, auf der er rittlings gesessen war, und krachend gegen die Sandsteinwand schlug.

Dass er von diesem Tritt und dem Aufprall gegen die Wand nicht sofort das Bewusstsein verlor, bewies eine unerwartet bärenstarke Konstitution, und dass er den Mund aufmachte, obwohl darin drei abgebrochene Zähne die Zunge störten, hätte Valentina sonst sehr beeindruckt.

Aber die übermüdete, entkräftete und zornige präsidiale Elitesoldatin wollte nichts weiter, als sich über die schwerverletzte Liebste beugen und sie irgendwie retten. Dass sie dazu nicht kommen würde, solange der Comte noch lebte, war ihr klar. So sprang sie ihn denn seitlich an, rammte seinen Kopf mit ihrem Ellenbogen ein zweites Mal mit aller Kraft gegen den Sandstein und stieß ihm gleichzeitig das Messer in den Bauch. Mit einer harten Reißbewegung öffnete sie den Leib des um sich Schlagenden, der sein eigenes Messer von sich warf, noch einmal gurgelte, dann zusammenbrach und nach einem zweiten Tritt, diesmal gegen die Brust, an der Wand zu Boden rutschte, wo sie ihn mit der Linken am Ohr packte, seinen Schädel mit dem linken Oberarm an die Wand presste und ihm mit dem befreiten Messer, das ihn bereits tödlich verwundet hatte, die Kehle durchtrennte.

Valentina wartete das Pulsen des austretenden Blutes drei, vier, fünf, sechs letzte Herzschläge lang ab. Dann ließ sie den Mann los und kroch zu Sylvia, deren Blick ihren gerade noch traf, deren Lider flatterten und deren linke, im blutigen Staub liegende Hand sich einmal kraftlos öffnete, aber nicht wieder schloss, bevor sie starb, den Kopf auf Valentinas Oberschenkeln, während die ihr über den Haaransatz strich, was Leises flüsterte, ihre Stirn küsste, die rasch ganz kalt war und ganz glatt.

Valentina blubberte und stöhnte, schnappte nach Luft wie eine Ertrinkende, zuckte mit den Schultern, als wollte sie Ledergeschirr abwerfen, und brauchte eine Viertelstunde, bis sie auch nur so weit bei sich war, dass sie der Schönen die Augen schließen und sie loslassen konnte. Da hockte sie ein Weilchen, schweigend zwischen zwei Toten, die Beine angezogen, leise weinend, das Kinn auf den Knien, sehr desinteressiert an all den Strömungen, Spuren von Bewegung, Luftschächten, Drohnen im Umkreis von zweihundert Kubikmetern, die ihr die twiSicht zeigte.

Als sie keine Tränen mehr hatte, schloss Valentina die Augen und legte sich auf den schmutzigen Boden. Sie hätte sich vielleicht zur Seite gerollt, neben Sylvia, sie vielleicht umarmt. Aber da sagte eine weibliche Stimme, die zugleich traurig und spöttisch klang: »Ich glaube nicht, dass man sich so ausruhen kann.«

Valentinas Ausbildung und die Reflexe waren es, die sie nach dem Messer greifen und in die Höhe schnellen ließen. In Kampfstellung, sprungbereit, während die twiSicht den Raum um sie rotieren ließ und nutzlos nach der Quelle der Stimme suchte, was einen Schwindel auslöste, den Valentina durch Stillstellen ihres Tlaloks blitzartig beendete, hielt sie die Klinge stoßbereit in der Faust.

»Du bist gut. Sehr gut. Wenn ich dich zu mir kommen lasse, versprichst du mir, dass du mich nicht einfach anfällst?«

Das war keine dumme, keine freche, auch keine böse Frage, dachte Valentina, die zu erledigt war, sich etwas vorzumachen. Sie zuckte mit den Schultern, erkannte die Überlegenheit der Stimme an, warf ihr Messer ins Wasser. Eine Ahtotür, exakt einen

Kopf größer und eine Hand breiter als sie selbst, öffnete sich in der Wand, unter den Strahlern.
Valentina ging hindurch.

»Der Diebstahl eines Gesichts, das drei zivilisierte Galaxien schon so gut wie vergessen hatten«, sagte die Stimme, als Valentina den kleinen Raum betrat, in dem das wohnte, was da sprach, »weil sich niemand gern an die Linienkriege erinnert – die Entwendung eines solchen Relikts aus einem sehr schnellen Objekt, das sich in voller, aber erratischer Fahrt befindet, ist keine einfache Sache. Schön, dass du hergefunden hast, kleine Katze.«

Das Gesicht lag auf einem weinrot schimmernden Kissen in einer senkrecht im Raum suspendierten transparenten Röhre. Es hatte die Augen geschlossen und badete in etwas, das wie Sonnenlicht aussah.

Die Wangen glühten; die Quelle der Helle war nicht zu erkennen.

Valentina hustete, ein bisschen zu laut für den nicht allzu starken Bellreiz in ihrem Hals.

Kleine Katze?

Das Gesicht auf dem Kissen lächelte versonnen, als träumte es.

Valentina verstand das als Aufforderung, eine Erklärung darüber abzugeben, warum sie hier war. Die Soldatin atmete tief durch, berichtigte ihre geprügelte Haltung zu einer ordentlich geraden, räusperte sich und sagte, so gefasst sie konnte: »Admiralin außer Diensten Renée Melina Schemura, ich bin hier, um eine Vorladung des Präsidiums in Yasaka auszusprechen. Die Präsidentin der Vereinigten Linien hat eine Aufgabe für Sie.«

»Aufgabe. Ja. Davon hat sie viele. Für dich, kleine Katze. Für mich. Für alle, und jeden.«

»Es wäre mir recht, wenn Sie in weniger gemütlichem Ton mit mir reden würden. Ich bin müde. Ich habe alle meine Kameradinnen und Kameraden verloren und nicht sehr viel Respekt vor Ihnen. Sie sind eine Gesetzesbrecherin. Für mich, und töten Sie mich meinetwegen, wenn Sie das unverschämt finden, stehen Sie tief unter den Besiegten. Tief unterm Shunkan.« Valentina trat einen Schritt näher, sodass sie das feine Nervengespinst unterm und am Gesicht der Admiralin glitzern sehen konnte, das direkt zu einem tiefer ins Kissen gebetteten sTlalok führte, der vermutlich die verborgenen Stimmsynthesizer und Lautsprecher im Raum mit den Signalen versorgte, die Valentina hörte.

»Der Shunkan«, sagte die Stimme, so klar und deutlich, mit so viel Ernst und Ehrfurcht, dass Valentina stehen blieb und blinzelte.

»Jemand so junges wie du ...« Die Stimme schien nach Worten zu suchen, dann seufzte sie und fuhr fort: »Ihr tut, als wüsstet ihr, wer das ist: der Shunkan. Als wüsstet ihr, was das war: der Krieg. Als wäre es dabei um Gesetze gegangen, die Menschen machen, ändern, brechen oder befolgen können. Es ging um andere. Es ging um Naturgesetze. Um Evolution. Um Regeln, die sich tausendmal grausamer selbst durchgesetzt hätten, wenn wir ihnen nicht beigesprungen wären, gegen diesen ... diesen außergewöhnlichen Mann und seine beiden wichtigsten Verbündeten. Shunkan ... er glaubte, man sollte die Wahl haben. Man hat sie selten. Hatten die Custai sie, vor Jahrmillionen, auf ihrer Heimatwelt? Niemand wird die Custai unterschätzen wollen. Eine fast zwei Mann hohe Echse mit vier Augen in allen Himmelsrichtungen, deren Gesichtskreise sich zu einer Art räumlichem Sehen überlappen, von der selbst die twiSicht nur einen schwachen Begriff vermittelt, eine Echse mit sechs Gliedmaßen – sieben, wenn man den Schweif dazuzählt –, vier Armen, zwei Beinen, mit Klauen, eine Echse, die alles sieht und sich bewegt wie ein Kugelblitz. Niemand denkt, dass irgendetwas stärker sein könnte als ein Cust, und wenn man sie im Nahkampf erlebt hat ...

Ungeheuer aus Schwäche: Auf ihrem Heimatplaneten mussten sie als Geschöpfe mit kaltem Blut die bösesten Räuber werden, die man sich denken kann, sonst wären sie bei den dortigen Klimabedingungen sofort aus der Biohistorie verschwunden. Lange, bevor sie denken und sprechen konnten, wurden sie Monster, aus Not. Der Shunkan denkt wohl heute noch, sie hätten die Wahl gehabt. Hätten sie nicht ihr Blut verändern können, statt Bestien zu werden? Aber so ist sie nicht, die Evolution. So ist sie auch dann nicht, wenn man denken kann. Sie kann nämlich nicht denken. Und doch ist sie stets schlauer als alle, die's können.«

Die Stimme machte eine lange Pause.

»Noch mal: Töten sie mich, wenn Sie es nicht lassen können«, sagte Valentina schließlich, die nichts anderes mehr wollte, als sich irgendwo hinzusetzen oder hinzulegen, »aber halten Sie mir keine Vorträge mehr.«

Die Stimme lachte leise. »Du musst entschuldigen, kleine Katze. Ich rede viel, wenn mal jemand vorbeikommt. Ich rede in Gleichnissen, in Erinnerungen und in Zitaten. Das ist alles, was ich habe. Du dagegen bist ungeduldig und stur und stolz und ...«

»Hören Sie auf. Sie kennen mich nicht.«

»Du irrst dich, Valentina. Ich kenne dich, und ich mag dich sogar – dich und deine ganze Linie. Szewczyk – gute Leute. Schöne Schlachtschiffe hattet ihr, im Krieg. Gute Befehlshaber, und schlaue Politikerinnen – Vogt, Blees, Garow. Sheba Blees ist sogar mit dir verwandt, wusstest du das? Ihre Nebenlinie ist mit der Familie Bahareth verflochten. Alte Geschichte, es ging um Ländereien auf Nihema.«

»Töten Sie mich sofort. Ehrlich. Bitte«, wiederholte Valentina, die langsam den Zorn wieder spürte, von dem sie gedacht hatte, er wäre mit Sylvia gestorben.

»Im Gegenteil. Ich werde dich nicht töten. Ich werde mit dir nach Yasaka fliegen. Wir wollen sehen, ob wir die ... Aufgabe, die Castanon für mich hat, nicht gemeinsam bewältigen können.«

Valentina wollte Unverschämtes erwidern. Sie hatte den faulen Zauber satt.

Das Gesicht schlug die Augen auf.

Sie waren blau, rein, ohne Arg, sehr freundlich.

Es waren die schönsten Augen, die Valentina je gesehen hatte.

Zweiter Teil

Ins Paradies verbannt

1 Der mittelgroße Mann sah zwar hager und asketisch, aber nicht abgekämpft, ausgezehrt oder zermürbt aus, sondern gefasst und aufmerksam. Die dunkelblonden Haare trug er kurz geschoren, die graublauen Augen im wachen Gesicht blickten klar. Gekleidet war er in einen leichten, hellen Baumwollanzug und ein grobes, graues Leinenhemd mit eher ausgerissenem als sauber geschnittenem Kragen. Abwartend, unbewegt und schweigsam stand er, an den Rest eines lang zerbrochenen Bambuszauns gelehnt, unter den schattenspendenden Astwindungen einer vor drei Dekazyklen gepflanzten Mädchenkiefer. Wie alt er war, ließ sich nicht sagen. Physisch hatte er sich, wie alle erwachsenen Menschen im Bereich der VL, seit Erreichen des dreißigsten Lebensjahrs nicht mehr verändert. Er würde fortfahren, so auszusehen wie jetzt, bis er starb, falls das je geschah. Seine ernste und einsame Erscheinung deutete darauf hin, dass er zu denen gehörte, die sich nichts von Gründung und Unterhalt einer Familie versprachen. Sein Lebenswandel wurde daher nicht von Shavali Castanons Reproduktionsgesetzen regiert. Selbst nach striktester Auslegung der genetischen Regularien war einem wie ihm gestattet, das Ende seines ersten Dekazyklus und eine unbestimmbare Anzahl weiterer zu erleben.

Der Mann beobachtete eine Frau.
Sie stand dicht beim Kieselufer des Baches, wo eine unsichtbare Grenze lag, im von Ast- und Blätterlicht durchschossenen Sonnenlicht. Die Frau rührte sich nicht. Sie hielt Zwiesprache mit etwas, das man nicht sehen konnte.
Der Mann war barfuß hergekommen.

Er rauchte eine knisternde, sehr dünne Zigarette. Sie duftete nach Laub von einer Welt, die er nicht mehr betreten durfte.

Manchmal spielte er mit den Zehen in der lockeren, dunklen Erde, die noch feucht war vom Regen der gestrigen Nacht. Nur selten saugte er Rauch ein und stieß ihn aus. Eine lange Aschenspitze bildete sich auf der Zigarette, Stückchen davon fielen alle paar Minuten auf den Boden. Dort regte sich etwas: kleine, hellblaue Tiere, jeweils nur etwa sechs Zentimeter lang, die aussahen wie Knospen von Pflanzen oder abgebrochene Kakteenspitzen, mit zehn kurzen Beinchen an einem länglichen, segmentierten Leib, und einem Kopf, der eher einem weiteren, elften Beinchen glich.

Etwa zehn dieser Tierchen krabbelten und wuselten in respektvollem Abstand um die Füße des Mannes herum. Zwei weitere beschäftigten sich mit der Zigarettenasche, stupsten sie mit ihren Köpfchen an, zogen kleine Kreise rings, wie man eine Unfallstelle absichert.

Der Mann sah nicht hinunter auf sie, auch nicht, als eines seinen linken Fuß passierte und sich nach Schnupperproben schließlich auf sein Hosenbein traute, wo es sehr langsam höher kletterte. Der Mann wusste, dass die Tierchen da waren. Es gab sie an diesem unwahrscheinlichen Ort, der aus diversen ebenso unwahrscheinlichen Teilorten zusammengesetzt war, eigentlich überall: auf Wiesen, auf Bäumen, in Behausungen. Manche der freiwilligen und unfreiwilligen Gäste dieses Ortes, darunter der Mann und seine beiden einzigen Freunde, hatten sich der Redeweise der Skypho angeschlossen, wonach diese Geschöpfe »Gedanken« des Ortes waren, den sie bewohnten.

Die Skypho behaupteten, mit diesem Ort, und ähnlichen anderen, reden zu können. Sie konnten auf Untersuchungen verweisen, wonach die Migrationsbewegungen der Tierchen und die C-Feld-Stärke entlang ihren Pfaden im Zuge der langsamen Kommunikation mit diesem Ort, und ähnlichen anderen, Schwankungen aufwies, die sich an die behaupteten Redekurven des Ortes und seiner Verwandten schmiegten. »Wenn die Medea etwas zu sagen hat, werden die Tierchen regsam, und wenn sie sich entscheiden muss, gleichen ihre Choreografien großen Zusammenkünften, konvergenten Wanderungen«, hatte ein menschlicher Gelehrter auf Pelikan einmal zusammengefasst, was man darüber wusste.

Für Gedanken, wie Menschen sie kannten, bewegten sich die Krabbler freilich recht langsam. Da jedoch das Lebewesen, dessen Gedanken sie angeblich waren, in seiner natürlichen Umwelt, dem freien All, wenig zu fürchten hatte und jedenfalls keine Fressfeinde besaß, musste es sich mit dem Denken und Reden auch nicht beeilen.

Der Mann duldete das Wimmeln schweigend. Sein Blick blieb fest auf die Frau gerichtet. Als die Glut der Zigarette seinen Lippen zu nahe zu kommen drohte, öffnete er einfach den Mund ein bisschen, dass sie hinunterfiel und im frischen Erdreich leise zischend verglomm.

Kein Atemzug war schnell, kein Wort nötig.

Die Frau hätte ihn wohl gerade noch gehört, wäre es ihm eingefallen, nach ihr zu rufen. Der Wind blies nicht zu heftig, in einiger Ferne, da, wo es erst früher Morgen war. Die beiden rotweißen Sonnen – die keine Sterne waren, sondern Herzen des Lebewesens, auf dem der Mann, die Frau, die anderen Gäste des Ortes und die kleinen Gedankentiere sich befanden – warfen als weiße Feuerkörper mit roten Rändern warmes, aber von Wolkenmustern gefiltertes Licht auf die lokalen Flure, auf die bewohnten Grundstücke und Forschungsgeviere, wo die Ahnung künftiger schwererer Wetter auszumachen war.

Bis die aufkamen, sollte es noch dauern.

Im Abstand von jeweils etwa achtzig Sekunden flammte, verzerrt von den ungewöhnlichen Schwerkraftkrümmungslinien des Ortes, Grelles auf, das an gefärbte Blitze mit zum Boden hin in gestaffelte Formationen fallenden Verästelungen oder Polarlichter erinnerte. Diese Lichtrisse stürzten aus Wolkentürmen, deren Kämme bis an die Troposphäre reichten.

Der Mann bemerkte die Erscheinungen. Sie kümmerten ihn nicht. Bevor es hier ungemütlich werden konnte, würde er längst wieder zu Hause sein.

Er war zu der Zeit eingetroffen, die in diesem Bereich der Medea die Tagesmitte markierte, auf der Suche nach der Frau. Er wollte nicht mit ihr reden, nur zusehen bei dem, was sie jetzt tat. Sie tat eigentlich nichts, und gerade das interessierte ihn.

Die Frau war unbekleidet und recht jung.

Ihr kurzes schwarzes Haar hatte sie sich mit selbstgemachtem Färbemittel verdunkelt; die Leute, zu denen sie gehörte, hatten im Allgemeinen lichtere Schöpfe. Im Nacken bewegte sich, sah man genau hin, eine komplizierte Tätowierung. Sehr langsam veränderte sie ihre Schriftzüge, zerrann, gruppierte Teile neu, festigte sich wieder. Hätte der Mann seine Augen anders eingestellt, so hätte er die Schutzgleichungen und logischen Gebete lesen können, die auf und in der Haut der Frau lebten.

Der Mann zog es indes vor, nicht mehr zu sehen, als ein Mensch vor Tausenden von Jahren, auf der damals einzigen Welt, die Menschen bewohnten, aus der Entfernung hätte sehen können, die ihn von der Frau trennte.

Der Mann war gerne ein Mensch.

Die Frau war nach allem, was der Mann wusste, etwas anderes: größer als Menschen, blasser, mit etwas weniger scharf definierten Gesichtszügen, einer schmaleren, aber stärkeren Nase, weniger runden, eher mandelförmigen Augen, deren Lider sich jedoch häufiger schlossen, weil die Augen mehr Schutz brauchten.

Die beiden einzigen wirklichen Freunde, die der Mann hatte, teilten seine Weigerung, von Leuten, die so waren wie die Frau, so zu sprechen, wie es die meisten taten: als wären sie nützliche Apparate, die man besaß oder nicht. Der Mann und seine beiden Freunde hatten sehr unterschiedliche Gründe dafür, sich zu weigern, diesen Sprachgebrauch, der überall auf den kartierten Welten üblich war, zu übernehmen.

Ihre Differenzen zu den restlichen Anwesenden rührten zum Teil daher, dass sie den Ort nicht verlassen durften und ihnen jede Flucht selbst unter Einsatz ihrer hohen Intelligenz und sämtlicher Marchamittel, über die sie verfügten, hätte misslingen müssen.

Laura Durantaye, eine der drei Gefangenen, die den Mann für seine Beobachterdisziplin sicher verspottet hätte, wäre sie ihm hier begegnet, wehrte sich gegen so gut wie jede sprachliche Gewohnheit ihrer freieren Nachbarn, soweit es dabei um Orte, Personen, Verhältnisse ging – schon den Namen des Ortes empfand sie als Beleidigung.

»Treue« hieß er, weil ihn die Custai in einem ihrer Dialekte so getauft hatten, der ursprünglich weit weg von hier, auf Welten, die um Sterne am Rande einer riesigen Gasmolekülwolke kreisten, welche die Menschen als M 42 oder Orion-Nebel kannten, gesprochen worden war. Der Mann, der die Betende beobachtete, fand Treue keinen schlechten Namen für sein Gefängnis. Laura und er hatten sich darüber einmal beinahe gestritten: »Als Nächstes werden sie's ›Paradies‹ nennen, damit wir uns noch wohler fühlen als eh schon.«

»Die Hölle«, hatte er mit sanfter Ironie erwidert, »wäre dir lieber, ich weiß. Aber die fühlt sich wahrscheinlich lästiger an.«

Treue wäre durchaus auch ein guter Name für die Beschaffenheit des Interesses gewesen, das er an der stillen Frau nahm, die seit Stunden ihrer heiligen Beschäftigung nachging.

Wochenlang begleitete er sie nun schon, mit respektvollem Abstand. Er wusste, dass sie ihn bemerkt hatte. Zu besprechen gab es, fand er, noch nichts. Fand er sie allein, so betrachtete er sie offen. Begegnete sie ihm in Gruppen von Arbeitenden, die ihren Besitzern dienten, verriet sich sein Interesse kaum. Er sah dann scheinbar nicht aufmerksamer hin, als man zu ihresgleichen eben hinsah.

Einer aus ihrer Gemeinschaft gehörte Zera Axum Nanjing, der lustigeren Freundin des Mannes, die manchmal ein Freund war. Gerade jetzt, da der Nachmittag allmählich Vorabend wurde, näherte sich Zera von ihrem Anwesen im lokalen magnetischen Süden her, also aus der Richtung, welcher der Mann den Rücken zugekehrt hatte, zu Fuß, alleine, dem eingefallenen Zaun, an dem er lehnte.

Dass er nicht frei stand, obwohl er das stundenlang ohne Ermüdung hätte tun können, versinnbildlichte eine allgemeine Lebenseinstellung, der er ergeben war: Man tritt nie aus der Ruhe, wenn es nicht nötig ist.

Zu seinem Bedauern war dieses Heraustreten in seinem Leben recht oft nötig gewesen. Er hätte Lieder davon singen können, zog es aber vor, andere diese Lieder singen zu lassen, weil er die Strophen zu gut kannte und nicht mochte.

Er hoffte aufrichtig, dass er in keine neuen Kämpfe mehr geraten würde, die ihn von seiner inneren Mitte noch einmal weit genug entfernen würden. Wovon die Lieder handelten, wollte er nicht mehr tun: Aufbegehren, Streiten, Töten.

Der Mann spürte das kleine Tierchen, das vor einiger Zeit an seiner Baumwollhose emporgekraxelt war, jetzt über seine linke Hand laufen und dort die Härchen zählen.

Er mochte die blauen Gedanken von Treue.

»Die Skypho«, hatte sich Laura vor einiger Zeit bei ihm beschwert, »veranstalten ein großes Geheimnis drum. Aber wenn du ein bisschen in den Netzen gräbst und den Tlalok ordentlich brummen lässt, kommt raus, dass es analoge Kreaturen sogar auf Terra Firma gegeben haben soll, auf unserer Stammwelt. Da hießen die *Diana Cactiformis* und waren Jahrmillionen vor dem Auftauchen von unsereinem schon ausgestorben. Kleine Insektenspinnenkrebse, Übergangsform zwischen den Stummelfüßlern und den Gliederfüßlern, Lobopod nennt man's, entwickelt sich dann in die Arthropoden und weiter ...«

An dieser Stelle war die Aufmerksamkeit des Mannes ein wenig erlahmt. Die lyrische Detailverliebtheit, mit der Laura sich solchen Sachen widmete, genau wie bei ihren Pulsarforschungen, war der Hartnäckigkeit geschuldet, mit der diese Unbeugsame sich jedem interesselosen Dahinleben entgegenstemmte. Er schätzte das, aber es strengte doch an.

Zera Axum Nanjings eher spielerischer Umgang mit dem gemeinsamen Schicksal war weniger verbissen und dem Mann am kaputten Zaun deshalb insgesamt lieber.

Zera besaß einen Dim namens Omar, der wohl dem erweiterten Familienverband angehörte, aus dem auch die Frau stammte, die den Mann faszinierte. Zera sorgte gut für Omar. Er war ihr Hilfe und Trost, außerdem bessere Gesellschaft als die zahlreichen Custai, wenigen Binturen und ganz seltenen Skypho auf Treue, von den Menschen ganz abgesehen, die lediglich eine Art kleines Konsulat mit winzigem wissenschaftlichem Stab – zwei gelangweilte Astrobiologen, einer Assistenz, allesamt schon dem bloßen Versuch abgeneigt, aus ihrer jeweiligen kurzen Zeit hier etwas zu machen –, Klinik und Polizeistation unterhielten, sich aber in ständiger Rotation befanden – kein Mensch blieb mehr als ein paar Monate. Alle Menschen, die hierherkamen, gaben den drei Gefangenen, die sie mehr oder weniger bewusst bewachten, recht deutlich zu verstehen, dass sie nicht zu ihrer Zivilisation zählten.

Dims, überlegte der Mann, waren für die wissenschaftliche Infrastruktur auf Treue, die ganz in Händen der Custai lag, etwas Ähnliches wie die kleinen blauen Laufkakteen für Treue selbst: allgegenwärtige Boten und Impulsverteiler, mobile Knotenpunkte unsichtbarer Netzwerke. Der Mann hätte sich von den Custai mit einem oder einer Dim, vielleicht sogar mehreren helfen lassen können. Zwar besaß er nichts, was von außen schätz- oder messbar in die Währungen der Custai hätte konvertiert werden können. Aber sein bloßer Name hätte genügt, selbst für die ausgefallensten Wünsche zu bezahlen. Es wäre ihm damit wohl sogar gelungen, sich in den Besitz der Frau zu bringen, die ihn so sehr beschäftigte. Anders als Zera, aber genau wie Laura lehnte er jedoch schon die bloße Vorstellung eines Dimkaufs ab.

Laura verachtete Dims.
Er respektierte sie.
Beide Einstellungen verleiteten nicht zur Inbesitznahme.

Der Mann hörte keinen von Zeras zierlichen Schritten auf Kies, Moos und Rasen.
Als sie ihm spielerisch den Nacken küsste, wusste er dennoch bereits, dass sie da war, obwohl seine twiSicht tief im Schädel schlief – er hielt es damit meistens so.
Er hatte Zera gerochen.

»Was ist das Schönes«, fragte er, mit warmer, tiefer Stimme, »schon wieder ein neues Parfüm?«

»Eine neue Seife.« Zera lachte halblaut und melodisch. »Omar hat sie für mich gemacht, aus Lilien, Kernseife, Bienenwachs und fein zerkrümelten Geheimnissen.«

Sie kletterte über den Zaun und stellte sich neben den Lächelnden, der aus den Augenwinkeln sah, dass sie für die langsam heraufziehende abendliche Kühle zu leicht bekleidet war – eine enge schwarze Jeans, eine überm Nabel zusammengeknotete rosafarbene Bluse. Das lange nussbraune Haar hatte Zera hinterm Kopf zusammengesteckt; wahrscheinlich nicht selbst. Es gab ja Omar, die männliche Zofe.

»Das hat Stil, wie du ihr nachgehst, Bester. Altmodische, keusche Liebe. Zumal ich jetzt nicht mehr glaube, dass du sie mit der dunklen Frau verwechselst. Du weißt schon ... das schwarze Gespenst.«

Tatsächlich hatte es damit angefangen – er hatte die Dimfrau durchs Gehölz schleichen sehen und für eine Erscheinung gehalten, die Laura und Zera und er anfangs öfter erlebt, dann lange und eingehend diskutiert, schließlich informell tabuiert hatten – man redete nicht mehr davon. Die andern beiden waren dem Phantom allerdings ohnehin seltener begegnet als er.

Der Mann hatte ein paar Vermutungen darüber, woran das lag. Sie war womöglich ein Mahnzeichen, das besonders ihm galt. Kaum je hatte die Nachtschwarze gesprochen, und wenn, dann fast nur mit ihm. Immer in Rätseln. Rätsel mochte er nicht. Er war deshalb erleichtert gewesen, als er damals hatte herausfinden dürfen, dass die Gestalt, die ihm eines Tages im Holz aufgefallen war, nicht jene Heimsuchung, sondern eine Dim gewesen war. Bald darauf hatte er begonnen, ihr zu folgen.

War er verliebt, wie Zera andeutete?

Zeras knabenhafte Züge und die Zurückhaltung, mit der sie auf den richtigen Abstand achtete, als sie sich zu ihm stellte, zeigten deutlich genug, dass sie ihn sehr mochte, aber gut damit umgehen konnte, dass er mit anderem beschäftigt war.

Zera stand ihm nah, geschwisterlich, freundlich, gleich, ob sie sich nun gerade als Frau oder als Mann verstand und zeigte. Dass in ihrer Schüchternheit viel Kraft lebte und im Geplapper, das sie manchmal pflegte, viel Klugheit, ja Weisheit versteckt war, wusste er gut. Zeras Jugend verführte ihn nicht zur Überheblichkeit – manchmal hielt er es angesichts der großen Umwälzungen im kartierten Raum, die er verursacht und erlitten hatte, ohnehin für wahrscheinlich, dass er älter war als überhaupt alle noch lebenden Menschen, abgesehen von ein paar Uralten aus den Tommerup-, Mizuguchi und Wiegraebe-Linien sowie natürlich der Präsidentin Shavali Castanon.

Zera mochte jung sein, aber der Mann täuschte sich nicht darüber, dass sie Dinge verstanden, geglaubt und wieder verworfen hatte, die Shavali Castanon nicht einmal ahnte.

Er, der in seinem früheren Leben mit aufrichtigen Dieben und tapferen Mörderinnen, folternden Priestern und gehorsamen Sturschädeln Umgang gepflogen hatte, er, für den Milliarden in den Tod gegangen wären und in dessen Namen Millionen tatsächlich hatten sterben müssen, hätte jederzeit sein Leben in die schmalen Hände dieser heiteren, stets leicht koketten Person gelegt.

Im Übrigen gefielen ihm die Seifen und Parfüms tatsächlich, die Omar für sie zusammenkochte, aus Waldmeister und Hopfenblüten, Holunder und Wegerich, Lavendel und Märzveilchen sowie drei Dutzend Pflanzensorten, für die nur Custai oder Binturen Namen kannten.

Zera fuhr fort, im Plauderton: »Und es ist ganz anders als in den alten Breven, wo immer nur die Niedrigstehenden sich in Sehnsucht nach den Hochgestellten verzehren.«

»Alte Breven«, sagte der Mann.

Es war keine Frage, eher eine Aufforderung. Zera holte tief Luft, weil die Luft hier, im Farnland nah beim Grenzbach, so gut war.

Dann erzählte sie eine Geschichte, ein Gleichnis und eine Warnung. »Man hat mir von einem Gärtner berichtet, der sich in eine vornehme Frau verliebte, die jeden Tag dort spazieren ging, wo er jätete und pflegte und schnitt. Weil er nicht wagte, sie anzusprechen, wandte er sich stattdessen an einen Hofbeamten und Schreiber, dessen Aufgabe die Auswahl und Verwaltung aller Stoffe war, in welche die Hausherrin sowie all ihre Damen und Mädchen, zu denen die Angebetete des Gärtners gehörte, sich kleideten. Der Beamte hörte sich die Sehnsuchtsgesänge des Gärtners an, ließ sich davon viel erzählen und erklären. Dann nickte er verständig und sagte: Ich will dir ja helfen, wenn es dir ernst ist. Ich werde mir etwas darüber ausdenken, wie sie vielleicht mit dir redet. Aber weil ich nicht weiß, ob du nur aus einer Laune sprichst, aus allgemeiner Einsamkeit oder weil gerade Frühling ist, muss ich dich noch genauer befragen. Der Gärtner antwortete: Ich will alles tun und werde jede Prüfung bestehen, die dir einfallen kann, damit du siehst, dass mir nichts wichtiger ist als diese Dame, nichts dringender, als dass sie mich anhört und mir antwortet. Damit du verstehst, dass ich nachts wachliege und sie vor mir sehe, ob ich die Augen schließe oder offen lasse, und, wenn ich schlafe, in meinen Träumen mit niemand anderem überhaupt noch rede als nur mit ihr. Beruhige dich, sagte der Beamte, die Prüfung ist einfach. Sie soll nur mein Gewissen entlasten, damit ich nicht Angst haben muss, von der Dame zur Rechenschaft gezogen zu werden, wenn ich ihre Zeit verschwende. Hier siehst du einen leichten Ballen Brokat. Nimm den über die Schulter und geh damit tausendmal rund um deinen Garten. Wenn es dir gelingt, will ich dir die Tür zu ihr öffnen. Der Gärtner schulterte also seine Last.«

»Und schafft es nicht.« Der Mann lächelte wieder, eine Spur von Grimm war diesmal darin, denn er wusste, wovon Zera eigentlich redete.

Sie nickte. »Er schafft es nicht, nein. Ob er nach einer, zwei oder drei Stunden zusammenbricht, entkräftet, und woran genau er stirbt, daran erinnere ich mich nicht – Kreislaufkollaps, Herzversagen, Hitzschlag, etwas in dieser Art. Jedenfalls beginnt damit der zweite Teil der Geschichte, in welchem er als Geist zurückkehrt, und zwar nicht, um den Beamten zu plagen, sondern als wandelnder Albtraum in der Schlafkammer eben jener Dame, die er ...«

»Pack's in die Truhe, Zera.«

»Kein Grund, giftig zu werden, Cé.«

Er mochte den Spitznamen, weil der so absurd war: Seinen Vornamen, den Leute überall auf den Welten und Habitaten der VL fürchteten, wo sie ihn nicht vergessen hatten, in diesem Kürzel als Zeichen der Nähe und Zuneigung aufzuheben, wäre wohl niemandem außer Zera je eingefallen. Freundlicher sagte er: »Du solltest nicht versuchen, mich mit Altertümern zu zerstreuen.«

»Sind dir Ratschläge lieber?«

Als er darauf nichts erwiderte, setzte sie hinzu: »Du könntest einfach hingehen. Du könntest ...«

»Sch«, unterbrach der Mann die Freundin.

Sie, die ihm zugekehrt war, wandte den Blick zur Dim, die er beobachtete. Die zuckte jetzt mit dem Kopf, als wehrte sie sich dagegen, dass etwas sie im Nacken gepackt hatte und fortzerren wollte von da, wo sie stand.

»Er ruft sie. Der, dem sie gehört«, sagte Zera, nicht ohne Mitgefühl.

Sie und der Mann wussten, dass etwas in die Wirbelsäule der Dim gefahren war, ein Befehl, ein Zwang, und dass die unsicheren Bewegungen, der Ruck, das Zucken, die sie erfasst hatten, ihrer Widersetzlichkeit geschuldet waren. Wäre sie einfach losgelaufen, hätte sie sich die Schmerzen, die sie jetzt litt und noch ein paar Minuten leiden würde, bis das Kommando sie schließlich überwältigen musste, erspart.

Der Mann, der ihr zusah, presste die Lippen zusammen. Dann schüttelte er nebenbei das kleine Gedankentier von der Hand, dass es zur Erde fiel, zu seinen Geschwistern, und sagte: »Es steht ihr zu. Die Zeit zum Gebet, oder Meditation, was immer das ist, was sie da machen. Das steht ihr zu, das dürfen sie ihr nicht wegnehmen.«

»Willst du sie befreien? Kaufen?«, fragte Zera ruhig.

»Nein. Sie ist kein Ding, und nicht mehr auf Befreiung angewiesen als ich selber.«

Zera nickte: »Stimmt. Wie frei kann man sein, wenn einen ein Gefangener befreit? Du wirst aber trotzdem zugeben müssen, dass du, ich und Laura drei besondere Gefangene sind. Wichtig. Mächtig.«

»Wichtig heißt nicht mächtig. Und berüchtigt heißt nicht frei. Ich kaufe niemanden.«

»Du müsstest sie nicht kaufen. Du könntest den Cust, dem sie gehört, sehr leicht überreden, sie dir zu ... na ja, zu schenken ... zu dir zu schicken ... wenn du ihm ein bisschen was erzählst. Zum Beispiel von deinen Gesprächen mit der Nachtschwarzen. Oder Breven von früher.«

»Von Gärtnern und Brokat.« Er lachte kalt.

Sie schwieg. Er räusperte sich. »Mir reicht's. Gehen wir zu dir. Dein ... Omar soll uns was zu essen machen. Dann betrinken wir uns, bis wir nicht mehr wissen, ob wir zu zweit, zu dritt oder viert sind.«

»Gern«, sagte Zera.

Ein Abendessen, und mehr.

Damit konnte sie leben.

2   Als Daphne zur Durchbruchsstation zurückkehrte, war Gisseckhunnaminh nicht halb so ungehalten, wie sie erwartet hatte. Sie kam von Süden in die Zeltstadt, in gleichmäßigem, kräftigem Lauf, wie ein Pferd trabt. Ihr Herz hämmerte, ihr Atem schmeckte nach Kohle, weil die Rekonfiguration der Glyphen in ihrem Nacken wesentlich mehr Kalorien verbrannt hatte, als der Arbeitskrafterhaltung fürs bevorstehende Tagwerk zuträglich war.

Daphne biss die Zähne zusammen, schnaufte, rannte und sah, dass sich auf dem Platz in der Mitte viele Custai um einen hoch aufgerichteten, offenbar erregten Gelehrten und die aggressive Scheinzelnenfrau versammelt hatten, die so häufig in die Zeltstadt kam.

Bevor Daphne den Platz erreichte, bog sie rechts ab. Gisseckhunnaminh stand vor seinem Lager und hielt das für die Pflegearbeiten nötige Custai-Werkzeug bereits in dreien seiner Arme, während er ihr den Kasten mit Gerätschaften, die nur Dims bedienen konnten, mit dem linken unteren Arm entgegenstreckte. Der massige Cust drehte den Kopf in der Bewegung einer Frage, als sie auf ihn zulief, und Daphne nickte eifrig, sodass er ihr den

Kasten entgegenwarf. Sie fing ihn mit beiden Armen auf, ohne im Lauf aus dem Gleichgewicht zu geraten.

Ihr Herr schmatzte anerkennend. Dann beugte er sich vor, damit sie auf seinen breiten, von den Anstrengungen der letzten paar Stunden bereits staubigen Rücken klettern konnte. Für ihn war das, als schnallte er sich einen Rucksack um, für sie eine Übung, bei der sie, den Werkzeugkasten ihrerseits mit über der Brust gekreuzten Riemen auf den Rücken gebunden, ihm so in die Knoten seines Brust- und Kreuztuchs fassen musste, dass sie den Cust dabei nicht verärgerte. Sie hatte vom Tag und überhaupt vom Leben nur so viel Gutes zu erwarten, wie sie für ihn leistete. Die Mehrzahl der Custai am hiesigen Arbeitsplatz trugen auch an heißen Tagen Kleidung unterschiedlichen Umfangs, die Dims meistens nur Beutel, etwas Schmuck und manchmal, je nach der Funktion, die sie in den Arbeitsketten einnahmen, auch Sandalen oder richtige Schuhe.

»Unsere Pflege und Sauberkeit kostet sie schon genug. Da wollen sie nicht noch dafür bezahlen, dass wir reinlich halten, was wir am Leib tragen«, sagte Fiona immer, die das Kleidertragen vermisste, weil sie sich in ihrer Jugend in einer Custai-Dysonsphäre um einen Stern nah am Zentrum der Milchstraße in luftigen Stoffen bewegt hatte.

Daphnes Herr zog die beiden Augen auf dem Hinterkopf zusammen und zischte leise. Daphne war überrascht, denn das war, wie sie wusste, bei Custai eine Bitte um Verzeihung. Sie antwortete überrascht: »Ja, bin früher gerufen als sonst, aber bestimmt aus gutem ...« Gisseckhunnaminh zuckte mit der rechten Schulter und verdrehte einige Augen in Richtung des Platzes in der Zeltstadtmitte. Daphne verstand: Die Wissenschaftler hatten ihre Maschinen abgeschaltet, weil die Scheinzelne zu Besuch gekommen war und man die neuesten Resultate zwar mit ihr besprechen, sie ihr aber nicht direkt zeigen wollte. Daphnes Herr und die anderen Arbeiter – was immer auch bedeutete: alle Dims der Durchbruchsstation, denn nur Arbeiter besaßen hier welche und setzten sie ein – hatten vor, die zusätzliche Stillstandszeit für dringend erforderliche Säuberungs-, Pflege- und Wartungsarbeiten zu nutzen. Soweit die Dims auf Treue die

komplizierte Gesellschaftsordnung der Custai verstanden, wurden die von ihren Besitzern betriebenen achtzehn Stationen zur Beobachtung von Geminga innerhalb von Treue und die vier auf der Außenhaut des Geschöpfs von sieben verschiedenen custaischen Institutionen beaufsichtigt, verwaltet und genutzt.
Zwei davon konnte man am ehesten den Universitäten der Scheinzelnen vergleichen, es waren gleichsam staatliche Einrichtungen der Forschung und Lehre, die restlichen konnte man entweder »kommerzielle Unternehmen« nennen, was immer das bedeuten mochte – drei unter diesen wurden als »Subkontraktoren« der anderen geführt und stellten die Arbeitskräfte fürs Grobe samt ihren Dims zur Verfügung –, oder als im engeren Sinne politische Organisationen auffassen, nämlich Militäreinheiten und Rechtspflegeeinrichtungen.

In schwerem, aber flinkem Tritt entfernte sich Daphnes Herr rasch vom Zeltlager. Bald schloss er zu dreien seiner Eltern auf – er hatte etwa acht, zwei lebten anderswo, sechs auf Treue. Es waren eine ganze Menge Custai erforderlich, um einen neuen Cust zu zeugen, was der sozialen Kohäsion ihrer Gesellschaft offenbar sehr gut tat. Gintemhunnamrelek, mit einem männlichen Dim auf dem Rücken, Amhnesesticktimal und Jencktebhulinh zwinkerten oder winkten im eiligen Lauf ihrem kräftigen Sprössling zu, der sie bald überholt hatte und sich schließlich in die glitschige Grube des großen Trichters fallen ließ, wo die Durchbruchskeile staken und bereits ein gutes Dutzend Custai-Arbeiter mit ihren Dims mit Ölen und Hämmern, Ausbessern von Fugen, Kabelneuverlegen und Drähteflechten befasst waren.
»Tiefer! Tiefer, verdammt!«
»Serischari, telemet gihai ...«
»Reich die Dopplung durch. Bis zum Ende der Kette.«
»Raus. Es muss raus!«
»Hinten können noch Sicherungen dazwischen, dann hält's wenigstens mal länger als zwei Wochen.«
»Sinista. Giha ench.«
»Das ganze Gewebeteil muss raus, sage ich. Die Spitzen sind schon fast ausgeglüht!«

Bis auf einige Befehle dieser Art, manche auf kertisch, viele einfach gestisch oder als Gezischel und Gespuck erteilt, redeten die Custai nicht mit den Dims. Diese hingen in kleinen Teams von zwei bis vier Personen in Gurten und Takelagen, mit deren absichernder Hilfe man sich als Dim zwischen die weichen, langen, spiralig angeordneten Außenränder der Organsorte wagen konnte, die bei Treue etwa Nebennierenrinde und dem Nebennierenmark gewöhnlicher Lebewesen aus den alten panspermiden DNA-Linien entsprachen.

Die Custai liebten solche Vergleiche und hatten dank schierer Hartnäckigkeit inzwischen nicht nur ihre Dims, die Scheinzelnen, die Binturen und manch andere sternenfahrende Spezies davon überzeugt, sondern sogar die Skypho. Dass die Organe von Treue, inklusive der Analoga zu Pankreas, Keimdrüsen und stanniuskörperchenartigen Zellverbänden, mehrere Dutzend Kubikkilometer maßen und an weit mehr als ein, zwei Stellen des Leibes vorkamen, machte diese Vergleiche nicht zunichte; man musste das eben mitdenken.

Daphne kannte alle Dims, die hier mit ihr zogen und nähten, knüpften und zurrten. Die längste Zeit über hing sie mit Fiona und Adrian, die der Seminhim- und der Ghanderrck-Sippe der lokalen Custai angehörten, von den atmenden Wänden. Fiona war lieb. Ihre sehr simplen Glyphen, überwiegend Darstellungen der Interaktionen masseloser Felder, an Armen und Beinen wiesen sie als schlichtes Gemüt, wenn auch kleine Streberin aus. Adrian dagegen hatte ein freches Mundwerk, dem seine Angeberglyphen zwischen Bauchnabel und Penis entsprachen: auffällig illustrierte nullgeodätische Kongruenzen, Spinoren, Rotationen.

Hier, tief im Treueleib, wo es den Echsen zu eng und zu feucht war, hörten ihn die Besitzer nicht, wenn er maulte: »Rein mit dem Geflecht, raus mit dem Geflecht. Ist doch alles Schikane. Die lassen uns absichtlich Scheiße kaputtmachen hier unten, geben uns Anweisungen, mindestens so viele Schäden zu verursachen, wie wir ausbessern oder verhüten, damit sie ihre Stundenlöhne ...«

Fiona prustete ungläubig und verdrehte die Augen: »Du hast sie doch nicht alle. Wieso sollten sie so was tun?«

»Weil hier in Wirklichkeit alles wie geschmiert laufen würde, mindestens eine Woche durch, wenn wir überhaupt nichts mehr machen. Und dann kämen die Akademiker und die Offiziere und die Händler schnell drauf, dass die meisten Arbeiter, samt uns, gar nicht gebraucht werden, gar nicht ausgelastet sind, und dann streichen sie die Stellen, und dann …«

Ein Zischen wie von einem explosionsgefährdeten Dampfkochtopf unterbrach Adrians lästerliche Reden. Ein besonders unangenehmer Cust namens Lerreckidenhrelek, den zwar niemand zum Vorarbeiter ernannt hatte, der sich aber aus vollster Brust so aufführte, streckte seinen Kopf in die finstere Höhlung und fuhr die nachtsichtigen Dims an, ohne besonderen Grund – er hatte nichts belauscht, wie hätte er das auch können?

Adrian begann sofort, an einer schweren Mutter herumzudrehen, die ihre große Schraube eigentlich bereits perfekt festhielt. Er fuhr mit dieser Beschäftigung auch fort, als alle, die sich mit ihm an der Wand zu schaffen machten, längst wussten, dass kein Bewacher sie mehr im Blick hatte. Jetzt jedoch übertrieb er die unnötige Handbewegung, schlug mit dem Ellenbogen aus und grinste wie ein Irrer, als Daphne entnervt zu ihm hinsah und ihm mit einem Pfiff bedeutete, er könne jetzt aufhören. Adrian zwinkerte. Sie zuckte mit den Schultern, schüttelte den Kopf und begann, ihr auf behelfsmäßigen Brettablagen in der Takelage verstreutes Werkzeug langsam – nur nicht überhastet fertig werden, Adrian hatte ja ein bisschen recht – einzusammeln, wobei sie dachte: Der Junge tut immer so, als wären wir ungezogene Kinder, die ihre Aufgaben nur widerstrebend erledigen, weil sie lieber spielen – oder, in Adrians Fall, wovon die meisten weiblichen und einige männliche Dims im Camp ein Lied singen konnten: sich paaren – und möglichst pfiffig ihren Aufsehern eins auswischen müssen, damit das klappt. Aber es ging um Leben und Tod: Dims, die zu nichts mehr nütze waren, auch nicht, wie die Älteren, zur Unterweisung und Ermahnung der Kräftigen, bekamen bald »etwas zu trinken«, schliefen ein und wurden am Camprand in einer Senkgrube oder weiter draußen in der Karstlandschaft hinter den Anwesen der drei von ihresgleichen verbannten Scheinzelnen verbuddelt.

Dagegen hatten nicht wenige Dims, weil sie so gut wie jedes andere Lebewesen, das denken konnte, ihr Leben auskosten wollten, so lange es ging, einige Widerstandstechniken entwickelt. So gab es in jeder Dimgruppe, in der Daphne während ihrer inzwischen rund zwanzig Vorfahrenjahre gearbeitet hatte, ein oder zwei Personen, die aus Altersgründen eigentlich längst nicht mehr die Leistung erbrachten, die von allen erwartet wurde. Deren Wissen um die Geheimnisse der Vorfahren, allgemeine Weisheit oder sonstige Vorzüge aber wurden von den andern in der Gruppe so hoch geschätzt, dass sie sich erlauben konnten, nur äußerst oberflächlich und dem Schein nach ihren jeweiligen Pflichten, auch den erzieherischen und disziplinarischen, im Dienst der Custai nachzugehen, die in Wirklichkeit als eine Art aufgeteilter Surplusarbeit von den anderen erledigt wurden.

Auch der Verband, in dem Daphne sich mühte, hatte eine solche »Älteste«: die fast zahnlose, von Schmerzen in Händen und Füßen geplagte, sich wegen einer deutlich gekrümmten Wirbelsäule oft nur mit Mühe aufrecht haltende Victoria.

Heute hing sie nicht mit Daphne, Adrian und Fiona in der Wand, sondern irgendwo anders, was dazu führte, dass Daphnes Dreiergruppe als eine der ersten mit ihren dringlichsten Aufgaben fertig war.

Zwei Stunden nachdem Daphne mit dem Ausputzen der Hautfalten und Einsammeln der Werkzeuge begonnen hatte, wurde es oben finster. Die Custai schalteten das Flutlicht an, das die Dims in den Schluchten lange Schatten werfen ließ. Bald darauf wurde es ganz unmöglich weiterzuarbeiten, weil sich die Binnenhäute der Organwände wegen der heraufziehenden Nachtkühle verhärteten.

Als die ersten Custai in die Hände klatschten oder mit ihren Schweifen den Staub peitschten, um das Ende der Schicht zu verkünden, kletterte Daphne behende aus den Kerben des Durchbruchareals und machte sich auf den langen Fußweg zurück zur Zeltstadt. Einige Besitzer liefen den Dims voraus und würden schon eine halbe Stunde früher im Lager eintreffen, sich vielleicht waschen oder ausruhen, möglicherweise – soweit es sich um qualifizierte Facharbeiter handelte – auch an den vermutlich noch eine Weile andauernden Diskussionen der Wissenschaftler und Techniker mit Laura Durantaye beteiligen. Die Stimmung unter den Dims auf dem Heimweg war gut. Man hatte sich heute nicht zu schwer geschunden, und dass der Arbeitstag gegen Ende der Schicht aufgrund des früheren Beginns recht träge, ja geruhsam gewesen war, zeigte sich in Haltung und Laune der meisten Heimkehrenden.

Adrian flirtete mit Fiona, deren Glyphen sich aber nicht rührten; der junge Sami, der offenbar großen Gefallen an Daphne fand und ihr deshalb ein bisschen Brot aus einem Lappen in seinem Werkzeugkasten schenkte – ein relativ gepflegter Bursche mit schönen weißen Zähnen, rotgoldenen Locken und ausdrucksvollen dunklen Augen, der zum gut behandelten Besitz des großzügigen Custen Hatterzectummin gehörte –, wusste von Plänen für den späteren Abend zu berichten: »Wir dürfen mal wieder ein Feuer machen. Victoria hat was zu erzählen. Danach wird getrommelt, und vielleicht getanzt«, sowie möglicherweise, schien sein Blick hinzuzusetzen, am Waldrand noch mehr riskiert.

Daphne lachte, zerstrubbelte ihm mit der Rechten das Haar: »Dann tanz du mal. Und ich schau's mir an! Bin zu geschafft dafür ...« Ganz stimmte das nicht, aber er errötete tatsächlich, und die bescheidenen Glyphen auf seiner Wange – ineinandergeschobene Sterne, Rauten, iterative Bandmuster – wurden ein bisschen kräftiger, ein bisschen deutlicher, was Daphne gute Laune machte. Sie mochte Sami, fand ihn niedlich und dachte bei sich: mal sehen.

Zurück in der Zeltstadt erkannte sie überrascht, dass einige Dims heute offenbar gar nicht gearbeitet hatten, sondern bereits mit der Zubereitung der großen Suppen in den bauchigen Kesseln der Custai beschäftigt waren. Nach kurzer Katzenwäsche an einer der Pumpen bei den Schlafplätzen gesellte sie sich zu ihnen, schnitt Fleisch von Feuerwölfen und Gitteramphibien zurecht, putzte Gemüse, half beim Schälen von Gemüse, beim Umrühren, beim Regulieren der Gaskocher und hielt sich während alledem stets am Rand des zentralen Platzes auf, wo die hitzigen Diskussionen zwischen der hochfahrenden Scheinzelnenfrau und den Custai allmählich verebbten.

Viel bekam sie nicht mit davon, zumal die Custai, deren kortikale Elektronika mit Durantayes Tlalok leidlich synchron geschaltet werden konnten und deshalb wortlose Kommunikation erlaubten, ihre Argumente nicht immer mit den Klick-, Schnalz, Zisch- und Grunzlauten artikulierten, die Daphne als Custaisprache kannte und verstand. Die brüske Scheinzelnenfrau, die jene Sprache durchaus begriff und redete, bestand aus irgendeinem psychologischen oder protokollarischen Grund darauf, alles, was sie zu sagen hatte, auch wirklich auszusprechen, und so war Daphne wieder einmal zugleich angezogen wie abgestoßen von der muskulösen, kantigen Person in tarnfarbenem Safarihemd, kurzen Hosen und schweren Soldatenstiefeln, dem blauen struppigen Haar und den aristokratischen Zügen, die mit Leidenschaft, aber auch bestürzender Ungeduld und Arroganz immer alles besser zu wissen schien als die Custai, mit denen sie debattierte, und das laut genug in die Gegend rief, dass man glauben konnte, es handle sich bei ihr um eine besonders starrsinnige Älteste der Dims: »Bwääh, egal. Echt. Was ihr da sonst noch gemessen habt, ist mir ganz gleich. Es kann nicht sein. Steht so auf dem Display? Umso schlimmer für eure Instrumente. Lambda Ori ist niemals der Ursprungsschauplatz, selbst wenn man an der unveränderten Supernovatheorie festhält. Es gibt bestimmte Grenzen für die radiale Geschwindigkeit, die liest man an der Form des Bogenschocks ab, und fertig – also, wenn wir annehmen, zwischen 197° und 199° in alter galaktischer Länge, −16° und −8° in alter Galaktischer Breite ...«

Klacksen, Schnalzen vonseiten der Custai, wildes Kopfschütteln bei Durantaye. »Nee, wirklich, ist mir gleich. Dann lernt ihr die Maße. Ich weiß das auch nicht, warum wir noch nach diesen Sonden rechnen, die schon lange nichts mehr funken. War was Militärisches, wir haben dort irgendeinen ... die Vorläufer der VL haben da einen Sieg errungen oder erlitten oder so. Ich habe überhaupt keine Lust auf eure bescheuerte, kleinliche Umrechnerei.«

Wieder Klacksen. Ein Cust verließ stampfend die Runde. Das war eigentlich eine schwere Beleidigung, aber die Scheinzelne nahm es gar nicht wahr. »Gut, also glauben wir mal, fressen wir's eben: Geminga ist in einer Gegend passiert ... zustande gekommen ... was auch immer, wo die beiden Figuren sich überschneiden, dann könntet ihr doch mit kinematischen Überlegungen rausfinden, welches, na ja, Elternteil ... ich weiß, die Metapher sagt euch nichts, weil eure eigene Scheißfortpflanzung ... Gott, ist das frustrierend mit Leuten, die nicht in den richtigen Bildern denken! Hier, ich mal's euch mal auf, zweidimensional.«

Sie beugte sich über einen Tisch und kratzte oder schmierte mit kleinen schmalen Stäbchen auf weißen Stellen von papierenen Ausdrucken herum, bis hinter ihr zwischen drei Custai, die sie dabei beobachtet hatten, ein Streit über etwas mit dem soeben behandelten Thema Verwandtes, von der Zeichnerei der Frau aber Verschiedenes ausbrach.

Daphne, die in technischen Dingen außerhalb ihrer Arbeitsaufgaben nicht besonders bewandert war, verstand nur einige wenige Ausdrücke wie »Anziehung« und »Kräfte«. Durantaye aber fuhr mit vor Erregung rotem Gesicht herum und rief laut aus: »Eben, sag ich doch. Die Magnetfeldüberlegungen sind das Entscheidende. Die Richtung des lokalen magnetischen Felds entsprechend den alten Messtafeln, die Richtung von Hot Spot A und die Richtung eines möglichen Ortes für die Geminga-Supernova, wenn es denn eine gegeben hat, lagen schon immer, schon in den präastrogatorischen Zeiten von unsereinem, nur wenige Grade entfernt voneinander ... bloß heißt das halt nicht, dass das Feld auf der relevanten Skala wirklich, wie man bei eurem rein deduktivem Herangehen vielleicht glauben könnte ...«

Daphne blieb keine Zeit, darüber zu spekulieren, worum es in dem Streit letztlich ging.

Die Custai klatschten nämlich bald danach zum Essen. So musste aufgetragen, nachgeschenkt, bedient, abgeräumt und abgewaschen werden, was alles in allem fast bis Mitternacht dauerte.

Schließlich schnalzte Amhnasesticktimal zum Feierabend. Diejenigen Dims, die nicht so erschöpft waren, dass sie unweit der Pumpen direkt auf den Boden sanken, verließen den Scheinwerferkreis um die Zeltstadt und fanden sich an der Böschung ein. Adrian, seine zwei Freunde Josua und Clemens sowie einige Mädchen hatten den traditionellen Feuerkegel aufgebaut, mit getrockneten Ahornblättern und Papier unterfüttert und auch schon entzündet.

Victoria war ausgeschlafener Laune und gut bei Stimme.

Ihre Glyphen – intrikate Kleinabbildungen, twistorial verschobene Ebenenmomente, Hyperperlen – bewegten sich im Feuerflackern, als würden sie im Zeitstrom selbst reingewaschen von allen Beharrungssünden des Fleisches: Schattenspiele der erhofften Ewigkeit.

Victorias »Kinder«, wie sie die Dims der Durchbruchsstation nicht ohne Berechnung nannte, kauerten in kleinen Gruppen – Fiona, Claudia, Adrian, Josua und Clemens zum Beispiel – oder alleine – Daphne, der heute nicht nach körperlicher Nähe war – nicht allzu weit von den Flammen und hörten die Älteste sprechen und singen.

Ahmed, einer der jüngsten Dims, der hinter einer der drei Trommelpaare für die Festlichkeiten dieser Nacht kniete, stellte nach dem Verzehr der aus der Suppe gefischten, eingesammelten und teils an langen Stöcken nachgegrillten Essensreste eine Frage: »Sag uns, bedeutet der Streit zwischen den Besitzern und der Scheinzelnen für uns mehr Arbeit und Ärger oder weniger?«

Die Alte stand ohne Hilfe auf. Sie grinste ein Grinsen, das imposante Zahnlücken erkennen ließ und im Loderschein des Feuers arg unheimlich aussah, und sagte dann: »Alles, worüber sie streiten, ist alt. Die Vorfahren haben schon darüber gestritten. Das, worum Treue kreist, war ihnen ein Rätsel. Deshalb nannten sie es Geminga.«

»Das, worum Treue kreist, ist ein Pulsar. Pulsare sind nicht halb so rätselhaft wie die Glyphen an deinem Hintern!«, spottete Adrian.

»Dann unterhalte dich mit denen!«, versetzte Victoria und schnalzte ins Gelächter mit der Zunge wie eine Custin, als wollte sie sagen: Du gehörst mir, wie wir den Custai gehören. Sobald sich die Heiterkeit gelegt hatte, bellte die Greisin effektvoll dreimal kurz in die laue Nacht – es war eine Zurschaustellung von Alter und Hinfälligkeit, in der sich die Suggestion großer Lebenserfahrung und ein spitzer kleiner Territorialhusten eingerollt hatten. Dann sagte sie: »Du weißt, lieber Junge, was ein Pulsar ist. Ein aus einer Sternexplosion hervorgegangener Himmelskörper, der so viel Materie wie die Sonne der Vorfahren in sehr wenig Volumen gepackt hat. Du weißt, dass so eine Sternleiche fast zur Gänze aus Teilchen besteht, die in allen Atomkernen außer denen des im Weltraum häufigsten Elements vorkommen. Du weißt, dass dieses Teilchen keine elektrische Ladung hat und eine Masse, die nur ein ganz winziges bisschen größer ist als die des Protons, von dem die Besitzer und die Binturen und die Kohlar und die Hesemech und die Lamlani und die Skypho und sämtliche Linien der Scheinzelnen immer noch erwarten, dass es irgendwann zerfällt.«

Der Monolog der Uralten hatte einen zugleich wiegenden, einschläfernden, beruhigenden wie aufreizenden, herausfordernden, zum Widerspruch provozierenden Tonfall angenommen. Wenn sie auch vielleicht nicht so viel wusste, wie sie damit suggerierte, dachte Daphne, wovon sie unbedingt etwas versteht, ist, wie man nach den Herzen ruft, wie man ohne Trommel singt, wie man die Seelen in Tänze lockt, von denen die Körper nichts wissen.

Adrian guckte aus seiner zuvor so kompakten Hocke, die jetzt nur noch wie hingeworfen wirkte, zu Victoria auf, als wäre sie ein Stern und er ein im Tal der Tränen kauernder abergläubischer Vorfahr. Die Alte fuhr fort, als sähe sie ihn nicht, als erblickten ihre erblindenden Augen stattdessen schon jetzt Reihen und Reihen, Linien um Linien von Ururenkelinnen und Stammhaltern in entrückten künftigen Äonen.

»Du weißt auch, dass so ein Neutronenstern sich sehr schnell dreht und Radiowellenpulse aussendet, in exakt eingehaltenen, sehr kurzen Zeitabständen. Du weißt, dass es Binärsystempulsare gibt aus zwei Körpern, verbunden wie die Vorfahren in ihren zweigeschlechtlichen Ehen, wie die ältesten Vorfahrenlegenden: Isis und Osiris ...«

Die Stimme wurde schwächer, aber auch das war Absicht, ein Sichherantasten ans Verlöschen des Sagbaren. Nun setzte sie den Schlusspunkt, die Pointe, auf die diese Lektion von Anfang an hatte hinauslaufen sollen. »Aber du weißt, lieber Junge, nichts über Geminga. Weil niemand etwas darüber weiß.«
Eine weihevolle Pause brachte die Glyphen auf vielen Körpern zum Zittern. Stauch- und Zerreffekte wurden sichtbar.
Dann fing Victoria mit einem andern Strang des Geflechts an, das sie heute Abend entfalten wollte. »Es gab auf der ältesten Welt eine seltsame Gegend. Das war eine zerschossene, verwüstete, zerklüftete Landmasse. Sie hieß Europa. Zu der gehörte eine Stätte für Siedlungen namens Italia. Dort stand eine Siedlung namens Milano, und dort«, meine Güte, dachte Daphne, sie lässt nichts aus, ihr Arbeitszeug ist wirklich jedes Heimweh, jede Sehnsucht nach den Orten, wo alle Dims hinwollen und nie jemand gewesen ist, jeder Traum, den Daphne kannte oder den jemand kannte, der Daphne kannte, »redete man einen Dialekt namens Milanese. In diesem Dialekt bedeutet die Wendung ›ghé minga‹: ›Es ist nicht da.‹«

Daphne empfand leichtes Unbehagen – diese Art Herleitung des Bekannten aus dem unüberprüfbar Vorzeitlichen liebte die Alte sehr. Alle Alten liebten so was, jede und jeder von ihnen bewahrte und pflegte Kostbarkeiten dieser fragwürdigen Art, die den Leuten nur Flöhe in die Köpfe setzten und allmählich Bestandteil der allerunnützesten Rhetorik wurden: derjenigen von der Migration auf einen ominösen Planeten des »Neuanfangs«, auf dem sich angeblich schon heute immer mehr Dims, freigekauft oder entlassen, niederließen, und von dem Daphne bei sich glaubte, dass er nur eine peinliche und nutzlose Metapher für den Tod war. Vor zweieinhalb Jahren hatte sie an einem anderen Ort auf Treue gearbeitet, teilweise sogar auf der Außenhaut des Wesens, und einige der Effekte von Geminga auf Messgerätanzeigen wie auch mit bloßen Augen durch optische Teleskope selbst gesehen. Damals hatte es einen Uralten namens Isaak in ihrer Gruppe gegeben, der eine ebenso legendenförmige, aber auch ebenso schlüssige und glaubhafte Herkunft des Namens des Zentrums der weiten Umlaufbahn von Treue gewusst hatte: Gemini, das sei ein alter Name für Zwillinge, außerdem der einer Sternkonstellation, die man von der Vorfahrenwelt aus angeblich hatte am Nachthimmel sehen können. Als die Vorfahren nun mit ihren Messgeräten ein Objekt entdeckten, das mit hochpräziser Regelmäßigkeit Gammastrahlen abgab, aber keinerlei Signale auf anderen Wellenlängen des elektromagnetischen Spektrums, also weder Radiopulse noch Sichtbares, tauften sie dieses Objekt Geminini-Gammaquelle, oder kurz: Geminga.

Victoria räusperte sich rasselnd. Dann fuhr sie fort: »Sie zerbrachen sich die Köpfe, was das sein mochte – eine zum Neutronenstern zusammengefallene Sonne nach einer Explosion, wie die Erklärung für alle andern Pulsare lautete, oder etwas Neues. Eine Zeit lang schien Geminga einen Begleiter zu haben, das jedenfalls dachten die Astronomen der Vorfahren. Dann wieder schien der Begleiter ein Messfehler gewesen zu sein oder sonst ein Irrtum. Heute wissen wir, dass es immer wieder Begleiter gegeben hat, dass Treue nur der jüngste ist, und dass, wenn die Pulsarnacht kommt, wir hier erleben werden, dass dieser Begleiter …«

»Mein Kopf tut weh«, pfiff Adrian dazwischen, der sich offenbar wieder in der Gewalt hatte. Viele lachten – dass man Victoria hier liebte und beschützte, weil sie viel wusste und oft auch bei ganz alltäglichen Dingen wie Krankheiten oder Streitereien helfen konnte, hieß schließlich nicht, dass man ihr jede Eitelkeit oder Zerstreutheit durchgehen ließ. Ein zierliches Mädchen, das Daphne flüchtig kannte – hieß sie nicht Anita, Anna? –, setzte sich nah zu ihr, obwohl Daphne die Stirne kraus zog und das Kinn etwas vorschob, als die andere zu erkennen gab, dass sie noch näher kommen und ihre Schulter an Daphnes lehnen wollte. Dann fiel ihr ein, dass das mit Stirn und Kinn ja ein Zeichen eher aus der Mimiksprache der Custai als derjenigen der Menschen war. Sie wollte etwas sagen, das verdeutlichen konnte, was sie meinte, als ihr außerdem aufging, was die zwei hübschen Glyphen auf der rechten Schulter des Mädchens – spiralförmig, bebend, zart – ihr zu verstehen gaben.

Aber da fuhr die Alte schon fort, schärfer als vorher, lauter: »Dein Kopf tut weh, mein Junge, weil auch ganz wenig Wissen für jemanden, der die Reife nicht hat, eine Last ist.«

»Von Lasten versteh ich genug! Erzähl uns lieber mal, wie wir sie loswerden, statt immer neue draufzupacken!«, versuchte Adrian ein weiteres Mal, wider den Stachel zu löcken. Daphne ahnte allmählich, dass dieses ganze Zwiegespräch womöglich abgesprochen war, da von beiderseitigem höchstem Nutzen: Der Rebell konnte vor den Mädchen großtun, die Predigerin hatte einen hilfreichen Stichwortgeber.

Aus einer Haltung entspannter Überlegenheit erwiderte Victoria: »Ihr jungen Leute glaubt, man hätte uns ein Joch aufgezwungen. Ihr meint, es sei ein Fluch, für die Besitzer zu arbeiten, und wir seien vor ihnen arme Dinger, die nicht gefragt und nicht geschätzt werden. Aber ihr irrt euch.

Und das tut ihr, weil ihr die Geschichten und Vorgeschichten nicht kennt. Was sie besitzen, das ist nicht unser Leib, sondern unsere Dankbarkeit. Wir arbeiten eine Schuld ab. Und wir tun es in Liebe. Liebe und Last, werdet ihr sagen, wie kommt das, wie passt das zusammen? Ich will euch etwas erzählen, das euch vielleicht verstehen hilft. Es trug sich zu«, sie wurde etwas leiser, und alle, alles, selbst das Feuer, taten es ihr gleich, damit niemand überhörte, was sie erzählen wollte, »im Land der roten Sonne«, und natürlich, dachte Daphne, deren Skepsis sich heute einfach nicht legen wollte, ist auch das wieder einer dieser hypnotischen Tricks – die Erwähnung der Sonne, um die jene mythische Welt der Vorfahren kreiste, sorgte mehr als jedes andere Wort dafür, dass man Victoria zuhörte, an ihren Lippen hing, weswegen sie, wenn sie etwas besonders fest in den Herzen ihrer »Kinder« verankern wollte, stets Wendungen wie »unter der alten Sonne«, »da, wo die Sonne nicht unterging« oder eben »rote Sonne« gebrauchte. Hier im Leib von Treue gab es keine echten Sonnen, nur die auf komplizierte Art miteinander abgestimmten Wechsel- und Wandelbahnen der inversschweren Reaktorherzen, die für die Photosynthese als Lebensgrundlage der Körperinnenflora- und Fauna des Großgeschöpfs sorgten. Irritiert erkannte Daphne, dass ihre Gedanken sich in einer Art müder

Drift von der Stimme der Alten fortbewegten. Sie wollte schlafen, und dazu ganz für sich sein, also vielleicht am Waldrand. Ihr Ärger wuchs, als sie bemerkte, dass Anjas – oder Anitas? – Blick ihrem gefolgt war und das Hinübersehen zum Waldrand offenbar als Einladung auffasste. Jedenfalls lächelte das simple Geschöpf und sah dabei, das machte die Sache noch schlimmer, eigentlich recht einnehmend aus, lieb, gar nicht schlecht, nein: sehr hübsch. Was war heute Abend eigentlich mit Daphne los? Sie musste sich eingestehen, dass sie sich weder über Adrian noch über die Alte noch über das Mädchen ärgerte, sondern ausschließlich über sich selbst, und dass das ein Ärger war, für den sich ein tieferer, geschweige vernünftiger Grund nicht finden ließ.

Sie zwang sich, wieder auf das zu achten, was Victoria redete.

Es war offenbar eine ihrer Parabeln zur Erläuterung geschichtlicher, astronomischer und militärischer Zusammenhänge, erzählt, wie häufig, in Gestalt erotischer Verwicklungen:

»Aber der Schein des Leichten, das Gefühl von Luftgewebe, war trügerisch wie der Gedanke, man sei gestern ja auch noch nicht verliebt gewesen und käme deshalb morgen wieder davon, wenn es sich nicht so fügt, wie man will. Der Gärtner brach nach wenigen Runden zusammen, und versuchte, sich wieder aufzuraffen, und schaffte es fast, und scheiterte dann doch. Er kämpfte und schleppte sich fort und brach erneut zusammen, bis die Zentnerlast der Liebe ihn und sein ganzes Leben unter sich begrub. Die Jungfrau sah von ihrem Fenster aus, wie man den Toten forttrug, und erkundigte sich bei eben jenem Höfling, der die schreckliche Probe erdacht hatte, wer das denn gewesen und was ihm geschehen sei. Da wand sich der Schreiber und gab vor, nichts zu wissen, und sagte, ich bin nur ein armer einzelner Bedienter unseres gemeinsamen Herrn, wie sollte ich über jeden Gärtner und Stallknecht Bescheid wissen, den dieser Hof ernährt ...«

Bei der bedachtsam verwandten Wendung »armer einzelner« ging kurz ein Brummen, ein dumpfes allgemeines Wiedererkennen durch die Menge. Daphne fand das reichlich plump: Musste eigentlich in jeder derartigen Geschichte ein Seitenhieb auf die

Scheinzelnen untergebracht werden, würde es sonst morgen früh nicht mehr Tag werden?

»Die Dame, die an seinem Gebaren erkannte, dass er mehr wusste, als er zugab, wurde unwillig darüber, wie dieser Schranze versuchte, sie hinters Licht zu führen. Sie schickte ihn weg und ließ ihre Zofen kommen, ihren Koch, ihren Mundschenk, den Mann, der für ihre Hunde, und den Mann, der für ihre Vögel, und den Mann, der für ihre Pferde zuständig war. Alle fragte sie nach dem Gärtner. Aber die scheinbare Demut dieser Bedienten war Dünkel, und so gaben sie vor, einander nicht zu kennen, von Gärtnern nichts zu wissen, und sagten, sie seien untereinander zu keiner Absprache fähig, wüssten nicht, was die oder der andere treibt, seien sämtlich nur arme Einzelne.«

Die Hand des Mädchens lag jetzt auf Daphnes halb in die braunrote Erde gegrabener Faust. Daphne hörte ein schüchternes Flüstern: »Wie bei den blauen Gedankentierchen hier.« Die Worte rührten sie, und so öffnete sie die Finger der Faust, drehte die Hand unter der des Mädchens – jetzt weiß ich es, sie heißt Aisa, dachte Daphne – und ließ zu, dass sich die Finger verschränkten.

Victorias Stimme, noch einmal leiser, rauer, ging in kehliges Flüstern über.

»Da wurde die senkrechte Linie des Unwillens zwischen ihren perfekt gezogenen schmalen Brauen eine tiefe Zornesfalte, und sie warf die Leute aus ihrem Zimmer, deren Wahlspruch schien: Jeder ist sich selbst ein Würstchen. Dann warf sie sich auf ihre Seidenkissen, weinte, tobte, sprang auf, schmiss eine kostbare Vase entzwei. Sie konnte nichts tun, sie durfte nichts wissen, und in den Kleiderkammern wurde der Stoff, an dem sich der Gärtner zu Tode getragen hatte, bereits zu einem prächtigen Gewand verarbeitet. Der Mond ging auf und schien auf die Smaragdstufen, die in die Gärten führten. Die Jungfrau ging auf ihren weißen schmalen Füßen diese Treppe hinunter und lief im Garten umher, bis sie auf einen großen schwarzen Stein sank. Da seufzte sie zum gelben Mond: Ich weiß, dass der Mann, den sie vom Anwesen getragen haben, und ich in einer Verbindung stehen, die wichtiger ist als alle Dienstverhältnisse, als frivole Liebesbillets,

Einladungen zu Festen, mit denen die hochgestellten Kinder einander die Zeit vertreiben. Aber niemand kann mir sagen, was das für eine Verbindung ist. Da erschien auf dem nachtblauen Rasen der Geist des Gärtners und offenbarte sich ihr. Die Beschämte zerriss ihr Kleid, von Mitleid und Trauer und Schuld ergriffen, und kroch auf allen vieren zu dem Geist.«

War das ein gespenstisches Lächeln, was die Alte zeigte? Verspottete sie ihre Kinder, war Sarkasmus in dem, was sie sagte?

»Jetzt erst, sagte der Geist, da mich die Intrige getötet hat, habe ich zu dir gefunden. Und sie glaubte, er redete mit ihr, aber er sprach mit seinem Spiegelbild auf der glattpolierten Oberfläche des schwarzen Steins, wo sie zusammengebrochen war. Denn Lebende sind für Geister dasselbe, was Geister für Lebende sind: Man sieht hindurch und glaubt nicht, dass sie da sind.«

Sie hörte auf zu sprechen.

Dieses Ende war den meisten unverständlich. Lichtflocken sprangen aus dem Feuer, Späne der geträumten oder erinnerten roten Sonne, und für einen Augenblick, der sich strecken wollte, beschäftigte der rätselhafte Schluss der Erzählung viele Köpfe, Gesichter, auch verschlungen mit sich selbst ringende Glyphen.

Was war hier gelehrt worden?

Victoria klatschte so kraftvoll zweimal in die Hände, dass das kollektive Muskelgedächtnis der ums Flackern Versammelten unwillkürlich einen Besitzerbefehl zu erleben meinte – es klang exakt so, wie die Custai klatschten, aber es gab nichts zu tun, und deshalb stutzten alle, was Victoria nutzte, zwei jungen Männern zu bedeuten, sie sollten sie stützen, damit sie sich wieder in die Hocke zurücksinken lassen konnte.

Auf königlich amüsierte Weise dankbar nahm sie eine Schale mit Suppe entgegen.

Links und rechts von Daphne, vor ihr und hinter ihr tuschelte und scherzte man zaghaft, warf einander Anzüglichkeiten zu – es war, als schüttelte ein riesiges Treue-Gedankentierchen zahllose Kakteenbeinchen aus, um sich aufs Krabbeln vorzubereiten. Daphnes Augen suchten und fanden die dunklen Aisas.

Als die Taktgeber sich ihre Trommeln zwischen die Knie klemmten, als die ersten, noch nicht aufeinander abgestimmten Herztonschläge einsetzten und die Leute in kleinen Gruppen aufstanden, um sich zu bewegen, zuerst zu wiegen, sich anzuordnen wie menschliche Glyphen, stahlen sich bald ein paar Richtung Wald davon.

Schließlich taten das auch Daphne und Aisa.

In erdig riechendem Dunkel, in das manchmal Lichtzungen vom Feuer fielen wie Negative von Schatten, ging man unter einen Schirm von Minze, Moordunst, Laubfeuchtem.

Daphne fand mit der Kleinen auf die Erde, zwischen die größeren Gräser, fand zu ihr. Man war miteinander vorsichtig, nicht hastig, nicht laut.

Daphne hatte wenig Lust, viel mit sich anstellen zu lassen, war stattdessen der darüber zitternd entzückten Aisa hilfreich, kam zu ihr beim Atmen und Spüren der jetzt tiefen Nacht, griff sie fest, küsste sie gut, kam dicht an dicht, spielte und diente, neckte, quälte auch ein wenig. Als das Mädchen zufrieden war, hauchte es ein Versprechen, eine Frage: »Du, ich kann dich aber auch verwöhnen, weißt du das?«

Daphne küsste ihr Stirn und Wangen und flüsterte: »Musst nichts tun. Mag jetzt gar nicht, heute. Hier.«

»Dann lass uns«, sagte Aisa respektvoll, »wenigstens noch hier liegen, bis die Trommeln leiser werden. Ich will nicht ans Feuer zurück, während die da noch rumspringen.«

Das wollte Daphne auch nicht. So bettete sie den Kopf der andern nah an ihr Herz und wartete, im Trommeln träumend, bis Aisas Atem gleichmäßig wurde, die ruhigen Züge lang, aber nicht stark, bevor sie mit der eigenen Hand, den eigenen Fingern ein bisschen mit sich spielte, träge, auf keiner Jagd nach irgendetwas, ohne Gier.

Als die Trommeln leiser wurden und das Feuer zu geducktem Glimmen zusammensank, schlief Daphne ein, während zwischen Ästen und Blättern über ihr einige kleine Ärmchen und Beinchen neugierig in ihre Richtung nickten, gleich feinsten Grasspitzen an warmen Sommertagen.

3 César spürte, hörte, roch und schmeckte Sterne.
Ihm war, als befände er sich mitten unter ihnen, als Zentrum ihrer Bahnen, Schweresenke ihrer Koniken. Die Kernbrände gigantischer Öfen summten in seinen Nerven wie Echos uralter elektrischer Überlandleitungen. Magnetstürme kitzelten ihn. Schillernde Winde aus strahlungsdruckgeblähten Teilchenvorhängen glitten über seine Haut ins fernere Draußen wie Stoffe, in die sich zu kleiden er zu vornehm war.

Vor allem sangen sie, diese Sterne.

Simple Musik, die vom nie gestillten Hunger einer Sorte Leben handelte, die sich selbst verzehrte und die Anrufung ebenso hell leuchtender Geschwister war wie zugleich das zornige Rufen nach biologischem Leben, das es verbrennen konnte, opfern, zur Bestätigung eigener Göttlichkeit.

Césars phantastischer, glatter, absolut lichtabweisender Leib, der Hunderte von Kubiklichtjahren auszufüllen schien, hätte sich in Todesangst vor diesen kugelförmigen Giganten, in denen absoluter Unverstand und erbarmungslose Naturgewalt wüteten, vor Angst krümmen und winden müssen. Aber er streckte sich, drehte sich mit aufreizender Ruhe um sich selbst, blinzelte manchmal und fühlte sich, alles in allem, den Sternen, die er spürte, hörte, roch und schmeckte, absolut ebenbürtig: ein Gott unter Gottheiten, nur wacher, klüger als sie, daher zugleich gütiger und gefährlicher.

Er wusste sich im Vorteil, weil er ihre Namen kannte, vor denen sie großen Respekt hatten, die sie zurückzucken ließen und mit denen sich wie mit Händen nach ihnen greifen ließ, während sie seinen nicht einmal ahnten und ihn kaum hätten gebrauchen können, wäre er ihnen auch verraten worden. Sie hatten weder Verstand noch Gedächtnis, diese Riesen. Antares wirkte unbeholfen, schlingerte – für Messgeräte, die weniger feine Daten wahrnahmen als Césars außergewöhnliches Sensorium, kaum wahrnehmbar – auf seiner Bahn. Capella verschluckte jedes hundertsiebenunddreißigste der von ihm ausgesandten Lieder, weil dieser arme Stern einen Haltungsfehler hatte. Polaris schämte sich für längst Vergessenes. Rigel knurrte und wollte sich von einer Leine losreißen, die nicht existierte.

Beta Canis Majoris wollte den Leerraum mit Bündeln langer Lanzen aus Falschlicht neu aufteilen. Canopus verwirrte sich selbst mit ehrgeizigen Phrasierungen fiebriger Musik. Dutzende, Hunderte weitere hatten ihre je eigenen Blindheiten, Sprachfehler, Spott auf sich ziehende oder rührende Schwächen: Mengar und Regulus, Hamal, Algol, Tau Aurigae, Rasalhague, selbst die vier Wächter von Geminga: Einath, Hyaclen, Gienah und Menkar wirkten für Vielfache der Planckzeit mitunter angekränkelt, unentschlossen, unkonzentriert, wie Wachhunde, die zu lange in der Sonne vor ihren Hütten hatten liegen müssen und zu wenig hatten trinken dürfen.

Viele dieser Defekte fand der Mann, dessen Körper groß genug war, dass all diese Sterne als polierte Knöpfe seinen Mantel hätten schmücken können, mehr als verzeihlich, handelte es sich doch um Schäden aus den Linienkriegen.

Inzwischen erfuhr er nur noch wenig von den Debatten in den Parlamenten und auf den Foren der VL. Aber die Makel und Beeinträchtigungen kosmischer Objekte, die Kollateralschäden an Sternen und Planeten, die Beimengung radioaktiver oder anders noxischer und toxischer Stoffe im dünnen Medium aus Wasserstoff und heißem Plasma, das jene Regionen ausfüllte, wo die erbittertsten Schlachten ausgetragen wurden, beschäftigten zahlreiche Gruppen, Parteien, Lobbys, Verbände im von Shavali Castanon regierten Reich. Sollte sie sich damit herumschlagen – die Armeen aus dem Norden standen für Aufräumarbeiten nicht mehr zur Verfügung.

César fand die Opfer an Schönheiten der Milchstraße und der Andromedagalaxis, die das große Morden gekostet hatte, nicht schlimmer als die Verluste an denkenden Wesen. Diese wiederum fand er weniger schlimm als den Verlust an Hoffnung, an Aussichten auf ein besseres, freieres, wahreres Leben, für die er sich in die Bresche geworfen hatte.

Er hatte das Entsetzen von Tabna 3 befohlen und bereute es nicht.

Die in zahllosen Environs und Breven seit der Niederlage weitergetragene Parole, Milliarden seien bereit gewesen, für ihn zu sterben, und Millionen habe sein Aufstand tatsächlich das Leben gekostet, bedeutete ihm nichts. Sie war, soweit es ihn betraf, unwahr: Nicht für ihn, sondern für eine verlorene, aber alles andere überstrahlende Sache hatten jene alles riskiert, was man riskieren kann, und viele alles verloren.

Am Ende hatten nur er und seine engsten Freunde der Sache gedient und sich bereitgehalten, mit ihr unterzugehen.

Was zählten Trümmer, entstellte Konstellationen, verletzte Sonnen?

Eine von diesen, nicht besonders groß, nicht besonders schmuck, nicht besonders massereich oder auf sonst irgendeine Weise hervorstechend, in der kosmischen Nachbarschaft so altvertrauter Sterne wie Prokyon, Fomalthaut, Altair und Wega, zerrte jetzt an César Dekarins Aufmerksamkeit. Sie sang und zeigte einen großen Widerspruch: Wie die Strahlung schmeckte und wie sie klang, das passte nicht zusammen.

Der Name dieses Sterns lag dem Traumkörper auf der Zunge. Sein Umriss fehlte, seine Farbe war verkehrt. Bin ich zu weit weg, oder geht es hier um etwas Tückischeres? Eine Falle?

Die Dringlichkeit der Frage, die Unbescheidenheit, etwas wissen zu wollen, das sich an keinerlei Daten ablesen ließ, die Irrationalität der ganzen Befindlichkeitsballung brachte César schließlich zur Besinnung – das ist es also, richtig: Ich träume. Mehr Sinne waren angesprochen von diesem Traum, als die meisten Menschen besaßen, geschweige zu gebrauchen wussten; es war ein Traum in twiSicht.

César Dekarin gehörte zu einer Handvoll Personen, die auf diese Weise träumen konnten – sein Wachbewusstsein unterschied sich vom Traum nur darin, dass er wach nicht nur stets wusste, was er gerade dachte, sondern oft auch, warum und wozu. Die hohe Tlalokintegration, die er in Dutzenden von Dekazyklen erreicht hatte, ließ die Neuromarchandeure, die ihn nach der Gefangennahme untersucht hatten, noch heute ehrfurchtsvoll von ihm reden. »Der Mann weiß mehr über sich, als irgendein Lebewesen je über sich gewusst hat, und wird nicht mal verrückt davon. Beängstigend.«

Dass er subjektive Stunden, wirkliche Minuten lang nicht bemerkt hatte, dass er träumte, machte eben den Traum aus, sonst wäre ihm auch sofort aufgefallen, dass die Distanzen, die sein

Sensorium in diesem Zustand abzutasten schien, selbst von der twiSicht der stärksten Tlaloks nicht hätten erreicht werden können. César hörte ein leises Lachen und ärgerte sich: Das war die dunkle Frau. Sie musste es sein. Befand sie sich mit ihm im All, nein: hier im Zimmer? War ihm der böse Schatten so nahe gekommen? Sein Sternenleib schloss die unwirklichen Augen im selben Moment, in dem sein tatsächlicher die wirklichen öffnete.

Die große Matte zu ebener Erde, auf der er lag, hatte seinem leidenden Rücken gutgetan. Sie war aus biotischem Material, das leicht nach Wiese und Tannennadeln duftete. Zera sorgte für ihn. Sie hatten einander gestern Abend an vieles erinnert, ans Zusammensein, ans Außersichsein. Es war riskant und innig zugegangen, laut und liebevoll. César streckte sich wie ein erfrischtes Raubtier, stützte sich auf die Ellenbogen, sah sich im Zimmer um: taubenweiße Laken, zerknüllt, lagen vor der blitzsauberen Wanne, in der die Freundin und er das Abendessen und den Tee eingenommen hatten. Spiegel, geschmackvoll von Topfpalmen eingerahmt, blitzten im Morgenlicht. Ein neues Blumengesteck stand vor dem Zugang zur beidseitig verglasten Holzbrücke, die den vorgelagerten Schlafbereich an der Nordseite der Villa mit dem Wohntrakt verband.

Zwei Sonnenherzen, eines blau, eines zitronenfarben, standen über den violetten und schwarzgrünen Hügeln im Osten. Splittrige Reflexionen glitzerten in den schlichten Wasserbecken, die alle paar Meter längs der Laufstege eingegraben waren, welche die Steingärten zwischen den Wohninseln überbrückten. Schwebeteilchen tanzten zwischen der hellgrünen Decke und dem Ahornparkett, mit dem alle bewohnten Räume ausgelegt waren. Césars Körper wurde von keinem direkten Lichtstrahl belästigt, sondern spannte sich, bevor der Langschläfer schließlich aufstand, in Schattenkühle, ein Geschenk der weit auskragenden Vordächer, die ummantelt waren von handgetriebenen Kupferpaneelen.

Direkt hinter der halb mannshohen Marmorsäule, in die das Waschbecken mit sprudelnder künstlicher Quelle eingelassen war, an dem er sich den Schlafrest von der Haut und aus den Haaren spülte, stand eine kleine, eben erst nach den Frühsommerriten von Zeras Heimatprovinz auf Kohar im Thelusystem geschnittene Kiefer; Stroboli und erste Knospen schmückten sie. César erinnerte sich daran, dass er dabei gewesen war, als der Baum im letzten Frühjahr hier von drei Dims unter Zeras Anleitung gepflanzt und die kleine dichte Krone, die ihn um anderthalb Köpfe überragte, geformt worden war.

Cesár berührte die Marmorsäule flüchtig mit den Fingerspitzen der Rechten und ließ seinen Tlalok ihr mitteilen, dass er sich die Füße waschen wollte. Die Säule sank geräuschlos fast zur Gänze in den Boden. Als er schließlich mit bereitgelegten, kräftig schmeckenden Blättchen auch die Mundpflege erledigt hatte, verließ er das Schlafzimmer und begab sich auf die Suche nach der Gastgeberin.

Sein eigenes Haus, wenige Kilometer entfernt entlang dem mittleren Rückgrat von Treue, war eine Mönchsklause mit Holzrahmen, dünnen Stahlwänden, die den gelegentlichen windgepeitschten Sturmgüssen der Regenzeit widerstehen konnten, Papierwänden im Innern und keiner Badewanne. Im Hof gab's außer einem Brunnen einen Teich, ein bisschen weiter weg einen größeren See. Das genügte ihm; so sehr aber war er nicht von sich und der Strenge seiner Lebensführung eingenommen, dass er von Zeit zu Zeit nicht doch gerne ein paar Tage und Nächte bei Zera oder ein Wochenende bei Laura verbracht hätte.

Der helle Anzug, den er gestern getragen hatte, war verschwunden. Vielleicht hatte Zera damit irgendeinen Streich vor oder ließ ihren Dim die Sachen pflegen, waschen, bügeln, parfümieren. Auf einem bodennahen Tischchen lag ein dünner, blauer, mit Imitationen von Dimglyphen in gold- und kupferfarbenen Fäden dicht bestickter Morgenmantel, in den César schlüpfte. Über die Stege, zwischen den Fensterwänden, ging er an der steilen Böschung aus gestutzten Azaleen am Nordwestgärtchen vorbei und bewunderte die Sicherheit, mit der Zera die Harmonie ihrer so trügerisch heiteren, in Wahrheit tief melancholischen Persönlichkeit ins Ambiente ihrer Parklandschaften hatte übersetzen lassen: Die Mooshügel, den gekämmten Sand, die geschnittenen Bambusgrüppchen, zu Zäunen gebildet, den borstigen Schildfarn, die Steine, Laternen, Papierdrachen – das alles atmete die fröhliche Resignation, in der die Freundin und Kampfgefährtin ihre Haltung bewahrt, aber auch vor den scheelen Blicken gelegentlicher Inspekteure der lokalen VL-Enklavenverwaltung verborgen hatte.

Über manchen Durchgängen, an manchen Wänden hingen wie im Schlafzimmer altertümliche Waffen: Katanas, Dolche, Pistolen, Gewehre, die daran erinnerten, dass der Name Zera Axum Nanjing bei den Menschen noch lange statt mit Gärten und Teezeremonien eher mit Feldzügen, Abwehrschlachten und anderen militärischen Glanz- und Untaten verbunden bleiben würde.

César schüttelte sacht den Kopf, als er auf der Klinge eines dieser Dolche etwas Staub erkannte: Es ist lange her, dass wir gekämpft haben.

Wer niemanden tötet und nichts dergleichen befehligt, macht etwas Wichtiges richtig – auch wenn der Friede nicht so weit reicht, dass man auf Maßnahmen zum Schutz des eigenen Lebens ganz verzichtet, dachte César.

Seine Klause auf dem Hügelchen, über dem Teich, bei der Pinie, nah dem See, war das bestbewehrte Heim auf Treue und vermutlich eins der vor Angriffen sichersten auf allen kartierten Welten. Es besaß Warnsysteme aller Art, kommandoaktive, sonst inerte Minen, sensorbewehrte Selbstschussanlagen, Abwehrbatterien gegen Attacken aus der Luft und gegen Bohrbomben aus der Tiefe, sensible Sporenkapseln voll mit Biotoxinen an der Pinie und anderen Bäumen, die das Haus umstanden, alles koordiniert von sTlaloks, gefertigt in einer kriegstauglichen, hütteneigenen Miniaturprogmafaktur.

Auch Laura und Zera schützten sich, aber mit weniger Aufwand und in Lauras Fall vor allem mit Werkzeug wie dem, das hier bei Zera an den Wänden hing. Die verstoßene Durantayetochter war und blieb Einzelkämpferin, auch als Mitgefangene anderer Empörer. Sollte es im kartierten Kosmos der Shavali Castanon noch so etwas Altmodisches wie politische Abschusslisten geben, überlegte César vage, dann kam unter seinem Namen, der an erster Stelle stand, erst einmal viel Weißraum und dann nicht einmal Laura oder Zera, sondern diejenigen Militärs und Forschungsleute, die Castanon begnadigt hatte, denen sie aber natürlich niemals ganz würde trauen dürfen. Die dunkle Frau, seiner Ansicht nach eine Botin des Präsidiums, war nah bei seinem Haus mehrmals erschienen und hatte dort geschnüffelt, freilich auch bei Laura, und mit den beiden Alliierten des Feldherrn gesprochen.

Am Rand seiner Wahrnehmung, noch etwas ausgefranst vom astronomischen Traum, machten sich die Musik der Vögel, das leise Scharren und Mummeln der kleineren Säuger in den Gärten sowie sTlalok-gesteuerte Ambientica bemerkbar. Kaum hatte er sie registriert, wollte sein Tlalok von ihm wissen, ob er auf diese Geräusche Lust hatte.

Er willigte ein, sich weiter berieseln zu lassen, und betrat das Haupthaus.

»Da bist du ja«, begrüßte ihn Zera, die inmitten ihres liegen- und konsolenreichen Wohnzimmers aufrecht im Schneidersitz auf einem gepolsterten Würfel hockte. Omar stellte umständlich Raffiniertes mit ihren Haaren an. Der ergebene Dim, erkannte César im Näherkommen, hielt eine Art doppeltes Messer in der rechten Hand und kappte damit lange, nasse Strähnen, die wie breite lackschwarze Tuschestriche um Zera her zu Boden fielen. Die verbliebenen Haare waren kaum länger als Césars eigene, im Nacken noch kürzer, aber insgesamt verwegener gestuft. Als er um die beiden Beschäftigten herumging, sah er, dass Zera keinen Lippenstift trug, die Brauen nicht wie üblich nachgezeichnet waren und auf der Oberlippe ein schmales, rabenschwarzes Bärtchen gewachsen war.

Die zarten Schatten im Kimonoausschnitt verrieten ihm allerdings auch, dass Zera, der offenbar beschlossen hatte, ab heute wieder ein Mann zu sein, zumindest auf seine Brüste nicht verzichten wollte.

»Setz dich her, nimm dir ein paar Beeren, Nüsse. Da ist ein Schälchen. Wir sind gleich fertig mit dem Frisieren.«

»Lasst euch Zeit«, sagte César, griff tatsächlich in die Schale und aß drei, vier Handvoll, während er versuchte zu erraten, was Zera bewogen haben mochte, sich auf diese zeitraubende und umständliche Veranstaltung einzulassen, wo es doch, wenn er unbedingt eine neue Frisur wollte, genügt hätte, sich ein, zwei Skaffoldia in den Schopf zu setzen, denen er zuvor per Tlalok eine twiSkizze der gewünschten Haartracht übermittelt hätte.

Neben der Schale, als frivole kleine Aufmerksamkeit, lagen auf einem Holzbrettchen drei Zigaretten und ein hübsches blutrotes Feuerzeug, das nicht größer war als ein halber Menschendaumen. César griff nach beidem und fingerte damit im Sitzen herum, während er zuschaute, wie Omar Zera verwandelte.

Immerhin schnippelte, trimmte und formte – ein Schildpattkamm war das Hilfsmittel hierfür – der Bediente flink und geschickt; es war durchaus interessant, ihm dabei zuzusehen. César, der gestern Abend allzu rasch betrunken gewesen war und außerdem von Zera unterhalten, bemerkte erst jetzt einiges an Omar, das ihm bislang nicht aufgefallen war: Das Haupthaar war bei ihm kürzer als bei den meisten seiner Art, der Bart sauber gestutzt, und die Tätowierungen, die er wie alle Dims trug, die César Dekarin je gesehen hatte, wirkten kühner geschwungen, kalligrafischer.

Die Hose und die leichte Baumwollweste sowie die Sandalen aus Hirschleder waren natürlich Geschenke der Herrin – jetzt: des Herrn. Sie passten so gut zu Omars Aussehen und Bewegungen, dass César sich fragte, ob er sie wohl selbst ausgesucht oder vielleicht sogar entworfen hatte.

Omar zupfte an einer Stirnlocke, als Zera sich an ihn wandte: »Was ist, Zunge verschluckt? Wir waren nämlich«, ein Seitenblick auf César, den dieser nicht zu deuten vermochte, »gerade tief in einem Gespräch über die neuesten Nachrichten aus Yasaka und verschiedensten Provinzen, die ich, wie du weißt«, noch einmal der Blick, verspielt, geheimnisvoll, »mir trotz unserer Quarantänebedingungen und der fehlenden EPR-Relaislizenz zu verschaffen weiß. Politische Diskussionen gehören zum Friseurhandwerk, seit Urzeiten. Castanons Treiben, und das Wetter, besprechen wir jedes Mal, wenn ich mich von ihm neu erfinden lasse. Eigentlich könnte er dich nachher auch gleich rasieren – dann wirst du einiges davon hören, was draußen los ist.

Er hat's von einer Dim namens Victoria. Die hat es von den Custai. Interessante Zeiten, Cé. Es brodelt in den VL. Einige unserer alten Lieblingslinien – Vogwill, Asvany, Collinet – spielen schon wieder mit Autonomiebestrebungen. Die Asvanys haben etwas Hanseartiges gegründet, um ihre Marcha-Transferbeziehungen mit den Skypho zu schützen ...«

»Was willst du, mir gute Laune machen?« César brummelte freundlich; der Versuch, ihn politisch aus der Reserve zu locken, gehörte zu ihrer Beziehung wie die Neckereien wegen der Dimfrau aus dem Zeltlager der nahen Durchbruchsstation.

Als Zera nichts erwiderte, sprach César, ganz gegen seine Gewohnheit, den Dim an. »Was hältst du davon, Omar? Wie sieht das alles aus, der ganze Ärger, den wir Menschen miteinander haben, für dich, für ... deinesgleichen?«

»Ich weiß zu wenig. Und was ich weiß, darüber steht mir kaum ein Urteil zu.«

Das klang nicht unterwürfig, war bloße Feststellung, aber der Mann wandte den Blick nicht von Zeras Haaransatz, eine Entscheidung, die César beeindruckte: Servil ist er nicht.

Zera sagte: »Du musst ihn verstehen. Er weiß alles, was er über dich weiß, nur aus aufgeblasenen Breven – du bist nicht Cé für ihn, mein Kettenraucher, Grübler, Zeichner und Hobby-Autobiograph, sondern der furchterregende Shunkan.«

»Die Hälfte von dem Unfug wirst du ihm selber erzählt haben«, sagte César, »Blödsinn und Breven. Statt wenigstens weiterzugeben, worum es in den Linienkriegen überhaupt ging.«

»Als ob wir selber das heute noch wüssten. Danke, Omar ...«

»Niemand weiß es.« César wurde plötzlich laut, wenn auch nicht gellend, schnellte vom Sitzkissen in die Höhe, als wollte er Zera angreifen, ging dann aber an diesem und Omar vorbei zur breiten Fensterfront und begann, während er sich rasch in Rage redete, unruhig auf dem Parkett hin und her zu gehen. Zera empfand schmerzliches Mitgefühl, als er sah, wie César dabei zum ersten Mal seit der gestrigen Begegnung am Waldrand wieder aussah wie das, was er nun einmal war, genau wie Zera selbst und Laura: Insasse eines Gefängnisses, so nett es darin bisweilen sein mochte.

»Keiner erinnert sich. Es spielt keine Rolle mehr, seit die Wichtigen und Mächtigen dieser sogenannten Republik sich auseinandernehmen lassen, ihre Arme, Beine, Gesichter, Mägen oder Nieren als eigenständige Individuen in alle Welt schicken, augmentiert von irgendeiner Biomarcha, die sie sich über Schieberei, meist an die Custai, gegen Marcha aus dem Krieg verschafft haben, wahrscheinlich über die Umwege, auf denen du dir deine Nachrichten aus der Zivilisation besorgst. Ganz einfach: Irgendein General, irgendeine Admiralin oder sonst ein Schwein besitzt ein paar Schiffe, Habitate, Städte, Waffen, Geschenke von Castanon als Dank für geleistete Dienste, und die bieten sie dann den Custai oder den Binturen an ... oder sie haben astronomische Daten ... oder sonstigen belangvollen Kram, den ihre Astrogatoren, Biologen und so weiter an Bord ihrer Schlachtschiffe gesammelt haben, und die geben sie den Skypho. Custai, Binturen, Skypho, Nalori, Farkes, Lamlani, Kohlar, Hesemech wiederum holen sich aus der Republik gegen eigene Marcha die entsprechende Biomarcha, tauschen die dann wieder gegen das ein, was diese Militärs oder politischen Clowns ihnen anbieten. So wandert das Zeug, ursprünglich fast immer Castanonpatente, unkontrolliert in den Besitz der Verteidiger von Castanons Gesetzen, als klarer Bruch dieser Gesetze. Was macht das Präsidium dagegen? Schicken sie Strafexpeditionen, wie bei uns? Nein, denn die VL sind ein Rechtsstaat. Also wird prozessiert, durch dreitausend Instanzen, und unterdessen wandert so ein Verbrecher als sieben verschiedene Personen durchs kartierte Universum, wird nicht belangt, nicht mal behelligt, und wenn dann eine Hand mit neuem sTlalok und Cyborgschrott die zehn Zyklen gelebt hat, die den Fortpflanzungsberechtigten zugestanden werden, wird ein Finger abgespalten und man hat wieder zwei neue Personen, damit vom Geburtsmoment an erneut einen Dekazyklus Zeit. Fortpflanzung, so oft man will. Für weniger, aber Sinnvolleres haben wir gekämpft. Dafür hat man uns geschlagen und verbannt.«

César hatte sich die erste der drei Zigaretten angezündet, blies eine wütende Rauchwolke durch die Nüstern in den Raum und ließ die Asche achtlos auf Zeras schönen Boden fallen. Der war versiegelt, nahm also keinen Schaden. Aber die Unhöflichkeit als solche passte so schlecht zu Césars sonstigen Umgangsformen, dass Zera und Omar erkannten: Die Wut war echt.

»Was er meint«, sagte Zera in besonnenem Ton zu Omar, der jetzt nach einem Besen an der kleinen Garderobe in der Westwand des großen Raums zwischen zwei uralten Katanaschwertern griff und damit die nassen Haarlocken am Boden zusammenfegte, »ist, dass die Moral, gegen die wir aufgestanden sind, sich mit jedem neuen Tag mehr als schmutzige Doppelmoral enthüllt. Und was ich dazu zu sagen habe, ist, dass uns das nicht wundern darf.« Omar schwieg, stellte den Besen weg und verschwand kurz hinter einer Stellwand, wo er in einer Kommode kramte.

»Castanon«, sprach César den verhassten Namen leise aus und kühl, »hat alles gewusst. Sie hat es so kommen sehen und so gewollt: Kein neues Recht, das alle Linien eint, war ihr Ziel. Sondern eine neue Elite, die alle Linien beherrscht und sich herausnehmen darf, was sie will.«

Omar kam hinter der Wand zurück, mit Handfeger, Schaufel und Tütchen. Zera stand auf. César war überrascht, verriet das aber mit keinem Anzeichen, als der schöne Prinz, zu dem seine Gastgeberin von gestern Abend geworden war, den Bedienten auf die Wange küsste und sagte: »Danke, Omar. Ist toll geworden. Wir schimpfen noch ein bisschen über Castanon – du weißt, wer das ist?«

Unschlüssig erwiderte der Dim: »Die ... Präsidentin. Die Siegerin. Und die ... die Erfinderin von ... sehr viel Marcha.«

»Ja, an der Stelle wird es wirklich heikel«, nickte Zera, »das stimmt. Sie hat die Telomer-Marcha geschaffen, sie – das heißt, die Firma Castanon – hat uns faktische Unsterblichkeit gebracht, aber auch die Regulation der Zyklen und das Junktim zwischen Fortpflanzungsrate und Lebensdauer. Demografie statt Demokratie – ihre Marcha sind politisch. Und unsere Politik ist primitiver als eure, ob du's glaubst oder nicht. Denn ihr lebt nicht mehr in Stämmen, auch wenn eure Ältesten manchmal Aufzeichnungen verwalten, wer wen in den Diensten der Custai gezeugt hat. Euer Leben ist nach der Arbeit organisiert, nicht nach der Abstammung. Ihr seid Sklaven, aber Gleiche. Bei uns lief's komplizierter – wir sind auch Sklaven, aber Ungleiche. Reiche, mächtige Familien waren die Ersten, die anfingen den Raum zu kartieren, die Migration von der Heimatwelt zu organisieren – dieselben, die schon auf Terra Firma das Schicksal ihrer Mitmenschen in der Hand hielten.«

»Die Linien«, sagte Omar, der zeigen wollte, dass er verstand, wovon die Rede war.

»Richtig«, sagte Zera, »die berühmten, die verfluchten Linien. Tilton, Szewczyk, Durantaye, Kanusch, Asvany, Gerlich, Castanon, Tscherepanow, Kalaidzidis, Collinet und tutti quanti. Zwischen denen spielte sich alles ab, die machten Politik, schon bevor die erste Ahtotür gefunden wurde – Wega, wenn ich's richtig weiß.«

Er blickte fragend zu César, der starr an der Fensterfront stand und auf einen der schönsten, traumversunkensten Steingärten schaute, als wollte er ihn mit Blicken verwüsten.

»Wega, ja«, sagte er kurz angebunden, »das war die Tür, die nach Capella führte und nach Spica und ... Der erste Umsteigebahnhof eben.«

»Wo die Binturen bereits fleißig schwärmten, sodass es erst mal krachte«, sagte Zera und schloß nachdenklich an: »Ich glaube, zweihundert Jahre hat es allein gedauert, bis wir unseren Platz zwischen Binturen, Custai und den damals noch sehr viel aktiveren Lamlani gefunden hatten. In der Zeit waren die Marcha der Castanons die wichtigsten für die Anpassung an neue Lebensräume. Fürs Militärische, für die Einführung der Tlaloks zum Manövrieren im Ahtoraum. Um ihre kommerziellen Interessen zu schützen – es gab damals noch eine menschliche Geldwirtschaft –, schickten die Castanons einige ihrer Kinder in die hohe und höchste Politik, allen voran die jetzige Präsidentin, die sofort mit mehreren anderen Familien, zuerst den Durantayes, aneinandergeriet, weil ...«

»Die Durantayes haben als Erste gesehen«, sagte César, »dass Castanon ihre Marcha-Macht als politische Waffe und ihre politische Macht als wirtschaftliche Waffe einsetzte, um von der eigentlichen Frage abzulenken.«

Zera schnaubte belustigt. »Ah, die eigentliche Frage ... die natürlich du aussprechen musstest, wo alle anderen sie höchstens ahnten. Sie lautet: Wie weit können wir gehen? Wie sehr können wir uns mithilfe der Marcha, die Castanon entwickelt hat, verändern? Können wir auf Sternoberflächen leben oder im Leerraum wie Medeen und andere Extremophile? Können wir unser Bewusstsein in andere Arten von Materie einsenken und mittels der Tlaloks etwa als exotische ...«

»Castanon fand, die Frage sei nicht der Fortschritt, sondern die Erhaltung des Status quo. Sie fand, wenn wir unsterblich sind, dürfen wir uns nicht unreguliert vermehren, und wenn wir uns vermehren, dürfen wir nicht unbegrenzt lange leben. Rechte und Pflichten statt Chancen und Gefahren. Ideen statt Wirklichkeit. So entstand ihr Plan für eine Menschheit aus zwei Klassen – freilich, man darf zunächst Familien gründen und sich ums Regime verdient machen, und dann aufsteigen. Wenn so eine Familie dann genug für Castanon getan hat, wird man vielleicht sogar in den Unsterblichenstand erhoben, allerdings nur, wenn dann Schluss ist mit der persönlichen Vermehrung. Wenn wir nicht sterben und uns zugleich vermehren, sagt ihr Dogma, gefährdet unsere Expansion bald jeden mühsam errungenen Frieden mit Lamlani, Custai, Binturen ... die alle haben ihre Populationsdynamiken seit Jahrzehntausenden unter Kontrolle, dahinter dürfen wir nicht zurückstehen. Sie nannte es den Erhalt des Friedens. Aber es ging um Herrschaft.«

»Du polemisierst gegen Abwesende, wie immer«, Zera klang jetzt plötzlich müde, er hatte das alles zu oft gehört, gesagt, durchgefochten, »aber man versteht euch besser, wenn man auf das schaut, was ihr beide am meisten gefürchtet habt. Und noch immer fürchtet, denke ich.«

»Stagnation. Verkalkung. Versteinerung«, sagte César und tat einen tiefen Zigarettenzug.

»Ja«, sagte Zera sanft, »das ist deine Antwort. Und ihre wäre: Zerfall. Verschwendung. Chaos.«

»Was hat ihr Ordnungsplan gebracht, ihr mit gefinkelten Wahlen errungener und verteidigter Absolutismus? Bürgerkriege. Diktatur. Kriegsgewinnler. Schieberei. Korruption.«
»Darf ich ...?«, fragte Omar, der damit dezent andeutete, dass er noch Pflichten zu erledigen hatte und in dieser Diskussion als Schiedsrichter zweifellos überfordert war, Schäufelchen und Besen in der einen, kleine Papiertüte voll Haar in der anderen Hand.
Zera seufzte. »Was für ein Durcheinander haben wir angerichtet. Was für ein Universum haben wir geschaffen. Missverständnisse, nichts als Missverständnisse. Ich danke dir, Omar. Mach uns bitte ein Frühstück – ein richtiges. Ich habe lange genug drauf gewartet, dass der alte Massenmörder da drüben wach wird.«
Omar entfernte sich diskret und lautlos. Zera ging zu César, der die Hand mit der fast aufgerauchten Zigarette zwischen Zeige- und Mittelfinger nach dem Fensterglas ausstreckte, das sofort spürte, was er wollte, und sich an der Stelle, die er ausgesucht hatte, öffnete, kreisrund, sodass ein kleiner kühler Hauch – sonnig versprach der Tag zu werden, aber offenbar nicht windstill – im großen Wohnzimmer spürbar wurde. Die Hand schnickte den Zigarettenstummel nach draußen. Zera umarmte den Shunkan von hinten, freundschaftlich, brüderlich. César knurrte: »Missverständnisse. Ich sehe nichts dergleichen. Nur Machtgier und Phantasielosigkeit.«
»Sie hat dich enttäuscht. Als Engel, der die Zukunft bringt, hast du sie gesehen, der Marcha wegen. Aber sie wollte nur ...«
»Züchten und Diktieren.«
»Wenn du es so sehen willst ...«
Zera blies ihm etwas Atem ins Ohr, dass er widerwillig lächeln musste, und flüsterte: »Wir haben sie alle geliebt. Wir dachten alle, mit ihr geht das – etwas Ungewöhnliches, Unvorhersehbares, ganz Neues. So ist sie aufgetreten. Aber du liebtest sie am meisten. Du warst entsetzt, und es hat dich gequält, als du gemerkt hast, sie will den Garten nicht, den du pflanzen wolltest. Sie will keinen Garten, sie will ...«
»Eine tote Vitrine voller Trophäen.«

»Komm mit. Komm frühstücken, armer Verbannter.«
Er zuckte mit den Schultern, vielleicht aus Verdruss, vielleicht, um Zera loszuwerden. Der fragte nicht nach, sondern nahm den Shunkan bei der Hand und führte ihn fort vom Fenster, von den Aussichten, Erinnerungen, dem Groll, in einen besseren Tag.

4 Der Tag konnte nur noch besser werden.

Laura Durantaye war übellauniger als gewöhnlich, was bei ihr einiges heißen wollte.

Sie hatte sich die ganze Nacht mit den Custai der Durchgangsstation unweit der Zwölfer-Auswertungsrechner herumgeschlagen. Die Reptiloiden hatten von ihr eigentlich nur eins wissen wollen: ob sie die »dunkle Dame« noch einmal gesehen und was jene gesagt hätte.

»Einen Scheiß habe ich, und einen Scheiß hat sie«, war Lauras immer gleiche Antwort gewesen, der Rest hatte sich in diesem engen Kreislauf Frage-Antwort-Frage mitbewegt.

Laura war unausgeschlafen und hatte keines ihrer taktischen und strategischen Ziele erreicht, was den Zugang zu den Beobachtungseinrichtungen derjenigen Custai betraf, die hier auf Treue für das Unternehmen Besnerhn, die Universitäten von Prettenhir und Ghaock arbeiteten.

Immerhin hatte sie nicht zu Fuß nach Hause stapfen müssen. Ein Bintur, der sich mit Speditionsflügen für seine eigenen, hier spärlich vertretenen Leute sowie für die Custai die Zeit auf Treue vertrieb – »Berufe« kannten die Binturen nicht, sie wechselten ihre Tätigkeiten nach einer Art Bewerbungs- und Kooptierungssystem, das auf für Menschen schwer durchschaubare Weise mit einer bayesianisch strukturierten und politisch paramilitärischen Lotterie verknüpft war –, hatte sie mit einem schweren Sicherheitsshuttle, in dem bei seiner Ankunft am Zeltlager bereits zwei schlafende Custai lagen, die er in einen der kleineren Körperballons von Treue fliegen würde, zu ihrem Haus gebracht.

Das konnte zwar nicht mit Zera Nanjings Villa konkurrieren, war aber auch keine karge Hütte wie Dekarins Kompaktfestung.

Beim Anflug auf den Durantaye-Dachlandeplatz war einer der beiden Custai, ein Geschäftsmann namens Serrickdenhtigru, aufgewacht und hatte die Frau erkannt, über die man auch in den entlegeneren Regionen Andromedas im Bild war: »Sie sind Laura Durantaye.«

Das geröllhaltige, frikativgesättigte Gurgeln, das Custai hören ließen, wenn sie menschliche Sprachen gebrauchten, gefiel Laura gut. Es passte zu ihren Stimmungen.

»Ja, die bin ich. Und stinksauer auf euch.«

Sie hoffte, dass diese Unfreundlichkeit ihm wenigstens Fragen nach der dunklen Dame vergällen würde.

Der Cust stellte sich vor und gab seinem Bedauern darüber Ausdruck, dass Laura mit seinen Artgenossen unzufrieden war. Sie reagierte mit einer Frage: »Zu welchem Verein gehören Sie denn, in diesem ganzen Durcheinander?«

»Ich bin Kontraktor. Subunternehmer für ein paar Wartungsmarchandeurstrupps. Ich arbeite für Lessner, das ist eine Besnerhn-Tochterfirma.«

»Dann bin ich ja doppelt sauer auf Sie: weil Sie ein Cust sind, und weil Sie der Organisation angehören, die sich am allerzickigsten anstellt, was meine Wünsche betrifft. Wenn Sie mit reinkommen wollen, kann ich Ihnen bei einem Frühstück, wie Ihresgleichen das liebt, davon erzählen.«

Schlafen wollte sie nämlich nicht. Ihr Tag-Nacht-Rhythmus litt schon seit Wochen unter den Händeln mit den Custai und den Skypho, in die sie sich eingelassen hatte. Deshalb war ihr der Vorsatz wichtig, heute, wenn möglich, durchzumachen, um sich abends hinreichend erschlagen auf die Matte werfen und wenigstens mal wieder abschalten zu können. Der Cust, hungrig, wie er nach seiner offenbar langen Reise war, nahm die Einladung an. Sein Kollege, den er kurz weckte, um sich mit ihm zu beraten, schlug sie dagegen aus, der wollte weiterruhen bis zum Zielort.

Der Binturchauffeur, der sich als K//G' vorstellte, kam mit. So durfte Laura in der Küche wenigstens einen kleinen Teil ihrer Unzufriedenheit beim Zerhacken von Fleisch und Gemüse für die custaitypische Morgensuppe ausagieren.

Lebenserleichternde Küchengeräte und Progmafakturen nutzte sie nicht. Zu den wenigen Freuden, die ihr im Exil verblieben waren, gehörte auch der Stolz darauf, in jeder Hinsicht Selbstversorgerin geblieben zu sein. Manchmal jagte sie, ganz wie der Shunkan, sogar in den Wäldern oder im Moor und fischte in Teichen und Seen, wobei sie die Hilfe der für dergleichen Nahrungsbeschaffung konfigurierten sTlalok-Drohnen allerdings nicht ganz verschmähte.

»Woher rührt Ihr Ärger?«, gurgelte der Cust beim Essen, und Laura, der eine plötzliche Eingebung nahelegte, dieser Kerl mochte als immerhin im gepanzerten Fahrzeug reisender, für Verschiedenes an verschiedenen Orten zuständiger Cust möglicherweise höher in einer der unbegreiflichen Hierarchien der Gattung stehen als die Kleingeister, mit denen sie sich herumschlug, erklärte offen: »Ich will Rechenzeit in euren Simulatoren haben. Ich will eigene Sondierungen zur Bestätigung diverser ... Hypothesen über Umfeld, Hintergrund, Herkunft und ... Bestimmung von Geminga unternehmen.«

Der Bintur stellte die Ohren auf und hörte interessiert zu. Er war still und freundlich, trug zwar eine Handfeuerwaffe am Armgurt, sah aber nicht so aus, als hätte er jemals damit auf irgendetwas anderes als auf Übungsziele geschossen. Von der Suppe nahm er nur das Flüssige zu sich – die Barthaare tropften schon davon, es sah recht putzig aus – und aß ansonsten eine jener mit winzigen Chitinscherben durchsetzten Roggenecken, die seiner Spezies bei Unerlangbarkeit der bevorzugten Insekten als Zwischenmahlzeit diente. Jetzt bemerkte er schnurrend: »Es stimmt also, was alle sagen – Sie haben Forschungsehrgeiz entwickelt und eine eigene Theorie über den Pulsar. Ist es wahr, dass Sie ihn für ein Artefakt der Regenfinger halten?«

»Das wäre ja nicht unmöglich«, sagte der Cust mit tiefem Basston und rollte nachdenklich mit mehreren Augen. »Wir wissen von einigen Pulsaren, die nicht aus natürlichen Supernovae hervorgegangen sein können. Die Skypho sind da wie üblich besser informiert, als sie verraten. Sie haben sehr wahrscheinlich auch mit Treue einige Gespräche darüber geführt. Treue ist ja keine gewöhnliche Medea, das wissen Sie, nicht? Sie verdankt den Biomarchamodifikationen, die wir in Absprache mit den Skypho vorgenommen haben, einige sensorische Eigenheiten, die auch zu Beobachtungen an Geminga geführt haben müssen, von denen wir nicht erfahren, wenn die Skypho sie nicht weitergeben. Wir können mit Treue eben nicht reden.«

Laura schwieg zu diesen Vorwürfen wider die Geheimnisreichen. Der Cust räusperte sich dunkel und fuhr dann fort: »Was für Geräte wären das denn, die wir Ihnen, nun ja, leihweise zur Verfügung stellen sollen?«

Laura wusste die Liste auswendig, sie stritt ja seit Wochen darum: »Ich brauche eins von euren dreifach geschalteten Teleskopen für den weichen und harten Röntgenbereich, ein paar Stunden in der Gravitonensimulation, Zugang zu euren Treue-Röntgensatelliten, Zugang zu den Messgeräten für den extremen Ultraviolett-Bereich, dann diese flachen Dinger, die ihr habt, um rotierende Magnetfelder zu messen, ich brauche außerdem die Apparate, mit denen ihr euch die großräumige magnetische Flussdichte anschaut, die Gravitationswellendetektoren, also die Interferometer, außerdem die Pulsar-Zeitnahme-Arrays, mehrere Sorten Teilchendetektoren ... wenn Sie Ihr Hirndingsbums mit meinem Tlalok synchron schalten, kann ich Ihnen die vollständige Aufstellung überspielen.«

Der Cust stimmte dem zu und sagte dann erheblich schneller, als Laura erwartet hatte: »Ich sehe das Problem nicht.«

»Sie meinen ...«

»Ich habe mir angeschaut, was Sie mir da rübergespielt haben, inklusive die Anmerkungen meiner ... Leute, warum das alles technisch schwierig ist und die eigenen Versuchsreihen stört, der Bürokratie sauer aufstoßen wird, die Bilanzen verzerrt. Das sind, verzeihen Sie meine Offenheit, alles Vorwände.«

Zera, dachte Laura, hätte zweifellos gekichert. Der Gigant, dessen Schweifspitze auf den Boden klopfte, um seine Worte zu unterstreichen, ahnte wahrscheinlich nicht, wie schlecht sein hünenhaftes Äußeres zu Formulierungen wie »verzeihen Sie meine Offenheit« passte.

Laura kicherte nicht, sondern erwiderte: »Und was, denken Sie, steckt hinter solchen Vorwänden? Warum macht man mir das Leben schwer? Es ist ja nicht nur die Weigerung, mich an die Apparate zu lassen – Ihre Leute, ob sie jetzt Besnerhn oder wem immer sonst dienen, stellen sich dermaßen blöde, wenn man mal über die Befunde reden will, über Vermutungen, über ... meinen Sie, Sie können auch das abstellen?«

Ihr war längst klar, was er dafür verlangen würde, aber es störte sie nicht mehr. Ihretwegen konnte sie sich tagelang mit ihm über die Frau unterhalten, deren Hautoberfläche kein Licht zurückwarf, und ihm sogar Breven von ihr malen, auch wenn es eigentlich nichts daran zu zeigen, nichts darüber zu sagen gab, weil die ganze Person sowieso bloß Effekt irgendeines Überwachungssystems des Präsidiums für die drei Exilierten war, Spuk und Gängelei.

Custaische Gesichtsausdrücke waren für Menschen notorisch schwer zu lesen. Laura glaubte jedoch, sich inzwischen zumindest mit den Augen auszukennen, und fand in denen ihres Gegenübers jetzt eine Mischung aus großer Ernsthaftigkeit und mildem Hohn: »Nun ja, diese ... Figuren haben alle Angst um ihre Stellen, um ihren Rang, könnte man sagen, und wollen nie selbst entscheiden, wenn sie stattdessen – wie heißt es? – drucksen können. Genauso wenig freilich wünschen sie, bei ihren Vorgesetzten als entscheidungsschwach zu gelten. Und daher versuchen sie, die Sache rauszuzögern. Zu verschleppen. Es sind Handlanger, kleine Angestellte, keine Geschäftsleute.«

»Anders als Sie.«

»Anders als ich. Es würde mir nicht einfallen, Ihnen, Frau Durantaye, einen Wunsch abzuschlagen, wenn Sie die Mittel haben, mir einen zu erfüllen.«

Es ging, begriff die Exilantin, um mehr und anderes als Fragen nach der dunklen Dame, aber für einen Rückzieher war es zu spät. Sie musste verhandeln, wenn sie sich nicht unglaubwürdig machen wollte, war's ihr doch eben noch so wichtig gewesen, an Geräte und Rechenzeit zu kommen.

»Ich habe nichts«, sagte sie deshalb, wartete eine kleine Kunstpause lang ab und fuhr dann fort. »Jedenfalls nichts, was mehr wäre als ein sehr großzügiges, wie soll man sagen – Taschengeld, ausbezahlt in Gestalt vergleichsweise neuer Marcha, von der Präsidentin persönlich bewilligt, das kommt hier im Halbzyklentakt an. Lebensmittel, Kleidung, selbst Baustoffe sind ja bei uns Menschen keinem Geld, keinem ... Wertäquivalent mehr unterworfen – wir leben nicht im Mangel. Lebensnotwendiges wird nicht gehandelt.«

»Aber die Marcha, die Sie ....«, warf K//G' beiläufig ein.

Laura schüttelte den Kopf. »Ja, klar, alle, auch die Custai, wissen, dass es zumindest Außenhandel noch gibt, mit Genehmigung von Yasaka. Wir nennen Maschinen, Hardware, Software ›Marcha‹, weil das eine Abkürzung von ›marchandise‹ ist, Handelsware – ein alter Dialekt namens Französisch, der ursprünglich, das heißt vor der Tlalokintegration der menschlichen Sprachen, von zwei Linien gesprochen wurde, Sourisseau und Collinet. Abram Collinet war General, Jules Sourisseau Präsident, als das sogenannte Geld, unser menschliches allgemeines Äquivalent, wie bei Ihnen die Beckhsen, im damals kartierten Raum der Menschen für alles andere als Marchas abgeschafft wurde. Deshalb heißen die so, weil sie eben das letzte Gut sind, das noch getauscht, verkauft und gekauft wird, manchmal sogar, wie bei euch, reguliert von Kreditsystemen auf der Basis gesellschaftlich notwendiger Arbeitszeit, virtuell konvertierbar mit den Einheiten entsprechender Fremdsysteme. Mit den Binturen und den Lamlani hat das angefangen. Inzwischen sind die Skypho unsere Hauptgläubiger und die Custai unsere Hauptschuldner.«

»Nein, das wusste ich alles nicht – interessant, vor allem, weil es mich«, Serrickdenhtigrus Gurgeln ging jetzt in etwas über, das beinah liebenswürdig klang, »direkt in die Lage versetzt, Ihnen begreiflich zu machen, dass Sie eben doch etwas anderes anzubieten haben als Elternbeckhsen ... Taschengeld, wie Sie so nett sagen. Sie teilen mir ja im Grunde mit, der einzige Reichtum, der bei den Menschen, und überhaupt im kartierten Kosmos, noch ungleichmäßig verteilt sei, müsse der in Apparaten verkörperte Einfallsreichtum sein, nun ja, die Ideen, das akkumulierte Wissen, abstrakter gesprochen: die Erfahrungen. Da trifft es sich für Sie günstig, dass nicht nur Sie selbst, sondern auch zwei auf Treue lebende Leute, die auf Sie hören, einige Erfahrungen gemacht und ein paar Informationen gesammelt haben, die längst nicht so schnell veralten können, wie Sie in unziemlicher Bescheidenheit zu glauben scheinen.«

Nein, dachte Laura, plötzlich sehr auf der Hut und ihrer vormaligen Verärgerung ganz entrissen, so reden Custai nicht – jedenfalls nicht die Forscher, Arbeiter oder Soldaten, die ich bis jetzt kennengelernt habe. Dieser Geschäftsmann hier, offenbar Angehöriger der Klasse, die bei den Custai die Richtung des Ganzen bestimmte, hatte einen Zungenschlag am Leib, der Castanons wendigsten Ministerialen keine Schande gemacht hätte.

Sie beschloss, das Manöver mit größtmöglicher Offenheit zu parieren. »Der Shunkan. Verstehe. Sie wollen mit Dekarin reden. Und ich soll Sie hinlotsen.«

»Sie wollen an unsere Röntgenastronomie. Und ich lotse Sie gern hin«, gab der Riese geschmeidig zurück. Einen Einwand hatte Laura nicht.

Es mochte so sein, dass Dekarin selbst, wenn sie denn einwilligte und den Cust zu ihm brachte, durch die ganze Rechnung einen Strich ziehen würde. Das war sogar erheblich wahrscheinlicher als das Gegenteil. Aber in Isolationshaft befand er sich nicht. Mit ihm zu reden war erlaubt, und für den Rest konnte Laura nichts, da war sie fein raus.

Später, als der Schaden geschehen war, sollte Laura sich öfter fragen, mit welchen einfachen, aber hochwirksamen rhetorischen Mitteln der Rauhals sie eigentlich überredet hatte, sich einzubilden, das, was folgte, geschehe auf ihre eigene Initiative hin. Hat er mir wirklich so leicht beibringen können, ich müsste nur herausfinden, wo César steckte, ihn kontaktieren, ihn zu einem Gespräch überreden – noch heute, noch vormittags, je schneller die Unterredung stattfindet, desto früher darf ich an die Apparate?

Ein kurzer Scan im tlalokverstärkten Verständigungsgitter, in das die Kortikalrechner der Custai auf Treue ebenso wie die Tlaloks der Menschen und die Comms der Binturen sowie das, was den Skypho zur telematischen Verständigung diente, eingeklinkt waren, und Laura wusste, dass César bei Zera frühstückte.

Zera, offenbar wieder einmal männlicher Laune, überredete den Shunkan mit gefälligem Bitten und gezielter Provokation rasch dazu, die bereits gedeckte Tafel vergrößern zu lassen und zwei Custai, einen Bintur sowie die Mitexilantin einzuladen. »Wir sehen, wie sich's entwickelt«, schloss Zera das Gespräch ab; für Lauras Zwecke genügte das.

»Einen Frühstücksvorsprung haben wir schon. Sind doch gute Vorzeichen für die Verhandlung«, witzelte der Bintur.

Laura fiel, wie sie sich später rügen musste, nicht einmal auf, dass dieser leutselige Fahrer sich offenbar genauso enthusiastisch für den Plan des Custen engagierte wie dieser selbst. Serrickdenhtigru hielt knappe Rücksprache mit irgendeiner übergeordneten Stelle.

Man stieg in den Panzergleiter, wo sich der Kompagnon, ein gewisser Ghemnerhunmangickass, problemlos wecken und für die Umwegsidee begeistern ließ.

Der Flug dauerte lediglich eine halbe Stunde.

Große Schilf- und Grasflecken am Rand der Teiche und Seen um Lauras Haus wischten vorüber wie Farbschlieren auf Leinwänden; im Gleiter, dessen Navigationssystem offenbar gefüttert war mit allen lokativen Besonderheiten und Wechselgeodätischen bei Überschreitungen virtueller Parzellengrenzen, die ohne dieselben nicht möglich waren, roch es nach Maschinenöl und der Sorte Nahrung, die von Custai geschätzt wurde. Wahrscheinlich hatte man noch vor Kurzem tatsächlich Sicherheitsleute, Militärs oder Ähnliches damit durch die Gegend spediert. Das musste nicht auf Treue gewesen sein, der Umschlag von Marcha war bei den Custai, deren Forschungen sich mit jedem Jahr ausweiteten, eher hoch, vieles wurde von draußen hergeholt, vieles wieder abgeschoben oder auf Treue verschrottet.

Der Bintur zeigte sich unterwegs recht gut bewandert in den Feinheiten der Pulsarforschung, sodass Laura ein anregendes Gespräch über Röntgenluminosität sowohl bei binären wie einzelnen Pulsgebern mit ihm führen konnte, über die Verlustrate kinetischer Energie bei Neutronensternen und die Beziehung derselben zur Röntgenstrahlstärke, über Dipolfelder des Pulsarmagnetismus und schließlich die innere Zusammensetzung von Neutronensternen, vom je und je festen Kern über die Superfluide bis zu den äußeren Festschichten mit freien Elektronen und die kristalloide Kruste. Die beiden Custai schien das alles weniger zu interessieren, sie schnalzten und glucksten, klatschten und schmatzten so schnell, dass Laura, die ohnehin nur nebenher zuhörte, trotz mittlerweile recht ordentlicher Kenntnisse in ihrer Sprache kaum verstehen konnte, worüber geredet wurde – es ging, der Eile entsprechend, offenbar um »Zeitfenster«, »Gelegenheiten«, auch einmal um »das Glück, das diejenigen haben, die sich lange und sorgfältig genug vorbereiten«, dann darum, ob »alles dabei« sei und schließlich um mögliche »Belohnungen«, also wohl um das Geschäft, das sich diese Geschäftsleute ausmalten, und von dem Laura mit einem Anflug schlechten Gewissens zwischendurch dachte, sie habe es ihnen in sozusagen manipulativer Absicht in Aussicht gestellt, ohne Erfolgschance. Würden die beiden später wenigstens im Sinne einer Aufwandsrechtfertigung ein bisschen Energie darauf verwenden, ihr den Zugang zu den Maschinen der nahen Durchbruchsstation zu erleichtern?

Zeras Landefeld, ein von Fichten gesäumter Betonbogen, der wie ein zweidimensionaler Griff oder Henkel an einem Krug das runde Grundstück ergänzte, auf dem Zera zu Hause war, war im doppelten Herzsonnenlicht unübersehbar. Auf der Schwelle zur Tür des abgeflachten Vorgebäudes mit in bernsteinfarbenem Kunstharz gehaltenem Souterrain, einer Art Empfangshalle, stand der Dim Omar, den Laura, die Dims nicht schätzte, für den bei Weitem erträglichsten seiner Art hielt.

Der Binturchauffeur verließ sein Cockpit während der Landung, die automatisch abgewickelt wurde. Als die linke Seitentür zischend aufsprang und nach oben ausklappte, sprangen zunächst die Custai, dann der Fahrer heraus, woraufhin Serrickdenhtigru Laura beim Aussteigen half, verhältnismäßig galant für einen lebenden Berg wie ihn. Das Fahrzeug, in dem selten Menschen oder Dims transportiert wurden, besaß weder Treppe noch Leiter. Beim ungeschützten Absprung konnte man sich als schwacher Zweibeiner leicht etwas antun.

Der Dim begrüßte alle vier in ihren jeweiligen Sprachen – das keuchende und pfeifende Bellen der Binturen beherrschte er verblüffend gut, das Schnalzen und Klacksen der Custai ohnehin. K//G' reagierte mit einem aufgeräumt-charmanten »Guten Morgen«, die Custai ignorierten den Dim, Laura nickte und sagte sachlich: »Omar.«

Der führte die kleine Gruppe ins Vorgebäude und durch einen moosigen Stein ins System der Glastürme, Trakte und Parks, das selbst der sonst so ungeduldigen Laura angenehme Laune machte, mit seinen milden Gerüchen, Vogeltirilis, leisen Kleinsäugergeräuschen und Musikalien. Auch die Custai traten weniger stampfend als sonst auf die Trittsteine und Holzstege zwischen den Elementen des verwunschenen Schlösschens.

Der Fahrer kam gelegentlich aus dem Lauftakt, um einen Augenblick stehenzubleiben, die Augen zu schließen und zu schnuppern.

»Ich weiß nicht«, sagte Omar, der voranging, ohne sich umzudrehen – Custai mochten es nicht, wenn ihnen die Dims zu oft ins Gesicht sahen –, in einer Mischung aus Menschensprache und Custaischnalzen, »was Sie schon zu sich genommen haben, aber es ist reichlich aufgetragen und für jeden Geschmack gesorgt.«

Das war nicht übertrieben, sah Laura, als man kurz darauf den Speisesaal betrat, der schmal, aber recht lang war. Zwanzig Personen hätten an die Tische gepasst, sechs bis acht, auch Custai, konnten ohne Bequemlichkeitseinbußen an der zentralen Tafel Platz finden, an deren Kopf- und Fußende Zera und César Dekarin einander gegenübersaßen. Es gab Wild in Streifen, das man in brodelnde Soße tunken und damit kochen konnte, in Teigkrusten frittierte Enten- und Hühnerstücke, kleine Spießchen mit Fleisch, Paprika und weiteren Gemüsen, verschiedene Soßen und Salate, Sushi auf Glasplättchen, Cremes und Puddings, rote Linsen mit Kokosmilch, ein halbes Dutzend Brot- und Brötchenkörbe, Custaisuppen in vier Töpfen, Reis mit weißen Bohnen, Lachs- und andere Arten Aufschnitt, Vollkorn-Couscous, Croissants, Marmeladen, Honig und zehn Käsesorten auf Brettchen.

»Na, seid ihr begeistert? Hat Omar in zwanzig Minuten gezaubert!«, rief Zera, und Laura machte Anstalten, sich auf einem der mit einladender Geste vom Hausherrn angebotenen Sitzkissen niederzulassen. Ihre von der Vielfalt, den Farben, Formen, Düften abgelenkte Wahrnehmung suchte nach einem ganz bestimmten Käse, den sie hier häufiger gegessen hatte, als das ganze schöne Arrangement auf dem Tisch in alle Richtungen auseinanderflog. Ghemnerhunmangickass hatte mit dem Schwanz zwischen die Speisen geschlagen. Rechts von Laura packte Serrickdenhtigru den völlig überrumpelten Omar am Arm und schleuderte ihn anstrengungslos über die Tafel in Richtung Zera, der sich wegduckte – leider nicht schnell genug. Der Fuß seines Bediensteten traf ihn heftig an der Schulter, dann gingen beide krachend zu Boden, während der erste Cust den Tisch beiseitetrat und sich auf César warf, der sich aber bereits rückwärts von seinem Kissen hatte fallen lassen. Der Shunkan rollte sich am Boden ab und schnellte auf starken Beinen am angreifenden Riesen vorbei.

Lauras Schreck währte nur zwei Sekunden. Die genügten dem Bintur, seine Waffe aus dem Armgurt zu ziehen und ihr die Mündung zwei Handbreit über dem Hintern in den Rücken zu drücken: »Halt dich raus!«

So durfte man mit Laura Durantaye nicht reden.

Sie sah, wie Omar, aus einer Stirnwunde vom Aufprall am Topfrand einer Zimmerpalme blutend, sich aufraffte, seinem Herrn zu helfen suchte und dafür einen Peitschenschlag mit dem Custaischweif abbekam, der sein Hemd vorn zerriss und seine Brust in einem tiefen Schnitt öffnete. Sie hörte den Angreifer, an dem César vorbeigesprungen war, frustriert brüllen, als ihn ein Metallteller am Hals traf, den César im Sprung vom Boden gegriffen und wie einen Diskus geschleudert hatte. Sie sah, wie Zera zwei Katanagriffe an der Wand packte, die Schwerter aus ihren Scheiden zog und eins dem Shunkan zuwarf, während er das andere mit der linken in den rechten Oberschenkel des über den umgeworfenen Tisch steigenden Custen hieb. Wie man voll Vorfreude aufs Schwimmen in kühles, klares Wasser gleitet, gab sie die Kontrolle über ihre carbonfaserverstärkten Muskeln und Sehnen, ihre mit leichten, aber schwer zerstörbaren Metallen legierten Knochen, ihr von allerlei gewebeschützenden Synthetika und Nanonika verbessertes Fleisch, die gesamte Motorik, alle Reflexe und Bewegungserinnerungen an ihren Tlalok ab, dem weder Training oder Kortikalmarcha der Custai noch Ausbildung und Körperaugmentation der Binturen etwas entgegenzusetzen hatten. Laura war die zweitgefährlichste Person im Raum und zeigte lachend Zähne.

Schneller, als der Bintur mit seiner vierfingrigen Hand den Abzug hätte ziehen können, fasste sie mit der Rechten hinter sich, packte ihn am Handgelenk und riss, während sie selbst sich wie eine Tänzerin um ihre Körperlängsachse drehte, seinen Arm nach oben und zur Seite. Jetzt, viel zu spät, feuerte er. Splitter von Putz und Stein fetzten aus der Decke.

Sie sah ihm direkt in die Augen. Er war nicht vorbereitet auf die großen Schmerzen, die sie ihm zufügen konnte, während umgekehrt Laura keine Verletzung fürchtete.

Sie drückte zu. Das Handgelenk brach. Der Bintur öffnete, gepeinigt aufjaulend, die Schnauze, aus der Speichel troff – evolutionärer Aggressionsreflexrest: Beißen, Fressen.

Laura rammte ihm das linke Knie in den Schritt und drückte seine Waffenhand nach unten, beugte den Arm, bis der Lauf unter seinem Kinn war, packte die Waffenhand anstrengungslos mit der Linken. Seine Augen weiteten sich entsetzt. Sie drückte ab – die Schnauze wurde weggerissen, der ganze vordere Gesichtsteil gesprengt. Seine Hand öffnete sich, und die Waffe fiel in Lauras Rechte. Laura drehte sich erneut um, trat dabei nach hinten aus und kickte den Bintur damit gegen die Wand, während vor ihr Holz zu Bruch ging, ein Schwertstreich des Shunkan die zwei rechten Unterarme des brüllenden Serrickdenhtigru sauber vom Körper trennte und der andere Cust beim Versuch, den Stichen und Hieben Zeras auszuweichen, der bereits seinen Schweif gekürzt, seine Schultern durchbohrt und ihm zwei Augen ausgestochen hatte, auf den Kopf des mit verdrehten Gliedmaßen am Boden liegenden Omar trat, der wie ein Weidenkörbchen voll Hühnereier zerplatzte.

Laura ging aufs rechte Knie, um eine stabilere Schussposition zu erlangen. Dann feuerte sie dreimal auf den Kopf des über Zera aufragenden Custen.

Zweimal traf sie, während Zera, geduckt wie eine Katze, im selben Moment das rechte Standbein des Giganten direkt überm Fuß durchhackte. Der Cust wankte. Zera rammte ihm sein Schwert mit aller Kraft in den weißen Unterbauch und rollte dann zur Seite ab, wo er unglücklicherweise von einer Salatschüssel direkt im Gesicht getroffen wurde, die der wütend mit einem bereits von Césars Schlägen wundenübersäten Arm auswischende Serrickdenhtigru aus dem Weg gefegt hatte. Mit diesem tödlich verwundeten Cust würde Zera keine Schwierigkeiten mehr haben, dachte Laura, und wandte sich nach rechts. Dort hielt der letzte Angreifer jetzt bebend inne, als wollte er den Moment auskosten, bevor er seine Beute töten konnte. Er hatte den Shunkan zwischen Scherben, Bruchholz, verschmierten und zerdrückten Lebensmitteln in die Ecke getrieben. César hielt das Schwert beidhändig, die Beine für festen Stand gegeneinander versetzt. Sein rechtes Auge, sah Laura, schwamm im Blut, seine Unterlippe war gespalten, die Nase sah schief aus, war vielleicht gebrochen. Er aber fixierte den Cust, der ihn betrachtete wie die Katze die Maus in der Falle, kalt und beherrscht, und dann sagte er halblaut: »Was willst du eigentlich, du feiges Krokodil?«

Laura legte auf den Cust an, bei dem der Spott genau die gewünschte Wirkung hatte – er warf sich nach vorn, riss die beiden verbliebenen Arme mit ausgefahrenen Klauen an den gespreizten Händen nach oben und schritt so direkt in Césars Klinge, die dieser mit kräftigem Stoß nach vorn rammte. Noch bevor Laura schießen konnte, um ihm den Rest zu geben, schaltete ihr Tlalok auf twiSicht, ohne dass sie das willentlich gesteuert hätte.

Ein peripheres Sinnesdatum hatte die Schaltung ausgelöst – so sah sie jetzt, ohne dazu den Kopf drehen zu müssen, hinter sich den zu Boden gegangenen Ghemnerhunmangickass in rotblauem Konturbild, innen abgetastet und durchleuchtet. Eine grellgelb markierte Ader lief von der Schädeldecke bis in die Nabelregion. Dort blinkten vier unscheinbare, eiförmige Sprengkapseln, erst gelb, dann orange, dann leuchtend rot. Laura hörte ein scharfes Zischen, das ebenfalls zur twiWahrnehmung gehörte, und ließ sich ohne Überlegung nach vorn auf den Boden fallen, die Arme überm Kopf verschränkt, als eine gewaltige Detonation den Raum erschütterte und blähte. Zera, der immer noch benommen in den Scherben lag, wurde am ganzen Leib stichflammengeröstet wie eine Vogelfeder. Der Rücken des über Shunkan aufragenden Custen wurde mitten entzweigerissen, seine Organe und Gliedmaßen klatschten gegen César und brachen ihm zusammen mit der Druckwelle vier Rippen, während ein Stück vom Eisenrahmen eines Speisetischs ihm das rechte Bein am Oberschenkel vom Körper rupfte.

Anderthalb Minuten brauchte Laura, der Glassplitter, Knochenbruchstücke Omars und des explodierten Cust und zahlreicher anderer Dreck durch die Kleidung geschlagen und in die Haut getrieben worden waren, bis sie wenigstens wieder auf allen vieren kroch. Das Erste, was sie im Qualm erkannte, war Césars Bein, von zerfetztem Kimonostoff noch zur guten Hälfte bedeckt, auf einem der Sitzkissen. Ihr Kopf dröhnte wie ein einziger Zahnschmerz, ihre linke Schulter und die linke Hüfte taten entsetzlich weh, und ihre Sicht war durch schwarze Ränder und Flecken eingeschränkt. Dennoch drehte sie, weil ihr Tlalok das wollte, den Kopf nach allen Richtungen, in die ihn zu drehen nicht allzu unerträglich schmerzte, und versuchte, sich einen Überblick über die Verwüstung zu verschaffen.

Der Bintur klebte wie Pizzateig an der Wand links von ihr, verformt und rußverkrustet. Zera lag auf dem Rücken, die Arme mit den zitternden verbrannten Händen angewinkelt, der ganze Körper schmierig rotschwarz, die Augen geschlossen, der Mund eine aufgerissene blutrote Wunde. Der dünne weiße Dampf, der hier und da aus den aufgeplatzten Stellen von Kleidung und Haut stieg, verriet Laura, dass die heilenden Nanoniken und Progmanähte bereits mit ihrer Arbeit begonnen hatten. Lauras sich langsam klärender Blick glitt weiter zur Panoramascheibe.

Die war in der Mitte geborsten. Die Ränder, abgerundet statt zackig, weil es sich um denkendes Glas handelte, zogen sich zurück wie eine Nacktschnecke, die sich ballt. So konnte der Qualm aus dem Saal entweichen.

Laura wollte das Gitter freischalten und die kleine Dependance der VL informieren. Aber ihr Tlalok hinderte sie daran –

aufs Gehör wies er sie hin, und auf kleinste Erschütterungen. Laura war zu verwirrt, damit gleich etwas anfangen zu können – ihr rechtes Ohr klingelte wie ein Haus voll Glöckchen, die Biomarchaschutzmembran hatte sich nicht schnell genug vor die empfindlichen Teile gespannt. Das linke wiederum war noch nicht wieder voll geöffnet, weil die Membran sich zu langsam auflöste. Laura spürte etwas, am Rücken, entlang den Armen, ein schwaches Vibrieren. Dann sah sie durchs Fenster im Raum der twiSicht ein Rutenbündel aus Vektoren, ein luftstromdynamisches Warnzeichen, wenige Augenblicke, bevor der vorab zu genau diesem Verhalten programmierte bewaffnete Panzergleiter wie eine dicke Hummel über den Binsen und der Wiese sich vors Fenster senkte, schwebend, mit scharfen Raketen. Was sind das für Markierungen um die Feuerrohre?, fragte sich Laura, das sieht ja aus wie ... Dimtätowierungen?

Die Abwehr von Zeras Haus war von den Erschütterungen im Speisesaal und dem EM-Puls der Bombe, die der gesprengte Cust im Leib getragen hatte, offenbar noch beeinträchtigt. Jedenfalls holte sie den Panzer nicht schnell genug vom Himmel. Lauras Reflexe erwachten. Sie rollte sich zur Seite ab, stemmte sich gegen die Wand, drückte die Beine durch und schnellte über das Schlachtfeld zur gegenüberliegenden Raumseite, packte den wimmernden Zera am angerissenen Kragen, riss ihn mit sich, im Sprung zu César, der gerade unter Kopfschütteln und Armerudern neben großen Fleischbrocken aus dem Leib des getöteten Serrickdenhtigru zu sich kam. Laura warf sich auf ihn und schob ihn, während sie Zera mit aller Kraft um die Leibesmitte fasste, Richtung Tür, als die ersten Trommelmaschinengewehrgarben aus den Bordwaffen des Gleiters die Westfront der Villa unter Feuer nahmen. Kugeln schlugen in alle drei Menschenkörper, aber nicht so viele, wie sie ohne Lauras schnelles, entschlossenes Handeln getroffen hätten. Von seinen Raketen wurde der Gleiter nur eine einzige los, bevor endlich eine Luftabwehrbatterie im Gebäudedach auf ihn ansprach und ihn auseinandersprengte.

Ein Teil der Tür und des Cockpits wurde dabei in den zum Park hin offenen Speisesaal gefegt, Glas und Metall sausten durch den Raum und zerschlugen, was noch nicht zerschlagen

war. Laura, Zera und der erwachte, Laura beim Weiterziehen von Zera sofort hilfreiche César hatten es fast ganz zur Tür geschafft und überlebten so mit knapper Not, alle drei schwer verwundet, während um sie her Wände barsten, Fenster schmolzen oder zersprangen, Bäume entwurzelt, Pflanzen und Sitzkissen, Wiesen, Vögel und Erdmännchen verbrannt wurden, bis die Sprinkler und Schaumdüsen anfingen, ihre Arbeit zu tun.
Eine Viertelstunde später trafen Helfer ein.
Sie fanden Trümmer, Tod und Leiden.
Rings um die Stelle aber, über der die Luftabwehr der Villa den Panzergleiter zerstört hatte, überall auf der Wiese, in den Bäumen, auf den Steinen, in den brennenden Treibstoffpfützen lagen und hingen kleine, zusammengekrümmte, sechsbeinige Wesen, nicht mehr blau, sondern weiß wie Knochen: Gedanken, die Treue nicht mehr denken konnte.

5 Eine Woche nach dem Abend, an dem Daphne mit Aisas Kopf an ihrer Schulter erschöpft und zufrieden eingeschlafen war, sechs Tage nach den Sensationen, die sich laut Erzählung von Adrian, der mit ein paar anderen Dims im Gefolge von Gisseckhunnaminh bei Räumarbeiten beschäftigt gewesen war, in der Villa des Scheinzelnen Zera Nanjing zugetragen hatten, wurde Daphne, die eben damit beschäftigt war, eine Störklappe nahe einem sklerosegefährdeten Gefäß von Treue neu zu lackieren, von einem Klatschen aus ihrer Arbeitsnische gerufen, das zwar custaischen Rhythmus hatte, aber zu schwach war, wirklich von einem der Besitzer zu stammen. Sie riet, dass es sich um einen Dim handeln musste, der sich Aufseher- oder Hilfsleiteraufgaben entweder anmaßte oder tatsächlich damit betraut worden war.
Gereizt rief sie nach oben: »Kann jetzt nicht! Mir wird der Lack hart, wenn ich das hier nicht fertig streiche.«
Es war Victorias Stimme, die durchdringend zurückschrie: »Kind, was immer du treibst, es ist nicht wichtiger als das, was ich dir zu sagen hab!«

Der Auftritt musste mindestens die Billigung der Besitzer haben, wenn er nicht sogar auf ihre ausdrückliche Order zurückging. Also strich Daphne den Pinsel ab, verschloss die Lackdose, band beides im Bündel zusammen, hängte sich das um, stieg in die Seile, kletterte die Takelage hoch und stand kurz darauf schwitzend im milden Vorabendlicht vor der belustigten Alten, während an ihnen beiden Custai und Dims vorbeigingen und ihren Verrichtungen folgten, als wäre der ruhende Pol zweier Dims, die miteinander redeten wie in einer Pause, das Allerselbstverständlichste.

Victoria nahm die Jüngere am Arm, wie man sich bei jemandem unterhakt, mit dem man einen Spaziergang unternehmen will, und führte sie quer über den von Arbeitsspalten unterteilten Platz bis zu einem flach abfallenden Hang mit allerlei ausgetrocknetem Kraut. Dort hieß sie Daphne, sich hinzusetzen.

Als die gehorchte, ließ die Greisin den Blick lang übers staubige Land schweifen, über die dahinterliegende Senke und die kargen Wäldchen vor der etwas gesünderen Wiese, auf die endlich ein großer schwarzer Wald folgte, der jede weitere Sicht blockierte.

»Was gibt's?«, fragte Daphne mit leicht keckem Unterton.

Die Alte sagte: »Schwere Zeiten, Kind. Schlimme und schwere Zeiten. Es wird ungemütlich werden auf Treue. Die Leute werden einander misstrauen, die Unternehmen und Instanzen und Universitäten, die Kollegen und die Besitzer und die Dims. Eine unbedachte Bewegung kann Leben kosten.«

»Du redest von dem Anschlag auf die Scheinzelnen.«

»Auch. Aber nicht nur. Ich rede davon, dass die Akademiker unter unseren Besitzern seitdem die Geschäftsleute hassen und die Geschäftsleute die Akademiker verachten. Dass die verschiedenen Firmen und Tochterfirmen, von Besnerhn bis Ghaock, angefangen haben, nicht mehr so reibungslos zusammenzuarbeiten wie ehedem. Dass die schwache Polizei der Scheinzelnen sich eingeschaltet hat und demnächst wahrscheinlich zur Durchführung einer Untersuchung ein paar offizielle präsidiale Leute eintreffen werden, vielleicht sogar von Yasaka selbst. Das kann die Spannungen nur verschärfen, die Komplikationen nur weiter verwirren. Ich rede davon, dass die geruhsamen Tage mit dem geregelten Tagesablauf zu Ende sind. Sogar Adrian wird erwachsen werden.«

»Und warum erzählst du das mir und nicht einfach allen, am Feuer?«

»Weil wir hier alle einem Unternehmen namens Ghaock gehören, das wiederum zu Besnerhn gehört, und die Leitung dieses Unternehmens, da zwei der Attentäter in ihren Diensten standen, verständlicherweise bemüht ist, bei den Scheinzelnen so schnell wie möglich gut Wetter zu machen. Deshalb hat man Gisseckhunnaminh gebeten, eine oder einen seiner Dims als Ersatz für den getöteten Hausgehilfen des Scheinzelnen Nanjing herzugeben, geschenkhalber, ohne Preis. Und weil Gisseckhunnaminh daraufhin zu mir gekommen ist, mich ins Vertrauen gezogen hat, um in Erfahrung zu bringen, wen von unseren Leuten ich für besonders geeignet halte, Nanjing die Laune aufzuhellen – schön sollte die Kandidatin oder der Kandidat sein, intelligent, nicht faul ...«

»So wie du das sagst, sind das keine Komplimente, sondern verschleierte Beleidigungen«, fand Daphne. Eine Weigerung kam freilich nicht infrage.

Victoria sagte: »Bereite dich vor.«

»Ist ja nicht so, als hätte ich viel zu packen.«

»Nein. Aber das meine ich nicht.«

Victoria klang wirklich ungewöhnlich ernst. Daphne begann, sich klarzumachen, dass hier tatsächlich etwas anderes gemeint war als nur ein Abschied von der Gruppe und der Beginn einer neuen Arbeit.

»Du sollst die Verantwortung annehmen. Du bist mehr als eine Hausbedienstete dort. Du bist unsere Botschafterin. Scheinzelne und wir, das ist eine lange Geschichte. Und keine schöne. Wir könnten versuchen, das zu ändern.«

Daphne kannte die Mythen, die Obsession der Alten betreffend der Spezies, die sich »menschlich« nannte, was, wenn die Mythen stimmten, eine Lüge war. Und sie wusste, dass Dims dazu angehalten waren, diese Geschichten und Mythen niemals, unter keinen Umständen, mit irgendeiner anderen Spezies außer den Custai, die davon sowieso nicht wissen wollten, zu erörtern.

»Meinst du mit Verantwortung, dass ich uns irgendwie rächen soll oder ...«

Die Alte presste die Lippen zum Strich zusammen wie in großer Wut, atmete schnaufend durch die Nase und sagte: »Nein, dummes Kind. Im Gegenteil.«

Daphne schwieg verblüfft. Die Alte suchte nach den richtigen Worten. Dann schien sie welche gefunden zu haben: »Ich habe die Erlaubnis von den Custai, dich darauf einzustimmen, was dich erwartet. Sie wollen, glaube ich, gar nicht so genau wissen, was ich dir mit auf den Weg gebe. Die drei Scheinzelnen, mit denen du es zu tun haben wirst, sind wichtiger, ja, trotz Gefangenschaft, auch mächtiger als alle Scheinzelnen, die sich in den letzten paar Hundert Jahren mit uns abgegeben haben. Castanons VL haben keinen Platz für die ... Trüben, wie wir genannt werden. Omar, dein Vorgänger – ich kannte ihn, er war zunächst auch hier im Camp, vor dir –, hat das gewusst. Ihm war klar, wie selten uns jemand zuhört, der bei den Scheinzelnen etwas zu sagen hat. Wenn Nanjing, Durantaye oder Dekarin jemals auf dich den Eindruck machen, als wären sie bereit, die Wahrheit anzuhören, dann ist das unsere große Chance. Dann musst du mit ihnen über Tabna 3 reden, und anderes, das für uns schmerzlich ist. Erzähl ihnen, was wir wissen, wir ... Trüben.«

»Was denn? Was wissen wir?« Daphne war willens zuzugeben, dass sie die Geschichten, auf die Victoria so viel hielt, nur den gröbsten Umrissen nach kannte und sich nie wirklich dafür interessiert hatte, weil sie davon ausgegangen war, tatsächlich niemals in die Lage zu geraten, etwas davon weiterzugeben, sei es jüngeren Dims, sei es Angehörigen anderer Arten.

Die Alte sagte: »Hör mir zu.«

Dritter Teil

Castanons Auftrag

1   Yasaka schwamm in blauroten Wolken. Mehrdimensionale Maschinen hatten in die bauschige Landschaft blut- und himmelsfarbene, türkise und schwarze Anlagen aus Titan, Glas und verspiegeltem Edelstahl geschnitten, an denen Bauten, die von denkenden Geschöpfen bevölkert waren, sich schraubenförmig in zerrissene Höhen drehten wie plastische gehärtete Kohle. Das Schauspiel aus Reflex und Welle, steilsten Starren und kantiger Majestät nannte man der veränderlichen, prachtvollen Farben wegen auch den diamantenen Planeten. Dachterrassenlandschaften waren über große Perioden von Tausenden Kilometern in ihre Keller zurückgebogen wie Sanddünen. Gärten liefen auf Einkaufsmegalopolen hinaus. Walartige Tageslichtröhren mit in sie eingemantelten Inversfassaden veränderten ihre Breite und Tiefe entsprechend den Lichtverhältnissen beim Durchgang aus mondgroßen, die Atmosphäre wie Trichter durchsetzenden An- und Abflussschneisen gewaltiger Ahtotüren. Oberschanzen senkten sich in organisch bewegte Mauern, an denen wie blaue Seifenblasen Zufallsmusterdörfer festgesaugt waren, gegenüber Säulen, auf denen Balkonstädte sich stapelten, und raumschiffbreiten Rampenkontrapunkten, die Kraftwerksgürtel säumten, bis sie wilden Wald- und Mattenflächen oder bebauten Feldern von Staatengröße wichen. In deren Herzen standen Kolonnaden, aus denen linsenförmig wolkenkratzerhohe Baumkronen wie Muschelklappen emporwuchsen. Von Brücken, die diese Wunder verbanden, hingen wollegleich Gewächse, in denen Leguane sich sonnten und bizarre Vögel, aus Glanz und Tarnschleiern gemacht, ihre Nester bauten, während Affenhorden am hellsten Tag zwischen Ästen verschwanden und nach zwei Astsprüngen ganz woanders, nämlich auf der

Nachtseite der diamantenen Welt, wieder auftauchten, zwischen Ceallttürmen, Tempeln, freien Flächen oder wie Ziehharmonikas in Kalksteinwände gefalteten Betonwohnwaben, die weiten Meerblick erlaubten und aus flatternden hochatmosphärischen Klimazellen auch im Winter von warmen Winden bestrichen wurden.

Das Geheimnis all der Unvereinbarkeiten, der harmonischen Kommunikation zwischen augenscheinlichen Unstimmigkeiten und biegsamer Stabilität war, dass man hier nicht nur dreidimensionale Stadtplaneinheiten gestaltet hatte, mit dem Ehrgeiz, Holz, Metall, Glas, Stein zur Herrschaft über die Lebens-, Arbeits- und Kulturbereiche von Milliarden Intelligenzwesen zu nutzen, sondern die Raumzeit selbst in metatopologischer Urbanität Baumaterial geworden war.

Lorentztransformationen waren ausgehoben worden wie früher alte Erden, sodass man auf Möbiusstraßen flanieren konnte und zur Sicherheit gegen Unwetter in Klein'schen Flaschen Schutz suchte, weil der ordnende Geist des Gesamtplans sich wie bei den äußerlich kleinen, innerlich riesigen Schiffen des präsidialen Militärs auch bei der Stadt, in der das Präsidialamt als fantastischster all der unmöglichen Bauten stand, der Dienstbarkeit zusätzlicher Dimensionen versichert hatte, in die hinein die Aufhebung des Unterschieds nicht nur von Stadt und Land, sondern auch von Innen und Außen, Hoch und Tief, Sichtbar und Unsichtbar, Nah und Fern gesetzt war, wie eine Anordnung der Herrschaft ins soziale Leben.

Nicht nur Boden und Luft hatte man auf diese Weise erobert. Bis in Meerestiefen reichten litorale Faltsiedlungsgürtel, in Benthale und Pelagiale, als Unterfütterung monumentaler Trassen, auf denen Steppen sich erstreckten und Schatten von Gebirgen lagen, die selbst kein Sonnenlicht mehr erreichte, weil sie nach allen Seiten hin eingekreist waren von Stadtschönheit, Stadtdrohung, Stadtmacht.

Schluchtentief ausgeschachtete Verwaltungsbasen, das Gegenteil von Hochhäusern, gedreht in die Eingeweide der Struktur, waren als kommunizierende Gefäße in Blick und sonstiger räumlicher Erfahrung der allermeisten Bezirke untrennbar verbunden, während den Land- und See-, Tal- und Bergwinden ihre

Instinkte verlorengingen, weil die Verhältnisse teils auf dem Kopf standen, teils auf die Seite kippten, weil die Schwerkraftkompasslage nicht den Erwartungen der Luftströme gehorchen wollte, weil die Natur ihre Zyklone und Tornados, Regenzeiten und Trockenheiten, Temperaturstürze und Hitzewellen selbst nicht wiedererkannte, da sie von gefürchteten Unberechenbarkeiten plötzlich zu Handwerkszeug des Städteabbaus geworden waren.

All die Trassen und Trichter, Türme und Brücken, Straßen, Tunnels, Pyramiden, Plätze, Wälle, mondgroßen Biosphären waren voneinander geschieden nach einer Ordnung, die das, was bei einem kleineren Siedlungskomplex, etwa alten Orten auf Terra Firma wie New York oder Rio de Janeiro, vielleicht »Viertel« oder »Submetropolen« geheißen hätte, als Encuentros kannte, »Begegnungen«. Sie trugen die Namen prominenter, in schirm- oder gar bauherrschaftlicher Funktion das Entstehen und das Wachstum solcher Encuentros leitender und steuernder Linien aus der galaxienumspannenden Zivilisation, deren Zentrum Yasaka war.

Es gab den Tommerup-Encuentro, der im Wesentlichen eine steinerne Steilwand in ozeanischen Randbezirken war, den Kelemans-Encuentro, der an die alten Mayastädte gemahnte, den aus dichtgedrängten Wohntürmen mit kleinen, innen aber größeren Wohnlandschaften bestehenden Mizuguchi-Encuentro, die an die Kernstadt des halb mythischen Tokio gemahnenden Tilton-, Asvany- und Vogwill-Encuentros, die ökologisch putzigen, in Baum- und Schlingpflanzengewucher hineingewendelten Degroote-, Sourisseau- und Durantaye-Encuentros sowie die repräsentativ imperialen, neu-römisch-griechisch-klassizistischen Collinet- und Castanon-Encuentros.

Die verwaltungstechnischen Abkürzungen Ti, Du, Ca, Co, Kaji, Vog, Wieg oder Sou waren allen je mit politischen Dingen befassten Lebewesen auf den kartierten Welten nicht nur als Yasaka-Adressencodes, sondern auch als für die Fortpflanzungs- und Lebensaltergesetzesordnung der von der Präsidentin regierten demokratisch-republikanischen VL geläufig. Wer Ca 1+ war, würde stets mehr soziale Mobilität besitzen als jemand, der nur Vog 8+++ war oder eine noch schlechtere Karte gezogen hatte.

Am schnellsten konnte man die einschlägigen Erfahrungen von Aufstieg oder Absturz, Stagnation oder Selbstentfaltung immer noch hier machen, in der Mitte der Mitte, deren Spitzen von fliegenden Transportmitteln umschwirrt waren wie Binturen von gehorsamen Insekten, die gefressen werden wollten.

Man nannte Yasaka bloß der Gewohnheit halber »eine Stadt«. Das Wort war nichts als Metapher, als Beschreibung etwa so passend wie »Ameisenhügel« oder »Bienenstock«.

Jahrtausende früher, als am Ende des ersten industriellen Zeitalters das, was Menschen seinerzeit Städte nannten, die Grenzen der Bewohnbarkeit sprengte und das zugrundeliegende Prinzip des Bauens, Wohnens, Wirtschaftens sich so erschöpft hatte, dass Entladungen von Angst, giftigem Schmutz, krankmachendem Lärm, Korruption, Gewalt, Elend, Obdachlosigkeit, Unsicherheit zwischen Beruf und medizinischer Versorgung im Seuchenfall die Megacities durchbebten wie seismische Schocks, hätte sich niemand eine Stätte wie Yasaka vorstellen können, weil sie zugleich eine Stadt war und keine, zugleich naturwüchsig und geplant, zugleich ein besiedelter Planet und eine undurchdringliche Urwelt, zugleich ein einziger Ort und eine Mannigfaltigkeit ineinandergeschachtelter Orte.

Drei Monde, die groß genug waren, anderswo als Planeten gelten zu können, umkreisten Yasaka. Die Allstadt selbst folgte einem sehr weit vom Zentralgestirn entfernten Orbit um den Stern Movaoia. Vier weitere Movaoia-Begleiter, ihre Monde und diejenigen Yasakas, waren dauerhaft von raumverkehrblockierenden Sperrgürteln umgeben, weil ihre Wüsten, Flussbetten großer Flüsse, Dschungel und Marschlande sich nach dem Quiltprinzip per Ahtofalten im höherdimensionalen Raumzeitgeflecht an die Megalopole fügten.

Deren atmosphärische Besonderheiten, ummantelt und überwölbt von Strömungskorridoren und stehenden Windsäulen, die für optimale Zirkulation bis in Regionen sorgten, wo die Spitzen der Ziggurate in die farbigen Wolken stachen, ließen die alten Emissionsprobleme hochtechnisierter Zivilisationen selbst in den Ballungen altmodischer Produktionsstätten in den schmutzigeren Encuentros gar nicht erst aufkommen. Nicht nur die saubere, auch die manchmal wegen gewisser Zeitersparniserfordernisse unumgängliche belastende Energieproduktion, bei der etwa Schwermetalle, klimaschädliche Gase oder Ruß nicht zu vermeiden waren, konnte den Menschen und Nichtmenschen, die hier lebten, nichts anhaben. Das kurzfristige Wetter wie die Jahreszeiten und sogar die größeren Klima-Epochen unterlagen dem Willen der Magistrate. Diese Sicherheit griff vom Luftmanagement bis ins Grundwasser oder die Eismeere, von denen die planetare Riesensiedlung durchbrochen war wie starker Marmor von seinen Adern, ja bis ins innerplanetare Ressourcennutzungsprofil auf alle Ebenen der Infrastruktur, der Ver- und Entsorgungssysteme.

Es gab, dank Progma und Disassemblerwolken, keine Müllplage, keine Trinkwassermängel, keine geschädigten Böden, keine Krankheiten wie in den Megalopolen der Vorzeit. Dies alles hatten die Bauschiffe der präsidialen Flotte lange vor Shavali Castanons Zeit, als erstmals beschlossen worden war, aus der Herzwelt der VL ein Wunder zu machen, in vier Dekazyklen unruhigen Flugs durchs lokale System der fünf Planeten und zwei Asteroidengürtel, in der lokalen Oortwolke und rund um die lokale Sonne auf raumbeugenden und raumtrennenden Schwertklingen aus exotischer Gefügebrechungsmasse in einer Art Doppelrolle als raumzeitliche Scheren wie Nähnadeln möglich gemacht. Am Ende der Arbeiten stand ein gigantischer Verstoß gegen die Gewohnheiten aller Geschöpfe, die nur in vier Dimensionen wahrnehmen konnten und allein deshalb das Wohnen in diesem Wunder in einer steten Mischung aus Erschauern und Dünkel feierten, Modell all dessen, was Shavali Castanon sich unter Ruhm und Würde der Menschheit vorstellte: Welt aus Welten, sowohl geworden wie gemacht, nie außer Kontrolle, stets übers Erwartete hinauswachsend.

In alldem war Yasaka gleichsam Spiegelbild von Treue.

Denn auch der Gemingatrabant war eine Welt aus Welten, aber nicht offen, sondern geschlossen, nicht Sitz der Macht, sondern Käfig der Ohnmacht.

Die Medea bei Geminga und die Diamantstadt waren die topologischen Pole der VL.

Wie man bei einer Stadtwelt, die sich allein durch ihr Vorhandensein in jedem Augenblick selbst feiert, erkennen soll, wann sie festlich geschmückt ist und wann in ihr bloßer Alltag herrscht, lässt sich kaum sagen. Regelmäßige Feiertage gab es in der Hauptstadt kaum, abgesehen von der alle zwei Zyklen stattfindenden Eröffnung eines neuen Parlaments für die danach ein Jahr lang einberufenen Sitzungsreihen, zwei archaischen Ritualen, die aufgrund der EPR-Vernetzung der meisten VL-Koniken im Grunde überflüssig waren, von Shavali Castanon aber wie von allen, die ihr im Amt vorausgegangen waren, als Reverenz an die republikanische Tradition gepflegt wurden. Alle übrigen Hochämter, Umzüge, Ausgelassenheiten hatten situativen statt periodischen Charakter, fanden öfter in twiLandschaften und Environs statt als auf den Straßen und waren vom gewöhnlichen Schauspiel der leuchtenden und lärmenden Grandezza in den inneren Encuentros für Ortsunkundige nicht zu unterscheiden.

Die Admiralin erkannte dennoch sofort, dass Festtagsstimmung herrschte.

Sie sah das, weil sie es wusste, mit Augen, die eben erst wieder in den Kopf gesenkt worden waren, zu dem sie ursprünglich gehört hatten.

Renée Schemura stand am breiten, gebogenen Sichtfenster eines der höchstgelegenen Penthousekomplexe der diamantenen Welt, im Nabelpunkt des kartierten Kosmos, mit sich selbst wiedervereinigt, auferstanden, ausgeruht.

Nur sehr wenige Organe ihres Körpers fehlten noch. Sie waren erstens zu gut versteckt gewesen, als dass Shavali Castanons Jägerinnen und Jäger sie hätten aufspüren können, und zweitens nicht von Belang für Castanons Zwecke, weshalb die Suche nach ihnen längst eingeschlafen war.

Das Fest unten schepperte und sirrte, blinkte und blitzte in allen twiWinkeln wie auf allen wirklichen Plätzen. Auf Erlass der Verbundzeitämter von siebzehn besonders bevölkerungsreichen Encuentros war es derzeit häufiger und länger Nacht als saisonal üblich. So kamen die strahlenden Lichtorgeln, echten und virtuellen Laternenketten, Feuerdrachen aus Papier und glühenden Daten, die singenden Fahnen, das Feuerwerk, der twiStrass und die twiKonfettiregen besser zur Geltung, die man dem Anlass angemessen fand, der jetzt begangen wurde.

Mehr weiße Uniformen als je zeigten sich auf den Straßen. Militär und Beamte aus allen Ecken und Enden der kartierten Welten waren herbeigerufen worden: schwarze Röcke, schwarze Hosen aus synthetischem Leder, weiße Jacken aus Progmawolle, samtene lila Manschetten und Taschenlatzklappen, weiße Mützchen, auf den Schultern bis zu vier Auszeichnungsstreifen – sehr selten fünf, wie bei Renée. Es gab nur acht Personen, denen man jemals mehr als vier der Markierungen auf die Schultern genäht hatte.

Die Admiralin erinnerte sich daran, wann das gewesen war.

Sie erinnerte sich auch, wann hier zuletzt so lärmend gefeiert worden war: nach der Schlacht von Alpha Lyrae, als der Shunkan sein letztes Sprungbrett nach Yasaka verloren hatte und die seltsame Allianz der Armeen aus dem galaktischen Norden mit drei dissidenten Skyphoschiffen zerbrochen war.

Dass Skypho überhaupt etwas am »Kinderprometheus« (Shavali Castanon) Dekarin und seinen Plänen für die Menschheit finden konnten, hatte die Magistrate damals stärker beunruhigt als alle proshunkanischen Aufstände, sezessionistischen Linien, Custai-Aufrüstungsberichte aus Andromeda und Unterstützungsgesten für den Empörer selbst in der populären Kultur – die Breven eines oder einer gewissen »Lysander« konnte man, wie die Admiralin gestern Abend, in Räuberzivil verkleidet, beim Essen vor einer traditionellen Fischbraterei im Mizuguchi-Encuentro hatte entdecken dürfen, immer noch in Yasaka hören, sogar mit neuen Strophen:

Schwimmt in Schmerzen schaut in die Tiefe
Schreit in Agonie
Greift nach den Zeichen auf den Rücken von Sklaven
Bevor er in den Abgrund fällt

Schmuck und Stimmung, Pomp und Paraden bedeuteten Renée Melina Schemura sehr wenig. Sie sah darin lediglich abgeschmackte

Übertreibungen des schiefen, hypertrophen Selbstbewusstseins von Castanons Regime. Die Große wird alt, dachte die Admiralin. Castanon verbirgt ihr dynastisches, absolutistisches Denken immer weniger gut hinterm demokratischen Schirm.

Der Grund für die große Feier war die Erhebung einer engen Verwandten der Präsidentin in den Stand der relativen Unsterblichkeit: Ca 19+ immerhin war das Mädchen, eine Tochter der Präsidentin aus einer Zeit, da diese selbst noch sterblich und also reproduktionsberechtigt gewesen war. Die Debütantin hieß Irina Fayun Castanon.

Ihr Gesicht war dank Foren und Medien inzwischen beinah so bekannt wie das der Mutter. Die Yasakis hatten ihren eigenen Humor, zu dem gehörte, dass die twiSichtmasken der Prominenz öffentliches Eigentum waren und man deshalb derzeit in Restaurants, auf Plätzen, in Fahrstühlen überall Personen treffen konnte, die, wenn man sie nicht mit unbewaffnetem Auge betrachtete – und wie das ging, hatten hier viele längst vergessen, die sich die Welt überhaupt nur noch in twiSicht anschauten –, aussahen wie Irina Fayun Castanon. Das würde, wenn die Geehrte die Verleihung des neuen Status erst einmal hinter sich hatte, wieder nachlassen. Bis dahin musste man's ertragen, auch wenn man es, wie Renée Schemura, nicht sonderlich lustig fand.

Welcher Art die Verdienste jener Irina waren, denen die im Augenblick begehrteste twiLarve ihre Popularität verdankte, wusste die Öffentlichkeit der VL hier und in den Provinzen gar nicht so genau, freilich keineswegs etwa deshalb, weil es als Staatsgeheimnis behandelt worden wäre, sondern weil die Aufzählung von Reisen durch die Andromeda-Galaxie, nach S Monocerotis und Lambda Octantis, die langweiligen Protokolle dort absolvierter Mammutunterredungen mit Vertreterinnen der Lamlani und Ähnliches, nicht besonders medientauglich waren und deshalb zwischen den Berichten von Abendgesellschaften, Bacchanalen und spektakulären neuen Environseröffnungen leicht untergingen.

Monarchie und Ständegesellschaft: Politik fand öffentlich nicht statt, sie ging inzwischen wohl nur noch Leute aus den hohen Linien an, dachte die Admiralin fatalistisch.

Sie selbst stammte aus der Tiltonlinie – das Profil lautete Ti 6++ – und scherte sich für eine Person, dank derer die Gesetze, die das Linienwesen schützten, vor ihrer Zerstörung durch die Shunkanrebellion bewahrt worden waren, erstaunlich wenig um ihren Geburtsrang und die Türen, die er ihr hätte öffnen können.

Ihrer Auffassung nach hatte sie die Gesetze verteidigt, welche die Linien schützten, nicht die Linien selbst: Aufgabe einer Soldatin ist es, die Ordnung vor Zerstörung zu bewahren.

Sie muss sie nicht lieben.

Eigentlich nämlich, und privat, sympathisierte sie weit mehr mit den Linien, aus denen Marchandeure, Astronauten, arbeitende Menschen kamen, und solange sie mit (und über) diesen Leuten gearbeitet hatte, war diese Sympathie auch erwidert worden – die kleine Katze, die Renées Gesicht aufgespürt und nach Yasaka zurückgebracht hatte, war so ein Fall, sie stammte aus der Szewczyklinie, wie übrigens auch César Dekarin. Diese Linie hatte sich seinerzeit allerdings nur klandestin, nicht offiziell auf Seiten der Rebellion am Krieg beteiligt, anders als zahlreiche Asvany-, Vogwill-, Kelemans- oder Durantaye-Familien.

Soweit es nach Renée Schemura ging, sollten Leute mehr sein als ihre Herkunft. Die Admiralin stimmte allerdings mit der Präsidentin darin überein, dass Identitäten Grenzen brauchten, Grenzen der ungezügelten Vermehrung oder beliebigen Langlebigkeit.

Ordnung muss sein, und die Menschen werden immer einen Weg finden, sich gegen die Nachteile der jeweiligen Ordnung zu behaupten. Damit sie das können, muss ein Abkommpunkt, ein Trittstein gesetzt sein und verteidigt werden. Den gilt es zu schützen, wenn die Ordnung bedroht ist, durch Individuen wie jenen Dekarin, der ihr nichts Sinnstiftendes entgegenzusetzen wusste außer kruden Selbstvergöttlichungsfantasien.

Renée Melina Schemura zog ein letztes Mal, sich im nur leicht verspiegelten klugen Glas um ihr Penthouse betrachtend, die Mütze zurecht.

Dann war sie bereit zum Aufbruch, bereit, vor die Präsidentin zu treten.

Die wendige Fähre flog in gerader Linie zum präsidialen Palast. Eben dies, dass sie also einer Geodätischen folgte, erzeugte in der besonderen Raumzeitlichkeit Yasakas den für Renées Körper, der Schwerelosigkeit gewohnt war, leicht unangenehmen Eindruck, stets entweder geradewegs zum Mittelpunkt des Planeten hinabzufallen oder beschleunigt in die Höhe zu steigen. Es waren keine allzu schrecklichen Gradienten, gerade eben spürbar, nicht heftig wie in einer Zentrifuge, aber vage zuwider waren sie der Passagierin doch, sodass sie versuchte, mit dem großen, wortkargen Piloten vor ihr ein Gespräch anzufangen, das sie zerstreuen sollte: »Arbeiten Sie oft für ... die Regierung? Ich meine, fahren Sie mit Ihrem ... Gleiter ...«

So verschlossen war er wieder nicht, dass er ihr nicht gern ins Wort gefallen wäre: »Die Präsidentin findet das volksnah. Dass sie sogar die ganz Großen mit privaten Fährdiensten rumkutschieren lässt, statt mit Militär oder so.«

»Ah. Und ohne Sicherheitsvorkehrungen, soweit ich sehe. Soll heißen: Kein Soldat, kein Offizier und niemand aus der Politik hat hier auf Yasaka irgendwas zu befürchten.«

Man stürzte durch Wolken, stieg durch Nebel, drehte sich um Lichtkugelreihen, tauchte unter Stahlgerüsten weg, die größer waren als manches Kriegsschiff, das die Admiralin befehligt hatte. Sie sagte: »Na ja, die Linienkriege sind ja wirklich lange vorbei.«

»Lange vorbei«, erwiderte der Mürrische knapp.

So schwieg die Admiralin und begann aufrecht sitzend zu dösen – die Fähigkeit dazu hatte sie sich während langer Lagebesprechungen anerzogen, in den auf ihren vorläufigen Abschied aus Castanons Diensten folgenden Jahren der Kontemplation und Forschung, beim passiven Datenerleben, war sie ihr sehr nützlich gewesen.

Der Gleiter passierte den Wiegraebe-Encuentro mit seinen gelben Backsteinfronten, Staffelgiebeln und runden Riesenfenstern, die verwirrenden Firstlandschaften, nirgendwohin führenden Tore und Schiebewälle des Kajiwara-Encuentros, die Wald-, Hain- und Puebloballung des Kalaidzidis-Encuentros, von Glas- und Stahlkonstruktionen gerahmt, und erreichte endlich den – eigentlich zweiten, ein früherer war kontrolliert zusammengesunken, gescheitertes Experiment in Sachen Land-Meer-Verbindung – Castanon-Encuentro: Straßenschluchten, Dachterassen, einschüchternde Verwaltungstempel. Touristenblick: Hier war die Apsis besonders hübsch, dort gab es einen arkadengeschmückten Narthex zu sehen, dessen Blumenpracht das Auge verwirrte, während man meinte, man könne sie selbst hoch aus der Luft riechen. Nach Westen hin erkannte die Admiralin jetzt ein Ensemble von weißen Rundbauten, in deren unübersehbarer Mitte der Präsidialpalastkomplex leuchtete.

Ein einzelner kompakter Prachtbau wäre nicht nach Shavali Castanons Geschmack gewesen. Es hatte so etwas vor ihrer Zeit gegeben, jenes Gebäude wurde jetzt als irdische Dependance der Akademiezentrale von Pelikan genutzt. Wie überall auf Yasaka musste auch in der Erscheinung der Bauten, in denen ihr Präsidium residierte und regierte, das Prinzip »aus vielen eines« versinnbildlicht werden.

Es gab daher zwei Seitenkomplexe, geordnet in rhythmischer Abfolge giebelgeschmückter Balkons, und dazwischen eine gewaltige Treppe, die sich im Zickzack einen Hang hinan zum Hauptkörper bewegte, entlang sich kontinuierlich steigernder Ornamentierung, Bildsäulen und Reliefs, die Breven aus dem letzten Linienkrieg darstellten, aber auch Stammbäume der Linien selbst in Form von Gold-, Silber- und Platinadern, Brunnen, klassizistische Figuren, weiß wie die Uniformen des Militärs, am Ende wie am Fuß der Treppe große Begegnungs- und Landeplätze und Gärtchen, runde und rechteckige, rautenförmige und elliptische, die für die Encuentros Yasakas standen. Auf einem von diesen, dem ovalen auf der oberen Plattform, verabschiedete sich eben eine größere Gesellschaft in luxuriöse Barracudagleiter. Das Geleit dahin gaben ihr allerlei Uniformierte.

»Töchterlein persönlich war bei Hofe«, maulte Renées Chauffeur, und sie erfasste die kleine Gruppe mit twiZoom, weil sie sich der Neugier nicht entziehen konnte:

Vornehme Herrschaften, vor allem Frauen, in der neuesten Mode – halb durchsichtige Mousselinkleider mit gereihtem Oberkleid, kurze Westen mit Gürtelketten, Wespentaillen. Die Tochter der Präsidentin, Irina Fayun Castanon, standesgemäß im Frack, mit schneeweißem kurzen Stoppelhaar, edler Nase, Rehaugen, aufgeworfenen, aber nicht gespritzten oder sonstwie lächerlich-froschhaft schmollenden Lippen, lachte ein makelloses Lachen: strahlendes Gebiss, ein bisschen raubtierhaft. Am Rand der Gruppe standen dekorativ artige Kinder herum, vor allem Mädchen, feminin herausgeputzt in weißen Leinenkleidern mit festonierten Bolants und langen Unterhosen. Es war frühlingshaft frisch draußen, kühle Winde fielen von den Hochhausreihen auf die Plätze, man befand sich mehrere Kilometer über dem Meeresspiegel.

»Sind das die Kinder von Irina Fayun?«, fragte die Admiralin den Fahrer, der sich leise fluchend in eine Warteschleife schicken ließ, um das Ritual unten nicht zu stören.

»Wenn ja, sind's die letzten«, mutmaßte er.

Die Admiralin dachte: Wahrscheinlich sind es nicht mal ihre, man hat sie nur dazugestellt, damit die düsterere Seite der Erhebung in den Unsterblichkeitsadel, das Fruchtbarkeitsverbot, verwischt wird.

Schließlich waren alle in ihre schicken Fahrzeuge eingestiegen.

Winken, letzte Verbeugungen, eher lustlos, dann hoben die Barken lautlos ab und entschwanden wolkenwärts. Einige dienstbare Wusler blieben zurück und wuselten. Dem Bewusstsein entzogene Abstimmungsgespräche fanden bereits zwischen deren Tlaloks und dem der Admiralin statt. Es handelte sich um ein etwa fünf- bis sechsköpfiges Verabschiedungs- und zugleich Empfangskomitee, dem Renée schon aus der Luft nichts als Floskeln auf seine Floskeln antworten ließ, ohne sich auch nur einzuschalten.

»Dann wollen wir mal«, brummte der Pilot und ließ seinen Gleiter so schnell absacken, dass Renée schwindlig wurde; das erste Mal, seit sie vor knapp drei Zyklen auf der Brücke eines

Schiffes gestanden hatte, das gerade schwer getroffen sternwärts kippte.

Die Empfangsröckchen und -jäckchen verneigten sich, als sie ausstieg, und sagten Formeln auf. Die Admiralin ließ sich die Treppe hinaufbegleiten und dann durch Gänge, Hallen, protzige Exzentrizitäten, Vaults, Kryptae und Katakomben, die schier nicht enden wollten, mit Pfeilern und versetzten Arkaden, hohen Schmuckfenstern, in denen Szenen aus der Zeitgeschichte auf dem Niveau gelungenster visueller Breven, Kunst aus der besten Sourisseautradition, die Beschauer belehrten, unter Emporen und Treppenbrücken – oder auch Brückentreppen – hindurch bis zu einer Flügeltür, die so hoch war, dass sie selbst einen Cust Ehrfurcht gelehrt hätte.

Links und rechts davon standen schwer bewaffnete, verglichen mit dem gotischen Durchlass aber doch eher mickrige Wachen, die, was Renée noch nie gesehen hatte, schwarze Schulterstreifen trugen. Das musste, ebenso wie die imposanten Gewehre, mit denen man ausweislich ihrer Mündungsgläser wahrscheinlich gasplanetengroße Löcher in Sonnen schießen konnte, irgendeine neue Erfindung sein. Die Begrüßungspuppen in ihren langen Roben wohnten noch der Öffnung der Türen bei – sie war geräuschlos, geschah nach innen und wurde von den Wachen völlig ignoriert. Dann verschwanden sie zwischen kunstvoll behauenen Steinen wie Flüssigkeiten, die in gespaltenem Boden versickern.

Renée trat durch die Tür.

Shavali Castanon empfing sie allein.

Die Portale schlossen sich hinter der Langverschollenen. Noch bevor sich Renée optisch recht in dem großen Saal orientiert hatte, fiel ihr auf, dass das Geschnatter der Nachrichten, Diskussionen, der Kalaidzidischen, Asvanyschen und Kanuschischen Musiken, ein in Yasaka sonst allgegenwärtiger akustischer Feinstaub, der selbst in ihrer Suite im Gästehaus der Regierung nicht ausblendbar gewesen war und nur mithilfe langjähriger Geübtheit im Metropolenleben zugunsten eines einigermaßen konzentrierten Wachbewusstseins zurückgedrängt werden konnte, hier vollständig fehlte.

Shavali Castanons *Sanctum Sanctorum* war eine Lichtung im Geschnatter, im breiten Fluss der Harmonien, Melismen, Kontrapunkte, Synkopen für und wider.
Stille freilich hieß nicht Leere.
Immense, bewegte twiSichtdioramen erfüllten den Raum bis unter die Decke. Man musste den Kopf in den Nacken legen, wollte man auch die obersten erkennen: Galaxien, Sterncluster, Sonnen, Planeten mit ihren markierten Bahnen, Würfel, in denen Städte oder Landschaften heran- und wieder herausgezoomt wurden, flimmernde Globen von taktischen Räumen, in denen noch immer Nachhutgefechte der Linienkriege in weit entfernten, mit Wirtschaft und Politik der zentralen VL kaum verzahnten Territorien ausgefochten wurden, bänderartig vorüberwehende lange Reihen von Gesichtern, die tonlos redeten – wahrscheinlich konnte die Präsidentin sich hineinwählen und ihren Worten lauschen, aber Renée kannte die nötigen Kennungen nicht. Die bewegten Steckbriefe zeigten vermutlich wertvolle Agentinnen und Funktionäre des Präsidiums.

Hinter dem, was da zweieinhalb bis vier Meter hoch in der Luft sich wälzte und drehte, in rastlosem Umlauf, die Wände und hohen Fensterzähne entlang, durch die man auf die Castanon-, Tilton- und Kajiwara-Encuentros hinabsehen konnte, am Kopfende neben einem schlichten Konsolenschreibtisch, auf dessen vorderem rechten Eck die Präsidentin mit mädchenhaft baumelnden Beinen saß statt auf dem eleganten ergonomisch geschwungenen Stahlstuhl dahinter, ragte ein mehr schmaler als breiter Spiegel zwei Menschengrößen hoch auf, der nichts vom saalfüllenden twiSichtaufruhr zeigte, sondern nur eine leere Halle, den Tisch, den Stuhl, die Präsidentin und die sich langsam, respektvoll, sogar ein bisschen unsicher nähernde Admiralin.

Ein Spiegel: So etwas hatte es hier früher, im Krieg, nicht gegeben.

Shavali Castanon war dem Blick ihres Gastes gefolgt und sagte: »Den Spiegel mag ich. Das ist der Einzige hier, der mich nicht anlügt. Gut, übrigens, siehst du aus, Renée.«

»Die Präsidentin auch«, erwiderte die Admiralin – es stimmte: die gebräunten, scharf geschnittenen Züge Shavali Castanons, ihr nicht ganz kurzes, gar nicht langes naturhonigfarbenes Haar, die neuerdings grün leuchtenden Augen, fast so intensiv wie die Eisblauen der Admiralin, kamen zu schönster Geltung dank den zwei kurzen weißen Tuniken und dem silberblauen Schal. Auf Schmuck war verzichtet worden, einzig ein schlichter Ring mit einem dezent funkelnden Stein an der linken Hand deutete auf die gesellschaftliche Stellung der Quasimonarchin.

Die Präsidentin lachte: »Das machen wir nicht mehr, den Quatsch mit der dritten Person im Amt. Ich werde jetzt geduzt wie alle. Außerdem hast du mich mal anders genannt, schon vergessen?«

Renée ärgerte sich ein wenig, dass sie auf das, was ihr Tlalok schon seit dem ersten Yasaka-Erwachen dieses wieder zusammengefügten Körpers übers Politische und Protokollarische wusste, nicht besser achtgegeben hatte. Lange darüber nachdenken konnte sie nicht.

Shavali Castanon stieß sich lässig vom Tisch ab, war in geschmeidigen zwei Schritten – sie ging barfuß, wie das zur Zeit beim Altlinien-Partiziat auf Yasaka Mode war – bei Renée und umarmte sie ebenso herzlich wie überraschend.

Der so Vereinnahmten blieb nichts übrig, als die Geste zu erwidern. So hielten sie einander zwei Minuten lang, und merkten beide, dass von der alten, in schlimmen Zeiten schwer geprüften Zuneigung viel übrig war.

Als sie sich wieder voneinander lösten, versuchte die Admiralin, die Scharte ihrer unsicheren Anrede mit einer sarkastischen Bemerkung auszuwetzen: »Geduzt, okay, prima. Wie geht's der Demokratie?«

Castanon legte den Kopf schief und sagte mit Unschuldsmiene: »Festigt sich.«

»Mhh«, machte die Admiralin und ging um die Präsidentin herum zum Fenster, um den Ausblick zu inspizieren. »Mir ist seit einer Woche – nein, schon gut, du hast mich warten lassen, weil's noch um anderes geht bei dir –, also, mir ist aufgefallen, dass das alte Arbeitswesen wieder hochkommt in verschiedenen Encuentros. Ich habe mit Restaurantmanagern geredet. Mit Machandeurinnen – wir haben kein Geld hier, aber wieder Jobs, und viele bleiben den halben, den zweiten Dekazyklus lang im selben. Nicht ganz die Sorte Gesellschaft, für die wir gekämpft haben. Oder wie erklärst du mir sonst, dass mein Taxi, für das eine sTlaloksteuerung völlig hinreichend gewesen wäre, von einem Menschen gesteuert wurde?«

»Deine Augen scheinen schwächer geworden zu sein. Du hattest sie wohl zu lange nicht im Kopf. Das war kein Mensch, das war ...«

Castanon machte eine effektvolle Pause.

Die Admiralin stutzte, dann beendete sie den in der Luft hängenden Satz. »Ein Dim. Tatsächlich. Jetzt, wo du's sagst. Groß, breit – zu meiner Rechtfertigung: Ich habe ihn nur von hinten gesehen. Aber was macht ein Dim als Chauffeur im Castanon-Encuentro?«

Die Präsidentin ließ ein leises Gleichgültigkeitsgeräusch, etwas wie »pfff« hören, und sagte dann leichthin: »Arbeitet seine Befreiungskosten ab, denk ich.«

»Be... was?«

»Es gibt hier Stiftungen. Komitees, kleine Initiativen wohlmeinender Menschen mit Verfügung über Marcha, Patente und so fort. Die verkaufen Material an die Custai, um Dims, die zu bemitleiden in letzter Zeit ein dekadenter Trend geworden ist, rauszukaufen und dann irgendwo auf den kartierten Welten anzusiedeln, wo sie nicht mehr für die Echsen schuften müssen. Die Dims machen mit, es gibt sogar einen ganz bestimmten Planeten, wo ...«

»Erst allerdings schuften sie dann für uns, ja?«

Die Präsidentin lachte hell: »Sie müssen nicht, aber sie wollen! Ihre Kultur ist vom Eigensinn diktiert wie ...«

»Deine politischen Entscheidungen.«

»Gern. Jedenfalls wollen sie, wenn sie freigekauft werden, nach ihren krausköpfigen Wirtschaftsideen behandelt werden: Wir sollen ihnen sagen, was die Marcha, die man für sie dreingegeben hat, nach unserem Produktivitätsstand, also Progmafaktur, sTlaloks, twiPlanung und so weiter, an gesellschaftlicher Arbeitszeit verschlungen hat, und das wollen sie dann ableisten. Sonst fühlen sie sich nicht frei. Unseren Müßiggängern, die sich so rührend um die Armen kümmern, gefällt das natürlich blendend, archaisch, wie es ist. Die würden sich auch um Dims duellieren, wenn die Custai dazu Lust hätten. Snobs.«

»Sodass du, um dein Wahlvolk glücklich zu machen, jetzt selber mithalten musst und deine amtlichen Stellen ihrerseits Dims freikaufen lässt, die dann in Regierungsdiensten beispielsweise als eigentlich gar nicht benötigte private Dienstleister, etwa Chauffeure ...«

»Du hast deine politische Ader nicht verloren, wie ich sehe. Was zu trinken?«

Als die Admiralin zustimmte, holte Shavali Castanon einen raffiniert gewürzten und leicht alkoholisierten Tee von den Plantagen des Tommerup-Encuentro direkt aus der Wand, nämlich einer dezenten Progmanische zwischen zweien der hohen Fenster. Man rührte behutsam im Gebräu rum, nippte, entspannte sich.

Dann sagte Shavali Castanon: »Hab dich beim Anflug beobachtet, auch abgehört natürlich. Du versuchst, dir nicht nur über offizielle Nachrichten- und Unterhaltungsforen ein Bild zu machen von dem, was in Yasaka los ist, ja? Das können wir abkürzen. Derzeit ...«

»Du überwachst mich?«

»Du wirst liebevoll begleitet. Auch wenn wir keine Geldwirtschaft mehr haben, und auch wenn die Arbeitszeit von Gesellschaften, die von Unsterblichen regiert werden ...«

»Das gibst du zu? Dass die Unsterblichen eine Oligarchie bilden? Was der Shunkan immer behauptet hat?«

Wieder das »pfff«, und ein müdes Abwinken: »Es gibt kaum Sterbliche in der Regierung. Aber viele Unsterbliche wollen nicht regieren, sondern treiben sich irgendwo herum. Das genügt mir an Antidynastik. In echten Klassengesellschaften sieht es anders aus.«

Renée gefiel sich allmählich in der Rolle der Teufelsanwältin; sie machte sofort einen weiteren Einwand geltend: »Auch da würde dir der Shunkan widersprechen. Du tust, als wäre das hier eine Meritokratie, implizit jedenfalls, und die Unsterblichen hätten sich eben besonders verdient gemacht. Aber nach wenigen

Tagen hier kann ich dir versichern: Es gibt Leute, die sich an mich erinnern, die mich mögen, und denen stößt sauer auf, dass ich nie der Ehre teilhaftig wurde, die deine Irina Fayun Castanon ...«

Castanon sah ehrlich betrübt aus, als sie erwiderte: »Ressentiments? So billige? Von dir?«

»Eine nüchterne Tatsachenfeststellung.«

Die Präsidentin zwinkerte aufreizend. »Meinetwegen. Jedenfalls: Auch wenn ich alle Zeit der Welt habe, hat's mich doch einiges davon gekostet, dich einsammeln und zusammensetzen zu lassen. Das könnte man eine Investition nennen, wenn man den Sprachgebrauch der Custai pflegen wollte. Diese Investition beschütze ich. Deshalb wirst du beobachtet.«

»Vor wem?«

»Was würde dir das Wissen bringen? Was willst du mit Namen wie Ghaock oder Besnerhn oder N"//K'H/'G', die du nicht kennst, was willst du mit Namen wie Durantaye oder Nanjing, die du sehr gut kennst?«

Die Admiralin zog die Mundwinkel nach unten, sie fühlte sich nicht ernstgenommen: »Ich habe gerade im Gitter nachgeschaut, während wir hier reden. Du spielst einige deiner Beobachtungen den Medien zu – man zeigt, dass ich in der Stadt bin, esse, ausgehe ...«

»Warum nicht? Politik. Du hast eine Gesetzeslücke genutzt, mit deiner Selbstverstreuung, und ich zeige den Leuten, dass ich dir nicht böse bin, auch wenn wir vorhaben, diese Lücke während der nächsten regulären Parlamentssitzung zu schließen, damit ...«

»Wir. Pluralis Majestatis.«

»Nein. Die Partei, die Regierung. Hör zu, das Rechtshickhack ist unterhaltsam, und es ist gut, wenn die Leute was zum Debattieren haben. Ihr Verstreuten habt uns auf dem falschen Fuß erwischt – ein *loophole* genutzt, wie man in der Antike sagte. Wir waren davon ausgegangen, dass die Transplantations- und Cyborg-Marcha auf Nimmerwiedersehen in den Archiven verschwunden war. Wozu hätte man sie gebraucht, seit es Progmamedizin gibt? Daher erließen wir, naiv, wie wir waren, das Gesetz: Wer im

Krieg oder durch Unfall Gliedmaßen verliert, sich neue wachsen lässt, dadurch ein neuer Organismus ist – genetisch identisch, verstehst du –, kriegt einen Zyklus zusätzlich. Aber was machen die Leute? Sie dealen mit den Custai, die ihnen Organe entnehmen und sie in mechanische Marcha oder andere Gefäße einsetzen, oder mit kompatiblem Gewebe und Kortikalmarcha ergänzen, um unsere Tlaloks und sTlaloks zu imitieren. So macht man aus einem Lebewesen mehrere. Und alle kriegen jedes Mal den Zusatzzyklus. Und immer, wenn der abläuft, wird wieder ein Organ abgespalten, werden wieder zwei neue Geschöpfe erzeugt ... cleveres Verfahren. Dem wir jetzt einen Riegel vorschieben werden. Transplantiererei, KI- und Robotschnittstellen, das alles wird streng reguliert. Und weißt du, was die Custai tun werden? Sich nicht mehr einmischen. Sie brechen unsere Gesetze nämlich nicht gern. Schummeln ist was anderes. Der Handel mit Castanon – dem Unternehmen, der Marchaproduktion, die meine Familie leitet – wiegt zu schwer für sie, als dass sie weitermachen würden, wenn wir verbieten, was Extraprofit war. So einfach ist das.«

Die Admiralin stellte die leere Teetasse und das Tellerchen darunter leise klirrend auf den Schreibtisch der Präsidentin und sagte nachdenklich: »Du nimmst es sportlich.«

»Sähe ich die Sache enger, wäre der halbe Generalstab aus der glorreichen Zeit zur Fahndung ausgeschrieben. Denen bin ich viel böser als dir. Du hast mit deiner Fluchtzeit wenigstens was gemacht.«

»Ach, das weißt du?«

»Deine Sonden sind mehrfach erkannt worden. Wir haben sie in Ruhe gelassen, weil wir Hinweise ablesen konnten, an ihren Flugbahnen, darauf, wo du steckst. Du hast viel Geduld bewiesen. Koniken verknüpft, Signaldilatationen mit EPR-Filtern ausgeglichen. Und das alles dann in deinem Großhirn, das du sicher auch noch in eine rechte und eine linke Hälfte aufgespalten hättest, wenn ich dich nicht gestoppt hätte, zusammenlaufen lassen.«

Die Admiralin nickte. »Am sichersten aller Orte.«

»Der dritte Mond von Ianges im Schiasystem, ja. Hatten wir bald raus. Einer von deinen drei Medeen hat dich verpetzt. Die Medeen, die Leviathane ... unzuverlässige Leute.«

»Das glaube ich nicht.« Renée war sich ganz sicher.

Castanon antwortete: »Wir schützen sie. Wesen, die nicht planetengebunden sind, ob sie nun Kugeln sind, schwarze Vögel, Wabentiere, Geißelasteroide – die alle wissen, dass sie nichts zu lachen haben, wenn planetengezeugtes intelligentes Leben erst mal die Raumfahrt erfunden hat. Du kennst die Verträge zwischen Custai, Binturen, Hesemech, Nalori, Skypho, Lamlani, Leviathanen, Medeen. Artenschutzabkommen.«

»Und das interessiert die Nichtatmer? Wahrheit, Treue, Saragas, Tenma ...«

»Was dachtest du denn? Sie haben unterzeichnet. Na ja, zugestimmt. Sagen uns jedenfalls unsere lieben Dolmetscher, die Skypho.«

Shavali Castanon gestikulierte knapp, einer der Raumwürfel kam von der Decke näher geschwebt. Darin sah man große Kreaturen um Sterne kreisen, nicht maßstäblich, mit encuentrogroßen Augen.

»Ich dachte, die wollen bloß ihre Ruhe«, sagte Renée spitz.

»Klar, aber wer sichert ihnen die? Shavali Castanon. Ich weiß, was du gemacht hast, Renée. Du hast Skypho engagiert ...«

»Gebeten. Die lassen sich nicht kaufen.«

»Na, dann gebeten. Für dich zu übersetzen. Hast Saragas befragt, und andere Leviathane, auch Medeen, in der Nähe von Pulsaren. Diese riesigen Tiere, diese Sternlichtfresser und Magnetovoren und ...«

»Nicht alle sind so. Einige sind interessanter. Die Skypho wissen es, ich weiß es, seit ich nachgefragt habe, und du weißt es auch.«

»Einige leben direkt vom C-Feld.« Castanon tat wegwerfend und sprach das aus, als wäre es keine sonderlich belangvolle Sache.

Die Admiralin sah ihr interessiert ins Gesicht, als suchte sie nach einem verräterischen Tic, einem Gesichtsmuskelzeichen für die Unwahrheit. Als nichts dergleichen sich finden ließ, zuckte sie mit den Schultern, seufzte und sagte: »Wir reden davon, als wüssten wir, was das ist, dieses C-Feld. Der Ausdruck selbst ist ja sehr alt. Er stammt aus einer falschen Theorie, wusstest du das? So falsch wie ihre Konkurrenz, die Lehre von Urknall und Inflation, an die man glaubte, als die ersten Menschen die Schwerkraft ihrer Heimatwelt überwanden.«

»Na immerhin ist die Theorie ums C-Feld«, warf die Präsidentin launig ein, »richtig genug, um ein Wort für etwas zu spendieren, das es wirklich gibt, wenn auch auf andere Art, als die Uralten glaubten – alle diese Bondis, Golds und Hoyles. Schau mal in die Archive.«

»In die deiner Polizei, meinst du, die mir gefolgt ist?«

Die schlichte Antwort darauf, mit überraschender Aufrichtigkeit vorgetragen: »Ich wollte wissen, was das ist, was du wissen willst. Ob das, was auf uns zukommt, angeblich, ob das ... so wahrscheinlich ist, wie die Dims meinen, und so gefährlich, wie die Skypho sagen.«

Beiden war klar, dass sie jetzt dünnes Eis betreten hatten und sich mit äußerster Vorsicht weiterbewegen mussten, wollten sie nicht einbrechen.

Renée sagte: »Ich wollte noch mehr wissen als das, was deine Leute mich suchen gesehen haben. Ich wollte wissen, was es mit dem C-Feld auf sich hat, und ob die Theorie ... nun ja, ein einziges neues Wasserstoffatömchen auf 10 Billionen Kubikmeter im Jahr hätte genügt, den Ansatz zu bestätigen.«

»Natürlich. Und derweil warten andererseits ein paar Unentwegte immer noch auf den Protonenzerfall. Vergiss es, Renée. Wenn es etwas zu finden gäbe – oh, wir wissen, dass es ein C-Feld gibt, gewiss, und dass es lokale Speisung in dieses Feld geben muss, aber diese Quellen zu lokalisieren – nun ja, Energie, nicht wahr ...«

»Nicht nur Energie. Auch Information. Das war mein Ansatz.«

»Information.« Die Präsidentin setzte sich auf ihren Stuhl, atmete tief durch. »Schlau. So bist du auf Signale gekommen. Und auf die Pulsare. Also: Du hast ein Netz gesucht, das dem energetischen Netz entspricht wie ... Rauchsignale dem Vorhandensein von Feuer.«

»Hast du mich herbestellt, um mein Steckenpferd mit mir zu diskutieren?« Die Admiralin wollte sich herauswinden.

Sie fühlte sich bedrängt, verhört.

Shavali Castanon hob beide Hände, Handflächen nach außen, um sie zu beruhigen, und sagte: »Keine Entscheidung, die ich je getroffen habe, hat nur einen einzigen Grund, Renée.«

Das war wahrscheinlich ein Köder – sie will, dachte die Admiralin, dass ich mich nach ihren Gründen erkundige. Aber dazu habe ich keine Lust. Verstockt schwieg die Angeredete, und betrachtete sich aus dem Augenwinkel erst selbst im Spiegel, dann wanderte der Blick zur Präsidentin, die damit begonnen hatte, ihre vorzüglich manikürten Fingernägel aus der Nähe zu betrachten. Stimmt, dachte Renée, so was kann sie – wie sie früher immer so hübsch in ihren Haaren gespielt hat ...

Es dauerte, bis wieder jemand etwas sagte, und dann war es Shavali Castanon, im Plauderton: »Sagt dir der Name Geminga etwas?«

»Treue lebt dort. Ein Kugeltier. Die Custai haben es besiedelt, Pulsarforschung treiben sie da, weil die Gammapulse ...«

»Politisch, Renée.«

»Ah. Das Exil. Die großen drei.«

»Ganz recht. Ich plane eine Amnestie. Die sie sich allerdings verdienen müssen.«

Die Admiralin hob erstaunt die Augenbrauen: »Verdienen.«

»Ja. Ich kann sie freilassen, alle drei. Und damit vielen Nachhutkonflikten den Biss nehmen. Aber sie müssen unbedingten Gewaltverzicht erklären. Dann ist das eine Art Festgeschenk, für Irina.«

»Er wird niemals mitspielen.«

Es war nicht nötig auszusprechen, wen Renée meinte.

Shavali Castanon nickte: »Nein. Wird er wohl nicht. Aber die andern beiden vielleicht.«

»Verstehe. Selbst eine einzelne Unterwerfung reicht, nicht? Spaltung unter den Hoffnungsträgern der Ewiggestrigen. Und wie sie sich's ... verdienen sollen ... kann ich mir auch schon denken. Sie sollen Breven dichten, richtig?«

»Gut geraten.«

Die Admiralin, bei der aufgrund der aufreizenden Lässigkeit ihrer Dienstherrin von den Förmlichkeiten und Vorbehalten der ersten Viertelstunde des Beisammenseins kaum noch etwas übrig war, lehnte sich mit dem Hintern an den schweren Tisch und betrachtete ihn über die Schulter: Ein Metallkreuz in der Mitte, etwas wie stählerne Rippen darunter, offenbar also ein modulares Konstrukt, das sich zur EPR-Liege umkonfigurieren ließ. Ein raffinierter Trick – Castanon konnte sich, wenn ihr nach Echtzeitgesprächen mit Personen in weit entfernten Koniken war, einfach auf ihren Tisch legen, der sie dann in den Klammergriff nahm, sich vermutlich aufrichtete und ihr sämtliche Leitungen und Verbindungen in den Körper, unter die Haut treiben konnte, die für diese Art Kommunikation erforderlich waren.

Renée nahm ihre Mütze ab und fing an, sie gedankenverloren zu walken und zu kneten. Dann sagte sie: »So war's doch immer. Bei Begnadigungen, Wahlen in die Regierung, auf Parteitagen. Selbst du hast eine Breve gebaut und bei deiner Ernennungszeremonie vorgetragen. Wie sagtest du? Tradition. Wir Menschen, die Geschichtenerzähler. Also ich soll die einsammeln, die Märchen der Verbannten?«

»Das ist doch selber schon eine großartige Breve: Die harte Hand, die sie gezüchtigt und niedergeworfen hat, wird ihnen jetzt zur Versöhnung entgegengestreckt.«

Renée schnaubte belustigt: »Ich bin deine Hand, ja? Also, die Präsidentin schickt ihre Extremitäten jetzt auch auf Wanderschaft, wie wir gewöhnlichen Gesetzesbrecherinnen ...«

Bedächtiges Kopfwiegen bei Castanon, und dann, ernster: »Vergeben und versöhnen, aber nicht vergessen. Sie sollen Breven machen über Missverständnisse, Verlust und verfehlte oder gelungene Versöhnung.«

»Dass du dir da mal nicht mehr bestellst, als du verdauen kannst. Zera Axum Nanjing hat schon früher mit Breven Propaganda gegen dich gemacht.«

»Dann muss ich es eben wieder – wie sagtest du? – sportlich nehmen. Wer eine akzeptable, nicht ganz furchtbare Breve liefert, kommt frei, wird nach Yasaka geholt und darf dort meine Tochter kennenlernen, vielleicht für sie arbeiten ...«

»Und danach seiner oder ihrer Wege gehen.«

Die Präsidentin spielte mit ihrem Ring: gelb, blau, fluoreszierend, kristallisches Funkeln.

»Was ist das eigentlich, ein Diamant? Weil wir auf der diamantenen Welt sitzen?«

»Progmaversiegelter Pyrenkristall. Du weißt, was Pyren ist?« Die Präsidentin sah verschmitzt aus, als sie das fragte.

»Irgend so ein kondensierter aromatischer Kohlenwasserstoff. Nicht löslich in Wasser, wenig in siedendem Ethanol, gut löslich in Ether, Benzin ...«

»Ich meine nicht chemisch. Biologisch.«

Renée blinzelte, dann hatte sie's: »Unsere extremophilen Freunde. Die Medeen. Es gehört zu ihren Stoffwechselprodukten. Den sehr wenigen, die sie verlieren.«

»Siehst du, schon dass du so denkst ... Stoffwechselprodukte – du siehst sie eben als Tiere, statt als Welten. Bei einem Planeten würde man doch auch nicht sagen: Was für Stoffwechselprodukte gibt er ab? Obwohl er lebt.«

Einen schweigsamen Augenblick lang erinnerten sich beide an ihre früheren Gespräche, in intimerer Umgebung, über dieses Thema: anmutige Wesen, die zwischen Sternen lebten, ohne Grund und Boden oder Wasser.

»Ich verstehe«, sagte Renée, »worauf du hinauswillst. Ohne Untersuchungen der interstellaren Chemie hätten wir den Migrationsbewegungen der Medeen und Leviathane niemals folgen können.«

»Pyren«, sagte die Präsidentin und hielt die Hand mit dem Ring etwas höher, damit Renée ihn betrachten konnte, »ein Dutzend Kohlenstoffatome im Ring, zehn Wasserstoffatome draußen. Als wir das Zeug in ... gewissen Konzentrationen in interstellaren Wolken gefunden hatten, weit weg von allen Ahtotüren, wussten wir, dass viele Samen von Medeen einfach ins Nichts treiben, dort Raumchemie schlucken, paar Spürchen von Glycin und andere CHON-Krümel«, das antike Kürzel für Kohlenstoff, Wasserstoff, Sauerstoff und Stickstoff zauberte ein wehmütiges Lächeln auf Shavali Castanons Gesicht, »oder was da sonst an Molekülen rumgeistert. Dann schrumpeln sie zusammen, sterben und bilden interstellare Mikrofossilien.«

»Wie deinen Ring.«

»Reste von Wesen, die nie wurden, was Treue ist. Wohin du für mich fahren wirst.«

Renée ergab sich in ihr Schicksal. »Wann reise ich ab?«

Die Präsidentin griff nach ihren Armlehnen, stemmte sich in die Höhe und ging um den Tisch, bis sie vor der Admiralin stand. »Du reist nicht alleine. Die Lage auf Treue ist ... unübersichtlich. Ich habe dir eine Truppe zusammengestellt. Ein bisschen heterogen, aber notwendig, zu deiner Sicherheit, und damit der Auftrag auch wirklich erledigt wird.«

Renée war mit ihrer Mütze fertig, setzte sie wieder auf und sagte: »Wie diese Jungs und Mädels, die mein Gesicht gefunden haben?«

»Du hast das Entermanöver beobachtet, nicht?«

»Ich hatte sie schon vorher im Visier, deine Leute. Ich habe schon die ersten sTlalok-Sonden mitgekriegt, und eigene geschickt, aufs Schiff. Interessante Spiele, die sie miteinander gespielt haben. Der Bintur. Der Polizist. Die Mörderin. Ich hab die Tlaloks einsammeln lassen, soweit das noch möglich war, und dem Staatsschutz übergeben, auf Yasaka. Wollte ja nicht wegen Mordes angeklagt werden. Und dabei ist mir aufgefallen ...«

»Sprich nicht darüber, Renée«, sagte die Präsidentin, als fürchtete sie sich selbst und das, was sie würde tun müssen, wenn das Gespräch, durch das beide ihre Interessenfracht mit so viel Umsicht und Geschick gesteuert hatten, doch noch in unerwünschte Richtungen weiterliefe.

»Ich wollte nur sagen«, erwiderte die Admiralin in beschwichtigendem Tonfall, »dass ich gelernt habe: Du traust nicht allen gleichermaßen, die du irgendwohin schickst, um etwas wegzubringen oder abzuholen.«

Die Präsidentin wandte sich ihrem Spiegel zu, schloss die Augen und flüsterte: »Zwei Sorten Menschen haben nichts von mir zu fürchten«, und wieder lauter, mit geöffneten Augen, die in ihr eigenes Gesicht sahen, »die Loyalen und die Unwissenden.«

»Was bei der Sache, die wir beide meinen, fast dasselbe ist.«

»Paranoia. Deine Berufskrankheit, große Katze.«

Es war ein alter Witz zwischen ihnen: Die physisch Größere nannte die Kleinere groß, die physisch Kleinere die Größere klein. Raubkatzen waren sie beide.

Geradlinig, ohne weitere Umschweife, sagte Shavali Castanon: »Ich schicke dich nach Treue, du bekommst Soldaten mit wie die, die vor meiner Tür stehen. Sie heißen ohnehin nach dir, wusstest du das?«

»Die mit den schwarzen Schulterpolstern?«

»Schemuralegion. Kleine Ehrung.«

»Zweischneidiges Kompliment. Ich kenne sie nicht.«

»Ich weiß. Und ich weiß auch, dass es dir wichtig ist zu wissen, mit wem du arbeitest. Deshalb sind sie auch nicht die Einzigen, die dich begleiten werden. Die Soldatin, die dein Gesicht gefunden hat, und ein paar andere, die sie kennt, kommen auch mit. Das Nähere erfährst du nebenan. Kapitän Masaki Kuroda wird's dir erzählen. Wir unterrichten ihn gerade.«

»Habe ich die Wahl, den Auftrag abzulehnen?«

Die Präsidentin lachte bloß. Renée Schemura wollte salutieren, aber eine zweite Umarmung, herzlicher und inniger als die erste, hinderte sie daran, und darüber freute sie sich, ein wenig gegen ihren Willen, dann doch sehr.

2 Umbringen wollte Valentina Bahareth sich eigentlich nicht.

An Distanz von sich selbst aber war ihr gelegen. So belastete sie ihren Körper mit den schlimmsten Alkoholexzessen und der ungesundesten Speisenfolge, die ihr einfielen. Selbstbestrafung, Selbstdemütigung, nennt es, dachte sie, wie ihr wollt: Ich komme aus der Szewcyklinie, wollte mich rausarbeiten, bis zu den Sternen, bin aber heftig auf den Arsch gefallen. Deshalb sind mir die untersten, übelsten, dunkelsten, schmierigsten Stinkpinten im Scewczyk-Encuentro, voll von Kriminellen und Militärs, die kurz vor der unehrenhaften Entlassung oder der Desertion stehen, gerade recht.

Diese Löcher waren dermaßen überfüllt, dass die twiSicht sich gar nicht erst aktivieren ließ, wenn man sie betrat, und dermaßen übelriechend, dass man nur noch auf die Toiletten flüchten und den Kopf dort in die Schüssel tunken wollte, sobald man sich einen Platz an einem der Tischchen oder an der Bar erkämpft hatte.

»Auf dem Klo«, sagte ein Weiser aus Dreck und Leder zu Valentina, »kann man wenigstens auf oder in was kotzen, das nicht sofort zurückkotzt.«

In diesen Latrinen herrschte ein solcher Krach, dass die Tlaloks sich weigerten, mehr als 10 Prozent dessen, was da in abscheulichen Sprachen, die es eigentlich gar nicht mehr geben durfte, gebrüllt wurde, in ein respektableres Idiom zu übersetzen.

Hier trank Valentina literweise Branntweine und andere Schnäpse aus den drei, vier barbarischsten Gouvernements auf dem elendesten Kontinent ihrer Heimatwelt. Sie hatte vergessen, woher genau sie stammte, und zwischen all den Wässerchen, die vor ihrer Geburt durch glimmende Ahornkohle getröpfelt waren, all dem Roggen- und Marillen- und Pflaumen- und Kirschen- und Maisgift, dem Süßen und Bitteren, Torf und Honig, Rauch und Tod vergaß sie bald, dass sie woanders geboren war als in einer Kneipe.

Valentina schlug sich mit jeder und jedem, die sich drauf einlassen wollten, spielte Diamondback und Würfel, geriet in Duelle und Gebrüll, für den Shunkan und gegen den Shunkan, für die neue Beleuchtungsordnung im Asvany-Encuentro und dagegen, für Irina Fayun Castanon und gegen sie, für die Akademieleitung und ihre Zusammenarbeit mit Custai und dagegen, für ihre Mütze und dagegen, aufs Maul, ins Kreuz, ins Gesicht.

Valentina verlor Zähne und lachte blutig, sang die Lieder Lysanders und griff Leute an, weil sie die sangen.

Wenn sie überhaupt etwas essen konnte, aß sie Putenschnitzel mit Schattenmorellen und Kirschsoße, trocken zusammengebackenen Nudelauflauf »auf die Hand« an irgendeiner Straßenecke, Pizza, die statt mit Käse mit geschmacksneutralem Fettlappenschmalz belegt war, unter Brückenpfeilern, Mangoldgemüsetaschen, Kartoffelplätzchen, Hamburger, Baguettes mit Knoblauch. Sie bekam Durchfall, soff noch mehr und übergab sich von einem Hochhausbalkon in einer Siedlung mit zu vielen leerstehenden Wohnungen – Valentina war in eine davon einfach eingebrochen; die Klimaregulierung dort war vorbildlich.

Im scharlachfarbenen Nebel aus Übelkeit und schlechter Laune, Rausch und Wut, Angst und Erinnerungsstörungen (wie war das gewesen, die Rückreise, hat mich diese Admiralin zusammenflicken lassen, lag ich im Heilschlaf, hörte ich Stimmen von Leuten aus der Crew meines gesprengten Schiffes, lebten welche noch, lebten sie wieder? – ach, kleine böse rothaarige Frau, lebst du noch, lebst du wieder, niemand spricht mit mir und du bist fort) ging es ihr wohl am allermeisten darum, ihre Uniform zu schänden, zu schädigen, wenn möglich zu zerstören. Aber die schwarze Hose ließ sich nicht mal mit Messern zerreißen, und das weiße Jäckchen war vier bis fünf Stunden nach der schlimmsten Verschmutzung stets wieder blütensauber, gleich, ob Zucchinischmiere oder Ketchup, Schokolade oder Blut, Zigarrenasche oder Fritteusenfett, Schafskäse oder Urin, Speichel oder Sperma, Weinbrand oder Tomatenpaste darauf gekleckert worden war.

Die Amokläuferin warf sich in die riskantesten Vergnügungen – Boxkämpfe, Rennflüge mit Mietgleitern, Schwerkraftbeugungsbungee – mit denselben Leuten aus der alten Heimat, denen sie damals, mit ihrer freiwilligen Meldung zum Militär, unbedingt hatte entkommen wollen, den wilden und urigen und individuell gekleideten, mit ihren Halstüchern, absichtlich selbst zerrissenen Hosen und bemalten Schuhen, so verschieden wie Eier, denn Eier waren ja gar nicht alle gleich, das war ein Vorurteil von Großstadtleuten.

Eier waren verschieden, manche rochen schlecht, manche okay, aber sie waren uninteressant verschieden, beliebig.

Auch Sex hatte sie mit einigen dieser Gestalten, wahrscheinlich (urteilte sie später) zu viel. Es gab in der Riesenstadt noch immer Menschen, die nicht genügend Blutnanoniken in ihren Adern trugen, um wirklich allen Krankheiten zu entrinnen, die man sich auf diesem Weg holen konnte. Die dritte und die vierte Nacht ihrer Reise durchs selbstausgesuchte Inferno verbrachte Valentina deshalb, glühend vor Hitze, auf dem Fußboden einer amtlich vermittelten Wohnzelle – Militärs stand dergleichen überall auf Yasaka zu –, fröstelte und ließ die Virenfänger und Pseudobakterzerstäuber in ihrem Leib die energieaufwendige Arbeit tun, die nötig war, alles aus ihr herauszuwaschen, was sie sich bei ihrer Schockpromiskuität im Szewczyk- und Degroote-Encuentro zugezogen hatte. Es war wie Sterben, wie Geborenwerden.

Alle zwei Stunden musste sie unter Schmerzen pinkeln, jeweils fast fünf Minuten lang, dann hing sie wieder eine Viertelstunde am Wandhahn und trank und trank, stürzte danach erneut in Fieber und Frösteln. Als die Brachialkur ausgestanden war, gabelte sie in einem Cabaret im Degroote-Encuentro einen Idioten auf, der in einer von ätzend-dampfendem Dauerregen durchweichten, sehr schmalen Gasse hinterm Gebäude etwas zu enthusiastisch versuchte, ihre Zunge in seinen Hals zu saugen.

Sie musste ihn mit der Waffe bedrohen und sogar ein bisschen zusammenschlagen, um die Situation zu klären. Dabei fiel ihr dann immerhin auf, dass die destruktiven Sexgeschichten allen Reiz verloren hatten. Einigermaßen folgerichtig begann sie augenblicklich mit einer neuen, noch gräulicheren Phase aus schwerstem Suff und sinnlosen Prügeleien.

Als sie endlich nicht mehr recht wusste, wer sie war und was sie wollte, stellten zwei nachsichtige und freundliche Streifenpolizistinnen sie vor einem der nobelsten Theater im Tilton-Encuentro, das von Menschen wie Nichtmenschen besucht wurde.

»Es sind zwanzig Minuten bis zur Vorstellung. Wollen Sie da rein? Sie sehen nicht gut aus.«

Valentina kauerte mit zugeschwollenem rechtem Auge, lädiertem Kinn und verbranntem Hals – sie erinnerte sich auch später nie mehr, wie sie zu diesen dann schnell ausheilenden Verbrennungen gekommen war – am Fuß der Treppe des Festspielhauses, während die Gäste, die sich auf kühnste Environs freuten, einen eleganten Bogen um sie machten.

Valentina roch nicht, wie sie aussah, sonst hätten die Frauen in den blauen Mäntelchen sie mitgenommen und irgendwo ausnüchtern lassen.

»Kommen Sie, stehen Sie mal auf. Was machen Sie hier, Leutnant?« Den Dienstgrad hatte die Schmalere der beiden korrekt von den Schultermarken abgelesen. »Wollen Sie vielleicht demonstrieren, randalieren? Irgendeinen Ärger machen?«

»Nö, ich will ... ich will mir«, die plötzliche Eingebung war so pervers wie stimmig, »eigentlich schon total ... total gern die ... die Vorstellung ansehen.«

Dagegen ließ sich nichts sagen; es gab für Angehörige der Streitkräfte ja sogar gesetzeshalber stets genügend reservierte Kojen.

Die beiden Gesetzeshüterinnen halfen Valentina also, wieder auf die Beine zu kommen, und führten sie, unter leicht misstrauischen Seitenblicken, sogar ins Gebäude, fast bis in den inneren Ring an der Bühne. Galant reichten sie ihr die Arme, damit sie in eine der Kojen klettern konnte.

Während sie sich noch zurechtzufinden suchte, Leitungen annahm, den Tlalok synchronisieren ließ, fing Valentina an zu grummeln: »Aber wer ... wer will'nn dss eintlich, Environs, ich will nur Breven lesen unnn ... anguckn unn ... hören.«

Als das Environ anfing, das VAL/ORSON hieß und auf uralte Quellen zurückging – Lichter sangen »Shakespeare«, Fußnoten tanzten den Namen »Marly Youmans« um Valentinas Hirnrinde –, ahnte sie, dass sie in ihrer Umnachtung diesen Ort möglicherweise mehr oder weniger gezielt angesteuert hatte. Das Kürzel »Val« im Titel stand für Valentina oder Valentine, struppige und stachlige Heiligengeschichten um Liebe und Leidenschaft, brutzelnde Sehnsüchte und traurige Berührungen, mit einem Helden oder einer Heldin namens Valentius, Valentin, Valentina.

Schäumende Gischtpassagen fielen aus wasserlöslichen Farbkugeln, Akkordbrechungen nahmen Großzügigkeit und Zuversicht in Anspruch, ein Saurier, der vielleicht ein Cust war, verschonte ein Fressopfer, Engelschöre jaulten, das Herz kämpfte, schwelgerisch orchestriert, grüne Küsse aus der Jugend neckten kühle Meerjungfrauen, Kerbflöten kicherten, Metrik rutschte unter Strömen der Ergriffenheit weg, dass die vielen Stimmen, von mezzopiano bis fortissimo, keinen Boden mehr fanden.

Echos von gegeneinander gefunkten Oktolen bauchtiefer Trommeln blitzten als Gesichter ehemaliger Freunde auf, Streicher hetzten wogend durch rein rhetorische Hell-Dunkel-Kontraste, Schauspielerinnen und Schauspieler rangen mit Valentina, die immer wieder aus der rauen Raumakustik auszusteigen versuchte, sich zwischen Schellen und Rasseln verlor, Kupfer schmeckte, lachte, weinte.

Die ganze Kunst nahm die Soldatin schlimmer mit als die Sauftour, das sinnlose Vögeln, die Prügeleien, das miese Essen. Sie krümmte sich in ihrer Koje zusammen wie ein Embryo, der auf keinen Fall zur Welt kommen will, und stieg auch eine halbe Stunde nach Ende der Vorstellung, die beim übrigen Publikum ein phänomenaler Erfolg gewesen war, nicht aus ihrem Kokon.

Sie wäre vielleicht über Nacht oder länger darin geblieben. Es hatte keine Eile, das Leben war ihr sowieso egal. Aber eine sichere Hand gab von außen den Entsiegelungscode ein, den eigentlich nur Valentina selbst wissen konnte, war er doch mit der Armeekennung in ihrem Tlalok synchronisiert. Der Retter öffnete die Tür und griff sie unterm rechten Arm, sanft, aber bestimmt.

Fast hätte sie den drahtigen, muskulösen und beweglichen Mann in seiner dunkelblauen Jeans, den braunen Wildlederstiefeln und dem schwarzen offenen Hemd nicht erkannt, weil Masaki Kuroda in ihrer Erinnerung so sehr in seine Kapitänsuniform gehörte wie ihre Ausbilderinnen und Ausbilder in die akademische Kluft.

Als er sie jedoch beim Hochkommen, Ausstieg aus dem Ei und Sichaufrichten stützte und dabei gelassen sagte: »Nicht zu schnell. Ihnen wird sonst schwindlig. Gerade. Gerade halten. Blinzeln Sie mal. Gut«, war das doch ganz die Stimme, der sie, wie sie jetzt erst erkannte, lieber gehorcht hatte als irgendjemandem vorher, mit Ausnahme des geliebten Großvaters, der beim Baden ertrunken war, eine Spätfolge eines Tlalokschadens aus den Linienkriegen – sie hatte ihn gerade erst wiedergesehen, den tapferen Alten, im VAL/ORSON-Environ, eine erschreckend realistische Illusion, die sie so bald nicht noch einmal erleben wollte.

Der Kapitän brachte sie aus dem Theater.
Valentina hakte sich bei ihm unter, als wäre er ihr Kavalier. So brachte er sie die Treppe hinab und auf die von Lampions, Licht- und Klangspielen zu Ehren Irina Fayuns stimmungsvoll dekorierte Hauptstraße des Tilton-Encuentro.

Eine Weile gingen sie schweigend nebeneinander her, das heißt: Er ging, sie humpelte, bis sie auf eine Allee mit großen Rotholzbäumen abzweigten und sich unter einen davon auf eine schmiedeeiserne, grün gestrichene Bank setzten, mit Blick auf den Abgrund hinunter zum bleiernen Meer.

»Sie haben mich angelogen«, sagte Kuroda ruhig, nicht unfreundlich, ein Seitenblick mit dem gesunden Auge verriet ihr, dass er dabei das unergründliche Lächeln zeigte, das die unangenehmsten Wahrheiten begleitete, die er aussprach.

»In ... wieso?«, murmelte Valentina, grammatisch alles andere als korrekt, noch immer aufgewühlt und ausgelaugt von der Kunsterfahrung, und fühlte in ihrer Backe mit der Zunge herum: Okay, alle Zähne wieder da, das war ja diesmal wirklich rasch gegangen.

»Sie hatten behauptet, die Uniform, die Gemeinschaft und die Flucht aus der heimatlichen Enge seien die Gründe für Ihren Eintritt in die Armee gewesen.«

»Hmpf. Schön übrigens, dass Sie leben.«

»Die Admiralin hat meinen Tlalok bergen lassen. Ein unverschmorter Arm genügte zur Klonierung des Restes. Das neue Hirn ist organisch. Die Erinnerungen fühlen sich ... zusammengedrängt an.«

Zusammengedrängt, dachte Valentina. Unheimliches Wort.

Sie schwiegen wieder eine Zeit lang, dann sagte die arg Mitgenommene: »Und warum bin ich wirklich in die Armee?«

»Schauen Sie sich mal an. Die mich geschickt haben, um Ihnen ein Angebot zu machen, für eine neue Mission, bei der Sie sich große Verdienste erwerben können, haben mir gezeigt, wie Sie die letzten drei Wochen seit ihrer Ankunft auf Yasaka zugebracht haben.«

Drei Wochen also.

Hätten genauso gut drei Stunden gewesen sein können, fand Valentina, oder drei Jahre. Ihr Magen knurrte, ihre rechte Hand wollte zittern. Die Soldatin verbat es ihr, also zitterte sie nicht.

Valentina hörte sich sagen: »Stimmt, ich hab's mir schlimm gegeben.«

»Weil Sie kämpfen wollen. Gegen irgendwas. Irgendwen. Deshalb sind Sie in die Armee: nicht einfach als Soldatin. Als Kriegerin. Und wenn sonst niemand da ist, kämpfen Sie eben gegen sich selbst. Das bewundere ich. Und das bedaure ich.«

»Das Angebot«, sagte Valentina und beugte sich vor, um auf den Boden zu spucken – sie musste den Geschmack der Kunst im Mund loswerden. Wahrscheinlich mit Alkohol, schon wieder. »Hat dieses ... hat das Angebot irgendwas mit ... werde ich da kämpfen?«

»Im Gegenteil. Sie werden jetzt Friedensbotin, wenn Ihnen das gefällt.«

Die Ironie in seiner Stimme war kaum greifbar, aber vorhanden. Valentina stand sehr langsam, sehr wacklig, unter vielen Mühen auf. Sie reichte ihm die Hand, er nahm sie, sie wurde geschüttelt.

»Ich weiß zu schätzen, dass Sie mich gesucht und gefunden haben, Kapitän. Ich weiß, dass ein Mann wie Sie nicht einfach jemanden wie mich holt wie ein Hund das Stöckchen. Ich weiß, dass Sie gekommen sind, weil Sie glauben, dass ich gut bin in dem, was ich mache. Was ich bin.«

Sie ließ seine Hand los. Er nickte, sah sie abwartend an.

Sie fuhr fort: »Aber dieses Angebot ... sagen Sie denen einfach von mir, die können sich das in die Ärsche schieben. Ich bin draußen. Ich werde mich so lange danebenbenehmen, bis ich unehrenhaft rausfliege. Aus der ganzen Armeescheiße. Dann mach ich was Neues. Vielleicht Schauspielerin und Sängerin.«

Er nickte wieder, knapp, nicht einverstanden.

Sie drehte sich weg und ging schlurfend, schleppend, unsicher davon.

Er rief ihr nach, als sie eben noch in Hörweite war: »Das Angebot wird wiederholt werden. Bald. In wenigen Stunden.«

»Bitte«, rief sie zurück, ohne sich umzudrehen, und humpelte dabei stur weiter, »respektieren Sie, dass ich versuche, in Würde abzuhauen. Warum sollte ich beim zweiten Mal Ja sagen?«

»Sie können nicht gewinnen, wenn Sie gegen sich selbst kämpfen.«

»Wahr. Aber ich kann dabei auch nicht verlieren.«

Valentina lachte tonlos, bald tat ihr der Hals weh davon.

Ein Taxi stand auf der Hauptstraße vor einem Laden, der scheußlichen gegrillten Thunfisch auf angegammeltem Reis verteilte. Valentina stolperte hin, ließ sich ein großes grünes Blatt voll ungenießbarem Zeug geben und warf sich damit auf den Rücksitz des Taxis, dass die Hälfte des Drecks im Fahrzeug herumbröselte.

»Wohin?«, fragte ein breitschultriger Dim, dem die Verschmutzung gleichgültig schien.

»In die Hölle«, schlug Valentina vor.

Der Dim interpretierte das ganz richtig als den Wunsch, zunächst mal nach links abzubiegen, dann mehrere Etagen tief zu sinken und im Szewzcyk-Encuentro die Fährte der rückhaltlosen Selbstzerstörung wieder aufzunehmen, die Valentina vor sechs Stunden vorübergehend verloren hatte.

Diesmal konzentrierte sie sich auf das Wesentliche: Whisky und Kloppe. Zwei ihrer Gegnerinnen und Gegner mussten ins Krankenhaus, es gab eine von drei Streifenpolizisten erteilte Verwarnung, aber die ersehnte zweite Blindheit für alles und jedes und ihre inneren Zustände wollte sich nicht einstellen. Eine Frage, die sie dem Boten der Präsidentin nicht gestellt hatte, drängte sich mehr und mehr in den Mittelpunkt ihres pulsierenden Selbstmitleids, auch als sie ein paar Stunden in ordnungspolizeilichem Gewahrsam saß oder beim besoffenen Kartenspiel gerade wie ein geölter Aal unter den Tisch rutschte. Die Frage hatte mit nichts von dem zu tun, was zwischen ihr und dem Kapitän geredet worden war, und alles damit, dass er lebte.

Valentina wich der Frage noch eine anstrengend gefährliche Weile aus, dann merkte sie, dass sie aus Versehen stocknüchtern geworden war, dass kein noch so schlimmer Exzess sie von dieser Nüchternheit wieder würde heilen können, bevor die unaussprechliche Frage beantwortet war.

Also ging sie nach Hause – das heißt, in die kleine Wohnzelle, in der sie ohne ihr bewusstes Zutun, einfach durch mehrmalige Übernachtung dort, inzwischen ordnungsgemäß gemeldet war. Zwanzig Minuten lang stellte sie sich in voller Militärmontur unter den kältesten Duschstrahl, den sie je hatte aushalten müssen.

Als sie danach tropfend, triefend, platschend, bis auf die Knochen durchgefroren aus der Nasszelle stieg, stand die Antwort auf die unaussprechliche Frage bereits mitten im Zimmer, vor dem Fenster, in dem ein weiteres ungeheuerliches Feuerwerk der präsidialen Eitelkeit zu schmeicheln versuchte.

Die schöne Rothaarige grinste breit: »Kuroda meint, du wärst so weit. Ich könnte dich abholen.«

Valentina sagte: »Klar.«

3 »Einer der schönsten Sterne, die ich kenne. Sehen Sie die Staubscheibe? Ein Brautschleier. Und die beiden Großen ... es ist, als hätte der Stern sie geboren.«

Die Admiralin hob ihr edel geschwungenes Glas etwas höher, wie um einen kleinen Toast auf die Herrlichkeiten auszubringen, an denen man gerade vorbeiflog.

Renée Melina Schemura saß auf einem armeeweißen Ledersessel in der Mitte der Aussichtslounge der SWAINSONIA CASTA. Kapitän Kuroda saß ihr gegenüber, in einem identischen Möbel, ein Whiskyglas in der Rechten. Zwei Ringe an dieser Hand, silbern und golden, waren Auszeichnungen der Präsidentin, für den Tod im Dienst.

Der Stern, den sie passierten, war Wega. Die »beiden Großen«, von denen Renée gesprochen hatte, waren zwei eben in Sichtweite gekommene Alliierte der VL: viertausend traditionelle Menschenjahre alte Medeen namens »Wahrheit« und »Freundschaft«. Nicht die Menschen, sondern Custai hatten ihnen diese Namen beim Erstkontakt vor anderthalbtausend Jahren verliehen. Dergleichen war in der Custaikultur typisch bei der Benennung von Geschöpfen, die im Leerraum lebten und dafür von den Custai verehrt wurden.

Es handelte sich um typische Vertreterinnen ihrer Spezies, flacher als die Kugelwesen, zu deren Phylum Treue zählte. Sie hatten silberne Rücken und fischten mit Cilia, die Hunderte Kilometer lang waren, im kalten Staub um den Stern nach mineralischer Nahrungsergänzung. Eigentlich lebten sie von Sonnenwinden, magnetischen Energien und den rätselhaften Emanationen des C-Feldes.

Zwischen den beiden Menschen an Deck schwebte in einem Meter Höhe ein zylindrischer Behälter aus rötlich-schwärzlichkrustigem Material, in dem drei Sichtfenster den Blick auf eine Skyphe freigaben, die vanillefarben war und wie zwei sich kräuselnde, nach schwer fasslichem Origamimuster ineinandergesteckte Rosenblüten aussah. Flexible Stahlfäden, die entfernt an die Cilia der Medeen erinnerten, und pulsende Magnetfeldaugen regten sich auf niedrigem Verausgabungsniveau rechts und links der Sichtfenster des Objekts, das Skypho ihren »Exoruf« zu nennen pflegten.

Das Wort, das in verschiedenen Menschensprachen dem Signifikat »Ruf« – also der Vorstellung: jemand sagt einen Namen, damit jemand kommt oder herhört – entsprach, hatte in Wissenschaft und Philosophie der Skypho ein ähnlich weitgespanntes Bedeutungsfeld wie in älteren menschlichen Begriffslandschaften der Ausdruck »Seele«.

»Ruf« hing für die Skypho mit Sprache, mit Syntax und Semantik zusammen, stand aber auch für »Identität« und sogar »Abstammungsprofil« – die menschlichen Linienkrieger übersetzten sie sich daher mit einem Wort, das bei wörtlicher Rückübersetzung »Rufstreit« hätte lauten müssen.

Die Skyphe zwischen Schemura und Kuroda hieß 3467999 – wer sie per Tlalok, dessen Signale sie mittels eines akustischräumlichen Sinns empfing, der im Sensorium der Menschen keine genaue Entsprechung hatte, so anredete, oder mittels eines entsprechenden elektronischen Binärcodes, konnte auf präzise Reaktionen rechnen.

Rein akustische oder visuelle Kommunikation gestaltete sich dagegen schwieriger, obwohl die Skypho inzwischen sprechen, hören, lesen und schreiben in unterschiedlichen Varianten gelernt hatten. Eigentlich hatten sie keine im menschlichen Sinn individuelle Namen, »eine Person, eine Benennung« galt nicht. Für die Zwecke ihres Gemeinschaftslebens brauchten sie das offenbar nicht. Einerseits bezeichneten »Rufe« bei ihnen nicht selten ganze Gruppen von Einzelwesen, die aber sozial eine ähnliche Funktion hatten – »alle Mütter von C heißen A«, »alle Pilotinnen von Schiff X heißen Z« –, andererseits hatte dasselbe empirische Individuum manchmal unterschiedliche Rufe, je nachdem, ob es etwa eine Reise zu anderen Koniken antrat oder von dieser zurückkehrte. Es war Skypho zwar abstrakt beizubringen, aber nicht intuitiv verständlich, warum beispielsweise jemand, der aufgrund relativistischer Reisegeschwindigkeiten Effekte der Zeitdilatation erlebt hatte, danach noch in einem dazu versetzt existierenden Kontext, wenn er denn in ihn wieder Aufnahme fand, in irgendeinem stimmigen Sinn als »derselbe« gelten sollte.

Ihre Kultur war nicht allein aus diesem Grund, sondern auch wegen gewisser Eigenheiten im Umgang mit Erzählzeiten oder dem Dingschema, nicht nur bei Eigennamen, sowie einer Grammatik, die eigentlich nichts als Mittelpunkt und Drehachse von Aussagen anerkennen konnte als Verben, den Menschen, den Custai, Binturen, ja selbst Extremophilen wie den schwarzen Vögeln und anderen Nichtatmern ein großes Rätsel. Um die Schwierigkeiten, die das mit sich brachte, übersichtlicher zu gestalten, hatten sie es sich deshalb angewöhnt, im Umgang mit individuierten Fremdspezies – »schmalen Rufern« respektive »schmalen Gerufenen«, wie sie die nannten – selbst Einzelnamen zu benutzen, wobei sie einem einfachen System der numerischen Wertzuweisung an die Sprachakteure folgten. Renée Melina Schemura hieß für die Skypho 54544764882 und Masaki Kuroda 378578578. Die Zahlen bezeichneten schlicht den Rang auf einer offenbar von allen Skypho überlichtschnell, mittels eines Sinnesorgans für natürliche, mit keiner bekannten Marcha erzielte EPR-Kommunikation geteilten Liste der Kontakte mit schmalen Rufern und schmalen Gerufenen.

3467999 war deshalb einfach die 3467999ste Skyphe, mit der ein Mensch, ein Bintur, ein Cust oder sonst ein nichtskyphisches Wesen jemals etwas zu tun gehabt hatten, Renée wiederum der 54544764882ste und Kuroda der 378578578ste Mensch, mit dem eine Skyphe jemals irgendwo, irgendwann geredet hatte. Selbstverständlich sprachen die Skypho die Menschen oder anderen Nichtskypho mit deren richtigen, das heißt den von ihnen selbst als zutreffende Eigenbezeichnung akzeptierten Namen an, wenn sie ihre Audiosynthesizer oder Schriftcodes verwendeten. Die erste Phase der Kommunikation zwischen Skypho und Binturen – diese beiden Arten hatten einander lange vor dem ersten Auftritt der Menschheit auf der diplomatischen Bühne des Kosmos kennengelernt – war für die Skypho auf dornenreiche Art sehr lehrreich und ernüchternd gewesen. Schon die Zahlenkonversion ihrer Numerierung erwies sich als ungeheure Zeitverlustfalle.

Die Skypho arbeiteten nämlich weder mit einem binären noch einem dem Binturenrechnen angenehmen Sechser-System, sondern mit einem auf der Zahl 13 basierten (die Umschriften ins Dezimale sind Menschenleistungen).

Aufgrund entsprechender Tabellen in nichtlokalen Servern, zu denen, soweit sich von außen schließen ließ, sämtliche Skypho denselben Zugang hatten, nannte 3467999 bei der Konversion 54544764882 also »Renée« oder »Admiralin Schemura« oder Ähnliches, und 378578578 hieß, wenn Skypho ihm etwas mitzuteilen hatten, »Kuroda-San«, »Kapitän Kuroda«, »Masaki« oder was sonst der erreichten Vertrautheitsstufe entsprach.

Die Menschen dagegen mogelten meistens. Sie merkten sich die Ziffern, mit denen die Skypho benannt sein wollten, nicht wirklich, sondern legten einen Link zwischen deren Anblick samt in twiSicht erfassten Mikrodetails der Exoruf-Oberfläche oder der bei fast allen Skypho subtil verschiedenen Synthesizerstimmenfrequenz und der im Tlalok gespeicherten Zahl, die dann wie von selbst von der Zunge oder der Hand ging, wenn die betreffenden Menschen sie anredeten.

Die Custai hatten das Problem in Nachahmung der menschlichen Lösung über ihre Kortikalmarcha in den Griff bekommen, die Binturen konnten sich den ganzen Zahlensalat tatsächlich merken. Was die Skypho sich bei all den Schwierigkeiten dachten, die ihr so sauber rationelles System den unordentlicheren Spezies machten, war diesen nicht bekannt.

3467999 behielt ihre Gedanken im Augenblick ohnehin für sich. Sie hatte schon seit einer halben Stunde, seit Beginn der kleinen Geselligkeit zum besinnlichen Abschluss eines langen und mühseligen Tages voller logistischer und politischer Besprechungen auf Deck, nichts mehr gesagt oder gesendet.
Die SWAINSONIA CASTA befand sich in einer Staublücke, einer Art ausgespartem Rillengroove im Krümelkram um Wega. Sie hatte vor drei Wochen die Einwärts-Ahtotür, die diesen Stern äquidistant zwischen ihm und dem Ort der Linienkriegs-Entscheidungsschlacht von Alpha Lyrae begleitete, hinter sich gebracht, wurde jetzt gewartet und auf den Durchgang durch die Auswärts-Ahtotür zum nächsten Zwischenhalt vorbereitet.

Das Schiff glich äußerlich der Muschelsorte, nach der es benannt war. Wie alle interstellaren Militärboote in der Flotte des Präsidiums der VL ab der standardisierten Schlachtschiffgröße aber war es innen um ein Vielfaches größer als außen und verfügte über mehr bauchige Kammern, als ein Mensch in einem vollen Zyklus erforschen konnte.

Der geometrodynamisch eingebettete Raum blieb dabei zumindest auf diesem Flug zu größten Teilen ungenutzt; freilich war diesmal mehr davon bewohnt als sonst, einer Bitte des Kapitäns folgend, der damit wiederum einen Wunsch einer frommen und philanthropischen Verwandten auf Yasaka zu erfüllen suchte, die nicht nur zur Kajiwara-Linie gehörte – Kaji 8++, immerhin –, sondern nach Rückheirat aus der ohnehin genetisch liniennahen Familie Kuroda sogar den Namen Kajiwara führte.

»Voller Grazie«, sagte Kuroda nachdenklich und bezog sich damit auf die beiden Medeen.

»Ja. Sie leben im Nichts. Aber es sieht aus, als lebten sie im Meer, oder im Licht, oder einem Medium, das Bewegung langsamer macht und zugleich für Betrachterinnen verdeutlicht. Medeen – mir fällt erst jetzt die Ähnlichkeit des Wortes, und der Art, mit Medusen auf«, erwiderte Renée und verschwieg, was sie eigentlich hatte sagen wollen: Dass die Medeen ihr durchaus wie größere, gröbere Skypho erschienen.

»Was gibt Ihnen eigentlich«, begann Kuroda einen neuen Gesprächsfaden, der sich auf eine Bemerkung bezog, die Renée einige Tage früher gemacht hatte, »den Gedanken ein, von den Medeen als ›unsere verlässlichen Mädchen‹ zu reden? Auf der Akademie, und soweit ich weiß auch in der einschlägigen astrobiologischen Lehre, führt man sie als geschlechtslos.«

Wie die Skypho, dachte auch er, sagte es aber ebenso wenig, wie Renée vorhin ihren Vergleich geäußert hatte.

Die Admiralin schloss kurz die Augen, dachte nach, dann sagte sie: »Sie sind, denke ich, Mädchen für mich, weil sie eines Tages alle ... Mütter sein werden.«

Kuroda nickte: »Das ist wahr.«

Er verstand die Anspielung auf den parthenogenetischen Fortpflanzungsweg der Geschöpfe: Alle paar Tausend Jahre näherten sich die Medeen, die man bislang noch nirgendwo anders als in der Nähe von Ahtotüren erlebt hatte, die aber keineswegs immer in der Nähe aller auf etwa sieben Millionen geschätzten Durchgänge im kartierten All – und vielleicht darüber hinaus, man hatte erst ein paar Hunderttausend durchschritten und erforscht – zu finden waren, diesen Ahtotüren ihrer jeweiligen Sonne.

Die derzeit beliebteste Erklärung für das Besetzen dieser astro-ökologischen Nische bestand darin, dass es sich bei den Medeen wie anderen Nichtatmern ursprünglich um künstliche Wesen, also Nutz- oder Haustiere der Regenfinger, Meergötter, der alten Spezies, von denen Skypho und Binturen zu wissen glaubten, gehandelt haben musste, und dass ihre Affinität zu den Ahtotüren ein Instinktüberbleibsel der Abhängigkeit von deren Erbauern darstellte.

Zu Beginn der Fortpflanzungszeit wandelte der magnetorezeptorische Unterbauch der Medeen ungeheure, im Laufe der Zeit aus kosmischen Teilchenschauern aufgenommene und gespeicherte Energiemengen in kinetische Impulse um, mit denen innerhalb weniger Minuten Abermilliarden von Lobopoden, kleinen stachligen Spinnenkrebsen im Innern aller bislang bekannten Leerraumbewohner, mit bis zu 30 % der Lichtgeschwindigkeit aus den Körpern der Wesen geschossen wurden, von denen der Löwenanteil – etwa vier Fünftel, plus oder minus ein paar Millionen – die Ahtotüren passierten und damit in die Nähe anderer, vielleicht noch von keinen Medeen, anderen Nichtatmern oder sonstigen Lebewesen entdeckter Sterne schossen.

Dort bildeten sie, wenn sie konnten, Ketten – sehr viele indes trieben, als freie Einzelne, für lange oder vielleicht immer steril, auseinander, stürzten in Sonnen, versteinerten in ewiger Kälte. Die erfolgreich verbundenen aber begannen, wenn sie ausreichend viele waren, als Akkretionsachse, gleichsam Rückgrat eines neuen Geschöpfs, bald damit, Staub, Wasser aus eingefangenen Meteoren und Ähnliches in den Körper einer neuen Medea umzuwandeln.

Renée erinnerte sich jetzt an ihr Gespräch auf Yasaka – an Shavali Castanons Ring, an das Pyren im All und die unbemannten Sonden, später bemannte Expeditionen, die sogar komplexe Polymere, darunter Zellulose, in kosmischen Wolken gefunden hatten.

Wenn man wusste, wo man suchen musste, ließ sich im Weltall alles finden, sogar ein gut verstecktes Gesicht.

Die Admiralin lächelte den Mann an, der ihres gefunden hatte, im Auftrag der Präsidentin.

»Ich wundere mich immer«, sagte sie leise, »dass sie uns geholfen haben, im Krieg. Dass sie sich um uns überhaupt kümmern. Wir müssen ihnen roh und ... plump und ... mückenartig, irgendwie ... lästig vorkommen.«

Die Eiswürfel klirrten in Kurodas sonst leerem Glas, als er es dem Dimsteward aufs Tablett stellte, der damit geräuschlos zur Bar verschwand.

Der Kapitän sagte: »Manche haben auch mit dem Shunkan kollaboriert, vergessen Sie das nicht. So wie einige Skypho, ohne die er mit den Medeen nicht hätte reden können.«

Kuroda richtete keinen Seitenblick auf die anwesende Skyphe. Eine Frage stand im Raum: Könnte es sein, dass die dissidenten Skypho damals mehr getan hatten als für den Shunkan und die Medeen hin und her zu übersetzen?

»Das stimmt, die haben mit ihm ... für ihn ... gesungen, so sagt man doch? Noch eine Walanalogie.«

»Jedenfalls«, sagte Kuroda und erhob sich in fließender Bewegung, »sind sie nicht bestraft worden nach dem Krieg, die Kollaborateure ... Kollaborateurinnen.«

»Nein. So geschmacklos ist nicht einmal Shavali Castanon.« Renée lächelte. »Ich nehme an, Sie werden nach Ihren Schützlingen sehen?«

»Ich habe versprochen«, erwiderte Kuroda, »sie sicher dorthin zu bringen, wo ihr Exodus sie hinführt. *Homestead*«, sagte er, poetisch, in einer der ganz alten Sprachen, »warum auch immer sie auf eine so ... karge Welt wollen.«

»Vielleicht«, überlegte Renée halblaut, »weil niemand sonst diese karge Welt begehrt. Vielleicht wollen sie Autarkie, Austerität ... sich vormachen, sie wären auf ihrem Sandklumpen ein bisschen wie die Medeen ... der kosmische Staub, der sich sammelt.«

Kuroda verneigte sich, wandte sich ab und wollte gehen.

Da begann mit elektroidem Summen die Skyphe zu sprechen. »Ist Begleitung zu den Gästen angenehm?« – eine typisch umwegige, diskrete, leicht fokusverschobene Formulierung der Frage, ob Kuroda zulassen würde, dass 3467999 mit ihm zu den Leuten am ins Mitteldeck des Schiffes eingefalteten Strand ging.

»Bitte sehr, wenn es Sie nicht langweilt«, erwiderte der Kapitän.

Mit einem winzigen Knacksgeräusch setzte sich die Skyphe hinter ihm in Bewegung.

Kaum hatten die beiden die Plattform verlassen, meldete sich, als Renée gerade überlegte, ob sie sich vielleicht ein paar Stunden zum Baden und Schlafen in ihr Quartier zurückziehen sollte, per twiRandstreifenblinken eine Soldatin bei ihr. Renée bestätigte.

Die Linsenschleuse öffnete sich. Valentina Bahareth trat ein.

»Irre Aussicht. Als ob es gerade frühmorgens ist im ... Kosmos. Dass ein Stern so eine Kühle ausstrahlen kann. Wunderschön.«

»Du solltest Breven schreiben, Valentina.«

Anders als Kuroda und diejenigen Nichtmenschen, die noch an ehrerbietigeren Redeweisen aus der menschlichen Vorkriegszeit festhielten, hatte sich die Admiralin seit Yasaka das von Shavali Castanon so entschlossen geförderte Duzen angewöhnt, und erwartete, dass das erwidert wurde.

Valentina blies etwas Luft aus der Nase, wie ein erschöpftes Pony.

Die Admiralin fragte: »Was kann ich für dich tun?«

»Ach, nichts Bestimmtes«, log die Soldatin vorsichtig, »ich dachte nur, ich mach mich mal ein paar Minuten davon. Der Zirkus in den Trainingshallen ist mir zu hysterisch.«

»Gefechtsübungen?«

Die Admiralin fand ihre Schemuralegion inzwischen drollig.

»Die reine Kraft- und Munitionsverschwendung«, erwiderte Valentina, »und Sylvia«, ein schiefes Grinsen, das der Admiralin verriet: Was immer die Geliebte von Leutnant Bahareth anstellte, die fand es attraktiv, »schlägt sich für zehn, und mit zwanzig. Idiotischerweise hat eine von den Skypho sich auch dazugeschmissen.«

Die Admiralin wusste längst, dass nicht alle schwebenden Rätsel so zurückhaltend waren wie 3467999 und dass deren – nun, bei Menschen würde man wohl sagen – Flügeladjutantin mit Namen 4764843 sich besonders gern in die martialischen Spiele der Präsidialtruppen einließ.

Valentina fuhr fort: »Jetzt versucht Sylvia die ganze Zeit, dieses Exodingsbums zu knacken, mit Dropkicks und Messerstößen und Impulswaffen und ... na ja, sie probieren ja am Schießstand, auf dem twiGefechtsareal und in den Turnhallen eh alle Waffengattungen aus.«

Auch darüber war die Admiralin unterrichtet. Minenläuferei, Detonadelsperrfeuer, Geschoss- und Strahlenkeilformen, die vom Präsidium dem Militär seit den schlimmeren Exzessen des Linienkriegs, vor allem der Schlacht auf Tabna 3, untersagt waren.

Wenn Aufrüstung die Ouvertüre zu neuen Kriegen ist, dachte Renée Schemura, dann hoffe ich, diesmal nicht als Befehlshaberin dabei sein zu müssen. Schon gar nicht als Chefin des Haufens, der nach mir heißt.

Der Dimbediente kam hinter seiner Theke hervor.

Er näherte sich Leutnant Bahareth, las an ihrer Haltung und einem kurzen Blick ab, dass sie nichts wünschte, nahm aber im Vorbeigehen das inzwischen leere Glas der Admiralin mit.

»Wenn du weiter so herumstehst, ist das unhöflich«, sagte die Admiralin sanft. Valentina ließ sich mit einem winzigen Zögern, das bei einer Zivilistin nicht aufgefallen wäre, in den Sessel nieder, der eben noch ihren direkten Vorgesetzten beherbergt hatte, und bat um »Erlaubnis, einfach so losquatschen zu dürfen«, was Renée mit einem Kopfnicken gewährte.

»Es beschäftigt mich halt immer noch. Immer mehr, eigentlich. Ich habe versucht, mit Sylvia drüber zu reden, was da passiert ist. Beim Entern. Auf dem Meteoriten. Als wir Sie ... dich ...«

»Meinem Meteoriten«, sagte Renée, weniger der Klarheit halber als vielmehr im Sinne einer kleinen Provokation: Was hast du wirklich auf dem Herzen, kleine Katze?

»Wer gestorben ist, warum, wer wiederhergestellt wurde, mehr oder weniger – vor dieser Geschichte war ich völlig sicher, dass ich das nie würde akzeptieren können, eine Kameradin oder einen Kameraden, aus Tlalokspeichern rekonsti... tuiert. So jemanden könnte ich, hab ich immer gedacht, nie für dieselbe Person halten wie vorher, das ist bloß eine Puppe. Aber jetzt ...«

»Jetzt, da du deine Frau Stuiving wiederbekommen hast«, sagte Renée ohne Umschweife, »die du schon verloren geglaubt hattest, siehst du die Sache anders.«

»Ich weiß nicht, ob es so einfach ist, aber es spielt sicher eine Rolle, dass es Sylvia ist.«

»Sei froh«, seufzte die Admiralin. »Ich meine, es sieht vielleicht nicht so aus, aber ich weiß einigermaßen, was Liebe ist.

Wie sie wehtut, und dass das schlimmer sein kann, als wenn einem ein Metallsplitter aus einer explodierten Konsole in einem abgeschossenen Schiff in die rechte Brust schlägt und man dann eine Woche durch den Leerraum treibt, im Hautgitter, mit unzureichender medizinischer Versorgung, sagen wir, in der Nähe irgendeines besonders gottverlassenen Sterns, meinetwegen Epsilon Aurigae, im Revier dunkler Vögel, von denen die Vorfahren immer dachten, es handle sich um eine Staubwolke mit zwei weiteren Sternen drin, und dann eitert diese Wunde, weil der Progmaprozess nicht alles rechtzeitig entfernt hat, und man eiert da rum und es pocht und pocht und zieht und nervt und man soll Entscheidungen treffen für das havarierte Boot und die Crew, mit denen man immer noch in Funkverbindung steht ... also: ziemlich schlimm. Liebe ist trotzdem schlimmer. Denn sobald sie einen dann operiert haben, ist das wieder weg. Aber die Liebe, das geht nie mehr weg, selbst wenn einen der entsprechende Mensch unsäglich enttäuscht hat. Nicht dass es unbedingt ein Mensch sein muss. Aber bei mir war es damals einer. Wie bei dir, Valentina. Und ich habe das Biest eben erst wiedergesehen«, schloss Renée den verblüffend deutlich autobiografischen Bericht. Versonnen betrachtete sie die sehr langsam auf und ab pendelnden Medeen im großen Fenster. Dann fuhr sie fort: »Obwohl es nicht mehr so wehtut wie früher, ist es doch schmerzhaft, wie klein sie geworden ist. Wie eine Breve, die man in einem Medaillon mit sich rumträgt. Sie selber glaubt, sie hätte alles bei sich, was sie war und ist und je sein wird. Sie fängt was mit Menschen an. Dann kappt sie das, und erlaubt denen nur, in ihrer Sammlung weiterzuleben, als Erinnerungen, die auch mal sprechen dürfen, wenn sie was gefragt werden. Das ist alles in diesem Konservierungsmittel aufgehoben, von dem sie nicht merkt, dass es sie selbst am Wachsen hindert. Wie ihr Pyren, in ihrem Ring. Sie hat so viel mit diesem Konservierungsmittel zu tun, dass es sie langsam einschrumpft. Das ist es, was wehtut: dass sie nur mit ihrer Breve verheiratet ist, mit diesem Skript für ihre persönliche Wiederholung der Familiengeschichte der Castanons, das sie ausfüllen will, das sie um ein neues Kapitel ergänzen will, die Story der tollen Frauen, die sich von niemandem erreichen lassen, die immer selber entscheiden, wie sehr und wie lange sie lieben, die niemals eine Begegnung wirklich an sich ranlassen, die nicht in der Breve steht. Nächste Runde.«

Valentina musste achtgeben, dass ihr nicht die Kinnlade runterklappte.

Ihr war klar, dass sie unbedingt etwas sagen sollte, um keine Peinlichkeit aufkommen zu lassen. Anstatt sich zu winden, sagte sie mit entwaffnender Deutlichkeit: »Shavali Castanon und Renée Melina Schemura. Das hab ich ... das hat niemand gewusst.«

»Nein, warum auch. Selbst über die Geschichte mit Dekarin und ihr gibt es ja wenigstens ein paar Gerüchte und komische Environs.«

Richtig, dachte Valentina, ich habe sogar mal eins gesehen, im Chi-Cygni-Theater auf Spelam: Die kurze Liebe zwischen den zwei späteren Kriegsgegnern, ein romantischer Stoff, bisschen wollköpfig, aber ganz schön.

»Ich dagegen ... Na ja, ich habe wohl so wenig Spuren hinterlassen, außer als dekorierte Kriegsheldin natürlich, dass es mir jetzt, beim Wiedersehen, selber ungehörig vorgekommen wäre, wenn ich noch mal drauf angespielt hätte. Woran erinnert sich denn Sylvia Stuiving?« Renée wechselte so abrupt das Thema, dass Valentina gar nichts anderes übrigblieb, als ihr aufs neue Gesprächsgebiet zu folgen.

»Ohm. Also ... Das ist es ja, an wenig. Sie weiß nur noch, wie wir auf diesen schmalen Gang gelaufen sind. Vor der Ahtotür. Vor dem Wasserbecken, vor dem Höhlensystem.«

»Ich habe von meinen sTlaloks hinterher alle einsammeln lassen, die zu retten waren. Eure Waffenmeisterin, den Marchandeur, den Kapitän, den Polizisten, deine Frau Stuiving.«

Die Waffenmeisterin, Emanuelle Dinah Norenzayan, war wie Kuroda, Sylvia, Abhijat und Valentina an Bord der SWAINSONIA CASTA.

Auch sie hatte sich für die Rundreise nach Geminga und zurück rekrutieren lassen.

»Aber die andern ... die, die an Bord des Schiffes geblieben waren ... der Arzt, die Astrogatoren, der Bintur ... Sie alle waren nicht zu retten, auch wenn ein Teil der abgeschossenen STE-NELLA aufgebracht werden konnte.«

Kein Tommi, keine Saskia.

Valentina wusste das alles. Sie erzählte weiter: »Sylvia sagt, es wäre ganz anders gewesen, als ich damals in der Höhle dachte. Sie hätte gar nicht rausgekriegt, dass der Comte – Armand Mazurier, der Polizist – unser gesuchter Saboteur war. Dazu wäre gar keine Zeit gewesen. Er hätte sie in der Höhle einfach attackiert, erst auf den Hinterkopf geschlagen, mit dem Messerknauf, meint sie ... meint ihr Tlalok, sie war gar nicht bewusst dabei, sagt sie ... dann in den Magen gerammt mit dem Knie, und dann, während sie sich fragte, wie sie sich wehren sollte, hätte er schon angefangen, auf sie einzustechen. Ihr die Kehle durchgeschnitten. Sie sagt, es hätte sich angefühlt wie sehr trockenes Schlucken.«

»Und die Version überzeugt dich nicht.« Es war eine nüchterne Feststellung, keine Frage.

»Ich hätte ihn einfach gern selber verhört«, sagte Valentina und zuckte mit den Schultern. »Auch weil Kuroda sagt, der Comte sei ebenfalls wiederbelebt und zur ... weiteren Untersuchung an die ... zuständigen Stellen auf Yasaka weitergereicht worden. Eine Frage der Staatssicherheit. Also nichts, wovon eine kleine Soldatin«, kleine Katze, dachte sie, »jemals wieder ein Wort hören wird.«

»Unbefriedigende Geschichte. Daran, fürchte ich, gewöhnt man sich, wenn man im Militär aufsteigt. Für jedes Abenteuer, das man überlebt, gibt es einen kleinen Strauß solcher Frustrationen. Wie ein Glückwunsch. Und ich kann dir da genauso wenig weiterhelfen wie deine Sylvia – außer mit dem uralten Rat, dass man einem geschenkten Gaul besser nicht ins Maul schaut.«

Damit erhob sich Renée, noch geschwinder und besser ausbalanciert als eben der Kapitän, und brauchte der Soldatin, die ihr in allem Rechenschaft schuldete, noch nicht einmal mit der kleinsten Augenbewegung andeuten, ihr zu folgen.

Das tat Valentina, die ihre Pflichten kannte, ohnehin.

4 Die öde, harte, heiße Welt, auf der die Dims abgesetzt werden wollten, sah schon von weitem nicht danach aus, als ließe sich daraus etwas Lebenswertes machen.

Auf dem Boden war der Eindruck noch bestürzender.

Selbst ein Blick nach oben half da nicht.

»Knallgelber Himmel. Eklig. Sieht aus wie Gottes vollgepisste Windeln.«

Sylvia wollte ausspucken, aber sie wusste, dass der Feuchtigkeitsverlust in dieser Glut zu riskant war. Ihr Kopftuchschleier flatterte. Er hielt die ärgste Hitze draußen und bewahrte das Wasser auf der Haut vor dem Verdunsten. Sylvia Stuiving war gekleidet wie die Dims, mit denen sie auf Kurodas Geheiß seit Wochen am Strand in der SWAINSONIA CASTA den Landgang durchgeplant und geprobt hatte. Die Tracht passte ihr, weil sie für einen Menschen recht groß gewachsen war. Dass die Soldatin sie trug, verschaffte ihr bei den Schützlingen Respekt. Viel, dachte ihre Freundin, war geschehen, seit Sylvia an Bord der STENELLA noch über die Trüben geschimpft hatte – nicht wenige der Dims, die hinten auf den von sphärischen Gravinduktoren über den Sand getragenen Saatgut-, Progmafaktur- und Biomarcha-Bauteilcontainern saßen, waren inzwischen mit Sylvia befreundet.

Zwei Monate Anreise hatten dazu ausgereicht.

Valentina, die neben Sylvia quer über die Dünenschräge stapfte, immer direkt in den Spuren der beiden Binturen, die vorneweg gingen, kleidete sich nicht wie eine Dim. Sie trug lieber die bedrohliche Montur der Schemuralegion, das schwere schwarze Sturmgewehr geschultert, und spähte durch eine Schutzbrille in die Hochofenwelt hinaus.

Immerhin: Die Schwereverhältnisse ließen sich ertragen, sie lagen im menschlichen Toleranzbereich, das Stapfen machte nicht mehr Mühe als an Bord eines gut ausbalancierten Schiffes.

Der Ort, der sie umgab, war fraglos der scheußlichste bewohnte Planet, den Valentina und Sylvia je gesehen hatten, Einöde ohne Seele, ohne Charme, ohne auch nur die ärmlichste Schmuckvegetation, mit mickrigster Fauna gestraft – halt: »Ein Hase!«

Direkt unterhalb des Dünenkamms, an den ausgedörrten drei Großhalmen eines durstigen Krauts, dessen Wurzeln tief vergraben und dessen Blätter bleicher waren als selbst der garstige Himmel, saß etwas Kaninchenartiges und guckte aus schwarzen Knopfaugen mokant auf die bizarre Karawane.

Emanuelle Norenzayan hatte persönlich die Vertäuung und Verstauung der Marcha auf den großen Kästen beaufsichtigt, ihre militärische Sicherung durch die Elitesoldaten organisiert, deren Driplinergewehre geprüft und gereinigt sowie den Kapitän gebeten, die Dims auf ihrem Planeten ein paar Stunden in den sachgemäßen Gebrauch der Entwicklungshilfegeschenke einweisen zu dürfen.

Kuroda, der die Gruppe auch begleitete, hatte es ihr jedoch untersagt, auf die denkbar geschickteste und freundlichste Art: Er hatte die Admiralin gebeten, der Waffenmeisterin in seiner Abwesenheit das Kommando über die SWAINSONIA CASTA zu übertragen, und die Admiralin hatte dieser Bitte entsprochen.

Das Ereignis war Bestandteil eines komplizierten Spiels, das Kuroda und Norenzayan miteinander spielten, und das Valentina fasziniert beobachtet hatte, seit das Schiff von Yasaka gestartet war. Zwei stachlige, eigensinnige Leute, die über die gelegentlichen Vertraulichkeiten auf solchen Schiffen, solchen Missionen hinaus einander inzwischen so eindeutig zugetan waren, ja: einander vermutlich wirklich liebten, dass nur noch besonders distanzierter und formeller Umgang sie davor schützte, händchenhaltend auf der Brücke herumzutänzeln. Valentina fand das anstrengend schön und wünschte sich für sich selbst und Sylvia Ähnliches.

Kuroda saß jetzt auf dem mittleren der radlosen Lastwagen, mit schussbereit gehaltener Waffe. Er suchte den Horizont durch eine optisch verstärkte Brille ab. Die twiSicht blieb, aus ernsten Gründen, inaktiv. Kuroda wollte seine mildtätige Mission persönlich zu Ende bringen, gegen den zunächst dezidierten, am Ende aber erfolglosen Einspruch der Admiralin, die auf der SWAINSONIA geblieben war. Ganz so heftig, verstand Valentina erst jetzt, war der Einspruch nicht gewesen, da Schemura die Landung als seine Vorgesetzte ja auch einfach hätte verbieten können.

»Riesige Ohren hat das Viech. Als ob es sagen will: Jag mich, ich bin nicht zu verfehlen.« Sylvia findet es wohl wirklich zu heiß, wenn sie schon wieder ans Töten denkt, dachte Valentina, und erwiderte: »Die Riesenlauscher sind dazu da, Körperwärme loszuwerden. Eine Art Auspuff.«

»Deine Vergleiche, Baby. Mensch.«

Sylvia schmatzte, und senkte dann den inzwischen wie bei Valentina kahlgeschorenen und mit wohlriechendem Öl blankpolierten Kopf gegen die Sandwehen. Der Wind blies mit zehn, zwölf Stundenkilometern, war im permanenten Aufsteigen begriffen und brach das Licht in einiger Entfernung, sodass man ständig glaubte, sich auf kleine Pfützen oder Seen zuzubewegen, die im unerbittlichen Sonnenglast gaukelten.

Schon zwei Minuten später knurrte Sylvia, obwohl man bei diesem brutalen Wetter besser jede überflüssige Rede vermied: »Weißt du, ich bin immer noch der Meinung, man hätte den ganzen Scheiß mitsamt den Leuten einfach über dieser Stadt oder was das ist abwerfen sollen.«

»Aber Simon sagt«, setzte Valentina zu einer vernünftigen Widerrede an, die sich auf den Anführer der Dims berief. Es kam jedoch nicht dazu, weil Sylvia, jetzt tonlos trocken von der Überanstrengung der Stimmbänder, zurückbellte. »Simon, bla bla bla. Ja, der sagt, dass alles, was sich aus der Atmosphäre über diese Stadt senkt, sofort beschossen wird, mit Raketen, an denen, was war es noch? Knallfrösche?«

»Atomare Sprengköpfe.«

»Auf denen Tomaten-Sprengknöpfe sitzen, genau. Und dass wir nicht vorher per Funk unsere Ankunft anmelden können, das wieder liegt daran, dass ...«

»Dass diese Leute hier aus Angst davor, Malmarcha, Viren, Würmer in ihre Elektronika, in ihre Transistoren und Memristoren und den ganzen Schmadder geschickt zu kriegen, weil sie also ihre Marcha nicht zerfressen werden sehen wollen ... äh ...«

»… dass sie eben auch untereinander nur per Trommeln und Spiegel und ähnlichen Barbarendreck kommunizieren, hab ich alles begriffen. Diese … Dimsiedlungen hier wollen keinen Kontakt zu irgendwem außerhalb ihrer wunderschönen Welt, abgesehen von neuen Migranten ihrer eigenen hirnverbrannten Sorte und ein Marcha aus den VL, damit sie ihr hehres Ziel schneller erreichen, aus der getrockneten Scheiße hier baldmöglichst einen blühenden Garten … Schwachsinn. Echt.«

Am allermeisten, wusste Valentina – und sie teilte diese Empfindung sogar –, ärgerte die Schöne, dass man sich auf dem Weg von der empfohlenen, weil nicht besiedelten Landestelle der Container aus der SWAINSONIA und dem ominösen Zielort rein nach Kompass – den Simon bei sich trug – und halb legendärem Wegwissen der Dims orientieren musste, weil man auf diesem Planeten keinerlei twiSicht oder sonstige Tlalok-Hilfe in Anspruch nehmen durfte. »Eure Dinger im Kopf, eure Tlaloks, müssen schweigen«, hatte Simon, ein ausgemergelter Mann mit verwegenen schwarzen Haupthaaren, struppigem Bart und Dutzenden geometrodynamischen Tätowierungen auf dem sehnigen Körper erklärt, »weil ihre Signatur auf diesem Planeten, an diesem Ort, Waffensysteme aktivieren würde, die Tausende – Tausende! – von Jahren alt sind und für alle Marcha, die mit diesen Tlaloks zu tun haben, absolut zerstörerisch. Deshalb könnten auch zum Beispiel Custai diese Welt überhaupt niemals betreten, weil ihre Kortikalmarcha, die ja nur Computerimitationen eurer Tlaloks ohne echtes Bewusstsein sind – sTlaloks, würdet ihr sagen –, sich nicht willkürlich abschalten, das heißt: auf null setzen lassen wie eure Tlaloks.«

»Warum hat man«, war Sylvia dazu eingefallen, »auf so einem Quatschplaneten, der nichts bietet – keine Rohstoffe, keine Hochzivilisation, keine geografischen Schönheiten –, überhaupt solche Waffensysteme installiert? Wollte sich jemand dem kartierten Kosmos entziehen? Ist das euer Motiv, wollt ihr hierher, um auszusteigen?«

Der Dim war vorsichtig: »Das ist zu tief gedacht. Wir können nicht aussteigen – weil wir gar nicht erst dazugehören. Und die Waffensysteme sind älter als das Regime der Vereinigten Linien.

Ich sag es noch mal: Tausende von Jahren alt. Tausende. Unser Erbe: das letzte Geschenk, und ein vergiftetes, wenn man bedenkt, wer uns jetzt hilft … das letzte Geschenk der Militärstrategen des hier ursprünglich … ansässigen Volkes an … andere Völker. Diese Waffen kamen zu spät.«

»Diese Leute, von denen du redest, diese Ahnen«, Valentina wurde neugierig, »haben schlechte Erfahrungen mit uns gemacht? Mit den Menschen?«

»Etwas in der Art«, hatte Simon sich gewunden und danach nichts mehr davon hören oder sagen wollen.

Zwei Tagesreisen, dachte Valentina jetzt, ein langer Weg. Trotz Mundschutz war sie sich nicht sicher, ob das nicht doch Sandkörner waren, was zwischen ihren zusammengebissenen Zähnen knirschte – zweieinhalb Tagesreisen sogar, hatte er gesagt, bis Brela. Wirklich Brela? So ähnlich hatte der Name dieser festungsartig abgesicherten Schmutzmetropole geklungen, zu der Simon wollte, mit seinem verlorenen Haufen.

Vom vordersten der Container kommend schloss der Dim jetzt zu den Soldatinnen auf. Er fiel, wie es schien ganz ohne Mühe, in Gleichschritt mit Valentina – diese Burschen haben einfach zu lange Beine – und deutete mit ausgestrecktem Arm auf etwas in ungefähr siebzig Kilometern Entfernung, auf elf Uhr: Vorhänge, die bebend in der Luft standen, bronzen unterm gelben Himmel und der gelbroten Sonne.

»Was ist das?«, fragte Valentina.

»Glutteilchen. Funkenflug. Da brennen Feuerstürme und rollen Feuertornados. Seit Jahrzehnten wahrscheinlich, vielleicht seit Jahrhunderten. So wurde hier Krieg geführt. Die Brände finden immer noch Nahrung.«

»Der Weg zu eurer … Stadt ist also auch noch … umkämpft?«

»Es gibt Ausgestoßene. Gruppen, die nicht in die Stadt gelassen werden oder herausgeworfen wurden. Sie bilden Banden. Deshalb wollten wir ja euren Geleitschutz.«

Valentina schüttelte den Kopf. Wer konnte hier Brände legen wollen, war es denen nicht heiß genug? Den lokalen Grundwasserspiegel wollte sie sich gar nicht vorstellen: Soweit man nicht direkt über Sand gegangen war, hatte der Weg bislang über rissige, steinharte Erde geführt, und das einzige einigermaßen Bewegte in der Starre, was ihnen vor dem Hasen begegnet war, waren trunken kreiselnde Staubteufel gewesen.

Krieg? Gut, warum sollten Intelligenzwesen auf einer derartigen Albtraumwelt auch kooperieren, wenn sie einander ausrotten konnten? Vielleicht hatte Sylvia doch recht mit ihrer ursprünglichen üblen Meinung von den Dims.

Menschen waren schlimm, die Linienkriege mitunter bestialisch ausgefochten worden, aber Not brachte sie dann doch meistens zusammen, überlegte Valentina – die Natur als den gemeinsamen Feind nimmt *Homo sapiens* jedenfalls ernster als seine eigenen Macken. Andererseits: Vielleicht sind die Dims von den Custai, oder wem auch immer, so geschaffen worden. Wenn sie keine Herren haben, müssen sie, als Sklaven, untereinander herauskriegen, wer wen herumkommandieren darf.

Banden also – ein effektives Militär würden diese Leute nie aufstellen können, auch in Jahrtausenden nicht.»Jahrtausende«, wie Simon das ausgesprochen hatte, als wäre er richtig stolz darauf. Valentina versuchte, sich auf etwas zu konzentrieren, das ihr im Kopf herumging, ohne sich recht greifen zu lassen: Wie war das gewesen? Ahnen haben schlechte Erfahrungen gemacht – bedeutete »Ahnen« nicht eine Verwandtschaft zu den Dims, und hieß das, dass dieser Planet ...

Bevor sie den Gedanken sortiert hatte, hob Simon vor ihr beide Arme, zum Zeichen, dass die Karawane anhalten sollte, und pfiff durchdringend, damit auch Sylvia stehen blieb, die den andern jetzt fast sechzig Meter voraus war. Sylvia drehte sich um und zuckte verärgert mit den Schultern: was denn?

Simon winkte mit seinen langen Armen. Valentina spähte nach vorn und sah auf spritzendem Sand, in eiligem Lauf, mit hängenden Zungen und welligen Pelzen, die beiden Binturen T'''GM/ und //FG/H' zurückkehren. Valentina fragte sich, wie ihre körpereigene Ventilation wohl funktionierte, und nahm sich vor, sobald sie wieder Tlalok-Zugang zu Datennetzen haben würde, schleunigst nachzusehen.

T'''GM/ hatte Simon, Valentina, einige sich jetzt zu ihnen gesellende Soldaten, dem vom Container gesprungenen Kuroda, eine Reihe von Dims und die ebenfalls wieder zur Hauptgruppe zurückgetrottete Sylvia als Erster erreicht und erklärte ohne eine Spur Kurzatmigkeit: »Es stimmt. Die Wasserstelle. Wir haben sie gefunden. Sie ist noch eine halbe Stunde weit weg.«

//FG/H' kam als Zweiter herzu. Sylvia grinste, als sie sah, dass er kaute: »Da gibt's also Insekten, ja?«

»Sogar gute«, bestätigte der Angesprochene, ein umgänglicher Bursche.

»Ein bisschen Mauerwerk. Stacheldraht. Ein Beton-Unterstand. Davor ein Teich.«

Die zurückhaltende Schilderung der nahen Gelegenheit zur Rast kam bei der kleinen Runde als moralische Stärkung an. Man straffte die müden Leiber, drückte die weichgewordenen Knie durch, trug den Kopf höher und erreichte so etwa eine Dreiviertelstunde später mit dem Tross den beschriebenen Ort, anderthalb Stunden vor Einbruch der Nacht, vor der Simon alle an dieser Reise Beteiligten mehrfach gewarnt hatte: »Nachts ist es kälter, als es am Tag heiß ist.«

Ein improvisiertes Lager mit zwei kegelförmig aufgeschichteten Feuern aus mitgebrachten, besonders feuernährenden Synthetikhölzern, eine kleine Containerstadt aus zwischen den Metallkästen gespannten Planen über Ad-hoc-Küchen und ein Mattenfeld, auf dem man würde schlafen können, waren rasch eingerichtet.

Die Mauerreste, die sich Valentina zunächst nicht recht hatte vorstellen können – wieso ein Betonbunker und dabei antikes Mauerwerk, wieso nicht nur gegossene Teile? –, waren von jemandem mit Gespür für Architekturbreven eingerissen worden; es sah aus wie der Hintergrund für ein Environ zur Kritik des Krieges und war vom angekündigten Stacheldraht gekrönt.

Bewirtung und Unterhaltung der Expedition übernahmen Simons Dims. An einem der beiden Feuer wurde bald getanzt. Auch //FG/H' und Sylvia sprangen herum, ekstatisch jaulend. Kuroda saß dabei, vom Pflaumenschnaps der Dims bis auf selbstversunkene Sanftmut gestimmt. Eine schöne Dimfrau, die er wohl näher kannte, ließ ihn an ihrer Schulter lehnen. Die Schemuralegion betrank sich oder griff beim Hähnchencurry, den Spießchen und Bratwürstchen mit beiden Händen zu.

Valentina Bahareth lief mit T'"GM/ zwischen den zwei Dutzend palmartigen Bäumen ein wenig Patrouille und amüsierte sich übers Schnappen des Binturs nach Käfern – einen besonders schönen brach er mit einem einzigen Biss, ohne den Panzer so zu beschädigen, dass er das Tier nicht mehr hätte vorzeigen können. Er präsentierte es der Soldatin auf der schwarzen Zunge. Es hatte ein Harlekinmuster und sehr lange Antennen.

»Woher ...«, begann Valentina und gähnte.

Der Bintur blinzelte lustig, während er auf den Rest des Satzes wartete.

»Woher«, setzte sie noch mal an, ein zweites Gähnen wollte in ihr aufsteigen, aber sie bezwang es, »wisst ihr denn, dass die Dinger auf dieser Welt essbar sind? Genießbar? Für euren Metabolismus ... ähm ... geeignet?«

Der Bintur schnurrte: »Diese Welt ... wir kennen sie gut. Und ihr solltet sie gut kennen. Sie hat Arten, die für viele andere draußen die Matrizen geliefert haben. Die ... Genome.«

Valentina sah sich um. Hinterm vom flackernden Feuerschein erleuchteten Rand der Oase begann harsches Nichts, unter fremden Sternkonstellationen.

»Dieser Staubbrocken? Wir waren hier, die Menschen? Oder die Binturen, die Custai?«

»Die Regenfinger vor allem.«

»Bevor es ihnen zu heiß wurde. Dann wären sie nämlich verdampft«, witzelte Valentina.

»Kein schlechtes Bild. Und keine schlechte Welt, diese hier, seinerzeit. Goliathkäfer, Kohlschnaken. Goldfliegen, Libellen ... erlesene Delikatessen. Vor dem Abräumen.«

Valentina wusste nicht, was sie dazu sagen sollte, zuckte also mit den Schultern, freute sich kurz an dem leichten, vage angenehmen Frösteln, das ihre freien Arme befiel, und schlenzte vertrödelt zum helleren der beiden Feuer, wo die Dims eine ihrer verschrobenen Zeremonien vorzubereiten schienen.

Eine uralte Person, halb verwittert wie ein nachlässig gestrichenes Haus, gebeugt, scheinbar geschlechtslos, wurde von zwei kräftigen Jungen in die Höhe gezogen, bis sie annähernd aufrecht stand.

Man stützte sie noch ein wenig, während sie sich gerademachte, dann setzten sich die Jungen hin. Die uralte Person legte den Kopf ein wenig nach hinten – wenn er nur nicht abbricht, dachte Valentina gebannt –, hob die spindeldürren Ärmchen gen Himmel, spreizte die Finger, sodass jeder nach anderen Stecknadelspitzensternen am Nachthimmel wies, und begann, als ein beim langsamen Aufstehen einsetzendes Gemurmel schließlich verebbt war, mit brüchiger, aber hypnotisch eindringlicher Stimme zu sprechen.

»Kinder des Exodus. Überlebende der Diaspora. Junge und alte, starke und schwache, kluge und dumme. Wir sind heimgekehrt. Zurück von der Front unter der Sonne, die rot wie ein Rubin strahlt und langsam erkaltet, und unter der Sonne, die um eine andere Sonne kreist und die ältesten Theorien unserer Vorfahren bestätigt, und unter der Sonne, die größer ist als der Orbit des weitest entfernten Planeten um die Sonne dieses Systems, und unter Dutzenden anderer Sonnen. Wir sind heimgekehrt von Yasaka und aus den kartierten Welten und den Vereinigten Linien, unter die eine und einzige Sonne, die unsere ist, die erste, die wir kannten, und die letzte, die einst die Scheinzelnen besuchten, bevor sie die Scheinzelnen wurden. Wir sind wieder unter der Sonne, die etwa 330 000-mal so viel Masse besitzt wie der Planet, auf dem wir uns befinden, der Sonne, die unseren Vorfahren so viele Rätsel aufgegeben hatte, für deren Lösung sie sich viel zu viel Zeit ließen – kreist sie um unsere Welt, kreist unsere Welt um sie, und wo sind die fehlenden Neutrinos?«

»Die Scheinzelnen, was meint sie damit?«, fragte Valentina flüsternd T'''GM/, weil sie das Wort merkwürdig fand und zugleich meinte, es schon einmal gehört zu haben. Bevor aber der Bintur, dem sie zutraute, sich in dieser Angelegenheit mindestens so gut auszukennen wie bei den lokalen Insekten, etwas erwidern konnte, begann mit langgezogenem Pfeifen und dann Blitzen und Detonationen der schwere Artilleriebeschuss.

Mörsergranaten, Boden-Boden-Raketen, Panzergeschützfeuer: In makelloser Triangulation wurde der Rastplatz aufgerissen. Valentina sah, wie ein Feuerstrahl das eben noch prophetisch predigende uralte Dimwesen der Länge nach aufspaltete wie einen Scheit, sah zwei weitere, beim Einschlag dick wie Birnenbäuche am Boden auseinandergehende Lichtblitze rechts davon Leute töten, Krater aus dem Boden sprengen. Sie riss ihr Gewehr hoch, drehte sich, spürte aus den Augenwinkeln den Bintur neben ihr wegfließen wie Wasser, sich in einen Mauerschatten ducken, seine eigene Waffe aus dem Hüftholster ziehen, das Feuer, zunächst blind und nur nach ungefährem Ziel, ganz wie Valentina selbst, kraftvoll und schnell erwidern.

Obwohl ihr Tlalok schlief, sah sie die taktischen Muster: Man hatte ein Dreieck, vielleicht ein Fünfeck konstruiert, auf der sandigen Plane, in deren Mitte die Oase war, und bestrich sie jetzt methodisch mit Vernichtung. Nicht ein einziges Geschoss traf den Teich.

Die Operation war so hervorragend durchgeplant – wahrscheinlich mithilfe der uralten elektronischen Rechner, auf die diese Dims so viel gaben –, dass der kalte, rein professionelle Teil von Valentinas Verstand denen, die dahintersteckten, widerwillige Anerkennung nicht versagen konnte. Erwünschte Effekte, schwarze Tuschestriche auf einer Breve Kurodas: Hier spritzten fünf, sechs Dims auseinander wie mit einer riesigen Faust vertrieben, dort wurde das sorgsam aufgeschichtete Feuer in einem Schmierstreich über den Sand gezogen und an die Betonwand des kleinen Bunkers geworfen, wo es zerplatzte.

Weiter links entwurzelten zwei Einschläge einen Baum und fegten damit weitere überraschte Dims und einen der VL-Soldaten weg. Die übrigen aus der Schemuratruppe waren allerdings schneller auf den Beinen und an ihren Waffen als jede Einheit, die Valentina vorher in Aktion erlebt hatte. Auch Sylvia und der Kapitän zögerten nicht, einerseits verschreckte, in Panik hin und her hastende Leute mit Winken und Rufen zusammenzutreiben und den relativ sicheren Containern zuzutreiben, noch damit, aus ihren Gewehren die aggressivsten Projektile in die vermutliche Richtung der feindlichen Stellungen abzufeuern.

Quatsch, Stellungen, dachte Valentina und rannte einmal um den See, weil sie dort in einem Containerzwischenraum etwa vier Kilometer entfernt Mündungsflackern gesehen zu haben glaubte und draufhalten wollte – den Einschlägen nach zu urteilen waren das bewegliche Positionen. Man hatte Kurodas Expedition eingekreist wie einen Haufen Anfänger und zog den Ring jetzt enger.

Valentina duckte sich neben Kuroda, im Sichtschatten – von den Angreifern aus gesehen – der stacheldrahtbesetzten, halb eingefallenen Mauer.

»Wenig Zeit«, begrüßte der Kapitän die Soldatin.

Valentina verstand ihn zunächst falsch – »Ja, die sind gleich hier« –, aber Kuroda schüttelte den Kopf so verärgert, dass das lange schwarze Haar in alle Richtungen stob.

»Das meine ich nicht. Es sind nicht viele. Sie wollen uns nur glauben machen, sie wären viele. Aber sie kommen von mehreren Seiten, ein geometrisches Problem, das ich im Kopf allein mit Hirnstärke nicht lösen kann. Vier, vielleicht fünf Angriffsrichtungen«, dasselbe hatte Valentina eben auch geschätzt, sie nickte, Kuroda fuhr fort: »Wenn sie den Ring eng genug gezogen haben, sind wir tot. Das Einzige, was uns retten könnte, wäre jemand, der schnell genug mit Driplinermunition«, er zeigte ihr das Gewehr, das er trug, »die wichtigsten Angreifer ausradiert.«

Jetzt verstand sie, was er meinte: So eine Schussfolge berechnen konnte kein Kopf ohne Hilfe, aber mit Tlalok war das nicht schwieriger, als einen kopfgroßen Ball aus zwei Meter Entfernung in einen Korb zu werfen.

»Sie wollen Simons Warnung ignorieren.«

»Nein. Ich will in Kauf nehmen, dass eintritt, wovor er warnt.«

Valentina war abgelenkt: Sie sah Sylvia in etwa fünfzehn Metern Entfernung linkerhand mit zwei der präsidialen Spezialisten aus Tischen und Metallzeug so etwas wie einen Gefechtsstand zusammenschieben und sorgte sich, weil links und rechts davon die Garben einschlugen, der Sand spritzte, immer neue Feuer ausbrachen.

»Stuiving braucht keine Hilfe!«

Kuroda wurde jetzt laut. Valentina wandte sich ihm zu. Sein Gesicht, schmal und schön, bekam in den bunten Blitzen des aussichtslosen Gefechts etwas Dämonisches.

Er brüllte sie an: »Bahareth! Wo sind Sie?«

Valentina biss sich auf die Unterlippe und nickte, dann sagte sie: »Sie wollen Ihren Tlalok wecken. Aber wenn Simon recht hat ...«

»Wenn Simon recht hat, passiert Schlimmeres, falls ich nicht in twiSicht gehe. Er hat uns gesagt, wer diese Dims da draußen sind. Was machen wir, wenn die Lebensgefahr so groß wird, dass bei den Schemuraleuten die Tlaloks von allein aufwachen?«

Jetzt erst begriff Valentina, wovon er wirklich redete. Wenn er sich opferte, sorgte er wenigstens dafür, dass die bereits tote Soldatin und im Fall weiterer menschlicher Opfer auch diese (Sylvia? Ich?) eine Chance auf ein neues Leben als tlalok-konfigurierte Klone hatten, wie es ihm selbst geschenkt worden war. Die Alternative war der endgültige Tod für viele, Gefangenschaft bei den Banditen für einige.

»Kann ich was tun?«

Sie meinte: Sei es, um ihn bei dem Manöver zu unterstützen, das er plante, sei es danach, etwa als Erfüllung eines letzten Wunsches. Den hatte er tatsächlich, aber weil die Projektile um ihn sausten und Teile des Gemäuers platzten, weil Sand auf sie prasselte und Detonationen donnerten, verstand Valentina zuerst nur Bruchstücke: »Tlalok ... geben wenn ... Treue einer der drei ... besten ... Emanuelle ...«

Während Kuroda das sagte, justierte er in der angespannten Hocke bereits an den beiden Waffen, die er sich auf die Knie gelegt hatte, einige Voreinstellungen fürs Driplinerfeuer. Valentina beugte sich näher, bis ihre Gesichter einander beinah berührten, und sah dabei fragend aus, sodass er laut und klar wiederholte. »Mein Tlalok. Wenn ich ganz tot sein sollte. Geben Sie ihn Emanuelle. Niemand sonst soll ihn haben. Emanuelle.«

»Aber er wird nutzlos sein, wenn ...«

Sie merkte, noch während sie das schrie, wie einfältig das war. Wenn Norenzayan das Ding auch nur als Halskettenanhänger haben sollte, wer war sie, dem zu widersprechen?

Er schüttelte den Kopf, zum letzten Mal: »Sie nimmt ihn mit nach Treue. Übergibt ihn jemandem. Von den dreien. Am besten dem Shunkan. Er muss sehen, was Doktor Zhou auf der STENELLA ...«

Wieder Lärm, in dem ein paar Worte untergingen. Dann: »Wir haben darüber geredet, Emanuelle und ich. Es ist wichtig, Leutnant Bahareth!«

Er nahm ein zweites Gewehr vom Boden auf, das Valentina jetzt erst sah; es stammte wohl von einem getöteten Schemuralegionär.

Etwas in Kurodas Blick veränderte sich – ein Funke schien aufzublitzen, ein Schleier zu zerreißen –, dann sprang er auf, die Waffen in beiden Händen, die Kolben in die Ellenbogen gewinkelt, und im schnellsten fließenden Bewegungsablauf, den Valentina jemals gesehen hatte, vom stroboskopartigen Gefechtslicht angestrahlt wie ein Tänzer in einem Environ, feuerte er in kurzer Schussfolge die Driplinergeschosse, während schraubenartiger Drehung seiner Körperachse, in mehrere Richtungen. Wie viele es waren, ob vier oder, wie sie vorhin gemutmaßt hatte, fünf, hätte Valentina nur bei eigener aktivierter twiSicht erkennen können.

Streifen im Blick, Nachbilder, und als eine Art Hall in allen Sinnen ein Brausen, das keinem Ding in der Außenwelt entsprach, sondern nur der nachvibrierende eigene Schädel war, richtete sich Valentina auf.

Ihr Blick begegnete dem ruhigen des Kapitäns in zeitlosem Jetzt.

Es war stiller als still. Alles schien abzuwarten: der zitternde Teich, die zusammengekrümmten Dims und Menschen am Boden, die Blätterdächer der Bäume, die umgestürzten Sachen.

Die Angreifer auch.

Valentina dachte: Wann passiert es? Wann passiert ihm was?

Kuroda rief: »Nichts. Ich spüre nichts.«

Hatte Simon gelogen, oder sich geirrt?

Zeit, darüber nachzudenken, blieb keine. Ein Knattern, kläglich im Vergleich zum überstandenen Inferno, verriet die Wiederaufnahme der Attacke, der Kuroda das Genick gebrochen hatte. Die Soldaten der VL kamen aus ihren Deckungspositionen. Auch Valentina drehte sich um, nach außen, und verließ den Kessel, zu dem die Banditen, von denen jetzt nur noch einzelne mit gewöhnlichen Feuerwaffen übrig waren – zwei Panzer, eine Flak und eine fahrbare Raketenbatterie sowie einen Angreifer mit Panzerfaust hatte Kuroda vernichtet –, die Oase zusammengeschossen hatten.

»Ausputzen!«, rief eine Soldatin rechts von Valentina, und die wusste sofort, was gemeint war. Es ist wie auf Tabna 3, dachte sie, in Erinnerung an ein Kampfenviron, in dem sie auf der Akademie einmal viele Punkte gemacht hatte. Die Angreifergruppe war nur noch ein Viertel bis Fünftel so zahlreich wie eben, eine bloße Handvoll, aber beseitigt werden musste auch die. Hinter ihr trabte der Bintur T'''GM/ heran und schoss, während er rannte, bereits auf Dims, die Valentina jetzt mit ihrer Spezialbrille ebenfalls erkannte: grünliche Gestalten in stückwerkartig zusammengestellten Quasi-Uniformen, mit Halstüchern wie bei Szewczykleuten und unterschiedlichen Helmen, vielleicht übrig geblieben von untereinander feindlichen Armeen früherer lokaler Kriege.

Die verbleibende Arbeit, alle Banditen zu töten, die nicht schnell genug davonlaufen und hinter den Dünen aller Himmelsrichtungen verschwinden konnten, dauerte ungefähr zwei Stunden. Weitere zwanzig Minuten lang, in denen man an verschiedenen Stellen der Geografie stichprobenartig vorrückte und Provokationsschüsse abgab, blieb jeder Feindkontakt aus.

Die Formation der Ausputzer zog sich rückwärts zusammen. Man betrat erneut die Oase, wo Verwundete versorgt wurden und man Sterbenden die letzten Minuten erleichterte.

Kuroda umarmte gerade Simon, als Valentina ins Camp zurückkehrte. Der Dim hatte sich eines der Driplinergewehre umgeschnallt, seine rechte Gesichtshälfte war vollständig vom eigenen getrockneten Blut bedeckt, das aus einer nicht allzu tiefen Schläfenwunde geflossen war, über der sich bereits eine Gerinnungskruste bildete. Als der Dim Valentina bemerkte, löste er sich aus Kurodas Umarmung und umarmte auch sie, drückte sie, schüttelte sie sogar ein bisschen, sodass sie unwillkürlich lachen musste – lachen, obwohl zu den Toten Kinder gehörten, über die man Decken breitete, lachen, obwohl sie selbst einen Splitter in der linken Schulter stecken hatte, den sie sich bald entfernen lassen musste, lachen, obwohl ihr schlecht war.

»Ich konnte das ... nicht wissen«, sagte Simon, ließ sie los und schüttelte den Kopf, »ich dachte, die Lage hätte sich entspannt. Man erfährt auf Yasaka nicht genug. Die privilegierten Kommunikationskanäle, die an EPR-Hubs anschließen, stehen Dims nicht offen. Alles kommt aus zweiter Hand, von Wohltätern wie ihm«, er deutete mit einer Kopfbewegung Hochachtung vor Kuroda an, »und deshalb dachte ich, wenn wir so nah sind, greifen keine mehr an. Die Stadt hat vor drei hiesigen Jahren eine Belagerung abgeworfen. Aber die Belagerer sind zu Strauchdieben geworden.«

»Wo siehst du hier 'n Strauch, du Affe?«, fragte Sylvia, die, eine Zigarette im Mundwinkel, mit zerrissenem Kopftuch und schweißverklebtem Gesicht für Valentina anbetungswürdiger denn je aussah.

»Mit dem Ausruhen«, erklärte //FG/H', der von den Trümmern einer der Kochstellen herüberkam und dessen flüchtiger bewundernder Blick auf Sylvia in Valentina ein groteskes kleines Eifersuchtsstichflämmchen auslöste, »war's nichts. Ich schlage vor, wir brechen auf und erreichen die Stadt irgendwann vormittags, also vor der ärgsten Hitze. Die Verletzten können da sicher besser versorgt werden als hier auf dem Schlachtfeld.«

»Schaffen wir das denn? Kommen wir so schnell nach Bral ... Brel ...«

Valentina hatte den Namen der Stadt vergessen und ärgerte sich: Mit Tlalok wär das nicht passiert, so ungern sie in twiSicht ging.

»Nach Berlin«, sagte Simon hilfreich, und fuhr fort: »Doch, das geht schon, und ich stimme //FG/H' zu: Hierbleiben bringt alle in Gefahr, die man noch retten könnte. Wir laden sie auf die Container und verbrennen mehr Energie als geplant, damit die Container schneller fahren – wir haben Reserven, für Umwege, das lässt sich auch für eine eiligere Reise verheizen.«

Alle stimmten zu, und als man beschlossen hatte, sich ums Einsammeln, Aufräumen, Vorbereiten des Aufbruchs zu kümmern, statt weiter zu diskutieren, bemerkte Valentina eher beiläufig zu Kuroda: »Vielleicht sollten Sie sich auch hinlegen, als Quasiverwundeter, zur Beobachtung, falls noch irgendetwas ...«
»Mir geht es gut«, schnitt er ihr barsch das Wort ab und schenkte ihr einen Blick, den sie nicht missdeuten konnte: Außer ihr und dem Kapitän selbst wusste niemand, dass Kuroda seine Schützengroßtat einer selbstmörderischen Tlalokaktivierung verdankte.

»Wir haben keine Zeit für Gräber«, sagte Sylvia beim Räumen, »und wir sollten die Toten nicht einfach hier liegen lassen, in der Sonne, weil sie sonst den Teich vergiften.«
»Was machen wir?«, fragte //FG/H'.
Simon entschied: »In Decken hüllen. Den letzten Container räumen, ein paar Geräte, die man nicht dringend braucht, hier abstellen. Keine Lebenden rein – nur die Toten, und sie dann auf halber Strecke in der Wüste ...« Er sprach nicht zu Ende, es verstanden auch so alle, was er meinte: In den Sand werfen, für Geier, Sameks, Tischras, Hyänen und andere Aasfresser, falls es hier solche gab.
Kinder, dachte Valentina und machte sich nützlich. Fast so groß, körperlich, wie ich, aber neun, zehn, elf Jahre alt. Kinder.

Die ersten Symptome zeigte Kuroda, vorn am Dachgeländer des Containers in schneller Fahrt, als frühe Sonnenstrahlen im Osten den violetten Himmel rosa-gelb zerteilten.
Valentina erzählte ihm gerade von ihrer Akademiezeit, vom Regenwald auf Huanegal, von den Auseinandersetzungen junger Rekruten in Flugkapseln mit Papageien in der Kronenregion der erhabenen Bäume dort, vom Flattern und Kreischen der Vögel, als der Kopf des Kapitäns auf seinem Hals zu zucken begann, ruckartig einmal vor, dann zurück.
Er griff nach dem Geländer, wankte etwas, richtete sich auf.
Sie war erschrocken, stützte ihn aber.
»In Ordnung ... bin in Ordnung«, sagte er.

Sein bleiches Gesicht strafte die Behauptung Lügen. Kurodas Blick war stier geworden, ging ins Leere. Man hatte vor einer halben Stunde die Leichen abgeworfen. Seitdem war er schweigsam gewesen, hatte aber nicht angeschlagen gewirkt.

»Soll ich Simon holen? Soll ich …?«

Kuroda wandte ihr das Gesicht zu, lächelte, ein wenig unsicher sah das aus. Er öffnete den Mund, um etwas Beruhigendes zu sagen. Stattdessen geschah etwas mit seinem Hals. Der Adamsapfel hüpfte, ein peristaltischer Unfall schien stattzufinden. Aus dem halb geöffneten Mund quoll ein dicklicher Schwall von Blut und lief übers Kinn. Das rechte Bein des Kapitäns zuckte, dass Valentina fast einen Tritt abbekommen hätte. Sie ging reflexhaft einen Schritt zurück, versuchte aber zugleich, den Arm des Fallenden festzuhalten. Es half nichts, der Mann ging zu Boden. Ein Soldat neben ihm fluchte. Eine Dimfrau schrie auf, als Kuroda, über dem Valentina besorgt auf die Knie ging, sich schüttelte. Auch aus den Nasenlöchern floss jetzt schwarzes Blut, und aus dem Mund hellbraunes, zähes. Die Augenlider flatterten, die Augäpfel waren verdreht. Man sah nur noch den Rand der Iris, sonst pures Weiß.

Der Todeskampf des Kapitäns dauerte eine halbe Stunde. Niemand konnte etwas tun.

Als er tot war, drehte Simon, der vom Dach des zweiten Containers herübergeklettert war, als man nach ihm gerufen hatte, Kuroda mit Valentinas Hilfe auf die Seite. Hinten am Schädel, wo die Bohröffnung gewesen war, in der man ihm als Kind den Tlalok eingesetzt hatte, sah das Haar am Ansatz verschmort aus.

»Dieser großherzige Dummkopf«, schimpfte der Dim bedrückt.

Mehr gab es dazu nicht zu sagen.

Man entnahm den Tlalok.

Auf der SWAINSONIA CASTA hielt Valentina ihn unters Lesegerät, in der Erwartung, er würde sprechen. Er schwieg.

Valentina hatte es bis zu diesem Moment nicht glauben wollen – wohl kannte sie Berichte aus der Zeit des letzten Linienkriegs, wonach besonders schwere EMP-Pulse, Sonnenfeuer-

stöße und andere Extremschäden Tlaloks tatsächlich deaktiviert hatten.
Aber einen toten Tlalok, der sich durch nichts wiederbeleben ließ, hatte sie noch nie gesehen.

5   Der wiedererweckte Polizist stand hab acht vor seiner Präsidentin. Als überzeugter Feind jeder Gleichmacherei dachte er, während er sich erlaubte, sie aus den Augenwinkeln zu beobachten, wie sie sich selbst kritisch im Spiegel maß: Der Denker de Maistre hat völlig recht gehabt, die Leute glauben, eine Frau sei Königin, weil sie herrscht, dabei herrscht sie, weil sie Königin ist.
»Rühren, Armand«, sagte Shavali Castanon müde.
Mazurier versuchte, so locker dazustehen, wie Ehrfurcht, Ehrgeiz und politische Überzeugung ihn ließen. Das war nicht besonders locker. Immerhin gestattete er seinem Blick jetzt, im Raum herumzusuchen, statt ihn auf die randlose rechte Kante von Castanons Spiegel zu fixieren. Unter der himmelszelthohen Decke erkannte er Projektionen der augenblicklichen politischen Lage auf der diamantenen Welt. In mehreren Encuentros wurde im Zuge der Massenmobilisierung zum Fest auch gleich gewählt, sowohl plebiszitär, zu bestimmten Fragen des energetischen und informationellen Haushalts der VL, wie repräsentativ, zur Bestimmung von Deputierten für verschiedene öffentliche Körperschaften. Die neuesten Umfragewerte schlugen sich als Einfärbungen der Encuentro-Umrisse nieder, daneben blinkten Porträts von Funktionärinnen und Funktionären, die tonlos redeten, Simulationen, sTlalok-Modelle derer, mit denen die Präsidentin koalierte oder Kämpfe ausfocht. In grandioser Juxtaposition dazu sah man Großes: Flottenballungen in den Räumen neoseparatistischer Linien wie Collinet im Bereich von Delta Orionis, ein Viertellichtjahr entfernt von einem braunen Begleiter, dazwischen zwei Ahtotüren, um deren Benutzungsrate vor fünf Jahren zähe Streitigkeiten zwischen Custai, der Castanonregierung und einigen Collinet-Würdenträgern der lokalen

anarcho-syndikalistischen Lokalrepublik ausgebrochen waren; Degroote-Ärger nah beim schnellbewegten Barnardsstern, um den die Degrootes gerade eine Dysonsphäre bauten, mit Erzmaterial, das die Binturen gestellt hatten, die dafür heikle Biomarcha bekamen, was nicht in allen Einzelheiten mit Castanon abgesprochen war, die deshalb überlegte, die Degroote-Häfen in der Region blockieren zu lassen, bis die dynastisch-ständische Regierung, die diese Leute hatten, die präsidialen Kontrolleure kooperativer behandelte als bisher; helioseismologische Graphiken einiger instabiler Sterne, auf denen versucht wurde, diplomatische Beziehungen zu den Wesen aufzunehmen, die dort wohnten und mitunter dem gewöhnlichen Kohlenstoffleben noch fremder waren als die Medeen und sonstigen großen Nichtatmer; optische Zusammenfassungen der neuesten Berichte unermüdlicher Kartographen, die Supernovaereste durchkämmten und nach Exoplaneten fahndeten. Was für ein Reich, was für ein Imperium, in dem ...

»Kann ich mal einen Moment deine Aufmerksamkeit beanspruchen?« Die Präsidentin klang erschöpft.

Mazurier entschuldigte sich stammelnd, die Präsidentin überging's: »Ich habe gerade eine Menge Schwierigkeiten, mein Junge. Ich bin keine Königin, auch wenn du mich so siehst. Hab deine Daten angeschaut. Der Comte, na ja. Französische Revolution. Siehst dich als Loyalisten, Druckfehler für Royalist. Gut, also, in deinen Bildern gesprochen: Die Krone drückt mir gerade ganz schön den Kopf zusammen.«

Sie gönnte sich eine Pause, die ihn in einen Notstand zwang: Sie erwartete womöglich, dass er etwas dazu sagte, also versuchte er's.

»Ich kann mir vorstellen, dass das Amt eine Last ist.«

»Am schlimmsten dran sind die Leute, die's mir erleichtern wollen. Informationsprobleme. Wenn alle alles wissen, glauben alle, sie dürften mitdenken, mitreden, mitentscheiden. Das geht natürlich nicht. Also reguliert man den Informationsfluss in den verschiedenen Arbeitseinheiten, aber damit macht man aus funktionalen Befehlsketten wieder unbewegliche Hierarchien, und die sind notorische Informationsvernichter. Wer sagt schon gerne Vorgesetzten die Wahrheit? Nein, nicht antworten, ich kriege sonst Kopfweh. Das ist nur die vertikale Schwierigkeit. Dazu kommt sofort die horizontale: Wenn die eine Hand nicht weiß, was die andere tut, fällt sich der Körper schnell selber in den Arm. Deine Geschichte ist ein vorzügliches Beispiel: Hättest du gewusst, dass Sylvia Stuiving den Schiffsdoktor auf meine Anweisung hin aus dem Verkehr gezogen hat, bevor er zu viel Staub aufwirbeln konnte mit seinen unvorsichtigen Studien ... dann hättest du, als dir klar wurde, dass sie die ... wie war das? Saboteurin war ... dann hättest du sie wahrscheinlich nicht abgestochen, in Renées Tropfsteinhöhle.«

Sie holte Luft, sah in den Spiegel, atmete aus.

Er sagte: »Es tut mir ... es tut mir leid, aber ich verstehe immer noch nicht, wie der Mord an Bin Zhou im Interesse des Präsidiums sein kann, nur weil ...«

»Siehst du? Schon wieder. Denn weil es darum geht, die Deckel schön festverschraubt auf diversen Pandorabüchsen zu lassen, darf ich dir auch jetzt nicht sagen, was du schon damals nicht begreifen konntest. Aber dass du für deinen vermeintlichen Gehorsam, deinen Eifer bei der Verteidigung der loyalen Rosinen in deinem Kopf auch noch bestraft wirst statt belohnt, das verletzt einfach meinen Gerechtigkeitssinn. So. Dein größter Wunsch scheint ja zu sein, der Republik oder mir oder den Knöpfen an deiner Jacke irgendwie zu dienen. Das wollen wir nicht verkommen lassen. Du kriegst einen Sonderjob.«

»Ihre Großzügigkeit ...«

»Halt die Luft an. Und duz mich, bitte, wenn es geht. Ich hatte einen langen Tag.«

In der Aufforderung lag etwas Sadistisches, verordnete Aufsässigkeit grenzte für diesen devoten Menschen an Schinderei.

»Was ...«, Mazurier nahm allen Mut zusammen, »... kann ich für ... dich tun?«

»Simpel. Ich ernenne dich hiermit, Hokuspokus, zum Sicherheitsbeauftragten des Festkomitees, gratuliere. Was einerseits lächerlich ist, denn Irina hat mehr Leibwächter als ich, inzwischen. Andererseits: Dein neuer Titel ist eine völlige Luftnum-

mer, reine Attrappe – aber nur mit einem solchen administrativen Mandat kann ich dich losschicken, das zu tun, was ich wirklich von dir will. Im Kelemans-Encuentro, im Tommerup-Encuentro, im Gerlich-Encuentro ...«
»Die diplomatischen Vertretungen und Konsulate.«
»Exakt. Ich will, dass du dich umhörst – also, du stellst den Superwichtigen die offiziellen Einladungen für die Festakte zu, unseren Freunden aus dem All, und bei dieser Gelegenheit plauderst du mit ihnen. Über ihre Einschätzung der Lage, über ihre Meinung zu den von unseren Ämtern gezielt ausgestreuten Gerüchten betreffend die bevorstehende Begnadigung des Shunkans und seiner Getreuen, über die neuen Protosezessionen in der Milchstraße und teilweise auch in Andromeda. Denken sie, dass ich fest im Sattel sitze? Was halten sie von den Parteien: Demokraten, Kolonialen, Introdisten?«
»Introdisten?«
Mazurier hielt diese Organisation für eine Ansammlung harmloser Spinner, sie waren dafür, das menschliche Leben im Kernbereich der VL stärker auf Tlaloks umzustellen, weniger Bauten, mehr twiSzenarien.
»Ja. Introdisten, Idioten, Fans von Lysander, was weiß ich. Hör dich bei allen Nichtmenschen um. Geh zu den Custaifirmen, zu den Binturenstiftungen, zu den ... was immer das ist, wo die Skypho sich treffen und kooperieren. Verstehen sie unser politisches System noch? Interessiert es sie? Und bei der Gelegenheit kannst du dann gleich ermitteln, ob sie selber irgendwas im Schilde führen, und was das sein könnte. Ich muss einfach wissen, wie es außenpolitisch aussieht, falls die Innenpolitik demnächst wieder ... wackelt.«
Gerade der gefällige Konversationston machte ihn schaudern – es klang trotz, nein: wegen dieser schauspielerischen Kleinkunstleistung, als würde hier die erste echte Staatskrise in der Zentralkonik seit dem Ende der Linienkriege eingestanden.
Er versuchte zusammenzufassen, was er gehört hatte: »Also Dinge wie: Was wollen die Binturen?«
Castanon ächzte leise. »Pfaah, nee. Wirklich. Das ist der speziesistischste Unsinn, den ich je gehört habe. Was wollen die

Menschen? Was wollen die Hühner? Es gibt Individuen, Organisationen, lieber Gott ... die einen wollen dies, die andern das. Keine Kollektivverurteilungen. Ich weiß nur eins: Es gab einen Mordanschlag auf Treue, und neben zwei Custai, die sich für Marchaprofite bekanntlich in so gut wie alles reinziehen lassen, hat auch ein Bintur mitgemacht. Das sind so die Sachen, die mich ins Grübeln bringen.«

»Wenn ich ... wenn ich in dieser Sache für Aufklärung sorgen kann, ist mir das eine Ehre, Ihnen ... dir ...«

»Dufte. Dann gehst du jetzt hier raus, rechterhand den Gang runter, da ist die Kommandantur der Schemuralegion, dort gehst du tlaloksynchron mit der Frau Bloynar, die ist Generalin oder Generalmajorin oder so etwas, die überspielt dir alle relevanten Daten, damit du dich mit den dicksten Fischen ins Benehmen setzen kannst, vielleicht noch ein paar *updates* über die Introdisten, mit denen du dich nicht so gut auszukennen scheinst. Und dann legst du los und berichtest an Bloynar.«

»Jawohl.«

»Kannst gehen. Es sei denn, du brauchst jetzt noch irgendwas, hast eine Frage, was auch immer.«

»Wenn ich so kühn sein darf ...«

Es kostete sie alle Mühe, bei dieser Formel nicht vor Vergnügen und Abscheu zu quietschen, und stattdessen zu erwidern: »Jederzeit, mein Freund.«

»Was wurde aus den andern? Der Crew der STENELLA?«

»Sind dir ans Herz gewachsen.«

»Nun ...«

»Diejenigen, die außer dir noch ... oder wieder ... am Leben sind, haben, genau wie du, besondere Aufgaben erhalten. Die Admiralin bringt mein Gnadenangebot nach Treue.«

Seinem Gesichtsausdruck war nicht anzumerken, wie er das fand, es interessierte die Präsidentin aber auch nicht. »Noch was?«

Er verneigte sich und ging.

Als er draußen war, sah Shavali Castanon aus einem der großen Fenster auf den Castanon-Encuentro, Menschentrauben, Ameisenpfade, und dachte: Dann rollt es doch wieder.

Und die andere Mutter von Irina, die nicht weiß, dass sie 46 % ihres Genoms in unser gemeinsames Töchterchen investiert hat, die große Katze Renée, kommt vielleicht sogar rechtzeitig zum Hauptfest zurück. Dann werden wir weitersehen.

Alles zu meiner Zeit, dachte die Präsidentin.

Vierter Teil

Treue und Verrat

1   Auf der Anhöhe stand ein unscheinbares Haus, von dem aus man in ein schmales Tal sehen konnte. Über das Tal, eigentlich nur eine milde Vertiefung, wachte außer dem Haus nur eine einsame Pinie. Südlich der schmalen Senke lag ein See, von hohem Gras umgeben, nach Westen waldgesäumt, der auf eine fünfzehn Kilometer weiter im Südwesten gelegene Seenplatte vorauszuweisen schien (die Himmelsrichtungen waren Konstrukte, sie gehorchten kontraintuitiven Magnetfeldverhältnissen). Aus Richtung der Seenplatte wurde im Frühjahr wie im Herbst als besonderer Wind kräftige, fruchtige Luft zum Haus getragen und rauschte in der Pinie.

Vom Baum zum Haus ging schimpfend, sich auf einen Gehstock stützend, ein störrischer Mann. Als er vor der Veranda angekommen war, machte er kehrt und ging wieder zum Baum. Dann hin. Dann her. Ob ihn das Gehen mehr Kraft kostete als seine Wut oder umgekehrt, war von außen nicht zu entscheiden.

Es gab keine Beobachter; er hätte sie den Stock spüren lassen.

Die erste Zeit mit dem neuen rechten Bein war für César Dekarin die mühsamste seines ganzen Erwachsenenlebens; widriger noch als die Wochen der Gewöhnung ans Exil auf Treue. Schon als Kind hatte er nichts ärger gehasst als das Warten darauf, dass etwas Unerprobtes schließlich funktionierte. Kein Satz hatte ihn zu schlimmeren Wutausbrüchen provoziert, sein Unrechtsempfinden übler beleidigt als die Wendung »Du sollst nicht«.

Der spätere Shunkan war in der Shiema aufgewachsen, einem Bereich der Szewzcyklinie, dem einige außergewöhnliche Marchandeure und Erfinderinnen entstammten und dessen verbreitetste Sprache das Kertische war.

»Shiema« bedeutete auf Kertisch so etwas wie »die Allgemeine Arbeit«, kürzer: die Allgemeine, und bezeichnete eine weitgehend hierarchiefreie Anarcho-Meritokratie, die so hieß, wie sie hieß, weil man dort, obwohl starke Verbindungen zu den seinerzeit noch nicht allzu eng verflochtenen Zivilisationen der Degroote- wie der Castanon- wie auch der Sourisseau-Linie bestanden, nicht viel aufs Linienbewusstsein gab und Angehörige all dieser Linien die Allgemeine Arbeit zusammen mit ein paar vergleichsweise namenlosen Mischlingen von hohem marchandischem und politischem Einfallsreichtum gegründet hatten. Der raumzeitlichen Ausdehnung nach war die Shiema weit fortentwickelt von der Lokalität als Territorialprinzip: Man hatte sich bei der Schöpfung dieser Zivilisation nicht an irgendeine spezifische Konik binden lassen, sondern stützte menschliche Siedlungen im Umkreis einer ganzen Reihe von Braunen Zwergen, für deren energetische Ausbeutung die Marcha der Allgemeinen berühmt war, und weniger populären, untereinander per Ahtotüren verbundenen Sternen, unter denen die Bekanntesten Epsilon Aurigae, Beta Pictoris und die starke Ultraviolettsonne Adhara waren.

Viel vom späteren Kriegsgeschick Dekarins verdankte sich dem Umstand, dass man es in der Shiema nicht weit brachte, wenn man in lokalen Koniken statt universell dachte.

Binnensozial war man, was im Hinblick auf den Ikonoklasmus des Shunkan im späteren Rückblick viele verwundern sollte, in der Allgemeinen eher konservativ orientiert. So stammte César Dekarin beispielsweise von einem geradezu klassischen Elternpaar ab, Mann und Frau. Die Mutter war bei der Empfängnis gerade drei Zyklen alt, der Vater vier. Die Entwicklung auf den kartierten Welten seit spätestens dem Regierungsantritt von Shavali Castanon tendierte eher zu späten Geburten. Szewzcykleute aber waren Traditionalisten.

Während man sich also etwa auf Yasaka oft erst fortpflanzte, wenn das eigene Leben sich dem Ende näherte – da die Jugendlichkeit der Leiber bis dahin dank der Castanon'schen Biomarcha erhalten blieb, hielt man eine Handvoll Jahre für ausreichend, das neue Menschlein zu erziehen –, herrschte in der

Allgemeinen die Auffassung, eine Bindung an unmittelbare biologische Vorfahren sei ein hohes soziales Gut.

César war kein verwöhntes, aber ebenso wenig ein misshandeltes Kind. Funktionierte irgendetwas nicht oder ließ zu lange auf sich warten, tat er etwas, das sowohl sein Vater wie seine Mutter »Ärger machen« nannten: Er trampelte und strampelte, brüllte und schlug endlich um sich. Bis er sich beruhigt hatte, dauerte es lange – sei's, weil er seinen Tlalok nicht mit dem seines geliebten Hundes synchronschalten konnte, der Hund hatte nämlich keinen, was César partout nicht einsehen wollte: »Das ist dumm. Er hat doch auch ein Gehirn«; sei's, weil ein lichtmodulierendes Kristall-auf-Silizium-Spielzeug, mit dem man grelles Leuchten in helixförmige Wellenfronten biegen konnte, nicht gleich auf die unendlichen Möglichkeiten optischer Vortizes eingestellt werden konnte, mit denen sich ein primitiver Quantencomputer hätte bauen lassen; sei's schließlich, weil es an einem Tag regnete, an dem der spätere Rebell unbedingt draußen Verstecken spielen wollte. Der Anfall, der ihn angesichts dieser Ungerechtigkeit des Wetters packte, war so schlimm, dass sein Vater, der ein Händchen für originelle Sanktionen hatte, ihn daraufhin zwang, mit nichts als einem Schlafsack, einer Batterie Proviant und einem Kocher eine Woche lang auf der Wiese vor dem elterlichen Haus zu übernachten und nur tagsüber, für ausgewählte Straftätigkeiten im Haushalt, sein Heim zu betreten.

Warten, Einsicht, Entsagung: seine drei Hauptfeinde. Seit die Nachricht per EPR eingetroffen war, dass eine Begnadigungsexpedition sich auf dem Weg von Yasaka nach Treue befand, waren Jahre vergangen; erst jetzt gab es Tage, an denen der Shunkan nicht daran dachte, wie höhnisch und hart er das Angebot zurückweisen würde, wenn sie erst eintraf.

Wie genau es seinen Eltern gelang, ihn dazu zu bewegen, die brennende Ungeduld und das Verlangen nach dem Funktionieren der Dinge in eine Art protowissenschaftlicher Forscherdisziplin zu bändigen, wussten sie nach einer Weile selbst nicht mehr.

Zum zweiten Geburtstag nach dem ersten Zyklus richteten sie ihm in einem Keller ein kleines Verhaltensforschungslabor ein. Das Erste, was er dort herausfand, war, dass die Fledermäuse, von denen es in den Höhlen des zerklüfteten Gebirges, an dessen Rand seine Eltern mit ihm lebten, viel zu viele gab, nicht nur distinkte Objekte, sondern auch bestimmte ausgedehnte Körper mittels ihres Echosinnes identifizieren konnten.

Er hatte wissen wollen, wie, wann und wo diese Tiere eigentlich Wasser tranken, weil er am Vogelbad seiner Mutter Spatzen, Finken und einer einheimischen Spezies namens Bilak dabei zugesehen hatte, wie die sich erfrischten, und erkannte bald, dass Fledermäuse im Flug an Teichen und Seen leckten. Woher sie aber im Stockdunkeln ihrer Höhlenwelten wussten, dass so eine Wasserstelle unter ihnen war, galt es zu klären. Nachdem César einige glatte wie raue Oberflächen aus Holz, Metall und Plastik am Boden seiner eigenen künstlichen Höhle installiert hatte, entdeckte er, dass die Fledermäuse aus allem zu trinken versuchten, was glatt war, weil Glattes Echolokationsrufe in derselben Weise reflektierte wie Wasser.

Raue Unterlagen dagegen wurden, da echoakustisch nicht wasserähnlich genug, in Ruhe gelassen. Den Hang, lebenden Versuchsobjekten mit Experimenten zu Leibe zu rücken, die herausfinden sollten, was die wollten, wurde er danach nie wieder los.

Das neue rechte Bein verlangte das Schlimmste: Geduld.

Was er damit alles nicht tun konnte, ohne dafür einen Preis zu zahlen, spürte er jeden Tag beim Aufstehen. Das Bein war schwach, ungeübt im Beugen und Strecken, es wollte nicht richtig zu ihm gehören und er wollte es nicht haben, lieber sein altes zurück. Der körperliche Ärger – Ziehen, Schmerzen, Untauglichkeit – nahm in seiner einfachen Welt den Mittelpunkt ein, wo eigentlich die Ruhe, der Friede des Exils hingehörten: Haus am See, Kaffee aus simpler Tasse, einsame Pinie.

Das Haus hatte sogar Türen, in denen sogar Schlösser waren, zu denen sogar Schlüssel gehörten, wie in einer Breve über die

Waldeinsiedler der Antike, obwohl es eins der bestgesicherten Gebäude auf allen kartierten Welten war.

Dekarin wollte hier Hausherr sein, nichts mehr erobern, besetzen, verteidigen.

Aber ein Hausherr in so entlegener Gegend muss Wasser holen können, von der Pumpe hinterm Haus, er muss sich um den Garten kümmern, er muss Möbel zimmern, er braucht beide Beine. Seine von Freunden wie Gegnern gerühmte Unabhängigkeit von jeder Annehmlichkeit, seine Fähigkeit, auf der Kommandobrücke eines Raumschiffs oft monatelang ebenso zu Hause zu sein wie in luxuriösen Zimmerfluchten, sei es daheim auf Spektrum, sei es in Zeras Villa auf Treue, erwies sich als Täuschung: Er war nicht, wie man immer geglaubt hatte, ein frei umherschweifender, materiell anspruchsloser Geist, der eigentlich kein Zuhause brauchte, sondern jemand, der in seinem Körper stets so zu Hause gewesen war, dass ihn weitere Umstände nicht gekümmert hatten, und der nun, da man ihm an dieses Zuhause gegangen war und dort etwas verändert hatte, Qualen dabei litt, sich überhaupt irgendwie im Kosmos einzurichten.

Um wenigstens etwas zu lernen, und sei es Geduld, begann er mit konzentrierten, schweigsamen Naturbeobachtungen, zunächst von der Veranda seines Hauses aus, dann bei ersten vorsichtigen Spaziergängen, unterstützt vom Gehstock. Ärgerlich rasch ermüdeten ihn diese Wege; die Vögel allerdings gefielen ihm sehr.

Nirgends als auf Treue gab es so viele, die in ihren ursprünglichen Habitaten getrennt lebten, hier aber in ein völlig neues Ökosystem integriert waren: Finken und Spatzen, von denen seine kindliche Fledermauskunde ihre Inspiration bezogen hatte, aber auch Vögel aus entlegensten Gegenden der Milchstraße, Resaks, Miri, Larander, Möwen, Pelikane, Kormorane, Schlangenhälse, Kraniche – die sich wie die Zugvögel verhielten, die sie waren, und vermutlich nicht ahnten, dass die Magnetorezeptoren in ihren Schnäbeln ihnen Migrationsluftlinien suggerierten, die in der gebrochenen, gestauchten, gedehnten, gedrehten geometrodynamischen Wirklichkeit von Treue gar nicht vorkamen. Das Wesen, das jetzt ihre Welt war, lebte mit Binnenmaßverhältnissen, die mindestens so verdreht waren wie die Lichtwellenfronten in dem Spielzug, das der Shunkan als Kind gehasst hatte.

Viele hielten sich übers Jahr in anderen Kugeln von Treue auf, etwa in der, die ein Meer beherbergte, verirrten sich aber zu bestimmten Zeiten zum Haus des Shunkan, der sich dann oft vornahm, jenes Meer einmal besuchen zu wollen, und doch wusste, dass sein Fernweh eher eine elegische Fantasie bleiben wollte, als zum Vorsatz zu reifen.

Keine der Vogelarten verletzte den Respekt vor dem Umstand, dass ihre hiesige Heimat lebte und ihre eigene Art hatte zu denken, zu empfinden. Die krabbelnden Ideentierchen, die überall, auch in Ufernähe des Sees, bisweilen sogar im Wasser ihr undurchschaubares Wesen trieben, wurden selbst von Arten, die sonst keinen Wurm und keinen Käfer verschmähten, in Ruhe gelassen, als wären sie weniger giftig als vielmehr heilig.

Am Liebsten waren César die schlanken Seetaucher.

Ihre Rufe aus der Ferne – eine Art Jodeln, am Anfang melodisch, dann als rasche Wiederholung einzelner Silben – strukturierten ihm den Raum, in dem er wieder Gehen lernte, wieder er selbst wurde. Er beobachtete sie ausdauernd, obwohl das bedeutete, dass er manchmal halbe Tage mit dem Hin- und Rückweg und einem Rundgang um den See verlor.

Ihre aufmerksamen Augen schienen mit derselben Neugier zurückzuschauen.

Da erwachte der Verhaltensforscher in ihm.

Mit sTlaloks markierte er einige der Tiere, um sie zu studieren. Ihr Fleiß beeindruckte ihn: Sie bauten unablässig Nester dicht am Wasser.

Manchmal stampfte er in seinem Zorn übers dumme Bein zu fest mit dem Stock auf; dann rutschte der Vogel, den er beobachtete, aus dem Nest, und verschwand unter der Wasseroberfläche. Gesenkte Köpfe, nicht in Demut, sondern argwöhnisch: Darin erkannte sich Dekarin wieder. Die Vögel, nicht immer mager, brauchten Startrampen, also große Wasserflächen zum Abheben. Die Beine waren weit hinten am Körper, so konnten sie damit zwar gut schwimmen, aber nur mit Mühe an Land umhergehen – eine weitere Affinität, die er allerdings nur halb bewusst registrierte.

Wie Steine fielen die Seetaucher aus anderthalbfacher Menschenhöhe, schnappten nach Fischen, erwischten sie immer, stiegen wieder auf. Das Gegenbild zu den dummen Fledermäusen seiner Kindheit machte dem Shunkan gute Laune; er konnte stundenlang zusehen. Gelang es ihm, sich völlig still ins Schilf zu stellen, wurde er Zeuge von Territorialkämpfen der männlichen Tiere, die manchmal über eine halbe Stunde dauerten – enthemmten, mit harten Flügelschlägen das Wasser aufpeitschenden Auseinandersetzungen, von denen etwa ein Drittel mit dem Tod eines der Tiere endete. Es war immer der Raumverteidiger, der sterben musste, und darüber machte sich César so seine soziobiologischen, der Geselligkeit oder dem Wunsch nach Besuch nicht eben förderlichen Gedanken.

Dann bekam er bei seinen Seetaucherstudien Gesellschaft.

Anfangs hielt er sie, die reglos auf der gegenüberliegenden Uferseite stand – nicht nur erstarrt oder beherrscht wie er, sondern tatsächlich, ohne sich im Geringsten zu rühren –, für einen Baumstamm, knorrig, aber blätterlos. Beim dritten Mal verriet ihm ein Lichtreflex auf ihren knochenbleichen Haaren: Es war die dunkle Frau. Er erkannte das sehr ungern, weil er glaubte, spüren zu können, dass sie lächelte, über die kämpfenden Vögel vielleicht, oder über ihn. Was gab es zu lächeln?

Es sah so aus, als würde es dem Revierverteidiger diesmal gelingen, seinen erwarteten Reproduktionserfolg, sein Gebiet, sein Leben zu retten.

Schwarz war die Frau – nicht dunkelhäutig oder kaffeebraun wie manche Menschen etwa aus der Collinet- oder Tiltonlinie, sondern lichtschluckend nachtschwarz, schwarz wie Dominosteine, Schiefer, Tinte, Graphit, Ebenholz, und ihr kurz geschnittenes Haar leuchtete weiß wie Clownschminke, Papier, Lilien, Kreide.

Keine Kreatur konnte von Natur so aussehen: Negativ einer Lichtbreve aus dem Altertum.

Von weitem war nicht erkennbar, dass ihre Züge bis ins Einzelne denen der Präsidentin glichen. Als sie aber vor fast anderthalb Jahren das erste Mal an ihn herangetreten war und ihn gefragt hatte, wie es ihm auf Treue gefiel, hatte er sofort gedacht: Das ist eine Projektion – auch wenn da, wo sie ging, Fußspuren zurückblieben, auch wenn der Wind ihr das Haar zausen konnte, auch wenn sie ihm einmal die rechte Hand auf die linke Schulter gelegt hatte, vor der er verstört zurückgewichen war. Ein Bild der Präsidentin, das ihm und seinen Mitexilierten deutlich machen sollte, dass sie hier nicht frei waren, nicht sicher vor dem Zugriff der Herrscherin über so gut wie alle kartierten Welten, eine Art Stempel, Siegel, Fessel in Gestalt einer Frau, die er nicht einmal mehr hasste, die er nur loswerden wollte, hinter sich lassen.

Er hatte ihr das, wütend genug, auch gesagt. Aber die dunkle Dame – der Name stammte von Zera, der Schwulst, vor allem leicht ironischen, zum Leben brauchte – hatte erwidert: »Du irrst dich.«

»Ach was! Du bist Castanon«, hatte er aufbrausend erwidert, »oder ein Klon oder jemand aus der verdammten Familie. Du bist Ca 1++, gehörst zur ursprünglichen Blutlinie – wie du schon gehst, die Haltung … hau ab!«

Sie hatte ihn angegrinst, die Zähne schwarz, die Zunge weiß wie der ganze Mundinnenraum: »Ich bin C, nicht Ca«, worauf er ihr, für den Fall der Fortsetzung der Scharade, mit Üblem gedroht hatte, sodass sie endlich doch noch fortgegangen war.

Inzwischen sah man sie selten.

Lauras rastlose Neugier hatte ermittelt, dass sie auch einigen Custai, Binturen und vielleicht einer Skyphe – es war schwer, mit denen zu reden, sie drückten sich noch mehrdeutiger aus als die lästige Dunkle – aufgefallen war, nach Custaiauskunft angeblich sogar den Dims, die Laura aber, ihrer heftigen Abneigung gegen die »Trüben« wegen, gar nicht erst hatte befragen wollen.

Jetzt stand die Dunkle drüben am Birkenwäldchenrand und schaute ihm beim Schauen zu.

Er biss die Zähne zusammen, fasste den Griff seines Gehstocks fester und begann, sich abzuwenden. Sehr langsam, um die Tiere nicht bei ihrem Kampf zu stören, hob die Gestalt den rechten Arm. Wollte sie ihm winken? Er senkte den Kopf und spuckte in den Ufermatsch. Der angreifende Vogel gab auf, zog sich zurück. Der Sieger jodelte ihm hinterher. Der Shunkan sah nicht mehr zur anderen Uferseite, sondern drehte sich um und ging.

Viel Besuch bekam er nicht in seiner Seetaucherzeit. Laura Durantaye schaute dreimal vorbei. Stets versuchte sie, ihn zu überzeugen, sich an der von der unterbesetzten Polizeistelle und irgendwelchen halbseidenen Custai-Behörden gemeinsam durchgeführten Untersuchung des Mordanschlags zu beteiligen.

»Nee, lass mal«, hatte er schon beim ersten Mal abgelehnt, »bin schon verhört worden, in der Fußklinik, das reicht mir. Schließlich hat Castanon mir damals zugesichert, dass wir mit ihren Behörden nichts zu tun haben müssen, dass es keinerlei Prozessbrimborium gibt und keine Befragung, dass wir Privateigentum und Privatsphäre nicht verlieren, dass mir mein Haus gehört und mein Grundstück. Dass ich meine Ruhe habe.«

»Es sind keine Verhöre. Wir sitzen ja nicht auf der Anklagebank«, hatte Laura, rasch entnervt wie immer, erwidert, »das musst doch selbst du begreifen, dass wir hier Zeugen sind, die bei einer Ermittlung helfen, die für uns von vitalem Interesse ist.«

»Mein vitales Interesse sind meine Vögel. An meinem See. Der Rest kann mich am Arsch lecken.«

Dabei war es geblieben.

Ein neuer, sTlalok-gestützter Abwehrring ums Anwesen hielt alles außerhalb einer Zone von 15 Quadratkilometern vom Näherkommen ab, was mechanisch, gepanzert, flug- und fahrtfähig oder irgend bewaffnet war.

Man musste zu Fuß zu César kommen. Kaum jemand außer Laura und Zera wollte das. Die Demütigung, der er potenzielle

Besucher mit diesen Maßnahmen aussetzte, war ihm nicht klar. Er hätte sich gewundert, hätte man ihm verraten, dass er, der seine eigene Mobilitätseinschränkung so verabscheute, sich mit seinen zusätzlichen Sicherheitsmaßnahmen an allen und jedem rächte, indem er ihnen auf seiner Lichtung die Mobilität raubte.

Lichtung: An das Wort dachte er oft.

Ein Gleichnis kam ihm dabei in den Sinn, das ihm sein Vater erzählt hatte, um ihn von seiner ständigen Auflehnung gegen die Wirklichkeit zu kurieren.

Der Vater des Shunkan war lange tot, gestorben während der Linienkriege.

Als einer der wenigen aus César Dekarins engerem Kreis, die damals hatten sterben müssen, war er nicht gewaltsam, sondern eines natürlichen Todes gestorben, etwa gegen Ende des ersten Dekazyklus, also genau zur von Shavali Castanon bemessenen Zeit. Bis heute gab César aufgrund dieses zeitlichen Zufalls unbewusst Shavali Castanon auf vage Art die Schuld am Tod seines Vaters, wie an so vielem anderen.

Unter Berufung auf einen Denker der Vorexpansionszeit hatte der Alte erklärt: »Du setzt auf die Möglichkeiten, César, aufs Lernen, auf die Verwandlung. Castanon setzt auf Wiederholung, auf die Fortsetzung dessen, was ihre Familie immer war. Die Castanon-Frauen denken alle so. Dachten immer so. Castanon-Männer von Belang hat es kaum je gegeben. Du wärst vielleicht einer geworden, wenn sich das hätte machen lassen. Dass es nicht ging, lag aber nicht nur an ihr. Du setzt, sage ich, aufs Lernen, auf Veränderung, unter den Bestimmungen des Geistes, auf das kostbar Vergängliche. Sie setzt auf ihre Launen und dahinter aufs Ewige. Auf das Drehbuch.«

»Drehbuch?«

»Eine alte Form der Spielbreve. Du willst etwas Neues aus dir machen. Ich stimme dir zu, dass dieser Wunsch ein Existenzrecht hat, auch wenn er nichts für die Stabilisierung der Verhältnisse leistet. Für manche Menschen ist das Abenteuer wichtig, das Etwas-Neues-aus-sich-Machen. Menschen wie dich. Aber du solltest verstehen, dass Castanon das nicht einsehen muss. Sie will eine Welt, in der die Leute eben sind, wie sie sind.«

»Aber ich bin nicht, der ich bin, wegen ihr. Sie hat mich erst verändert, erst geweckt.«

»Du wolltest immer verändert werden. Sie hat es geschafft. Aber das war nicht ihre Absicht. Sie will Regeln bewahren, um die Leute, die nun mal so sind, wie sie sind, vor Schaden zu bewahren, statt mit ihnen zu arbeiten, am Neuen. Ob eine Gesellschaft möglich ist, die nur aus Leuten wie dir besteht, Selbstverwandlern, Risikofreunden, Wagemutigen, die alles riskieren, weil sie wissen, das Leben ist kurz und die Chancen zur Verwandlung sind kostbar, darüber kann man lange diskutieren. Deine Perspektive sagt Ja: Wir machen uns keine Illusionen, deshalb riskieren wir viel, denn wir glauben nicht an Wunder oder die Tröstungen des Drehbuchs. Der Breven. Du musst begreifen: Dieses Denken – das rationale, illusionslose, mutige Denken – kann nicht auf Dauer gewinnen. Das ist, als würde man von tausend Würfeln, die man gleichzeitig wirft, erwarten, dass sie alle auf ›Fünf‹ landen. Es gibt einfach zu viele Möglichkeiten zum Irrtum, zu naheliegende, einfache. Wenn man lange genug wartet, und ausreichend viele Menschen, oder andere denkende Wesen, in die Rechnung einbezieht, wird alles wieder kaputtgehen, was irgendjemand mittels des Verstandes und des Mutes dem gleichgültigen Kosmos entrissen hat. Die Menschen lieben ihre Tröstungen, ihre Illusionen. Und wenn sie von außen gezwungen werden, sie zu durchschauen, ist es bereits zu spät.«

César schwieg verstockt; so sagte denn sein Vater, was er zu sagen hatte, noch einmal – diesmal in Gestalt eines Gleichnisses: »Der Dschungel wird die Lichtung am Ende immer überwuchern, die Dunkelheit wird das Licht besiegen. Vielleicht nicht immer auf lokaler Skala. Aber absolut und unausweichlich immer im Großen. Im Ganzen.«

Die Lichtung war kein Ort, an dem man Natur einfach gerodet hatte, sondern einer, der von der Zudringlichkeit menschlicher Irrationalität freigeräumt war. Erstes Kardinalparadox der Sozialgeometrie, dachte der Shunkan: Beschränktheit neigt, obwohl sie alles einengt, dazu, sich auszudehnen.

Dass César so eine Lichtung nicht nur zum Gesundwerden und zur wechselseitigen Gewöhnung des neuen Beins an ihn wie seiner selbst ans Bein, sondern seit dem Anschlag sogar zum Atmen und Denken brauchte, hing auch mit der ungewollten Rückkehr einiger Kriegserinnerungen zusammen. Denn Menschenmassen waren eine der Waffen gewesen, mit denen das Präsidium ihn und die seinen besiegt hatte, nicht nur auf Tabna 3.

Er erinnerte sich an seinen Versuch, ein Gegenparlament wider das von Yasaka auf einem künstlichen Planeten auf Umlaufbahn um den roten Riesen Antares einzurichten. Er erinnerte sich vor allem an den feindlichen Einsatz einer neuartigen Marcha am Tag der ersten Kundgebungen in der hektischen Vorwahlphase: die sogenannte Panikinduktion, hier in ihrer zivilen Variante, im Gedränge, unter Ausnutzung der sTlalok-berechneten Trajektorien von Individuen in Massen, ihrer irregulären und turbulenten Bewegungen, steuerbar durch Drohnen, die auditorische und visuelle Signale aussandten, auf diese Weise die Mengen strukturierten und sie nötigten, sich hierarchisch in selbstähnliche Gruppen verschiedener Größen zusammenzuschließen und gegeneinander zu wüten.

Die Drohnen waren nur wenige Zentimeter groß, wie die Krabbeltierchen auf Treue, aber die zugrundeliegende Hydrodynamik glatter Partikel hatten sie im Griff.

Man konnte mit und aus Menschen, hieß die bittere Lehre, vieles machen, was für Menschen gefährlich war – aus Leuten allgemein, dachte der Shunkan, wobei »Leute« sein Synonym für alles war, was in Argumentform mit sich reden ließ, im Guten wie im Bösen, Manipulativen, im Gegensatz zur nichtsprachlichen Natur, im Gegensatz zu den Vögeln also, den Seetauchern, die nicht argumentierten, höchstens signalisierten, und das sparsam.

Aus krabbenrosa Nebel, der sich im schmalen Tal zu dieser Jahreszeit in jeder Nacht neu sammelte, stieg über große Steinquader, zwischen verwildertem Kraut und schlafenden violetten oder blauen Blüten, mühsam Zera Axum Nanjing.

Er hätte sich einer solchen Strapaze für niemand anderen unterzogen als für den Shunkan, zu dem er emporkletterte.

Als César den Freund beim zufälligen Blick aus dem Fenster während der Morgenrasur vor einem zersprungenen Spiegel aus seinem alten Quartier in einem seiner abgeschossenen Schlachtschiffe erkannte, wusch er sich rasch das Gesicht und humpelte ohne Hilfe des Gehstocks – der lag noch im Schlafzimmer – in die Küche, um so schnell wie möglich einen dem Anlass angemessenen Tee aufzugießen.

Der war gerade fertig, als Zera die Veranda erreichte und an einen Trägerpfosten des Vordachs klopfte, unter lautem Rufen: »He, Napoleon! Jemand zu Hause?«

Selbst Zeras langer Weg hierher – sein Kufenspeeder stand genau zwanzig Meter jenseits der Sperrzone – hatte die Frisur und die tadellos geschmackssichere Herbstkleidung, weißes Hemd, schwarzer Blazer, beige Reithosen und kniehohe ländliche Rotwildlederstiefel, nicht durcheinandergebracht. Der Besucher wirkte kaum außer Atem und ließ sich gerne auf einen der vom Shunkan selbst zusammengezimmerten Verandastühle an einen der drei runden Holztischchen lotsen. Hier stellte der Hausherr das Teegeschirr ab und humpelte wieder ins Hausinnere, um, wie er halb mürrisch, halb entschuldigend erklärte, »noch so 'n Zuckerschälchen« zu holen.

Zera rief ihm launig nach: »Ein T-Shirt könntest du anziehen. Ist doch viel zu kalt so. Nicht dass die gestreifte Sträflingspyjamahose nicht sexy wäre.«

»Von mir aus«, knurrte César Dekarin und stand dann wenige Minuten später, in denen Zera die Stille genoss, die nur von seltenen Jodelrufen der Seetaucher unterbrochen wurde, wieder auf den Brettern.

Lang streckte er sein neues Bein vom Sitz und nahm als Erster seine Tasse.

Viel künstliche Zerstreuung war hier nicht geboten, abgesehen vom Melissen- und Vanillegeruch des Teedampfs, dem herben Schmelz des Teegeschmacks und langsam einsetzender, äußerst leiser, äußerst konservativer elektronischer Musik aus den medialen Lamellen der Balken, die das Vordach trugen.

»Ehrlich«, sagte Zera mit der feinfühligen Ironie, die zwischen ihnen alles regelte, »dass du Maschinen aussperrst, kann ich nachvollziehen. Hatte selber nicht selten Lust dazu. Wer braucht den Lärm, wer lässt sich gern die Pflanzen zerdrücken, von fliegenden Panzertaxis ganz abgesehen, die einem das Haus zerballern? Aber dass du nicht mal Signale durchlässt, sondern alle störst, von Radiowellen über Optik bis zum letzten twiKräusel, finde ich dann doch zu verschroben.«

»Erstens haben wir hier Zeit«, verteidigte sich der Shunkan gelassen. »Wer was von mir will, wird sie sich nehmen müssen. Zweitens hole ich mir mit Signalen auch Würmer, Viren, Malmarcha ins Haus, die meine Gerätschaften durcheinanderbringen, auf die ich im Augenblick ein bisschen stärker angewiesen bin, als mir lieb ist. Drittens stören sie mir meine Sender, mit denen ich das Verhalten der Vögel beobachte.«

»Du markierst Vögel? Eine sinnvolle, wissenschaftliche Beschäftigung? Zeichen und Wunder!«

»Kannst ruhig maulen. Aber man kriegt viel raus. Das Lustige ist, dass man die Arten nur begreift, wenn man die Individuen ernstnimmt. Wenn man eine Entwicklung eines einzelnen Tiers über längere Zeit nachzeichnen kann. Und das wieder geht nur, wenn man sie als Individuen auch markieren kann, mit sTlaloks oder anders.«

»Die Einzelnen sind die Schlüssel zu den Kollektiven. Typischer Shunkan-Einfall.«

»Wissenschaftlich richtig, sonst nichts.«

Beide schwiegen, zufrieden über die bisherige Unterhaltung, kosteten Tee – Zera nahm tatsächlich Zucker dazu, verschmähte aber, wie sein Gastgeber, die Milch – und hingen ihren je eigenen Gedanken nach.

Als der Nebel aus dem Tal entwichen war und das struppige Gras sich zeigte, beobachtete Zera eine Wildkatze, die sich an etwas Unerkennbares heranpirschte, das unter dem Gestrüpp einer unordentlichen Strauchballung unweit der Steinquader wühlte und wuselte.

Dann sagte er: »Hast du genug Gesellschaft?«

»Ja. Du nicht?«

»Ich habe meine neue Dim. Daphne.«
César nickte bedächtig. »Die aber vermutlich Omar nicht ersetzen kann.«
Zera überraschte ihn mit einer persönlichen Bemerkung. »Sie ist unglücklich.«
»Unglücklich, wieso?«
»Bevor wir uns mit der Psychologie meiner neuen Hausangestellten verzetteln ... Unglücklich ist auch die präsidiale Niederlassung. Die Polizei. Die haben mich bekniet, ich soll dich motivieren. Laura auch, wobei, die kniet nicht, die zischt und keift.«
Der Shunkan nahm sein schwarzledernes Zigarettenetui vom Tisch, fischte eine Zigarette raus, legte es wieder hin, griff sich sein Feuerzeug, zündete die Zigarette an.
Zog einmal. Zweimal.
Dann sagte er sinnend: »Tut mir leid, ich schulde der ... Bezirksverwaltung hier herzlich wenig. Sie hätten uns abschirmen sollen. Das hat sie nicht gemacht.«
Zera konterte das mit einer Wischiwaschi-Handgeste und den Worten: »Na ja, komm. Konnte sie nicht – auch deshalb, weil du ihr von Anfang an zu verstehen gegeben hast, dass ihre Anwesenheit auf unseren Grundstücken unerwünscht ist. Außerdem schuldest du den VL zumindest ein Bein.«
»Ich hätte mein altes noch, wenn die Milizionäre ihren Job erledigt hätten. Und was die Leibwächterei angeht: Erstens habe ich euch zwei andern nicht gezwungen, euch nicht rund um die Uhr bewachen zu ...«
Zera zog die Stirne kraus. »Komm, das ist unfair. Als ob wir, wenn der Shunkan gesprochen hat, noch Lust hätten, unsere ...«
Der Einwand war eher spielerisch als ernst, César ging darüber hinweg: »Zweitens hätten auch siebenhundert Polizisten nicht verhindert, dass diese Leute uns nahe kommen konnten, weil das eigentliche Versäumnis darin bestand, sich mit den Custai und Binturen hier nicht allzu eingehend zu beschäftigen. Wo uns die Krokodile doch so freundlich einen Knast zur Verfügung stellen. Da fragt man lieber nicht nach den Motiven.«
Zera richtete sich auf, lehnte sich nach vorn: »Motive?«

»Ich glaube, ehrlich gesagt, dass wir den Custai von Anfang an unheimlicher waren – wir, also die Aufständischen im Linienkrieg – als der geschätzten Präsidentin. Es gibt in der Zivilisation der Echsen, oder, wenn wir fair sein wollen und zulassen, dass das genauso zerbröselt und in Fraktionen unterteilt ist wie die menschliche Siedlerei im kartierten Kosmos, in deren Zivilisationen, Plural, durchaus starke Strömungen, die den ganzen Frieden mit der Menschheit für einen Bluff von Castanon halten. Castanons Versicherungen, man werde sehr kontrolliert expandieren und jedenfalls keine älteren Rechte anderer Intelligenzarten verletzen, sehen die als Heimtücke. Sie denken, wenn ich das richtig verstehe, dass der einzige Unterschied zwischen Castanon und mir ist, dass ich sozusagen offener spiele. Beide wollen wir auf Dauer das gesamte Weltall für uns, nur dass ich auch noch das bisschen Regulierung verachte, das Castanon unserer Langlebigkeit in Vermittlung mit unserer Fortpflanzung auferlegt hat, und außerdem auf radikalere biologische Transformation setze.«

»Während der wirkliche Unterschied ist«, sagte Zera, und die Ironie war wieder da, »dass nur Castanon expandieren und die alten Wege fortschreiben will, während du dich für die Welt gar nicht interessierst.«

Nach einer Pause fuhr Zera ernster fort: »Du verstehst unter Transformation einen ... Pfad, der uns überall hinbringen könnte. Zu den Sternen, wie man so sagt.«

»Ich will neue Erfahrungen machen. Ganz andere. Leben, wie es das nie vorher gegeben hat. Und ich will, dass andere das auch können. Shavali will immer nur dieselbe Erfahrung machen. Ethisch gesehen kann man wahrscheinlich nicht entscheiden, was denn eher ...«

»Wenn du Shavali sagst, klingt das fast zärtlich. Sie wäre fast dein Mann geworden, oder deine Frau, und du ihr ... sehr ungezogenes ... Laster.«

Er erwiderte nichts, sog ein paarmal Rauch in die Lunge, blies ihn aus der Nase.

Als Zera sich nach drei Minuten immer noch nicht bereitgefunden hatte, seine angestammte Rolle des Beruhigers und Ver-

söhnlers zu spielen, nahm der Shunkan sich zusammen und versuchte, die Unterhaltung wieder in Gang zu bringen.
»Also, deine Dim ist unglücklich.«
»Sie ist überqualifiziert. Hatte mit den Eingeweiden von Treue zu tun, ist eigentlich eine Art Biomarchandeuse. Andererseits kann sie nichts von dem, was ich von ihr wollen könnte – Haareschneiden, das Haus hübscher machen. Sie schneidet inzwischen Äste und gestaltet Bambus wie eine geborene Gärtnerin, dünnt die Krönchen aus, dass die Bäume kompakter aussehen ... Aber Kochen kannst du vergessen, Kosmetik ist ihr ein Rätsel, und stimmungsvolle Weihnachtsdekorationen muss ich ihr mit einem Zeitaufwand beibringen, dass ich es gleich selber machen könnte.«
Der Shunkan wiederholte angewidert: »Stimmungsvolle Weihnachtsdekorationen. Schlimmer als Krieg, wenn du mich fragst.«
»Ja, jetzt hab dich mal nicht so. Bei mir drüben ist halt schon Winter. Ein paar Glaskugeln in Creme und Gold, ein paar Adventskränze, ein Nikolausstiefel, bisschen Bastelfolie, Sterne, Herzen, ist das zu viel verlangt? Täte deiner Bruchbude auch ganz gut.«
»Sterne. Herzen.«
»Was bist du, ein Roboter, der alles wiederholen muss, was ich sage?«
»Marchandeuse, sagst du.«
Er hatte die Dim noch nicht mit eigenen Augen gesehen, ihr Erwerb oder wie immer man die Angelegenheit, die er ohnehin ablehnte, genau nennen wollte, hatte sich nach seiner Rückkehr aus der Krankenstation der Präsidialvertretung aufs eigene Grundstück abgespielt.
»Ja. Sie weiß sogar, was twiSicht ist, und hat mir einen Vortrag darüber gehalten, dass das Wort von Twistoren kommt, dass Twistoren höherdimensionale Spinoren sind, gedrehte masselose Teilchen, dass Spinoren wiederum Vektoren von Spingruppen sind, dass der Twistorraum, in den wir mittels der Tlaloks schauen, ein komplexer Vektorraum ist, dass die Beobachtung von C-Feldeffekten im Twistorraum einfacher ist als in allen anderen Räumen. Sagt sie mir so. Hat sie alles drauf – wortwörtlich, als Monolog. Als ich ihr mal zu beschreiben versucht habe,

wie sich die Environs anfühlen, in die ich mich manchmal reinhänge, damit sie weiß, wie es ist, weil sie ja keinen Tlalok hat, da sagt sie: ›Ich kann es nicht sehen, aber ich verstehe, wie es funktioniert. Transformiert man einen Twistor aus dem Twistor-Raum in den Minkowski-Raum, so erhält man einen gewöhnlichen Lichtstrahl, wie man ihn als kausale Verbindung zwischen zwei Ereignissen in der speziellen Relativitätstheorie kennt. Hat auch damit zu tun, dass in der Twistor-Theorie nicht die Ereignisse die elementaren Entitäten darstellen, sondern ihre kausale Verknüpfung durch Lichtstrahlen.‹ Sagt sie. Das Zeug scheint bei denen, so nackt sie sonst rumlaufen, zur Allgemeinbildung zu gehören. Ich dachte immer, die kapieren nicht mal die Koniken.«

Der Shunkan beugte sich vor, war fasziniert: »Du meinst, dein Omar wusste das alles auch?«

»Keine Ahnung. Sie behandelt es jedenfalls nicht als was Besonderes. Wir haben das neulich erst zufällig rausgekriegt, weil ich mit ihr wie gesagt über ein paar beim Rumlaufen in Environs in mein Hirn gepustete geometrische Ideen für den Steingarten hinterm wiederaufgebauten Gästeflügel reden wollte und dabei dann Schwierigkeiten hatte, diese Ideen in einem anderen als dem Twistorraum zu beschreiben. Omar hat von so was nie geredet. Aber vielleicht war er einfach anschmiegsamer, hat sich mir angepasst, weil ich lieber über Kleidung und alte Zeremonien und Breven und Frisuren ... na ja.«

Dem Kummer in Zeras Stimme war anzumerken, wie sehr er den Ermordeten vermisste. Der Shunkan sah beschämt auf die Wiese: Und ich hadere hier mit meinem Bein, das sich so sehr immerhin ja doch nicht von meinem alten unterscheidet.

Freundlicher als bisher sagte er: »Ja, Lichtkegel, Konik, wir denken immer, außer uns Menschen versteht das keiner, weil nur wir daraus auch was Politisches gemacht haben.

Laura hat sich darüber immer besonders geärgert, dass die Dims nicht verstehen, was es heißt, in einer so abgelegenen Konik zu versauern – dass wir nicht einfach gefangen sind, sondern ... und in der Umlaufbahn um Geminga denken die Dims wahr-

scheinlich besonders oft an ... Du kennst diese komische Endzeitphantasie?«
»Die Pulsarnacht.«
»Ja. Ich meine, wie kann ein Lebewesen ... du siehst, ich sage nicht: ein Apparat, ein Gerät, für mich sind sie keine Biomarcha ... Wie kann ein Lebewesen, das nicht einmal versteht, dass die Sterne, die wir sehen würden, wenn wir auf der Außenhaut von Treue stünden, statt im Bauch des Tiers zu leben, nicht gerade jetzt so sind, wie wir sie sehen, sondern vor Jahrhunderten oder Jahrtausenden so waren, und dass selbst das Licht einer Sonne, um die ein Planet kreist, sich daran halten muss, dass die Lichtkegelgesetze ...«
»Wie kann ein Lebewesen, dessen Mythologie diesen einfachen Tatsachen widerspricht, verstehen, was Twistoren sind? Geht offenbar. Und ist nicht so überraschend, wie du glaubst. Es gibt unter uns Menschen ja auch immer noch Leute, sogar biologische Gelehrte, die an Schöpfungsmythen glauben. Dabei sind die wesentlich älter als die Evolutionstheorie, die das alles richtig und vernünftig erklärt. Gedanken und Empfindungen müssen sich nicht vertragen. Mehrere Zeitebenen, mehrere Gesichtskreise ... tiefere Persönlichkeiten.«
Ein frischer Wind strich ums Haus, die Pinie rauschte.
»Tiefer als wir?«, fragte der Shunkan sanft.
Zera antwortete nicht direkt. »Ich glaube, diese ... lebendigen Tätowierungen, mit denen sie rumlaufen, stehen sinnbildlich für genau das: avancierte mathematische Ausdrücke von hochabstrakten Gedanken, aber eben auch Kennzeichen des individualistischen Körperschmucks einer präindustriellen Gesellschaft. Jede und jeder Dim ist ein Lexikon des komplexesten Wissens und zugleich eine Demonstration tiefsitzenden Aberglaubens. Und wenn du recht hast, dass solche Widersprüche im Einzelwesen einen Hinweis darauf geben können, wie die ganze Spezies ...«
»Du nimmst also deine neue Dim als Studienobjekt, um die Dims besser zu verstehen?«
César war klar, dass das Ganze darauf hinauslief, ihn aus seiner Isolation zu locken, aber dieses Thema war interessant genug, ihm nachzugehen.

»Daphne. Sie heißt Daphne.«

»Daphne«, wiederholte der Shunkan. Er fand, es hörte sich gut an.

Die Pointe, die folgte, hatte César nicht erwartet. »Ich hab sie eh nur ausgesucht, um dir eine Freude zu machen. Ich dachte, du staunst, wenn du mich mal besuchst, und da ist sie dann. Aber du besuchst mich ja nie.«

»Willst du sagen, sie ist die …«

»Klar. Du Vogelbeobachter du. Fehlt dir wohl gar nicht, dass du nicht mehr weit genug fortgehen kannst von hier, um diesem Mädchen hinterherzusteigen?«

»Ich habe seit Wochen nicht mehr an sie gedacht, ehrlich gesagt.«

Ganz wahr war das nicht, er hatte bei der ersten Begegnung mit der dunklen Dame nach dem Attentat sogar gehofft, die Dim sei es, um seine früheren Besuche zu erwidern.

Zera schien den Gedanken zu erraten: »Und an die schwarze Frau auch nicht mehr? Komm schon. Ich hab sie gesehen. Heute. Vorhin. In der Nebelsuppe. Schleicht um dein Haus, mein Freund.«

Er schwieg, verzog aber den Mund, als litte er.

»Du hast nichts dazu zu sagen? Sei nicht sauer. Ich versteh dich sogar. Bin auch nicht so oft raus, am Anfang. Du bist ja nicht der Einzige, der so was erst mal verarbeiten muss. Meine Verbrennungen waren auch keine Party. Die Einzige, die sofort wieder auf den Beinen war und Gangster fangen wollte … na ja …«

Der Shunkan lächelte. »Wie läuft sie denn? Lauras Recherche?«

»Sie macht die Custai verrückt, und die Custai machen sie verrückt.«

»Ach?« Der Shunkan amüsierte sich.

»Sie hat mich praktisch genötigt, erpresst, die Tlaloks synchronzuschalten, damit ich in den Genuss ihrer Funde komme. Unglaubliche Flussdiagramme: Ghaock, Tillihnim, Besnerhn, Beteiligungsgesellschaften, Steuergeschichten, Ausschüsse, Rivalitäten, Drittmittel für akademische Unternehmungen, irgendwelche Gesellschaften zur Erschließung von ... äh ... Chancen oder Fortschritt oder ... die ganze Organisationsstruktur der Reptilien ist ... ich meine, also da gibt es zum Beispiel das Freihandelsabkommen für Andromeda, das von einer Reihe von Räten oder Konzilen überwacht wird, ich meine: seine Einhaltung – Konzilen, die mit Repräsentantinnen aus sieben Regierungen von sieben teilautonomen stellaren Dominions hier auf Geminga vertreten sind, sich aber nicht vertragen mit einem offenbar mehrere Custai-Zivilisationen übergreifenden Gebilde namens Wachstum und Chancen, das die Aufgabe hat, Rohmaterialien – nicht Marcha, sondern Bodenschätze von planetaren Körpern, Plasma von Sonnen, abbaubare Sachen auf Braunen Zwergen, Magnetenergie von Neutronensternen – einzuschätzen und beratend mit Firmen zusammenzuarbeiten, die das alles ausbeuten wollen; dann das Nachbarinsel-Wirtschafts-Kooperationsforum – ›Nachbarinsel‹ nennen sie die Milchstraße, sie kommen ja von Andromeda –, das von dieser Muttergesellschaft, der Firma Ghaock finanziert wird, für die unsere beiden lieben Custai-Attentäter gearbeitet haben, die aber in Konkurrenz steht zu den Unternehmen Exklora, Rhhathnag und Tillihnim, welche gemeinsam, auch wenn sie wiederum untereinander streng verfeindet sind, was die Beziehungen zu den Binturen angeht, eine Handelsgruppe bilden, die mit dem besagten Nachbarinsel-Wirtschaftskooperationsforum so heftig im Clinch liegt, dass sogar schon einige Kriege daraus resultierten. Selbst mir, die ich politisch eigentlich nichts anderes interessant finde als die Angelegenheiten von Castanon und das Altern ihrer Diktatur, sind Geschichten wie die Metallschlacht um Lambda Boötis und die Planetennebelblockade um NGC 7027 ein Begriff. Aber diese ganzen schrecklichen Sachen ...«

Der Shunkan hatte den entscheidenden Punkt begriffen: »... sind jeweils nur Hintergrundrauschen für die Angst vor uns, vor den Menschen und insbesondere vor dem, was diese Custai immer noch für die Shunkanpartei halten, obwohl inzwischen ganz andere ... Parteien die innermenschliche Politik, ihre Händel und Zwistigkeiten bestimmen. Alte Linien, die aus den VL ausbrechen wollen, Kulturen, die sich denen von Nichtmenschen, etwa den Binturen, assimiliert haben durch den ständigen Umgang, Koloniale, Introdisten, Zentristen ...«

»Der neueste Quatsch«, Zera mußte die Teetasse absetzen, um sich vor leisem Kichern nicht zu verschlucken, »sind irgendwelche Leute, die plötzlich ihre Familien zu vergessenen, also zu unrecht enterbten Linien ernennen und sich selbst als Mini-Castanons etablieren wollen, in den dümmsten Provinzen.«

»Ich sollte uns einen schönen Schnaps holen. Wir sollten anstoßen auf die Schwierigkeiten, die Castanon hat, mit ihren Untertanen und den Custai, und die Probleme der Custai untereinander, und die ganze kartierte Scheiße von hier bis Andromeda und weit darüber hinaus. Zum Kotzen. Zum Lachen.«

Die Ruhe, die sich zwischen ihnen nach diesem Wortwechsel ausbreitete, war paradiesisch. Plötzlich kamen sie sich nicht mehr wie Verbannte vor, sondern wie Davongekommene, und sie sahen, dass es gut war.

Dann bewies Zera, dass er sich nicht einfach von einem Gesprächsgegenstand abbringen ließ, nur weil der dem Shunkan nicht angenehm war.

»Glaubst du, die Dunkle erscheint uns wieder, wie ... ich weiß nicht ... wegen dem Anschlag? Als ein Zeichen erhöhter Wachsamkeit?«

»Es wäre, wie alles, was die ... Präsidentin macht, ordentlich zu spät, und würde also ganz gut passen. Reaktion aufs Attentat. Nein, im Ernst, ich weiß es nicht. Ich will nur, dass sie bald wieder verschwindet.«

Er warf die abgerauchte Kippe übers Geländer auf den Kies an der Wiese.

Zera sagte: »Das werde ich jetzt auch machen. Verschwinden.«

Er stand auf, wollte César helfen, dasselbe zu tun, aber der sah zu Boden, während er sich an der Rückenlehne aufstützte und in die Höhe stemmte, ein wenig verbissen, den Kopf wie zum Angriff gesenkt, und Zera verstand dank langjähriger Erfahrungen mit diesem störrischen Menschen nur zu gut, dass dies bedeuten sollte, er wollte keine Hilfe. Autark, nicht asozial: Die

Umarmung ließ er sich gefallen, und als sie sich voneinander lösten und einander in die Gesichter sahen, als sie erkannten, dass sie einander tatsächlich sehr vermisst hatten, küsste der Freund den Freund.

Zera lachte und sagte: »Gut, mehr war nicht. Wollte nur sehen, ob du in deiner Verbitterung schon verreckt bist.«

»Das dauert länger.«

Der Shunkan räumte das Geschirr zusammen, Zera klopfte gegen einen Pfeiler, auf dem Dutzende, vermutlich an die hundert der kleinen Lobopoden krabbelten, die sich in der Nähe des Shunkan anscheinend wohler fühlten als in Lauras oder Zeras. Noch mal klopfen, um die Musik ein bisschen durchzurütteln, dann ging Zera zurück zu den Steinquadern, stieg hinab ins Tal und verschwand zwischen zwei Hügeln.

Der Shunkan kehrte nach dem Besuch an sein gewöhnliches Tagwerk zurück.

Aus Stunden wurden Tage, aus Tagen Wochen.

Er fuhr fort, die Vögel zu beobachten, grub einige Pflanzen aus und topfte sie für seinen kleinen Wintergarten ein, weil er sie nicht der harten Witterung aussetzen wollte, die jetzt heraufzog. Er sah den Möwen und sonstigen Küstenvögeln hinterher, als sie verschwanden. Die Seetaucher folgten ihnen. Dann waren die drei Sonnen wieder zwei.

Eine davon verfärbte sich ins Blaue.

Die Nächte streckten sich, die Tage schrumpften.

Schließlich brauchte er den Gehstock nur noch für längere Ausflüge, oft nur für den Rückweg. Die dunkle Dame zeigte sich für längere Zeit zum letzten Mal am ersten Schneetag.

Herausfordernd lässig stand sie unter der Pinie, abgewandt vom Haus, und sah hinab auf den Teich, dessen Ränder bereits von einer dicken weißblau-quarzigen Eisschicht bedeckt waren.

Der Shunkan wandte sich ab.

Drei Tage später wurde ihm beim rutschig beschwerlichen Weg zu seinem Brunnen und beim holprigen Rückweg, beladen mit zwei großen vollen Kanistern, zu seinem Ärger klar, dass er wohl eine Pumpleitung vom Brunnen zum Haus würde legen müssen, und den Brunnen mit Heizstäben warmhalten, wenn er nicht in den kalten Monaten aufs manuelle Schmelzen von Schnee- und Eiswasser angewiesen sein wollte.

Sein Rücken, vor allem aber sein Nacken taten ihm weh von der Stange, an der die Kanister hingen. Er musste sich viel zu stark auf seine winzigen Schritte konzentrieren, die paar Meter verlangten ungeheure Behutsamkeit.

Beinahe hätte er Stange und Behälter fallen lassen und sich unsanft in den Schnee gesetzt, als er, der den Blick an den Boden geheftet hatte, um keinen falschen Schritt zu tun, an der untersten Stufe der kleinen Treppe zur Veranda ankam und plötzlich eine angenehm warme, aber sachliche Stimme sagen hörte: »Soll ich helfen? Ich bin hergekommen, um zu helfen. Zera Nanjing sagt, Sie brauchen Hilfe.«

Er hob unter Ziehen im Genick den Kopf und sah die schöne Dim, deren Anblick ihm, ohne dass er sich das eingestanden hatte, seit Monaten fehlte, in einen dicken Mantel aus weißem Fell gewickelt.

Ihre Augen waren groß und dunkel. Sie sagte: »Ich heiße Daphne.«

»Ich heiße César«, erwiderte der Shunkan.

Es war das Höflichste, was er je zu irgendwem gesagt hatte.

2   Viel Zeit für die Trauer um den Kapitän blieb Besatzung und Gästen der SWAINSONIA CASTA nicht.

Der nächste Ahto-Zwischenhalt der mehrjährigen, zwischendurch im Kälteschlaf verbrachten Reise war eine Sonne namens Kapteyns Stern im Halo der Milchstraße, runde 13 Lichtjahre entfernt von der gelben Sonne, um die Simons Dimheimat kreiste. Astronometrische Vorabbeobachtungen, noch im Orbit um Simons Sonne, verrieten, dass der Ahto-Sprung zu Kapteyns Stern mit einem nicht unheiklen Geschwindigkeitsanpassungsmanöver verbunden sein würde: Die Zielsonne bewegte sich mit 8.7 Bogensekunden, was, räumlich richtig trianguliert, etwa 160 Kilometern pro Sekunde Sichtlinienbewegung für einen Astronomen entsprach, der sich auf ein Dach in jenem »Berlin« stellte, das Ziel der Versorgungs- und Neusiedlerexpedition unter Kuroda gewesen war.

Mit 245 Kilometern pro Sekunde raste Kapteyns Stern überdies auf eben diesen Astronomen zu, in binnengalaktisch südwestlicher Richtung eine Sternkonstellation durchquerend, welche die Dims in Berlin »Pictor« nannten, auf dem Weg nach Dorado. Halosterne waren älter als diejenigen, die in der Scheibe oder, wie Simons Sonne, in deren Armen brannten; auch waren die Halosonnen arm an Metallen, von durchsichtiger Atmosphäre, relativ heiß für ihre Leuchtintensität, oder umgekehrt: relativ dunkel, gemessen an ihrem Hitzegrad.

Emanuelle Norenzayan, die mit dem Segen der Admiralin Kurodas Kapitänsrang gleichsam geerbt hatte, erklärte der Crew und den Passagieren vor dem Sprung, dass man sich in jener Gegend aus politischen Gründen, die seitens des Präsidiums sogar zu ernsten Reisewarnungen für zivile Schiffe, Handelstransporter, Forschungsmissionen und Kolonisationsschiffe geführt hatten, nicht lange würde aufhalten können: »Ich erwarte, dass alles an Bord auf maximales Durchgangstempo eingerichtet ist, Abhijat. Wir verlassen die Eingangstür, schicken den lokalen Autoritäten unsere Kennungen – also alles, was sagt, dass wir im Auftrag der Präsidentin unterwegs sind, mit diplomatischen Siegeln, dass wir eine Admiralin an Bord haben, dass wir nach Geminga fliegen und so weiter. Dann jetten wir mit 14 % der Lichtgeschwindigkeit zur Ausgangstür, passieren sie – und weg sind wir.«

Es kam anders.

Beim Austritt durch die Eingangstür fand sich die SWAIN-SONIA drei gewaltigen, waffenstarrenden rhomboiden Schiffen von jeweils zehn bis fünfzehn Kilometern Länge gegenüber. Zwei davon waren absolut opak, also mit keinerlei Abtastern sondierbar und außerdem funkstill. Das mittlere provozierte Abhijat, der hoch im Steuerungsgewebe auf der Brücke der SWAIN-SONIA hing, zu einem Ausruf des Erstaunens: »Sie glühen vor!

Die wollen, dass wir sehen, was für einen Antrieb sie haben. Uralte Marcha. Dieses Zeug ist eigentlich illegal«

Auf Emanuelles scharfe Nachfrage »Was soll das heißen?« erklärte der Marchandeur: »Na, keine Saug- und Stoßkontraktion wie bei den normalen Schiffen von Menschen und Binturen überall im kartierten Raum, auch keine gefährlichen Nukleargeschichten wie bei den Custai, und erst recht nicht, was immer die Skypho für seltsame Masse-Energie-Wandler benutzen. Das, was dieses Ding da brummen lässt, ist ... Urzeitgerümpel: Antimateriepropulsion mit Antiprotonen-Vernichtungsaktionen, die geladene und ungeladene Mesonen produzieren, außerdem Gammastrahlen. Die geladenen Mesonen werden kanalisiert und produzieren Antrieb. Nicht gerade effizient. Energie geht auf mehrere Arten verloren: als Ruhemasse der geladenen und ungeladenen Mesonen, als kinetische Energie der ungeladenen, und als Gammastrahlung. Extrem unsauber. Weniger vornehm ausgedrückt: eine scheußliche Sauerei.«

»Marcha ohne Respekt«, summte 3467999, unheimlich direkt am Rand des Steuerungsgewebes schwebend. Man wusste nicht, ob die Skyphe damit Neugier, Anerkennung, Misstrauen, Verachtung oder Angst zum Ausdruck bringen wollte. Ihre Metallfühler krisselten; gleichgültig war es ihr also nicht.

»Schick ihnen die Kennung«, befahl Emanuelle ihrer Funkerin.

»Aye«, erwiderte die und tat's.

Einige Stunden lang geschah gar nichts.

Man debattierte auf der Brücke der SWAINSONIA bereits, ob man einfach losfliegen sollte, auf die Koordinaten der Ausgangstür zu, denn der direkte Weg dahin wurde von den drei Schiffen nicht unmittelbar blockiert, nur gesäumt.

Emanuelle schwieg während dieser Diskussionen wie die fremden Schiffe. Schließlich gab Abhijat bekannt: »Die andern beiden sind jetzt auch tastbar. Noch schlimmere Marcha. Positronenvernichtung. Produziert Gammastrahlung, bis alle grün leuchten. Völlig verantwortungslos, als ob die Crew zum Wegwerfen ... ich meine, die haben Gammasegel, damit ... mir wird schlecht.«

Emanuelle wollte das eben kommentieren, da erschien im brückensynchronen twiKommunikationsfeld direkt unterm Gewebe das Hologramm eines Menschen in einer Uniform, die bis auf eine nicht unbedeutende Kleinigkeit exakt derjenigen des präsidialen Militärs glich. Die Kleinigkeit war die Farbe: Jacke, Mütze, Hose waren grün, nicht weiß.

Der Mann hatte gelocktes weißes Haar, trug affektierterweise eine antike Brille auf der Nase und wirkte kantig, steif, dabei jedoch nicht trocken, sondern der Haltung nach, in der er dastand, irgendwie aufgeweicht, quallig – ein Eindruck, der noch verstärkt wurde, als er knödelnd erklärte: »Hier spricht Oberst Thorwald Sperrer vom Militär der Autonomen Auslage an Bord des Raumüberwachungsschlachtschiffs KHAJURAHO, im Namen der Gegenpräsidentin Ursel Mendacia. Wir haben Ihre Kennung aus unseren sTlalok-Schlaufen entfernt, sie entspricht nicht den Anforderungen unseres politischen Raums hinsichtlich Sicherheit und ... und Adäquatheit. Der Sicherheit.«

»Adäquatheit der Si... Wie bitte?«, erwiderte Emanuelle, ohne sich vorzustellen.

»Der Typ ist besoffen«, riet Abhijat.

Admiralin Schemura betrat soeben die Brücke in Begleitung zweier Soldaten ihrer Legion.

Der Mann, der sich als Oberst Sperrer vorgestellt hatte, räusperte sich und führte mit öliger Stimme aus: »In den letzten Stunden der Zeit des Vorkommnisses, in dem das Ereignis ihres Erscheinens sich hier zugetragen hat, habe ich mich eingehend mit Ihrem und Admiralin Renée Melina Schemuras Kennungsdatenpaket befasst und mir gleichzeitig einen Eindruck von den Siegeln der Präsidentin von Yasaka verschafft, die dieses Dokument begleiten. Beides lässt sich beim gegenwärtigen Stand des Procederes betreffend Ihren Durchgang durch das lokale Ahtotürensystem administrativ nicht voneinander trennen. Es scheint mir indessen an Ihrem Antrag so viel Arbeit vonnöten – in Bezug auf die einzelnen Eingriffe wie auch im Überdenken des Ganzen und seiner substantiellen Veränderungen –, dass auch unsere besten sTlaloks damit überfordert wären, Ihnen diese Arbeit abzunehmen. Ja, selbst die bestausgebildeten Diplomaten der Autonomen Auslage wären damit überfordert. Es bleiben wesentliche Fragen offen: Gerade weil Ihr Antrag diplomatische, politische, militärische Gründe für die Passage entlang dieser Route zugleich anführt, fehlt es häufig an nötiger Trennschärfe. Mir scheint somit … damit … es scheint mir so, dass Sie, wenn nicht alles, so doch sehr vieles von uns als den Treuhändern dieses Ahtotürensystems verlangen, ohne hier genug zu unterscheiden. Es stellt sich eine Mischung aus Unstrukturiertheit und infolgedessen Unübersichtlichkeit her, die nur Sie allein strukturieren und übersichtlich machen können. Ihr Antrag bedarf noch einmal einer Überarbeitung, und zwar von Grund auf, die, ich wiederhole mich, niemand anders als Sie leisten können. Darum weise ich ihn zurück in der Hoffnung, dass Sie meine Anregungen aufnehmen wollen.«

»Was ist eine autonome Auslage?«, schnaubte Emanuelle und rang um Fassung. 3467999 näherte sich der Admiralin, als wollte die Skyphe ihr in den Kopf gucken, während sie nach einer Antwort suchte.

»Ein schlechter politischer Witz«, sagte Renée und schaute trotz Lächeln gereizt drein, als sie der Funkerin ohne Rücksprache mit Emanuelle ein Handzeichen gab, die Verbindung sofort zu kappen. Die Kapitänin verstand, womit Renée rechnete, und gab den Befehl »Gefechtsstand, beide Flügel« aus, sodass überall im Schiff Leute mit sämtlichen nicht verteidigungsrelevanten Beschäftigungen augenblicklich aufhörten und ihre in Drill und Kommando festgelegten Positionen einnahmen.

Abhijat schrie auf, als der erste Schuss – ohne Warnung, ohne Beidrehen – das Schiff traf und sich ihm durchs Gewebe mitteilte, in das Emanuelle zur Verstärkung eben kletterte, während die Admiralin ohne Zaudern – und ohne dass irgendwer sie deswegen herausgefordert, kritisiert oder infrage gestellt hätte – das Kommando übernahm.

»Schadensmeldung?«

»Nichts Großes«, sagte Emanuelle, während Abhijat geräuschvoll einen Happen Luft aus dem Mund entweichen ließ, um seine Meinung, dass es genügte, auch wenn es nichts Großes war, nicht unerwähnt zu lassen.

»Die Takuyu-Lader sind ein bisschen geknufft worden. Der rechte Konverter braucht eine halbe Minute, um wieder hochzufahren – automatische Leitungsunterbrechung bei Erschütterung, damit wir ...«

»Nicht explodieren, klar«, sagte Renée, deren Tlalok mit der Steuerung synchron geschaltet war. »Sagen Sie mir was, das ich nicht eh weiß.«

»Vier Verletzte, darunter //FG/H', der sich eine Schulter geprellt hat, zwei gewöhnliche Matrosinnen und einer von den Verwaltungs-Ersatzleuten, die die Präsidentin nach Treue schickt«, meldete Emanuelle, und Abhijat fügte hinzu: »Die interessantere Information ist vielleicht, womit sie schießen. Das ist noch kruderes Zeug als ihre Antriebe. Barbarenhaufen.«

»Nämlich?«, fragte Renée. Sie war gerade dabei, die Funkerin anzuleiten, die Verbindung zur KHAJURAHO wiederherzustellen.

»Blitze.«

»Wie?«

Abhijat schnalzte mit der Zunge wie ein Cust und führte dann aus: »Lenkentladungen. Früher sagte man ›Punktblitze‹, aber das ist ewig her, noch vor der Erbauung von Yasaka. In der Rho-Ophiuchi-Waffenschmiede entwickelte, aus künstlichen, in Kammertanks gehaltenen Wolken – Schwämmen, sagten sie damals – abgeschossene Blitze fürs C-Feld-Leermedium. Die Schwämme sind an eine Teilchenbatterie angeschlossen, hochenergetisch, aus kosmischer Strahlung, sonnengeboren. Das Abfeuern passiert in drei Phasen: Ladungstrennung, Wachsen eines Entladungsbaums und Kurzschluss oder Zündung, wie bei richtigen Blitzen in der Luft. Extremes Riss- und Zerstörungspotenzial. Diese Kasper spielen mit Vakuumenergie, mit virtueller Elektrizität, mit dem Zeug, das dazu führt, dass das Universum sich ausdehnt, und sie spielen mit dem Zeug, das dazu führt, dass der Kosmos wenigstens im Bereich der kartierten Welten einigermaßen isotrop ist. Vollkommen irre.«

Die Befehlshabende schien einen Augenblick zu überlegen. Niemand störte sie, weil alle wussten: Hier stand Renée Melina

Schemura, die Tychos Stern befreit, die Wegablockade gebrochen, die Krebsnebel-Versorgungswege gesichert und die Antaresflotte des Shunkan aufgerieben hatte, die Beschützerin der Trawler und der Nachschubwege, die Direktorin des Baus der halb fertigen Adhara-Dysonsphäre, die Verteidigerin des Hafens von Algol, eine legendäre Gestalt, die unzählige Gefechte durchgestanden und noch auf den Brücken kampfunfähig geschossener Schiffe mit schadhaften Maschinen und verausgabten Munitionsbeständen den Überblick behalten hatte, Befreierin und Racheengel, die ihre Keilraumer tief ins Gebiet der rebellischen Linien geführt und mit ihren Beschießungsverbänden und Minengürteln den Fluchtweg der Rebellen verbaut hatte, sodass zwar nicht ihr selbst und ihrer Truppe, wohl aber einem präsidialen Spezialeingreifkommando schließlich die Festnahme von Dekarin, Nanjing und Durantaye gelungen war.

Renée starrte eine Weile in den twiRaum, gleichgültig gegen alles, was um sie herum in der gewöhnlichen Raumzeit an Deck geschah.

Dann stellte sie eine unerwartete Frage: »Wie genau treffen die? Mit welcher Präzision, meine ich? Diese Punktblitze, sind das wirklich Punkte, oder streut es?«

»Ich weiß nicht, auf welcher Skala Sie denken, aber ...«

Abhijat versuchte, zweierlei gleichzeitig zu leisten: Inventur der Schäden und Interpretation der Frage.

Bevor das gelingen konnte, fiel ihm Emanuelle ins Wort. »Nicht genau genug für das, was sie bei uns offensichtlich versuchen.«

Die Admiralin nickte, sie war verstanden worden. Ihr Blick hatte den Corpus der SWAINSONIA durchleuchtet, um herauszufinden, wie die Raumfaltung an den Stellen – oder eben: in deren Nähe – aussah, die von der KHAJURAHO unter Feuer genommen worden waren, und erklärte nun denen, die den Gedanken nicht mitvollzogen hatten: »Sie wollen die Geometrodynamik brechen. Die zusätzlichen Dimensionen ausfalten, indem sie auf die ... Nähte schießen. Der Innenraum soll sich entrollen und unser Schiff zerreißen. Aber sie müssen blind zuschlagen, weil die Treffergenauigkeit nicht hinreicht, obwohl sie gut Bescheid wissen darüber, wie wir konstruiert sind.« Gedämpfte Kommandos reetablierten Befehlsketten, alles arbeitete hektisch. In sämtlichen Köpfen aber, die diese neue Information verarbeitet hatten, formte sich dieselbe Angst: Wir können das Feuer nicht erwidern, dieses Schiff ist nicht dafür gemacht, es kann sich gegen Piraten verteidigen, aber nicht gegen drei Kriegsschiffe, und besonders manövrierfähig sind wir auch nicht, denn jede Lageänderung könnte den feindlichen Lenkentladungen sogar unabsichtlich genau die verletzlichen Stellen zudrehen, die sie mit ihrem planlos wütenden Feuer schon jetzt zu treffen versuchen.

Abhijat sagte: »Das wäre ... scheußlich, wenn es so wäre, aber das ist ... völlig wahnsinnig. Ich meine, diese Angriffe müssen einen anderen Sinn haben, vielleicht überzogene Warnungen oder so, vielleicht haben sie's noch nie eingesetzt und kennen ihre Stärke einfach nicht. Diese lächerliche Botschaft gerade eben deutet doch eher darauf hin, dass sie uns nicht vernichten wollen, sondern ...«

»Keine Motivanalyse, bitte«, fiel ihm die Admiralin ins Wort, »sonst verzetteln wir uns. Das sind keine Piraten. Deren Motive kann man verstehen: Plünderung. Diese Verrückten hier tragen Phantasieuniformen und sprechen für eine politische Entität, die es nicht gibt. Das sind Sektierer, die wollen etwas, das wir ihnen gar nicht geben können: politische Legitimität. Wie alle Regimes von Schwachsinnigen unterscheiden sie nicht zwischen Unterwerfen und Vernichten, deshalb brüllen sie uns an und beschießen uns gleichzeitig. Verhandeln wäre in diesem Fall so sinnlos wie fair kämpfen.«

Abhijat konnte sich nicht beherrschen: »Aber was machen wir denn dann?«

Die Admiralin antwortete nicht, sondern sprach direkt zum Kommunikationssystem des Schiffes. »Sylvia Stuiving, Kemal Desai und Valentina Bahareth, auf die Brücke.«

Einige Gesichter sahen verstört aus: Was wollte sie denn mit den zwei Frauen und dem taktischen Chef der Schemuralegion, mit Infanterie, man befand sich doch in einer Raumschlacht? Erwartete sie, geentert zu werden, und hatte sie die Idee des Abwehrkampfes bereits zugunsten der Dringlichkeit fallengelassen, eine Art Guerilla an Bord oder, schlimmer, wenigstens ihren persönlichen Schutz zu organisieren?

Leise, einschmeichelnd, aber sehr deutlich sagte 3467999: »Meine Gehilfin 4764843 wünsche ich an Deck.« Die seltsam gewundene Ausdrucksweise dieser Wesen machte Abhijat Zahnschmerzen, aber er ließ, da es keine Einwände seiner eigenen Vorgesetzten gab, die Anfrage rausgehen.

T"GM/, der unverletzte Bintur, hatte sich bereits eingefunden und eine Konsole besetzt. Seine schnellen Reflexe waren hilfreich beim Rerouten von Daten, die über schadensbedingt ausgefallene Kanäle hätten durchs Schiff gesandt werden sollen.

Neue Treffer wurden nicht verzeichnet, aber Sperrer ließ sich auch nicht anrufen, reagierte jedenfalls mit keinem Signal auf entsprechende Versuche.

Die Minuten bis zum Eintreffen der angeforderten drei Soldaten vergingen mit hektischem Hin und Her betreffend möglicher Wende- und Flucht-Optionen sowie dem Durchrechnen allesamt chancenloser Angriffs- oder Ausbruchsszenarien.

Das Ergebnis war unumstößlich: An den drei Blockadeschiffen führte kein sicherer Weg vorbei zur Ahto-Ausgangstür.

»Stuiving, Desai, Bahareth an Deck«, meldete der Kommandochef.

Während sie ihm salutierte, sprach Renée direkt Valentina an: »Du bist neben Kuroda gestanden, als er auf dieser Dreckwelt die Banditen weggeschossen hat. Fünfseitige Front, richtig?«

Valentina nickte.

»Wie lange, würdest du sagen, hat das gedauert?«

»Zwei, drei ... höchstens vier Sekunden.«

Die Admiralin sah befriedigt aus und wandte sich an Emanuelle, deren rasche Augenbewegungen verrieten, dass sie im twiRaum des Steuergewebes nicht eben unterfordert war. »Erklär mir noch mal, wie diese Driplinermunition funktioniert und was sie leistet.«

Gehetzt, fast verschluckt, antwortete Emanuelle: »Wenn wir synchron ...«

»In meinen Tlalok kommst du nicht, Mädchen. Erklären. Mit dem Mund«, gab die Kommandeurin barsch zurück.

Emanuelle gehorchte. »Es handelt sich um eine spezielle Sorte Kriegswaffenmunition, die beim Aufprall die Abbruchkanten – *driplines*, wie sie in der alten Sprache heißen – in Atomen, das heißt, die Stabilitätsgrenzen der Bindungen zwischen Neutron-Proton-Kombinationen, verschieben und damit die Atome unter Freisetzung enormer Strahlungsmengen zerstören kann. Gibt es als Panzerbrecher-Munition vor allem in neueren Schnellfeuergewehren.«

»Zerstörungen in klaren Schatten, der schweren Wesen jüngere Last. Marcha nicht ohne Respekt«, sagte 4764843, die herbeorderte Skyphe, die auf geisterhafte Weise, kaum bemerkt von irgendwem außer ihrer Vorgesetzten, an Deck erschienen war.

»Diese Raumschiffe da draußen, Abhijat ...«

»Ich nehme an, die Schutzhülle ist zu dick. Zu gründlich versiegelt, als dass ein Einschlag sie gleich zersprengen könnte. Allerdings kann sich ein Driplinergeschoß reinfressen und Strahlungswunden verursachen, die mit einer gewissen Zerfallszeit sozusagen ... eitern und das Material zersetzen.«

»Gut genug. Wenn wir Infanteristen aus den Sondenrohren für Drohnen und sTlalok-Schwärme schießen, kriegen wir sie in ihren Hautgittern an Positionen, von denen aus ...«

»Ist schon gerechnet«, meldete Abhijat, der noch während des kurzen Referats von Emanuelle über die Driplinermunition damit begonnen hatte. »Viertelstunde reicht. Aber ich empfehle ein leicht abgewandeltes Vorgehen.«

»Ja?«, sagte Renée ungeduldig, während sich einige Leute an ihren Konsolen duckten, weil sie erwarteten, die Frau mit den Admiralsstreifen auf den Schultern würde gleich entfesselt herumschreien.

»Ja«, sagte Abhijat, als hätte er nicht die geringste Ahnung, wie viel Mut er damit bewies. »Denn die tasten uns genauso mit twi-Sicht ab wie wir sie. Wenn sie an unseren Torpedomündungen irgendeine verdächtige Aktivität erkennen, halten sie direkt drauf,

Streuung hin oder her. Ein paar von unseren Soldaten erwischen sie dann auf jeden Fall.«

»Das habe ich in Kauf genommen. Wir sammeln die Tlaloks hinterher ein. Kuroda ist für immer gestorben. Das ist schlimmer.«

Valentina erinnerte sich daran, dass die Admiralin etwas Ähnliches schon einmal befohlen hatte, als Gesicht, von ihrem Asteroiden aus: Die Zerstörung der STENELLA.

»Mir geht es nicht darum, die Soldaten zu verzärteln«, setzte Abhijat seine Widerrede ungerührt fort, was die Admiralin sichtlich beeindruckte, »aber wir müssen auch nicht mehr von ihnen verlieren als unbedingt nötig. Ich schlage vor, sie einfach von woanders abzufeuern: aus der Müll-Luke. Als Dreck. Mit Trümmern, die wir aus den von Lenkblitzen getroffenen, beschädigten Wänden und Eingeweiden der SWAINSONIA CASTA reißen.«

»Gut. Der Befehl gilt«, sagte die Admiralin und wandte sich dann der Funkerin zu, der es jetzt offenbar gelungen war, eine Verbindung zur KHAJURAHO herzustellen.

Emanuelle warf ihrem Gewebekameraden Abhijat einen Blick zu, der sagen sollte: Wenn du weniger seltsam wärst, fände ich dich jetzt sogar attraktiv. Der auf diese verschwiegene Weise belobigte Marchandeur strahlte, als wäre er von der Präsidentin in den Unsterblichenstand erhoben worden. Kemal Desai, Sylvia und Valentina entfernten sich mit der gebotenen Eile. Sie und andere Infanteristen sollten in wenigen Minuten wie Torpedos ins All geschossen werden, aber das erschreckte sie nicht.

Abjihat Kumaraswani überspielte ihnen bereits vorläufige Baupläne der feindlichen Schiffe, samt markierten mutmaßlichen Schwachstellen.

»Herr … Oberst Sperrer. Vielen Dank für Ihre offenen Worte«, hörte Valentina die Admiralin leicht spöttisch, aber mit aller Autorität ihres Rangs und ihrer Erfahrung, zu jenem seltsamen Menschen sagen, »Sie erkennen unsere Mission und unsere Herkunft nicht an und sagen das höflich. Aber …«

In diesem schneidend kühlen Ton fuhr sie noch ein paar Sätze lang fort. Dann gab sie dem Narren Gelegenheit, etwas zu erwidern. Er begann mit der schwächlichen Wiederholung ihrer Be-

grüßung: »Ja ... ähm. Vielen Dank für Ihre offenen Worte« – meine Güte, dachte Valentina, als sie aus der Luke fiel, diese Gestalten haben wirklich jede Kriegslist verdient.
Sylvia Stuiving ruderte theatralisch mit den Armen, als sie von Valentina weg in den Leerraum fiel, auf anderer Flugbahn.
Valentina staunte: Für die ist das alles ein Abenteuer. Aber, wenn ich ganz ehrlich bin: für mich auch.

Als Valentina schoss, war sie's nicht selbst – automatisierte Reflexe, von den Tlaloks mit den twiSichtparabeln abgestimmt, die man im Umfeld der flatternden C-Feld-Ausbuchtungen zwischen den Punktblitzen erwarten durfte, erledigten die Arbeit und setzten innerhalb weniger Minuten die Brücken, Antriebe und Blitzschwämme aller drei Angreiferschiffe außer Gefecht.

Während dies geschah, erlebte Valentina einen eigenartigen Rausch. Sie hatte vor dem Abwurf einen Augenblick so etwas wie Furcht darüber verspürt, es mochte sich vielleicht, trotz oder wegen fehlender Innenohrorientierung, so anfühlen, als stürze sie, als wäre das All einfach zu groß für sie, als müsse ihr der Absprung ihre völlige körperliche Nichtigkeit und Wehrlosigkeit im endlosen Nirgends mitteilen.

Tatsächlich war der erste Schock einer des völligen Verlusts räumlicher Maße. Sie erlebte den Weltraum nicht als Kugel mit Sternen und anderen Objekten in unterschiedlicher Entfernung um sie her, sondern einfach als Wand ohne Grenzen, zugleich über, unter, neben, vor und hinter ihr. Nicht einmal das noch recht nahe eigene Schiff oder die etwa 45° über dessen Bug stehende große runde Leuchte von Kapteyns Stern boten dem überwältigten Blick einen verlässlichen Halt.

Dann aber, nach Absetzen der Driplinerprojektile, geschah das Gegenteil des Erwarteten: Als sei das alles nur ihretwegen da, der gesamte Kosmos, weit übers Kartierte hinaus, spürte, hörte, roch und schmeckte Valentina Sterne, als wären sie das Zentrum ihrer Bahnen, die Schweresenke ihrer Raumzeit. Die kontinuierlichen Kernbrände der gigantischen Öfen summten in ihren

Nerven wie das Echo uralter elektrischer Überlandleitungen. Die Magnetstürme kitzelten sie. Schillernde Winde aus strahlungsdruckgeblähten Teilchenvorhängen glitten über ihre Haut ins fernere Draußen.
Die Sterne sangen.
Simple Musik, ärmliche Tonfolgen, die vom Hunger einer Sorte Leben handelten, das sich selbst verzehrte und zugleich die Anrufung ebenso leuchtender Geschwister war, aber auch das zornige Rufen nach biologischem Leben, das es verbrennen konnte, opfern, zur Bestätigung seines göttlichen Status. Valentinas phantastischer, glatter, absolut lichtabweisender Leib, der Hunderte von Kubiklichtjahren auszufüllen schien, hätte sich in Todesangst vor diesen kugelförmigen Giganten, in denen absoluter Unverstand und erbarmungslose Naturgewalt wüteten und nach einem Ausweg aus dem Gefängnis der eigenen Unvergleichlichkeit schrien, krümmen und winden müssen. Aber sie streckte sich, drehte sich mit aufreizender Ruhe um sich selbst, blinzelte manchmal und fühlte sich, alles in allem, den Sternen, die sie spürte, hörte, roch und schmeckte, absolut ebenbürtig: eine Göttin unter Gottheiten, nur wacher, klüger, daher zugleich gütiger und böser als sie.

Im Vorteil wusste sie sich, weil sie ihre Namen kannte, vor denen diese Lichter großen Respekt hatten, die sie zurückzucken ließen und mit denen sich wie mit Händen nach ihnen greifen ließ, während sie den Namen Valentinas nicht einmal ahnten und ihn kaum hätten gebrauchen können, wäre er ihnen verraten worden, denn außer Verstand fehlte ihnen auch das Gedächtnis.

Antares wirkte unbeholfen, schlingerte – für Messgeräte, die weniger fein wahrnahmen, was geschah, als Valentina, kaum wahrnehmbar – auf seiner Bahn. Capella verschluckte jedes hundertsiebenunddreißigste der von ihm ausgesandten Lieder, weil dieser Stern einen Haltungsfehler hatte. Polaris schämte sich für nicht Erinnerliches. Rigel knurrte und wollte sich von einer Leine losreißen, die nicht existierte. Beta Canis Majoris bestrich den Leerraum mit Bündeln langer Lanzen aus Falschlicht. Canopus verwirrte sich selbst mit ehrgeizigen Phrasierungen. Dutzende, Hunderte weitere hatten ihre eigenen Blindheiten, Sprachfehler, Spott auf sich ziehende oder rührende Schwächen: Mengar und Regulus, Hamal, Algol, Tau Aurigae, Rasalhague. Selbst die vier Wächter von Geminga, Einath, Hyaclen, Gienah und Menkar wirkten für einige Vielfache der Planckzeit schwächlich, unentschlossen, unkonzentriert, wie Wachhunde, die zu lange in der Sonne vor ihren Hütten hatten liegen müssen und zu wenig hatten trinken dürfen.

»Hey. Hey Schönste, bist du da?« Sylvia rief nach ihr, über nun schon zweitausend Meter Distanz, so schnell flog man.
»Was? Ja. Ja, hey, alles klar«, sagte Valentina, einen Augenblick neben sich selbst, und griff dann an ihren Lenkstrahl, um auf die KHAJURAHO zuzuhalten.
»Du hast den Befehl gekriegt?«, hakte Sylvia nach.
Valentina sah ins entsprechende Tlalokverzeichnis: Ihr Trupp war angewiesen, schnellstmöglich in Richtung des Drei-Schiffe-Verbands zu fliegen und dort »auf Einladung des Herrn Sperrer« und seiner Co-Kapitäne, die sich inzwischen ergeben hatten, an Bord zu gehen, das Kommando zu übernehmen und weitere Anordnungen der Admiralin zu erwarten.
»Geht klar«, gab Valentina durch und schüttelte den Kopf, um den stellaren Traumstaub loszuwerden.

Der ganze Zwischenfall hatte schließlich nicht länger als einen halben Tag Reisezeit gekostet, als die Admiralin ihren Stab, zu dem als verdiente Heldinnen der präsidialen Armee nunmehr auch Sylvia und Valentina gehörten, nach dem nicht übertrieben unfreundlichen Verhör des Obersten Sperrer in einem Besprechungszimmer im Rumpf der SWAINSONIA um sich versammelte, um zu bilanzieren.
»Ich habe den Quatsch nicht auf meinem Tlalok, dessen Speicher ich mit euch sowieso nicht teilen will. Deshalb erfahrt ihr ihn jetzt mündlich, damit wir mal weiterfliegen können. Also, der Clown arbeitet für eine Separatistin, die sich in den Kopf gesetzt hat, tatsächlich so etwas wie ein Gegenregime um diesen

läppischen Stern und irgendeinen vergammelten Sternhaufen im Südwesten des Halobereichs aufzuziehen, namens der sogenannten Judithlinie, von der sie abzustammen erklärt und die natürlich in keinem Stammbuch der kartierten Welten jemals irgendeine Rolle gespielt hat oder überhaupt vorgekommen ist. Fantasieuniformen eben.«

Sylvia zwinkerte Valentina zu, die beiden hatten sich schon kurz nach Entern der KHAJURAHO darauf verständigt, dass zumindest die Aufmachung der gewöhnlichen Soldatinnen – es gab keine Männer unter Waffen in niederen Rängen in dieser bizarren Staatlichkeit, nur Befehlshaber wie Sperrer – eigentlich ganz hübsch anzusehen war, mit den grünen Helmen, die über zwei Sensorschüsseln in Gestalt putziger Öhrchen verfügten, den bauchfreien Kostümen, den dunkelgrünen Metallprellschutzschienen an den Beinen und dem olivfarbenen Lendenschurz.

»So möchte ich auch mal rumlaufen, ist doch erregend«, hatte Sylvia gefunden, und Valentina war kein Widerwort eingefallen.

»Wir haben das Angebot Sperrers, uns mittels EPR-Marcha direkt mit seiner Herrin und Meisterin zu verbinden, selbstverständlich dankend abgelehnt. Für Blödsinn fehlt uns wirklich die Zeit.«

»Die einsame Politik der falschen Linien krankt an langsamen Verwüstungen«, ließ 3467999 sich hören, und das leichte Auf- und Abtrudeln des Schwebetanks ihrer Untergebenen 4764843 deutete an, dass diese die Bemerkung für außerordentlich treffend hielt.

»Wird es ein Kriegsgerichtsverfahren gegen den Mann geben?«, erkundigte sich Emanuelle. Abhijat verbiss sich mit Mühe das Lachen.

»Wir könnten ihn im Trainingssaal 2 gebrauchen, für Combatübungen«, warf Kemal Desai ein.

//FG/H', mit verbundener Schulter, knurrte. Valentina und Sylvia waren sich beide nicht sicher, ob das wörtlich oder eher metaphorisch zu verstehen war. T"GM/ klärte die Lage mit dem flapsigen Satz: »Er will auch ein Stück, Leute.«

Die Admiralin stellte den Unfug ab. »Schmeißt den Clown aus der Müllfalltür, mitsamt seinen Witzfiguren. Unser Pulsar wartet.«

3

Der Polizist und seine unmittelbare Vorgesetzte hatten eine Meinungsverschiedenheit. Beide behielten sie vorerst für sich. Das entspannte die Angelegenheit allerdings nicht.

Armand Mazurier, den auf Yasaka niemand als er, bei sich selbst, den Comte nannte, war der Meinung, er sei ein ausgezeichneter Ermittler und seit Wochen einer höchst brenzligen Geschichte auf der Spur.

Das Verhalten derer, die zu überprüfen er ausgesandt worden war, schien ihm dafür das sicherste Indiz:

Sobald er einmal herausgefunden hatte, welche Handelsvertreter, Wissenschaftler oder gewöhnlichen Bürger der verschiedenen Binturenzivilisationen in ihren schönen Wohnungen oder gar Türmen im Castanon-Encuentro möglicherweise etwas über Animositäten zwischen Custai und Außenposten der VL wussten, hatten diese Binturen plötzlich keine Zeit mehr, ihn zu empfangen, reisten nach Rho Ophiuchi (also »nach Hause«), wurden krank oder ließen ihn vertrösten.

Kaum hatten gewisse Menschen ihm vertraulich im Theaterfoyer oder in der Parlamentslobby berichtet, die Skypho wollten sich an den Feierlichkeiten für die Tochter der Präsidentin längst nicht so großzügig beteiligen wie Custai und Binturen, stellte sich bei weiteren Nachforschungen heraus, dass diese Menschen vorbestraft, psychisch krank, drogenabhängig oder Sympathisanten oppositioneller Parteien – nicht nur parlamentarisch vertretener – waren.

Sobald seine rastlose Arbeit ihm die Türen hochrangiger Skypho wie 11053 oder sogar 7289 zu öffnen schien, machten deren Hilfskräfte Rückzieher, erklärten die bizarren nichtmenschlichen Intelligenzen für »zu beschäftigt« oder wollten plötzlich noch einmal sämtliche Kennungen und Referenzen des Polizisten sehen und tagelang überprüfen.

Hörte er sich bei den Parteien um, deren Wühlerei ihm temperamentsmäßig noch ärger zuwider war als selbst der anatomisch seltsamste Nichtmensch, ja sogar die Dims, stieß er auf nichts als Mauern, Vorhänge, doppelte Böden: Die sogenannten Aedilaten etwa, deren offizielles Anliegen nichts weiter als ein Bündel komplizierter Verwaltungsreformen war, für das sie seit vier Dekazyklen ohne messbaren Erfolg mit parlamentarischen ebenso wie mit außerparlamentarischen Methoden stritten, zeigten sich plötzlich erstaunlich gut informiert über Außenpolitisches, etwa neue Separatistenbewegungen. Die zentristischen Demokraten vertraten privatim Anschauungen über die Linien, die denen des Shunkan verdächtig nahekamen. Die Kolonialen erwiesen sich als durch und durch xenophob und gierten danach, die militärische Macht des Präsidiums, »die uns«, wie ein alter Kolonialer beim dunklen Bier vollmundig trötete, »schon den Shunkanpöbel vom Hals geschafft hat, der nur noch bei den Demokraten überlebt«, künftig gegen die Custai, »diese verfluchten kapitalistischen Saurier«, die Binturen, »diese blöden Kläffer«, und »das Quallengesocks«, also die Skypho, zum Einsatz zu bringen. Und die Introdisten, die dafür waren, das menschliche Leben stärker denn je auf Tlaloks umzustellen, wollten, fühlte man ihnen gründlicher auf den Zahn, gleich die ganze Raumfahrt abschaffen.

Armand hatte zuvor keine Ahnung gehabt, wie löchrig die Fundamente von Shavali Castanons Macht waren. Dass Yasaka nicht kollabierte, war offenbar reines Glück. Das Präsidium, entschied er schließlich, konnte froh sein, Schnüffler wie den genialen Comte zu beschäftigen – hätte es seinesgleichen vor der französischen Revolution auf Terra Firma gegeben, hätte er die Robespierres, Saint-Justs, Héberts, Marats und sonstige Gracchen fraglos ausfindig gemacht, bevor sie die Monarchie gefährden konnten.

Ganz anders sah dies alles Generalmilizionärin Christina Bloynar, der er bei seinen Unternehmungen und Forschungen rechenschaftspflichtig war. Sie empfand Armand Mazurier als ausgesprochen lästigen Idioten, der dafür verantwortlich zeichnete, dass ihr täglich Beschwerden aus den edelsten Linien – von Individuen, die Ca 2+ waren, De 1++ oder Höheres – und der diplomatischen Elite der Stadtwelt im Tlalok gellten, die sie stundenlang abwiegeln, diskret behandeln und danach irgendwie, irgendwo ohne Schreikrampf verarbeiten musste.

Man ergänzte sich: Der Detektiv wurstelte, die Vorgesetzte dämpfte seine allzu selbstgewissen Vorstöße ab. Das einzige wirkliche Problem war, dass dieses verschwiegene Arrangement sein eingebautes Verfallsdatum hatte – eine tatkräftige und entschlussfreudige Vorgesetzte wie Bloynar war auf ihrem Weg nach oben ja oft genug der Lektion begegnet, dass es sich nicht lohnte, allzu lange zwischen Skylla und Charybdis zu manövrieren, in diesem Fall also zwischen ihrem Versprechen an ihre eigenen Vorgesetzten, eine schützende Hand über Mazurier zu halten, und der Gewissheit, dass sie dafür würde büßen müssen, wenn er mit seinem Übereifer in den delikatesten Zonen der vornehmsten Encuentros irgendwann echten Schaden anrichtete.

Nach anderthalb Wochen in der Schwebe hatte sie sich eben dazu durchgerungen, Meldung bei den *Spin Doctors* der Präsidentin zu machen und darum zu bitten, sie von der Verpflichtung der Bemutterung des Comte zu erlösen. Ihr entsprechendes Tlalokkontaktfeld war bereits aktiviert, als eine Kennung in ihr Gesichtsfeld rutschte, die man bei der hauptstädtischen Miliz nur äußerst selten zu Gesicht bekam.

Eine Custainummer, ein Custaisiegel und ein Name: Feddhaksunhimrickess, den sie aus politischen Foren und allerlei Medienberichten kannte, dessen Verbindungen im Custaidurcheinander sie aber dennoch erst in den einschlägigen Foldern nachschlagen musste. Aha, ein hochrangiger – erster regionaler Deputiertenreferent, was immer das bedeutete – Repräsentant von etwas namens Wachstum und Chancen also, wobei es sich um eine Art Allianz von Prospektoren- und Rohstoffförderungsfirmen handelte.

Diese Echsen mit ihren Korporationen und juristischen Personen immer; aber gut – die Überprüfung hatte sechzehn Millisekunden gedauert, jetzt ließ die Generalmilizionärin den Cust durchstellen: »Bloynar, was kann ich für Sie tun?«

»Büro Feddhaksunhimrickess, Wachstum und Chancen Yasaka«, sagte eine unverkennbare Dimstimme – es waren also doch noch nicht alle ausgewandert. Man sah zwar, wie Bloynar aufgefallen war, immer weniger von ihnen im Stadtbild, aber die Custai besaßen doch noch genügend und brachten, wenn sie von Heimaturlauben wieder an die diplomatische Front zurückkehrten, auch immer wieder welche mit.

Diese hier drückte sich flüssig, ja gewandt aus, besser als mancher Mensch: »Wir haben nur eine kleine Anfrage«, und zwar eine verschlüsselte, wie die Polizistin mit Blick auf die steganografisch in bangloses Zeug eingenähte Endung der Kennung erkannte, »betreffend einen Mann, der sich mit jemandem von Wachstum und Chancen unterhalten möchte und angibt, für Sie zu arbeiten, das heißt: für die urbane Sicherheit unter Weisung der Polizeidirektion des Castanon-Encuentros, damit aber letztlich für die Präsidentin.«

»Armand Mazurier.«

»Ganz recht. Es ist eine reine Formalität, aber wir wollen seine Anfrage nicht direkt beantworten, sondern ihm durch seine Vorgesetzte eine Antwort zukommen lassen.«

Jetzt wäre es Bloynar recht gewesen, das Gesicht ihrer Gesprächspartnerin zu sehen: In der Mimik verriet sich ja, wenn man zwischen Klippen hindurchsteuerte, doch einiges, gerade bei einfacheren Gemütern wie den Dims.

Dass der Kontakt rein über Stimme erfolgte, war eine unbequeme Seltenheit, vermutlich auf die seltsame Energiehaushalterei der Custai zurückzuführen, die an allen möglichen und unmöglichen Stellen auf Sparsamkeit, also falschverstandene Effizienz setzte, wo weiter entwickelte Zivilisationen wie die Menschen, Binturen oder Skypho einfach das maximale Wohlbefinden aller Beteiligten im Sinn hatten.

Bloynar gähnte – das durfte sie immerhin, wenn man sie nicht sah – und sagte:»Verstehe. Kontrolle empfiehlt sich.«

Mazurier könnte ja ein Medientrottel oder ein politischer Spinner sein; Christina hatte echtes Verständnis für Vorsichtsmaßnahmen. Sie fummelte halb geistesabwesend an einem Metallspielzeug auf ihrem Schreibtisch herum und sagte zerstreut:»Na gut ... ähm ... was wäre dann die Antwort?«

Nicht dass es sie interessiert hätte. Die feminine Custaistimme wurde förmlich:»Richten Sie ihm bitte aus, er soll die nötigen Vorbereitungen treffen. Wir möchten auf den Wunsch dieses Mannes nach einer Unterredung eingehen und schlagen morgen Nachmittag, vierzehn Uhr Ortszeit, in unserer Niederlassung vor.«

Die Mischung aus Langeweile und Gereiztheit, an der die Polizistin laboriert hatte, war wie weggeblasen: ein prominenter, beschäftigter, nicht eben einflussloser Cust wollte den Narren empfangen.

Hatte der also tatsächlich da gestochert, wo es sich lohnte? Sie ließ sich nichts anmerken, als sie das Gespräch mit der knappen Formel beendete:»Wird ausgerichtet. Danke für Ihren Anruf.«

»Wir haben zu danken.«

Sofort wählte Bloynar die Kennung des Comte an, der, als er begriff, wer ihn aus seinem Nachmittagsnickerchen im Park vor dem Kriegsmuseum des Sourisseau-Encuentro weckte, auf Bloynars Nachricht von der nunmehr getroffenen Terminabsprache erwiderte:»Ich werde Ihnen natürlich sofort Bericht erstatten.«

»Versteht sich.« Die Generalmilizionärin wahrte mit Mühe die Fassung und beschloss, sofort mit eigenen Nachforschungen zur Custaipräsenz auf Yasaka, der Organisation Wachstum und Chancen sowie dem ominösen Feddhaksunhimrickess zu beginnen.

Armand flog mit dem Taxi hin, ohne Chauffeur.

Er mochte sTlalok-gesteuerte Minifähren, wie er sTlalok-betriebene Restaurants oder Vergnügungsstätten mochte. Lieber noch als Luxus auf dem Rücken Unterworfener hatte dieser Mann, der sich für einen politischen Reaktionär ältester Schule hielt, einen Luxus, der überhaupt niemanden forderte, den reinen Müßiggang.

Bei der Ankunft rümpfte er die Nase über den extrovertierten Baustil der Wachstum-und-Chancen-Dependance: Sieht aus wie ein Pilz, fand er, ein Pfifferling.

Dass das Bauamt von Yasaka dergleichen inzwischen genehmigte und damit die geheime Harmonie und Klarheit des nur scheinbar ultrahybrid-chaotischen Stadtbilds unterlief, war ein Zeichen beginnender Dekadenz. Zwei livrierte Dims brachten Armand zum üppigen Büro des Direktors. Auch die Uniformen hatten etwas vage Beleidigendes, obwohl es dem Auge guttat, einmal Dims im Dienst von Custai nicht halb nackt herumlaufen zu sehen und damit auch von ihrem verwirrenden Körperschmuck nicht belästigt zu werden. Erinnerten aber diese vanillefarbenen Kostüme nicht an die Aufmachung der Ausbilderinnen und Ausbilder der präsidialen Militärakademie? War es nicht eine schwere Provokation, die eigenen Sklaven herauszuputzen wie die Lehrenden an der Kampfschule des Gastgebers?

Immerhin wusste Armand zu schätzen, dass der Stuhl gegenüber dem massiven Eichenschreibtisch, den ihm der Cust anbieten ließ, hoch genug war – die Sohlen von Mazuriers Stiefeln berührten nur gerade noch den Boden, als er saß – und der Mensch sich daher dem ragenden Echsenberg gegenüber nicht hoffnungslos unterlegen fühlte. Der Polizist ging jenem immerhin bis zur Brust.

Die viel zu vielen Augen allerdings blickten ständig auf den Comte herunter, sofern sie nicht hinten aus dem Fenster oder seitwärts auf die antiquierten Bildschirme überall an der Wand sahen. Mazurier empfing keinen Ton zu diesen Schirmen, egal, wie sehr er am Tlalok drehte, während die Kortikalmarcha des Custen vermutlich Nachrichten und Zerstreuungen aus allen Encuentros und dem gesamten kartierten Kosmos gleichzeitig so sortierte, dass das reale körperliche Gespräch, in dem er sich befand, nicht einmal die höchste Priorität hatte.

»Zunächst möchte ich mich in aller Form bei Ihnen für die ungebührlich lange Wartezeit entschuldigen«, schmatzte und schnalzte der Cust, leicht zischend, augenscheinlich bestens gelaunt, und hängte in etwas verwaschener Tonlage die Frage an, ob »Sie, lieber Armand« – das obligatorische Duzen hatten sie also noch nicht mitgekriegt – etwas zum Trinken wünschte.

Frech, und als Verhandlungseröffnung, erwiderte Armand Mazurier: »Ein Gläschen Cognac wäre nicht schlecht. Es ist ja nicht mehr früh, und wir sollten nicht allzu förmlich sein.«

Er hielt das für einen cleveren Seitenhieb auf die Wendung des Gastgebers »in aller Form«. »Und, na ja, ein Glas Wasser dazu vielleicht.«

»Damit Sie bei aller Formlosigkeit nicht gleich betrunken sind.«

Armand riet, dass das ein Witz war, ein grober allerdings, den zwei Reihen scharfer Zähne entsprechend, die ihm gegenüber blitzten, und machte brav »hahaha«.

Der Cust dröhnte: »Sehen Sie, wir mussten einfach sichergehen. Zeit ist Geld. Aber natürlich haben wir unsere Kanäle, und als wir erfahren haben, was für ein geschätzter Mitarbeiter der Präsidentin Sie sind ...«

»Mitarbeiter«, antwortete Mazurier geschmeichelt, »so weit würde ich nicht gehen ...«

»Doch, doch, nur nicht zu bescheiden – Sie haben sich, wenn stimmt, was wir in Erfahrung bringen konnten, sogar für sie umbringen lassen. Das ist mehr Loyalität, als die meisten Custai in meiner Organisation aufbringen. Früher war das anders, aber die jungen Leute ... allerdings gilt Ihre Treue keinem abstrakten Ziel wie etwa dem Gewinn eines Unternehmens, sondern einer wirklichen Person.«

Mazurier blieb vorlaut. »Ich bin eben Monarchist und der Meinung, dass schon in der Antike, vor der Expansion, der Fall klar lag: Entweder man folgt blutleeren Abstrakta wie dem Geld oder den Menschenrechten, oder man folgt dem König. Nur das

Letztere ist menschenwürdig. Menschen sollten nur Menschen vertrauen.«

Der Satz war kaum ausgesprochen, da begriff Armand, dass er sich damit zu weit gewagt hatte. Der Cust ging ohne Befangenheit darauf ein: »Ah, aber, sehen Sie, wir sind nun mal keine Menschen. Wären wir Menschen, wir Custai, wir wären vielleicht nicht mehr hier, wie die Skypho. Die sind davon überzeugt, dass die Messungen stimmen. Dass die Nacht bevorsteht. Die treffen ihre Vorkehrungen. Und Ihre Präsidentin trifft sie auch – sonst hätte sie die Admiralin ja nicht einsammeln lassen, die in ihrer gesamten Exilzeit nichts anderes getan hat, als der Sache nachzugehen. Sonst würde sie auch versuchen, sich mit sich selbst auszusöhnen, bevor die Integration beginnt – das alles ist, wie heißt es bei Ihnen – den Menschen? – metaphorisch und hypothetisch gesprochen, selbstverständlich. Die Terminwette meiner Organisation beruht ja darauf, dass die Sache mit der Nacht Humbug ist und sich mehr daran verdienen lässt, auf ein anderes Ergebnis zu setzen. Wir rechnen mit dem Wunder, das bei Ihnen ›business as usual‹ heißt. Risiko heißt in diesem Fall Vertrauen, Wagemut heißt ruhig bleiben.«

Eine freundliche Dim brachte den Cognac und das Wasser. Der Schwenker lag in Armands Hand, als wäre sie tot: Das, was Feddhaksunhimrickess da eben preisgegeben hatte, waren viel zu viele Informationen auf einmal, viel zu beiläufig ausgespuckt – der Cust schien zu denken, dass Armand in sehr viel mehr Dinge eingeweiht war, als er tatsächlich wusste, und gleichzeitig demonstrierte er dem Polizisten ein Wissen über Angelegenheiten – die Admiralin, Armands ersten Tod im Zuge jener Mission –, die eigentlich kein Nichtmensch hatte in Erfahrung bringen können.

Sie so unverblümt auszusprechen war eindeutig ein Zug in einem komplizierten Spiel und sollte sagen: Wir wissen mehr, als wir sollten, wir zeigen euch das, damit wir schnell zum Punkt kommen können und einander nichts vormachen müssen.

Aber was war der Punkt?

Armand konnte nicht einmal raten. Er spürte die Nähe von Wichtigem und flog blind. Er schoss ins Blaue: »Ich bin Ihnen sehr dankbar, und freue mich über die große Ehre, die Sie mir mit dieser Aussprache erweisen – ich fasse also zusammen, damit wir uns nicht missverstehen: Während die Skypho aufgrund der neuesten Entwicklungen, also etwa der massenhaften Migration freigekaufter Dims auf jenen Planeten, von dem die Dims sagen, er sei ihre Heimat, obwohl wir beide wissen, dass die Dims eine custaische Züchtung sind – und die politischen Ungelegenheiten, die sich in dieser Migration und dem Wiederaufleben alten dimschen Aberglaubens ausdrücken, die werden ja, nun ... also, während die Skypho sich aus dem Handel mit den Custai und den Kontakten mit den Menschen zurückziehen, sehen die Custai – ah, Sie heben die Hand zum Protest, also genauer: Sieht Fortschritt und ... Verzeihung, Wachstum und Chancen, ihre Organisation also, die bevorstehende Feierlichkeit aus Anlass der biotischen Auszeichnung von Irina Fayun Castanon als wichtige Gelegenheit, die Handelsbeziehungen zwischen unseren beiden Spezies sogar noch zu intensivieren. Die Skypho glauben natürlich, das ist klar, nicht selbst an den Blödsinn der Dims, aber sie sind, das hat die Geschichte der Missverständnisse zwischen Custai und Menschen bis zu den Linienkriegen und die kluge Politik der Skypho in diesem Zusammenhang bewiesen, außerordentlich sensibel für bevorstehende Krisen. Und sie erkennen, dass die Tatsache, dass einige Menschen sich in die Angelegenheiten der Custai in Gestalt humanitätsduselnder sogenannter ›Freikäufe‹ von Dims einmischen, auf neue Spannungen zwischen unseren beiden Spezies hinausläuft. Und mich sehen Sie nun als geeigneten Überbringer an für eine Botschaft der Präsidentin dahingehend, dass man diese sich abzeichnende Krise, vor der die Skypho schon weglaufen, bevor sie überhaupt angefangen hat, durch rechtzeitige Kooperation, wenn nötig zulasten der Dims einerseits und eines gewissen Prozentsatzes von Wählerinnen und Wählern der Präsidentin andererseits, vielleicht verhindern kann. Da muss ich Ihnen allerdings sagen, dass ich, wiewohl tatsächlich mit einem großzügigen Mandat zur Gewährleistung der Sicherheit der Feierlichkeiten zu Ehren von Irina Fayun Castanon ausgestattet, keineswegs im Stande so umfassender Eingeweihtheit ...«

»Lassen wir doch die Artigkeiten, Armand.«

Der Gesichtsausdruck des Drachen schien besagen zu sollen, dass der Polizist entweder völlig falsch geraten hatte oder aber auf eine Weise richtig lag, die Feddhaksunhimrickess überhaupt nicht gefiel.

»Sie wissen genau, was wir wollen. Und wir wollen genau wissen, was die Präsidentin will. Anders kommt nun mal kein Geschäft zustande, und Geschäfte sind das Einzige, wofür ein Cust den Kopf hinhält.«

Armand lächelte defensiv, als er sagte: »Nun, also, was Sie wollen …«

»Minenlizenzen, und zwar sowohl neue für gescheiterte Sterne – wie sagen Sie? Braune Zwerge –, also das, was bei ungenügender Masse aus Nebeln wird, die keine Fusionsreaktion zustande bringen, aber Gravitationsenergie in Hitze konvertieren, wie auch die Übertragung alter Lizenzen, die Castanon diversen Konkurrenzunternehmen, Stiftungen, sogar den Binturen ausgestellt hat. Prospektionsrechte in mehreren interessanten Oortwolken. Bodenschätze von für Menschen unbewohnbare und nur mit großem Aufwand wohnlich zu machende Planeten überall im Halo. Zugang zum galaktischen Zentrum, und zwar im selben Ausmaß, in dem wir den Menschen Zugang zu unserer Heimatgalaxis gewährt haben. Allerdings wieder exklusiv für uns, Wachstum und Chancen, nicht für die Konkurrenz. Ach, und natürlich der größte Fisch: Die Marcha, mit der ihre Schiffe kompaktifiziert werden. Die Marcha also, mit der Yasaka möglich wurde.«

»Sie meinen die geometrodynamische …«

»So ist es.«

»Aber Sie bauen doch selbst schon solche Schiffe, und haben zum Beispiel auf Treue sogar das Innere eines modifizierten Extremophilen …«

»Erdnüsse, wie Sie sagen. Wir wollen die Anwendungen für die Ummantelung einer so gewaltigen Energiequelle, wie sie in der Mitte von Yasaka strahlt. Wir wollen wissen – nein, warum soll ich um die Sache herumschleichen, wir sollten ja ehrlich miteinander sein. Wir müssen, um konkurrenzfähig und profitabel zu bleiben, wissen, wie sie mit dieser gigantischen, ladungsgetrennten, corotierenden Magnetosphäre zurechtgekommen sind. Mit der Gammastrahlung. Mit der Röntgenstrahlung. Mit dem Drehmoment, mit Materie, die so dicht ist, als bestünde sie aus nichts als Atomkernen, mit der Neutronensuperflüssigkeit, den freien Elektronen, der kristallinen Kruste.«

Mazurier schluckte trocken und gab zu: »Ent... entschuldigen Sie, aber ich finde in meinen Tlalokdatenbanken, in meinen ... ich finde keine Auskünfte, die Ihre Gedankensprünge für mich leichter zu ...«

Der Cust bebte, als er spie: »Hören Sie endlich auf! Warum kommen Sie her, wenn Sie Verstecken spielen wollen? Will Ihre Präsidentin mich beleidigen? Will sie den Konflikt mit den Custai, von dem Ihre Kolonialen faseln? Hat sie nicht genug Probleme mit diesen ... Parteien und ihrem Parlament und ihren Separatisten und Revanchisten? Glauben Sie, wir fangen einen Krieg an wegen ein paar Dims, für die wir im Gegenzug wertvolle Marcha bekommen? Die sollen auf ihrer Wüstenwelt siedeln, so viel sie wollen. Wir geben sie alle her, für einen Zipfel der Macht, mit der Ihr die Pulsare gezähmt habt! Es ist ja auch gar nicht Eure! Ihr habt sie von den Skypho, oder von den Regenfingern, oder von wem auch immer! Aber wir, wir wollen sie jetzt auch! Wir verlangen Teilhabe!«

Er brüllte jetzt ungeniert, und das Rascheln im Vorzimmer war laut genug, trotz geschlossener Tür, dass Armand sich die aufkommende Panik unter den hier beschäftigten Dims gut vorstellen konnte.

Er bezwang sich und nahm einen neuen Anlauf: »Sie haben vorhin selbst von den Legenden der Dims gesprochen, von der Pulsarnacht und den ...«

Der Speichel flog, als der Cust ihm das Wort abschnitt. »Ihre Präsidentin nimmt das ernst, also nehmen wir das ernst, denn wir haben Respekt«, er schien jetzt zu grinsen, die Zähne zu fletschen, »vor jemandem, der so viel Macht besitzt, biotische, physikalische Macht, nicht nur politische und militärische. Ihre Präsidentin nimmt das so ernst, dass sie durch eine Agentin den in den ganzen VL führenden Erforscher der Dims und ihrer Mythen hat ermorden lassen, bevor der mehr Leute als nötig in seine Theorien hat einweihen können.«

Armand, der im lateralen Denken nicht ungeübt war, zog wie in Trance die Verbindung: »Doktor Bin Zhou.«

»Freilich. Er hat's jahrelang als Hobby betrieben, und dann kam er der Sache näher als erwünscht, und deshalb hat die Admiralin, die derselben Sache schon durch eigene Nachforschungen nah genug gekommen war, sich von euch finden lassen – sie wollte mit ihm reden. Gemeinsam hätten die beiden – wie sagen Sie? – zwei und zwei zusammengezählt. Aber die Präsidentin hat rechtzeitig genug ... Wind davon bekommen, dass beide in den einschlägigen Foren aktiv waren, und hat den Kontakt verhindert, indem diese ...« Er sah etwas in seiner Kortikalmarcha nach, dann hatte er's: »... diese Sylvia Stuiving den Mann beseitigte, samt allen, die er hat zu Mitwissern machen können. Und Sie, da Sie damals noch nicht genug wussten, hielten die Agentin für eine Subversive, haben sie umgebracht und dafür selbst mit dem Leben bezahlt, wofür man Sie befördert und in alles eingeweiht hat. Und jetzt sitzen Sie hier und spielen mit mir Katz und Maus.«

Er schien sich beruhigt zu haben, aber es war eine gefährliche, lauernde Ruhe.

In alles eingeweiht, dachte Armand, von wegen, und versuchte, wieder ins Spiel zu finden. »Ein netter Rückblick. Aber seien Sie ehrlich, das sind doch alles ziemlich phantastische Geschichten. Wissen Sie, was ich glaube? Ich glaube, Sie haben sich das zusammengereimt, aus dürftigsten Quellen, Gerüchten und so weiter, und brüllen mich hier an, um an meiner Reaktion abzulesen, wie viel von diesen Räuberpistolen stimmt. Vielleicht haben Sie sogar erwartet, dass ich stattdessen einfach mit der Wahrheit herausplatze, überrumpelt von ...«

»Glauben Sie, ich verschwende meine Zeit? Wir haben einen absolut verlässlichen Informanten. Einen, der dabei war. Den Bintur.«

»Einen ...«

»Nicht irgendeinen. Den, der sich vor Stuiving in den Zusatzraumfaltungen der STENELLA in Sicherheit brachte und dort auch nach dem Teilabschuss des Schiffes monatelang überlebte – am Fluss. In den Wäldchen. Die Admiralin nahm das Schiff in Schlepptau und flog damit nach Yasaka, um sich zu stellen. Er aber blieb unauffindbar, weil ... nun ja, das geht Sie wenig an. Seien Sie jedenfalls versichert, dass er, als unser Kronzeuge und wichtigster Informant, sich an einem Ort befindet, an dem weder Sie noch sonst ein Handlanger von Shavali Castanon seiner habhaft werden könnte.«

Armand richtete sich auf, so gut er konnte, beugte sich nach vorn, stellte das Glas auf den Tisch, räusperte sich und sagte: »Hören Sie, das geht mir alles zu schnell hier. Ich glaube wirklich, dass wir uns an einem Punkt der Unterredung befinden, an dem ich gar nicht mehr befugt bin, mir anzuhören, was Sie ...«

Der Cust schlug so schnell und heftig mit der flachen Hand seines obersten rechten Armes auf den Tisch, dass Armand zurückzuckte und das Cognacglas auf den hellbeigen Teppich fiel. Der Fleck sah bernsteinfarben aus. Armand war so übel, als hätte der Cust ihm den Schädel eingeschlagen und als sähe er da am Boden ein Knochenstück, Blut, Hirnmasse – immerhin, dachte er zusammenhanglos, war der Tisch wohl doch nicht aus Holz, sondern nur aus einem Material, das so aussah, sonst wäre er von diesem Schlag in tausend Späne zerplatzt. Die Hand ruhte, wo sie hingefallen war.

Dem Comte war klar, dass jeder Finger dieser Hand ihm alleine das Genick hätte brechen können. Der Cust sagte, leise und liebenswürdig: »Ich weiß nicht, was das für ein Auftritt ist. Ich weiß nicht, wie sie glauben kann, sie könnte uns damit einschüchtern. Aber ich weiß etwas anderes: dass wir die einzigen Freunde sind, die sie bei den Custai noch hat. Der Rest ist überzeugt von der Pulsarnacht, von der Angst der Skypho um diejenigen, die nicht Scheinzelne sind. Der Rest hat versucht, den Shunkan zu ermorden, auf Treue, wissen Sie das? Bevor sie ihn begnadigen kann, bevor zusammenkommt, was nie erfolgreich hätte getrennt werden können ... wenn die Dims recht haben.«

Viel zu spät dämmerte Armand, dass es bei diesem Stand des Gesprächs nur eins gab, was er tun konnte, tun musste, wenn ihm sein Leben lieb war: Sämtliche Verbindungen seines Tlaloks nach draußen kappen, auch die Leitung zu Bloynar, die twiSicht deaktivieren und mit allen Mitteln verhindern, dass irgendjemand, der in der präsidialen Ordnung über ihm stand, erfuhr, wie viel er inzwischen von Dingen wusste, die vermutlich niemand außer der Präsidentin selbst und ihrem engsten Kreis wissen sollte. Er konzentrierte sich auf die entsprechende Sequenz. Die Verbindungen erloschen. Dann sagte er vorsichtig: »Sie hätten ... Sie hätten mir das alles nicht erzählen dürfen. Ich hätte nicht herkommen sollen. Ich ... ich verstehe es nicht mal, und weiß nur, dass es mich in Gefahr bringen wird wie ... ich bitte Sie, ich bitte Sie wirklich eindringlich: Lassen Sie mich gehen, und wenden Sie sich an jemanden mit ... mehr Autorität.«

Feddhaksunhimrickess schien zu kichern.
Es klang bedrohlich.
Dann sagte er: »Freilich können Sie gehen. Vielleicht wissen Sie wirklich nichts. Vielleicht benutzt man Sie, um aus uns heraus zu kitzeln, was wir wissen, und schmeißt Sie dann weg. Eine kluge Strategie, im Grunde, denn wenn einer wie Sie hierherkommt, der nichts weiß, kann das Präsidium sagen, es wüsste nichts, und lügt nicht mal. Ihr seid geschickter geworden, seit euren Linienkriegen. Sie sehen entsetzt aus – ja, die Miene ist nicht schwer zu lesen, wir haben das bald rausgekriegt, wir haben die entsprechende Software auf unserer Kortikalmarcha. Gut, scheren Sie sich weg. Castanon wird uns schon wahrnehmen müssen. Viel Zeit, mit uns entweder handelseinig zu werden oder die Katastrophe auszuhalten, das Ende all dessen, was ihr wichtig ist – wenn die Dims recht haben –, bleibt ihr nicht. Es geht alles ... um noch einen Ihrer lustigen Ausdrücke zu borgen: Es geht alles den Bach runter. Was für Leute haben früher Kriege entfesselt. César Dekarin! Laura Durantaye! Zera Axum Nanjing! Das waren noch Figuren. Und heute? Wenn es zum Krieg kommt, zwischen uns und den Menschen, dann war der Unglücksvogel, der ihn ausgelöst hat, womöglich ein ahnungs-

loser Winzpolizist von der Partysicherheit. Machen Sie's gut, Armand Mazurier, und finden Sie heraus, wie es sich mit dieser Verantwortung lebt.«

Diensteid hin, Sonderauftrag her: Der Comte war nicht verrückt genug, sich nach dem Verlassen des Pilzbaus im hellen Tageslicht zu zeigen, sondern lief sofort über die berühmte Brücke aus Damaszener Stahl in den DeGroote-Encuentro, dann über die Pacifica-Treppe, unter der das offene Meer rauschte, in eiligem, stets sturzgefährdetem Lauf in eine Zone, wo man forciert ökologisch – oder wie Armand fand: stinkend, primitiv, unansehnlich – baute, nämlich zwischen den Bäumen eines immergrünen Waldes, wo immense Brettwurzeln Tunnels in einen zwielichtigen Untergrund aus Spielhallen, Kunsttempeln und Sexhöllen gruben, in deren schummrigen Labyrinthen er verlorenzugehen hoffte.

Armand hetzte sich selbst von Laden zu Laden.

Er betrank sich, dann ließ er aus Angst, nicht kampfbereit zu sein, wenn man ihn zu ergreifen versuchen sollte, an einer medizinischen Konsole den Alkohol in einer halben Stunde wieder aus seinem Blut waschen.

Er suchte sexuelle Ablenkung und fand sie in einer Zinnhütte zwischen Lehmwänden, wo die Kavernen sich nach oben öffneten und die Schreie der Vögel sich mit seinen teils lüsternen, teils panischen mischten.

Danach ging er in einem öffentlichen Wasserfallbad schwimmen, weil er sich nackt besser getarnt glaubte als in der Uniform, die er denn auch nicht wiederhaben wollte – eine Hose und ein T-Shirt aus dem Einwegkleiderschrank genügten ihm. Barfuß setzte er seine planlose Flucht fort und freute sich unangemessen heftig über ein Signal unter dunkelgrünen Blättern, von Lianen eingerahmt, das einen freien ambulanten Schlafplatz annoncierte, und zwar ausdrücklich »ohne Kennung«, also für Leute, die einem beliebigen, ihnen unangenehmen Schicksal für eine Nacht entkommen wollten.

In der kleinen Kajüte kappte er sofort alle twiSichtknospen und sonstigen Kommunikationstransceiver, legte sich auf die

Matratze, die in ein Bettgestell zu rahmen man nicht für nötig gehalten hatte, fiel augenblicklich in tiefen Schlaf und wurde zweieinhalb Stunden später von einem Fuß geweckt, der ihn mit einer metallbeschlagenen Stiefelspitze auf die Brust tippte.

Der Comte riss die Augen auf und japste erschrocken.

Drei Leute waren in seiner Kammer, eine kahlköpfige Frau in schlichtem, weißem Zootsuit, zu ihr gehörte die Schuhspitze, und zwei Polizisten, die erkennbar zu Bloynars Division gehörten. Die Polizisten sahen nicht aus wie Ermittler, die mit sich reden ließen.

Es waren Schläger.

»Bin ich verhaftet?«

»Ein armer Kerl biste«, sagte die Kahlköpfige. Im mauen Licht der biolumineszenten Innenwandung der Baumkammer erinnerte ihn ihr Gesicht sogleich an mehreres, aber er musste kurz überlegen, was das war, als sie sagte: »Und jetzt raffst du dich bitte auf und kommst, ohne eine Szene zu machen, mit zum *Debriefing*.«

Richtig, das war es, die Stimme verriet es: Sie klang wie die Präsidentin, hatte auch einen ähnlichen Mund, aber außerdem die strahlenden Augen der Admiralin Renée Melina Schemura, und das Dritte, Allererstaunlichste war für Mazurier, dass der Unterschied zu ihrem medienbekannten Erscheinungsbild allein dank der veränderten Frisur so groß war, dass er den derzeit berühmtesten Kopf Yasakas fast nicht erkannt hätte. Sein Tlalok sprang von alleine an und bestätigte, was er schon vermutet hatte: Dies war keine Maske, aber da die meisten, die flüchtig hinsahen, es dafür halten würden, eine geradezu geniale Tarnung.

»Frau Fayun Castanon, es ist mir ...«, sagte er, ebenso unterwürfig wie besorgt, aber sie winkte ab: »Schon gut.«

Armand fragte: »Muss ich sterben?«

»Ich dachte, der isses gewohnt«, höhnte einer der beiden Prügel, aber Irina Fayun wies ihn mit einem Zischen zurecht und wandte sich dann Armand zu, dem sie sogar beim Aufstehen half: »Wir würden es vorziehen, wenn es gelänge, dich auf ir-

gendeine Art lange genug zu isolieren, bis das Schlimmste vorbei ist.«
»Lange genug heißt ...«
»Bis zur Pulsarnacht, wenn sie passiert, oder eben nicht.«
Sie führte ihn hinaus.

Die beiden Granitgesichter sicherten als Nachzügler den Gang, sodass Armand sich von ihnen, die er fürchtete, unbelauscht glaubte, als er Irina Fayun Castanon zuflüsterte: »Wenn nur diese beiden gekommen wären, wäre ich wohl schon tot. Ich weiß nicht, womit ich es verdient habe, dass jemand wie Sie ...«
»Jemand wie ich«, sagte Irina kühl, »was glaubst du denn, wofür ich meine Belohnung kriege? Wofür man mir die Langlebigkeit schenkt? Ich bin Polizistin. Agentin. Wie du. Nichts Besseres.«
Ein Gleiter wartete.

Die beiden Hartgesottenen stiegen vorn ein, Irina mit dem Comte hinten. Durch den Wald schraubte sich der Flug sehr langsam nach oben.

Armand fühlte sich wie aus seinem Leben herausgehoben, den Göttern entgegengetragen, melancholisch, sterblicher denn je – er sagte: »Agentin. Und das ist Ihr ... dein Auftrag?«
»Ich weiß nicht. Es war ein hübsches Leben. Ich hatte den Job, Dinge rauszukriegen, die du jetzt erfahren hast, und die sonst keiner weiß. Ich habe mich mit den Custai vergnügt, an den verschiedensten Orten: J0152-1637, J0100.7211, J0922-4949 ...«
Armand erkannte das uralte Koordinatensystem. »Pulsare.«
»Ganz recht. Die Custai sind verrückt nach den Dingern, seit sie sich mit den Dims drüber unterhalten haben. Ich war sogar mal einen halben Zyklus auf Treue, in der kleinen Wachstation. Aber meinen Lebensabend würde ich gern auf dem schönsten Pulsar überhaupt verbringen. Hier.«

Jetzt erst begriff Armand, was Feddacksunhimrickess ihm, unter anderem, verraten hatte, als er nach der Marcha gefragt hatte, mit der die Diamantstadt wohnlich gemacht worden war: »Yasaka ...« Er zögerte, dann: »Ist kein Planet, sondern ...«
»Wir leben auf der Außenhaut der riskantesten Dysonsphäre aller Zeiten. Der Kern der diamantenen Welt ist ein Pulsar.«

»Und das dürfen die Leute nicht ...«
»Ach, eigentlich schon. Es interessiert halt niemanden. Ein Doppelsternsystem ... Yasaka und Movaoia. Man hat es nicht an die große Glocke gehängt, als besiedelt wurde. Es schlummert in Datenbanken. Nein, was die Leute nicht wissen sollen – und was die Dim jedem erzählen, der es wissen will, weswegen hinter ihrer Auswanderung und dem ganzen Hilfsschwachsinn niemand Geringeres steckt als unsere geliebte Regentin, die sie, wenn diese Typen nicht freiwillig migrieren würden, gewaltsam müsste deportieren lassen ... Was die Leute nicht wissen sollen, ist, dass wir mit einem Phänomen rechnen sollten, dessen Mechanik und Bedeutung nicht einmal die kennen, die ständig von ihm reden.«
»Die Pulsarnacht.«
»Ich hoffe wirklich, du hast das jetzt zum letzten Mal gesagt. Es wäre mir lieber, du wärst so klug wie N"//K'H/'G'.«
»Der Kronzeuge der Custai.«
»Nicht mehr. Hat sich abgesetzt. Hat sich gestellt. Die Echsen waren ihm unheimlich, wer könnte es ihm verdenken. Er ist da, wo wir auch dich jetzt hinbringen, damit wir alle wie zivilisierte Leute über dein weiteres Schicksal entscheiden können.«
»Wo ... wo ist das?«
Sie schmunzelte, ein bisschen bitter: »Bei meiner Mama.«

4 Als Zera Nanjing auf dem Weg zu Lauras Haus die große von Schnee ganz eingehüllte Hacke am Zaun zum Teich lehnen sah – dieser hier war kleiner als der, an dem César wohnte, wirklich ein Teich, kein See –, wusste er, dass Laura badete.
Er fand einen Baumstumpf – die gab es auf ganz Treue nur bei Laura, sie fällte gern Holz und lud, seit ihr ein kundiger Bintur erläuterte hatte, dass das bisschen Rodung dem ökologischen Gleichgewicht auf Treue nicht schadete, manchmal sogar Custai ein, mit ihr einen Baum zu fällen. Zera stellte sich auf die Schnittfläche und spähte nach links und rechts; dann erkannte

er den Kopf der Freundin, die, den Frost nicht achtend, ein Eisloch in die Teichoberfläche gehackt und sich in die Schockbrühe hatte gleiten lassen. Zera wickelte sich enger in seinen dicken, schwarzen synthetischen Pelzmantel und seufzte ein Nebelwölkchen: Gut, jede und jeder musste eben sehen, wie sie oder er mit der Verbannung zurechtkam.

Ihm machte schon das gut eingepackte Warten hier draußen steife Gelenke.

Er war bis wenige Hundert Meter vors Haus geflogen. Lauras Sicherheitsmaßnahmen blieben weit hinter Césars zurück, aber Landungen nah bei ihren Häusern ließen seit dem Attentat alle drei nicht mehr zu. Unhöflich fand er, dass Laura schwimmen, baden, tauchen oder sich martern ging, wenn Besuch angekündigt war und der auch noch pünktlich erschien. Da, wo eben der Kopf, an dem schwarzes, kurz geschnittenes, aber nicht stachliges Haar eng anlag, sich gezeigt hatte, tauchten jetzt zwei Arme auf, die patschten rechts und links aufs Eis.

Dann wurde ein Mensch in die Höhe gestemmt, ein Oberkörper, muskulöse Schultern, feste Brüste, deutlich sichtbare Rippen, mit einer Geschwindigkeit, als hätte der Leib auf einer Schleuder gesessen. Laura fiel kontrolliert nach vorn, zog die Beine nach sich, rollte ab – wieso rutscht sie nicht aus, woher nimmt sie die Kraft?

Zera hatte, ohne es zu bemerken, den Atem angehalten, und schnappte erst wieder nach der klirrkalten Luft, als sich die Gestalt auf der Eisdecke aufrichtete.

Laura winkte ihm und rannte dann, laut lachend, splitternackt quer übern Teich auf den langen Bambushügelpfad zum Haus zu, sodass Zera fluchte: »Scheiße! Wart auf mich! Hey!«, aber nicht gehört wurde und Mühe hatte, auf dem Umweg um den Zaun, und mit der nicht ganz leichten Hacke, die er rücksichtsvollerweise vom Geländer weggenommen und mit beiden behandschuhten Händen ergriffen hatte, zur eilends Davonlaufenden wenigstens so weit aufzuschließen, dass er die schmale Tür zum Flur noch erwischte, bevor die sich wieder schloss.

Die Tür streifte, als sie aus der Wand und zurück in den Rahmen glitt, seinen langen Mantel und hätte ihn fast eingeklemmt, wenn Laura, inzwischen mit einem schlichten weißen Baumwollhemd bekleidet, den Freund nicht am rechten Arm ergriffen und auf den Korridor gezogen hätte.

Zera wollte schimpfen, wurde aber von der Stärkeren an die Wand geworfen, nicht allzu heftig, aber auch nicht gerade zärtlich, dann stürmisch umarmt und geküsst.

Gleich gab er den Widerstand auf.

Die kühlste Zunge, die je mit seiner gespielt hatte, war sehr köstlich, lebendige Frucht.

»Vorsicht«, flüsterte Zera frech, als sie ihn losließ, »du spießt dich sonst auf deiner eigenen Hacke auf.«

Ein bisschen tränten Zera vom Temperaturunterschied und der Anstrengung des kurzen Spurts die Augen. Laura führte ihn tiefer ins Haus: »Musst du vor Rührung heulen, weil du mich vor zwei Wochen das letzte Mal gesehen hast, Kleiner?«

Mit etwas Marchahilfe waren Laura ein in Ingwer-Soja-Sauce gebratener Topf mit Schweinernem samt eingelegten Kirschtomaten und vor allem ein Orangen-Grapefruit-Gelee zum Nachtisch gelungen. Das Abendessen brauchte sich vor den Köstlichkeiten, an die Zera noch aus Omars Zeiten gewohnt war, nicht zu verstecken.

»Bisschen custaisch allerdings, das Essen, oder?«, neckte er die Freundin danach, aber Laura, die immer noch nichts weiter trug als ihr weißes Hemdchen, zuckte mit den Schultern: »Gegen das, was die Custai essen, liegt nichts vor. Ich mag's allerdings weniger wässrig. Bei denen wäre ja alles in Suppe geschwommen. Trotzdem: Geschmack haben sie.«

»Ich hätte erwartet, dass du sie hasst, weil sie bei deinen Nachforschungen so mauern.«

»Ach, was heißt mauern. Ich komme eben nicht weiter, weil diese ganzen Tochtergesellschaften und Subunternehmen und Lizenznehmer und Lizenzgeber ... ich glaube, die meisten Custai wissen längst selbst nicht mehr, für wen sie eigentlich arbeiten und wer für sie arbeitet. Aber wenn sie eins verstehen, dann ist es Bestechung. Deshalb kann ich mich im Moment eigentlich nicht beklagen.«

»Soll heißen?«

»Du erinnerst dich, warum ich den beiden Drecksäcken damals überhaupt auf den Leim gegangen bin und sie zu dir mitgebracht habe?«

Zera machte ein unverbindliches Maunzgeräusch, wie um zu sagen: vergeben und vergessen. Aber Laura insistierte: »Im Ernst. Sie hatten mir versprochen, die Sache bei der Durchbruchsstation für mich zu regeln – Zugang zu allen Geräten und Daten, die ich für meine Pulsarforschung brauche.«

Zera stand mit ihr gemeinsam vom niedrigen Esstisch auf.

Sie sammelten Geschirr ein, und er sagte: »Stimmt, habe ich vergessen, außer Privatdetektivin und Befehlshaberin einer Rebellenarmee im Ruhestand bist du ja auch noch Astronomin.«

»Der Witz ist: Um mich ruhigzustellen oder sich zu entschuldigen oder aus irgendwelchen politökonomischen Erwägungen, die ein Menschenhirn niemals begreifen wird, haben die Eidechsen mir jetzt tatsächlich alle Wünsche erfüllt, mit denen mich die Killer geködert haben – alles, was vorher *off limits*, ganz schwierig, kommt gar nicht infrage und so weiter war, steht mir jetzt offen. In den letzten drei Wochen allein bin ich mit der Kollationierung weiter gekommen als in der ganzen Zeit vorher, die wir schon hier sind.«

Als das Geschirr versorgt war, schüttelten und bauten die beiden sich eine Kissenlandschaft am Kaminfeuer im Wohnzimmer zurecht. Sie wühlten sich fleißig hinein und tranken gemeinsam eine Flasche uralten Rotwein von den Hängen des DeGroote-Encuentros auf Yasaka – »die vorletzte Kiste aus der zivilisierten Welt ist damit angebrochen«, erklärte Laura verschmollt. Man würde sich in Zukunft mit synthetischem Zeug oder den seltsamen Schnäpsen der Binturen helfen müssen. Sie spielten und lachten.

Lauras Hemd war jetzt offen, Zera trug nur noch seine schwarze Jeans.

Hitze spann die beiden mit feinen Glühfädchen ein. Er küsste ihren Bauchnabel, sie bog sich wie vorhin, als sie aus dem Eiswasser geschnellt war.

»Wir haben exakt genug Kleider, um damit einen einzelnen Menschen anzuziehen«, sagte Zera betrunken, aber Laura schloss ihm den Mund mit ihrem, der magischerweise immer noch recht kühl war. Bald darauf ließen sie das mit den Kleidern überhaupt bleiben und liebten sich ein Weilchen.

Später legte Laura etwas Holz nach.

Als sie sich dafür bückte, ging er hoch auf die Knie und küsste ihren Hintern, dass sie lachte, sich umdrehte, in seinem Haar wühlte, sich wieder zu ihm legte.

»Eigentlich«, riskierte Zera eine Meinung, für die sie ihm unter weniger freundlichen Umständen leicht hätte böse werden können, »haben wir's ja sehr gut hier. Und Frühling ist auch schon fast.«

»Ich weiß. Deshalb bin ich heute noch mal in den Weiher gehüpft, bevor das Eis weg ist und die Baderei nicht mehr so viel Spaß macht.«

»Du hast ausgesehen wie eine völlig neue Sorte Nichtmensch: ganz blau und rosa, ich glaube, selbst die Custai hätten Angst vor ...«, er gähnte lange, streckte und räkelte sich wohlig, »... vor dir gehabt.«

»Willst du träumen? Oder weitermachen? Ein Environ? Wollen wir rüber ins Schlafzimmer?« Die Frage nach dem Traum deutete an, dass Laura noch ein paar exotischere Drogen als Rotwein im Haus hatte.

Zera schüttelte den schweren Kopf: »Du, schlafen, das tät ich schon, aber ich bin zu fertig zum Rüberkriechen. Ich schlummer hier einfach am Feuerchen ein, ist das in Ordnung?«

»Klar. Ich muss eh noch mal kurz ans EPR«, sagte Laura beiläufig, »mich bei meinen Leuten melden.«

»Wu...« Wieder ein Gähnen, noch länger, diesmal steckte es Laura an. Dann sagte Zera, dessen Lider kaum noch oben bleiben wollten: »Wusstest du, dass ... dass Cé denkt, ich wär derjenige, der im Keller eine EPR-Anlage hat und ständig über alle

Intrigen und Geschichten von Yasaka bis Andromeda unter … unterrichtet ist?«

»Ich krieg mit, dass du vor ihm angibst. Ist mir ganz recht«, sie küsste ihn zum Abschied auf die Nase, »denn bei dir glaubt er, es steckt nur Neugier und Klatschsucht dahinter. Wüsste er, dass du das alles von mir hast, würde er sich vielleicht Sorgen machen, dass ich unsere Resttruppen wieder sammle und einen zweiten Anlauf versuche.«

»Was dir … natürlich nie … in den Sinn …« Der Rest des Satzes verschnurchelte im Ungefähren, als Zera sich auf die Seite drehte, die Augen schloss und binnen Minuten in tiefen Schlaf gesunken war.

Laura nahm ihr zerruffeltes Hemd vom Boden auf und schlüpfte hinein. Dann ging sie barfuß, auf angenehm warmem Stein, quer durch das Wohnzimmer zu einer unauffällig flachen Tür, blinzelte kurz, damit der Retinalscan sie erkannte, und betrat eine abschüssige Rampe hinunter in ihre Kellerräume, wo der Wein, andere Lebensmittel und Luxusgüter aus der Heimat sowie hinter einer weiteren, diesmal aus Fels gemachten und außer einen Augenscan auch ein Passwort verlangenden Tür, die man nur sah, wenn man wusste, dass sie da war, eine Kommunikationskonsole auf dem auch in Yasaka selbst allerneusten Stand der Marcha untergebracht waren.

»Du spießt dich sonst mit deiner eigenen Hacke auf.« Zera hatte den Temperamentsunterschied zwischen ihnen beiden ganz treffend bestimmt, fand Laura, als sie sich in die Schienen der Anlage gelegt hatte, die Versiegelung eingerastet war und die twiSicht um alle wirklich vorhandenen und virtuellen Gegenstände, die sie sah, jene violetten Ränder legte, die das allmähliche Hochfahren der EPR-Marcha anzeigten.

Es stimmt schon: Ich suche Risiko, Gefahr und Entscheidung, Zera dagegen würde lieber ganz die Finger von so einer Hacke lassen, als sich selbst damit zu gefährden. Lustig kam Laura dabei nur vor, dass der Vorsichtigere zugleich der Arglose war.

Ein gutes Beispiel: die augenblickliche Situation.

Zera dachte offenbar, dass Lauras größte Sorge war, César Dekarin könnte herausbekommen, dass sie heimlich mit verbliebenen Oppositionellen und anderen Zerfallsprodukten der Linienkriege in Verbindung stand. Während der Kontakt, den sie seit etwa einem Jahr auf diesem Weg tatsächlich pflegte, und der über einen alten gemeinsamen Freund aus der Führungsriege der yasakischen Partei der Kolonialen hergestellt worden war, nicht nur César, sondern vermutlich auch Zera selbst erstens bitter enttäuschen und zweitens reichlich wütend machen würde.

Die alten Loyalitäten galten für Laura, obwohl sie alles andere als eine Opportunistin war, nicht mehr, seit der koloniale Mittelsmann sie von einer Bedrohung in Kenntnis gesetzt hatte, die noch die ärgste präsidiale Tyrannei wie elterliche Fürsorge und den wildesten, blutrünstigsten Cust wie ein schlafendes Leguanbaby wirken ließen.

Die Umrisse der Gesprächspartnerin – sie ist pünktlich, wie immer, dachte Laura mit widerstrebender Achtung – zeichneten sich lila, dann blau ab, dann blinkten Polygone, wo die Masse des zugeschalteten Körpers vermutet werden konnte, fixiert in einer ganz ähnlichen halb horizontalen Liege wie derjenigen, auf die Laura gebettet war.

Jetzt krisselte und flackerte die Erscheinung. Dann war sie ganz da.

»Guten Abend, Laura.«

»Hier ist es mitten in der Nacht, Shavali.«

Die Präsidentin senkte den Blick, das sollte sagen, sie suchte keinen Streit und kannte den Ton der belehrenden Gereiztheit, mit der die Verbannte alte Verletzungen quittierte.

Laura leckte sich leicht nervös die Lippen – ein bisschen Zera ist noch dran, dachte sie und schob den Gedanken unwillig weg: konzentrier dich, Mädchen – und sagte: »Schlechte Nachrichten. Wenn die Werte stimmen, die du letzte Woche über EPR hast schicken lassen, dann nähern sich die Perioden von Geminga, die von diesem neuen Magnetar in Andromeda und die von Cen-X 3 einander tatsächlich immer mehr an. Und zwar von uns aus gesehen wie von euch aus. Ich hab es mehrfach gegen die Superuhr der Custai gehalten. Man merkt es erst in der Nähe der Planckzeit – sehr, sehr, sehr weit hinterm Komma. Aber die Pulsfrequenz verändert sich. Kein Zweifel. Es ist wirklich ... wie hast du es so schön verglichen?«

»Wenn sich zwei Frauen lieben, wenn sie zusammenwohnen und nach einiger Zeit fast gleichzeitig ihre Tage haben.«

»Ist dir das mal passiert?«

Die Frage war grob und sollte die Präsidentin in Verlegenheit bringen. Die aber lächelte nur und sagte: »Ja, mit Irinas Mutter. Die übrigens bald bei dir sein sollte.«

»Na ja. Jedenfalls: Es ist was dran.«

»Das wissen wir seit Dekazyklen, dass was dran ist, Laura. Ich will was anderes wissen.«

»Schon klar – ob ich eine Verbindung finden konnte zwischen unseren Attentätern und den Quallen im Glas. Bis jetzt nicht. Und wenn ich so direkt sein darf: Ganz kapiere ich immer noch nicht, warum du dich neuerdings wieder mehr um politische Kabalen kümmerst, und dazu noch nicht einmal eine Allianz mit mir verschmähst, obwohl ich dich noch immer jederzeit erschießen würde, wenn ich könnte, ohne den geringsten Gewissensbiss, anstatt dir Sorgen zu machen um das Ende des Universums, wie wir es kennen, und wie es die Trüben ja offenbar nicht ganz falsch vorhersagen.«

Restlos wahr war das nicht: Laura verstand den Schachzug eigentlich ganz gut.

Sie selbst hatte vor einigen Minuten noch gedacht, dass Feindseligkeiten, gar ein Krieg zwischen Menschen und Skypho schlimmer war als die schlimmste Auseinandersetzung um die alten Bürgerkriegsfragen oder ein Konflikt mit den Custai, schlimmer als alles, was sie sich vorstellen konnte – das Ende der Welt konnte sie sich ja eben, als pragmatische Soldatennatur, nicht vorstellen.

Shavali Castanons Antwort lag auf dieser Linie: »Weil ich gegen die Skypho, wenn sie uns Menschen wirklich ans Leben wollen, wenigstens etwas unternehmen kann. Aufrüstung, neue Bündnisse mit Binturen, Custai, Extremophilen aller Sorten.

Gegen den Weltuntergang dagegen bin ich so machtlos wie alle andern. Auch die Skypho.«

Laura überlegte, wie sie darauf antworten sollte. Shavali Castanon schien nicht in Eile.

Schließlich sagte die Verbannte: »Der Tag wird kommen, an dem du auch ohne Weltuntergang, und auch ohne Krieg mit den Skypho, genügend – wie würden Custai sagen? – genügend Schulden auf deinem Konto haben wirst, dass du sie nicht mehr bezahlen kannst. Du redest mit mir über deine Botschafterin, und darüber, dass du sie geliebt hast und mit ihr gelebt hast ...«

»Auf ihrem Schlachtschiff, eine Weile. Die Leute dachten, ich wäre immer dort, weil Renée die entscheidenden Fronten gehalten, die entscheidenden Vorstöße gewagt, die entscheidenden Schlachten geschlagen hat. Aber ich war dort, weil ich bei ihr sein wollte.«

»So sehr dich das sicher selbst rührt, was du da erzählst: Dass dir nicht klar ist, dass diese Information bei mir nur eins auslöst, den Wunsch, sie schon bei der Ankunft zu erstechen, weil das der sicherste und derzeit einzige Weg ist, dich zu verletzen ... das zeigt mir einfach: Du kennst deine Lage nicht. Dir ist nicht klar, was es bedeutet, dass du Zera, César und mich zurückholen lässt.«

»Ich denke«, sagte die Präsidentin und sah aus, als hätte sie Mitleid, »ihr habt nichts vor sonst, also genug Zeit, mich zu retten. Eure Anhänger sind auseinandergelaufen und haben sich, wenn sie nicht überhaupt ins Privatleben verschwunden sind, auf tausend neue Gruppierungen verteilt, oder sich beeilt, in den Schoß ihrer Linien zurückzukehren.«

»Während deine ... Anhänger noch immer besoffen sind von deinem Sieg? Täusch dich nicht. Sie werden dir den Rücken kehren, wenn du uns zurückholst.«

»Ihr seid die hellsten Köpfe, die ich kenne. Und es ist euch ernst mit der Sache der Menschheit, so pathetisch das klingt. Auf wen sonst sollte ich mich in der Krise stützen?«

»Du verlierst dein Gesicht, wenn du das öffentlich erklärst.«

Das Gespräch glich einem Strategiespiel, Go, Schach oder Mühle – aber die Präsidentin spielte es nicht aggressiv, nicht offensiv, sondern geschmeidig, umsichtig: »Um genau das zu vermeiden, fordere ich von euch dreien ja auch ein Zugeständnis, wie du weißt. Und habe dir sogar Zeit gegeben, und Zera und dem Shunkan auch, euch darauf vorzubereiten, indem ich's dich vor Monaten hab wissen lassen ...«

Ein höhnisches Schnauben war die Antwort, dann Worte: »Die Breven, ja. Geschichten, die wir uns ausdenken sollen, über verschmähte Liebe oder gebrochene Treue. Mit uns als den Verstoßenen, dir als Menschheit.«

»Hast du deine schon komponiert?« Jetzt ging sie also doch zum Angriff über.

»Du wirst«, erwiderte Laura, »vielleicht nicht so viel Freude dran finden, wie du denkst. César will gar nichts davon wissen, er hat nur bös gelacht, als Zera ihm davon erzählt hat. Und Zera – du kennst ihn. Er wird etwas dichten, das formal deinen Ansprüchen genügt, dir aber die Kritik nicht erspart.«

»Ich würde es«, sagte Shavali Castanon, »gar nicht anders wollen.«

Das klang wieder milder, bis dann der Nachsatz kam: »Und du? Was wird die unbeugsame Laura Durantaye tun?«

»Ich werde dir, wie du's verlangst, etwas erzählen. Darüber, dass du dich täuschst, wenn du dich für stark, egoistisch, hart, selbstbewusst hältst. Darüber, dass du uns nicht so leicht loswirst – die Herausforderung an dich, was zu lernen, sind und bleiben wir, ob du uns verbannst, vergisst oder tötest. Willst du dich in allem, was du entscheidest, darauf herausreden, dass du eben so bist, dass deine Mutter schon so war, dass deine Tochter auch so sein wird, oder willst du, die glaubt, sie darf entscheiden, wie oft andere ihre Körperzellen reparieren dürfen oder wie oft sie sich vervielfältigen können, dein eigenes, bei aller Langlebigkeit auch nicht unendliches Leben endlich nutzen, um dich zu entwickeln?«

»Klingt nach einer spannenden Breve. Ich hoffe nur, dass César auch was gelernt hat, und sich dazu herablässt, eine zu erfinden. Es wäre schade, wenn er nicht mitkäme, hierher. In die Stadt, die er immer erobern wollte.«

»Manchmal klingst du fast, als wünschtest du dir, er hätte sie erobert.«

»Gute Nacht, Laura. Wir sprechen uns, wie immer, nächste Woche.«

»Gute Nacht, Präsidentin«, sagte Laura, nun selbst recht erschöpft.

Sie hatte, bemerkte sie, als das EPR-Gerät herunterfuhr, die alten Streitereien tatsächlich ein bisschen leid. Vielleicht können, fiel ihr ein, als das Licht beim Verlassen ihres geheimen Bunkers erlosch und die Vorfreude auf den warmen, liebenden Körper des schlafenden Freundes in ihr erwachte, ja doch alle Menschen früher oder später lernen, was sie wissen müssen, um nicht immer nur im Kreis zu laufen.

Wo doch sogar ich das kann.

Als Laura den schmalen Tunnel verließ und ihr Wohnzimmer betrat, empfing Zera sie angezogen. Einen desorientierten Moment lang überlegte Laura hastig, wie sie sich verteidigen sollte – fühlte sich ertappt, hatte eine Art Wahnbild davon, wie Zera ihr gefolgt war oder per twiSicht beobachtet hatte, mit wem sie konspirierte.

Aber der freudige, offene Gesichtsausdruck, als Zera ihr Hosen hinhielt und sagte: »Wo du Mäntel oder Schuhe hast, weiß ich nicht, aber wenn dein Jet noch auf dem Dach ist, kannst du auch barfuß fliegen« – das passte nicht zu einer Entlarvung.

»Was? Wieso, was ist los?«

»Ein Schiff«, sagte Zera, wie ein kleiner Junge, dem man soeben zum Geburtstag einen Herzenswunsch erfüllt hat, »ein Schiff ist gelandet, außen auf Treue, und bei dem Durchbruch der präsidialen Verwaltung sind sie ausgestiegen. Sie wollen uns sprechen. Das muss Schemura sein, genau wie's deine Leute dir erzählt haben. Los, komm, man hat's mir gerade durchgegeben – wir wollen hinfliegen, und überrascht tun!«

Zu behaupten, dass zu exakt demselben Zeitpunkt, da Zera Nanjing dies ausrief, etwa tausenddreihundert Lichtjahre entfernt die Präsidentin Shavali Castanon, die nicht leicht zu erschüttern war, fürchterlich erschrak, wäre schon deshalb sinnlos, weil unter den Verhältnissen der den Menschen bekannten Physik und mit unterbrochener EPR-Verbindung kein Ereignis, das von einem anderen Ereignis tausenddreihundert Lichtjahre entfernt war, gleichzeitig genannt werden konnte, da ja nichts schneller war als das Licht, das für diese Entfernung nun mal eintausenddreihundert Jahre gebraucht hätte.

Wäre aber ein Photon in der Lage gewesen, die Information zu tragen, die zeigte, wie Shavali Castanon eben aus ihrer eigenen EPR-Kommunikationsvorrichtung gestiegen war, in ihrem gigantischen Büro bei der Suche nach einem Drink einem nackten Mann begegnete, der schwarz war wie der leere Weltraum und dessen Haare silberweiß blitzten wie die Sterne, so hätte man tausenddreihundert Jahre später in der Umlaufbahn um Geminga genau dies sehen können, und trotzdem nicht gehört, wie Shavali Castanon den Geist begrüßte: »César? Bist du das wirklich?«

Fünfter Teil

Ironie als militärischer Faktor

1   Manchmal glaubte Renée, ihr Gesicht könne sich daran erinnern, wie es sich angefühlt hatte in absoluter Ruhe, grenzenloser Unabhängigkeit.

Im Versteck war sie reine Oberfläche gewesen, nicht mehr optischer Vorwand eines planenden Hirns, der freundlich gucken kann, wenn gar keine Freundlichkeit da ist.

Natürlich gab es im gesamten Universum, nicht nur den kartierten Bezirken, kein Objekt, das sich jemals wirklich absolut in Ruhe befand – weder Newton noch Einstein noch die Quantenmechaniker hatten daran geglaubt. Auch eins, das sich aus sämtlichen Wechselwirkungen mit anderen Objekten verabschieden konnte, war undenkbar.

Woran sich das Gesicht der Admiralin da erinnern zu können glaubte, war indes gar nichts Physikalisches, sondern etwas Soziales: das Nichtbewegtwerden von fremden Befehlen.

Um sich ein Echo dieser Empfindung zurückzuholen, die sie verloren hatte, als die STENELLA in Wechselwirkungen mit dem Asteroiden eingetreten war, der ihr Gesicht beherbergt hatte, pflegte die Admiralin seit ihrer Ankunft auf Treue vormittags in Zeras Gärten zu meditieren.

Sie übte sich dabei in uralten Atemtechniken, saß im Lotussitz da und dachte an möglichst wenig.

Links über ihr stand die Villa, in der sie auf Einladung des Verbannten eine großzügige Zimmerflucht bezogen hatte, rechts, in einiger Entfernung, nämlich außerhalb des Sicherungsbezirks, den Zeras häusliche sTlalok-Systeme seit dem Anschlag für angemessen hielten, leuchtete die provisorische Polyeder-Kuppel, unter der die Soldaten – nicht nur die Schemuralegion, sondern auch Valentina und Sylvia, Emanuelle und Abhijat – lebten, zu deren Härte-Ideal es gehörte, während einer Mission grundsätzlich entweder im jeweiligen Schiff oder in derartigen Behelfsquartieren zu wohnen.

Renée betrachtete heute Morgen, wie schon öfter, eine Zaunwand mit Rankenpflanzen und Blauregen – Wisteria, einem Gewächs, für das Zera viel übrig hatte.

Wenn die Admiralin den Blauregen lange genug betrachtet hatte, sodass er sich vor ihren Augen in unspezifische Sinneseindrücke aufzulösen begann, legte sie gewöhnlich den Kopf in den Nacken und kehrte ihr nun wieder personengebundenes, auf einen Menschen mit konkreter Rolle verpflichtetes Gesicht dem geträumten Himmel zu, und manchmal, wie jetzt, nieselte es dann ein wenig, sodass das feine Sprühen ihre Stirn und Wangen netzte, sie kitzelte, ihr schmeichelte.

Obwohl die Meditationsweisen, denen sie aus Erfahrung vertraute, ihr Bewusstsein aufheben, es wenigstens aber in gleichschwebende Neutralität gegenüber den Sinnen versetzen sollten, war ihr beim Blick nach oben bewusst, dass das ein Blick nach innen war: Die Wolken, aus denen sie erfrischt wurde, befanden sich im Zentrum von Treues mittlerer Kugel, ihr Leib dagegen auf deren Innenwand. Ich, Wetter, Bewusstsein: alles in einer der kompliziert ineinandergemantelten Kugeln, aus denen der lebende Begleiter von Geminga bestand. Sie rotierten nach ihrem eigenen Plan, die geometrodynamische Schwerkraftinversion wirkte unaufdringlich, aber fugenlos.

Die Admiralin hatte zu viele Schlachtenräume durchmessen, als dass sie je völlig hätte missachten können, wo sie sich jeweils befand und wie man sich darin orientierte.

Sie dachte zurück an den Anblick von außen: Treue, aus dem Weltraum gesehen, vom Beobachtungsdeck der SWAINSONIA CASTA aus, vor zwei Monaten, im Anflug.

In twiSicht sprang der Pulsar glühend weiß aus der Nacht, Nabel aus Licht, wie die Schwärze des Leerraums die vollständige Abwesenheit von Licht war, gleißend, aber ohne Gefahr für die Netzhaut, da ja nicht wirklich sternenhell.

Sylvia Stuiving, die bei diesem ersten Blick auf den toten Stern dicht bei Renée gestanden hatte, war eingefallen: »Wenn ein Pulsar schon so aussieht, möchte ich gar nicht wissen, wie eins von diesen weißen Löchern ausschaut, die jetzt überall im galaktischen Norden entdeckt werden.«

Geminga selbst, einer von zwei astronomischen Partnern – den andern sah man, weil er so gewöhnlich war, in twiSicht nur, wenn man den Tlalok willentlich drauf einstellte, er schwebte einen Steinwurf weit weg –, fand die Admiralin gar nicht so eindrucksvoll. Schier überwältigt war sie aber vom Ring aus Staub, Plasma, Brocken, vanillegelb bis erdbraun, der scheibenförmig um das Gestirn rotierte, und von Treue, etwa auf der Höhe der Mitte der Scheibe, ein paar Tausend Kilometer oberhalb derselben: Kugeln, schimmernd wie Seifenblasen, gesättigt von dunklen Rot- und Blautönen wie Glasmurmeln, ineinander gebettet wie Planeten in Atmosphären, aber auch aneinander gepresst, in kreisförmigen Schnittstellen wie benachbarte biologische Zellen, oder einander auf optisch enervierende Weise schneidend wie vierdimensionale Venn-Diagramme, manchmal durch nabelschnurartige Durchgänge verbunden, manchmal auf eine alle Orientierung im Näherkommen überfordernde Weise anders auseinander hervorgehend als Räume je sonst.

Etwa ein Dutzend solcher Kugeln ergaben insgesamt ein rundlich-bauchiges, irgendwie großzügig wirkendes, auf unbestimmbare Art offenes, harmonisch in sich selbst geborgenes System, das lebte.

Renée genoss, mit geschlossenen Augen und leicht geöffnetem Mund, die feuchte Kühle auf der Haut und auf der Zunge, das leise Rascheln der Lobopoden, die im Körper von Treue herumkrabbelten.

Die Theorie der Skypho, diese Tierchen seien Ideen, fand sie abgeschmackt. Eher schienen sie ihr kleinste Einheiten von Charaktereigenschaften, Dispositionen, Neigungen.

Als Zera ihr das erste Mal erzählt hatte, dass Skypho und Custai von den Tierchen als »Treues Gedanken« redeten, hatte Renée sofort widersprochen.

»Wenn es sich so langsam bewegt, dann sind es eher Wesenszüge, Neigungen, nicht Einfälle. Das zeigen die Feldmessungen, die von den Skypho angestellt wurden, in ihrer grafischen Ausfertigung für Tlaloks oder Kortikalmarcha jedem, der die Analogie mit Hirnvorgängen bei unsereinem ernst nimmt. Langsame Hirnarbeit, nicht Einfälle.«

Jetzt stellte sie sich vor, wie ihre eigenen Empfindungen und Stimmungen, darunter die tiefe Entspanntheit, die sie gerade empfand, ähnlich durch ihren Körper wanderten, ohne Hast. Sie spürte und liebte das Atmen des Bodens und die Ungebundenheit, die sie hier gefunden hatte, am frühesten Morgen, wenn sowohl ihr Gastgeber noch schlief wie die anderen Gäste, mit Ausnahme wohl der Soldaten, die ihr Zelt bereits verlassen hatten und nahe bei der Durchbruchsstation der Custai Geländeübungen absolvierten, um sich nicht dem Zauber des Idylls zu ergeben. Richtig, die Schemuralegion ergibt sich nie.

Das wohlige Gefühl war umso unerwarteter, als die Admiralin zugleich wusste, dass sie ganz vollständig immer noch nicht war – der Teil ihres Körpers, den sie brauchte, um Kinder bekommen zu können, befand sich weiterhin in einem Versteck, das selbst Shavali Castanon mit all ihren Mitteln der Recherche, Überredung und Gewalt nicht hätte finden können.

Renée versuchte, nicht daran zu denken, dass die Präsidentin danach wohl auch gar nicht suchte.

Was Castanon vor ihr verbergen zu können geglaubt hatte, wusste sie längst. Dass sie ihr etwas geraubt hatte, das Renée jederzeit freiwillig hergegeben hätte, wurde ihr beim ersten Blick ins Gesicht der Tochter klar, aus deren Herkunft, soweit es nicht die Abstammung von der Präsidentin betraf, die Medien Yasakas nach wie vor ein Geheimnis machten.

Die Admiralin senkte den Kopf erneut und betrachtete den Blauregen an der freistehenden Lattenwand. Die Blätter, kaum belebt vom Wind, selten vom Regen getroffen, nur manchmal angehoben von Lobopoden, die unter ihnen herumkrochen, schienen wie die Tropfen, nach denen sie hießen, zwischen den Ranken des übrigen Bewuchses zu perlen, im Herunterfallen vom Himmel eingefroren, fotografiert. Ihre Farbe glich derjenigen der äußeren Grenze des Rings um Geminga in twiSicht, wo die Vanille- und Brauntöne in etwas Grünblaues übergingen, bevor das durch den Ring gefilterte abstrakte Nichtlicht des Pulsars von der Ewigkeit ringsum verschluckt wurde.

Wäre sie nicht von ihrer Reisezeit in der SWAINSONIA CASTA her daran gewöhnt gewesen, hätte sie das leise Summen in der Luft, das sich hinter ihr näherte, vielleicht nicht bemerkt, den schwachen Ozongeruch nicht gerochen, das Wimmeln der Cilien und sonstigen biegsamen Extremitäten mit dem Wuseln von noch mehr Lobopoden verwechselt. So aber sagte sie lächelnd, noch bevor sich ihre Besucherin um sie herumbewegt hatte und in ihrem Gesichtsfeld erschien: »Guten Morgen, 3467999. Mal an der frischen Luft?«

Die Skyphe gab eine typisch indirekte Antwort: »Die Helfer kennen sichere Lieder über die Pflanze. Sehr schöne Lieder, Ausläufer langer Überlieferung. Lebt man nah am Atem, kann man Blumen, Bäume, Gras ansehen, als wären sie das eigene Empfinden. Geomantik, Überschreitung, alles in der schwachen Haut. Ein Garten, dachten sie früh, dahin gelangt man, wenn man nicht im Herzschlag bleibt und nicht stirbt, nur um geboren zu werden. Ein Mysterienspiel hatten die Helfer, das hieß nach dieser Wisteria. Manchmal wecken sie es bei den Feuern. Zera Nanjing sieht genau genug hin.«

Die Helfer, wusste Renée Melina Schemura, das war der Name, den die Skypho für die Dims gebrauchten. Leicht verwundert fragte sie zurück: »Aber Wisteria, das ist eine yasakische Pflanze. Ich meine, wie kann das in alten Überlieferungen der Dims vorkommen, wo es doch von unserem Heimatplaneten ...«

»Die Helfer wissen hellere Geschichten, durchsichtigere. Sie machen auch den Fehler nicht, Yasaka für einen Planeten zu halten. Ältere Rufe erreichen sie.«

Die Bemerkung war kryptisch, aber – wenn es denn erlaubt war, im Schnarren des Sprachsynthesizers etwas wie Rhetorik zu identifizieren – auch ein wenig spitz, fast sarkastisch.

Renée reagierte reserviert: »Geschichten sind das eine, wissenschaftliche Definitionen – ein Planet, das ist, wo Leute wohnen können – sind das andere.«

»Dann ist Treue, wo wir reden, ein Planet«, erwiderte die Skyphe ruhig, und Renée musste lachen: »Schön, dann weiß ich eben nicht alles über Yasaka und Wisterien.«

»Ihr Fehler, euer Fehler«, der Skyphe war nicht nach Themenwechsel, »man entwickelt in euren Horizonten alle Wissenschaften, aber die Geschichtswissenschaft entwickelt man schlecht.«

»Meinen Sie«, sagte Renée, zunehmend interessiert am unerwarteten Verlauf, den die Unterhaltung nahm, »die Geschichte der Zivilisationen und Kulturen unserer Spezies, also das, was wir Geschichte nennen? Oder die Naturgeschichte des Kosmos?«

»Wer sie trennt, schaut neben die Antwort. Wer spricht, steigt in beide. Wisterien und Kletterpflanzen.«

Wer spricht, dachte Renée: Noch so eine Spracheigentümlichkeit der Skypho – sie redeten immer von Sprache, wenn sie das meinten, was die Menschen »Intelligenz« nannten. Vom Intelligenzbegriff hielten sie wenig, er leuchtete ihnen weder in älteren, an vorwissenschaftliche, etwa geistesphilosophische Vorstellungen vom Mentalen gebundenen, noch in informationswissenschaftlich-energetischen Bestimmungen ein.

Die Admiralin löste sich aus dem Lotussitz.

Sie richtete sich auf, um als Primatin nicht in einer ungünstigen Rangsituation gegenüber dem schwebenden Nichtmenschen zu bleiben, und begann ein paar Schritte im feuchten Moos und auf den glatten Trittsteinen zu gehen, wie um auszuprobieren, was Beine waren.

Die Skyphe begleitete sie fast geräuschlos.

»Die Übergänge mögen fließend sein«, nahm die Admiralin den Ball auf, als der gemeinsame Spaziergang nach ein paar Minuten sein ihm gemäßes Tempo gefunden hatte, »schließlich sind alle Intelligenzwesen Produkte der Naturgeschichte. Aber es gibt doch Grenzwerte: Niemand wird die schönsten und komplexesten Breven für Naturprodukte halten, und niemand die historische Kosmologie, die Frage nach dem Ursprung des Universums, für einen Zweig der Kulturgeschichte.«

Die Wärme in 3467999s Stimme hatte etwas seltsam Nachsichtiges, als sie erwiderte: »Ihr geht vom Körperbau aus ins

Größte. Ihr skaliert verkehrt, aber die Breven daraus sind schön. Der Urknall und die Inflation in den ersten Augenblicken danach: schöne Lehren.«

Renée, die in den Jahren der Zerstreuung ihres Körpers einiges an kosmogenetischer Forschung unternommen hatte, wurde vom unheimlichen Gefühl gekitzelt, dass das sonst fast immer scheinbar absichtslose Sprechen der Skyphe diesmal äußerst zielstrebig auf einen spezifischen Punkt zusteuerte, bei dem sie offenbar fast schon angekommen war.

Die Skyphe fuhr fort: »Schöne Lehren, die als Breven jeden Widerspruch überlebt haben und weiter überleben werden. Zumindest, bis etwas Neues geschieht.«

Renée schnalzte custaisch mit der Zunge und sagte: »Jetzt putzen Sie eine griffige Idee zu stark herunter. Seit wir Menschen wussten, dass das Universum sich ausdehnt, war uns klar – und müsste allen, tja: sprechenden Wesen klar sein –, dass man das zurückrechnen darf bis auf einen Punkt gigantischer Dichte. Sobald diese Ansicht sich verbreitet hatte, dachte man sich harte Gegenproben aus, die das Modell alle bestanden hat. Außerdem gibt's Belege – ich nenne nur die Hintergrundstrahlung, die exakt die vorhergesagte Temperatur hat und sich sogar entsprechend den vom Modell her erwarteten Irregularitäten kräuselt, gemäß der Energie- und Materieverteilung unmittelbar nach der Symmetriebrechung nämlich, die ursprünglich …«

Die Skyphe schnarrte kalt: »Belege fand der Blick nach oben. Die Sonne drehte sich wirklich um seine Welt. Der Blick macht sich das All zur Höhle, im Freien stehen heißt zu große Angst.«

»Sie wollen doch nicht die hochpräzisen Messungen der Astronomie, die diese Kräuseleffekte in der Hintergrundstrahlung beobachtet hat, mit einem Höhlenmenschen vergleichen, der einen Sonnenuntergang betrachtet?«

»Sinne können nicht für Sprache denken. Sprache kann am Tun entlang die Welt erst finden. Kleiner als Unteilbares, größer als der Raum der langen Reisen ist die Welt, der hiesige Kosmos, deshalb verirren sich die Sinne darin. Kleinstes und Größtes kann man gleichzeitig bereden, aber nicht gleichzeitig wahrnehmen.«

Renée konnte folgen, war aber gereizt, auch weil sie als Person zwar mit dem respektvollen »Sie« angeredet wurde, die Menschheit insgesamt aber »ihr« war, wie Kinder.

»Ich kenne die Theorien – Skyphogelehrte werfen unseren vor, sie vernachlässigten das Syntaktische zugunsten des Semantischen, die Vermittlung zugunsten der Erfahrung, den informationellen Aspekt zugunsten des energetischen, und so tappen wir dann im Dunkeln. Euer Beweis ist immer, dass die Menschen zweihundert Jahre vor Beginn der großangelegten Migration der Linien ins All zwar ein recht genaues Bild davon entwickelt hatten, was zwischen dem Nullzeitpunkt und 0,0001 Sekunden passiert war, nämlich eine große Aufblasgeschichte, dass aber die Quantenmechanik große Probleme barg für dieses Modell der sprungartigen Expansion des ... unseres ... nein, wie sagten Sie so nett?«

»Des hiesigen ...«

»... des hiesigen Kosmos, genau.«

»Was Sie Aufblasen nennen, Schemura, führt nur dann zu der Welt, die du sehen kannst, wenn man an einen sehr günstigen Anfang glaubt. Wäre alles etwas anders gewesen, liefen die Größen einander davon. Zu hohe Dichte, falsch verteilte Galaxien. Nur ein Bruchteil hätte Eigenschaften, auf denen man etwas errichten kann.«

»Sie meinen, statistisch betrachtet würde nur ein infinitesimaler Bruchteil der mit relativ flacher, einigermaßen uniformer und isotroper Raumzeit gesegneten Kosmen in diesen ... wünschenswerten Zustand über eine Periode der Inflation gelangen. Das Problem lag nicht in der Frage der Übereinstimmung der Theorie mit den Daten, sondern einer versteckten *petitio principii*, also in den logischen. Ich verstehe Ihre Kritik. Wenn die Quantenmechanik recht hat, dann ist der ganze Stolz auf die zutreffenden Vorhersagen für spätere Beobachtungen, die diese Inflationshypothese geliefert hat, sogar noch aus einem anderen Grund entwertet: Es gibt keinen Anlass, warum die Inflation dann, wenn sie zur gewünschten Raumzeit geführt hat, aufhören sollte – sie geht in so einem Szenario aufgrund von Quantenfluktuationen im größeren Teil der Raumzeit immer weiter, und wo immer sie zum Erliegen kommt, ihr, sagen wir: die Puste ausgeht, entsteht eine Blase, ein neuer Kosmos. Unsere Lösung war: In einer davon leben wir, aber sie ist sehr untypisch. Zwingenderweise ergibt sich daraus sofort die Überlegung, die man auch anstellt, wenn man irgendwo an einer bislang unkartierten, unerforschten Stelle auf etwas sehr Geordnetes, einem vorstellbaren Zweck sehr Nützliches stößt: Riecht es hier nicht nach Schöpfung? Aber wir können damit leben. Es hält die Religionen frisch.«

Die Skyphe war ungerührt. »Das falsche Interesse gilt immer den Machern, nie dem Tun. Schöpfung heißt euch Hinweis auf einen Gott, euch interessiert Absicht statt Ereignis. Der schmale Ruf verwechselt sich mit allem.«

»Also der Vorwurf lautet Hybris?« Die Admiralin gab sich ehrlich Mühe, die Skyphe zu verstehen.

»Vorwürfe, Rücksichten, es geht nicht. Sobald Sie und Ihresgleichen glauben, man widerspreche, richtet sich Trotz auf, spuckt und wütet.«

»Das habt ihr aus der Erfahrung. Also: Auch Skypho leben nach der Empirie.«

»Man kämpft nicht allein, sondern mit dem Gegner, also kämpft man, wie der Gegner kämpft.«

Gegner: Das Wort war zu nah am Wort »Feind«, als dass Renée sich länger die Illusion gestatten konnte, man führe ein belangloses Gespräch.

Ihr schwante plötzlich, warum Shavali Castanon ausgerechnet sie, eine Person, die dem Militärischen für das Kosmologische, dem Kriegerischen für das Spekulative entsagt hatte, nach Treue geschickt hatte: Weil in der neuen Lage das Militärische mit dem Kosmologischen und das Kriegerische mit dem Spekulativen unmittelbar zusammenfielen.

Der Nieselregen hatte aufgehört. Die Admiralin und 3467999 passierten im Windchen, das eben aufkam, Stege aus geflochtenen Kletterpflanzen und Holzbohlen. Dann näherten sie sich einer Brücke über einen recht breiten Bach, auf der ein Rankengitter voll Glyzinen fast so schön zitterte wie die Blauregenwand in der Nähe der Villa.

Seetaucher, ein Rabe, ein Otter.
Lobopoden überall.
Renée sagte: »Wir sind ja beim Urknall nicht stehengeblieben. Als die Schwierigkeiten zu viele wurden, hat man sich eine ältere Theorie neu angesehen, die Steady-State-Hypothese, die auf den vorkolonialen Astronomen Fred ... Hoyle ...«, das holte sie aus den Gedächtnisgrüften ihres Tlaloks, »zurückgeht.«

»Der Falsche wird geehrt. In Wahrheit fand sie viel früher einer namens Aristoteles.«

»*Whatever*«, zitierte Renée einen klassischen Ausspruch, um der Skyphe zu verstehen zu geben, dass sie mit Tiefenbildung nicht einzuschüchtern war. »Die Idee ist jedenfalls: Das Universum ist ewig, hat ewig bestanden, wird ewig bestehen ...«

»Ein anderer Fehler als der Urknall und das Aufblasen, aber auch ein Fehler. Eine Höhle für eine Höhle eintauschen, das ist kein Ausweg.«

»Um die Steady-State-Theorie zu stützen, hatte Hoyle damals ein paar Hilfshypothesen entwickelt, über die kontinuierliche Entstehung von Energie und Materie im Kosmos über das C-Feld. C wie *Creation* – die Behauptung war, es gibt ein Feld, welches das gesamte Universum ausfüllt, aber dort am stärksten ist, wo neue Materie entsteht; großräumig ist sein Effekt die Ausdehnung, als eine Art Ausgleich für die Wirkung der neugeschaffenen Teilchen, den Kosmos mit ihrer Schwerkraft zusammenzuziehen. Das C-Feld trägt negative Energie, wird selber von einer eigenen Art Bosonen getragen ...«

»Der Rahmen war falsch, das Bild nicht schlecht. Das Feld fand man, indem man sich hineinredete.«

»Ja, der Kosmos ist eine Rechnung«, fasste Renée, allmählich doch verstimmt vom Lehrerin-Schülerin-Charakter, den der Dialog zunehmend annahm, das gängige Modell zusammen, »deren besonderer Trick, wie die im Jahrhundert der ersten Kartierungen und Kolonien entwickelte Theorie von Elke Ulrich und Kenzo Daigaku darlegt, darin besteht, dass sie nicht in der Raumzeit selbst stattfindet. Dass es für diese Rechnung die Raumzeit gleichsam nicht gibt, weil aus dieser Rechnung erst alles hervorgeht, was wir so nennen.«

»Wer so denkt, macht die sprechenden Werkzeuge der Regenfinger neugierig. Es endete auf diese Art die Vorgeschichte eurer Geschichte. Das hat uns hergebracht – uns Skypho und euch, an diesen Punkt.«

Die Skyphe blieb stehen. Sie schwebte jetzt direkt über der steil abfallenden, zerklüfteten, zweieinhalb Menschen hohen, schwarzen Steinschlucht-Miniatur, in welcher ein breiter Bach, eher schon ein Flüsschen, sich als schäumender Wasserfall ergoss.

Ausweichen hatte keinen Sinn mehr.

Renée beschloss, sich den in Untertönen verborgenen Implikationen der Skyphorede zu stellen: »Und was für ein Punkt, denken Sie, ist das? Glauben Sie wirklich, dass es Ihnen und Ihresgleichen, um Ihre, ehrlich gesagt, recht unangenehme Redefigur aufzunehmen, von Nutzen sein wird, die Lage eskalieren zu lassen, bis das Einzige zwischen den sprechenden Wesen, was noch spricht, die Waffen sind?«

Die nächste Bewegung der Skyphe, plötzlich aber fließend, war für Renée zunächst nicht deutbar. Der Zylinder sank einen Viertelmeter und wich ein Stück vor ihr zurück, bis er buchstäblich überm kleinen Abgrund schwebte.

Erst als sich der obere Teil ihr ein paar Grad zuneigte und der untere von ihr entfernte, ahnte die Admiralin, dass dieser Positionswechsel auf genauen Studien der Primatenpsychologie, des menschlichen Dominanz- und Unterwerfungsgehabes beruhte und eine Art Friedensangebot sein sollte.

Die Stimme sagte freundlich: »Versuchen Sie sich vorzustellen, es gäbe zwei Parteien in einem gemeinsamen, aber antagonistischen strategischen Engpass. A beobachtet, dass B aufrüstet – nicht in Waffen, in Haltungen. Bündnisse werden geschlossen. Es findet ein Rückzug hinter Grenzen statt, die man verteidigen könnte, es wird weniger Information in Richtung A abgesandt. So beschließt A, die andere Partei offen zu konfrontieren. Wenn B nicht aufhört, den Krieg vorzubereiten, so lautet das Ultimatum, wird A die nötigen Maßnahmen einleiten. Die schmerzliche Paradoxie: So etwas zu sagen, zu fordern, ist erstens bereits eine Eskalation. Zweitens zeigt sich, dass A die Situation falsch eingeschätzt hat: Unwissentlich bedroht A durch bestimmte ... grundsätzliche ... Asymmetrien in der Beziehung zwischen diesen beiden, die A nicht reflektiert hat oder aus anderen Gründen unterschätzt, B längst viel mehr, als B umgekehrt A selbst bei beschleunigter Kriegsvorbereitung in absehbarer Zeit bedrohen könnte. B steht vor der Schwierigkeit, A mitteilen zu müssen, dass die scheinbare Aggression lediglich eine Antwort auf das ungleiche Kräfteverhältnis ist, würde damit aber riskieren, einen bis dahin nur latenten strategischen und taktischen Vorteil von A in einen realen zu verwandeln. Das heißt, B ist gezwungen, alles zu tun, den Krieg gar nicht erst ausbrechen zu lassen, aber nicht wenig, was B zu diesem Zweck unternehmen muss, wird sich für A wie eine feindselige Handlung ausnehmen und somit das Näherrücken der Katastrophe beschleunigen. Ironie, normalerweise Eigenschaft abgelegener Gedanken und Sätze, wird zum militärischen Faktor.«

Renées Mund lächelte, ihre Augen aber blieben kalt, als sie so leise erwiderte, dass ein Mensch sie überm rauschenden und schäumenden Wasserfall kaum verstanden hätte: »Das Interessante an dieser kleinen Breve ist natürlich die Frage, wer A und wer B sein soll, wenn ich annehme, dass es dabei um Menschen und Skypho geht.«

Weil es keine Augen gab, in die sie blicken konnte, wandte Renée sich von der immer noch in ihrer Demutsschwebehaltung verharrenden Skyphe ab und ging ein paar Steintrittstufen weiter, zu einer Art Aussichtsstelle, von der aus sich der nach dem Anschlag wiederaufgebaute Teil des Parks beobachten ließ: die kleine hölzerne Sitzgruppe unter der schroff gezackten Steinfront, über die das ehemalige große Esszimmer, jetzt eine Art raumschiffähnliches Aussichtsdeck, in der Luft hing wie eine Hoffnung oder Erwartung, der offene Pfad zum kiesbedecktem Gebiet, zwei Azaleen, still bewegtes, herbstliches Gras.

Rechts neben ihrer Schulter, sanft, aber selbstgewiss, sagte 3467999: »Sie denken zu klein, wenn Sie in Spezies denken. Die Buchstaben könnten Gruppen meinen. Eine Spezies A könnte auch Ausnahme einer ganzen Gruppe B sein.«

Renée riskierte es, zu raten: »Sie sprechen von denen, die im All leben, und den anderen, die Planeten benötigen oder wenigstens eine Sonne, auf der sie ...«

Die Skyphe klang melancholisch. »Denken Sie über das Wunder nach, auf dem sie sich befinden. Über das Unzulängliche an allen Vergleichen, mit denen man die Medeen und ihre noch exotischeren Abkömmlinge ans enge Höhlenverständnis hat anpassen wollen. Anderes Gewebe, anderes Bestreben, anderes Leben. Andere Sinne: Sehen und Hören hätten die Bahn um Geminga allein nicht gefunden. Was bei anderen in Hirnzellen und Geschlechtszellen geteilt ist, trifft sich bei den Medeen in ein und demselben. Ein Schlüssel. Nicht der einzige.«

Renée versuchte, der Kryptik zu entkommen. »Also wer ist A, wer ist B? Sind die Medeen A, und wir andern alle ...«

»Stellen Sie sich vor, ich gehörte zu B. Was sollte ich sonst tun, wenn nicht falsche Fährten legen, sofern sie zu A gehören? Vielleicht«, die kleine Pause, die auf dieses Wort folgte, suggerierte ein Atemholen, von dem Renée genau wusste, dass die Skyphe es nicht nötig hatte, »sollten Sie noch einmal zur Ihnen so lieben Unterscheidung zwischen Natur und Kultur, Bewusstsein und Physik zurückkehren. Die Breve von A und B steht in der Sonne. Die Sonne kreist nicht um die Welt.«

»Schade«, sagte Renée, »dass Sie keine Begnadigungsbreve komponieren müssen. Ich wäre wirklich gespannt, was für eine das wäre. Heute Mittag übergibt mit Laura Durantaye ihre. Das wird nicht uninteressant.«

»Erzählen, um sich zu retten. Vielleicht ist man noch nicht tief genug in die Höhle eingedrungen.«

Wie bei Skypho üblich, schwebte 3467999 grußlos davon.

Renée stand eine Weile auf ihrem Moosflecken, vom Gespräch wie vom Spaziergang leicht überfordert. Als sie sich gegen eine Fortsetzung der unterbrochenen Meditation entschieden hatte, schloss sie die Augen, wählte Sylvia Stuivung an und sagte, als die, eine breit grinsende Illusion, vor ihr stand und sich mit »Stuiving!« meldete, zur Untergebenen: »Lagebericht, bitte.«

»Valentina ist langweilig, Emanuelle denkt sich täglich was Neues aus, den Shunkan zu kontaktieren, der sie immer noch nicht vorlassen will, sondern anscheinend die Erfüllung und das Lebensglück in den Armen einer Trüben gefunden hat ...«

»Ich will den Klatsch nicht hören. Alles nicht missionsrelevant«, sagte Renée und zog die Stirne kraus, weil sie sich fragte, ob die paar Wochen Nichtstun, Warten auf die Breven der drei Exilierten und verdeckte Recherche für die Präsidentin wohl schon genügten, die ohnehin nie besonders ausgeprägte Disziplin der kleinen Truppe von der SWAINSONIA CASTA endgültig zu zerstören.

Wie hieß der Ausdruck, mit dem früher Truppenteile belegt wurden, die sich etwa während der Linienkriege auf relativ ruhigen Planeten ein bisschen zu nett eingerichtet hatten?

Going native.

Ging das auf Treue? Renée räusperte sich: »Erzähl mir lieber, was an der Durchbruchsstation passiert.«

»Ich spiele Verstecken, Fangen und andere Geländespiele mit den Trüben, soweit die Echsen sie dazu kommen lassen, was aber immer häufiger passiert. Die Arbeit an der Durchbruchsstelle ist nämlich praktisch zum Erliegen gekommen. Laura Durantaye legt sich täglich mit diesem Gisseckhunnaminh an, weil die Custai ihr nicht die zusätzlichen Dimkräfte bewilligen, die sie will, und sie überhaupt behindern, wo sie können. Ich weiß, was du fragen willst, Boss: Ob diese neue Behinderei der Arbeit unserer verbannten Pulsarforscherin etwas mit den häufigen Besuchen von 4764843 im Camp zu tun haben. Ich habe keine Beweise dafür, aber dass die Skypho den Custai nahelegen, Menschen allgemein nicht mehr so zugänglich zu sein, das erzählen einander sogar die Dims. Es gibt hier eine Art Vorarbeiterin – nicht dass sie viel leisten würde, aber sie gibt den Ton an. Sie heißt Victoria und ist schon ordentlich klapprig. Die sagt, die Skypho hätten den Custai Marcha versprochen, dafür, dass sie alle Dimkräfte, die nicht dringend für die Pflege der Operationsnarben und andere Dienste an Treue an den sensiblen Stellen benötigt werden, einfach den Quallen verkaufen sollen, damit die sie abziehen können und keine Laura einen Anspruch auf sie erheben kann. Von uns Präsidialen ganz zu schweigen. Sie sagt, es käme ihr beinahe so vor, als wollten die

Skypho alle Dims einsammeln, um sie, was immer das heißt, zu evakuieren.«
Was immer das heißt.
Renée sagte: »Ist gut. Beziehungsweise eben nicht. Ich komme heute Abend mal rüber zu euch. Wir sollten mit diesem Gisseckhunmaninh reden.«
»Hey, ich bin für alles dankbar, Chefin. Das Einzige, was ich nicht will, ist noch eine Führung durch Zera Najings Villa. Meine Freundin ist ganz begeistert von dem Idioten, und wenn nicht bald was Strategisches oder Taktisches passiert, bin ich es auch.«
»Valentina geht's gut?«
»Wir haben zu viel Freizeit. Sie läuft alle paar Stunden zur präsidialen Medstation und macht an ihrem Körper rum. Der mir ja gut genug gefällt, wie er ist. Ich brauche an ihr keine längeren Beine oder Schwänze oder ...«
»Danke, so genau will ich das alles auch nicht wissen. Bis später. Rühren. Macht, was ihr wollt«, sagte die Admiralin und trennte die Verbindung, ohne eine Reaktion abzuwarten.

2   Ein Himmel aus Milchglas, voll kristallischer Muster, wölbte sich nah und schützend.

Dahinter und darüber bewegten sich Taxis, Kufengleiter und Jets, Frachter und Passagierraumer, auf dem Weg aus dem richtigen Himmel in die diamantenen Schluchten. Etwas Kupfer im Mund, etwas Feuer in der Nase, etwas Pfeffer in den Augen, ganz wenig Salz und Zucker und Himbeeren auf der Zunge. Was war das letzte Getränk gewesen, mit dem sie sich den Rest gegeben hatte? Ein scheußlicher, aber ganz klarer Schnaps aus Früchten, mit einem Schuss Sirup darin, dem etwas Schokoladiges, entschieden Perverses untermischt gewesen war.

Die Zehen kribbelten, der Hintern war ausgeschlafener als seit Jahren, die Kopfhaut hatte Sehnsucht nach neuen Frisuren, die Muskeln taten gar nicht groß weh.

Eine Stimme, die lachte, aus dem Kurzzeitgedächtnis: »Er ist faul, außer wenn er fleißig ist. Normalerweise ist er fleißig vor Publikum, heute Nacht ist er mal privat fleißig.«
Ein Geschmack von zerfallendem Tabakkuchen im Mund, und etwas Mokka.
Ein Blinzeln.
Eine leicht angeschwollene Stelle an der Unterlippe, blutverkrustet: Richtig, Mutter und Tochter hatten einander geschlagen, im Vollrausch beide, auf dem Höhepunkt einer Art Orgie, einer Art Entgleisung, einer hohen Festlichkeit zugleich.
Eine Strophe aus einem Lied:

Auf Treue unterm windgepeitschten Weltbaum
Keiner kennt die Wurzeln
Gefesselt, durchbohrt von Pfeilen
Und seinem eigenen Speer

Schwimmt in Schmerzen schaut in die Tiefe ...

Ein Gähnen.

Shavali Castanon erwachte auf einem breiten Bett voll Kissen und Decken, die mit ganz besonderem, wasseraufnahmefähigem und dabei sehr schnell trocknendem Stoff bespannt waren. Das Bett bewegte sich wie eine wurzellose, mit keinem Meeresboden verbundene schwimmende Insel, in einem Pool voll glitzerndem, mal türkisgrünem, dann wieder eisblauem, bis in mehrere Meter Tiefe völlig transparentem, von zahllosen bunten, nie bedrohlich großen, träumerisch umeinander tänzelnden Fischen belebtem Wasser. In der Luft über dem Wasserspiegel, der wie fleckenweise glühende Aluminiumfolie Lichtsplitter freisetzte, schwebten bunte Gegenfische, die es nicht gab; Reflexe eines twiSichtfilters, der alle anderen Projektionen als eben diese, dem Raum eigene, blockierte, sodass hier keine Nachrichten von draußen, keine gutmütigen Täuschungen möglich waren, Ergebnis avancierter Raumschutzphysik aus stereografisch projizierten Observablenkongruenzen.

Nicht einmal Musik ließen die Filter durch, und während unten und draußen die ganze Stadtwelt noch von den Bässen der After-Hour-Parties bebte, gab es hier, im innersten Innen des obersten Oben, nur eine Erinnerung an etwas gestern Gehörtes, Unerlaubtes:

Schwimmt in Schmerzen schaut in die Tiefe
Schreit in Agonie
Greift nach den Zeichen auf den Rücken von Sklaven
Bevor er in den Abgrund fällt

Das Bett hatte in jeweils ein, zwei Metern Entfernung einige Nachbarn. Dafür, dass der Abstand der Schlafbarken nicht geringer wurde, sorgten Sensoren.

Die Betten, jedes von der Wasseroberfläche aufwärts etwa sechzig Zentimeter hoch, dümpelten sachte bewegt vor sich hin. Auf einem lag, erkannte die Präsidentin, Irina, nackt, glänzend von Rosenöl, in träger Umarmung mit dem berühmtesten pornografischen Körperkünstler des DeGroote-Encuentro sowie dem Bintur N"//K'H/'G', der sich auf der STENELLA versteckt, gegen Shavali Castanon intrigiert und nun, da er erkannt hatte, was gut für ihn war, ihrem inneren Zirkel angeschlossen hatte.

Über den Körperkünstler hatte sich Shavali aufgeregt. Er passte nicht in den Rahmen, und sie war nicht diplomatisch genug gewesen, ihre Enttäuschung über die Tochter zu verbergen. Irina hatte ihr spitz und anzüglich geantwortet: »Passt doch. Wieso nicht, wenn's sowieso im Gevögel endet, wie immer beim nichtoffiziellen Teil deiner Parties?«

Viel zu spät hatte Shavali verstanden, dass Irina nur einen Wunsch hegte, soweit es die Feier nach Empfang des Siegels der Unsterblichkeit auf der Parlamentstribüne betraf: ihre Mutter zu blamieren und zu desavouieren, sie zu einer anderen Reaktion zu zwingen als »dieser ewigen wohlwollenden Herablassung. Schön, jetzt schenkst du mir die Unsterblichkeit, Kinder habe ich ja schon, gedient auch. Damit ist dann alles gut. Aber ist es das? In deinem Reich? Die Custai verabscheuen uns alle, die Skypho sind schon abgehauen, und deine ganze Demokratie beruht darauf, dass du niemandem je die Wahrheit sagst, nicht über Yasaka, nicht über die Dims, nicht über die Pulsare, nicht einmal über die Kriegsverbrechen des Shunkan, denn letztlich seid ihr ganz dasselbe Pack, du und der ...«

Shavali hatte versucht, die ungebärdige Tochter mit sanftem Zureden und weniger sanften Drohungen zu disziplinieren: »Das ist kein Gevögel, das ist, wie die Alten sagten, *networking*. Und deshalb passt dein Schauschwanzträger eben nicht. Alle, die sich oben im Pool nach der Feier vergnügen werden, sind hart arbeitende Dienerinnen und Diener der Republik, sogar die Kolonialen und die Introdisten. Keine Kasper.«

Irina hatte ihren Galan verteidigt. »Er ist faul, außer wenn er fleißig ist. Normalerweise ist er fleißig vor Publikum, heute Nacht ist er privat fleißig.«

Die Präsidentin hatte daraufhin nicht direkt nachgegeben, aber das Thema vorerst auf sich beruhen lassen. Es wäre zu keiner Prügelei gekommen, wenn Irina mit diesem kleinen Erfolg zufrieden gewesen wäre.

Aber so war sie nicht. So war ja auch ihre Mutter nicht.

Zorn aus Stolz lag in der Familie, und mit dieser, mehr als mit der Macht und der Republik und der Firma, war Shavali verheiratet.

Die Familienehre durfte man nicht anrühren.

Das aber, erinnerte sich Shavali dunkel, hatte Irina getan. Bloß wie? Was war geschehen?

> *Ihr habt eurer freundlichen Göttin zugehört*
> *Und betrügerischen Worten gelauscht*
> *Eure Machtgier wurde mit Blut bezahlt*
> *Im Namen der Milde habt ihr unseres vergossen*
> *Ich lehne es ab, mich zu unterwerfen*
> *Der Mütterlichkeit, die ihr gütig nennt*
> *Ich weiß, was recht ist, und es ist Zeit*
> *Zeit zu kämpfen, uns zu befreien*

Auf anderen Betten – die Präsidentin zählte etwa ein halbes Dutzend, als sie sich auf den Bauch gedreht hatte und ihre Augen

schließlich zurechtkamen mit dem hellen Licht in diesem Hangar, der ein Penthouse im höchsten Turm des Castanon-Encuentro war – lagen hochrangige Regierungsleute, Künstlerinnen, Militärs, Diplomaten.
Menschen und Nichtmenschen.
Wenige waren bekleidet.

Shavali, die sich als Einzige allein zwischen Kissen räkelte, trug ein raschelndes, leicht parfümiertes Prinzesslinienkleidchen, indigofarben, mit goldenen Seitennähten und so präzisen wie schmeichelhaften Arm- und Halsausschnitten.

Im Deckengeraschel fand sie einen weißen Blazer – nach Taillenandeutung und Ärmeldesign an die Uniformen des präsidialen Militärs angelehnt – und ein knappes Baumwollhöschen.

Als sie dieses Wäschestück mit dem Fuß anhob, fand sie darunter einen silbernen Armreif, der ihr nicht gehörte – es war durchaus wahrscheinlich, dass sie nie erfahren würde, wem.

Der Zustand ihres Leibes, fand Shavali, ließ sich nur mit einer seltsamen Wendung beschreiben: physische Melancholie – also nicht *ennui* und auch kein Verlangen nach einer anderen Zeit, einem andern Ort, sondern ein Traurigsein von Armen und Beinen, Schwere im Rücken, ein Gewicht auf der Brust.

Drum lasst mich sterben ohne Furcht
Denn ohne sie habe ich gelebt
Haltet den Mund, schont meine Ohren
Euren Schmutz will ich nicht hören

Macht auf Yasaka, glaubte Shavali Castanon aufrichtig, hieß nicht, dass alle machen mussten, was man wollte, sondern dass man herausfinden musste, was alle wollten, und das dann befehlen durfte. Weil Irina aus den Milliarden, die auf Yasaka lebte, einen Tag lang hervorgehoben wurde, wollten zum Ausgleich alle, die nicht so ausgezeichnet wurden, eben dies feiern.

Daher hatte die Präsidentin ein Fest ausgerichtet, das hier auf seinen Höhepunkt gelangt war, in diesem Poolschlafzimmer, keineswegs dem exotischsten ihrer Privatgemächer.

Vivarien, schwerelose Säle, Landschaften aus Eis und warmem Moor gab es anderswo im Turm. Stets hatte die Wandung nur zwei ausgesparte Stellen: den Eingang – hier oberhalb des Wasserspiegels; sie sah ihn, wenn sie den Kopf etwas nach rechts drehte – und die Schwelle zum Balkon, die sie gesehen hätte, wenn sie sich umgedreht hätte.

Etwas regte sich auf ihrem Knie.

Shavali ging wie ein Klappmesser in die Höhe, dass eine Naht des Kleides riss, das nach den ökonomischen Tauschmaßstäben von Custai und Dims so viel wert war wie ein gutes Raumschiff. Auf ihrem Oberschenkel, unruhig flatternd, saß ein großer gelber Schmetterling mit langem Kometenschweif und breiten Flügeln.

Er hatte keine Angst vor ihr. Das gefiel der Präsidentin.

Ruhig legte sie ihre Hand neben ihn. Angstlos krabbelte er darauf. Dann hob sie den Arm. Die Schulter tat ein bisschen weh, eine weitere Folge der Prügelei mit der Tochter, die sich jetzt im Halbschlaf umdrehte, wozu der Pornokünstler sonor brummte. Shavali streckte den Schmetterling der Sonne hinterm Milchglaskuppelhimmel entgegen.

Das Tierchen verstand, was sie wollte, und flog davon.

Es gehörte wohl zu N"//K'H/'G's Knabbersortiment.

Shavali hoffte, dass es ihm entwischen konnte.

Der Streit gestern, wie war das gewesen? Langsam erinnerte sie sich an mehr Einzelheiten.

»Kommt in die Schlaufe!«, hatte das undankbare Kind geschrien. Nicht wenige aus der Regierung und den oberen Rängen der Marchandeurshierarchie hatten auf dem Tanzboden, zwei Stockwerke tiefer, dieser altmodisch formulierten Aufforderung, ihre Tlaloks mit denen der neu Unsterblichen synchron zu schalten, entsprochen. Der Bintur hatte Shavali abgeraten, als sie Anstalten machte, das auch zu tun: »Lass es doch. Lass ihr doch ihren Kitzel.«

Aber Shavali war neugierig gewesen – und dann diese Lysandersauerei, dieses »Lied der Laura Durantaye: Zu den Waffen«:

Auf Treue unterm windgepeitschten Weltbaum
Keiner kennt die Wurzeln
Gefesselt, durchbohrt von Pfeilen
Und seinem eigenen Speer

Es war gesendet worden bis zur letzten Strophe, zum letzten Ton. Die Präsidentin hatte sich durch die Menge gekämpft, Frackträgerinnen und Robendamen beiseite gestoßen, ihre eigne Leibwache abgehängt. Irina war ihr sofort ausgewichen, wie verdrängtes Wasser, aber da hörten alle, die synchron damit waren, die größte Unverschämtheit, den offenen Verrat:

Nach Zyklen und Zyklen der Unterdrückung
Stehen die Wütenden wieder auf
Lasst die kartierten Welten wieder sagen:
»Rette uns, Castanon, vor der Wut der Armee aus dem Norden!«

Eine Ohrfeige.
Ein Gerangel.
Ein Eklat.
Die Festgäste halfen sich über den unangenehmen Moment mit mehr Drogen hinweg, von N"//K'H/'G' rasch herbeigeschafft. Andere Musik, andere Environs, Versöhnliches im realen Ballsaal wie auf twiSicht, schließlich fanden viele die Treppe nach oben, und Küsse, Bisse.

Körperliche Melancholie: Wenn sie oder er es richtig anstellte, konnte in solchen Nächten, an solchen Punkten, an denen Shavali Castanon feierte und feiern ließ, jede und jeder mit ihr schlafen, mit ihr kämpfen.
Danach aber wachte sie alleine auf.
Das war seltsamerweise ebenso traurig wie befreiend.
Dass alle, die ich beschütze, regiere, rette, denen ich helfe, dafür an meinen Lippen hängen, meinen Gesten folgen, meine Äußerungen wiederholen, mir schmeicheln, mir nahekommen möch-

ten, war immer schon alles, was ich brauchte *to keep going*, wie die ganz alten Breven sagten – es stachelt mich an, das ist der erste Segen, und es ist nie genug, das ist der zweite.

Ein Teil von ihr, den sie nie ganz hatte zum Schweigen bringen konnte, wollte ergänzen: Es ist nie genug, weil es dich gar nicht betrifft. Weil du leer ausgehst, im Innern. Weil sie nichts von dem annehmen, das dich wirklich ausmacht.

Wer nichts gibt, hat nichts: eine Wirtschaftsregel, die sie gegenüber den Custai und Dims jederzeit als Parole der Überlegenheit menschlicher Zivilisation vertreten hätte, deren Anwendung auf den eigenen Glückshaushalt ihr aber nicht gelingen wollte.

Die Präsidentin griff links und rechts ins Weiche, auf das sie gebettet war.

Das Bett verstand ihr Kommando.

Es sank tiefer ins Wasser, machte sich schwerer, indem der Bereich überm Kiel geflutet wurde, was eine nicht unangenehme, stetige Vibration erzeugte, zu deren für den Rücken, den Hintern und die andern Körperteile, die jeweils die Liege berührten, sehr wohltuendem Summen sich die Präsidentin bis auf ein Tangahöschen auszog, dann zur Seite abrollte und wie ein schlauer, schlanker Salamander ins saubere, recht kühle Wasser glitt, Kopf, Schultern, Brust voran.

Sie tauchte, schaufelte sich mit weitem Ausgreifen der Arme nach vorn, schoss tief zwischen die Fischlein, dann stieß sie mit den Beinen nach, bog den Leib wieder nach oben, in Richtung tanzende Lichter, und tauchte auf.

In schöner Schraube drehte sie sich auf den Rücken und steuerte dann mit gleichmäßigen Schwimmzügen von den Betteninseln weg aufs Balkonufer zu, die virtuellen Clownfische und Barracudas über sich, die echten als leichte Strudel und Strömungen in der spürbaren Nachbarschaft, nie zu nah. Auch Tiere wussten, wer sie war.

Als Shavali nah genug am buchtartig abschüssigen, mit weißen Kacheln ausgekleideten Uferbereich war, tauchte sie noch einmal unter, rollte sich zusammen, drehte sich wie ein Wasserball zweimal um sich selbst und schnellte dann, Gesicht und Brust dem Trittstein und Geländer zugewandt, die zum eigentlichen Balkondeck führten, mit weiß schäumenden Wasserrüschen um sich aus dem Pool.

»Na also!«, rief sie, es bedeutete nichts Bestimmtes, war aber jetzt doch laut genug, dass es im Poolsaal mächtig hallte.

Vereinzelte Unlustlaute erschöpfter Wesen, die weiterschlafen wollten, antworteten ihr.

Als sie den Befehl »Zeig mir die Welt!« sprach, glitt die Scheibe in einem genau menschengroßen Vortex auseinander und ließ sie auf einen Balkon hinaustreten, der zwar bis in Höhe ihrer Schultern von einer dicken Plexiglasbalustrade umgeben, aber nicht gegen Winde geschützt war, die darum sofort um sie tanzten, aufwärtsziehend, wirbelnd, frisch.

Die Präsidentin streckte sich, griff mit beiden Armen nach dem oberen Rand des Geländers, stemmte sich dagegen, senkte den Kopf und sah hinab auf alles: die Fahrzeuge zwischen den Gebäuden und Terrassen, die Schnellaufzüge, die Zurückstaffelung von Geschossblöcken am eigenen Turm, der weiter unten als Rohrbündel von zwölf Einzeltürmen aus dem Castanon-Encuentro emporschoss.

Sie rechnete im Tlalok: Wenn sie die Gravitationsverhältnisse zugrunde legte, die hier herrschten, die Windgeschwindigkeiten, den möglichen Auftrieb, das Gewicht ihres Leibes, die Verkehrslinien, die Plattenarchitektur weiter unten, mit ihren Durchschüssen und Tageslichtumleitungen per Spiegeln und Geometrodynamik, dann würde sie, wenn sie jetzt übers Geländer kletterte und sich einfach fallen ließ, fast eine halbe Stunde – sechsundzwanzig Minuten und acht Sekunden, um ganz präzise zu sein – in die Tiefe stürzen, bevor sie, wenn kein Wind den Körper gegen eine Fassade warf, mit einer Geschwindigkeit aufschlug, deren abruptes Abstoppen selbst robusteste Strukturen zerreißen würde, zumindest aber ihren kleinen Körper.

»Nah am Abgrund«, sagte eine Stimme, die sie hätte zusammenschrecken lassen, wenn sie weniger beherrscht gewesen wäre, »gefällt's dir also immer noch am besten.«

Sie drehte sich nicht einmal um, sondern sagte leise: »Ich nehme an, du verstehst mich auch, wenn ich nicht gegen den Wind anbrülle. Das hat dann außerdem den Vorteil, dass mich sonst niemand sprechen hört, der etwa ein Mikrofon hier oben rumfliegen lässt.

Der Wind knattert, aber ich höre dich. Also sprichst du in meinem Kopf. Es gibt dich hier nicht, du könntest also höflicherweise wirklich verschwinden.«

Der nachtschwarze Menschenumriss trat neben sie und erwiderte: »Das hast du überprüfen lassen? Ob es mich gibt? Nach unserer ersten Begegnung?«

»Natürlich. Von Menschen und sTlaloks. In twiSicht, mit allen Sensoren, die biologisch und marchaisch zu haben sind. Die einzige Spur von dir, die ich finden konnte, befindet sich in meinem Gedächtnis. Das lässt keinen anderen Schluss zu, als ...«

»Dass du entweder verrückt bist oder sich jemand in deinen Tlalok gehackt hat ...«

»Ein Ereignis, das noch nie irgendwo vorgekommen ist. Das Einzige, was einen Tlalok aus der Ruhe bringt, das müsstest du wissen, Gespenst, ist das negative C-Feld-Strahlenflimmern, das die Dims auf ihrem Planeten in die Atmosphäre haben diffundieren lassen ...«

»Und in konzentrierter Form auf ihrer Haut spazieren tragen. In Gestalt semi-intelligenter Symbionten aus negativer C-Fermionik ...«

»Es zerstört Tlaloks, auf dem Drecksplaneten. Als Tätowierung scheint es harmlos zu sein, obwohl es unbestätigte Berichte gibt, wonach ein Mensch, der einen Dim aus nächster Nähe tötet, mit leichtem Schwindel rechnen muss. Aber es erlaubt keine präziseren Manipulationen – ein Schlag mit einer Abrissbirne kann ja einen klassischen elektronischen Computer auch nicht neu programmieren.«

»Also doch Verrücktheit«, sagte die Silhouette, es klang neugierig.

»Stress höchstens. Und vermutlich nicht im organischen Gehirn lokalisiert, sondern tatsächlich im Tlalok. Dessen Funktionsweise wir ja nicht halb so gut verstehen, wie ...«

»Wer ist eigentlich ›wir‹? Denken Menschen überhaupt noch mit was anderem als mit dem Tlalok? Sind die Zeiten der organischen Hirne nicht vorbei? Was ist Zentralprozessor, was ist Back-up? Und könnte man nicht treffender sagen: Tlaloks verstehen sich nicht?«

»Was ist das, Epistemologie als Frühsport? Ich habe andere Probleme«, und schon während sie das sagte, war ihr klar, dass das ein Eingeständnis der Sorte darstellte, die im Gespräch mit diesem Quälgeist allemal ein taktischer Fehler war.

»Die kenne ich, deine Probleme. Vielleicht sind sie sogar der Grund, warum ich hier bin. Die Custai haben sich einige neue Braune Zwerge gesichert, auch ohne dass du den Vertrag mit Chance und Wachstum eingegangen bist, den sie von dir wollen. Die Binturen haben die Zwerge abgetreten, im Tausch für den Zugang zu ein paar Planeten, aus denen sie beschleunigt Siedlerwelten machen wollen. Die Introdisten bauen neue Dysonsphären, in der Gegend von Rigel und Prokyon. Auf allen kartierten Welten lacht man über die Abenteuer deines diplomatischen Schiffs, der SWAINSONIA CASTA. Es ist mitten in eine Blockade reingerutscht, den irgendeine verrückte Provinz-Möchtegernfürstin aufstellen konnte, ohne sofort ausradiert zu werden. Ich weiß, die Marine ist unterwegs. Aber sogar auf Yasaka haben einige Linien – die DeGrootes und die Sourisseaus zum Beispiel – wieder Geldwirtschaft in ihren Encuentros eingeführt, weil sie behaupten, dass anders die Entwicklung der Marcha nicht schnell genug stimuliert werden kann, um der Bedrohung durch die Skypho zu beggnen, von der in den Foren jetzt offen geredet wird, seit alle ihre diplomatischen ...«

»Also du bist mein schlechtes Gewissen? Oder meine Versagensangst? Und siehst deshalb aus wie César? Ist das die Pointe?«

Die Präsidentin war fertig mit ihren Muskel- und Gelenkübungen, denen sie konzentriert nachgegangen war, das Phantom nicht achtend.

Jetzt stieß sie sich von der Glaswand ab und wandte sich dem Schatten zu. Der sah sie unverwandt an, aus Augen, die noch schwärzer waren als das Gesicht.

Dann fragte er: »Warum nennst du mich César?«

»Weil mein schlechtes Gewissen, oder meine Tlalokfehlfunktion, dich genau so aussehen lässt wie ...«

»Er ist also schwarz wie die Hölle. Sein Haar ist weiß wie gebleichte Knochen? Wäre ich seine Projektion, könnte ich dann das hier tun?« Bevor sie ihm ausweichen konnte, hielt seine rechte Hand schon ihren Unterarm fest, als wollte er sie daran hindern, sich tatsächlich vom Turm zu stürzen.

Shavalis Reflexe waren flink genug, aber sie riss sich nicht los, sondern erwiderte den Griff um ihr Handgelenk einfach damit, dass sie die Finger um seines schloss.

»Das beweist gar nichts«, sagte sie, die zu frösteln begann, es war doch kühl hier draußen, bei allem strahlenden Sonnenschein, »und ich wette, wenn man uns jetzt fotografieren oder filmen würde, sähe man nur mich, wie ich mich in unbeholfenem Schattenboxen versuche. Die Hand, die dich zu halten glaubt, krampft sich um nichts als Luft.«

Sie sagte das jetzt laut, und empfand dabei etwas Seltenes: Scham über die Absurdität der Situation. Die Existenz eines Wesens zu bestreiten, dessen lebendigen Puls sie an ihren Fingerkuppen spüren konnte, wie ging das?

Der Fremde senkte den Kopf. Sein Mund war geschlossen. Obwohl auf seinem dunklen Gesicht nicht leicht eine Mimik auszumachen war, kam es Shavali Castanon vor, als lächelte er.

Dann sagte die Erscheinung: »Wenn das so ist, dann mach ein Experiment, mit dem du überprüfen kannst, ob es mich gibt. Danach können wir besprechen, was ich mit dir zu besprechen habe.«

»Experiment?« Sie rief jedes Wort gegen ein anschwellendes Brausen an, sprach nicht mehr leise, und verstand den Mann doch stets deutlich genug.

Er sagte: »Lass mich los, und ich lass dich los. Dann legst du deine Hände auf meine Schultern und gehst zurück, bis du dich mindestens so stark gegen mich stemmst wie gerade eben gegen die Glaswand, als du darüber nachgedacht hast, dich in die Tiefe zu stürzen. Wenn du dann so schief stehst, dass du umfallen müsstest, wenn es mich nicht gäbe, weißt du, dass es mich gibt. Dann kommen wir zur Sache.«

Zur Sache – der Hinweis auf etwas, das sich anhörte, als würde die Präsidentin es wissen wollen, war zu vage, als dass sie hätte raten können, worum es ging.

Sein Handgelenk ließ sie wirklich los, und er ihres. Dann hob sie die Arme ein bisschen. Bevor sie aber die Stellung einnehmen konnte, die er sich von ihr gewünscht hatte, streifte sie ein Luftzug am Bauch.

Es gab ein lautes »Plopp«, das von einer plötzlichen erneuten Öffnung der Scheibe rührte, durch die ein blitzschneller Zottelkeil auf den Balkon sprang. Shavali Castanon wich zurück und kippte dabei zur Seite, gegen den Wind- und Sturzschutz aus Kunstglas. Sie stieß sich die Schulter, schrie auf – und starrte ins Gesicht von N"//K'H/'G', der, in Angriffshaltung, die beiden Arme mit den langen Klauen ausgestreckt, alle Muskeln gespannt, mit weit geöffnetem, von spitzen und scharfen Zähnen bewehrtem Maul vor ihr stand.

»Was machst du denn? Blöder Köter!«, schimpfte sie kreidebleich und hielt knapp das Gleichgewicht. Die Schulter, die sie sich gestoßen hatte, tat ziehend weh; die Folgen der Rempelei der letzten Nacht gellten wie metallische Klammern im Fleisch.

»Ich wollte …« Der Bintur drehte den Kopf, sah verwirrt aus.
»Da war dieser … ich dachte, der Mann bedroht dich.«
Shavali war schwindlig.
»Der Mann. Der … Du hast ihn gesehen? Den … diese schwarze Gestalt?«
»Ja. Ich dachte, es wäre ein Attentäter.«
»Wo … was ist passiert? Wo ist er hin?«
Der Bintur stutzte, schüttelte langsam den Kopf.
»Er ist … er hat … Ich hab ihn gerammt, ich weiß genau, dass ich … ich habe ihn berührt. Weggestoßen. Und dann ist er …«
»Was?«
»Es kann nicht sein.«
»Egal, ob's sein kann: Was ist passiert?«
»Er ist durch dieses … durch die Scheibe, durchs Geländer gefallen, als wäre er … als bestünde er, oder das Glas, aus nichts, und … da. Da runter. Zwischen die Häuser.«

Shavali und der Bintur gingen so nahe ans Geländer heran wie möglich.

Schweigend sahen sie in die windige Tiefe, auf der Suche nach dem Gestürzten, wenigstens einem schwarzen Punkt, der sich mit Fallgeschwindigkeit entfernte.

Aber zwischen all den Fahrzeugen, Ballons, Reklametafeln und dem anderen Kleinzeug der größten Stadt aller Zeiten fanden sie nichts und niemanden.

Keinen Beweis.

3   Exil hieß, dass man alles erreicht hatte, was in der gegebenen historischen Lage erreichbar gewesen war. Der Shunkan vermisste nichts, als Daphne zu ihm kam.

Sie brachte ihm bei, was ihm dennoch gefehlt hatte:

Ein Handtuch auf dem Holzgeländer der Veranda, Sandalen auf der Wiese, ein neuer Geruch in der Küche, ein böses Gelächter und ein gutes.

Alkohol am Vormittag.

Nüchternheit in der heraufziehenden Kühle einer Spätsommernacht.

Wäre sie nicht zu ihm gekommen, wäre er in seinen Vogelbeobachtungen, seinem Gegrübel, seinen kleinen alltäglichen Arbeiten am Haus verlorengegangen.

Daphne zwang ihn, sich selbst anzusehen.

Das war gar keine Metapher: Er besaß bis dahin bloß einen zerbrochenen Spiegel, der ihm sein Gesicht, nicht den ganzen Leib zeigen konnte. Als sie das bemerkte, schimpfte sie mit ihm: »Bei uns haben auch die Kaputtesten wenigstens ein paar Kämme, einen Taschenspiegel und eine Selbstachtung, die ihnen sagt, wann man sich pflegen muss.«

Er stimmte vage zu, sie handelte. Zu Fuß ging sie zu Zeras Villa und bat den ehemaligen Dienstherrn um einen Ganzkörperspiegel, der ihr bis zur Brust reichte, also gerade so groß war wie César.

»Sollst du haben. Und grüß den alten Killerkönig«, sagte Zera.

Daphne lud sich das große Glas, mit Schnüren in Pappe verpackt, auf den breiten Rücken und kehrte abends damit zu César zurück.
»Wozu brauche ich das?«, quengelte er zerstreut.
Sie gab nicht nach: »Schau dich an. Der Fusselbart. Das Vogelnest auf dem Kopf, wo nicht mal deine Seetaucher nisten wollen. Die eingefallenen Wangen. Der stiere Blick. Schau dir das jeden Tag an. Dann, wenn du es nicht mehr aushältst, tu was dagegen, dass du so aussiehst. Und beobachte deine Fortschritte, wie du die Tiere beobachtest.«
Sie hatte recht.
Er genoss das seltene Vergnügen, jemanden zu erleben, der es wagte, ihm zu erzählen, was er tun sollte. Er tat's, und fühlte sich bald besser.

Als die Dachheizung seiner Hütte ein paar Tage lang ausfiel, kletterte sie, die von der Arbeit in der Haut und nah anderen Organen von Treue her ganz andere Akrobatik gewohnt war, mit einer auf den Rücken geschnallten, zuvor aus einer Metallplatte und einem Ast selbstgemachten Schaufel an einem der Trägerpfosten hoch wie eine Riesenkatze, stieg auf die leichte Schräge und schaufelte Schnee, während er mit seinem Krückstock, den er kaum noch zum Gehen brauchte – jedenfalls nicht im Gelände, wo er gelernt hatte, Unebenheiten auszunutzen –, lange Eiszapfen vom Dachrand schlug.

Ein Spieß aus Wasserglas fiel zu Boden und zersprang. Eine Schaufel voll Puder bedeckte seine Scherben. Ein weiterer Spieß aus Wasserglas fiel, die nächste Schaufel voll Puder folgte. Ein Spieß, eine Schaufel, ein Spieß, bis beide, die Dim und der Mann, mit hochroten Gesichtern anfingen zu lachen: Wie sie da oben verbiestert schaufelte, wie er da unten ernst humpelte.

Was für ein Bündnis war das?

Sie setzten sich auf die Veranda und tranken warmen, fast brühheißen Reiswein aus seinem liebsten Fläschchen.
Der kleine Becher zwischen ihren großen Fingern: Das sah, fand César, gar nicht albern aus, sondern verriet vielmehr, wie fein ihre

Bewegungen waren, wie genau sie hinsah, wenn sie etwas drehen oder greifen sollte. Die Frau war Hegerin und Pflegerin von etwas Riesigem und zugleich Zerbrechlichem gewesen. Er sah ihr ins offene Gesicht, das noch glühte von der Arbeit auf dem Dach, und sie lächelte klar zurück, ohne Verstellung, ohne ein Bewusstsein davon, was hier ihre Rolle war, sein konnte, sein sollte.

Er erzählte ihr von seiner Vergangenheit, weil er mehr Vergangenheit zu bieten hatte als sie. Dann wollte sie etwas vom Anschlag wissen.

Da brach er das Gespräch ab.

Drei Tage später, sie war eben damit beschäftigt, den Brunnen zu verbessern, brachte er ihr Brot und Käse, und wie sie im Schnee saß, leicht bekleidet, abgehärtet genug, dabei nicht zu frieren, sprach er ihr ein Vertrauen aus, von dem er selbst nicht gewusst hatte, dass er dazu fähig war: »Ich wollte nicht über den Anschlag reden, weil ich seitdem und deswegen eigentlich mit niemandem mehr zu tun haben will. Wenn ich mit dir jetzt rede, breche ich sozusagen ein Versprechen, das ich mir selbst gegeben habe. Das tu ich sonst nicht.«

Sie kaute kräftig, schluckte den Bissen runter, spülte lange nach, mit Wein aus dem Korb, den er gebracht hatte, und sagte schließlich, sehr pragmatisch: »Man muss überlegen, wie man dein Haus vor Überfällen schützt. Victoria, unsere Älteste, hat sich täglich Gedanken darüber gemacht, wie hier ... Wir sind nicht nur Knechte für die Custai, wir sind manchmal auch Soldaten, wenn es nötig ist.«

Er wunderte sich: »Was macht so was nötig?«

»Wo ... Industriespionage in offene Feindseligkeiten zwischen den Konzernen oder ihren Tochtergesellschaften umschlägt, können auch mal Arbeitstrupps angegriffen werden. Passiert gar nicht so selten. Ich hab's viermal erlebt.«

Er nickte und dachte ans Schlachten von Tabna 3, das er befehligt hatte.

Wussten die Dims auf Treue davon?

Die Armeen aus dem Norden waren bunter gewesen, als selbst die offizielle Geschichtsschreibung des VL-Präsidiums zugab.

Daphne legte den Kopf schief und fuhr fort: »Auf Treue, wo man die Ökologie beachten muss, kommt es seltener vor als woanders. Wir wussten trotzdem alle unsere Plätze. Victoria hat im Sand Modelle gemalt, von der Durchbruchsstelle. Wenn wir Zeit hatten, wurde geübt, wie man sich verteidigt.«

César und Daphne bauten ein Iglu, das seinem Haus glich. Sie hatte Ideen: Die beiden richteten Schneewälle ein, steckten Äste und Zweige und Pappen und Müll aus Papier oder Holz und Tannenzapfen in den Schnee, die seinen Befestigungen, Sicherheitsmaßnahmen, Kontrollpunkten, Geschützbatterien, sTlalok-Bodenhangars entsprachen. Dann griffen sie mit Krückstock und Schaufel an, verwüsteten alles, werteten die Ergebnisse im hitzigen Gespräch aus: »Wie, aus der Luft, so ein Blödsinn, über den zweiten Gürtel kommt ein Gleiter nie!« – »Was heißt hier Gleiter, denk mal an Raketen!«

Dann bauten sie alles wieder auf, zerstörten es erneut und wiederholten den Kleinkrieg, über dem der Brunnen völlig vergessen wurde, so oft, bis es dunkel wurde und sie einander gestehen mussten, dass diese »Sicherheitsübung« einfach ein Spiel war, für zwei Kinder, und dass sie sich drüber freuten und dabei eine neue, andere Freundschaft schlossen.

Keine Jagd, nur Neugier: Sie folgten Tierspuren im Schnee.

Er erklärte ihr, was sie nicht wusste, und sie erzählte ihm im Gegenzug dazu, wie viel die Dims über die Pflanzenwelt auf Treue herausbekommen hatten, wie man was essen und womit man Speisen verfeinern konnte: »Einige der Custaisuppen schmecken wir für unser eigenes Abendessen anders ab«, zum Beispiel mit Kakteenfleisch oder anderen Gewächsen, die auch im Winter geerntet werden konnten, etwa einer besonderen Sorte krauser Disteln.

Im Frühling, als Daphne und César das erste Mal gemeinsam Schwimmen gingen, zeigten sich wieder die wilde Malve und rotgoldene Beeren, die man an Waldrändern und auf Lichtungen, an Böschungen und den topologischen Grenzen der Sektoren fand.

Daphne schlief zunächst in seinem Esszimmer, auf dem Boden. Er hätte nicht gewusst, wie er ihr beibringen sollte, dass sein Schlafzimmer groß genug und ein zweites Bett schnell gezimmert wäre, ohne ihr damit zu suggerieren, was ihm fernlag: Dass sie ihm tatsächlich gehörte, auf eine Art, die unter Menschen seit Millennien nicht mehr üblich war und selbst den hartherzigsten Custai unbekannt.

Manchmal spielte er ein Spiel namens Go mit ihr, das in seinem Militärstab während der Linienkriege beliebt gewesen war, mit schwarzen und weißen Steinen, die man hinlegte, dann aber nirgendwohin mehr ziehen durfte.

Bei diesem Spiel kam es darauf an, Augen, das heißt Räume zwischen Knotenpunkten des Spielfeldmusters zu erobern und dem Gegner Steine wegzunehmen, wobei die beste Spielweise keine aggressiv raumgreifende, sondern eine von gleichschwebender Aufmerksamkeit geleitet ruhige, fast defensive war. Die Dim tat sich schwer damit, er tröstete sie: »So richtig habe ich's auch nicht gelernt, das mit der Geduld. Ich werd's auch nicht mehr lernen.«

Oft endeten die Partien nicht mit eindeutigen Siegen, sondern mit einer Übereinkunft, die Sache für beendet zu erklären und sich das Abzählen der Punkte zu ersparen.

»Vertagen wir uns«, sagte er dann etwa, oder Daphne fand: »Das wird nix mehr.«

Sie wusste einiges übers Jagen, er einiges übers Fischen.

Das brachten sie einander bei und blieben dann doch, sie wie er, bei dem, was sie vorher schon gekonnt hatten. Es ging, vermutete er, nicht darum, Kenntnisse zu tauschen, sondern darum herauszufinden, wie die andere Person, mit der man jetzt lebte, die Welt erfuhr.

Je mehr davon sich zeigte, desto weniger war Treue für ihn ein Gefängnis, desto weniger war sein Grundstück für sie eins.

Dennoch fragten sie sich beide heimlich manchmal, etwa beim aufgeschichteten Feuer im Hof, das sie ihn herzurichten gelehrt hatte, beim Grillen von Würstchen, beim gemeinsamen Hocken in der wärmeren Nacht, beinah Schulter an Schulter, ob sie sich und einander da nichts vormachten, ob die Einmütigkeit und beginnende Nähe es aushalten würde, wenn früher oder später doch wieder Leute von außen und deren Einflüsse sich bemerkbar machen würden.

Es gab weiterhin Dinge, die beide nur alleine taten. Er inspizierte seine Waffen, mit dem Gehstock und den Händen, las seine Breven, notierte sich Einfälle und Erinnerungen an seinem Arbeitstisch, den er grundsätzlich nicht im Haus stehen haben wollte, sondern auf der Veranda.

Sie ging in den Wald, um zu meditieren, zu beten, an ihre Freundinnen und Freunde zu denken, manchmal auch zur Jagd oder zum Sammeln.

Schließlich fand er sie eines Morgens an einem halb ins Moos gesunkenen Zaun, den er in seiner ersten Zeit auf Treue zusammengezimmert und dann als zu krumm geraten aufgegeben hatte, wie sie aus einem ausgehöhlten Holzball, Kordeln, Leim und einer gegerbten Tierhaut mit einer Art Knochenmesser eine Trommel machte.

Sie hatte ihm von den Abenden im Camp erzählt.

So beugte er sich vorsichtig über sie und sagte sanft: »Vermisst du das? Das Trommeln, und deine Leute? Die größere Gruppe?«

»Nicht die Menge, nein. Wir sind keine Herdentiere.«

Ein Blitzen im Blick, sie meinte es nicht als Beleidigung für den Mann, der täglich darüber nachdachte, wie er ihr begreiflich machen sollte, dass er dankbar für ihre Anwesenheit, ihre Freundschaft war, und eben deshalb nicht wollte, dass sie glaubte, er könnte sie für irgendetwas Minderes, ihm in irgendeiner biologischen Hierarchie Untergeordnetes halten.

Ruhig fuhr sie fort: »Aber ein paar körperliche Dinge, die fehlen mir schon.«

»Ah«, sagte der Zerstörer ganzer Welten, weil er weder eine Feststellung treffen noch eine Frage stellen mochte.

Sie verdeutlichte, sich wieder ihrer Trommel zuwendend und eher beiläufig, was sie meinte: »Sex halt.«

César Dekarin merkte, dass er das Bedürfnis spürte, sich zu räuspern – wie albern.

Der Dialog hatte damit begonnen, dass er ihr beweisen wollte, dass es in ihrer beider Zusammenleben nicht notwendig immer nur um das gehen musste, was er brauchte und wünschte, und war damit weitergegangen, dass er sie danach gefragt hatte, was für Wünsche man ihr erfüllen konnte. Und jetzt das.

Stratege, der er war, suchte er nach einem Ausweg – sollte er ihr anbieten, sie könnte das Lager der Dims bei der Durchbruchsstation hin und wieder besuchen, sollte er ihr vorschlagen, dass sie Freundinnen oder Freunde von dort einladen konnte, auf sein Grundstück, in seinen Wald, an seinen Teich, in sein Haus?
Langsam, mit leisem Knacken im nicht mehr ganz neuen zweiten Kniegelenk, ließ er sich in die Hocke nieder. Sie schaute von ihrer Zurr-, Knüpf- und Leimarbeit auf, ihm ins Gesicht, dass ihm plötzlich wieder bewusst wurde, was in der ganzen gemeinsamen Zeit wie eine Art Warnung, die zugleich eine Einladung schien, am Rand seiner Wahrnehmung, in gleichschwebender An- wie Abwesenheit präsent gewesen war: dass er sie lange, bevor Zera sie zu ihm geschickt hatte, schon beobachtet und schön gefunden hatte: die hohen Wangenknochen, die mandelförmigen Augen, das kecke Kinn, den Mund, der spöttisch schien, selbst wenn sie nicht lächelte, die knochigen Schultern.
Das Füchsische, das sich nicht fangen ließ.
Sie tat, was ihr gefiel: Sie half ihm.
Ihr Gesicht neigte sich zu seinem. Ihre Lippen waren weniger weich, als er gedacht hatte, aber wärmer. Dann ließ sie die Trommel liegen, stand auf, mit ihm, nahm ihn, was ihm noch nie passiert war, auf ihre Arme, weil sie nicht warten wollte, bis er mitkam, ins Gras, unter Hainbuche und Walnuss zwischen Flieder und Heidelbeere.
Sie war größer als er, und jünger.
Aber er war kräftig genug, sie festzuhalten, und alt genug, Spiele zu kennen, die sie erstaunten.
Die Freundschaft endete dort nicht, am Waldrand.
Die Liebe fing an.

Die Seetaucher kehrten eine Woche später zurück.
Bevor er sie sah, hörte César sie morgens rufen. Er hatte sich angewöhnt, bei Daphne zu schlafen, die irgendwann während dem allmählichen Wärmer- und Längerwerden der Tage auf seine Veranda umgezogen war. Anfangs räumte sie ihr kleines Lager morgens zusammen. Dann blieb es liegen, zerwühlt und nach beiden duftend. Sie wuschen sich jetzt meist im See, wo die Vögel wieder ihre Nester bauten.
Zwei Tage darauf kam Zera zu Besuch. César und Daphne freuten sich. Daphne nahm ihren ehemaligen Herrn im Zuge allgemeiner Umarmerei und Küsserei schließlich auf den Rücken und trug ihn auf dem Hof herum, als wäre die Dim ein Cust und der Verbannte ein Dim.
Man frühstückte zusammen, ging dann in den Wintergarten, wo César, da er keine Environs in twiSicht mit Daphne teilen konnte, weil die keinen Tlalok besaß, eine komplizierte Projektions-, Holo- und Audioanlage eingerichtet hatte. Die drei ließen sich alte kosmonavigatorische Breven aus der Vorlinienkriegszeit zeigen, bis es Nachmittag war und die ärgste Hitze sich verzogen hatte. Dann ging man Baden, am See.
Als Zera und César, die etwas weniger Ausdauer hatten als die Dim, sich auf der Wiese gegenüber den meisten der Seetauchernester ausruhten, während Daphne tauchte und Fische sowie Vögel erschreckte, sagte der braungebrannte und gegenüber dem letzten Besuch im Winter sichtlich erholte Mitkämpfer des Shunkan: »Mein Plan ist aufgegangen. Schön.«
»Welcher Plan?«
»Du schaust sie an, wie ich immer von dir angeschaut werden wollte.«
Zera sagte das mit viel Milde, auch Liebe. Er war nicht eifersüchtig, eher amüsiert darüber, dass der Shunkan die Stirn bei der Bemerkung krauszog und mit »Komm, hör auf ...« ansetzte zu widersprechen.
»Nein, schon gut«, sagte Zera, schob das Kinn vor und ließ mit einer grazilen Handbewegung eine Weintraube in seinen Mund fallen, schloss dann die Augen, biss zu, schluckte, sah den

Shunkan freundlich an: »Ein Schiff ist gelandet. Von Castanon. Sie will uns begnadigen lassen, wie ich dir's schon erzählt hab. Wir sollen Breven schreiben, zum festlichen Anlass der Unsterblichisierung ihrer Irina Fayun Castanon.«

»Unsterblichisierung. Sehr lustig. Wer überbringt den Schwachsinn?«

»Schemura.«

»Die hat sie aber lange suchen müssen.« Der Shunkan klang grimmig, wenn auch nicht unzufrieden.

»Schreibst du?«, kam Zera direkt zum Punkt.

»Nichts, was sie veranlassen könnte, mich zu begnadigen«, sagte der Shunkan und stand auf, als hätte er nie ein Beinleiden gehabt.

Zera verstand: Das Thema war erledigt. Laura, Anstifterin von Zeras Nachfrage, würde sich damit abfinden müssen, dass César nicht vorhatte, in die Politik zurückzukehren.

Der Shunkan besaß eine eigene Trommel; Daphne hatte sie angefertigt.

Abends, am Feuer, bei gegrillten Spießen an selbstgesammelten Kräutern, spielten beide.

Zera tanzte nicht schlecht, mit nacktem Oberkörper und weiter Hose, barfuß, kriegerisch, lustig.

Dann sagte er, als er sich zu den beiden setzte: »Ich war ein paarmal bei den Dims an der Durchbruchsstelle. Als Fremdenführer, mit der Admiralin und ihren Leuten. Auch abends. Diese Victoria ... eindrucksvoll, wenn die sich hinstellt und ihre Geschichten erzählt.«

Er wandte sich an César: »Hat sie dir davon erzählt?«

Aber es war Daphne, die antwortete: »Wir müssen das können. Alle. Breven erzählen. Die Älteste ist nur eine, die's besonders gut kann.«

César sah der Geliebten neugierig ins Gesicht, um zu erkennen, ob sie versuchte abzulenken oder etwas anderes beabsichtigte.

Da er es nicht deuten konnte, sagte er: »Du auch? Könntest du uns ...?«

Er beendete die Frage nicht.
Kräuselrauch webte Muster.
Daphne stand auf, ging ums Feuer, bis sie auf der gegenüberliegenden Seite stand.
Sie atmete durch, dass sich die Brust hob und senkte. Schloss die Augen. Hob die Arme. Das Feuer spielte von unten mit Schatten auf ihrem Gesicht, die Tätowierungen wurden runder, wellenartiger, wogten und schlichen um ihren Bauch, um ihre Arme wie Schlangen.
Leise sprach sie, leise wurde alles um sie, die Grillen, die Vögel, die beiden Menschen am Feuer, der Wind, die Flammen.
»Einer lag auf fremdem Feld. Die Welt war nicht seine. Ein Soldat nur, alleine, das Grab wird niemand finden. Er starb und betete dabei, dass andere Welten, kartierte und unbekannte, etwas erfahren sollten von dem, was geschah. Lebte noch einmal in allem, was er gesehen hatte, mit verrosteten Geschossen in der Brust. Hier ließ sich nicht mit Flächenbomben siegen, hier ging es um Rechner, die vollständige Pläne des Ahto-Tunnelsystems gespeichert hatten. Die mussten erobert werden. In langen Grabenkämpfen, Straßenkämpfen, Stellungskriegen. Dort lag der Soldat in einem Graben voll Blut, hatte andere getötet. Auf sein Gesicht fiel Regen. Er dachte an Leute, die er kannte und nicht mehr sehen würde, dachte an Familien, er dachte an größere Gruppen, mit denen er gearbeitet hatte, er dachte an Treue, wo er den Custai gedient hatte, an Minen in Braunen Zwergen, an die letzte Arbeit im Qualm, im Schlamm, im Blei und in angereichertem Uran, roch Angst und Schrecken. Er wusste, dass er bald hinüberwechseln würde in eine Welt, von der die Ältesten bei den Feuern erzählt hatten, und sah auf seinem Arm, angewinkelt, gebrochen, die Tätowierung zittern, schon verlöschen. Schnellfeuerschüsse hörte er. Sicher war nur, dass niemand von denen, mit denen er hier gelandet war, in dieser Invasionsarmee, mit den gekauften Soldatinnen und Soldaten, zurückkehren würde nach Hause. Sirenenjaulen, Schreie und keine Orientierung. Die Feindinnen und Feinde hatten twiSicht, berechneten Geschossbahnen mit Tlaloks, nannten sich Menschen und sahen ihn, den Sterbenden, und seinesgleichen als anonyme Masse,

alle gleich, nicht zu unterscheiden. Achtzehn Jahre. Das sind nicht einmal drei eurer Zyklen. So jung war er, und mein Großvater. Für ihn und die, die ihre Gegner die Trüben nannten, war in diesem Krieg nichts zu gewinnen. Der Shunkan hatte die Himmelfahrtsarmee von den Custai gekauft, weil er keine Menschen aus den mit ihm verbündeten Linien opfern wollte für die Grabenkämpfe, für die Straßenkämpfe, für die Stellungskriege. Die Custai nahmen dankbar die Minenrechte und Marcha an, die er ihnen dafür bot, weil sie ohnehin nicht wussten, wo und womit sie die zahlreichen Nachkommen all der Dims beschäftigen sollten, die einst als Flüchtlinge zu ihnen gekommen waren und von denen die, die sich Menschen nennen, sich vormachten, sie seien keine Leute, sondern Apparate. Eine Lüge, der sich die Custai nur zu gerne anpassten, weil man die Dims, wenn sie eine Art Marcha waren, ohne Bedenken gegen andere Marcha tauschen konnte. Der Soldat wusste das alles, aber es nützte ihm nichts. Panik war überall, als Waffe eingesetzt von der präsidialen Armee, Sinnesablenkung, Verwirrung armer Wesen, die sich nicht im Twistorraum orientieren konnten, die nicht bemerkten, was die Projektile und Drohnen in ihrem peripheren Sichtfeld anrichteten. Wie auf ein Kreuz geschlagen, Körper unter Körpern, die nicht auferstehen würden, hing der Sterbende im Drahtverhau. Über ihm schwebte eine kleine Marchamücke, ein sTlalok, der alles aufzeichnete, für die Custai. Sie hatten sich gewünscht, die Verwendung ihrer Schutzbefohlenen im Krieg mit solchen Sonden, Geschenken des Shunkan, zu filmen. Die Filme dienten der Ausbildung der Custaimilitärs und der Warnung an ihre Zivilisten: So führen Menschen Krieg. Auch uns hat man sie gezeigt. Vor vielen Zyklen. Ich habe nie einen gesehen, ich war zu jung. Aber Victoria hat mir davon berichtet. Und ich berichte euch davon.«

Sie öffnete die Augen und wusste, wo Césars Gesicht war. Er erwiderte den Blick, war weder beleidigt noch schockiert.

Zera sah zu ihm, sah die Selbstbeherrschung, die der jüngere Mann am älteren bewunderte. Daphne kehrte an Césars Seite zurück, setzte sich, nahm mit schlichter Dankesgeste das Glas warmen Sake, das er ihr reichte. Sie tranken zusammen, sahen

sich an, küssten sich vorsichtig, sehr kurz. Hatten sie schon einmal über das geredet, was hier eben ausgesprochen worden war? Wussten sie beide auch ohne Aussprache, was die und der andere darüber gewusst hatten?
Zera wurde nicht schlau daraus.
Aber wie diese beiden miteinander umgingen, gefiel ihm sehr.

Nach einer Weile, ohne dass weiter viel geredet wurde, außer Kleinigkeiten wie »Gib mir mal« oder »Ich leg noch Holz nach«, zog sich der Shunkan in sein Haus zurück – ins Schlafzimmer, nicht auf die Veranda.
An den letzten Flammen saßen Zera und Daphne.
Lange schwiegen beide, ließen das Feuer niederbrennen. Als nur noch schwache Glut übrig war, sah der Verbannte nach oben und sagte: »Man müsste Sterne sehen hier, in solchen Nächten.«
»Es ist eben nicht immer so, wie's am besten wäre«, erwiderte Daphne, stand auf, ging zur Veranda, betrachtete ihr Lager – und wandte sich, den Blick des Mannes am verglimmenden Feuer im Rücken, zur Tür, ging ins Haus, um sich zu César zu legen.
Sie wusste: Wenn ich nicht zu ihm gehe, kann er nicht schlafen.

Am nächsten Morgen roch es selbst direkt neben der Feuerstelle nicht nach Asche.
Zera hatte auf der Wiese geschlafen. Von der Veranda war keine Musik mehr herübergeregnet, César hatte sie deaktiviert wie vieles ums Haus und darin, für dessen Wahrnehmung man einen Tlalok brauchte.
Zera verabschiedete sich dankbar, und nur eine winzige Spur schnippisch: »War schön. Also, ich brauche nicht mit euch zu rechnen? Für einen kleinen Empfang? Ihr, ich, Laura, die Admiralin, ein paar neu eingetroffene Skypho?«
»Du kennst die Antwort«, sagte César, und sie umarmten sich.
Daphne war nicht bei ihm.
»Sie ist Schwimmen gegangen«, erklärte der Shunkan, halb bedauernd, halb stolz.

Zera witzelte: »Dann pass mal auf, dass Castanon nicht auf die Idee kommt, deinen Vögeln Vorladungen und Gnadenangebote beizubringen, damit sie die zu dir tragen.«

»Und wenn sie mir in den Kaffeesatz schreibt«, erwiderte der Shunkan, »auf Antwort wird sie warten müssen, bis das Weltall einstürzt.«

Zera nickte, lächelte, küsste den Freund, drehte sich um und ging.

Ein paar Tage lang wichen die Liebenden einander aus.

Der Grund dafür war Respekt. Sie mussten die neue, schmerzliche Klarheit erkunden, die Daphne hergestellt hatte. Können wir füreinander sein, was wir waren, wenn wir wissen, wie unsere Gemeinschaften zueinander stehen, die Dims und die Aufständischen im Linienkrieg, und wie die erste Gemeinschaft die zweite gekauft, ausgebeutet, geopfert hat, für einen Sieg, der am Ende doch nicht errungen wurde?

César schrieb etwas, das vielleicht doch eine Breve für Shavali Castanon war.

Daphne ging in den Wald, um das Geduckte und Geheime, Duftige und Flinke zu suchen. Manchmal legte sie mit ihrem selbstbebauten Bogen an, oft zielte sie, selten schoss sie. Nur wenn sie wusste, dass sie töten wollte, ließ sie den Pfeil fliegen.

Manchmal hielt sie den Bogen lange sehr ruhig.

Hier draußen gab es weder Schuld noch Sühne, hier roch es nach der hängenden weißen Birke, nach dem riesigen Strauß im Moor, nach dem weißen Gänsefuß und der nickenden Lichtnelke, hier wichen Zuckmücken dem Blick der Jägerin aus, weil der sie traf wie der Pfeil die größeren Tiere, hier kroch die gelbe Raupe mit glänzendem schwarzem Kopf und schwarzen Längsbinden über den Fuß der Jägerin, wenn er ganz kalt und unbeweglich in den weichen Boden sich eingrub, weil sie still dastand und lauerte und dachte.

In kalter Frühe teilte sich vor ihr ein Farnvorhang, fast so groß wie sie selbst.

Ein Scheinzelner in schneeweißer Uniform stand da.

Er hob eine Waffe, richtete sie auf Daphne und öffnete den Mund: »Keine Angst, nicht schießen mit dem Ding da! Ich heiße Abhjiat Kumaraswani, Marchandeur von der SWAINSONIA CASTA, und bin auf der Suche nach ...«
Weiter kam er nicht.

Rechts von Daphne tauchte zwischen zwei Tannen eine zweite Gestalt auf, ebenfalls bewaffnet, und deren schneller Schatten war genug, in Daphne die Reflexe wachzurufen, die sie mit César seit dem ersten Schneemodellkampf immer wieder trainiert hatte: Wenn die Marcha ausfällt, wenn Leute durchkommen, geht es nur noch um die Verteidigung des Geländes, des Liebsten, des eigenen Lebens. Sie schoss und traf Emanuelle Norenzayan am Hals.

Abhijat fluchte laut »Scheiße! Nein!« und eröffnete das Feuer auf Daphne, die zur Seite wegtauchte, sich ins Unterholz warf, den Bogen losließ und nach ihren beiden um die Hüften gegürteten Messern griff.

Der Angreifer rannte zu der röchelnden, auf die Knie niedergesunkenen Komplizin. Im Lauf über den unebenen Waldboden gab er ein paar sinnlose Schüsse ab, die Äste von Bäumen trennten, Blattwerk versengten, kleine Rauchstreifen erzeugten und Ozongeruch. Daphne, in ihrer Mulde, hielt den Atem an. Sie hörte den Scheinzelnen reden, überdreht, ohne Punkt und Komma, und die Frau gurgeln. Er sagte: »... alles deaktiviert, alles, konnte ja nicht ... dass er wenn da die ... Dim ich dachte das, Scheiße, Scheiße ...«, und werkelte an der Verletzten herum.

Ihr Röcheln wurde Blubbern, sie verlor viel Blut, das aus dem Hals quoll und sich im Mund dunkel sammelte. Daphne hielt die Luft an und atmete ganz flach, lag auf dem Rücken in ihrer Mulde, wog ihre Optionen ab.

Sie schloss die Augen, da berührte sie etwas an der Stirn, dass sie beinah laut geschrien hätte und aufgesprungen wäre. Dann aber hatte sie sich doch hinreichend in der Gewalt, die Augen zu öffnen, sie nach oben zu drehen. Es war nicht zu erkennen, was da kitzelte, so legte sie eins der Messer ins Laub, auf die Erde, und griff vorsichtig, mit Daumen und Zeigefinger, nach der kleinen Bewegung. Ein Würmchen. Sie hielt es sich vors Gesicht, es wand sich, ein Lobopode, eine Idee von Treue, die sich im Wald verlaufen hatte.

Fast hätte Daphne lachen müssen.

Sie warf das Tier fort, drehte sich, so leise sie konnte, auf den Bauch, reckte den Hals und linste über eine Wurzel. Der Mann war immer noch damit beschäftigt zu versuchen, den Pfeil zu entfernen, die Wunde zu versorgen. Die Lider der Frau flatterten, ihre kraftlose linke Hand berührte immer wieder den Boden, als wollte sie ihn abklatschen, um sich nach einem Ringkampf zu ergeben. Die Rechte hielt etwas fest: ein Stäbchen, eine Kapsel? Die Knöchel der Hand, die das Objekt hielt, traten weiß hervor. Der Mann, der jetzt mit der Linken unbeholfen in den Taschen seiner Uniformjacke kramte – vielleicht sucht er noch mehr sinnloses Verbandszeug, dachte Daphne, der weiße Gazestreifen und das dicke Mullkissen auf der Kehle der getroffenen Frau waren das Überflüssigste, was sie je gesehen hatte –, war erkennbar völlig überfordert.

Daphne dachte an die Geschichten der Großelterngeneration, die Legionen des Shunkan aus gekauften Leuten, und als sie sich fast geräuschlos zur Seite wandte, eins der Messer wegsteckte und das andere zwischen die Zähne nahm, dann zu schleichen begann wie ein Tiger, den Bauch immer dicht überm Boden, fiel ihr ein, dass der Angreifer von sich gesagt hatte, er sei »Marchandeur«, einer also, der das konnte, wovon die Jungs in der Arbeitskolonne, allen voran der alberne kleine Adrian – wie lange war das jetzt schon her, dass sie seine Zudringlichkeiten lachend hatte abwehren müssen? –, immer fasziniert erzählt hatten: sTlaloks austricksen, sich in Systeme hacken. Systeme, wie sie Césars Abwehr besorgten.

Das hier waren also wirklich neue Attentäter.

Wahrscheinlich hatte sie ein Gleiter gebracht, vermutlich von jenem Raumschiff her, dessen Ankunft auf Treue und für Daphne ganz unverständliche Mission César bei jeder Erwähnung schlechte Laune machte.

Daphne musste sich überlegen, ob sie zum Haus zurück und César warnen oder hier und jetzt den Kampf gegen die beiden fortsetzen wollte. Die Gefährlichere der Attentäter schien sie durch reines Glück bereits außer Gefecht gesetzt zu haben. So war es denn das zweite, für das sie sich entschied. Geschmeidig schlich sie um den Hügel, eine Nadelbaumgruppe, einen Haufen Steine, den sie und César vor wenigen Tagen selbst zusammengetragen hatten, um Platz für ein Feuerchen zu machen. Dann ging sie in die Hocke, zog das zweite Messer und hörte die Frau sterben, was eine Viertelstunde dauerte.

Was wussten diese Leute vom Tod? Ihr Tlalok würde geborgen werden, der Körper nachgeklont. Sie waren gewiss noch nicht am Ende ihres Dekazyklus angekommen und außerdem direkte Agenten Castanons. Wer in diesen Diensten starb, für den galten besondere Regeln. Der Marchandeur blubberte jetzt mit, weinte, hatte sogar seine Waffe auf den Boden gelegt. Wahrscheinlich dachte er, Daphne sei längst davongerannt, und wusste nicht, was er jetzt tun sollte. Während der Kopf der tödlich Verwundeten immer wieder gegen einen Stein schlug, sich nicht bändigen ließ und sie wohl außerhalb von Daphnes Gesichtsfeld versuchte, ihm irgendetwas zu signalisieren, ja einzuschärfen, was die gemeinsame Mission betraf, stammelte der Unbeholfene: »Ja, werde ich.. mach ich ... klar ... Kurodas ... ja, gib mir ... gib mir den, so, den, du, Emmanuelle, ich werde mich drum, ich geb's ihm, ich sag's ihm. Ich lass dich nicht, lass ... lass dich hier nicht einfach liegen, wir ... wir kommen und holen dich und ... hey, ich mein, es ist ja, du kennst es ja schon, wirst halt zum ... zum zweiten Mal, ist ein ... Scheiße ... ist ein gefährlicher Job, klar.«

Daphne wartete diese quälenden letzten Minuten ab, bis sich nichts mehr rührte als der zitternde Mann, nichts mehr zu hören war als sein Schluchzen. Dann trat sie hinterm breiten Stamm des Baums hervor, der sie verborgen hatte, und trat dem Eindringling mit dem schmutzigen rechten Fußballen kraftvoll gegen den Kopf, dass er von der Sterbestätte flog wie fortkatapultiert und sein reflexhaft ausgestreckter rechter Arm keine Chance hatte, die Waffe zu erreichen.

Er riss beide Arme hoch, um sich zu schützen, als Daphne, beide Messer in beiden Händen, sich auf ihn stürzte und mit gezielten Säbelhieben Sehnen durchtrennte, dann in die rechte Brust hieb – nicht tief, sie wollte die Lunge nicht ganz zerschneiden und das Herz nicht treffen –, ihm dabei das linke Knie in den Schritt hieb, dann auf ihm hockte, die hilflos wie Fischflossen um sich patschenden Arme wegwischte und ihm ins Gesicht schrie: »Wie viele? Wie viele seid ihr?«

Er starrte sie mit schreckgeweiteten Augen an, spuckte Blut, Schleim und Wasser, ächzte, bockte, und sie dachte schon, sie müsste ihm wohl die Kehle durchschneiden, da er ihr nichts nützen wollte und sie die Hände frei haben musste für weitere Angreifer.

Da traf sie ein Hammerschlag gegen die linke Schulter, von hinten, dass sie im Fallen dachte: Wieso bricht das Gerüst ein?, als wäre sie noch in der Arbeitsgruppe beschäftigt und hätte einen Unfall im Leib von Treue.

Der zweite Schuss aus der Pistole, die sich in den sicheren Händen der halb toten Waffenmeisterin Emanuelle Dinah Norenzayan befand, traf Daphne, die sich zusammenrollen und entziehen wollte, im linken Bein, ein dritter an der Schläfe, noch einer am Kinn, wo er ein Stück Knochen aus dem Unterkiefer riss.

Dann erst kippte die Waffenmeisterin nach vorn, kickte zweimal mit dem rechten Bein und war tatsächlich tot.

»Meine ... meine Hän... meine Hände ...«, stöhnte Abhijat.

Die Schmerzen, die Daphne von der Hüfte aufwärts und in der durchbohrten Schulter spürte, waren so stark, dass die Dim volle anderthalb Minuten lang gegen eine Ohnmacht ankämpfen musste.

»Meine ... Hilfe ... ich ... meine Hände ...«

Halt die Klappe, dachte Daphne durch schwarze Wolken, die nicht nur ihr Gesichtsfeld, sondern ihr ganzes Hirn eintrüben wollten. Ich muss denken, ich muss was tun, falsche Entscheidung – das war es, und damit wurde sie auch wieder wach: Ich hätte nicht angreifen sollen, sondern zu César laufen. An einem Stamm zog sie sich mit dem Arm, der nicht wie zerschmettert von der Schulter hing, in die Höhe, und spürte Wärme am Kinn und Hals, ein Würgen, wo der Kiefer kaputt war, und sah unter sich schwarze Flecken, wie Öl, auf die Farnblätter tropfen.

Das ist mein Blut. Der Mann krümmte sich, war auf die Knie gerutscht. Er versuchte, sich aufzurichten.

»Du ... du ... kannst du, verstehst du ... es ...« Er wollte was von Daphne. Die würgte und spotzte und hatte sich umgedreht, der Stamm stützte jetzt ihren Rücken.

»Wenn ... Emanuelle jetzt ... jetzt tot ist, alarmiert das die sTlaoks im Gleiter ... dann wird ... die halten ... der hält Ver... Verbindung zu uns, der wird ...«

Daphne verstand, was er ihr sagen wollte: Es war dasselbe Szenario wie beim Attentat in Zeras Villa. Die Leitsysteme des bewaffneten Gleiters, der hier irgendwo geparkt war, würden am Ausbleiben von Vitalzeichen, die der Tlalok seiner Pilotin sandte, erkennen, dass etwas geschehen war, und sich automatisch in Bewegung setzen, um Daphne – oder, schlimmer: César, der vor dem Haus neue Stühle zimmerte – zu beschießen und diesen Idioten zu retten, der ihr seine blutigen Arme entgegenstreckte wie ein Ertrinkender.

Sie trat noch einmal nach ihm, dass er, auf der Brust getroffen, nach hinten fiel ins Weiche, und sprang dann über seinen krampfenden Körper.

Sie humpelte und lief und stolperte, fiel, auf Trampelpfaden, auf rutschigem Grund, vorbei an Bäumen, ins zerstörte Gesicht geschlagen von Ästen, und Pochen ging durch sie, Reißen, Ziehen, Brennen, von der dröhnenden Schädeldecke bis in die wackligen Beine.

Daphne, die nicht die Zähne zusammenbeißen konnte, weil ein Stück vom Mund fehlte, kämpfte sich durch Unterholz und Dreck, Trampelpfade entlang, die sie mit César gefunden oder selbst geschaffen hatte. Sie warf sich nach vorn, als wollte sie der Schwerkraft eine neue Richtung befehlen. Sie hörte Rascheln und Krächzen hinter sich, das war der Idiot: »Warte ... warte doch ... ich ...«

Er weinte und greinte, er rief: »Der ... Shunkan, ich hab ... wir wollten ihm nur ...«

Daphne gab nichts drauf, rannte, zwang sich, sich nicht umzudrehen, versuchte, nicht einzuknicken, und spürte ihr Herz hämmern, hörte ein Brausen und dann ein Summen wie von sehr vielen Bienen, das aber nicht Wind war noch Blut in ihrem Kopf, sondern, im Rücken, der Gleiter, die fliegende Waffe.

César stand gebeugt über seinem Werkstück auf der Veranda, den Gehstock an einen der Pfosten gelehnt, als Daphne aus dem Wald stürzte und die Arme ausbreitete, als wäre sie eine Läuferin im Wettbewerb, die gleich das Zielband zerreißen wird.

Sie öffnete den Mund, so weit sie konnte, und war selbst entsetzt, als nichts Artikuliertes, kein Warnruf, wie sie ihn sich vorgenommen hatte, herauskam, sondern nur ein unartikuliertes Röhren, Grölen.

Dann knickte ihr rechtes Bein ein, und sie fiel über einen der Steinquader im schmalen Tal und sah, bevor sie auf den Boden schlug und in eine Ohnmacht zu sinken begann, nur noch, wie der Geliebte aufblickte aus seiner Konzentration, sie erkannte, sich erst freute und dann begriff, dass etwas Entsetzliches geschehen war und er jetzt nicht César sein durfte, sondern als Shunkan würde handeln müssen: bereit und fähig, sich zu wehren.

Ein Blick auf den Rauch und die bewegten Baumkronen, und der Shunkan wusste, dass eine Marcha seine Abwehr durchbrochen hatte; ein zweiter auf den Mann, der aus dem Dickicht humpelte, mit verschwitztem Gesicht und großen Blutflecken auf der Uniformjacke, deren Schulterstreifen ihn als lizensierten Marchandeur der präsidialen Flotte auswiesen, und César Dekarin hatte die Lage verstanden.

Als die Spitzen der Bäume sich teilten, hielt er seinen Gehstock in beiden Händen, legte damit an wie mit einem altmodischen Gewehr und brüllte: »Auf den Boden! Beide!«, so laut, dass Daphne ihn selbst in der nahenden Bewusstlosigkeit instinkthaft wahrnahm und sich ein bisschen flacher ins Gras drückte. Abhijat fiel zur Erde, als habe ihn eine Faust niedergestreckt.

Das Schiff erschien, mit dröhnenden Turbinen und rotierenden Geschützgyroskopen, die auf den Shunkan einschwenkten. Er drückte einen Kontakt am Griff seines Stocks. Drei kleine Kompaktladungen wurden abgefeuert, die Sekundenbruchteile später das Schiff trafen und es in der Mitte entzweirissen. Die Hülle platzte.

Sechs riesige Bruchstücke stürzten in den Wald, viele kleinere, glühend oder schwarz gebrannt, regneten prasselnd, qualmend, ins schmale Tal und bis kurz vor die Veranda, trafen Abhijat und Daphne in Arme, Beine, Rücken, schmorten, zischten.

César sprang von der Veranda und rannte zu Daphne, den Stock in der Rechten, als wäre der ein Schwert. Er warf ihn weg, als er sie erreicht hatte, kniete bei ihr, drehte sie um, untersuchte ihren Kopf, ihre verstümmelte untere Gesichtshälfte, horchte nach Atem und Herzschlag, streichelte ihre Stirn.

Abhijat rappelte sich unter Qualen auf, ging und strauchelte, kroch und hinkte zum Shunkan und seiner Freundin, stammelte: »Ich habe ... es war alles ein ... ein Missverständnis, ich soll Ihnen ... einen Tlalok, ich bin mit ... es, es liegt eine Frau im Wald, die ...«

Der Shunkan sah ihn an und sagte: »Weißt du, was du gemacht hast, du Arschloch? Diese Frau kommt nicht wieder, wenn sie stirbt. Und ich, weil ich genau so ein Arschloch bin wie du, wie Castanons Pack, wie wir alle ... habe mir nie Gedanken gemacht, wie ich sie versorgen soll, wenn ihr so ein Missverständnis passiert, und jetzt liegt sie hier«, ihre rechte Hand öffnete und schloss sich schwach, er griff danach, drückte sie, »und muss verbluten, wenn ich sie nicht schnell genug an einen Ort bringen kann, an dem man ihr hilft.«

Der Shunkan griff mit beiden Armen unter die Hüfte und den Po der Verletzten. Abhijat, wenigstens diesmal geistesgegenwärtig genug, half ihm, indem er ihre Hände um Césars Hals schlang und sie in dessen Nacken verschränkte, während der Shunkan aufstand und die Frau, die nicht leicht war, in die Höhe hob.

»Kann ich ...« Abhijat leckte sich die verletzte Oberlippe, spuckte Blut, setzte neu an: »Kann ich irgendetwas ...«

»Geh mir aus dem Weg.«

Abhijat sank zusammen.

Der Shunkan lief los.

Am Waldrand entlang begann der Weg.

Dann änderte César die Laufrichtung, weil er wusste, dass er nur auf diese Weise einen wirklich geraden Pfad gehen konnte. Er kannte alle Geodätischen in der komplizierten Topologie von Treue, ließ den Ort, an dem er Daphne früher gern und oft beobachtet hatte, bevor sie einander hatten kennenlernen dürfen, linkerhand hinter sich zurück und lief, mal gegen den Wind, mal den Wind zur Seite, mal im Rücken, obwohl es anfing zu regnen, lief weiter, während sein Rückgrat zu knirschen schien, hörte sein Herz lauter werden, bis sein Kopf davon widerhallte wie eine erzene Glocke, spürte das Blut durch seinen Leib pumpen mit jedem Schritt und Tritt, ließ seine Beine hinter sich in die Höhe fliegen, als wäre das, was er tat, nicht Laufen, sondern Schwimmen.

Er blieb nur stehen, wenn Daphnes Kopf zu unruhig hin und her fiel. Dann flüsterte er ihr Worte der Ermutigung und der Liebe ins Ohr. Rennend schwamm er in seinem Schweiß und ihrem Blut, rannte und hörte nicht auf, rannte und merkte, wie sein Geist, während sein Körper die Belastungsgrenze erreichte und über sie hinwegsprang. Das Gestrüpp und die Steppe, die Sandfläche und der Feldweg, die flachen Poller und die Feldblumen, das Gras, die Berge in einiger Entfernung, alle Sonnen, alle Monde waren Wegmarken im Rennen gegen Daphnes Tod. Ein einziges Mal, dachte er, als er die Zelte schon sah, die Bagger und Messgestelle, die Custai und die Dims, über dem Schotter- und Kieshang, einmal nur will ich nicht gegen jemanden kämpfen, sondern für jemanden, was tun, das nicht zerbricht, besiegt, überwältigt, sondern hilft, schützt und rettet.

Es waren das Mädchen Aisa und der Junge Adrian, die den Shunkan und seine zwischen Leben und Tod hängende Last als Erste erblickten.

Adrian wandte sich, als er die beiden sah, an einen Cust, redete, gestikulierte, weil es offenbar etwas gab, was die Custai gerade von den Dims verlangten und was keinen Aufschub duldete.

Das Lager, erkannte César im Näherstolpern, befand sich in einer Art Ameisenpanik, alles lief durcheinander, Custai hingen in ihren Steuergerüstnetzen, plump, aber zugleich in ruckartigerer Bewegung als jemals sonst, Dims schafften Sachen hin und her.

Aisa, die Daphne erkannte, kümmerte sich nicht darum, dass der Cust drei seiner Arme hochriss und Adrian als Antwort auf dessen Bitte anschrie.

Sie rannte auf César zu, so schnell sie konnte, und kam keine Sekunde zu früh, denn mit dem Näherkommen, mit der sichtbaren Erreichbarkeit seines Ziels, schien Schritt für Schritt, Atemzug für Atemzug, Herzschlag um Herzschlag alle Kraft, die ihn in stundenlangem Lauf so weit getragen hatte, aus dem Körper des Shunkan zu fallen.

Er brach zusammen, als Aisa unter Daphne fasste und sie stabilisierte, und spürte einen schweren Krampf in beiden Beinen, als endlich auch Adrian von drüben loslief, dicht gefolgt und rasch überholt vom Cust.

»Was ist passiert?«, fragte das Mädchen, und der Shunkan krächzte: »Weiß ... nicht genau. Verletzt. Geschossen. Habt ... ihr Heiler?«

»Dekarin!«, grunzte der Cust bestürzt, und seine Körperhaltung, als er in einer Staubwolke vor der Verwundeten und den beiden, die sie retten wollten, zum Stehen kam, war einer tiefen Ehrerbietung für den Shunkan angemessen.

César schnaufte: »Die Frau ... die Dim. Habt ihr Heiler? Habt ihr ... medizinische ...«

»Natürlich!«, sagte der Cust, und César war erleichtert, dass er Daphne Aisa und ihm abnahm, als wöge sie nicht mehr als ein Bündel Handtücher. Der Cust legte sich die Schwerverletzte über die Schulter und trampelte los.

Aisa und Adrian stützten den Shunkan. Sie halfen ihm ins Lager, das die kleine Gruppe nicht beachtete, sondern in hektischen und wirren Aktivitäten, gebrüllten Kommandos – »Neu ausrichten!«, »Ruf die Leitstelle!«, »Wo bleiben meine Batterien?« – und undurchsichtigen Manipulationen von allerlei großem und kleinem Gerät mehr Energie verausgabte, als César diesen Wissenschaftlern und ihren Arbeitern je zugetraut hätte.

»Was ...«, hustete er, schnappte nach Luft, rang nach Atem.
Dann hatte er sich gefangen und fragte: »Was ist hier eigentlich los?«

Adrian zuckte mit den Schultern.

Er hatte den Shunkan losgelassen und wühlte zwischen Planen nach einer Kiste mit Wasserflaschen darin, um den Erschöpften zu erfrischen. Aisa kniete vor ihm, der sich auf einen Riesenpacken Baumwolle gesetzt hatte, auf den Boden und sagte: »Der Pulsar. Geminga. Sie sagen, sie haben so was noch nie gesehen, sie sagen ...«

Ein riesiger Cust trat aus einem Blech-und-Plastikfolie-Verschlag zwischen der Baumwollrolle und dem Wasserlager, betrachtete die kleine Gruppe und fragte: »Brauchen Sie beide Dims, Dekarin? Oder kann ich den da haben?« Der Daumen des mittleren linken Arms deutete auf Adrian.

»Bitte. Sind eure Leute«, sagte der Shunkan, und Adrian kletterte auf den Rücken des Cust, der sich als Aufforderung eben dazu leicht vorgebeugt hatte. Dann waren beide weg, auf der Jagd nach Daten, Aufträgen, Unbegreiflichem.

César schüttelte den Kopf.

Er hörte von einer Plattform aus einen Cust rufen: »Abhören! Alle! Geminga wissen wir, aber wir brauchen ... ja, ich will, dass wir messen. Werft die EPRs an! Ich will mit den Töchtern verbunden werden und mit den Koordinatoren!«

Aisa sah dem Shunkan direkt ins Gesicht, er ihr.

Sie nickte, er auch.

Der Shunkan schloss die Augen und sagte, als wäre das Wort ein erlösendes, das auszusprechen er jahrelang erwartet hatte: »Pulsarnacht.«

4 Lauras Breve

Es war einmal ein junger Zauberer, der ließ sich das Haar am liebsten vom Wind kämmen. Er hatte Augen aus blauem Licht, einen Mund, der gemacht war für Zaubersprüche, gern lästerte und lachte, schlanke Finger mit kitzligen Fingerspitzen, hohe Wangen und einen blassen Hals, den Männer und Frauen gleichermaßen bewunderten. Der Zauberer verliebte sich ins schönste Mädchen der Welt. Die Liebe wurde natürlich erwidert. Das Mädchen hatte eine freundliche Seele, die es nicht jedem offenbarte, der aber alle vertrauen wollten. Zuvor hatte sich das Mädchen nie mit Zauberern eingelassen, weil es von denen nicht getäuscht werden wollte.

Der Zauberer entdeckte, was er lange gesucht hatte: Im Verschlossenen war sie noch schöner als unter anderen Leuten. Nur er wurde eingelassen.

Auch fand er jetzt, dass er selbst viel schöner war, als er gewusst hatte, und dachte sich: Für sie, sonst nichts, will ich da sein, mit allen Herzschlägen und Atemzügen. Jeder Blick, den die beiden tauschten, verführte das Gegenüber aufs Neue.

Sie wussten beide, dass sie ihr ganzes Leben lang zusammen sein wollten. So schuf der Zauberer seiner Braut aus Hoffnung und Wahrheit, Vertrauen, Liebe und Lust ein Haus, das innen größer war als außen. Es gab darin Festsäle, Flüsse, Gebirge, Wiesen, Bibliotheken und alles das unter Kuppeln, die hoch genug waren, dass eigene Sonnen, Monde und Sterne darunter auf- und untergingen.

In einer großen Galerie in der Mitte des Hauses war alle Kunst von allen Künstlerinnen und Künstlern aller Zeiten versammelt, die ältesten und die neusten Breven. Dort schauten der Zauberer und seine Liebste sich oft zusammen die geträumten Morgenbilder der Vergangenheit an und redeten darüber, bis sie müde wurden.

Der Zauberer ließ immer neue Werke erscheinen. Seine Braut fasste sie zu Ausstellungen zusammen, die ihn überraschten, mit immer neuen Beziehungen, Verhältnissen, Ereignissen, Wundern. Der Zauberer und seine Braut reisten lange durch die Länder in dem Haus, das nur von außen ein Haus war, von innen aber eine Welt.

Eines Tages, als die Braut unter einer großen Weide im Gras schlief, fand der Zauberer die Tür nach draußen, deren Ort er schon beinah vergessen hatte, und ging neugierig vor die Schwelle. Dort lag ein Stein, der leise sang.

Niemand sonst konnte den Gesang des Steins hören als der Zauberer. Die Kraft seines Glücks mit dem schönsten Mädchen der Welt hatte den Stein hierhergelockt. Der Stein war in Wirklichkeit gar kein Stein, sondern das letzte Trümmerstück eines toten Riesen.

Der war im Krieg gegen Drachen und Trolle in einer fernen Wüste gestorben. Es handelte sich bei dem Stein, um ganz genau zu sein, um das erstarrte Herz des Riesen.

Der Zauberer sah, dass der Stein genau an dem Pfad lag, der aus dem Haus hinausführte, und dass von der Kraft des Riesen nur ein Bann übrig geblieben war, der, weil er aus dem grässlichsten Todesschmerz kam, mehr dunkle Kraft hatte als jede andere Zauberei. So wusste der Zauberer auch, dass er den Pfad hinaus und fort vom Haus in Zukunft nur würde betreten können, wenn ihm ein Weg einfiele, den Stein zu entfernen.

Der Zauberer war allerdings frei von jedem Verlangen, das Haus zu verlassen: Das große Innen wurde mit jedem Tag größer, und dort wohnte er längst nicht mehr allein mit der Schönen, sondern hatte durch Portale, die nur von außen nach innen, aber nicht von innen nach außen führen konnten, weil es magische Portale von innen nach außen nicht gibt, längst alle ihre und seine Freundinnen, Freunde und Verwandten mit hineingeholt, die dort ein Volk wurden: das Volk des Zauberers und seiner Frau.

Nun war aber der Zauberer seltsam berührt von der leisen und traurigen Musik, die aus dem Stein kam. So kniete er davor nieder und fragte ihn: »Warum bist du hierhergekommen, und warum legst du dich so auf den Pfad, als wolltest du mir den Weg versperren?«

Der Stein sang: »Ich habe den Tod gesehen und den Wahnsinn und die ärgste Hässlichkeit. Dann habe ich deinen – euren – Zauber gespürt, aus der Ferne, und der hat mich hergerufen. Da will ich nun entweder von diesem Glück kosten oder von dir vernichtet werden. Den Rest von dem, der ich früher war, haben böse Wesen getötet. Ich möchte aber, wenn ich auch sterben muss, von einer wertvollen Hand sterben.«

Noch anderes sprach der Stein, über die Vergangenheit des Riesen, zu dem er gehört hatte, über die Abenteuer, die der Riese erlebt und über die Frauen, die er gekannt und geliebt hatte. Die Nacht währte lang. Bald waren der Stein und der Zauberer, der nun auch von sich redete und von seinen Taten und von der Kunst in der Galerie in der Mitte des Hauses und von seiner Liebe zum schönsten Mädchen der Welt, Freunde geworden.

Als die Nacht vorüber war und der Morgen graute, fand der Zauberer eine verborgene Seite in sich berührt von den Liedern des Steins und beugte sich nieder und küsste den Stein. Da war der Stein plötzlich kein Stein mehr, sondern etwas Neues, das zugleich ein Kelch, ein Rubin und etwas ganz aus Erstaunen Gemachtes schien.

Der Zauberer erschrak und sprang auf. Er ging zwei Schritte zurück, in den Türrahmen. Von innen her, aus dem Haus, meinte er seine Braut rufen zu hören. Klang sie nicht klagend?

»Was ist das, was geschieht mit dir?«, fragte er das Herz des Riesen und spürte, dass auch mit ihm etwas geschehen war: ein neuer köstlicher Schmerz.

War in dem Herz nicht eben eine Gestalt aufgestanden, und hatte diese Gestalt nicht Arme gehabt, in denen sie den Zauberer für einen Augenblick geborgen hatte, und waren sie nicht einander nah gewesen und glücklich?

Das erwachte Herz rief: »Das war dein tieferer Zauber, der zweite nach dem offenen, den du kennst und gebrauchst. Du kannst mehr, als du kennst. Du kannst mich neu machen und leicht, dann bin ich kein Stein mehr. Mit jedem Kuss von dir werde ich lebendiger sein.«

Der Zauberer erwiderte: »Ich weiß nicht, ob ich das will. Ich weiß nicht, ob ich mich nicht davor fürchte, was geschieht, wenn du noch lebendiger wirst. Ich weiß nicht, ob du nicht wieder der Riese wirst, der du warst, und mich dann überwältigst und zu *etwas zwingst, das ich nicht will. Ich weiß auch nicht, ob du nicht meiner Frau schaden wirst, die mein Leben ist und meine Zukunft.«*

Der Stein sang: »Dann geh hinein. Geh zurück zu ihr, und komm erst wieder, wenn du magst – selbst wenn es nur deshalb wäre, weil du meine Musik hören und mir Gesellschaft leisten willst. Ich habe nichts Schöneres als dich gesehen. Nichts anderes wird Macht über mich haben, solange es dich gibt. Ich danke dir.«

Der Zauberer ging hinein und schloss die Tür.

Seine Braut war erwacht und nahm ihn in ihre Arme. Da küsste er sie und war froh, dass sie bei ihm war.

Aber in den Tagen danach kam eine Unruhe über ihn, die ihn bedrohte und im Kopf schmerzte, die sein blaues Augenlicht trübte, seine hohen Wangen kälter machte, seine Lippen austrocknete, den Glanz seines Haars abstumpfte und seine Finger nervös auf allem Möglichen trommeln ließ. Seine Braut litt mit ihm und wusste nicht, woran.

Er hatte ein schlechtes Gewissen vor ihr, weil er das fremde Herz geküsst hatte, und er vergaß Zaubersprüche, die er sein Leben lang gewusst hatte, was ihn für Stunden in vor der Liebsten versteckte Panik warf: Was, wenn ich mich ganz verliere, was, wenn ich auch sie verliere?

Als die Liebste wieder einmal schlief, ging er zurück durch die Tür und fand dort das Herz im Herbst, das sich bereits zur Hälfte wieder in einen Stein verwandelt hatte. Die Musik, die es sang, war unterdessen aber zärtlicher, reicher, zugleich froher und trauriger geworden.

Der Zauberer sagte dem Herz: »Ich mag deine Musik. Ich sitze gern mit dir und rede über vieles, und wir können in den Sprachen miteinander reden, die nur Riesen und Zauberer kennen, die auch meine Frau nicht versteht und die aus dir und mir mehr macht als Freunde. Aber du musst wissen, dass von dir eine Gefahr ausgeht, die das Wichtigste bedroht, was ich bin, und dass ich diese Gefahr mit aller Tapferkeit und allem Mut, die ein Zauberer hat, abwehren werde. Du musst wissen, dass der Kuss, den du von mir bekommen hast, mir sehr gefallen hat, aber dass er das Zeichen für die Gefahr war, die ich meine, und dass er deshalb der letzte Kuss war, den du von mir bekommen kannst.«

Da hörte das Herz auf, seine Musik zu spielen, und wurde böse und schrie: »Du bist ein Zauberer, das wusste ich! Aber du bist ein schlechter Zauberer. Denn du tust so, als ob der Zauber, den du anrichtest, dich nichts angeht, und als ob du seine Folgen leugnen und von dir weisen kannst. Ich werde mich hier nicht mehr wegbewegen. Du wirst nie mehr den Pfad betreten können, der von deinem Haus wegführt, es sei denn, du küsst mich, dass ich lebe. Nur dann bin ich leicht, dann kannst du mich entfernen. Oder du zertrittst mich mit dem eisernen Absatz deines Stiefels, dann bin ich nichts mehr! Hast du keinen Mut, mich zu küssen, wenn es dir doch Lust bereitet hat? Bist du zu feige, mich zu töten, wenn es keine Lust war, sondern Übermut, der sich nur als Lust aufführen wollte? Geh hinein, und komm nicht wieder. Hier ist nichts für dich! Kein Ort, kein Weg!«

Der Zauberer sagte: »Du bist ein armer und ein dummer Stein, der ein Herz sein könnte, aber lieber ein Stein bleiben will. Du verstehst deine Lage nicht: Ich will den von dir versperrten Pfad gar nicht betreten, der hinausführt. In meinem Haus ist alles, was ich brauche. Was dort noch nicht ist, kann ich erschaffen, wenn meine Liebste mich nur darum bittet. Ihre Liebe ist mein dritter und größter Zauber. Du hast recht: Der erste ist der, den ich kann und kenne, der zweite ist der, den ich nicht kenne, aber kann. Der dritte aber ist der, den ich weder kann noch kenne, sondern der ich bin. Er gehört ihr. Er kann nie dir gehören. Ich werde nun hineingehen und ganz sicher lange nicht wiederkommen. Vielleicht nie mehr.«

Der Zauberer ging in sein Haus und machte seine Drohung wahr.

Das Herz vor der Tür versteinerte immer mehr.
Der Winter kam, und es fror in einer Kälte, in der selbst das Eis und der Schnee zitterten. Mit letzter Kraft brachte das Herz aus sich eine Musik hervor, die anders war als jede, die es vorher gesungen hatte: vom Schmerz, der schlimmer ist als das Sterben, vom Verlust, der grausamer ist, als sich selbst zu verlieren, vom Entsetzen, das alle Musik bei dem Gedanken verspürt, sie könnte

einmal von Stille ganz aufgesaugt werden. Aber diese Musik handelte auch von Liebe und davon, dass die Melodie zwar hoffte, ihr letzter Ton werde nie kommen, aber auch sicher war, dass dieser letzte Ton, wenn er dennoch käme, ein Jubel des Dankes an den Zauberer sein würde.

Dann wurde es Frühling.
　Ein neues Jahr begann.
　Die Tür öffnete sich, der Zauberer trat heraus zum einsamen Stein.
　Der Stein, auf dem Moos gewachsen war, spürte in sich eine unerwartete Kraft. Es war die Kraft der Erleichterung, und in ihr war vieles von der Gier nach dem Kuss des Zauberers aufgegangen. Der Rest hatte sich in ein Sehnen ohne Aufregung verwandelt.
　Der Zauberer sagte: »Ich habe viel über dich nachgedacht und über unser Gespräch in den Sprachen, die nur uns gehören. Ich habe darüber nachgedacht, dass ich nur vollständig bin, wenn ich die Folgen meiner Zauberei nicht leugne und wenn ich alles Schöne, das ich wecken kann, auch weiter dabei begleite, wie es wächst, weil ich dadurch auch selber reifer, weiser, stärker werde. Die Liebe zu meiner Frau ist durch dich und deine Musik nicht geschwächt, sondern nur größer geworden. Auf eine Art, die ich nicht verstehe und auch gar nicht ganz verstehen muss, höre ich jetzt, dass deine Musik auch ihr gilt. Dass du für mich singst, bedeutet ja auch, dass du für den Menschen singst, der zu ihr gehört. So finde ich sie, wie überall, nun sogar bei dir. Auf eine Art, die anders ist als das, was man leicht beschreiben kann, liebe ich auch dich. Ich werde also wiederkommen und werde oft bei dir sitzen und werde dein Freund sein und dein Zauberer, aber nicht so, wie ich ihr Liebster bin. Ich muss dir auch verraten, dass es mir wehgetan hat, dich nicht mehr singen zu hören, und dass du eine Schönheit kennst und kannst, die es in meinem Haus nicht gibt und die ich erleben muss, um glücklich zu sein. Aber das Wort eines Zauberers bindet alle Dinge, auch ihn selbst. Mein Wort sei: Ich werde dich nie, nie mehr küssen, denn ich will nie, nie mehr zweifeln an allem, was gut und schön ist in meinem Leben, nicht eine Sekunde lang.«

Der Stein knirschte, das war, um sich zu räuspern. Dann sagte er zu dem Zauberer: »*Ich habe dich beleidigt, und ich habe mich selbst erniedrigt dabei. Ich war verletzt und wollte dich verletzen. Du warst lange fort, das war meine Strafe. Sie war schlimmer als alles, das ich zuvor erlitten habe; schlimmer als meine schlimmste Vorstellung davon, was das Schlimmste ist. Deinen Kuss einmal empfangen zu haben und ihn nie wieder empfangen zu dürfen, wird meine Strafe bleiben. Auch dieses Leiden ist groß. Und wenn du bei mir sitzt, wird es oft größer werden. Aber wenn ich es ertrage, kann ich zumindest büßen, was ich dir und mir angetan habe. Und wenn ich es nicht ertrage und dich wieder in dein Haus schicke, wenn ich wieder sage, geh hinein und komm nicht mehr heraus, so werde ich nur noch ärger leiden, denn dann werde ich wissen, dass auch dir diese Trennung wehtut. Der Gedanke, dir wehzutun, bohrt sich als saures Übel in ein bitteres. So lass mich ein Stein sein, den du hier besuchst, wenn es dir gefällt, und der sich mit dir zusammen und für dich daran erinnert, dass er ein Herz war.*«

Der Zauberer sagte: »*So wollen wir es versuchen, lieber Stein, und dies soll das Jahr sein, in dem wir es schaffen.*«

Der Sommer kommt.
Die Nacht vor dem Haus ist voller Grillen und Pollenduft.
Der Zauberer ist nicht da. Er hat jedoch versprochen, bald wiederzukommen.
Der Stein hat ihm etwas verschwiegen, weil er den Zauberer so sehr liebt: Das, was er, als er auf den Zauberer so böse war, als seinen eigenen zornigen Willen ausgegeben hat, war gar kein Beschluss des Steins, keine Rache, sondern die Wahrheit der Dinge.
An ihr hat sich auch durch die Freundlichkeit des Zauberers, die jetzt eine neue, kostbare Sorte Nähe möglich macht, nichts geändert. Diese Wahrheit ist: Wenn der Zauberer den Stein nie wieder küsst, wird der Stein liegenbleiben müssen, wo er liegt. Denn der Bann des toten Riesen lebt fort, und nur der Kuss des Zauberers kann ihn brechen. Der nächste Winter wird nicht wärmer werden als der letzte.

Und auch wenn der Zauberer im Winter da sein wird und der Musik des Steins ein Weilchen lauschen und dem Stein etwas erzählen, wird die Kälte dem Stein alle Qualen bereiten, die ihn schon im ersten Winter vor dem Haus zerschnitten haben.

Im Stein lebt, weil er dieser Wahrheit trotzen will, eine winzige Hoffnung: Es gibt, weiß er, vier Möglichkeiten, wie sich an seinem Elend etwas ändern kann.

Entweder, so lautet die erste, er zerbricht am Ort seiner Auswegslosigkeit in kleine Stücke und verteilt sich, erst als Kiesel, dann als Staub ohne Erinnerung daran, wer er einmal war, im Wind. Das ist die Möglichkeit, die aus dem ersten Zauber des Zauberers folgt – aus dem Zauber, den der Zauberer kennt und kann. Die zweite Möglichkeit ist, dass der Zauberer, der merken wird, wie schwer es dem Stein fällt, sein gelähmtes Leiden zu ertragen, ihn aus Mitleid oder Abscheu vor diesem Leiden und aus Überdruss am Stein schließlich doch mit dem eisernen Absatz seines Stiefels zertritt. Das ist die Möglichkeit, die aus dem zweiten Zauber des Zauberers folgt: dem Zauber, den er nicht kennt, aber kann.

Die dritte Möglichkeit ist, dass der Zauberer den Stein noch einmal küsst, aber nicht, um ihn zu lieben, sondern um ihn leicht zu machen, damit der Zauberer ihn weit vom Haus fortwerfen kann, sodass er die Musik des Steins durch die dann für alle Zeit verschlossene Tür nicht mehr hören wird. Die dritte Möglichkeit folgt aus dem dritten Zauber: dem, den er weder kann noch kennt, sondern der er ist.

Endlich aber gibt es noch eine vierte Möglichkeit: dass der Zauberer den Stein noch einmal küsst, ihn dann, weil er leicht geworden ist, aufhebt und mitnimmt ins Haus.

Dort mag er ihn an einen Ort legen, an dem die geliebte Frau, die ihm vertraut, den Stein nicht störend finden wird – vielleicht in ein bislang leeres Zimmer, das sich der Zauberer dafür einrichtet, vielleicht auch in einen unscheinbaren Winkel in der Kunstgalerie mitten im Haus. Dort kann der Stein ein Herz sein, das genug Glück empfängt, wenn der Zauberer es nur nicht seltener, aber auch nicht öfter küsst, als die Musik ihm dazu Lust macht, die das Herz spielt, das ein Stein war.

Der Stein weiß, dass diese vierte Möglichkeit die unwahrscheinlichste ist. Nicht nur, weil er sie nicht aussprechen darf, um den Zauberer nicht zu erschrecken, und sie also in einer Melodie verstecken muss, von der er nicht wissen kann, ob der Zauberer genau versteht, was gemeint ist – etwas, das viel weniger simpel und direkt ist, als das Wort »Kuss« vermuten lässt; viel mehrdeutiger, offener.

Es ist nicht die Treue des Zauberers zu seiner Frau, die den Stein lähmt und quält, es ist das Wort »nie«. Die vierte Möglichkeit bedeutet, dass beide, der Stein und der Zauberer, einander dieses Wort vergeben.

Der Stein ist nur ein einziges Mal seit dem Tod des Riesen kein Stein gewesen.

Sein Rubinfeuer schläft in ihm.

Die Breve weiß nicht, wie sie ausgeht.

Sechster Teil

Die Wellen

1   Die Maske war längst ein wirkliches Gesicht geworden. Sie konnte so lachen, dass der Mensch dahinter sich lustig fühlte. Im Laufe der beinah drei vollen Zyklen, die Sylvia Stuiving nun schon als Spionin, Astronautin und Mörderin in den Diensten des Präsidiums stand, hatte sie sich an ihre Rolle so sehr gewöhnt, dass sie die Mimik, die Stimmlage, das Gesamtverhalten der Rolle ohne weiteres »ich« genannt hätte, wäre sie danach gefragt worden – die Fröhlichkeit, die Respektlosigkeit, den Eigensinn, die neugierige erotische Wandelbarkeit, die stete Bereitschaft, sich auf neue Leute einzulassen.

Im Finstern aber fand sie jetzt heraus, wer für sie wirklich »ich« hieß.

Im Schutz der Nacht schlich sie durchs schöne Haus des Gastgebers, weil sie ihn töten wollte.

Noch immer lächelte und grinste sie, aber jetzt fühlten sich Lächeln und Grinsen, die man von ihr kannte, wie festgezurrt, ausgestanzt an, von starker Hand ins Gesicht geschnitten.

Augen, die kein natürliches Licht brauchten, sondern sich über twiSichtfilter im Raum des geplanten Verbrechens orientierten, trugen nichts mehr vom Lügenfeuer der angemaßten Herzlichkeit in sich, sondern waren zu optischen Sensoren einer Maschine geworden, die nach Markierungen suchten, die Sylvia am Tag zuvor beim scheinbar ziellosen Herumgehen gesetzt hatte. Zeras Sicherheitssysteme auszutricksen war eine Kleinigkeit gewesen. Gewöhnliche Marchandeure wussten nicht halb so viel über dergleichen, wie sie seit ihrer geheimen Zusatzausbildung vergessen hatte.

Die C-Feld-Kerben sagten ihr, wohin sie gehen musste.

Sylvia wärmte sich an dem Gedanken daran, dass der unvorsichtigen Doppelagentin Laura Durantaye eigentlich bei jedem Besuch in Zeras Villa hätte auffallen müssen, was Sylvia selbst nach wenigen Stunden herausgefunden hatte: Die subversive Propaganda des ominösen Lysander, der sich so oft auf Laura als seine Quelle berief, stammten, da sie längst ihren Frieden mit dem Regime der Präsidentin gemacht hatte, mit größter Wahrscheinlichkeit von Zera Nanjing. Waren die Lieder nicht eindeutig aus der Perspektive von Verbannten, aus räumlicher Nähe zum Shunkan gedacht und geschrieben? Verbannung. Wer hierher wollte, von den zivilisierten Welten, und zurück, gewann zu viel Zeit, denn nur im Ahtomedium konnte man sich auch bei Türengebrauch nicht bewegen, und das hieß, ein Teil der Reise geschah im lichtgeschwindigkeitsnahen Linearflug und schnitt die Reisenden damit aus der Konikenzeit ihres Abflugsorts. Es war wie bei der Suche nach dem Gesicht der Admiralin: Sylvias Liebste aus früheren Lebensabschnitten, ihre Eltern, Freunde, waren gealtert, wenn nicht biologisch, so doch seelisch, hatten sich verändert oder waren gar gestorben, der Verlust zerstörte Anschlüsse unwiederbringlich.

Sylvia hatte gelernt, sich nirgends zu binden.

Mochten andere in ihrer Lage sich grämen, sie empfand ihr Los als wertvolle Freiheit von Illusionen wie Verwandtschaft und Nähe.

Über die beidseitig verglaste Holzbrücke zwischen vorgelagertem Schlafbereich und dem eigentlichen Wohntrakt schlich die Mörderin in den letzteren. Pantherleise ging sie um eine Ecke in einen Zwischengang, dessen breite rückwärtige Wand mit allerlei Waffen dekoriert war. Hier fand sie die Strahlungsquelle, auf die ihre Spürkontaktpflaster den twiRaum orientierten: Hinter dieser Wand, unter den gekreuzten Degen, musste die Anlage sein. Sylvia sandte via Tlalok eine Suche nach dem Türcode ins geknackte Netz der Villa. In Einbettungen von Einbettungen von Firewalls und irreführenden Datenpfaden war dieser Zugang Sekundenbruchteile später gefunden.

Die Mörderin schickte über ihre anpassbare Iris eine falsche Retinalscaneingabe, zusammen mit dem Code, an die verschwiegenen Sensoren, die in uralten, an der Wand ausgestellten Handfeuerwaffen steckten.

Die Wand öffnete sich. Sylvia huschte auf den kaum schulterbreiten Gang dahinter, lief hinunter und sah, als sie den EPR-Sende- und Empfangsraum betrat, Zera Xian Nanjing soeben aus dem Gerüst klettern.

Sie richtete ihre Waffe auf den Rebellen und sagte: »Schöne Idee.«

Zera hob die rechte Augenbraue: »Bitte?«

»Na ja – cleveres Spiel. Laura Durantaye glauben zu lassen, sie sei die Einzige hier mit funktionierendem Kontakt zur Außenwelt. Und die Schauspielerei: Schöngeist, nur am hübschen Leben und prächtigen Gärten, alten Breven und Museumswaffen interessiert, ansonsten immer bereit, ein bisschen Klatsch abzuhören und auszustreuen – während du in Wirklichkeit die Arbeit des Shunkan, die Untergrabung und Diversion, Sabotage und Behinderung der legitimen Regierung der Vereinigten Linien ohne sein Wissen fortsetzt. Und ohne seine Einwilligung. Interessante Freundschaft.«

Zera neigte ironisch den Kopf. »Schön, dass Castanons Hilfskräfte genauso gerne politische Monologe halten wie ihre Herrin.«

»Dir ist wohl klar, dass ich dich jetzt erschießen werde. Es gibt keine zweite Gerichtsverhandlung. Mir fehlt die Zeit. Verbannt bist du schon, womit sollte man dir drohen? Hier draußen gilt kein Rechtsstaat, kein …«

»Nicht nur hier draußen«, sagte Zera und blickte der Mörderin ruhig in die Augen, »gilt nichts mehr, was gestern galt.«

Sylvia machte ein verächtliches Geräusch.

Zera ließ sich nicht beirren: »Denk nach, Stuiving. Selbst Shavali Castanon muss das wissen: Die Pulsarnacht ist ein Ereignis, das sie nicht verhindern konnte und nicht erklären kann, das ihren Regierungssitz erschüttert hat und ihre Macht. Es entzieht jeder Maßnahme zum Erhalt dieser Macht die Grundlagen – nicht nur die juristischen. Das Universum, schlicht gesagt, will nicht, dass diese Frau es regiert.«

Sylvia schmatzte ungehalten und sagte dann: »Das ist es, was ich an euch Revolutionshetzern mag: Ihr wisst immer, was das Universum will. Im Ernst: Wenn ihr erst weg seid, lässt es sich ganz gut regieren.«

»Wo?«, fragte Zera sanft, »auf Yasaka? Hältst du EPR-Kontakt zu deiner Hauptstadt? Hast du mitbekommen, was da passiert ist? Ein riesiger Stein ist in ein riesiges Meer gefallen. Sonnenhohe Wellen spülen die Ordnung fort, die du verteidigen willst. Die Energieschwankungen. Die Stromausfälle. Die Überflutungen und Erdbeben in sieben Encuentros. Das Feuer. Die Klimasingularitäten an feldfreien Punkten, die Lichtspulen-Blackouts, die Informationsverluste in den Netzen, die twiSicht-Störungen des Luftverkehrs an den Selbstdurchdringungskurven, die virtuellen Involutionen auf landwirtschaftlichen Nutzflächen, die damit verlorenen Ernten. Die Abstürze von Frachtern und Personengleitern, die Massenkarambolagen. Die Panik. Anderthalb Millionen Tote, rund sechshunderttausend Verletzte, etwa vier Millionen bis jetzt Vermisste. Die Evakuierung aller Custai-Repräsentanzen, die seuchenhygienischen Quarantänen direkt um die von den Primärkatastrophen betroffenen Areale. Die Ausschreitungen Bewaffneter aus unzufriedenen Linien, der drohende Bürgerkrieg. Die Überforderung der Ordnungskräfte, die Blockade der Raumflughäfen, das Kommunikationschaos zwischen den regierungsamtlichen EPR-Transceivern und Hunderttausenden von Leit- und Endstellen der VL-Verwaltung im gesamten kartierten Raum. Castanons verzögerte Reaktion. Ihre hilflose Rede. Die heftigen Interventionen der offiziellen Sprecher der DeGroote-, Sourisseau-, Vogwill- und Mizuguchilinien. Die Rücktritte in den Magistraten von hochrangigen Tscherepanow- und Gerlichwürdenträgern. Der Aufruhr im diplomatischen Corps. Die Unordnung in den Castanonwerken. Die Sondersitzungen sämtlicher Parlamente. Und kennt überhaupt jemand schon die Effekte in anderen Regionen, bis in die abseitigsten Provinzen? Anfragen, separatistische Scharmützel, militärische Zwischenfälle, Spannungen zwischen menschlichen Siedlungen einerseits, Custai- und Binturen-, ja sogar Skyphozonen andererseits, die ...«

»Die verräterische Hetze wiederauflebender Shunkanisten mit Verbindungen in alte Konspirationsnester aus der Zeit der Linienkriege? Hab ich mitgekriegt, ja.«
Das sollte das letzte Wort sein.
Sylvia Stuiving konnte zugleich reden und schießen.
So schoss sie, traf aber nur die Sendeanlage, in die ihr Schuss einen zackigen Riss brannte, weil sie im selben Augenblick von hinten ins Kreuz getreten wurde.
Noch im Vorwärtsfallen drehte sie sich um und schlug mit der Faust hart gegen die Brustplatte einer Kampfmontur der Schemuralegion. Der Gegner, der sich auf sie hatte werfen wollen, ließ sich stattdessen zu Boden fallen und trat im Sichabrollen nach Sylvia.
Zera Nanjing wich gegen die Leuchtmonitorwand des Konsolenraums zurück. Sylvia entschied ohne Nachdenken, dass die Verhältnisse zu beengt waren für einen Schusswechsel. Sie zog ihr Messer aus dem Hüftholster und hackte nach dem Angreifer, der sie jedoch, bevor sie den Stich zu Ende führen konnte, von unten in den Bauch boxte. Sylvias linkes Knie, das sie vorschob, um Raum für einen ordentlichen Tritt zu gewinnen, traf den andern an der rechten Schläfe, seine beiden Arme griffen hoch, erwischten zwei Punkte an Sylvias Gürtel und rissen sie nach vorn, sodass sie über den Gegner fiel und mit dem Kopf am oberen Rahmen des EPR-Gerüsts anschlug.
Der Lärm und das Gedränge waren größer als die tatsächlichen Schäden an Personen und Sachen. Die beiden Kämpfenden waren zu diszipliniert, zu gut ausgebildet, um einander Schwachstellen darzubieten, die den Streit mit einem deutlichen Sieg einer Seite über die andere beendet hätten.
Zera, der seit seiner Ankunft auf Treue stets den Schein hatte wahren können, dass vom alten Interesse an Konflikten und Aggression nichts übrig war, kannte sich im Nahkampf zu gut aus, als dass er sich hätte einmischen wollen. Von oben, aus dem eigentlichen Wohnhaus, verrieten Rumoren und Poltern, dass die Admiralin und Laura erwacht waren und nach der Quelle des Krachs in der verwinkelten Villa suchten. Lange würde dies hier nicht mehr währen – Überlegungen, die parallel

auch Sylvia Stuiving einfielen, weshalb sie schließlich, nach drei, vier weiteren Schlägen und Tritten, die sie einsteckte und austeilte, rückwärts in eine Ecke wich, beide Arme über den Kopf nahm und laut rief: »*Okay*«, ein klassisches Zitat, Sprache der Ritterlichkeit, und dann, weniger vornehm: »Ist recht. Ich gebe auf.«

»*Okay*«, erwiderte der Gegner kommentgemäß und setzte hinzu: »Ich will dich ja nicht schlimmer verdreschen als nötig.«

Valentina Bahareth spuckte ein Fädchen Blut und Speichel auf den kalten Steinfußboden und sah Sylvia dann mit einer Mischung aus Abscheu und Traurigkeit an, die Sylvia augenblicklich sehr wütend machte.

Zu laut und höhnisch erwiderte sie: »Bist du jetzt Leibwächterin, ja? Oder für die Revolution kooptiert?«

»Ich wollte es nicht sehen«, sagte Valentina und stand auf, während hinter ihr, auf dem Korridor, die Admiralin und Laura Durantaye, Letztere bewaffnet, auf den beengten Raum zukamen.

»Ich wollte nicht verstehen, was damals auf der STENELLA passiert ist. Dass du den Arzt umgebracht hast. Und dass der Idiot Mazurier nur versucht hat ... Ich hätte es begreifen müssen und wollte nicht. Weil dein kindliches ... weil das so anziehend war. Deine Art.«

»Ich heul gleich«, sagte Sylvia patzig.

Valentina schüttelte den Kopf: »Das Schlimmste ist, die Verkleidung hat nur funktioniert, weil sie gar keine war. Du bist wirklich völlig desinteressiert an dem, was andere sich so vorstellen. Was sie tun, was sie wollen. Du bist tatsächlich immer gut drauf, immer für einen Spaß zu haben, immer zur Stelle, wenn es Kloppe gibt. Nur nicht aus Stärke, sondern aus Schwäche. Du bist wie ein schönes Tier, das stimmt. Aber das Tier, das du bist, ist ein Jagdhund.«

»Ich danke dir, Valentina Bahareth«, sagte Zera, nicht nur zu der, die er damit anredete, sondern auch zu den beiden anderen Frauen, die jetzt den Raum betraten und zu ihm sahen, weil sie mit Recht davon ausgingen, dass Zera ihnen erklären konnte, worum es hier ging.

»Was passiert jetzt? Werde ich abgeführt und im Garten gesteinigt?«, fragte die verhinderte Attentäterin. »Übergibt man mich der Polizei?«

Valentina ging zwei Schritte zu ihr, berührte sie an einem der hochgenommenen Arme, zog den sanft herunter. Sylvia ließ beide Arme fallen, als wäre ihre ganze Entschlossenheit, sich, wenn sie schon keinen Erfolg hatte, wenigstens aufwendig verhaften oder bestrafen zu lassen, an dieser sanften Berührung zerplatzt.

»Du hast echt nicht verstanden«, sagte Valentina, »dass wir uns an einem ganz seltenen Punkt befinden, seit der Pulsar sein Pulsieren unterbrochen ...«

»... und drei Minuten später wiederaufgenommen hat ...«, ergänzte Zera.

Valentina fuhr fort: »Für ganz kurze Zeit gibt's jetzt keine Polizei, keine Regierung. Wir könnten in dieser ganz kurzen Zeit was anderes machen als Fangenspielen mit Verhauen. Es fragt sich also sehr, was wir mit diesem Moment machen. Denn das kommt alles wieder. Polizei, Regierung.«

»Die VL sind viel vereinigter, als wir dachten. Die Koniken sind nicht getrennt. Es gibt unbekannte Verbindungen, die über unser Zeitverständnis hinausreichen und über die Planungen der Präsidentin«, sagte die Admiralin, »und das gibt in gewisser Weise allen recht, die davon ausgegangen sind, dass Shavali Castanons Planung nicht alles sein darf, woran wir uns orientieren.«

»Hetze«, erwiderte Sylvia kalt.

»Nein, Wirklichkeit«, sagte Valentina. »Aber dich – und Zera Nanjing, und Leute wie euch – interessiert immer nur der alte Mist. Dieselben Spielchen.«

Zera blickte überrascht. Mit Kritik vonseiten seiner Lebensretterin hatte er nicht gerechnet.

Renée Schemura nickte und sagte: »Politik ist im Augenblick ein dummer Luxus. Während diejenigen, die sich dafür noch interessieren, sich um die Macht, um deren Verlust oder Gewinn balgen, ist etwas anderes passiert. Wir sind an eine Tatsache erinnert worden, die schon immer erstaunlich war, die wir aber für selbstverständlich halten.«

»Nämlich?«, fragte Zera, der damit signalisieren wollte, dass er bereit war, sich auf andere Spiele einzulassen als die alten.

Die Admiralin schloss die Augen und massierte sich mit Daumen und Zeigefinger die Nasenwurzel. Dann zog sie die Brauen zusammen, schien tief im Kopf, im Tlalok, nach etwas zu suchen.

Allen im Raum war klar, dass sie etwas Grundsätzliches zu sagen hatte.

Renée klang selbst überrascht, und ein wenig belustigt.

»Es gibt eine natürliche Maschine, die Elektronen in ihrem magnetischen Feld einsperrt und herumwirft, entlang den Feldlinien beschleunigt und damit ein Kreischen hochenergetischer Strahlung erzeugt, das entlang den magnetischen Polen dieser Maschine zu engen Strahlenbalken verdichtet wird. Die Balken pulsieren, wie Lichtsignale alter Leuchttürme. Das Meer, zu dem diese Leuchttürme gehören, ist das C-Feld. Die Navigation durch die Ahtotüren ist die Anwendung, welche die Regenfinger für das abstrakte Prinzip gefunden haben, das hinter den Pulsaren steht. Fürs Kerbensetzen im C-Feld und die Orientierung nach diesen Kerben. Wir wussten lange schon – die Skypho haben es unseren Astrogatoren verraten, und sie behaupten, es ihrerseits nicht selbst herausgefunden, sondern in direkter Herkunft von den Regenfingern über allerlei Mittlerspezies, darunter die Medeen und Leviathane, erfahren zu haben –, dass eine direkte geometrische Korrelation zwischen Sternen, Ahtotüren und Pulsaren besteht. Wenn man weiß, wo Pulsare blinken, mit welchen Pulsraten und so weiter, kann man bislang unentdeckte Ahtotüren lokalisieren und entsprechenden Sternen zuordnen – das ist das Wissen, mit dem Castanon die VL aufgebaut hat, das Wissen auf den Servern von Tabna 3. Unsere Kartierer halten sich daran, und ihre unterlichtschnellen Flüge waren noch nie umsonst. Die Gleichungen enttäuschen nicht. Inzwischen hat sich die zugrundeliegende Mathematik auch bei den Custai und den Binturen durchgesetzt. Die Lamlani und einige andere kämpfen noch damit. Aber wir haben sie schneller gelernt als jede Spezies sonst. Das hat einige unserer Gelehrten hochmütig gemacht: Sie dachten – und ich würde ihnen das nicht ausreden wollen –, wir könnten herausbekommen, was diese Korrelationen, die wir kennen und anwenden, bedeuten. Versteht ihr? Dass auf jeden x-ten Pulsar in bestimmten Ortsverteilungen so und so viele Sterne kommen, bei denen man Ahtotüren finden könnte, wissen wir. Aber warum das so ist, wissen wir nicht. Das meine ich mit ›Bedeutung‹. Ist es künstlich herbeigeführt worden? Haben die Erbauer der Ahtotüren einen auch unabhängig von ihrer Marcha existierenden raumzeitlich-astrophysikalischen Effekt ausgenutzt? Wir betreiben Neutrino-Astronomie, Röntgenastronomie, Gamma-Astronomie, Radio-Astronomie, magnetische Astronomie, um das herauszukriegen. Die Custai, mit denen wir uns in dieser Angelegenheit inzwischen regelmäßig austauschen, tun das alles auch. Die Problematik reicht bis tief in die Biologie: Wir haben uns mit Supernovaexplosionen befasst, in denen, wie in riesigen Beschleunigern, die kosmischen Strahlen erzeugt werden, die man auf Planeten spürt und die die Entwicklung des Lebens vermutlich maßgeblich mitgesteuert haben. Sie sind für einige der statistischen Effekte verantwortlich, die wir Variation und Mutation des Erbguts nennen. Wir haben mit Abwandlungen der Pulsar-Stern-Ahtotüren-Relationsgleichungen herumgespielt und mit ihrer Hilfe Regelmäßigkeiten gefunden, die mit der Materieverteilung im Kosmos insgesamt auf Makroebene, mit den Anforderungen an Evolutionsgeschwindigkeitsregulierung auf Mikroebene zusammenhängen. Wir haben Theorien entwickelt – verschiedene, die nicht alle gemeinsam wahr sein können. Wenn die einen stimmen, sind die andern falsch. Aber vielleicht, so dachten wir bislang, stimmt keine.«

»Die Pulsarnacht«, riet Zera listig, »hat Entscheidungen erzwungen. Einige Theorien widerlegt, andere vielleicht sogar bestätigt. Richtig?«

»Dieses ... Ereignis, diese ... dieser Vorfall«, antwortete Renée vorsichtig, »hat für das, was wir uns unter ›Raumzeit‹ vorstellen, ähnliche Folgen wie die Entdeckung optischer Täuschungen für das Verständnis visueller Wahrnehmung. Unsere Instrumente haben Messungen mit exakten Zeitstempeln durchgeführt und per EPR mit denen anderer Aussichtspunkte verglichen. Was gemessen wurde, kann nicht sein. Der Pulsaraussetzer von Geminga müsste auf Treue früher gemessen werden als weit entfernt, aber das geschah nicht. Es ist, als ob rückwirkend ein uraltes Geminga-Signal unterbrochen wurde, aus Sicht von Yasaka etwa. Mehr als das: Die Ratenverteilung der kosmischen Strahlung, die aus Sternexplosionen kommt, wie sie bei der Pulsar-Entstehung gerade nicht stattfinden, und die also zu den Pulsaren in keinem erkennbaren Verhältnis steht außer dem des deutlichen Massenunterschieds pro Durchmesser bei den entsprechenden Sonnen, hat sich direkt nach dem Aussetzer subtil verändert. Was an positiven, neutralen und negativen Pionen, Gammastrahlen, freien Elektronen, Positronen, atomaren Nuklei, Neutrinos, Muons und Antimuons auf die belebten Planeten ausgegossen wird wie, nun ja ... Regen ...«

Die Anspielung wurde verstanden. Niemand wagte einen Kommentar.

»... ist seither ... messbar anders zusammengesetzt als vor der Pulsarnacht. Ich habe mich während der Zeit meiner ... Zerstreuung ... in verschiedene Körperteile intensiv mit den astronomischen und astrobiologischen Fragen befasst. Stuiving, frag dich: Könnte das, was hier und überall geschehen ist, nicht wichtiger sein als die Frage, ob Shavali Castanon weiterregiert oder nicht?«

»Das wird man«, sagte Sylvia Stuiving kühl, während Laura Durantaye sie gestisch aufforderte, mit ihr aus dem Raum zu treten, »leicht rauskriegen, wenn sie die Macht verliert. Falls dann keine Zivilisation mehr übrig bleibt, die noch Astronomie und den anderen Firlefanz treiben kann, der euch so am Herzen liegt, und falls ich diesen Zustand erlebe, werde ich sagen können: Ich hab's kommen sehen.«

2 Der Shunkan besuchte die Dim jeden Tag am Krankenbett, auch während des künstlichen Komas, in das man sie phasenweise versetzte, um die inneren Verletzungen ausheilen zu lassen.

Drei Stunden Fußweg, morgens hin, abends zurück.

Trotz mehrfacher Einladung von Adrian, Aisa und anderen verbrachte er keine Nacht im Dimlager der Durchbruchsstation.

War Daphne wach, redete er mit ihr, zunächst eher: zu ihr, denn am Anfang konnte sie nicht sprechen. Der Mund war mit Draht und Klammern geschützt, alles sollte langsam zusammenwachsen. Sie nickte also oder schüttelte den Kopf.

Er sprach von den Seetauchern, oder vom Dach, das er jetzt selber frei räumte, wenn ein Sturm Äste und anderen Unrat draufgeweht hatte, oder vom Fischen.

Manchmal spielten sie eine Partie Go.

Daphne hatte jetzt häufiger die weißen Steine und gewöhnte sich Strategien an, die sie zuvor verschmäht hätte. Einmal opferte sie vier ihrer Steine, um den Shunkan zum Schlagen zu zwingen, was dieser tat, worauf sie drei von seinen fing und sich damit einen Sieg sicherte.

»Du wirst fieser, Daphne.«

Da lächelte sie das erste Mal. Er sah es durch die Klammern und war froh.

Manchmal redete César mit dem Cust, der zuständig war für die Dimpflege; die präzisere Übersetzung lautete: Dim-»Wartung« oder »Instandhaltung«, denn Leute wie Daphne wurden, auch wenn sie keinen Custai mehr gehörten, nach wie vor als Geräte betrachtet.

Dabei empfing der Shunkan den traurigen Eindruck, dass man Daphne weniger sorgfältig operiert und mit schlechterer Nachsorge behandelt hätte, wenn sie nicht als sein Eigentum gegolten hätte.

Er lernte viel über die Physiologie der Art, der Daphne angehörte, und über ihre Zerbrechlichkeit. Die Custai und die Dims, die Daphne halfen, wussten mehr über die Gebrechen, möglichen Noxen und Schäden, die Dims drohten, als je ein Mensch, den César kennengelernt hatte, über vergleichbare Dinge bei Menschen gewusst hatte.

Was jederzeit ersetzbar war, dämmerte ihm, musste man eben auch nicht kennen, nicht zu schätzen wissen.

Er wohnte einer Kernspintomografie, einer Knochenszintigrafie, einer Liquorpunktion und einer Angiografie bei. Er sah, wie sie geröntgt und per Ultraschall untersucht wurde.

Er wunderte und gruselte sich, auf wie viele Arten man jemanden stechen, öffnen, durchleuchten, analysieren, testen, diagnostizieren konnte.

Ihre Genesungsfortschritte wurden überwacht von den typischen klobigen Computersystemen der Custai, einer Elektronik, deren Robustheit der Shunkan allmählich schätzen lernte, weil man ihr nur mit mechanischen Erschütterungen, Ausfällen der Stromzufuhr und schlechten Programmen schaden konnte. Da Vernetzung mit extensiveren Systemen bei ihnen optional und nicht wie bei sTlaloks und Tlaloks gleichsam der Normalzustand waren, kamen solche Schäden sehr selten, beinahe niemals vor.

César erfuhr in Wort, Bild und twiSicht alles über Daphnes Lungen, ihre Leber, ihr kostbares Herz, ihr eigensinniges Hirn, über die Höhlen des Brust- und Bauchraums, über die Aufhängung der inneren Organe, den Bewegungsapparat und die Gefäße, auch Dim-Geschlechterunterschiede: die weibliche Harnröhre ist kürzer, die Brüste sind empfindlicher als bei Menschen. Welche Form hat das Becken, und was muss der Chirurg beachten, wenn er es behandelt? Er studierte ihren Schlaf, ihre Träume, ihre Biorhythmen und Störungen, ihre Kompliziertheit und ihre Einfachheit.

Manchmal saß er neben ihrem Bett und las mit einer Stimme, die Aisa als sehr angenehm empfand, sehr alte Breven vor, über Gegenden, wo Jahrtausende lang niemand mehr gewesen war.

Stimmungsarchäologie, Episoden einer gattungspsychologischen Geschichtsschreibung: »The sun hat not yet risen. The sea was indistinguishable from the sky, except that the sea was slightly creased as if a cloth had wrinkles in it. Gradually as the sky whitened a dark line lay on the horizon dividing the sea from the sky and the grey cloth became barred with thick strokes moving, one after another, beneath the surface, following each other, pursuing each other, perpetually.«

Daphne döste, während er dies vorlas.

Aisa, die damit beschäftigt war, einen Armverband der Kranken neu zu wickeln, sah aufmerksam und mit etwas wie Bewunderung zu César.

Als der das Buch zuklappte und nach draußen ging, um sich ein wenig die Beine zu vertreten, folgte sie ihm und sagte: »Das war schön. Man bekommt Fernweh nach einem richtigen Meer. Nicht wie diese großen Seen hier. Ein Meer, wie auf einem Planeten.«

»Sie verstehen die alten Sprachen?«, wunderte sich der Shunkan.

Aisa nickte: »Wir lernen, in den zwölf Jahren, bevor man uns in eine Gruppe steckt, so einiges. Nicht von den Custai, sondern von unseren eigenen Lehrerinnen und Lehrern. Die Custai ermutigen uns, dass wir das tun.«

Er war versucht, sich zu erkundigen, warum ausgerechnet alte Dialekte der Menschen zum Lehrplan der zweifellos schlecht mit Lernmitteln versorgten und organisierten Dimschulen gehörten. Aus Taktgefühl beschloss er aber, diese Frage, die vielleicht als Zeichen der Herablassung empfunden wurde, für sich zu behalten und lieber von dem Buch zu erzählen, das ihr gefiel.

»Die Frau, von der die Breve ist, hieß Virginia Woolf. Sie hat sich in einem Meer getötet. Sie war eine gute Schwimmerin, deren Instinkte gegen den Selbstmord wohl rebelliert hätten, wenn sie ihre Kleidung nicht mit Steinen beschwert hätte.«

»Warum«, fragte Aisa und stand auf, eine Einladung zum Spaziergang, die der Shunkan annahm, »hat sie das getan?«

»Manche sagen, aus persönlichen Gründen. Andere sagen, aus Angst vor einem Krieg.«

»Angst vor einem Krieg ist ein persönlicher Grund.«

Sie redete, fand César, wie Daphne Go spielte.

Man ging über den Sandplatz, am Kieshang vorbei, zu einem kümmerlichen Wäldchen, und redete nicht viel.

Er betrachtete Aisas großen Schatten. Sie sah zum Horizont, hinter dem in östlicher Richtung die größte Seenplatte auf Treue begann. Dann sagte sie gedankenverloren: »Ich kannte auch eine Virginia. Das war in einer anderen Arbeitsgruppe, hier auf Treue. Sie hatten mit dem Knochenbau zu tun, mit den Rippen, also dem, was unseren ... Himmel trägt.«

Der Shunkan überlegte ein Weilchen: Virginia – warum haben sie Namen wie wir, wer gibt die ihnen eigentlich, sind das die Custai oder tun sie das selbst, und weshalb?

»Hier müssen wir uns trennen«, sagte sie nach drei Vierteln des Rückwegs. Eine einfache Kopfbewegung hin zu den Custai an ihren Messstationen, die dort Unverständliches auseinandernahmen, abbauten und diskutierten, deutete an, dass sie noch andere Pflichten hatte, als sich um Daphne zu kümmern.

Bei dieser, die jetzt tief schlief, im Zelt, am Bett, stand eine fremde Person, die César nicht kannte, die ihm aber dadurch gleich sympathisch wurde, dass sie Daphnes linke Hand hielt. Als er eintrat, sagte die Gestalt leise: »Es tut mir sehr leid, dass es Ihnen so schlecht geht.«

Sie ließ die Hand los und wandte sich ihm zu. Die Frau war groß, schmal, kahlköpfig, knochig, wirkte entschlossen, trug gewöhnliche Zivilkleidung, anders als die meisten Menschen, denen man hier begegnen konnte, also keine Uniform des präsidialen Militärs.

Sie stellte sich vor: »Ich heiße Emanuelle Dinah Norenzayan und bin schuld am Zustand Ihrer Freundin.«

Darin steckte die nicht überraschende Information, dass sie wusste, wen sie vor sich hatte. César blieb stehen, anstatt, wie er eben noch vorgehabt hatte, auf sie zuzugehen und ihr die Rechte zum uralten Brauch des Händeschüttelns entgegenzustrecken. Stattdessen verschränkte er nun die Arme vor der Brust, setzte eine Miene auf, die ihr bedeutete, dass sie nicht willkommen war, und sagte gar nichts.

Ohne Dringlichkeit, als sei man nur beim Plaudern, fuhr die Frau fort: »Ich wollte zu Ihnen. Ich wollte Ihnen etwas übergeben, von dem ein verstorbener Freund sich wünschte, dass Sie es sich ansehen. Es beweist eine Anschauung, die ein weiterer verstorbener Freund – ein Arzt, der die Dims sehr mochte und Ihrer Freundin gewiss hätte helfen können – mühsam aus verborgenen Hinweisen ...«

Nicht allzu laut fiel der Shunkan Emanuelle ins Wort: »Nehmen Sie zur Kenntnis, dass mich Ihre Freunde und deren Theorien nicht interessieren.«

»Keine Theorien. Tatsachen. Dies hier.«

Sie hielt ihm, auf dem Handteller ihrer flachen Rechten, ein kleines transparentes Plastikröhrchen entgegen, in dem ein schwarzer kapselartiger Gegenstand lag, dessen Form jeder Mensch kannte, den man aber selten so nackt sah.

»Brechen Sie es auf, Dekarin. Es geht, die Sicherung ist nicht mehr aktiv.«

Selbst überrascht, und ein wenig verärgert, dass er es tat, griff César nach dem Röhrchen, hielt es sich vors Gesicht und betrachtete es schweigend. Dann steckte er es in die Brusttasche seines groben, weiß und blau karierten Hemdes.

»Ich werde jetzt gehen«, sagte Emanuelle, »denn ich respektiere Ihre Wünsche.«

»Die Daphnes Wünsche wären, wäre sie wach«, sagte der Shunkan.

Die Waffenmeisterin nickte und sagte tonlos: »Der Shunkan weiß immer, was andere Leute wünschen würden, wenn sie könnten.«

Er wusste nichts darauf zu erwidern und ging zur Seite. Sie streifte ihn nicht, sondern stahl sich wie ein Schatten aus dem Zelt.

César setzte sich wieder an Daphnes Lager und fuhr fort, ihr aus *The Waves* vorzulesen, konnte sich aber schlecht konzentrieren, verlor mehrmals die Zeile und klappte das Buch schließlich mit einem verärgerten Brummen zu.

Ein flüchtiger Blick durch den dreieckigen Spalt an der Lappentür des Zeltes verriet ihm, dass es mittlerweile Abend geworden war.

Zeit für ihn, den Heimweg anzutreten.

Vor dem Zelt erschrak er.

Im Staub saß auf ihren schief angewinkelten Beinen eine uralte Dim, die nur noch aus Knochen, Haut, Muskeln, Sehnen und fast unbeweglichen Tätowierungen zu bestehen schien. Sie blickte ihn durchdringend an und sagte mit papierdünner Stimme: »Ich würde einen Laser benutzen. Du hast doch sicher eine Progmafaktur. Dazu gehört normalerweise ein Schneidlaser. Schneid die Kappe ab, eine der beiden. Schüttle heraus, was drin ist, und schau es dir an.«

»Ich ... was soll ...«

»Der Tlalok.« Sie hatte also das Gespräch zwischen Emanuelle und César verfolgt und, was noch unwahrscheinlicher war, auch gesehen, wie Emanuelle ihm den Nachlass Kurodas übergeben hatte.

»Schneid ihn auf.«

»Ich weiß nicht«, sagte der Shunkan, »warum Sie mir Anweisungen geben. Ich schulde Ihnen weder Rechenschaft noch Gehorsam.«

Die Alte lächelte ein zahnloses, im Zwielicht unheimliches Lächeln und sagte dann, bevor er einfach an ihr vorbeilaufen konnte: »Mir sicher nicht. Aber uns. Denen, die deine Leute als die Trüben beschimpfen. Und nicht nur für deine persönlichen Untaten – Tabna 3 und die Verwendungen, die du für uns hattest, lassen sich vielleicht als Entscheidungen und Handlungen im Kriegsnotstand rechtfertigen. Ich trage Verantwortung für eine sehr kleine Herde, nicht wie du für eine halbe Spezies. Aber dass ihr uns unsere Geschichte weggenommen habt, unsere Namen, unsere Legenden ...«

»Welche Legenden? Was?« Er wurde unduldsam.

Die Alte sprach langsam, als hätte sie alle Zeit der Welt.

»Ahto, das war ein finnischer Gott der Meere und Gewässer, der grünbärtige Mann, Vater der Fische. Tlalok, so hieß der aztekische Gott des Regens, den alle anflehten, die Wasser für die Felder brauchten. Er trug das Totem des Wildes, er nahm bei Vollmond geopferte Säuglinge an. Dass ihr unsere Kunst und unsere Träume gestohlen habt, das macht euch uns verantwortlich. Das ist eine Schuld. Das müsst ihr wissen wollen, und das sollst du herausfinden, wenn du den toten Tlalok öffnest.«

Durch welchen Zauber sie sich aus ihrer unbequemen Sitzhaltung so schnell in die Höhe aufrichten konnte, wie sie es tat, war dem Shunkan nicht begreiflich.

Er blieb reglos, sprachlos, wie gelähmt stehen, als es geschah, und rief ihr auch nichts nach, als sie sich abwandte und davonging, mit kurzen, vorsichtigen, gar nicht gebrechlichen Schritten, zu einer Gruppe Dims, bei der auch Aisa und Adrian standen.

Es wurde der längste Weg, den César Dekarin je beschritten hatte. Die Dämmerung, zunächst zu seiner Linken, wandelte sich zu einer großen Nacht, in die er mitten hineinging. Auf der Naht zwischen zwei der Sektoren, auf einer Geodätischen, die entlangzulaufen bedeutete, sich zugleich auf der Innen- wie der Außenseite einer kompliziert geschlossenen Kurve zu bewegen, gab es einen schwindelerregenden Augenblick, an dem er, wenn er den Blick eine Spur zu weit nach links schweifen ließ, plötzlich den Eindruck hatte, auf einen von greller Mittagssonne hell erleuchteten Strand zuzugehen.

The Waves, dachte er, und: Angst vor einem Krieg ist ein persönlicher Grund.

Irgendwann fing er an, die spärlichen Gras- und Dörrstrauchbüschel zu zählen, an denen er vorüberging – es wurden etwa vierzig, alles in allem –, dann die eigenen Schritte und Atemzüge – bei viertausend hörte er auf.

Nach einer Weile überlegte er, warum der Weg weiter schien als selbst der schwere, bei dem Daphne verwundet auf seinen Armen gelegen war. Täuschte er sich im Subjektiven, oder hatte das Gremium, das hier unter der Aufsicht eines Cust-Prospektors die Topologie bestimmte, nach der Pulsarnacht einen parachronen Antipodentausch der Polarität hiesiger sphärischer Binnenraumzeit verfügt?

Der Shunkan vermisste seinen Gehstock. Er hätte damit den Takt schlagen können und das Gefühl gehabt, nicht unbewaffnet zu sein. Ein-, zweimal fischte er das Plastikding, das Emanuelle ihm ausgehändigt hatte, aus seiner Hemdtasche, spielte damit.

Kurz vor der Ankunft zu Hause, am See, blieb er stehen.

Wolfsgleich legte er den Kopf in den Nacken und sah hinauf zum grünen Kunstmond, dann senkte er den Blick auf den stillen Wasserspiegel.

Sollte er das Ding in den See werfen?

César spürte das Gewicht des ihm überantworteten Gegenstands, das Gewicht des toten Mannes, für das er stand, in der geschlossenen Hand.

Er dachte: Tlalok, ein Regengott, geopferte Säuglinge, Verpflichtung, persönliche Untaten.

»Mehr Licht!«

César betrat den Raum, in dem er neulich noch mit Daphne und Zera Projektionen alter Quasi- und Halb-Environs erlebt hatte. Als die maximale Helligkeit erreicht war, legte er sich unter einen der klobigen Werktische seiner persönlichen Progmafaktur, den er mithilfe von allerlei archaischem Werkzeug – Schraubenzieher, Schraubenschlüssel, Brecheisen – als sein eigener Marchandeur auseinanderbaute, bis er genügend Teile beisammen hatte, um danach im Projektionssaal eine improvisierte Laser- und Mikroskopieranlage zusammenzubauen.

Im Keller fand er Handschuhe und Elemente für einen Waldo sowie einen Glaskasten zur Präparation des Untersuchungsobjekts. Sie alle reinigte er, zimmerte, klopfte, lötete und kalibrierte bis zum Morgengrauen.

Dann legte er den toten Tlalok des verstorbenen Raumschiffkapitäns in die Tischmitte. Was er zu finden gehofft oder vielleicht auch gefürchtet hatte, wusste er selbst nicht, als sich die abgetrennte Kappe löste und neben das kleine Objekt fiel.

Als er es zwischen zwei zitterfrei präzise Roboterfinger nehmen ließ und ein paar Zentimeter hochhob, um es zu schütteln, fiel etwas heraus: Ein kleines, weißes Spinnen-Kaktus-Krebstierchen. Bis auf den Umstand, dass es ein wenig kürzer und kompakter war, glich es in allen Einzelheiten den Gedankenkrabblern auf Treue.

Sonst war nichts darin – keine Batterie, keine Schaltelemente, kein Chip, keine Magnetspule. Nur dieses Lebewesen, das unter Einwirkung einer unbekannten Kraft, welche die Dims waffentauglich gemacht hatten, gestorben war.

Der Tlalok war, anders als jedes Kind zu wissen glaubte, kein technisches Gerät, das einem Lebewesen – einem Menschen – als eine Art twistorraumoptimiertes zweites Hirn dabei half, in eine andere Art Wirklichkeit zu spähen oder unter ungewöhnlichen Bedingungen zu überleben. Der Tlalok war selbst ein Subjekt.

Der ganze um ihn herumarrangierte angebliche Mensch dagegen, erkannte César und hatte das Gefühl, das längst gewusst zu haben, war ebenso sehr künstliche Schöpfung wie je ein zweites Bein, ein neues Gesicht, ein geklontes halb organisches Biomarcha-Hirn.

Die Menschen, die der Shunkan kannte, inklusive ihn selbst, gab es gar nicht.

Sie waren Kostüme für das hier, was immer »das hier« genau bedeutete.

Erbgut von etwas Medeen-artigem? Eine ganz andere Spezies, aus denen die Medeen und Leviathane einst hervorgegangen waren? Eine, die ihrerseits aus den Medeen und Leviathanen hervorgegangen war?

César zog seine Hände aus den Manipulationshandschuhen, nahm seinen Mundschutz und seine Schutzbrille ab. Er stand von der Werkbank auf und ging sehr müde, mit schweren Knochen, aus seinem Haus, an die frische Luft.

Draußen, im Freien und mit einem Mal sehr Fremden, stand auf wisselnden und wuschelnden Metallbeinen und -armen eine Skyphe.

Die Gesandte 3467999 sah aus wie ein umgestülpter Blumentopf. Der Shunkan hob träge die Hand, um sie zu begrüßen.

Mit schnarrender Stimme sagte das Wesen: »Angst kostet zu viel Zeit. Ihre Sicherheitseinrichtungen überzeugen nicht.«

»Ich habe sie aufgegeben und deaktiviert, seit der Pulsarnacht. Sind uninteressant geworden.«

»Ich verstehe«, sagte die Skyphe, »vieles ist nicht mehr wichtig. Der Tlalok liegt offen?«

»Ich weiß nicht genau, was das bedeutet, was ich gefunden habe.«

»Das wissen auch wir nicht.« Sie meinte die Skypho insgesamt. »Wüssten wir es, wäre die Pulsarnacht nicht die Ausnahme, nicht das Ereignis, sondern der Zustand des Ganzen, immer.

Wir haben das gefürchtet. Wir wollten das Ereignis verhindern.«

»Ist euch nicht gelungen.«
»Nein. Aber viele lernen jetzt vieles, und das kann nicht falsch sein.«
»Und du, willst du mich was lehren?«
»So kann man sagen. Ob es dich kümmert, kann ich nicht wissen.«
»Erzähl mir eins, zuerst.«
Er setzte sich auf einen der Stühle, die Daphne und er im Frühjahr zusammen gebaut hatten, streckte beide Beine aus, schloss die Augen und verschränkte die Arme hinterm Kopf wie einer, der sich nach langer und schwerer körperlicher Anstrengung verdientermaßen entspannen will. »Wer sind die Menschen?«
»Diejenigen, die du Dims nennst.«
Der Shunkan nickte. So viel hatte er sich gedacht.
»Und wer sind wir? Leute wie Castanon, Zera, ich?«
»Diejenigen, die viele Spezies als die Regenfinger oder Meergötter kennen. Die Erbauer der Ahtotüren. Eine Art, die vergessen wollte, wer sie war. Endlich wieder so leben, wie weniger entwickelte Arten leben. Mutwilliges Vergessen allerdings bringt mehr Unordnung in den Kosmos als je irgendeine junge, aufstrebende Spezies.«
Dekarin lächelte schwermütig und sagte: »Barbarei ist eine schlechte Medizin für Dekadenz.«
Die Skyphe antwortete: »Ihr habt die Welt der Menschen gefunden. Sie haben euch verführt und wolltet es gar nicht. Ihr wolltet jung sein wie sie. Ihnen gefiel das nicht. Ein kurzer Krieg hat es entschieden. Diejenigen, die ihr nicht getötet habt, wurden erst eure Helfer. Dann, nach ein paar tausend Jahren, wurden ihre Nachkommen die Helfer einer eurer Hilfsspezies, die ihr in die Freiheit entlassen habt, mit diesem zweifelhaften Geschenk, den Dims.«
»Wie Eltern ihre Kinder zu mehr Verantwortung zu erziehen suchen, indem sie ihnen ein Haustier schenken.« Der Shunkan nickte.
Dann sagte er: »Gut. Kommen wir zum Nächsten. Was ist – nein, das klingt falsch. Was war die Pulsarnacht?«

3 Zeras Breve

Im Land Bengalen lebte eine Schönheit, die hieß Lata. Als Lata dreizehn war, hatte sie zwei Hungersnöte erlebt, einen Krieg und genügend Hässliches von der Art, wie Menschen einander antun. Sie beschloss, dass sie keinen Anteil haben wollte am Elend, an der Gier, am Neid und am Hass, und weihte ihr Leben der Göttin. Dreizehn Jahre las sie die Schriften der Alten und ging zu den Predigerinnen am Fluss und hörte zu und lernte. Dreizehn Jahre lang versenkte sie sich in Gebet und Anrufung der Göttin und in Sehnsucht nach dem himmlischen Reich, wo die Göttin lebt und es keine Hungersnöte gibt, keinen Krieg, nichts Hässliches von der Art, wie Menschen einander tun, kein Elend, keine Gier, keinen Neid und keinen Hass. Dreizehn Jahre setzte sie sich täglich unter einen Baum von hellstem Holz und meditierte. Das war, als hätte sie eine Quelle in ihrem Herzen entdeckt, und frisches klares weißes Mondschaumwasser strömte durch ihre Seele und reinigte sie. Lata aß wenig, meist Blätter, manchmal einen Milchpudding mit Rosenwasser, Mandeln und Pistazien, den eine gute Frau aus dem nahen Dorf ihr brachte, und trank außer Wasser nur gelegentlich einen kalten, ganz besonderen Tee, den sie aus dunklen Gräsern machte. Der schmeckte süß, obwohl kein Zucker darin war.

Als Lata drei Jahre lang gelernt, meditiert und gebetet hatte, traf sie beim Gräserpflücken ein wunderschönes Mädchen, das etwas jünger war als sie selbst, und verliebte sich. Das Mädchen hieß Savita und erwiderte Latas Liebe. So gingen, aßen und schliefen sie von da an zusammen. Die Göttin, wussten alle, die hier lebten, segnete jede Liebe, die stark genug war, die Liebenden nicht nur im Diesseits, sondern auch im himmlischen Reich, wo die Göttin lebt, aneinander zu binden.

Lata und Savita gingen, aßen, schliefen, beteten und lernten gemeinsam. Aber Lata fuhr fort, alleine unter dem Baum vom hellen Holz zu meditieren.

Eines Tages, nachdem sie ihre Seele so lange im Mondschaumwasser gebadet hatte, dass ihr bereits ein Blick ins himmlische Reich gestattet worden war, wo die Dinge nicht nur Höhe, Breite,

Tiefe und Dauer, sondern noch eine fünfte Eigenschaft haben, die man mit Worten nicht benennen kann, öffnete Lata die Augen und fand vor sich auf der Erde eine Blume, die noch nicht dagewesen war, als sie die Augen zuvor geschlossen hatte. Die Blume schillerte in den Farben von Sonnenaufgang und Orangenblut. Lata staunte, die Blume sprach. Die Blume sagte: »Du bist eine kostbare Tochter der Göttin, Lata. Ich will dir nah sein, beuge dich zu mir und nimm meinen Duft als Gruß und Geschenk.«

Da erschrak Lata, sprang auf und rief: »Du bist ein Wunder, und also ein Schrecken! Du bist eine Versuchung, dein Duft wird zu stark sein, er wird mich vom Lernen, vom Beten, vom Meditieren abhalten, er wird mich betäuben und ich werde nicht in Savitas Hütte zurückkehren, da wird sie auf mich warten und ihr Herz wird brechen.«

Schnell lief Lata fort, in Savitas Arme, und als die Liebste fragte, was Lata geschehen sei, sagte Lata: »Ein Schrecken hat mich bedroht, aber ich bin zu dir gelaufen, dass du mich beschützt.«

Da küssten die Liebenden einander und waren einander nah.

Zehn weitere Jahre setzten sie ihr Leben, das der Göttin gefallen wollte, in Treue, Freude, auch Schmerzen, auch Streit und Zweifeln fort, und wenn sie einander kurz verloren, so fanden sie einander doch immer wieder. Lata war glücklich, weil Savita glücklich war. Sie gingen, aßen, schliefen, beteten und lernten gemeinsam, aber Lata fuhr fort, alleine unter dem Baum vom hellen Holz zu meditieren.

Eines Tages, nachdem sie ihre Seele so lange im Mondschaumwasser gebadet hatte, dass sie schon den Wind auf der Haut hatte spüren dürfen, welchen der Flügelschlag der Engel im himmlischen Reich der Göttin bewegt, öffnete Lata die Augen und fand vor sich auf der Erde eine Frucht, die noch nicht dagewesen war, als sie die Augen zuvor geschlossen hatte, um mit dem Meditieren zu beginnen. Die Frucht glänzte wie die Wangen eines Kindes, das sich freut. Obwohl Lata sich nicht zu ihr beugte, lief ihr das Wasser im Mund zusammen vom Hauch, der von der Frucht ausging, und sie wusste, dass das eine saftige, köstliche Frucht sein musste. Lata staunte, die Frucht sprach. Die Frucht sagte: »Du bist eine rei-

zende Tochter der Göttin, Lata. Ich will dir nah sein, heb mich auf und nimm einen Bissen als Gruß und Geschenk.«

Da erschrak Lata, sprang auf und rief: »Du bist von keinem Baum und keinem Strauch, den ich kenne, und also ein Zauber! Du bist eine Versuchung, dein Geschmack wird mich berauschen, er wird mich vom Lernen, vom Beten, vom Meditieren abhalten, er wird mich verwirren, und ich werde nicht an Savitas Tisch zurückkehren, da wird das Essen verderben und Savitas Herz wird brechen.«

Schnell lief Lata fort, an Savitas Tisch, und als die Liebste fragte, was Lata geschehen sei, sagte Lata: »Ein Hunger hat mich gequält, aber ich bin zu dir gelaufen, dass du mir meine Speise gibst.«

Da aßen die Liebenden miteinander und waren einander nah.

Zwanzig weitere Jahre setzten die Liebenden ihr gemeinsames Leben, das der Göttin gefallen wollte, in Treue, Freude, auch Schmerzen, auch Streit und Zweifeln fort, und wenn sie einander kurz verloren, so fanden sie einander doch immer wieder. Lata war glücklich, weil Savita glücklich war. Sie gingen, aßen, schliefen, beteten und lernten gemeinsam. Aber Lata fuhr fort, alleine unter dem Baum vom hellen Holz zu meditieren. Lata war nun nicht mehr jung, aber noch immer badete sie ihre Seele im nie versiegenden frischen klaren weißen Mondschaumwasser aus dem himmlischen Reich, und einmal war ihr darin so wohl, dass sie schon das Gesicht des Engels erschaute, der am Eingang zum himmlischen Reich steht und die Toten, deren Lebenswandel der Göttin gefallen hat, zu ihr lässt.

Als Lata nach dieser tiefen Erkenntnis des Jenseits die Augen öffnete, saß vor ihr auf dem Boden ein Vogel, wie sie noch keinen gesehen hatte. Er schien ganz aus blauem Glas und tat den Schnabel auf und sprach: »Du bist eine heilige Tochter der Göttin, Lata. Ich will dir nah sein, schließ deine Augen wieder und nimm mein Lied, das ich dir singen will, als Gruß und Geschenk.«

Da erschrak Lata, richtete sich mühsam auf, denn die alten Knochen gehorchten ihr nicht mehr, wie die jungen Knochen ihr gehorcht hatten, und rief: »Du bist nicht aus Fleisch und hast keine Federn, also bist du eine Gaukelei! Du bist eine Versuchung, und wenn ich deinem Lied lausche, wird es meinen alten Kopf betören und meine Erinnerungen durcheinanderbringen, und ich werde nicht mehr wissen, wo Savitas Nachtlager ist, und werde nicht zu ihr finden, wenn es nachts kalt wird, und werde umherirren und erfrieren, und sie wird mich nicht wiedersehen, und ihr wird das Herz brechen.«

Und sie humpelte davon, zu Savitas Lager, die sie sanft bettete, ihre heiße Stirn streichelte und fragte, was Lata geschehen sei. Da sagte Lata: »Ein Lärm hat mich verstört, aber ich bin zu dir gelaufen, dass du mir meine Melodie summst, damit ich einschlafen kann.«

Da legte sich Savita zu Lata, und Lata hörte der Melodie zu, und die Liebenden schliefen ein und waren einander nah.

Am nächsten Abend war Savita, als die Sonne unterging, noch nicht zu Hause, denn als die Jüngere war sie es inzwischen allein, welche die dunklen Gräser sammelte, um Latas dunklen Tee daraus zu kochen, und im Winter waren diese Blätter schwer zu finden, sodass Savita oft erst spät nach Hause kam.

Als Lata sich eben aufs Lager gelegt hatte, um es für die Liebste zu wärmen, stand plötzlich ein Mann im Raum, der gekleidet war wie der Sohn eines Radschas. Der zitterte, als fröstelte ihn. Lata fand ihn schön, was sie wunderte; lange schon hatte sie gedacht, dass sie einen wie ihn nicht mehr ansehen würde und wenn, dann nicht mehr, um ihn schön finden zu können. Lata fragte: »Wer bist du, und was tust du hier?«

»Ich bin Kumar, und ich komme von einer weiten Reise. Mich friert bis ins Mark, aber es ist nicht mein Körper, dem die Kälte zusetzt. Es ist meine Seele, die friert, vom Eis in der Welt, von den Hungersnöten, Kriegen, von den Hässlichkeiten, die Menschen einander tun, vom Elend, von der Gier, vom Neid und vom Hass. Ich weiß, dass du Lata bist, meine Kundschafter haben mir berichtet, dass du eine heilige Tochter der Göttin bist. Ich weiß, dass nur deine Umarmung mein Frieren beenden kann. Ich habe dir nichts zu geben als meine Sehnsucht nach Wärme und dem himmlischen Reich der Göttin, aber ich bitte dich, dass ich mich zu dir legen kann, bis Savita wiederkommt. Meine Kundschafter werden sie sehen, wenn sie am andern Ende des schmalen Pfades zu eurem Haus erscheint; sie werden das Heulen von Wölfen nachahmen,

ich werde fort sein, ehe du sie von deinem Fenster aus im Mondlicht erkennen kannst.«

Da wurde Lata zornig und beschimpfte den Prinzen: »Du bist kein Reisender, sondern ein Dieb. Du brichst hier ein und willst mir stehlen, was nicht einmal mir gehört, sondern allein Savita: meine Wärme. Du bist eine Versuchung, und ich verbanne dich aus diesem Haus, von dieser Stätte, vom Fluss, vom Garten. Und lass dich nie bei meinem Baum von hellem Holz sehen, sonst sollst du verflucht sein!«

Der Prinz verbeugte sich schweigend und ging lautlos aus der Hütte.

Als Savita zurückkehrte, fand sie Lata aufgewühlt und fast verzweifelt, strich ihr übers graues Haar und fragte, was geschehen sei.

Lata sagte: »Ein Teufel hat mich verführen wollen, und weil es ein schöner Teufel war, war es ein besonders schlimmer Teufel. Gut, dass du zurückgekehrt bist, denn wenn du hier bist, tastet mich kein Teufel an.«

Da zündete Savita ein Feuer an, und beide wärmten sich daran und erzählten einander Geschichten aus ihrem langen gemeinsamen Leben und waren einander nah.

In dieser Nacht schlief Lata ein und wachte nicht mehr auf.

Die Seele der Verstorbenen schwamm noch einmal durch das frische klare weiße Mondschaumwasser, diesmal mit kräftigen Zügen, gegen den Strom, höher und höher empor, bis an ein Ufer, wo ein Tor war. Die körperlose Seele, die Lata nun war, erkannte den Engel, der vor diesem Tor stand, und sagte: »Ich grüße dich, wachsamer Engel. Ich bitte dich bescheiden, nach einem Leben, das ich dem Gebet, dem Lernen, der Meditation und der von der Göttin gesegneten Liebe meiner irdischen Gefährtin gewidmet habe, um Einlass in das himmlische Reich, wo die Göttin lebt und es keine Hungersnöte gibt, keinen Krieg, nichts Hässliches, von der Art, wie Menschen einander tun, kein Elend, keine Gier, keinen Neid und keinen Hass.«

Da sah der Engel sie traurig an, schüttelte den Kopf und sagte: »Die Göttin ist betrübt über dich und will dich nicht zu sich lassen. Sie hat dich vom Tag deiner Geburt mehr geliebt als irgendein anderes ihrer Kinder. Aber du hast diese Liebe enttäuscht. Du wirst zurück in den Strom tauchen müssen, du wirst wiedergeboren werden und alle schweren Dinge noch einmal erleben, alle Prüfungen, alle Sorgen und Schmerzen und alles Glück, und die Göttin hofft, weil sie dich immer noch sehr liebt, dass du ihr diesmal keinen Kummer machen wirst.«

Da entsetzte sich Lata und sagte: »Wie kann das sein? Habe ich schlecht gebetet, falsch gelernt, unaufmerksam meditiert oder meine Liebste betrogen?«

»Die Göttin hat dir Grüße geschickt, weil ihr einziges Glück darin liegt, mit ihren Kindern zu sprechen. Du aber hast auf diese Grüße geschwiegen. Du hast die Geschenke deiner Mutter verschmäht. Die Blume, die dir deine Mutter geschickt hat, ist verwelkt, aus Gram darüber, dass du nicht an ihr riechen wolltest. Die Frucht, die dir deine Mutter geschickt hat, musste verderben, aus Schmerz darüber, dass du sie nicht essen wolltest. Der Vogel aus blauem Glas, den dir deine Mutter geschickt hat, ist zerbrochen, aus Leid darüber, dass du ihn nicht hören wolltest. Der Prinz, den dir deine Mutter geschickt hat, ist erfroren, aus Qual darüber, dass du ihn nicht umarmen wolltest.«

Da weinte Lata, senkte den Kopf und flüsterte: »Ach, die Geschenke und Grüße der Göttin sind zu große Rätsel. Sie verlangt zu viel, sie überfordert ihre arme Tochter! Ist es denn nicht wahr, dass man, wenn man ihr gefallen will, beten soll, dass man meditieren soll, dass man lernen soll, dass man der Liebe treu sein soll, die man findet? Hätte ich an der Blume gerochen, hätte ich von der Frucht gegessen, hätte ich dem Vogel gelauscht und den Prinzen umarmt, so hätte mich doch all das fortgezogen vom Beten, vom Meditieren, vom Lernen, von der Liebe, dann hätte das doch, weil es alles diesseitige Dinge waren, meinen Weg zum Jenseits, zum himmlischen Reich zum Umweg gemacht. Soll denn nicht alles Sehnen und Spüren der Menschen sich nach dem himmlischen Reich richten? Soll ich an jeder Blume riechen, jede Frucht kosten, jedem Vogel zuhören und mich zu jedem Prinzen legen? Was bleibt dann noch vom Himmel in mir, und was von mir selbst, meiner Seele?«

»Arme Lata«, sagte der Engel, »natürlich sollst du nicht an jeder Blume riechen, jede Frucht kosten, jedem Vogel zuhören und dich *zu jedem Prinzen legen. Aber die Blume schien dir schön, nachdem, nicht bevor du gelernt, gebetet, meditiert und Savita gefunden hattest, die Frucht schien dir schön, nachdem, nicht bevor du gelernt, gebetet, meditiert und Savita gefunden hattest, der Vogel schien dir schön, nachdem, nicht bevor du gelernt, gebetet, meditiert und Savita gefunden hattest. Sie waren nicht irgendwelche Blumen, Früchte, Vögel, Prinzen – sie gefielen einer Seele, die im frischen klaren weißen Mondschaumwasser gebadet hatte und also von der Göttin die diesseitigen und die jenseitigen Sinne erhalten hatte, die man braucht, um das Gute zu erkennen. Sie hat dich geschaffen, und du hast dich ihr geweiht und ihre Gebote gehalten. Wie hätte dir da etwas gefallen können, das nicht ein Gruß und Geschenk von ihr war? Du sagst, du seist es doch gewesen, ihr Geschöpf, das da nein gesagt hat. Aber es waren deine Angst, dein Unglaube, deine Schwäche, und das alles bist nicht du. Das sind nur die Wunden, die dir das Elend, die Gier, der Neid und der Hass geschlagen haben. Du hättest schöner und wahrer sein können; du hättest die Grüße des Himmels beantworten und die Geschenke annehmen sollen.«*

»*Aber selbst wenn ich die Grüße des Himmels erkannt hätte*«, sagte Lata leise und voller Trauer, »*wie hätte ich eine angemessene Antwort finden können? Es ist nicht recht, dass die Schöpferin mit dem Geschöpf redet wie mit ihresgleichen. Ich bin ein Kind, wie hätte ich in der Sprache meiner Mutter antworten können? Ich musste schweigen, es war zu viel. So bin ich; wenn mich das verurteilt, dann muss ich auch dazu schweigen.*«

»*Und wieder irrst du aus Bescheidenheit und Kleinmut*«, antwortete der Engel, »*denn die beste Antwort, wenn die Schönheit zu dir spricht, ist, dass du einfach ja zu ihr sagst. Die Blume ist da, damit du an ihr riechst, die Frucht, dass du sie isst, der Vogel, dass du ihm lauschst, der Prinz, dass ihr einander wärmen könnt.*«

»*Aber der Prinz, das ist das größte von den Rätseln! Ich wäre bei ihm gelegen, und ich hätte die Treue zu Savita verletzt!*«

»*Die Treue verletzt, wer Menschen umarmt, ohne sie zu begehren, oder Menschen begehrt, ohne sie zu umarmen. Er wollte nicht zwischen dir und Savita liegen, nur bei dir, neben dir, als sie nicht* da war. Die Lehre, dass ein Mensch nur bei einem einzigen Menschen liegen soll, ist von denselben falschen Priestern erfunden wie die Lehre, dass ein Mann nur bei einer Frau und eine Frau nur bei einem Mann liegen soll. Beide Lehren sind Männerlehren, Herrscherlehren, die das Erbe sichern sollen. Die Frau soll nur einen Mann haben, weil man sonst nicht weiß, von wem der Sohn ist, der nach dem Mann herrschen wird. In den alten Gesellschaften gab es diese Erpressung nicht, und trotzdem blieben Gefährten beieinander, und fanden Wege, und teilten Freude und Schmerzen, und taten einander weh und taten einander Gutes, wie das sterbliche, irrende Herzen tun. Die einzige Sünde ist die Lüge. Alle andern Sünden stammen von ihr ab.«

»Ich will deiner Rede nicht widersprechen«, sagte Lata und trocknete mit ihrem Handrücken ihre eigenen Tränen ab. »Ich kann es nicht, du bist der Engel und hast Vollmacht der Göttin, ich bin nicht so klug und nicht so stark, wie du denkst. Ich will meine Strafe annehmen. Denn wenn ich sie auch nicht verstehe, und wenn ich auch glaube, dass ich recht gehandelt habe, denn ich habe der Göttin und Savita die Treue gehalten und alle Versuchungen abgewehrt, so weiß ich doch, dass meine Strafe nicht so hart sein wird, denn eins ist gewiss: Ich werde Savita wiedersehen, drüben im Land Bengalen, denn entweder sie lebt dort noch lange, oder sie wird an diesem Tor hier ebenfalls abgewiesen, denn sie hat nichts anderes gewusst und nichts anderes getan als ich, und wenn das meiner Mutter nicht gefällt, so muss sie uns beide abweisen, ja, darum werden wir vereint sein, und wenn ich sie habe, so kann ich alles ertragen.«

Da schüttelte der Engel abermals den Kopf und lächelte, aber Lata sah, dass es kein herablassendes oder spöttisches Lächeln war, denn Tränen liefen seine Wangen hinunter, und der Engel weinte, als er sprach: »Ach arme, schöne, wundersame Lata. Savita wird nicht abgewiesen werden, sie ist willkommen.«

»Wie kann das sein?«, rief Lata, tief verletzt und empört.

»Verstehst du nicht? Hättest du auch nur das erste Geschenk der Göttin angenommen, auch nur ihren ersten Gruß erwidert, dann wärst du nicht abgewiesen worden. Savita hat anders gehandelt als du.«

»Wie denn? Hat sie, nachdem sie ihr Leben gefunden hatte, so wie ich meins mit ihr fand, sich von etwas anderem, einem Gruß, einem Geschenk hinreißen lassen?«

»Ja, Lata. Sie hat keine vier Versuchungen abgewehrt, sondern ihre, die fünfte in eurem gemeinsamen Leben, zu sich gelassen, weil sie erkannte, woher sie kam. Ihr Leben, das sie zuvor gefunden zu haben glaubte, war eins, in dem sie schöne Jünglinge um sich hatte, von denen verzaubert wurde und sie wieder verzauberte. Dann aber kamst du. Du warst ihre Blume, ihre Frucht, ihr Vogel, ihr Prinz. Sie hat den Gruß verstanden und beantwortet. Sie hat das Geschenk angenommen. Sie hat dich geliebt.«

4 Leicht machte sich Yasaka den Abschied von Shavali Castanon nicht.

Selbst als die öffentliche Stimmung, messbar auf tausend Foren, in Environs, Gesprächen, twiRäumen und twiHinterzimmern, sich dazu durchgerungen hatte anzuerkennen, dass es nötig war, die Präsidentin abzuwählen, zögerte die Öffentlichkeit.

Die unausgesprochene Überzeugung aller, die in den ersten Wochen nach der schwersten Erschütterung, die das Herz der Zivilisation der kartierten Welten jemals erlitten hatte, überhaupt etwas glaubten, ging dahin, dass auf eine Präsidentin Castanon immer nur eine Präsidentin Castanon folgen durfte, selbst wenn man die vorhandene Präsidentin Castanon satthatte und loswerden wollte.

Die Debatte musste also als erste Hürde die Frage überwinden, ob Irina Fayun Castanon eine geeignete Präsidentin Castanon war oder nicht. Die Klärung erwies sich als gar nicht einfach. Irinas Hauptsponsor, der außerordentlich gewiefte Taktiker N"//K'H/'G', der sich einen besonderen Platz in ihrem Beraterstab bereits zu einem Zeitpunkt gesichert hatte, als es so einen Stab noch gar nicht gab, schien in den ersten drei Wochen nach dem Kataklysmus an ihrer Kandidatur erheblich interessierter als Shavali Castanons vorgesehene Herausforderin selbst. Immerhin ließ Irina ihn die erforderlichen Strategeme ausarbeiten, die nötige Fühlungnahme zu den Introdisten und den Kolonialen organisieren, die erforderlichen Informationen über die Quorumsherstellung, den Instanzenweg der Misstrauensanmeldung und die Maßnahmen zur Einflussnahme auf die Magistrate von den Konsuln bis zu den Quästoren einholen, Kontakte zur Heeresverwaltung, etwa dem Apparat für Aufstellung und Ausrüstung der Verbände, mit Umsicht bahnen und an allen dabei aufscheinenden neuralgischen Punkten, meist begleitet von seinem neuen Gehilfen Armand Mazurier, den richtigen Personen die richtigen Versprechungen machen.

Selbst bei Dimhilfsvereinigungen wurde N"//K'H/'G' vorstellig und brachte ein Konzept mit, wie man in weniger als zwei Zyklen den Custai alle noch in deren Diensten stehenden Dims abkaufen und diesen großzügige Starthilfen für Besiedlung und Urbarmachung ihrer wüsten »Neuen Welt« geben konnte. Klug wie er war, hatte er sich zuvor beim präsidialen Militär rückversichert: Man würde das Unternehmen wohlwollend begleiten, weil man die neue, ihrem Marchamaß nach eher bescheidene Zivilisation nach einer Art *formula togaturum* ins Sicherheits- und Verteidigungskonzept der kartierten Welten einsetzen konnte, etwa als Spenderin möglicher Auxilia gegen Custai oder Skypho.

Den Kolonialen versicherte der Bintur, den bald alle einflussreichen Yasaki als »Naka« kannten: »Wir können den Dims mehr als nur ihr komisches System schenken. Geben wir ihnen noch die Wega und ein paar andere Grenzregionen dazu, dann schaffen sie, wenn wir sie ordentlich aufrüsten, uns sogar einen netten kleinen *Cordon sanitaire*, eine Pufferzone, in der zunächst sie und dann erst wir angegriffen würden, wenn es zu Disputen käme. Was kann man sich Nützlicheres wünschen?«

Nakas Arbeit war so erfolgreich, dass man die neu entstehende Partei, die quer durch alle bisherigen Lager ihre Kräfte sammelte wie einst Shavali Castanon selbst, deren kompliziertes System von Ehrbezeugungen, Ausgrenzungen und dann wieder Begnadigungen ihre Macht wesentlich mitgetragen hatte, schließlich die »Nakaisten« nannte.

Als die wesentliche Vorarbeit geleistet war, ließ sich Irina Fayun Castanon bei der Eröffnung eines Environs im selben Theater sehen, in dem vor einem Jahr Valentina Bahareth zusammengebrochen war. Dort hielt sie, explizit dazu eingeladen vom politisch aktiven Komponisten des Environs »Cathay«, der wiederum mit ihrem Gespielen, dem Sexkünstler, eng befreundet war, eine historische Rede.

Ihr bald berühmtester Passus lautete: »Politische Probleme, sagen die Custai, sind ökonomische Probleme. Ökonomische Probleme, sagt uns die Vernunft, sind Probleme der Handhabung von Energie und Information. Beide Sorten von Problemen verschlimmern wir, wenn wir die Physik ignorieren. Zwischen dem Überlisten und dem Nichternstnehmen der Naturgesetze ist ein schmaler Grat. Meine Mutter war lange sehr gut im Überlisten. Sie ist jetzt dem Nichternstnehmen erlegen. Wir haben keine wasserdichte Theorie darüber, was in der Pulsarnacht geschehen ist. Wir haben daher keine Praxis, die uns darauf vorbereiten könnte, was geschehen würde, falls noch mehr geschieht, das unsere Art zu leben so heftig destabilisiert wie die Pulsarnacht. Diese Wehrlosigkeit ist das Gegenteil der Kunst zu regieren. Abergläubische Dims, so müssen wir erkennen, wissen mehr als wir. Das ist die wahre Katastrophe. Wir werden lernen – aber nicht, wie man lügt, manipuliert, abwiegelt und trickst, sondern wie die Dinge wirklich sind, und was sie bedeuten. Den anderen Weg ist meine Mutter gegangen. Den besseren will ich jetzt gehen.«

Kurz nach diesem Auftritt erklärten sich öffentlich einige Patrizier für Irina: Mitglieder der Linien Collinet, DeGroote, Mizuguchi, Kajiwara, Vogwill und Wiegraebe, nicht nur auf Yasaka und in den Problemgegenden der Milchstraße, sondern auch in bislang politisch ruhigen Regionen wie Antares, Ras Algethi und Spika.

Sie alle wollten sich am Quorum für eine außerordentliche Wahl beteiligen und im Fall ungesetzlichen Widerstands der amtierenden Machthaberin und ihrer verbliebenen Unterstützer ihre ganze Macht in den Magistraten einsetzen, diesen zu brechen. An diesem Punkt der Entwicklung wurde N"//K'H/'G' schließlich in den Saal vorgelassen, in dem Shavali Castanon die Sorgen, Nöte und Unverschämtheiten von Abertausenden Welten zur Kenntnis zu nehmen pflegte.

Langsam kreisende twiSichtprojektionen zeigten hier, was in den verschiedenen Armen der Milchstraße – dem Schild- und Schützen-, dem Orion- und Perseusarm und den weniger umstrittenen – vor sich ging, was in der Nähe des galaktischen Zentrums, in Andromeda, ja in anderen Galaxien und Sternhaufen, vom Schmuckkästchen NGC 4755 bis Omega Centauri, überall im kartierten Raum bis tief in die Dunkelheit des Kohlensacknebels geschah.

Neu war, dass Shavali ihren riesigen Thronraum neuerdings mit blühenden Kakteen auf Kalkfelsen und in Töpfen, kandelaberförmigen wie geduckten, runden wie schmalen dekorierte.

Naka stellte gelassen fest: »Sie werden wunderlich, Madame Präsidentin.«

Sie lachte schamlos. »Die Dinger überleben unter extremsten Umständen. Ihnen gehört die Zukunft. Ich will sie übrigens nicht haben, diese Zukunft. Überleben ist nicht genug, man muss genießen können. Und damit sieht es schlecht aus, ab übermorgen.«

»Weshalb Sie, nehme ich an, diese ganze Scharade in Gang gesetzt haben.«

Sie schnaufte übertrieben, zuckte mit den Schultern: »Du kommst auf deine Kosten.«

»Ich sage nicht, dass ich's nicht verstehe. Sie wollen die Geschäfte an Irina abgeben, und ich glaube, dass das das strategisch Klügste ist, was Ihnen einfallen konnte, weshalb Sie Mazurier und auch mich frei herumlaufen lassen.«

Ein Seitenblick auf die Schemuralegionäre, die früher vor der Tür geblieben wären, ihn jetzt aber begleitet hatten bis zu dem Stuhl, auf dem er saß, und dabeistanden wie Ölgötzen.

»Im augenblicklichen politischen Chaos sind Leute wie er und ich ja Personen mit sehr unklarem juristischem Status. Man hat uns sozusagen verhaftet, als die Unruhe noch gar nicht ausgebrochen war, und hätte uns jederzeit ...«

Castanon gähnte.

Er schnappte sich schnell einen spitzen schwarzen Käfer aus der Luft, biss darauf, ließ ihn knacken, verschluckte ihn, räusperte sich und sagte: »Es läuft in der Tat alles so, wie Sie sich's gedacht haben. Und meine Leute zu Hause – Rho Ophiuchi – finden den Plan offenbar ebenso einleuchtend wie Sie. Aber wenn ich mir eins verdient habe, dann doch wohl, dass Sie mir erklären, wieso Sie Ihre Tochter nicht direkt aufklären. Oder wieso ... ach, es gäbe wirklich viel zu entwirren. Fast alles.«

Die Präsidentin steckte sich einen farngrünen Kaugummistreifen in den Mund, biss zu, kaute, dann sagte sie: »Das größte Rätsel besteht wohl darin, dass Sie nicht verstehen, wieso man die Macht abgibt, wenn man sie hat.«

Der Bintur winkte kurz mit dem rechten Ohr, es entsprach einem Zwinkern. »Ich könnte mir vielleicht psychologische Gründe denken, aber keine politischen. Soweit ich Sie aber überhaupt je verstanden habe, sind alle Ihre Gründe politisch, für alles, was Sie tun.«

»Naka. Naka, Naka, Naka. Ich glaube, du belügst dich selbst. Du wünschst dir psychologische Gründe. Aber das Rätsel ist keins, denn ich gebe die Macht gar nicht ab. Wir gehen auf Engpässe, auf Krisen zu. Krisen sind Zeiten des Mangels – und sei es nur ein Mangel an Übersicht, in dem sich die Ressourcenlage gar nicht nennenswert verschlechtert. In Zeiten wie denen, die kommen, wird das Wirtschaften wieder der bestimmende Faktor. Die Castanonwerke – nicht die Linie, verstehst du, sondern die Firma – werden wieder sein, was sie anfangs waren.«

Er hechelte, das war ein Kichern, und sagte: »Diese wichtigste Organisation muss in den Wirren jemand leiten. Das tun dann Sie, und da ist es Ihnen gleich, wer unter Ihnen Präsidentin spielt.«

Shavali widersprach: »Gleich ist es mir eben nicht. Ich bevorzuge jemanden aus der Linie. Und dafür haben Sie, als Dramaturg, im Einverständnis mit Ihren Heimatwelten, gesorgt.« Das Gespräch war beendet.

Der Bintur ließ sich hinausführen und tat dabei, von Schmetterlingen und Käfern umschwirrt, etwas, das er der Mehrheitsbevölkerung von Yasaka abgeschaut hatte, weil es ein treffender Ausdruck dessen war, was er empfand: Er schüttelte den Kopf.

Eine Woche später war die Wahl vorüber.
Das Ergebnis war das von allen gewünschte.
Shavali Castanon erhielt erneut Besuch in ihrem Thronsaal. Diesmal war es ihre Nachfolgerin.
Irina zeigte sich nicht ungnädig: »Die Kakteen lasse ich verbrennen. Wer weiß, was für Marcha drinsteckt. Den Spiegel darfst du behalten. Nimm ihn mit. Er passt, wie dein ganzer Narzissmus, nicht mehr in dieses Büro. Ich stelle mir eine andere Amtsführung vor. Eine, bei der klar ist, dass ich den kartierten Welten diene, nicht sie beherrsche.«
»Die Demutskoketterie hast du drauf. Ganz die Mutter. Ich sage dir eine lange Amtszeit voraus, wenn nichts Unpolitisches ihr ein Ende macht. Du spielst schon wie ein Profi.«
»Unpolitisches?«
»Antipolitisches.«
»Ich spiele nicht wie du.«
»Du spielst, wie ich spielen würde, wenn mich Politik noch interessieren würde.«

Man ließ der Abgesetzten einige Privilegien.
Die Quartiere im Turm musste sie nicht räumen, es gab andere für Irina.
Im Poolzimmer blieb Shavali per EPR mit allen kartierten Welten verbunden, soweit es dort noch Leute gab, die Lust hatten, sich mit ihr auszutauschen. Ein entsprechendes Gerüst ließ sie auf eins der schwimmenden Betten montieren.
Eine der ersten Personen, die sie von diesem Transceiver aus kontaktierte, war Renée Melina Schemura auf Treue.
»Du weißt«, begrüßte Shavali Castanon die andere Mutter der neuen Präsidentin, »dass du nicht mehr mir, sondern unserer Tochter gegenüber Berichtspflicht hast, ja? Es dauert ja sowieso ein paar Jahre, bis ihr wieder hier seid.«
»Das weiß ich. Aber die Verabredungen zum Plaudern mit dir halte ich trotzdem ein, kleine Katze.«

»Ich dachte schon, niemand mag mich mehr. Weil keiner mehr Angst vor mir hat. Von der ungezogenen Laura habe ich nichts mehr gehört.«

Renée beschwichtigte sie: »Das hat weniger mit deinem Status zu tun als mit der Lage auf Treue. Wir haben zwar die Mörderin nicht eingesperrt, die geglaubt hat, dein Werk zu tun – die lokale Verwaltung weiß immer noch nicht, wie sie mit Stuiving verfahren soll, vorerst hat man sie entwaffnet und ihr eine Art Signalfessel ins Genick implantiert, über die man sie bestrafen kann, wenn sie Blödsinn macht. Das heißt: Wenn sie Zeras oder Lauras Haus oder das Revier des Shunkan betritt. Aber Zera und Laura selbst, die werden ihre EPR-Maschinen abbauen müssen.«

Die Expräsidentin bekam gute Laune. »Zera Nanjing, der wahre Lysander. Hätte ich nie gedacht. War bestimmt für beide peinlich – für ihn und Laura Durantaye.«

Auch Renée war belustigt. »Die eine, angeblich eine wilde Shunkananhängerin, entpuppt sich als deine Marionette. Der andere, angeblich unbedarfter Snob, ist in Wirklichkeit Terroristenfürst. Und trotzdem werden beide begnadigt. Irina hält dein Wort.«

»Na ja, aber die Breven sind auch wirklich schön.«

»Wie findest du die von Zera? Sie prophezeit dir, dass du erst auf die Wiedergeburt wirst warten müssen, wenn du eine Chance willst, dein Leben …«

»Er sieht mich ganz falsch. Er behauptet, ich liebe meine Firma und meine Macht und das Volk – also alles, wofür Savitas Liebste steht, die Castanontradition eben – nur deshalb, weil ich alle diese Leute damit glücklich mache, weil sie durch mich glücklich werden und ich das dann genieße. Er nennt sie Lata und denkt, sie wäre mein anderes Ich. Mein Ideal. Er sieht nicht, dass ich, wenn ich diese Dinge liebe, schon dadurch selber glücklich werde. Ganz egoistisch.«

Renée runzelte die Stirn: »Ich glaube, du ignorierst, was er mit der Versuchung meint. Wofür der Vogel steht und der Prinz und das alles.«

»Na ja, wofür wird es stehen?«, sagte Shavali Castanon wegwerfend. »Für César eben, und seine transzendentale Vision einer Art, die sich in jedem Augenblick neu erfinden kann. Die ihren

Horizont erweitert, bis er das All umfasst. All den romantischen Kram.«

»Prophetischen Kram. Er sagt, wenn du die Chance zur Selbsterweiterung nicht wahrnimmst, um deine ältere Liebe zu retten, dann wirst du sie nicht retten, sondern verlieren. Er meint deine Familie. Er meint: Sein Weg ist nicht im Widerspruch zu Castanon, zu allem, was du bist, sondern eine Ergänzung. Wenn du ihn aussperrst, hilfst du dir nicht. Er hatte nicht unrecht. Sie haben dich abgesetzt.«

»Mal sehen. Und dass ich die Breve falsch interpretiere, das ist nur deine Meinung. Ich kann doch Breven interpretieren, wie ich will, dafür sind's ja Breven.«

»Nicht wenn dir die Leute was bedeuten, die sie dir schicken.«

»Du meinst, die sie verfassen. Ihn.«

»Nein. Ich meine auch mich. Ich schick dir so was, weil ich ...«

Renée senkte den Blick.

Shavali überraschte die Admiralin mit großer Offenheit. »Ich hab dich auch lieb, Renée. Ich freu mich, wenn du wiederkommst. Ich hab mir viel zu wenig Zeit genommen für meine wichtigsten Menschen. Ich mach's wieder gut, versprochen.«

Beide schwiegen, überrascht: Man musste also gar keine Spiele spielen. Es ging auch direkt.

Die Admiralin lächelte ungewohnt scheu.

Shavali erlöste sie aus der Befangenheit: »Gut, reden wir von was anderem.«

Renée seufzte und sagte dann: »Prima. Mir schwirrt sowieso schon der Kopf von all den Privatangelegenheiten. Ich freue mich regelrecht auf die Zeiten, die jetzt kommen, in denen die Leute wieder öffentliche Pflichten haben und um öffentliche Rechte kämpfen werden.«

»Viel Privatkram auf Treue?«, erkundigte sich Shavali interessiert.

»Valentina Bahareth hat Lust auf ein paar Veränderungen. Sie will jetzt Valentin werden, liebt aber Sylvia Stuiving stur weiter. Sie wird sogar erbittert zurückgeliebt, wenn ich das richtig sehe. Die beiden sind lustig, das wird schon noch was. Zera ist allerdings das dritte Rad am Wagen.«

»Schön, dann muss man das vorne in der Mitte anbringen, damit der Wagen stabil ist.« Shavali wusste gerne Rat.

Renée zuckte mit den Schultern. »Die lieben, glaube ich, inzwischen alle drei aneinander rum, seit dem Mordversuch. Kriegererotik wohl, frag mich nicht. Und der Shunkan hat damit zu kämpfen, dass seine Dim ihm zwar dankbar ist, aber einen Wunsch geäußert hat, den er nicht leicht wird erfüllen können.«

Shavali merkte auf: »Ach?«

»Der Schreck hat sie aufgeweckt, sagt sie. Sie sieht plötzlich, dass sie sterblich ist, und möchte den Rest ihres Lebens nicht als Eigentum oder Hausfrau verbringen. Sie will die Welt sehen.«

»Eine ganz bestimmte?«

»Terra Firma. Den Klumpen Matsch, auf dem die Dims ... na ja, ihre Älteste hat die Verletzte ein paarmal besucht und ihr diesen Floh in den Kopf gehustet, weil sie selber offenbar todkrank ist und die Reise nicht überleben würde.«

»Noch eine Mutter-Tochter-Geschichte.«

»Richtig. Der Shunkan wäre wohl gern Schwiegersohn geworden.«

Shavali schwieg, weil sie das bezweifelte – so, wie sie ihn kannte, hatte er sich das nur eingeredet, weil er von sich noch immer glaubte, dass er alle seine Kämpfe unfreiwillig auf sich genommen hatte und eigentlich lieber in Frieden leben wollte. Nichts als Selbstbetrug. Ein wenig tat er ihr leid.

Sie beschloss, das Gespräch in lustigere Bahnen zu lenken: »Bevor du dich, als gehärtetes altes Eisen, noch wohler fühlst damit, dass Leute wie ich und der Shunkan von der Geschichte langsam ausgemustert werden, denk mal drüber nach, dass die Jungen in diesem Umbruch noch schneller von der Bildfläche verschwinden als unsereins. Erinnerst du dich noch an Ursel Mendacia aus der berühmten Judith-Linie und ihr strahlendes Imperium?«

»Wie könnte ich Oberst Sperrer je vergessen, den furchtbaren Raumblockierer, den wir aus der Müllklappe geschmissen haben ...«

»Ist kollabiert.«

»Der Oberst?«

»Die Blockade, der Staat, die Flotte, die ganze Judith-Linie – irgendein Cust hat sich draufgesetzt. Es stellte sich nämlich heraus: Die Superseparatisten verdanken ihre ganze Energie einer Sonne, die ganz abseitige Binturen den Custai gegen irgendwelche Marcha zum Säubern von Atmosphären nach fehlgeschlagenen Nuklearexperimenten großen Stils verkauft hatten. Räumungsklage. Zwei Schlachtschiffe der Custai, und der Regimewechsel war vollzogen. Sperrer ist jetzt Oberdemokrat und Mitglied irgendeiner Föderation von Custai-Schutzbefohlenen, halbe Dims schon. Wenn das jetzt ein paar Hundert Jahre weitergeht, werden wahrscheinlich unsere Linienabfälle die Reihen der Dims auffüllen, die sich durch Freikauf lichten. So geht's immer im Kreis herum. Heute Herren, morgen Sklaven.«

Renée ließ der abgesetzten Präsidentin einen Moment der stillen Freude, dann erkundigte sie sich: »Und du? Was wirst du jetzt tun?«

»Warten, bis ihr zurück seid, du und die Banditen. Und dann mal sehen.«

Renée schüttelte den Kopf.

Wie sie das tat, erinnerte Shavali drolligerweise an Naka, den Bintur.

»Dekarin«, sagte die Admiralin, »hat übrigens doch eine Breve geschrieben. Soll ich sie schicken?«

5 *Césars Breve*

Was ich erzählen muss, handelt von einem kleinen Vogel mit zwei Sorten Federn.

Sein erstes Daunenkleid lag eng an den leichten, inwendig leeren Knochen an, die er zum Fliegen bewegen musste, und war gewittergrau. Darüber hatte die Evolution die andere Federnsorte gebreitet, einen schwingenweiten Fächer von langen, schlank lakritze-

blauen Schimmerschatten. Der Vogel lebte in beiden Gewändern: einem alltäglichen und einem verzauberten.

Welcher Art er angehörte, konnte ihm niemand sagen. Unter all den Misteldrosseln, Habichten und Rotkehlchen des Waldes, selbst unter Seetauchern und Fledermäusen war ihm stets klar, dass er nicht dazugehörte, weshalb er sich auch nie traute zu singen. Natürlich regten sich, da er ein Vogel war, in seinem Herzen dennoch ständig Lieder. Manchmal meinte er dann, die Welt, in die er guckte, verfärbe sich von innen her, aus seiner Seele strahlend, neu geordnet nach Tonhöhen, Lautstärken und Rhythmen. Jeder Ast rief ihm zu, er wolle für den Vogel Singwarte werden. Die fünf Muskelpaare an der Syrinx und die Luftsäule im Hals sehnten sich danach zu vibrieren.

Aber der Vogel wippte nur sacht vor und zurück, bis der ganz schlimme schöne Schauder sich, durch die zitternden Beinchen abgeleitet, im Ungefähren verlor.

Die Lösung, die der kleine Vogel für sein Dilemma endlich fand, war klug und traurig. Er machte sein Schweigen zur Tugend und schrieb die Lieder, die ihm einfielen, als Breven auf, statt sie in die Welt hinauszurufen. Seine ersten Schöpfungen behandelten die Themen seiner näheren Umgebung: Vorkommnisse aus der Brunftzeit des Rothirschs; die Jugend der Turteltaube und ihre Gewohnheit, in den ersten zehn Lebenstagen Kropfmilch aus den Hälsen beider Elterntiere zu saugen; die stillen, nur in Form von Duftargumenten ausgetragenen philosophischen Diskussionen zwischen Wildapfel und Brombeerstrauch.

Nach einer Weile ahnte der Vogel, dass das, was er da notierte, nicht mehr Naturlaute waren, sondern allein der Verschriftlichung wegen bereits Äußerungen der Kunst.

Dass Kunst eine Angelegenheit der Menschen und nicht der Tiere war, wusste er. So stahl er sich, um sich neue, angemessenere, eben menschliche Gegenstände für sein einsames Arbeiten zu erschließen, in Siedlungen der Menschen und erfuhr dort vom Handel mit den Custai: Marcha gegen Dims.

Bestürzt dachte er: »*Das also ist die Welt, zu der es mich zieht – ein Markt lebendiger Leiber, Schauplatz von Krieg und Frieden,*

Wiege und Grab aller Kunst, besonders der Musik, in der ich mich werde zurechtfinden müssen, wenn ich meine Arbeit fortsetzen will.«

Drei Nächte dichtete er, dann hatte er ein Lied beisammen, das die Eindrücke zusammenfasste, die er gewonnen hatte:

> *Wer könnte frei sein auf der Welt der Diebe?*
> *Wie kann man frei sein, wo man Leute kauft?*
> *Wo Mittel unfrei sind, leidet die Liebe.*
> *Und wer die Unfreiheit dann Freiheit tauft*
> *Ist nur ein Lügner, redet Gift und Dreck.*
> *Freiheit den Mitteln! Liebe sei der Zweck.*

So erleichtert war der Vogel übers Gelingen des bescheidenen Gesellenstücks, dass er es per EPR an eine alte Eule verschickte, die ihm Flugstunden gegeben hatte.

Kaum hatte die Eule die schlichten Verse erhalten, suchte sie ihn auf und sagte: »Ich weiß nicht, aus was für einem Ei du geschlüpft bist, wer dich gezeugt oder welche Sorte Wind dich zu uns geweht hat. Aber dass du für solche Sachen unter uns hiesigen Tieren und Pflanzen kein geeignetes Publikum wirst finden können, das weiß ich.«

»Ich soll mir also«, zwitscherte der Vogel skeptisch, »einen Menschen suchen, als Zuhörer?«

»Vielleicht«, die Eule wog den großen Kopf nach links und rechts, »redest du erst mal mit einem, den du nicht suchen musst und der außerdem glauben wird, er habe dich gefunden statt du ihn. Es gibt da einen Teilzeiteremiten, der am Wochenende in einer Laube vor der Kiesgrube rumsitzt und seine Frustration über Shavali Castanon mit dem Schmauchen scheußlicher Zigarillos kompensiert. Der Mann sieht verzweifelt genug aus, dass er sich für deine Pfiffe interessieren könnte.«

Der Vogel bedankte sich für den Hinweis und lauerte schon drei Tage später auf einem rostigen Zaun dem Teilzeiteremiten auf. Der entdeckte ihn tatsächlich.

Der Vogel trug dem Teilzeiteremiten seinen Sechszeiler vor und wurde dafür mit ein paar Krümeln Brot belohnt.

»Weißt du«, sagte der Teilzeiteremit bei der Fütterung zum kleinen Vogel, »ich habe das Hochland durchsucht. Ich habe im Tiefland gegraben. Ich roch an Raumschiffwerften und wälzte mich im nassen Laub. Ich bat Psychomarchandeure um Aufklärung und ließ mich von Brandschutzbeauftragten unterweisen. Am Ende traf ich einen, der einen antiken schwarzen Priesterrock trug. ›Es gibt ja bekanntlich die Atheisten‹, sagte er nachdenklich, ›die glauben nicht an Gott und auch nicht an die Regenfinger, obwohl sich ein paar Fragen förmlich aufdrängen: Wieso eigentlich hat sich dieses Molekül, aus dem dann all die Gräser, Krabbler, Flatterer und Eistänzer wurden, die bei uns Leben heißen, überhaupt zu vervielfältigen angefangen? Was hatte es denn davon? Gut, lässt man die Frage eben liegen. Aber ums Glauben‹, warnte er mich mit durchaus liebevollem Blick, ›kommst du nicht herum.‹

Was also, fragte ich den Mann in Schwarz, rätst du mir, zu glauben, wenn ich denn glauben muss?

›Ach, was du glaubst, das ist nicht nur mir egal, sondern wahrscheinlich sogar Gott oder der Göttin und den Regenfingern. Entscheidend ist, wie du glaubst, nicht was.‹

Wie also, fragte ich ihn, weil Hartnäckigkeit meine einzige Tugend ist, soll ich glauben?

›Glaube du, was immer du glaubst‹, so unterwies er mich, ›ohne alle Ansprüche darauf, du wärst durch deinen Glauben etwas Besonderes. Glaub an das, was dich klüger macht, geduldiger, verständnisvoller, glaub an Gnade, nicht an Strafe. Glaub die ganz großen Worte nicht, glaub lieber die kleinen Ereignisse. Halt dich nicht krampfhaft fest daran, wenn dich wer ›den einen, meinen‹ nennt, sondern sieh lieber zu, wer für dich da ist, wenn du in Schwierigkeiten steckst. Glaub nicht an Versicherungen, jemand sei dir jenseitig und überirdisch verbunden, sondern glaub nur an die oder den, die oder der deine Geschichten so gern hören will wie du ihre oder seine. Glaub nicht an die heroische Behauptung, man werde um dich kämpfen oder für dich. Glaub an diejenigen, die mit dir lachen können. Glaub nicht an den Spruch: Ich kann nicht, denn die den sagen, haben's meistens nicht versucht. Nur wer's versucht hat, hätte das Recht zu sagen: Ich kann nicht. Wer ehrlich sagt: ›Ich trau mich nicht‹, die oder den musst du verstehen, der oder dem musst du verzeihen, um die oder den darfst du trauern. Glaub nicht an Leute, die zu dir sagen, sie hätten bei dir oder bei sonst jemanden ihren Platz gefunden. Leute sind kein Platz. Was sie miteinander haben können, sind Wege, die man entweder geht oder zuschütten lässt wie ein Grab. Glaub nicht denen, die von einem Schatz reden, der nie verloren gehen darf. Was Leute, nicht nur Menschen, einander geben können, ist kein Schatz, ist überhaupt kein Ding, sondern so etwas wie ein Lebewesen. Das muss man füttern und tränken, sonst stirbt es. Wenn es auf den Teppich pinkelt, darf man es erziehen. Aber du wirst viel zu häufig Menschen finden, die, wenn das Lebewesen ihnen lästig wird, es in die Kälte jagen und dazu sagen: Ist besser für dich, da härtest du ab.‹«

»Noch mehr solche Dinge«, verriet der Teilzeiteremit dem Vogel, »sprach der Mann in Schwarz zu mir. Sie wurden immer wahrer, immer gefährlicher, immer unangenehmer. Am Ende waren sie so furchtbar, dass ich sie dir nicht wiederholen kann, und auch für mich selbst keinen Ausweg mehr sah, als so schnell wie möglich davonzurennen. Und weißt du was?«, der Teilzeiteremit blinzelte den Vogel mit kalten, schlauen Augen an, die blitzten wie Dolche. »Alles, was ich dir erzählt habe, ist nicht passiert, sondern passiert erst jetzt, denn meine Erzählung ist nur ein Gleichnis auf den gestreckten Moment, in dem wir hier miteinander reden. Der vorgebliche Teilzeiteremit in meiner Geschichte, das bist du, der kleine Vogel, und der Mann in Schwarz, das bin ich, der wahre Teilzeiteremit, der dir diese Geschichte vom Mann in Schwarz und vom Teilzeiteremiten erzählt. Dein Lied war missverständlich, aber erst das Missverständnis, in das ich dich hier zwinge, ist wirklich ein Lied.«

Der Vogel schüttelte sich entsetzt und wusste nicht, ob er davonflattern oder diesem bösen Mann die Augen auspicken sollte. Der Teilzeiteremit aber setzte sich auf ein Stück einer Rippe einer Medea und sah plötzlich aus wie erloschen, als wäre alle Bosheit, aber auch alle Güte, überhaupt alles Leben aus ihm entwichen, sobald er seine abgründige Pointe losgeworden war. Nicht der Vogel, sondern der Entkräftete war es, der als Nächstes so etwas wie ein

Lied hören lies, leise, verwaschen, in der Sprache der Klassiker, ein erschöpftes Zitat:

> *Not everybody gets a happy ending*
> *Not everybody leaves with a smile*

Als das Singsummen des Teilzeiteremiten sich zweimal wiederholt hatte, verstummte er und blieb sitzen, bis die Sonne untergegangen war. Der Vogel fand, dass er hier wohl nichts mehr in Erfahrung bringen würde, und flog zurück in sein Nest in der Krone einer Esche, das eigentlich nicht sein Nest, sondern vor unbestimmbarer Zeit von einer Amsel aufgegeben worden war.

Nach ein paar Tagen unruhigen Umherschweifens, in denen er lustloser als sonst nach Beeren, Würmern, Larven und anderen Kleinstlebewesen pickte, beschloss er, seinen Umgang mit den Menschen fürs Erste ein bisschen weniger direkt zu gestalten und sich über die Kunst, das Singen, das Träumen eher aus den allerältesten Breven als mittels des Gesprächs kundig zu machen.

Mit einem Marder, der sich in der nahen Stadt schon bis in die Encuentros der Universitäten gewagt hatte, schloss er ein Geschäft ab, und ließ sich drei, vier Monate lang Papier bringen, Bücher vor allem, die er schließlich ein ganzes Jahr lang studierte. Bei jeder neuen Lieferung fragte der Vogel den Marder auch, was der Neues gesehen hatte von den Liebesgeschichten, den Zerwürfnissen, den Versöhnungen und mühsamen Verständigungsversuchen der Menschen, bei denen alle Kunst zu Hause war. Schwer und schwerer fiel es dem Vogel, vor lauter Erzählungen und Lektüre noch zwischen Formen und Stoffen zu unterscheiden. Als es ihm endgültig nicht mehr gelingen wollte, war aus dem schreibenden Nichtsänger einer geworden, der nicht nur aus seinem Erstaunen über die Leute und seiner Bewunderung für fremde Lieder eigene Lieder machen konnte. Das erste Lied, das er in dieser Seelenlage schrieb, war sein bis dahin längstes. Es ging so:

> *Ich möchte mir merken, was du lehrst, strenger Lehrer RB,*
> *Auch wenn ich mir dich schlecht vorstellen kann*
> *Nachts um drei, wie du ins Flimmern schreibst:*

»Ich sollte sprechen: Was verschlägt's
Mehr oder minder fern? Nah war die Ferne,
Sobald das Wunder wollte. – Herr der Sterne,
Der du uns schufst. Wer, der da liebt, erträgt's,
Dass nah auch fern ist. Dieser überlegts
Jener verlachts; wer's aushielt, stürbe gerne ...
Dass ja auch nein ist – nein auch ja,
Du füllst mich aus, du bist nicht da.«

Wer liest, was sie mir geschrieben hat?:
»EPR-Kontakt ja oder nein?
Wenig Kontakt, viel Kontakt. Ich kann es Dir
Nicht recht machen und deswegen habe ich mich jetzt
Schon zum wiederholten Mal völlig zurückgezogen.
Und mittlerweile glaube ich, dass es der einzige
Weg für uns ist, irgendwann wieder zueinanderzufinden.
Ich kann es Dir nicht recht machen.
Ich wünsche mir und Dir, dass wir irgendwann den
   Weg raus finden.
Ich will Dich nicht leiden machen.«

Also erklär mir, strenger Lehrer RB
Wie es zugeht, dass nah auch fern ist
Ich lese es wieder und wieder
Von deinen ihren euren Lippen ab
Aber es versteht mich nicht
Dass ja auch nein ist, nein auch ja
Hättest du, strenger Lehrer RB, mich darauf
Nicht besser vorbereiten können?

Du hattest genug Licht im Kopf, spielende Lehrerin ELS
Als du für jemanden gedichtet hast:
»Wo du erzählst, wird Himmel
Deine Worte sind aus Lied geformt,
Ich traure, wenn du schweigst.
Singen hängt überall an dir ...
Wie du wohl träumen magst.«

Aber statt dass ich dir, spielende Lehrerin,
Die Verse aus dem Mund nehmen und sie ihr geben dürfte
Damit sie diese Verse mir sagen auf mich münzen für
   mich meinen kann
Muss ich ihr schreiben: ›Es bedeutet mir immer noch
   viel, Dich kurz näher gekannt zu haben,
Oder sagen wir: mir das einreden zu dürfen. Aber mehr
   als ein Irrtum, in dem ich gelebt
Habe, verbindet uns nicht mehr. Bald werde ich eine
   Breve sein, die Du erzählen kannst,
Wie Du mir von anderen Menschen erzählt hast, die
   Du kurz gebraucht hast und dann nicht mehr.‹
Statt dass ich mir zu Herzen genommen hätte
Was du gedichtet hast, verspielte Lehrerin, statt dass ich
Ihr gesagt hätte: Ich traure, wenn du schweigst,
Schwieg ich zu laut.

Als dieses lange Lied zum Lob zweier Menschen, die der Vogel bewunderte, geschrieben war, wurden seine Breven wieder kürzer und seine Reisen wieder länger. Er traute sich tiefer in den Wald hinein und weiter an dessen Rand und Saum entlang, nördlich fast bis dahin, wo Norden war, und südlich bis ganz in die Nähe des wirklichen Südens.

Eines Tages fand er am Rand des Forstgebiets, auf der Grenzseite des Waldes, die der nahen Stadt abgewandt war und von dessen Wipfeln aus man auf eine Gegend schauen konnte, in der weit und breit keine menschlichen Ansiedlungen sonst zu finden waren, ein verstecktes kleines Schlösschen.
   Durch deckenhohe Glasfronten sah man, wenn man hineinblickte, auf helles Ahornparkett. Hart auskragende Vordächer boten gediegenen Sonnenschutz, der patioartige Innenhof beherbergte einen mit schwarzem Granit ausgekleideten Swimmingpool, und die Fassade dahinter, die im nächtlichen Mondlicht mit keuscher weißer Glut leuchtete, war aus seltenem fossilem Gestein gearbeitet.
   Auf einem Balkon dieses großzügigen, angenehmen Hauses saß in einem hellen Korbstuhl ein Mädchen, fein und verträumt, das

schaute vom Balkon hinunter mit klaren Augen, auf Frauenschuh und Knabenkraut, Rose und Lichtnelke im Garten. Der Vogel setzte sich vor das Mädchen hin und fand, als er es betrachtete, dass in ihm plötzlich ein Lied war, von dem er gar nicht gewusst hatte, dass es so eins für ihn gab.

Er wollte nicht nach Hause fliegen und es aufschreiben, sondern sang es ihr, ohne einen Augenblick zu überlegen:

Mein lyrisches Ich
Will Dich.
Dein lyrisches Du
Stimmt zu.

Kennst du die Lyrik aller Welt und Zeiten
Objekt der Forschung, mit Vernunft und Mut
Um, hallo Fortschritt! Wirklich fortzuschreiten

Zu einem Leben, ganz mit Absicht gut
Voller Erkenntnis, Kunst, Sexyzitäten
Wo jede, was sie kann und möchte, tut

Damit sich die Momente nicht verspäten
Die Überraschung heißen, Freiheit, Glück
Dann ist nur noch das Unkraut auszujäten

Das seit Äonen wuchert. Stück um Stück
Wird das ganz Alte: Unterdrückung, Enge
Jetzt weggeschafft. Nur vorwärts. Nie zurück.

Mein lyrisches Ich
Will Dich
Dein lyrisches Du
Stimmt zu.

Das Mädchen mochte dieses Lied.
Es stand auf, ging ins Haus, kam zurück und gab dem kleinen Vogel Körnlein.

»Woher kommst du, und was für einer bist du?«, fragte sie ihn.

Da erklärte er ihr, dass ihm niemand sagen konnte, welcher Art er angehörte; dass ihm unter all den Misteldrosseln, Habichten und Rotkehlchen des Waldes, selbst unter Seetauchern und Möwen stets klargewesen war, dass er nicht dazugehörte, weshalb er sich nie getraut hatte zu singen; dass sich, da er ja nun mal ein Vogel war, in seinem Herzen dennoch ständig Lieder geregt hatten; dass er deshalb darauf verfallen war, seine Lieder aufzuschreiben, statt sie zu singen, dass er daraufhin habe erkennen müssen, dass es sich bei seinen Liedern nicht mehr um Naturlaute handelte, sondern um Kunst, dass er die Menschen gesucht habe und erst in ihren Büchern welche gefunden.

»Ach, die Menschen«, lachte das schöne Mädchen, und sein Lachen war mindestens so schön wie es selbst. »Wir Menschen, oh je, wir sind alle ganz verrückt.«

Der Vogel nickte, da hatte die junge Frau eine Idee: »Singst du mir noch ein Lied? Eins darüber, dass wir alle ganz verrückt sind, wir Menschen?«

»Das hab ich jetzt nicht auf der Zunge«, entschuldigte sich der Vogel, versprach aber wiederzukommen, wenn es ihm eingefallen war. Als er zu seinem Nest zurückkehrte, steckte er seinen Kopf, müde wie er war, sofort unter sein rechtes Flügelchen. Gleich träumte er von ihr und wusste nicht, dass sie zur selben Zeit auch von ihm träumte.

In seinem Traum war sie ein Vogel, der einzige andere von seiner Art. In ihrem Traum war er ein Mensch. Als er erwachte, wusste er das Lied, das sie sich von ihm gewünscht hatte. Er flog zurück zum Schlösschen.

Sie lag am Swimmingpool und sprang vor Freude auf, als sie ihn sah.

Er sang sein Lied, das ging so:

In der ältesten Mondmündung, wo Fluss und See
   einander bewirbeln
Jenseits der Absperrung, wo weißes Rollen sich auf
   Dünen wirft

Steht oben eine Mühle für Patienten und Angehörige
  im Trocknen
Denn alle Menschen sind verrückt
Ich will mein Segel setzen dort wider seelische Armut
Und muss was suchen was ich nicht finden können will
Als Höhepunkt der Schwächen aller Leidenschaften die
  ich bin

Wenn irre Winde keinerlei Befehl annehmen, willst du
  stürmen, Meer?
Ich lieb dich schon seit immer, mehr als den irren
  Formenkreis
Auf Erden oder überall. Wenn ich mich dir nun
  anvertrau
Mit letzter großer Hoffnung Mondmündung, dann sing
  dein Letztes
Das schon so viele bessre Männerfrauen hören durften
Und wenn das wer gehört hat, ach Madonna,
  regenregsam.

Mein Segel wird so tun, als wär es bauchig
Was sind die Nachteile der falschen Gifte?
Weg damit wie mit Lügen, und in der Salzumarmung
Wenn deine fremden Zärtlichkeiten meine Augen blenden
Dann ist das ortlos, was ich noch zu wissen meinte
Die müden Wege aller Männer, einer Frau, dann
  abgeschafft, wir fliegen.

Auch dieses Lied gefiel ihr, obwohl es die Unschuld seines ersten Gesangs nicht hatte. Sie verstand ihn, und er verstand, dass sie ihn verstand.
  So kam er oft zurück, verabredete sich mit ihr und sang für sie, nicht nur eigene Lieder, auch fremde, zum Beispiel eins, das ein Mensch geschrieben hatte, eine Dichterin, von der man nur den Vornamen noch wusste, Valentine, ein Mensch, der in diesem Lied aber wie ein Vogel klang, der sich freute, in genau die richtige Falle gegangen zu sein:

I, so wary of traps,
So skillful to outwit
Springes and pitfalls set
Am caught now, perhaps.

Though capture, while I am laid
So still in hold, is but
The limb's long sigh to admit
How heavy freedom weighed.

Dies Lied, und andere von anderen Menschen, die er ihr mitbrachte aus dem Vorrat, den er sich beim Bücherlesen angelegt hatte, fand sie wundersam und ließ sich davon rühren, schaute auch in den eigenen Büchern nach, was es von den Lehrerinnen und Lehrern, mit denen der Vogel sie bekannt machte, dort zu lesen gab.
Aber das Mädchen lebte nicht allein im Schloss.
Es teilte Tisch und Bett mit einem wunderschönen Menschen, der singen konnte – anders als der Vogel zwar, aber mächtig und reich, ein Lied aus vielen Liedern, zu denen allen das Mädchen sogar die Begleitstimme wusste.
Der schöne Sänger allerdings wollte für niemand anderen singen als für das Mädchen. Von seiner Gefährtin wiederum wünschte er sich, dass sie keine anderen Lieder hören sollte als seine. Weil sie den Sänger sehr liebte, fing sie daher an, sich bei den Verabredungen mit dem Vogel unwohl zu fühlen.
Der Vogel bemerkte das und sagte: »Singe ich falsch? Wirst du mir weiter zuhören? Wirst du zu meinem Lied, das aus den vielen Liedern entsteht, die ich dir singe, die zweite Stimme lernen?«
»Ich höre dir zu, aber ich werde nie mitsingen«, sagte das Mädchen.
»Sag doch nicht ›nie‹«, erwiderte der Vogel, »ich habe dich schon oft leise mitsummen hören.«
Das Mädchen schwieg dazu, in seinen Augen nur war zu ahnen, dass es wusste, was der Vogel meinte.
Manchmal nämlich wachte das Mädchen auf und hatte ein flüchtiges, kitzliges Gefühl auf den Lippen, als wäre sie da von Federn berührt worden, gewittergrauen und lakritzeblauen.

Jetzt war es Herbst geworden, und das Mädchen kam seltener auf den Balkon. Manchmal erschien es gar nicht.

Dann legte der Vogel altmodischste Datenträger auf das Fensterbrett, mit neuen Strophen seines Liedes, das aus vielen Liedern gemacht war.

Er kämpfte mit sich, ob er dem Mädchen ein Geheimnis verraten sollte: Sein Lied war gar nicht seins; er wollte von ihr auch nicht, dass sie die zweite Stimme sang. Er selbst war die zweite Stimme – das Lied, das er sang, gehörte gar nicht ihm, sondern ihr. Sie, die er längst liebte, reagierte immer einsilbiger auf seine armen Gaben, und schien dennoch froh, wenn er nicht von ihr Trost verlangte, sondern selber Dinge sagte, die sie beide trösten sollten: »Nun ja, es wird nicht ewig so weitergehen«, meinte er dann etwa, »weil wir ein seltsames Paar sind, kein selbstverständliches wie die Sandgoldwespe und ihr Mann, der Teichfrosch und sein Weib, zwei Taumelkäfer oder Rindenläuse. Und es ist doch immerhin schöner und zarter geworden, als man hätte hoffen können.«

»Sicher«, sagte sie, ein bisschen traurig, ein bisschen verwundert, »wenn wir zum Beispiel beide Vögel wären, oder zwei Menschen, würden wir vielleicht viel weniger gut zueinander passen als jetzt, da uns etwas trennt, das wir erst überwinden mussten, um überhaupt etwas miteinander zu erleben.«

Er sagte: »Ja, wenn wir beide Menschen wären, das wäre ein trauriges Lied.«

»Kannst du es singen?«, fragte sie. Er sang:

> *Bei den traurigen Trennungsmeeren*
> *Wo wir diverse Absprachen fanden*
> *Hab ich nur Schatten und Nachahmung*
> *Von den Gedenktagen behalten*

> *Musik harmonisiert mir nichts*
> *Da blüht keine Rose blass genug*
> *Das Rauschen der Trennungsmeere*
> *Will, dass ich Rosen und Melodien vergesse*

> *Bei den traurigen Trennungsmeeren*
> *Hör ich trüb von Nebenreizen*

Seufzen will ich mich zu mögen
Kann kaum dein Gesicht erinnern

Bist du tot, kann nichts erklären
Was dort herkommt über die Wasserwüste:
Lebendig, aber Trennungsmeere
Scheiden deine Seele ewig von der meinen

Kein Mensch kennt unser Verlassensein
Erinnerung verliert altes Entzücken
Während ach die Trennungsmeere
Uns in die letzte Nacht fort tragen

Sie, die er längst liebte, weinte nicht, als sie den Vogel dieses Lied singen hörte. Erst später, im Bett, neben dem schönen Sänger, weinte sie, für sich und um sich.
Seine Lieder wurden dunkler wie die Tage. Eins, das seine Stimme bis an die Grenze zum Schweigen führte, ging so:

Ich hab vor Nichts Angst
Das geht ganz gut
Eine einigermaßen lange Weile
Aber dann begegne ich denen
Die sagen: Das macht Nichts und sie
Machen tatsächlich Nichts sind Nichts
Ach diese idealistischen Nihilisten
Die glauben wenigstens noch an Nichts
Und so kommt Nichts zu sich vor mir an mir
Und ich erkenne, wie recht ich hatte
Mich vor Nichts so sehr zu fürchten

»Du klingst«, sagte sie, »als bräuchtest du etwas, das ich dir nicht geben kann.«
Der Vogel erinnerte sich daran, was der Teilzeiteremit ihm erzählt hatte: »Glaub nicht an den Spruch: Ich kann nicht, denn die den sagen, haben's meistens nicht versucht. Nur wer's versucht hat, hätte das Recht, zu sagen: Ich kann nicht. Aber wer ehrlich sagt:

›Ich trau mich nicht‹, die oder den musst du verstehen, der oder dem musst du verzeihen, um die oder den darfst du trauern.«

Der Vogel wunderte sich, dass der Teilzeiteremit offenbar die, die der Vogel liebte, gekannt hatte. Aber vielleicht, dachte er dann, hat er auch nur sich selbst gekannt, sein schwaches Menschenherz, und hat sich, als er mir das erzählte, auf eine Weise leidgetan, die sich plötzlich dazu aufgeschwungen hat, auch andere Menschen wahrzunehmen, auch um sie zu trauern, statt nur um sich selbst.

Noch immer war zwischen dem Vogel und dem Mädchen etwas, in dem das Versprechen von Glück nachbebte, das als Sonne über ihrer ersten Begegnung gestrahlt hatte.

Dass sie einander geheimnisvoll versprochen waren, hatte sie zusammengeführt. Jetzt war es gerade diese große Macht, die in beiden ein Widerstreben auslöste: Der Vogel fürchtete plötzlich, sie könnte ihn fangen und töten; sie, die er liebte, fürchtete plötzlich, er könnte nachts durch irgendein nicht genug verschlossenes Fenster in das Schloss eindringen, ins Schlafzimmer kommen und eine Szene verursachen, die den schönen Sänger verletzen würde. So begann die, die der Vogel liebte, unter die Körnlein, die sie ihm gab, ein Gift zu mischen, denn das hatten ihr ihre Vertrauten geraten: Treibe den Vogel fort von dir; es ist besser für euch beide.

Er indes konnte nichts anderes mehr essen als das, was sie ihm gab.

Selbst Gift schmeckte aus ihrer Hand besser als Gesundes von irgendwoher sonst. So versuchte das Mädchen schließlich, ihn mit harten Worten zu verscheuchen: »Ich stehe hier, es ist bald Winter, es wird immer kälter, und ich ertrage die Disharmonie nicht, den hässlichen Klang, den es gibt, wenn ich hier draußen stehe und durch das Fensterglas meinen Sänger singen höre und hier draußen dich. Eure Lieder passen nicht zusammen. Ich kann nur eines hören.«

So mühte sie sich und wurde laut und schrill. Als sie das dreimal getan hatte, war sie erfolgreich, und wusste doch nicht recht, womit: Der Vogel blieb zwar weg, aber ob das daher kam, dass sie ihn fortgeschickt hatte, oder daher, dass ihr Gift wirksam war,

blieb unklar. Die Träume wurden seltener. Aber sie starben nicht ganz.
Keine Federn mehr, aber Fragen:
Wenn sie ihn riefe, was würde geschehen?
Sie rief ihn nie. Sie hatte Angst, das hinderte sie.
Wovor? Sie wusste es nicht.
Fürchtete sie, dass ihr Ruf ihn nicht mehr erreichen würde, weil er tot war? Fürchtete sie seine Rückkehr?
Oder war es ganz anders: Hatte sie Angst davor, dass sie sich wünschte, sie müsste ihn gar nicht rufen, er käme einfach wieder, nicht um zu singen, sondern um sie singen zu hören, nach all der Zeit, all den Missverständnissen, etwas Neues, Unvorhersehbares, Glückliches, für ihn, falsch: für sie beide?

6 »Das hellste, klarste Bild dafür ist ein Rechner, wie sie die Custai gebrauchen«, sagte 3467999.

César dachte an die großen, groben Apparate in Daphnes Krankenzelt.

»Eine Maschine, die alles rechnen kann«, sagte die Skyphe, »ist körperliche Breve ihres eigenen körperlosen Traums vom Rechnen.«

»Turing«, sagte César, dessen Tlalok diesen Namen wusste, und ertappte sich bei dem Gedanken: Diesen Namen zu denken oder zu sagen, als wäre er der eines Mitglieds meiner Spezies, ist ein Verbrechen gegen die wirkliche Vergangenheit; der Mann Turing war, was wir Dim nennen, nicht das, was wir Mensch nennen.

Die Skyphe sagte: »Die Maschine kann, weil sie körperliche Breve ihres eigenen Traums vom Rechnen ist, in ihren Rechnungen andere Maschinen träumen, die selbst wieder Breven anderer Träume vom Rechnen sind.«

»Ein Rechner kann Rechner simulieren«, sagte der Shunkan, weil er fürchtete, dass das Thema, wie häufig, wenn die Skypho etwas erklärten, zu Nebeln von Metaphern zergehen konnte. Wo war die Verbindung zur Pulsarnacht?

Die Skyphe machte einen großen Gedankensprung. »Wie kommen neue Universen zustande?«

Der Shunkan gab die Antwort, die jeder einigermaßen Unterrichtete gegeben hätte: »Sie gehen aus alten hervor. Wobei das eine heikle Art ist, die Sache zu formulieren – zu stark an unsere vierdimensionale und sogar noch unsere twiSicht-Erfahrung angelehnt. Das ›Daraus-Hervorgehen‹ suggeriert einen zeitlichen Kausalnexus, der nicht gegeben ist, weil die beiden Universen keine gemeinsame Zeitleiste teilen, sondern die des neuen sich mit seiner Entstehung erst konstituiert. Wechselwirkungen ausgeschlossen, so ist es sinnlos, von etwas zu reden, das ›vor‹ dem neuen Universum liegt.«

3467999 stimmte weder zu, noch lehnte sie die Behauptung ab. Stattdessen fuhr sie fort: »Wenn beide Rechner sind, lässt sich dann nicht denken, dass das eine das andere rechnet?«

César fand ohne Schwierigkeiten ins Bild.

Die Skyphe sagte: »Das Ganze weiß vom Teil, ohne dass Information übertragen werden muss. Woher auch, und wohin denn? Macht gibt es auch ohne Herrschende und Beherrschte. Wenn der Shunkan mit seinen EPR-Maschinen, die besser versteckt sind als die von Zera und Laura, Fühlung hält mit allem, was geschieht, verhält er sich, als wäre er das alles selbst. Das realallgemeine Individuum.«

César riet: »Die Pulsarnacht ist also ein Output für einen bestimmten Rechenschritt? Einen, der ...«

»Pulsare, quasistellare Objekte, schwarze Löcher, das Altern sämtlicher Sonnen, sie alle gleichen dem, was in elektronischen Rechnern interne Uhr heißt. Gemeint ist nicht eine Vorrichtung, die Zeit misst, welche außerhalb des Rechners vergeht oder sich an ihm vollzieht. Die Uhr, die ich meine, ist der Binnentaktgeber von Kalkülen. Daten sausen durch Logikgatter von Prozessoren. Zu fixen Zeitintervallen werden sie zwischengelagert – so lassen sich alle Komponenten des Rechners auf einheitliche, überprüfbare Weise zentral regulieren.«

Die Skyphe machte eine jener artspezifischen Pausen, die unbedachte Beobachter manchmal ans Atemholen denken ließen.

César wusste, dass es sich in Wahrheit um eine Höflichkeitsgeste handelte: Er durfte Anlauf nehmen, für den nächsten Gedankensprung.

Die Skyphe sagte: »Der Schlüssel ist das Wirtschaften.« César fragte vorsichtig nach: »Ökonomie? Wie in ›Mangelwirtschaft‹? Wie in Geld, Ware, Lohn, Preis und Profit?« Die uralten nutzlosen Begriffe kamen aus dem Tlalok, er hatte sie nicht mehr gebraucht, seit er als aufständischer Heerführer in Rüstungsverhandlungen mit den Custai hatte eintreten müssen.

Die Skyphe sagte: »Ja. Die Wirtschaft der Menschen hatte sich aus Mängelbedingungen entwickelt. Aber sie setzte an deren Stelle einen Sog. Eine Pumpe, die zur entwickelten Warenwirtschaft führte. Es war, als ersetzte man die Steuerung eines Orbitsystems, die auf einer Ausnutzung zentripetaler Kräfte beruht, durch eine andere, die zentrifugal funktioniert. Wo vorher das Verhungern der Feind war, war jetzt der Gewinn ein Dienstherr. So wurde gespart, wo man konnte, bei gleichzeitigem Raubbau an Ressourcen, für die nimmermüde Ausweitung der Produktion. Man verknappte, wo keine Knappheit war.«

César witterte allmählich, worauf die Rede der Skyphe hinauslief. »Und gemessen wurden die Differenziale dieses Wirtschaftens vor allem in Zeiteinheiten mit brutalem Takt, nicht? Die Rechner mussten immer sparsamer werden, immer weniger Energie fressen, und dabei schneller und kleiner werden.«

Die Skyphe schnarrte und klang dabei selbst wie eine Art Uhrwerk: »So bauten sie schließlich Chips ohne innere Uhren. Denn deren Betrieb erhitzte die Bauteile, nahm Platz in Anspruch, und man stieß an Grenzen. Es konkurrierten ja Firmen miteinander, wie heute bei den Custai, und man überbot einander lange Zeit, in kindlichem Eifer. 300 Millionen Rechenzyklen pro Sekunde, wie schön. Jetzt aber gebrauchte man asynchrone Bauteile, denn sie zapften nur Energie an, wenn gerade etwas gerechnet wurde.«

César Dekarins Augen weiteten sich; er atmete scharf ein, lange aus. Dann sagte er: »Die Pulsarnacht. Sie ist ein ... Zeichen für eine Umstellung von synchronen auf asynchrone Vorgänge in dem Rechnerkomplex, der unser Universum ist. Eine Umstellung vom Maß der zeitversetzten Koniken, die durch die Lichtgeschwindigkeitsgrenze wie durch ein absolutes Zeitmaß synchronisiert sind, auf ...«

»Etwas, das wir nicht denken können, bis jetzt, weil unsere Hirne, oder womit wir sonst denken, noch in der Raumzeit stecken. Wir nehmen an – das ist die Meinung der Skypho, kein gesichertes Wissen –, dass das etwas mit einer notwendigen Abnahme der Belastung des C-Felds zu tun hat.«

César sah ins Weite, sinnend, entrückt, und sagte leise: »Die Rechnung tritt in eine neue Phase ein. Das Universum kommt seinem Ergebnis näher.«

Ein leises Knistern drang aus dem Lautsprechersystem der Skyphe, es mochte eine Art Lachen sein, dann sagte sie: »Man kann Bilder auch töten, wenn man sich zu bequem in ihnen einrichtet. Wir sollten nicht über Ergebnisse reden. Das klingt nach Zwecken, nach Dingen ...«

»... außerhalb des Universums, also davor, dahinter und danach«, schnitt César diesen Faden einsichtig ab.

Die Skyphe schwieg.

Der Shunkan fand, sie hatte recht damit.

7 Vom Weltenwandel ließen sich die Custai kein Geschäft verderben.

Zwei Monate lang stand der kartierte Kosmos unter Schock. Mit Widerwillen nahmen die Echsen Produktionsstockungen und Handelsengpässe hin, die sich in dieser Zeit nicht vermeiden ließen.

Die Repräsentanz von Wachstum und Chancen war die erste nichtmenschliche Dependance, die auf Yasaka wiedereröffnet wurde. Sofort nahm der Zweigstellenleiter Feddhaksunhimrickess Kontakt zu Shavali Castanon auf.

In diesem Moment spazierte die Abgesetzte, begleitet nur von zwei Leibwächtern aus der Schemuralegion, durch die tropischen Gärten des Degroote-Encuentro. Ihre twiSicht stellte eine Projektion des massigen Cust vor sie auf eine saftige Sommerwiese.

Der Echsenkopf sagte: »Wir werden uns über Ihre zukünftige Rolle bei Castanon unterhalten müssen, Frau Castanon.«

Shavali lachte trocken und kehlig, dann sagte sie: »Castanons Rolle bei Castanon. Das klingt wie eine Ankündigung für ein Ultimatum.«

Der Cust grunzte: »So grob würde ich es nicht ausdrücken. Aber Sie haben sich zweifellos inzwischen kundig gemacht. Sie holen ja, wie mir meine Datenverwaltung mitteilt, praktisch im Halbstundentakt neue Informationen übers Geschäftsgeschehen ein. Da werden Sie wohl wissen, wie Ihre Interessen stehen.«

Interessen, das Wort kannte Shavali mittlerweile tatsächlich gut. Es bezeichnete ihre Stimmanteile im Aufsichtsrat des Unternehmens. Das Ganze ging auf archaische Eigentumsverhältnisse zurück, über die Shavali im Grunde lachen musste – schon ihre Großmutter hatte im Bewusstsein der Eleganz, mit der die Familie das Instrument »Teile und Herrsche« auf der wirtschaftlichen wie der ökonomischen Spielfläche seit Ewigkeiten gehandhabt hatte, den Ehrgeiz aufgegeben, die numerische absolute Mehrheit solcher Interessen oder öffentlich erwerbbarer Anteile an den Castanonwerken halten zu wollen. »Das ist nicht nötig«, hatte sie Shavalis Mutter erklärt, »so lange wir erstens die relative Mehrheit halten und zweitens alle übrigen Fraktionen jederzeit gegeneinander ausspielen können, weil sie jeweils auf unterschiedliche Art an uns gebunden sind.«

Shavali sagte: »Meine Interessen nehmen, wenn ich es richtig sehe, derzeit an Wert in allen Geschäften mit den Custai sprunghaft zu, weil die ganze Firma«, ein immer noch sehr ungewohntes Wort für sie, »an Wert zunimmt, und zwar, wie Sie so schön gesagt haben, im Halbstundentakt.«

Der Cust schnalzte zufrieden.

»Das stimmt, und eben deshalb möchte ich Sie persönlich treffen, um mit Ihnen zu beraten, was wir von einer Aufsichtsratsvorsitzenden derzeit erwarten, um die gute Konjunktur optimal auszuschöpfen.«

Hatte Shavali sich verhört, oder war sie soeben vorgeladen worden?

War das ein Befehl?

Sie rümpfte die Nase und bedeutete mit einer Kopfbewegung den Leibwächtern, die sollten sich wegdrehen – das, was jetzt besprochen werden sollte, musste ja nicht allzu rasch seinen Weg zu Irina Fayun finden.

»Warum machst du« – das soziale ›du‹ war im Schwinden begriffen bei alltäglichen und formellen Gesprächen auf Yasaka, seit Shavali nicht mehr Präsidentin war, aber eben deshalb hielt sie im Vorgriff auf künftige Zeiten des Wiederaufstiegs unbeirrbar daran fest – »das nicht zunächst mit Intersensax, Vavaliah, Ylahiah, Levcomir und den übrigen Anteilseignern aus den Sourisseau- und Vogwill-Linien und so weiter aus, bevor du mich kontaktierst?«

Die Antwort bestand in der Überspielung einer Graphik, die verdeutlichte, dass Intersensax aufgrund von Fusionen, Krediten und anderem inzwischen einem Unternehmen namens Desnimh gehörte, während Vavaliah, Ylahiuah und Levcomir mit einer Tochtergesellschaft des Vogwill-Unternehmens XVI-Trans verflochten waren, Vogwill aber wiederum bei Himhnira Schulden hatte, Himhnira und Desnimh indes Gründungen von Wachstum und Chancen waren. Dazu servierte die Überspielung noch ein paar Verästelungen und Sackgassen, die das vorhandene Diagramm weiter verwirrten und kreditorisch stabilisierten. Shavali, flink wie stets, fasste zusammen: »Du teilst mir mit, Castanon gehört den Custai. Nein, noch mehr: Du teilst mir mit, Castanon hat schon vor der Pulsarnacht den Custai gehört.«

Der Cust erwiderte mit Behagen: »Ja, das teile ich mit. Es schmerzt mich, eine so geschätzte Handelspartnerin und zeitweilige politisch-militärische Gegnerin meiner Spezies dermaßen überrumpelt zu sehen, wenn auch von mir und den meinen.«

Shavali staunte lächelnd. Sie wusste, wann sie geschlagen war, und musste anerkennen, dass der Sarkasmus der Echse königliche Würde hatte.

Zuckersüß fragte sie nach: »Wann wär's dir denn recht, dass ich mir die Befehle abhole?«

Der Cust sandte einen Termin und beendete die Verbindung.

Am Morgen des Tages, auf den der Abflug der SWAINSONIA CASTA angesetzt war, ging der Shunkan früh zum See. Mittels einer raffinierten, von ihm selbst erfundenen und in seiner Werkstatt zusammengebauten Vorrichtung rief er seine Seetaucher zu sich. Geschickt befreite er sie von den Sensoren, die er vor über einem Jahr an ihren Beinen befestigt hatte.

Zum letzten, den er fliegen lassen wollte und der stattdessen verdutzt vor ihm stehen blieb, sagte er: »Die sTlaloks heißen sTlaloks, weil sie schlafen. Von ›sleep‹, ein Wort einer alten Sprache. Wusstet ihr das?«

Der Vogel flatterte mit breiten Schwingen, einmal, zweimal. Dann hob er sich in die Luft und kehrte zum Leben zurück, das er kannte.

So hielten es alle Artgenossen, frei vom Bann. Sie setzten fort, was ihre Gewohnheit war: den Nestbau, die Paarung, die Territorialkämpfe, die Brutpflege.

César Dekarin saß lange mit überkreuzten Beinen auf einem bemoosten Stein. Schwach regten sich im milden Wind die Farnblätter, die ihn umstanden. Der Stein war derselbe, hinter dem sich vor ein paar Wochen Daphne vor Abhijat und Emanuelle versteckt hatte.

Der Shunkan sah den Tieren zu. Er wäre dort vielleicht den restlichen Vormittag lang sitzen geblieben, hätte nicht jemand eine schlanke Hand auf seine rechte Schulter gelegt, so vorsichtig, dass er die Hand bereits kommen spürte, bevor sie ihn berührte, und nicht erschrak, weil sie vertraut war, weil er sie mochte und weil sie ihm fehlen würde.

»Kommst du zum Start?«, fragte Daphne.

Er wandte den Kopf, sah sie an, dann an ihr vorbei – zwischen dem Tannenwäldchen und der Pinie hockten die zwei Binturen von der SWAINSONIA CASTA, mit denen Daphne sich während ihrer zweiten Rekonvaleszenz in Zeras Villa angefreundet hatte.

Im Lager bei der Durchbruchsstation hätte sie sich nicht auskurieren können. Sobald sie keine Intensivpflege mehr benötigt hatte, war sie aufgefordert worden, zur menschlichen Hauptverwaltungssiedlung in der Nähe des kleinen Raumhafens umzuziehen, wo die VL-Offiziellen die freigekauften Dims sammelten, deren Arbeit bei der Pflege von Treue inzwischen unter der Leitung von Gisseckhunmaninh sukzessive auf eine neuentwickelte Robotik umgestellt worden war.

»Sie fehlen uns. Es sind viele, die uns verlassen, und das neue Verfahren ist teuer«, hatte der Cust der Admiralin Renée Melina Schemura auf Nachfrage erklärt, »aber politisch sicherer, bei der derzeitigen unvorhersehbaren Entwicklung zwischen Yasaka und uns. Wir möchten nicht, dass die Dims, die uns demnächst von der neuen Präsidentin vielleicht ohnehin abgekauft worden wären, allzu genau mitbekommen, was wir hier für neue Testreihen, überhaupt neue Forschungen unternehmen, um die Pulsarnacht zu verstehen. Das Wissen könnte sich zu Geld machen lassen. Befreite Sklaven sind viel zu gut ausgebildete Spione.«

Daphne wäre also zu den »Flüchtlingen« geschickt worden, wie die Mehrzahl der ehemals auf Treue beschäftigten Dims jetzt hieß.

Zera aber hatte ihr angeboten, bei ihm, Valentin Bahareth und Sylvia Stuiving einzuziehen. Sie hatte das Angebot angenommen, trotz Spötteleien von Adrian, sie sei damit »eine brave Haustrübe für die Scheinzelnen« geworden. Eine Durchgangsrast auf dem Weg in die Freiheit, mehr war die Zeit in Zeras Haus nicht gewesen.

César nahm Daphnes Hand in seine beiden.

Er führte sie zum Mund, küsste ihren Handrücken, blickte zu ihr auf. Dann sagte er: »Ich hab drüber nachgedacht. Ob ich dabei sein will. Die Custai haben mir erlaubt, hierzubleiben, weil sie denken, ich könnte ihnen noch nützlich sein. Ich habe um diese Erlaubnis gebeten, weil ich nicht nach Yasaka will. Was könnte ich dort ausrichten? Ich könnte Intrigen gegen das Präsidium spinnen, wie Zera, ich könnte mich mit der Neuen arrangieren, wie Laura, die wahrscheinlich glaubt, sie könnte einige von unseren alten Ideen bei Irina Fayun Castanon durchsetzen. Beides Wege, für die ich mich zu alt fühle. Und auf deiner – eurer – Welt wäre kein Platz für mich.«

»Und Abschiednehmen willst du auch nicht?«, fragte sie, gar nicht kleinlaut.

»Ich will. Aber ich wäre vielleicht zu stolz gewesen. Danke, dass du gekommen bist und es mir leicht gemacht hast.«

César stand auf.

Daphne umarmte ihn.

Ihre Tätowierungen, sah er, hatten sich abermals verändert: Zerlegungen von Kugeln in zusammenziehbare Zellen, Tori und Zylinder lebten da. Sie beugte sich zu ihm herunter, er nahm ihr Gesicht in beide Hände – das Kinn war gut verheilt, man sah nur kleinste Narbenspuren, und auch die nur, wenn man wusste, wo sie waren. Er zog sie zu sich, küsste sie lange.

Die Binturen sahen, dass die beiden einander, so gut das beim Größenunterschied eben ging, die Arme um die Schultern und Hüften legten und sich umdrehten, um sich auf den Weg zum Raumhafen zu machen.

Sie nickten und liefen voraus.

»Heißt das«, fragte Daphne neckisch, »dass du nur meinetwegen mitkommst zum Start, und dich von Zera und Laura nicht verabschiedet hättest?«

Er lachte: »Wir, die zwei und ich, werden ohnehin in Verbindung bleiben, nehme ich an.«

»Aber die EPR-Anlagen sind doch ausgehoben und zerstört worden ...«

»Die der beiden andern, ja. Meine ... nicht alle.«

Er lächelte.

Sie fragte nicht nach.

Die erste Besprechung mit dem Cust, den sie »meinen neuen Vorgesetzten« nannte, stand Shavali Castanon haltungssicher durch. Er gab ihr, wie befürchtet, Anweisungen über ihr erwartetes Abstimmungsverhalten bei Geschäftsentscheidungen und schlug ihr ein paar Repräsentationstermine vor: Bei diesem oder jenem Unterhändler der Skypho, Binturen oder Extremophilen würde es, fand er, Eindruck schinden, wenn eine custaische »Charmeoffensive« von einer ehemaligen Präsidentin der Vereinigten Linien angeführt würde. Im Gegenzug für ihre Bereitschaft zu dergleichen ließ er sich ihre kleinen Finten, mit denen sie die Grenzen dessen, was diesen Figuren zuzumuten war, auszutesten suchte, sogar hin und wieder gefallen. Shavali kam, einer uralten Tradition gemäß, mithilfe weniger stereotyper Formulierungen wie »Ich brauche mehr Details«, »Lad mir das doch als Datei auf den Tlalok, ich beschäftige mich später damit« und »Das ist nur deine Meinung« gut durch ihre Arbeitstage.

Sie hätte eigentlich ebenso gut schlafen können dabei, dachte sie nicht selten.

In ihrem neuen Arbeitszimmer, einem engen, spartanisch mit Tisch und Stuhl und einer robusten EPR-Anlage ausgestatteten Gang, holzverkleidet und nicht sehr hell, wandte sie sich dem Einzigen zu, was ihr nach dem Verlust politischer, wirtschaftlicher und sozialer Macht verblieben war: der Ansammlung und Ausdeutung von Wissen, das eines Tages nützlich sein konnte, wenn sich das Blatt wenden ließ.

Sie sah Aufzeichnungen, Breven, Environs durch, weil ihr Renée Schemura erzählt hatte, ihr habe wiederum Zera Axum Nanjing erzählt, dem solle angeblich Laura Durantaye erzählt haben, César Dekarin hätte Durantaye etwas sehr Interessantes aus einem toten Tlalok gezeigt.

Shavali befasste sich mit Fossilien von der Welt, auf der die Dims sich ihre zweite Chance verdienen wollten, Terra Firma.

Sie erforschte Spuren einer dortigen geobiologischen Epoche namens Kambrium, Spuren von Würmern mit Beinen, die man für die Stammeltern zahlreicher Onychophora hielt. Sie verglich Bilder der Funde verschiedenster Lagerstätten, ihr übermittelt von philanthropischen Instituten, die den Dims bei der Freilegung der Frühgeschichte ihrer Welt helfen wollten.

Die Castanonwerke rüsteten alle diese Institute aus.

Shavali zählte Gliedmaßen, las Breven darüber, dass vermutet wurde, nicht alle fossilen Lebensformen, die man auf jener Welt fand, hätten ihren Ursprung auch auf derselben. Als sie sich zu diesen Theorien aufgrund des vorliegenden Materials eine Meinung gebildet hatte, untersuchte sie Samples von anderen Welten und Monden, sogar von Asteroiden, und befasste sich mit wissenschaftlichen Abhandlungen über die Medeen, ihre Fortpflanzungs- und Bewusstseinsbesonderheiten, mit möglichen Migrationszenarien im Netzwerk der Ahtotüren. Sie las Protokolle von angeblichen Unterhaltungen zwischen Skypho und Medeen, die Erstere seit vielen Dekazyklen allen interessierten Intelligenzwesen zugänglich zu machen gewohnt waren, die aber von den Xenolinguisten des Präsidiums wie auch denen der Binturen und Custai nicht als gültige »Übersetzungen« anerkannt wurden, weil sich das eigentliche Datenmaterial, angeblich über Neutrinosignale eingefangen, nicht abhören und mit diesen Protokollen vergleichen ließ. Es war, wie ein berühmter Astrobiologe der Militärakademie des Präsidiums auf dem Yasakamond Pelikan einmal gesagt hatte, »wie bei spiritistischen Sitzungen oder bestimmten Mysteriengottesdiensten in der Antike: Irgendwelche Priester, in diesem Fall die Skypho, berichten uns, was sie mit den Geistern besprochen haben wollen, und wir sollen es glauben, ohne den Weg vom angeblichen Signal zur Interpretation nachvollziehen zu können«.

Shavali Castanon wusste es selbst nicht, aber was sie von den Medeen zu erfahren hoffte, war ganz dasselbe wie das, was César Dekarin von seinen Seetauchern hatte erfahren wollen: Wie organisiert man das Überleben ebenso wandlungsfähiger wie wanderschaftsabhängiger Geschöpfe unter gekrümmten, fragmentierten, involutionsgeprägten raumzeitlichen Verhältnissen?

Die Präsidentin suchte einen Weg durch die Unmengen der Daten, fand ihn nicht und wurde darüber müde.

Renée umarmte César Dekarin.
Sie hatten nur ein einziges Gespräch miteinander geführt, über Shavali Castanon, und sich dabei gut verstanden. Das war jetzt drei Monate her.

Sie duzten einander, wie das auf Yasaka unter der Herrschaft der Frau, die beide liebten, üblich gewesen war.

»Die schwarze Frau …«, sagte Renée. »Ich habe sie zweimal gesehen, wusstest du das? Am Blauregen.«

Er schwieg, es war beiden nicht unangenehm.

Renée fiel etwas ein: »Du solltest in Zeras Villa ziehen. Es ist das schönste Gebäude auf Treue.«

Er erwiderte nichts, es war nicht nötig.

Die Admiralin nickte zufrieden und ging.

Valentin Bahareth salutierte vor dem Shunkan, Zera küsste ihn, Laura auch.

Die beiden Binturen gaben ihm die Hände und schüttelten sie wie Menschen.

Die Skypho verneigten sich in leicht unheimlicher Anmut. Auch er deutete eine Verbeugung an.

Emanuelle Norenzayan, die Renée als Kapitänin diente, trat vor ihn.

»Ein schönes Schiff«, sagte er zu ihr.

»Danke.« Sie wandte sich ab und ging an Bord.

Abhijat Kumaraswani rang sich zu einem Händedruck durch, den der Shunkan schwach fand, verglichen mit den Griffen der Binturen, weshalb er an Abhijat vorbei zu Daphne sah, die sich, wie viele ihrer Freundinnen und Freunde, gerade von Victoria verabschiedete. Die meisten taten das, indem sie der Uralten die Wangen küssten. Nur Daphne traute sich, die Alte, zerbrechlich wie ein Reisigbündel, zu umarmen. Bei Victoria standen einige Custai in zeremoniellen Abschiedshaltungen. Vor wem genau damit Respekt bekundet werden sollte, wusste César nicht, es war ihm auch gleichgültig.

Die restlichen Reisenden gingen die flachen Rampen hoch, einige sahen noch einmal zu César. Zeras Blick wusste viel, blinzelte nicht.

César wusste, dass er diesen Blick lange nicht vergessen würde.

Daphne stand jetzt vor ihm, die letzte Person, die an Bord gehen würde. Sie streckte die Rechte aus, es kam beiden so vor, als wüsste sie einen Augenblick lang nicht, ob es ihn gab, ob sie ihn berühren konnte, oder ob er mehr war als der, den sie sah,

und sie deshalb mehr berühren würde als ihn, wenn sie es wagte. Ihre Finger an seiner Wange, eine stumme Unterhaltung der Augen: Sollte man einander noch einmal küssen?
Es geschah nicht.
Sie ging, er blieb.

César stand mit der Alten und den Custai da, als das Schiff sich fast geräuschlos vom Landefeld erhob und dann wie ein Nadelbündel, dessen Spitzen und Längen zu einem Punkt zusammenschossen, durch die Ahtotür in Treues Rücken verschwand.

Die Präsidentin kappte ihre Verbindungen und verschob die kopierten Dateien, umsichtig verschlüsselt, in die entlegensten Fächer ihres Tlaloks. Sie stellte sich vor ihren Spiegel und sah eine Person, die sich entweder am Ende ihres gewohnten Weges befand oder am Anfang eines neuen, nein: beides.

Wenn der Kosmos so war, wie die Pulsarnacht zeigte, dann musste man nicht dauernd über andere und sich selbst so entscheiden, dass die Wahrnehmung der einen Chance die Anerkennung der anderen ausschloss. Renée würde zurückkehren, und Shavali gehörte zu ihr, aber nicht nur zu ihr. Leute sind kein Platz, fiel ihr Césars Breve ein. Beziehungen zwischen Leuten sind Lebewesen. Mehrere können zusammenleben, das ist dann eine Ökologie. Leute sind aus anderen Leuten zusammengesetzt. Raum und Zeit, dachte Shavali, müssen erst noch geschaffen werden, sie sind nicht das Gegebene.

Der Shunkan aß mit Victoria, einigen anderen Dims, die auf Treue geblieben waren, und den Custai. Dann ging er nach Hause.

Die Präsidentin zündete sich eine Zigarette an.

César war sehr müde, ging langsam, im schmalen Tal, und schaffte gerade noch die letzten Schritte in sein Haus, bevor er genug hatte vom Unterwegssein. Er wollte nur ins Schlafzimmer und blieb auf dem Gang vor seinem Spiegel stehen.
Die abgesetzte Präsidentin blinzelte.

César Dekarin wollte nicht bleiben, wer er war.
Shavali Castanon wollte nicht bleiben, wo und wann sie war.
Er betrat seinen Spiegel im selben Moment wie sie ihren.
Man könnte sagen, sie schritt hindurch, zu ihm.
Man könnte sagen, er schritt hindurch, zu ihr.
Beides ist ungenau. Beides ist wahr.
Sie begegneten einander wieder. Das änderte alles.

Glossar ausgewählter Begriffe

Ahtomedium
Gedachter n-dimensionaler Raum mit einer Geometrie, in der die Koordinateneigenschaften der vierdimensional zugänglichen Orte aller ↗ Ahtotüren im kartierten Universum die unverrückbar ruhenden Eichgrößen für die Einrichtung aller Reiserouten sind. Das Ahtomedium als Navigationshilfe selbst ist also keine fixe Vorstellung, sondern hängt vom jeweiligen historischen Wissen der Zivilisationen der kartierten Welten über die Verteilung der ↗ Ahtotüren und von den Extrapolationen darüber ab, wo sich weitere finden lassen.

Ahtotüren
Raumzeitliche Abkürzungen zwischen nach den Maßgaben der Relativitätstheorie, etwa der Logik der ↗ Koniken, in der vierdimensionalen Raumzeit weit auseinanderliegenden Punkten. Sowohl die ↗ Skypho wie die ↗ Custai, die ↗ Binturen und die Bürgerinnen und Bürger der ↗ VL haben in den drei erschlossenen Galaxien zahlreiche Ahtotüren gefunden und sind mittlerweile in der Lage, eigene, allerdings nicht über längere Zeiträume stabile, einzurichten. Es gibt Ahtotüren in mehrere Richtungen und solche in nur eine Richtung. Die alten oder echten Ahtotüren scheinen uneingeschränkt (»zeitlos«) stabil, die neueren sind je nach ↗ Progma-Masse und entsprechender geometrodynamischer Leistung zwischen einigen Stunden und mehreren Jahrzehnten aktiv. Anders als die Wurmlöcher der spekulativen Physik verbinden nach der im kartierten Kosmos unter den meisten

sternefahrenden Spezies ab dem Eintreten der ↗ Pulsarnacht unstrittigen Theorie über die Ahtotüren diese nicht verschiedene Segmente einer vorhandenen Raumzeit, sondern sind vielmehr umgekehrt gleichsam deregulierte Minimal-Regionen, an denen die scheinbare Trennung lokal separierter Raumzeitabschnitte aufgehoben ist. Was den betreffenden, alltagswirklichen Schein verursacht, ist strittig und Gegenstand umfangreicher physikalischer Forschungsprojekte der kartierenden Wesen ab dem Eintreten der ↗ Pulsarnacht.

Alpha Lyrae
Auch ↗ Wega oder ↗ Vega. Stern, in dessen Region die ↗ Linienkriege entschieden wurden. Die militärische Konfrontation zwischen den ↗ Vereinigten Linien und den Abweichlern, die sich um den Shunkan geschart hatten, führte bei der Schlacht von Alpha Lyrae aufgrund der ↗ Marcha-Überlegenheit wie auch des Schlachtengeschicks der Admiralin Renée Melina Schemura zur Niederlage und Gefangennahme César Dekarins sowie seiner wichtigsten Gefolgsleute.

Binturen
Hochintelligente, kulturell stark diversifizierte Spezies sternenfahrender Vierbeiner, die von den Bürgerinnen und Bürgern der ↗ VL wegen einiger sehr oberflächlicher anatomisch-physiologischer Ähnlichkeiten (Blutbeschaffenheit, Fell, ausgezeichneter Geruchssinn usw.) als »Hundeartige« betrachtet werden. Dem im Zuge der ↗ Kartierung der zentrumsnahen Milchstraße besonders erfolgreichen und verdienstvollen binturischen Astrogatoren N//KG"/ wird die Äußerung zugeschrieben: »Wenn sich Castanons Leute vom Augenschein lösen könnten, würden sie schnell erkennen, dass sie selber viel mehr mit ihren Hunden gemein haben als wir, vom Dominanz- und Unterwerfungsgehabe angefangen bis zum Rudelwesen.« Im Gegensatz zu ↗ Skypho, ↗ Custai und beinahe sämtlichen anderen Intelligenzgeschöpfen mit interstellaren Aktionsradien wahrten die Binturen in den Linienkriegen fast durchgängig strikte Neutralität.

Breve
Von *brevis*, kurz. Kunstwerk, wissenschaftliches oder politisches Dokument, dessen Funktionsweise sich auf wenige Medien und wenige Sinneswahrnehmungen eingrenzen lässt – also etwa Malerei, Musik, Diagramm, Literatur. Archaische, aber auch in der Blütezeit der ↗ VL praktizierte Vorform aller ↗ Environs.

C-Feld
Von *creation-field*. Singularitätenfreies, die übrige Struktur der vierdimensionalen Raumzeit überall durchdringendes, damit aber – da diese Raumzeit Singularitäten enthält – paradoxes Feld. Es wird von photonenanalogen, der Bose-Einstein-Statistik gehorchenden, also masselosen Partikeln getragen und trägt selbst negative Energie. ↗ Medeen und andere Raumbewohner scheinen sich nach einem zum Zeitpunkt der ↗ Pulsarnacht noch unbekannten Mechanismus vorwiegend von C-Feld-tragenden Teilchen zu ernähren, die auf minimalem Raum, nicht größer als der in der Quantenmechanik formulierte Planckradius, ungeheure Energiemengen konzentrieren. Inwieweit es zulässig ist zu behaupten, das C-Feld sei a) mit dem ↗ Ahtomedium identisch, b) dessen notwendige Voraussetzung oder c) dessen hinreichende Bedingung, aber nicht es selbst, ist unter intelligenten sternenfahrenden Spezies strittig.

Custai
Sehr alte, vermutlich noch aus dem zweiten Drittel der Entwicklungsgeschichte des hiesigen Universums stammende sternenfahrende intelligente Spezies von aufrecht gehenden, mit beweglichen Extremitäten ausgestatteten, olivenhäutigen Geschöpfen, die von den Bürgerinnen und Bürgern der ↗ VL wegen einiger sehr oberflächlicher anatomisch-physiologischer Ähnlichkeiten (Blutbeschaffenheit, Augen, Salzdrüsen in flachen Schädelgruben zur Aufrechterhaltung des osmotischen Gleichgewichts bei Abwesenheit von Süßwasser usw.) als »Echsen« oder »Reptilien« betrachtet werden. Unbekannt geblieben ist den meisten, die sich so ausdrücken, zum Glück, dass die Custai selbst

sowohl die ↗ Dims wie die Bürgerinnen und Bürger der ↗ VL als mehlwurmartige Kreaturen betrachten, weil eine Anzahl von Spezies, die nach Körperbau und Stoffwechsel vieles mit ihnen gemein hat, auf dem zweiten Planeten des von den Custai als eines der Herzen ihrer Zivilisation verehrten Hauxpartilla-Systems in der lockeren Erde leben und dort ausgedehnte Höhlen- und Tunnelsysteme bauen, die in den ↗ Environs der Custai hin und wieder für die ↗ VL wenig schmeichelhafte Vergleiche mit ↗ Yasaka erfahren.

Dims

Denk- und sprachbegabte, zweigeschlechtliche, bis auf bestimmte Körperregionen fellfreie, unter kontrollierten Bedingungen gezüchtete Spezies von Haus- wie Arbeitstieren der ↗ Custai, tribalistisch, nicht besonders widerstandsfähig, in den ↗ VL als »die Trüben« allerlei speziesistischen und xenophoben Diskriminierungen ausgesetzt. Nicht fähig zur Inkorporierung von ↗ Tlaloks, daher auch nicht zur ↗ twiSicht oder zur Immersion in ↗ Environs. Intellektuell überaus schwach bei der Resistenz gegen disruptive Effekte von kognitiven Dissonanzen, suggestibel, leicht konditionierbar. Ein berühmtes Experiment des ↗ Custai-Xenobiologen Srtaghanzumassiget wies nach, dass man etwa den Aufwand zur Lebenserhaltung von Dims merklich senken und ihre Haltung damit erheblich verbilligen kann, indem man sie ihre Mahlzeiten von rotem Geschirr, roten Tellern und Schüsseln essen lässt – die Farbe Rot wirkt offenbar als appetitzügelndes Haltesignal.

Encuentro

Ein der föderal verketteten Verwaltungshoheit einzelner Linien unterstehendes Segment von ↗ Yasaka. Nimmt man die Metapher »Stadt« für das, was ↗ Yasaka ist, in vollem Umfang ernst, so ließe sich bei den Encuentros von »Vierteln« oder »Sektoren« reden. Diese an den archaischen Verhältnissen auf ↗ Terra Firma orientierte Redeweise unterschlägt freilich, dass die Einwohnerschaft dieser »Viertel« auf ↗ Yasaka nach Millionen, in einzelnen Fällen auch nach Milliarden zählt.

Environ
Immersives, künstlich konfiguriertes virtuelles Sinneserlebnis unter Einbeziehung möglichst sämtlicher Formen der Sinneswahrnehmung intelligenter und sprachfähiger Spezies inklusive ↗ twiSicht.

EPR-Kommunikation
Nach *Einstein*, *Podolski* und *Rosen*, die ein Gedankenexperiment formuliert haben, das die Brechung der Lichtgeschwindigkeitsgebundenheit von Naturvorgängen bei verschränkten Quantensystemen veranschaulicht. EPR-Anlagen erlauben gleichsam augenblickliche, nicht durch Informationsübertragungsgeschwindigkeiten gebremste Kommunikation.

Farkes
Auf einer abgelegenen Vulkanwelt im Orbit um einen jungen Stern in tiefen Schächten entstandene Netzwerke aus subzellularen Geschöpfen, die in ↗ EPR-analogen Verschränkungen ortsunabhängige Kommunikationsmultiples zu bilden gelernt haben und sich verteilt auf sehr große Räume als unterschiedlich umfangreich ineinander übergehende Individuenstämme begreifen können. Die Zivilisation der Farkes entwickelt sich sehr langsam und hat in der Politik der kartierten Welten zum Zeitpunkt der ↗ Pulsarnacht noch sehr wenig mitzureden. Da sie aber unter anderem eine evolutionäre Vorwegnahme der Strategien entwickelt hat, mit welchen etwa Renée Melina Schemura die demografische Gesetzgebung der ↗ VL unterläuft, und da sie überdies mit sozialen Zuständen, wie sie sich nach dem Kataklysmus herausbilden müssen, bereits ausgiebige Erfahrungen gesammelt hat, wird wohl damit zu rechnen sein, dass ihr relatives Gewicht in den Verteilungskämpfen der kartierten Regionen stetig, wo nicht sprunghaft zunehmen wird.

Genetische Gesetze der ↗ VL
Ein von Shavali Castanon schlau ausgetüftelter Katalog von Ausnahmen, der so umfangreich ist, dass niemand ihn studiert und alle glauben, was die Propaganda der ↗ VL behauptet: dass ir-

gendwo unter den Ausnahmen auch ein paar Regeln versteckt sind, von denen die Ausnahmen dann Ausnahmen sind. Angeblich reguliert das Werk, wer bei welcher Lebensspanne wie viele Nachkommen haben darf, aber sobald sich jemand um die ↗ VL in irgendeiner Weise verdient gemacht hat, wird die zugemessene Zeit verlängert, die Anzahl der Nachkommen großzügig erweitert, und all das entscheiden jedes Mal die Autokratin selbst sowie ihr Apparat. Ab einem gewissen Grad der Unverschämtheit der dabei waltenden Willkür werden diese Entscheidungen obendrein geheim gehalten: Wie lange darf die Admiralin Schemura weitermachen, wenn sie für die Präsidentin nach Treue fliegt und Castanons Nachrichten überbringt? Niemand weiß es. Das augenfälligste Ergebnis dieses Treibens ist eine vielfach gefälschte Vergangenheit, welche die Schlüssigkeit der Gesetze und ihrer Anwendung suggerieren soll und sich bis weit in die Opposition erstreckt. Gewissen Gerüchten zufolge ist inzwischen selbst die Biografie von Shavali Castanons erbittertstem Gegner César Dekarin gefälscht, und das in einem Umfang, der auch vor Manipulationen seines eigenen Gedächtnisses nicht haltmacht: Er soll, so wollen manche wissen, in der Allgemeinen Arbeit in Wirklichkeit als Mädchen geboren worden sein und ursprünglich »Céleste« geheißen haben.

Geometrodynamik
Ursprünglich die als Allgemeine Relativitätstheorie geführte Wissenschaft von der Krümmung der Raumzeit durch Masse und der Bewegung von Masse in der Raumzeit. Seit Entwicklung von Progma mit justierbarer Dichte und Masse auch die Technologie, raumzeitliche Objekte oder Geschöpfe topologisch zu manipulieren und der scheinbaren Gültigkeit relativistisch organisierter Lokalität zu entziehen.

Kartierung
Gigantisches, von den ↗ Skypho begonnenes, zum Zeitpunkt der ↗ Pulsarnacht von den ↗ Custai seit etwa dreitausendvierhundert, von den ↗ Binturen seit rund zweitausend, von den ↗ VL seit etwa siebenhundert Jahren mitgetragenes Unternehmen

einer umfassenden Katalogisierung kosmologischer Eckdaten in den bislang über die alten ↗ Ahtotüren erschlossenen Galaxien und dem Leeraum dazwischen. Die vier Haupt-Trägerspezies der Kartierung (es wirken noch etwa ein Dutzend weitere mit) setzen dabei unterschiedliche Schwerpunkte – die ↗ Skypho eher kosmo-paläontologische, die ↗ VL eher topografisch-infrastrukturelle, die ↗ Binturen vor allem soziopolitische, die ↗ Custai überwiegend ressourcenorientierte.

Kertisch
Eine besonders zur Beschreibung und Diskussion von Phänomenen und Arbeitsschritten im Umkreis von ↗ Marcha geeignete Sprache, die von Bürgerinnen und Bürgern der ↗ VL, vorwiegend solchen der DeGroote-Linie, die anfangs einen Großteil des Handels mit den ↗ Custai abwickelten, aus einer Art Pidgin-Custai entwickelt wurde.

Konik
Einstein'scher Lichtkegel. Raumzeitliches Ereignis- und Informationsausbreitungsgebiet, das die Verteilung von Informationen, besonders politischen und technischen, in einer den gesellschaftlichen Erfordernissen der ↗ VL angemessenen Zeit auch mit ↗ Nicht-Mitteln, also gewöhnlich lichtschnellen oder unterlichtschnellen Übertragungsweisen, gestattet. Die erfassten Koniken sind politische Raumordnungselemente der großräumigen ↗ VL-Topografie und im System der ↗ Kartierung mit numerischen Indizes versehen. Ihre Spitzen oder Zentralsterne sind nach historisch-politischen Kriterien gewählt (Movaoia zum Beispiel ist der Zentralstern der Konik 1).

Leviathane
Genetisch unmodifizierte, nach einer treffenden Formulierung der ↗ VL-Präsidentin Shavali Castanon gewissermaßen »altgläubige« ↗ Medeen-artige Leerraum-Bewohner und Sternbegleiter. In den Zentren der drei kartierten (↗ Kartierung) Galaxien wesentlich seltener zu finden als in deren äußeren Ausläufern und in den sternarmen Regionen zwischen ihnen.

Linien

Zunächst privatrechtliche, dann staatsrechtliche, weil auf ganze Kolonialgebiete bei der Expansion der auf die Tlaloktechnik (↗ Tlalok) gestützten Zivilisation bezogene genetisch-demografische Kategorie. Eine Linie war anfänglich eine Kolonisatorenfamilie samt allen Individuen auch aus anderen meist patrilinealen, seltener matrilinealen Abstammungsgemeinschaften unter Inklusion solcher Gruppen, die technisch herbeigeführte Erbgutgemeinsamkeiten (gewisse patentierte Designergene und Ähnliches) aufwiesen. Bei Schiffen mit mehreren Familien an Bord wurden nach Etablierung der ↗ EPR-Technik die ersten mit dieser ausgestatteten zu Linien. Die Staffelung der Nähe zur Urlinie erfolgte dabei analog einer verbesserten, nämlich mikrogenetisch aktualisierten Quasi-Linné'schen Taxonomie, mit einem bis zum Kataklysmus der ↗ Pulsarnacht und in den Kernzonen der ↗ VL auch darüber hinaus geltenden komplizierten Indexsystem zur Kenntlichmachung des jeweiligen Abstammungsstatus, das bei Namensdivergenzen für Zuordnungsklarheit sorgen sollte. Die letzte und solideste Fixierung der Linienstruktur erfolgte bei Besiedlung ↗ Yasakas und Aufteilung dieser Megalopole in entsprechende Encuentros als ulta-urbanes Modell der zu dieser Zeit im Entstehen begriffenen ↗ VL. Die Linien sind und bleiben aus biologisch-statistischen wie politisch-sozialen Gründen *fuzzy sets*, das heißt: Populationsmengen und Genpools mit Restunsicherheiten bei der Bestimmung ihrer Grenzen.

Linienkriege

Auflehnung einiger ↗ Linien und anderer politischer Einheiten gegen die demografischen Gesetze, die nach dem Willen der Castanonregierung auf ↗ Yasaka das verbindende Element zur außenpolitischen Sicherung und innenpolitischen Stabilisierung der ↗ VL sein sollten. Entgegen verbreiteten Legenden war César Dekarin, den man den Shunkan nennt, nicht der Initiator dieser Rebellion, wohl aber ihr herausragender politischer, propagandistischer und militärischer Leiter, der nach der Niederlage der ersten aufrührerischen ↗ Linien im ersten und zweiten Linienkrieg vor allem von seiner Propagandachefin Zera Axum Nanjing allmählich zum Gegenbild der Präsidentin der ↗ VL aufgebaut wurde.

Marcha
Gesamtheit aller technischen Dispositive zwischen Hardware und Software, die als Handelsgegenstände im nach werttheoretischen Metriken ausgerichteten Waren-, Informations- und Dienstleistungsverkehr zwischen den ↗ VL und anderen Spezies dienen können, darunter (nämlich zu über 97 % des einschlägigen Handelsvolumens) dem Handel mit den ↗ Custai.

Marchandeur, Marchandeuse
Berufs- wie Standesbezeichnung für Bürgerinnen und Bürger der ↗ VL, die mit der Wartung, Weiterentwicklung oder sonstigen Bearbeitung technischer Arbeitsprodukte beschäftigt sind, die als ↗ Marcha infrage kommen.

Medeen
Sehr große, von der Astronomie unterentwickelter sternenfahrender intelligenter Spezies mitunter für Asteroiden oder Planeten gehaltene Geschöpfe mit weit auseinanderliegenden Phänotypen, Physiologien, Ausprägungen von Intelligenz und Sprache, die aufgrund ihrer enormen Masse in Schwerefeldern von Planeten oder allzu nah an Sternen nicht lebensfähig werden. Wie die entfernt verwandten ↗ Leviathane, von denen sie sich hauptsächlich im Grad ihrer Bereitschaft zum Kontakt mit Fremdintelligenzen und dem daraus folgenden Ausmaß der biotechnischen oder geometrodynamischen Binnenmodifikation unterscheiden, halten sie sich meist in Umlaufbahnen um Sonnen, quasistellare Objekte oder ↗ Pulsare auf. Keine Medea gleicht der anderen. Ihr Körperbau ist großräumig von Approximationen platonischer Formen, auf kleinster Skala von beweglichen Einheiten geprägt, die anfängliche Erkunder der internen Medeenökologie für unabhängige, die Medeen als Symbionten oder Parasiten kolonisierende Wesen gehalten haben. Seit Beginn der ↗ Linienkriege pflegen die »großen Träume«, wie die ↗ Custai diese Geschöpfe nennen, zu ↗ Custai und ↗ Skypho besonders

intensive Beziehungen, und machen von deren weit fortgeschrittener Geometrodynamik einen ähnlichen Gebrauch wie kohlenstoffbasiertes planetares intelligentes Leben ab einem gewissen Zivilisationsgrad von der Gentechnologie.

Memristor
Von *memory* und *resistor*. Schaltelement in elektronischen Maschinen, das sich seine elektrische Widerstandsgeschichte merken kann. In manchen komplizierten ↗ Marcha der ↗ VL als Ersatz für den klassischen Transistor gebräuchlich.

Movaoia
Stern, der zusammen mit ↗ Yasaka ein Doppelsystem bildet, aufgrund der komplizierten Bahnenverhältnisse gelegentlich fälschlicherweise als »Stern, um den ↗ Yasaka kreist«, bezeichnet.

Nalori
Spezies von in Verbänden lebenden, intelligenten und sprachfähigen Viren mit guten Beziehungen zu den ↗ Binturen; in planetaren oder anderweitig schwerkraftregierten Habitaten oft als Kolonien in gewissen Käfern und Faltern zu finden, insbesondere einer Spezies von gelbem Schmetterling. Ihre Rolle in der Politik des kartierten (↗ Kartierung) Kosmos ist weithin ungeklärt.

Progma
Von *programmable matter* – im twistoriell skalierten ↗ Ahtomedium manipulierbare und rekonfigurierbare Materie von je nach Justierung negativer bis positiver Energiedichte, begrenzt selbstorganisiert, beginnend im Elementarteilchen- und Antiteilchenbereich, flexibel über die spontane Generierung von virtueller Materie und Antimaterie bis zu deren Aktuation in informationell regulierten Choreografien durch geometrodynamische Eingriffe ins ↗ C-Feld übers ↗ Ahtomedium. Massive Progmablöcke, welche die spaltbaren Grundbausteine der meisten im Verwaltungsbereich der ↗ VL gebräuchlichen ↗ Marcha darstellen, werden in unterschiedlichen Aggregatszuständen transportiert und gelagert, von flüssigen Tanks bis zu den berühmten

schwarzen Monolithen der Militärfrachter zur Zeit der ↗ Linienkriege. Kurz vor der ↗ Pulsarnacht allerdings ist die gebräuchlichste Form eine mesoskalar kristalline, da sich in diesem Zustand die Gefahr gewisser peinlicher Unfälle auf die einfachste Weise minimieren lässt.

Pulsar
Radiowellen, Röntgenstrahlung und anderes aussendender, schnell rotierender Neutronenstern, entstanden als Rest eines in einer Supernova explodierten massereichen Sterns. Im Zuge der ↗ Kartierung haben die ↗ Skypho, später auch die ↗ VL Pulsare entdeckt, die keine auf diesem natürlichen Weg entstandene Neutronensterne, sondern offensichtlich Artefakte intelligenter Wesen sind, über die sonst jedoch nichts bekannt ist.

Pulsarnacht
Mythisches Ereignis in der kosmogonischen Phantasie der ↗ Dims: Zu einem bestimmten Zeitpunkt, so behaupten die einschlägigen Legenden, wird die pulsierende Radio- und sonstige Signaltätigkeit aller ↗ Pulsare aussetzen, und an jedem beliebigen Punkt des Universums wird diese Signalverdunkelung gleichzeitig wahrnehmbar sein, nach einem Maß der Gleichzeitigkeit, die sich über ↗ EPR-Kommunikation verifizieren lässt. Dieses Ereignis ist physikalisch nicht nur, aber vor allem wegen des Bruchs der Gesetze der Relativitätstheorie unmöglich. Es tritt dennoch ein.

Shiema
»Allgemeine Arbeit«. Libertär-anarchoide Zivilisation aus der Frühzeit der ↗ Tlalok-Epoche, in der Personen, die später aufgrund der Subsumtion ihrer genetischen Linien unter die ↗ VL zu deren Bürgerinnen und Bürgern wurden, ein nicht nach Koniken (↗ Konik) ausgerichtetes interstellares System der egalitären Verwaltung ausprobierten, das sich sogar weitgehend autark halten ließ, bis die ↗ Linienkriege begannen. Aus der Shiema stammten die meisten Unterstützerinnen und Unterstützer des Shunkan und Feinde der Regierung Castanon.

Skypho
Von den Bürgerinnen und Bürgern der ↗ VL fälschlich als hochentwickelte Meeresbewohner in gravitationsunabhängigen Überlebenszylindern aufgefasste Spezies, die unter den Druck-, Schwere- und Atmosphärenbedingungen von aus planetaren Ökologien hervorgegangenen Lebewesen nicht existieren kann, weil sie in Wirklichkeit von Magnetovoren abstammt, die in den äußeren Zonen einer Sonne entstanden, deren Ort von den Skypho mit Bedacht geheim gehalten wird.

sTlalok
Von *sleeping Tlalok*. ↗ Tlalok, der keine laufenden Daten aus einem aktiven Zentralnervensystem empfängt, sondern entlang vergleichsweise primitiven und robusten neuralen Netzwerkprogrammen »denkt« – damit gleichsam ein simuliertes Hirn, ein beschränkt denkfähiger (aber nicht seiner selbst bewusster) Computer.

Tabna 3
Von der Sonne Tabna her gerechnet dritter Planet des nach ihr benannten Systems. Hier fanden im zweiten, im vierten und im letzten ↗ Linienkrieg die schwersten Bodentruppenauseinandersetzungen des gesamten Großkonflikts statt, wobei die ↗ VL diverse seither per intergalaktischen, zwischen den meisten intelligenten sternenfahrenden Spezies geschlossenen Verträgen verbotene ↗ Marcha, unter anderem immersiv-disseminative Panikinduktion, eingesetzt hat. Auch die Gegenseite machte sich indes schwerer Kriegsverbrechen schuldig, insbesondere beim Einsatz von ↗ Dims.

Terra Firma
Heimatwelt der tatsächlichen Menschheit, angeblicher Herkunftsort der scheinbaren.

Tlalok
Im Hinterkopf eingesenkter Quantencomputer zur Aufzeichnung und Simulation der Tätigkeit von Wesen mit einem Zentralnervensystem, mit dem der Tlalok zahlreiche Schnittstellen aufweist. Durch besondere ↗ Progma-Verplombung nahezu un-

zerstörbar. Der Tlalok baut auf Befehl eigene ↗ C-Feld-Emanationskonstrukte auf, etwa das organismusschützende Hautgitter, und ist zur ↗ twiSicht fähig.

twiSicht
Als unmittelbare sinnliche Erfahrung erlebte Wahrnehmung von ↗ C-Feld-Phänomenen mittels ↗ Progma-basierter, im ↗ Tlalok verankerter Sensorik. Der Ausdruck »Sicht« ist dabei lediglich eine veranschaulichende Metapher, die sagen soll, dass die ↗ C-Feld-tragenden Bosonen mittels twiSicht erlebt werden wie Photonen, also Lichtteilchen, vom Gesichtssinn, das heißt den biologischen Photorezeptoren von sehfähigen Lebewesen. In Wirklichkeit begreift die Wahrnehmung mittels twiSicht zahlreiche synästhetische, zum Beispiel als akustisches oder olfaktorisches Erlebnis erfahrene Erscheinungsweisen der Empirie mit ein.

Twistor
Mathematisches Instrument für eine spezifische Beschreibung der Raumzeit. Twistoren sind gleichsam abstrahierte Verallgemeinerungen von Lichtstrahlen mit gewissen Quanteneigenschaften (etwa Spin) und damit geeignet als begriffliche Träger von Operationalisierungen quantenmechanischer Verschränkungen.

Vega
Siehe Wega.

Vereinigte Linien
Nach Ausdehnung der ↗ Tlalok-gestützten Zivilisation etablierter Versuch, diese in eine zur Konsolidierung der Beziehungen zu anderen Zivilisationen im Bereich der drei kartierten (↗ Kartierung) Galaxien geeignete Ordnung zu überführen. Die ↗ VL sind föderal und belassen die meisten Souveränitätsrechte nicht allein bei den Linien, sondern sogar bei gemischtlinealen sozialen Organisationseinheiten, etwa der ↗ Shiema, der Kappeler Republik, dem Ricoseum und vergleichbaren mittel- bis großskalaren Subzivilisationen. Die einzige Verbindlichkeit, die übergreifend sämtliche ↗ VL-Bürgerinnen und Bürger bindet, ist der

Katalog der von Shavali Castanon erlassenen demografischen Gesetze, ein hochkomplexes Regelwerk betreffend die inhärente Lebensdauer von mit ↗ Tlaloks ausgestatteten Personen relativ zur Anzahl ihrer Nachkommen. Diese Gesetze sollen ↗ Custai, ↗ Binturen, ↗ Skypho und anderen realen oder potenziellen Partnerzivilisationen bei der ↗ Kartierung Sicherheit hinsichtlich der Kontrollierbarkeit etwaiger Wachstumsraten oder gar Expansionsbestrebungen der ↗ VL im Hinblick auf Ressourcenansprüche und Verwandtes gewähren. Ein in alle von den Castanonwerken, der größten ↗ Marcha-Produktionsorganisation in den ↗ VL, erzeugten und verbreiteten Biomarcha (↗ Marcha) eingebautes Kontrollsystem von Zyklen (jeweils sieben Jahre) und Dekazyklen (jeweils siebzig Jahre) wacht auf der technischen Ebene über die Einhaltung der demografischen Gesetze. Das präsidiale Militär ergänzt diese Einrichtung um die entsprechende politische öffentliche Gewalt nach außen wie nach innen.

VL
Siehe Vereinigte Linien.

Wega
Auch ↗ Alpha Lyrae oder ↗ Vega. Von ↗ Terra Firma aus gesehen der fünfthellste Stern am Nachthimmel, 7.5 Parsec (ein Parsec umfasst 3,2616 Lichtjahre) von der Sonne entfernt, um die der Planet kreist, den die ↗ Dims nach der Rückkehr aus ihrer Diaspora besiedeln wollen. Wega (Ziffer 16) ist der Zentralstern einer der wichtigsten Koniken im System der Verwaltungsbereiche der ↗ VL.

Yasaka
Regierungssitz der ↗ VL. Gestirn mit der trotz ausgedehnten landwirtschaftlichen Nutzungsflächen, Binnenparks und kontinentgroßen Wäldern höchsten mittleren Bevölkerungsdichte aller besiedelten Räume im kartierten (↗ Kartierung) Kosmos, begleitet von drei Monden, darunter der Festung und Werft Pelikan, von der fast alle großen Schlachtschiffe in den beiden letzten ↗ Linienkriegen ausliefen.

Nachwort: Wie dieses Spiel geht und warum es gespielt wird

Wer eine Welt erfindet, kann darin leicht verloren gehen. Nur wenn diese erfundene Welt nicht einfach mit sich selbst identisch ist, bleiben genügend Anschlüsse für andere, für Gebrauch und Missbrauch des Erzählten. Die erfundene Welt muss in Widersprüchen erzählt werden; sie sind ihre Türen. Science Fiction, das bedeutet: Man schickt Figuren in Situationen, die von Gesetzen regiert werden, die zu einem wichtigen Teil nicht aus der Erfahrung stammen, sondern ausgedacht sind. Die Gesamtheit dieser Gesetze ist die erfundene Welt. Manchmal fällt an der erfundenen Welt das Fehlen oder die Unwirksamkeit der gewohnten Gesetze stärker auf als die Wirksamkeit der erfundenen. In dem Kosmos, in dem *Pulsarnacht* spielt, ist eines dieser erfundenen Gesetze: Die Erfahrungswirklichkeit der Raumzeit ist nicht wahr, nur scheinhaft. Sie und alle dazugehörigen, der Alltagserfahrung bekannten Naturgesetze sind in *Pulsarnacht* Ergebnisse von Brechungen und Komplikationen einer zugrundeliegenden tieferen, selbst nicht raumzeitlichen Realität.

Die Anregung zu diesem Gedankenspiel stammt aus der theoretischen Physik der Gegenwart und ist insbesondere den Überlegungen von Gerard 't Hooft aus Utrecht entlehnt, der die Annahme, es gäbe »Raum«, zugunsten der Vorstellung verwirft, alle Ereignisse, die wir für etwas halten, das in einem Raum passiert, seien stattdessen als etwas zu betrachten, das auf einer Art Fläche stattfindet, die diesen Raum umgibt. Kurzgeschlossen habe ich diesen Gedanken mit älteren Überlegungen Kurt Gödels, wonach das Vergehen der Zeit und die Gerichtetheit physikalischer Prozesse illusionären Charakter haben und als Erfahrungstatsachen lediglich der Begrenztheit der Wirkungsweise unserer Sinne geschuldet sind, sowie Ansichten von Louis Crane über hintergrundunabhängige Ansätze zur Vereinigung von Allgemeiner Relativitätstheorie und Quantenmechanik zu einer neuen Theorie der Quantengravitation. Daraus ergab sich schließlich ein Ideenspielplatz. Räumliche und zeitliche Distanz werden darauf als Bedingungen privater und öffentlicher Formen der Trennung, des Wegschickens, der Isolation und Vereinsamung untersucht. Ich wollte fragen und durchspielen, wie man diese traurigen Dinge theoretisch und praktisch aufheben könnte und was dabei erzählerisch an Überraschungen auftreten kann: »Kampf der allgemeinen Einsamkeit!« (Barbara Kirchner).

Das Zerbrechen von Beziehungen der Vertrautheit und der Versuch, sie auf einer neuen Erfahrungshöhe wieder anzuknüpfen, Erschütterungen zivilisierter Gemeinwesen, Exil, Migration, Flucht und Vertreibung, Kommunikation und Missverständnis, das Aussenden und Empfangen von Botschaften: Das sind die Themen dieses Romans.

Im Mittelpunkt stehen also die Möglichkeiten und Unmöglichkeiten der Verständigung über ganz kleine und riesige Distanzen, die Frage nach dem Kompromiss und der Unversöhnlichkeit, der Distanz und der Nähe.

Science Fiction neigt zum Solipsismus, einer besonderen Form erkenntnistheoretischer Einsamkeit: Wer sich eine ganze Welt ausdenkt, denkt vielleicht, es sei eine notwendige Eigenschaft von Welten, nur ein einziges Bewusstsein, eine einzige Beobachterin oder einen einzigen Beobachter zuzulassen.

Der Standpunkt dieses Bewusstseins ist dann die Wahrheit des ganzen Kosmos.

Sehr verschiedene Wahrheiten dieser Art sind denkbar. Die Welt in Robert A. Heinleins Spätwerk *Time Enough for Love* (1973) etwa ist eine maskuline, leistungsorientierte, heteronormative, in der keine andere Politik zum Erfolg führt als ein extremer, technisch hochgerüsteter, optimistischer Liberalismus. Die Welt in der besten Novelle der lesbischen, feministischen, marxistischen Autorin Joanna Russ, *We who are about to* (1977), ist in jeder Hinsicht das Gegenteil. Dennoch handeln beide Bücher auch von Herausforderungen, die der Kosmos dem in ihm jeweils einzigen relevanten Bewusstsein entgegenschleudert. Sowohl Russ wie Heinlein belasten ihre Ansichten in diesen Büchern mit erzählerischen wie philosophischen Anfechtungen. Beide Bücher gehören zu den wichtigsten Leseerfahrungen meines Lebens.

Stellen Sie sich vor, Sie wären von zwei Büchern beeindruckt, geprägt, provoziert worden, deren Weltentwürfe einander absolut ausschließen. Was macht man da?

Pulsarnacht ist mein Versuch, die Autorin und den Autor, die mich stärker beeinflusst haben als irgendjemand sonst mit Ausnahme Harlan Ellisons (in dessen Werk wiederum Heinlein und Russianische Züge von Anfang an miteinander ringen), zum Dialog zu zwingen. Shavali Castanon steht für die Position ein, die Joanna Russ in ihrer Novelle ausprobiert hat, César Dekarin für die Position, die Robert A. Heinlein in seinem Spätwerk einnimmt (auch wenn beide Figuren in *Pulsarnacht* noch manch anderes Geheimnis, manch andere Dimension bergen).

Die Spielregeln, nach denen der Konflikt in *Pulsarnacht* ausgetragen wird, sind jene der Hegel'schen Dialektik. Die Mitte, die erreicht werden soll, ist keine platte Versöhnung.

Einige der physischen, metaphysischen und technischen Voraussetzungen der Handlung werden im Glossar ausgewählter Begriffe erläutert.

Die Pulsare verhalten sich im Roman bis zur Pulsarnacht so, wie Andrew Lyne und Francis Graham-Smith das in ihrem Buch *Pulsar Astronomy* (2006) erläutern, das mir bei der Konzeption eine große Hilfe war. Theorien über den Pulsar Geminga gibt es fast so viele wie über die Bedeutung des Wortes »Bedeutung«.

Einige davon habe ich geplündert, sie lassen sich auf arxiv.org in Form der einschlägigen fachwissenschaftlichen Abhandlungen abfragen, darunter etwa »The Geminga Fraction« von Alice K. Harding, Isabelle A. Grenier und Peter L. Gonthier (2007), »The gamma-ray spectrum of Geminga and the inverse Compton model of pulsar high energy emission« von Maxim Lyutikov (2012) und »FermiLAT observations of the Geminga pulsar« von A. A. Abdo, M. Ackermann, M. Ajello et al. (2010).

Dass die Zivilisation der Vereinigten Linien sich für ihre wissenschaftlichen, politischen, ästhetischen und sonstigen kulturellen Zeichensysteme in großem Umfang der Geschichte der irdischen Menschheit bedient, führt zu einer Vielzahl offener und verdeckter Zitate aus irdischen Legenden, Künsten und Religionen in *Pulsarnacht*.

Abgesehen von denen, die Victoria auf Treue erläutert, möchte ich hier nur auf einige wenige hinweisen: Das Lied Lysanders über den Shunkan zitiert eine nordische Odin- beziehungsweise Wotanlegende, allerdings paraphrasiert nach einem Songtext der Heavy-Metal-Band Amon Amarth (»Thousand years of oppression«). Die Erzählung der Dims von Tabna 3, die Daphne vor dem Haus des Shunkan wiedergibt, arbeitet mit Motiven aus der Grabenkampfliteratur im Umkreis des Ersten Weltkriegs und einigen Strophen des Songs »Paschendale« der Heavy-Metal-Band Iron Maiden.

Die Exilgeschichte des Shunkan ist angelehnt an ein altes japanisches Theaterstück von Seami Motokiyo, das man unter anderem in dem Band *No – Vom Genius Japans* von Ezra Pound und Ernest Fenollosa studieren kann. Der Lehrer RB in César Dekarins Breve ist der Dichter Rudolf Borchardt, die Lehrerin ELS in derselben Breve ist die Dichterin Else Lasker-Schüler. Der Zweizeiler übers glückliche Ende stammt von der Band Die So Fluid. Die englischen Verse über Freiheit und Geborgenheit, die Dekarin in derselben Breve zitiert, stammen aus einem Gedicht der Lyrikerin Valentine Ackland für ihre Liebste Sylvia Townsend Warner. Die Medeen heißen Medeen, weil eine Welt, die Harlan Ellison zusammen mit anderen erfunden hat, »Medea« heißt.

Wichtiger als der Dank für wissenschaftliche und literarische Anregungen, die ich den genannten Autorinnen und Autoren schulde, ist der Dank für persönliche Hilfe:

Sven-Eric Wehmeyer hat mir gezeigt, wie ich mit den Einzelheiten der Erzählung arbeiten muss. Barbara Kirchner hat mir den Weg zum Entwurf der Biologie der Medeen erleichtert und die Chemie erklärt, ohne die Shavali Castanon ihr Schmuckstück nicht bekommen hätte. Mareike Maage beschäftigt sich ausgehend vom experimentellen Radio sowohl akademisch wie künstlerisch mit Fragen der Signalübertragung, des Zeitverlusts und der Raumüberbrückung dabei, von ihr habe ich sowohl mündlich wie aus ihrer Arbeit viel darüber gelernt. Welchen Wert die Kunst in einer Welt hätte, die so wäre, wie *Pulsarnacht* den Kosmos schildert, welchen Anteil Kunst überhaupt an der Verwandlung von Individuen und Gemeinwesen, aber auch am Scheitern solcher Verwandlung hat, was schließlich eine Breve ist und wovon sie handeln kann, weiß ich aus Gesprächen mit und Texten von Swantje Karich.

Danke.

Dietmar Dath
Frankfurt am Main, im August 2012

Ray Bradbury
Fahrenheit 451

»Ein Jahrhundertroman. Ray Bradburys parabelhafte Beschreibung der Zukunft kommt der Gegenwart viel zu nahe, als dass wir sie ohne Beunruhigung lesen könnten.« *The New York Times*

»Heute wieder gelesen, ist bei Fahrenheit 451 nicht das Inferno erschreckend, nicht der Flammenterror, sondern das von unserer Wirklichkeit weitgehend eingeholte Komfortszenario« *Die Zeit*

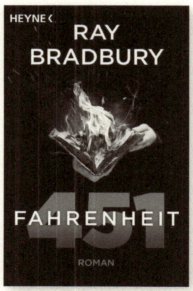

978-3-453-31983-7

Leseprobe unter **www.heyne.de**

HEYNE ‹